Madeleine Brent

DIE LADY VOM HINDUKUSCH

Madeleine Brent

DIE LADY
VOM HINDUKUSCH

Roman

Deutsch
von Jürgen Abel

Marion von Schröder Verlag

1. Auflage 1985

Gesetzt aus der Garamond der Fa. Hell
Papier: Papierfabrik Schleipen GmbH, Bad Dürkheim
Druck und Bindearbeiten: Spiegel Buch GmbH, Ulm
Printed in Germany
ISBN 3 547 71548 2

Alle Gestalten in diesem Buch sind frei erfunden.
Jede Ähnlichkeit mit Personen, die leben oder
gelebt haben, ist zufällig.

1

An einem Vorfrühlingstag schreckte ich im Morgengrauen aus einem Traum auf. Ich hatte von dem Leben geträumt, das ich früher einmal geführt hatte. Trotz der Jahreszeit war es morgens in den Bergen noch sehr kühl, und so zog ich mir die Schaffelldecke über die Schultern und sträubte mich dagegen, mit meinen Gedanken in die elende Wirklichkeit zurückzukehren.

Ich hatte in den zweieinhalb Jahren in Shul nur selten von der Zeit vor meiner Gefangenschaft geträumt, und ich war froh darüber. Es war nicht sehr angenehm, im Traum zu sehen, wie ich, Jemimah Lawley, Tochter von Sir George und Lady Lawley, damals mit siebzehn Jahren gewesen war, eitel und anmaßend, launisch gegenüber den eingeborenen Bediensteten, anfällig, selbstsüchtig. Noch unangenehmer aber war es, aus einem solchen Traum von der Vergangenheit in das primitive und oft grausame Leben zurückgerissen zu werden, das ich seit dem abscheulichen Massaker im September 1879 führte, als in Kabul afghanische Krieger Amok gelaufen waren und die britische Gesandtschaft in der Festung der Bala Hissar überfallen und hundert Menschen niedergemetzelt hatten.

Auch mein Vater und meine Mutter hatten an diesem Tag den Tod gefunden. Ich selber war nur dank der Treue eines eingeborenen Dieners mit dem Leben davongekommen, einer unverdienten Treue – und doch gab es in den darauffolgenden Wochen und Monaten oft Augenblicke, in denen ich wünschte, ich wäre zusammen mit den anderen gestorben.

Ich hob den Kopf und schaute durch die winzige Kammer zum Fenster, einem quadratischen Loch in der Lehmziegelwand, mit einem Laden dahinter und einem Vorhang aus grobgewebtem Ziegenhaar davor. Das fahle Licht, das durch einen Spalt im Fensterladen ins Zimmer fiel, verriet mir, daß die Sonne noch nicht aufgegangen war und ich noch eine Weile liegenbleiben konnte. Meine Matratze bestand aus einem halben Dutzend Fellen, die auf dem nackten Fußboden lagen. Ich hatte nicht mehr in einem Bett geschlafen, seit Deenbur mich achtzehn Monate zuvor als seine Frau verstoßen hatte. Deenbur nannte sich *Pascha*, was in der Sprache Kafiristans König bedeutet. Eigentlich war er jedoch nicht mehr als ein Stammeshäuptling. In diesen entlegenen Bergen und Tälern des Hindukusch gab es noch andere sogenannte Könige, die über ein paar einsame Dörfer herrschten. Manchmal brachen Kämpfe zwischen ihnen aus, wie Sandru mir erzählt hatte, und ich glaubte es ohne weiteres, denn die Kafiren waren wilde und blutdürstige Männer, aber Deenburs kleines Königreich war während meines Aufenthalts hier nie in einen Krieg verwickelt gewesen.

Der Gedanke, gegen den ich mich immer wehrte, brach sich Bahn: Wie lange würde mein Aufenthalt hier noch dauern? Würde ich in diesem grausamen Land unter primitiven Fremden leben und sterben müssen? Ich erschauerte und schloß die Augen. Sandru hatte mir oft gesagt, daß es unmöglich sei zu fliehen. Im Winter waren die Pässe tief verschneit, so daß niemand den Hindukusch überwinden konnte – »Töter der Hindus« bedeutete der Name des Gebirges. Im Frühling und Sommer war es möglich zu reisen, aber nicht für eine unbegleitete Frau und erst recht nicht für eine Engländerin, die dem Massaker von Kabul entkommen und dann von Männern verschleppt worden war, die wußten, wo ein hoher Preis für eine junge und hellhäutige *feringhi* geboten wurde. Deenbur würde es nicht sehr gelegen kommen, wenn britische Soldaten herausfanden, daß er eine Landsmännin von ihnen versklavt und in sein Bett gezwungen hatte.

Feringhi war das moslemische Wort für einen Europäer, und in Shul wurde ich oft so bezeichnet, obwohl die Bewohner von

Shul keine Moslems waren und im Blutrausch schon manchen moslemischen Kopf abgehackt hatten. Laut Sandru bedeutete das Wort Kafir »der Ungläubige«. Sie beteten eine Vielfalt von Göttern an, brachten Tieropfer dar und hatten Priester oder Schamanen, die sie *deschtaju* nannten. Einem von ihnen, Deenburs Ober-Deschtaju, war die Prophezeiung zu verdanken, dank der ich dann unbeschadet in wochenlanger, beschwerlicher Reise von Kabul zu dem kleinen Königreich Shul gebracht wurde.

Der Gedanke kehrte wieder. Wie lange noch? Wie lange würde meine Gefangenschaft dauern? Daheim in England, in der Grafschaft Surrey, stand ein schönes Herrenhaus auf weitem Grund am Rande eines Waldes, wo der Duft der Tannen manchmal so stark war, daß die Lider von Schläfrigkeit schwer wurden. An das Haus erinnerte ich mich kaum noch, da ich als Kind immer nur vorübergehend dort gelebt und es das letzte Mal mit dreizehn Jahren gesehen hatte. Seither hatte ich zuerst in Ägypten und später in Indien gelebt, so wie es die diplomatischen Missionen meines im Kolonialdienst tätigen Vaters verlangten. Aber an den Duft der Tannen erinnerte ich mich genau. Das Haus und der Grund und Boden und das beträchtliche Vermögen, das mein Vater angesammelt haben mußte, waren mein Erbe, denn ich war das einzige Kind meiner Eltern, wie auch er es gewesen war. Doch jetzt, wenige Wochen vor meinem zwanzigsten Geburtstag, lebte ich wie eine Sklavin unter Menschen, die kaum mit der Zivilisation in Berührung gekommen waren, Menschen, die von einem Mann regiert wurden, der mich jederzeit hätte töten können, wenn es ihn danach gelüstet hätte. Den Deschtaju, dessen Prophezeiung über mich nicht eingetroffen war, hatte er kurzerhand enthaupten lassen, und wäre Sandru nicht gewesen, mich hätte wohl das gleiche Los ereilt.

Wie lange. . . ? Die Frage barg schon ein Fünkchen Hoffnung, doch wie sehr ich mir auch den Kopf zerbrach, ich wußte keine Möglichkeit der Flucht. Sandru, der vor beinahe vierzig Jahren gefangengenommen worden war, hatte sich damit abgefunden, seine Tage in Shul zu beenden. Er betrachtete sich nicht mehr als Gefangenen und hätte sich davor gefürchtet, in die Welt zurückzukehren, aus der er stammte. War mir derselbe Weg vorgezeichnet? Für einen Vogel war Kabul kaum mehr als hundert Meilen entfernt, im Südwesten, aber meine Häscher, die das Land gut kannten, hatten siebenundzwanzig Tage gebraucht, um mich hierherzubringen, teils auf einem Karren, teils mit dem Kamel, teils mit dem Pony, teils zu Fuß, durch Wüstenebenen, über hohe Pässe, wo meine Lungen in der dünnen Luft kaum atmen konnten, durch angeschwollene Flüsse, über Brücken aus Seilen, die tiefe Schluchten überspannten. Gewiß, ich beherrschte inzwischen die Sprache recht gut und war viel abgehärteter, als ich damals gewesen war, aber ich konnte diese Reise ebensowenig allein zurücklegen, wie ich zum Mond fliegen konnte.

Wie lange . . . ?

Ich warf die Schaffelldecke beiseite und stand auf. Es war besser, das Tagewerk zu beginnen als dazuliegen und Gedanken abzuwehren, die mich nur unglücklich und elend machten. Einst, wenn Jemimah Lawley schmollte, ihre Launen hatte, ihre Vapeurs bekam oder vor Zorn tobte und schrie, war immer ihre freundliche Mutter oder ihre geduldige Nannie da gewesen, um sie fürsorglich und verständnisvoll zu trösten. In Shul hieß ich Lalla – eine Verstümmelung meines richtigen Namens –, und keinen Menschen kümmerte es, ob Lalla unglücklich war, niemand versuchte, sie auf andere Gedanken zu bringen, und jede Laune, jedes Zeichen von Trotz wurde mit einigen kräftigen Peitschenhieben belohnt.

Ich hatte das schon in meiner zweiten Nacht in Shul gelernt, der Nacht, nachdem Deenbur mich unter großen Festlichkeiten zur Frau genommen hatte. Als ich, nicht etwa mutig, sondern von schierem Entsetzen getrieben, seinen Umarmungen zu widerstehen versuchte, peitschte er sogleich Gefügigkeit in mich hinein. Ich wünschte, ich könnte behaupten, lange und tapfer widerstanden zu haben, aber in jener Nacht entdeckte ich unter anderem, daß ich feige war.

Sandru nahm mich als persönliche Dienerin, als Deenbur mich verstieß, und er hatte mich vor langer Zeit gelehrt, daß Arbeit das beste Mittel gegen Kummer und traurige Gedanken ist. Ich stand schnell auf und zog das härene Hemd aus, das ich nachts trug, ein sehr einfaches Kleidungsstück, nichts weiter als ein rundes Stück Stoff mit einem Loch für den Kopf und zwei Löchern für die Arme. Dieses Nachthemd war sehr wichtig für mich. Im Winter schliefen die meisten Leute in Shul in ihren Kleidern. Sie wuschen sich selten und badeten nie. Deshalb rochen sie ebenso scharf wie Ziegen, Schafe oder nasse Hunde. Ich hatte mich allmählich daran gewöhnt, hatte aber für mich selbst verzweifelt an gewissen Grundregeln der Reinlichkeit festgehalten, vielleicht weil ich ahnte, daß ich nur so etwas von meiner Persönlichkeit und Erziehung bewahren konnte. Ich lebte in der Furcht, von diesem primitiven Volk vereinnahmt zu werden und mich den Leuten anzupassen. Ich kannte mich zu gut, um noch stolz darauf zu sein, daß ich Jemimah Lawley war, aber ich hatte eine panische Angst davor, wirklich Lalla aus Shul zu werden.

Jeden Abend stellte ich einen Krug Wasser auf das kleine Feuer aus getrocknetem Kuhmist unter dem Rauchabzug in der Ecke meiner kleinen Kammer. Am Morgen war das Wasser noch warm. Jeden Tag wusch ich mir gründlich Gesicht und Hände und die Füße, und einmal in der Woche nahm ich mir die Zeit, mich ganz zu waschen, eine Partie nach der anderen, von oben bis unten. Meine Haare waren kurz, und ich pflegte sie, indem ich sie oft bürstete und alle drei oder vier Wochen mit zwei geschlagenen Eidottern shamponierte.

Das einfache Nachthemd trug ich deshalb, weil ich keine Laken hatte, die ich auf die Fellmatratze und unter die Schaffelldecke hätte legen können. Ich wusch es, zusammen mit anderen Kleidungsstücken, jede Woche einmal im Fluß. Deenburs neue Frau hatte mir das Kleid und alles, was ich sonst bei meiner Gefangennahme vor zweieinhalb Jahren getragen hatte, weggenommen. Ich war dankbar, daß sie nicht meinen Kopf gefordert hatte. Jetzt bestand meine Garderobe aus einigen unförmigen Gewändern aus kratzender Ziegenwolle, zwei knielangen Hemden mit langen Ärmeln, Wollsocken, die ich unter den Knien verschnürte, und Sandalen. Für den Winter hatte ich derbe Lederstiefel und einen Lammfellmantel mit Kapuze aus dem gleichen Material. Unterwäsche kannte man in Shul nicht. Wenn mir warm war, trug ich nur ein Gewand über meinem Hemd, und wenn es kalt wurde, streifte ich ein zweites oder ein drittes darüber.

An diesem Tag zog ich mir, nachdem ich mich gewaschen und mir die Haare gebürstet hatte, wegen der morgendlichen Kühle zwei Gewänder über, ehe ich die Decke nach draußen brachte und zum Lüften auf ein Holzgestell legte. Ich ging zurück, um die Matratze ins Freie zu ziehen, die verschiedenen Felle auszulegen und mit feinem Sand zu bestreuen. Später, wenn die Sonne hoch am Himmel stand, würde ich den Sand abbürsten, und mit ihm würden alle Spuren von Fett und Feuchtigkeit verschwinden, so daß die Felle wieder frisch und sauber waren.

Das Haus, in dem Sandru und ich wohnten, stand ungefähr hundert Meter vom Fluß entfernt. Es war wie alle Häuser in Shul aus Lehmziegeln erbaut, aber es stand im Gegensatz zu den meisten anderen allein, und es war größer als die meisten, in die selten mehr als ein halbes englisches Wohnzimmer hineingepaßt hätte.

Im Westen und Osten reichten die in Gruppen stehenden Häuser gut eine halbe Meile weit. Im Norden wurden sie schnell weniger, und hier erhoben sich zwischen ihnen zeltähnliche Gebilde oder Jurten, in denen die ärmeren Leute wohnten. Dahinter lagen Weizen- und Gerstefelder, und höher an den Hängen befanden sich die Weiden für das dürre Vieh von Shul. Überall in Kafiristan aß man viel Honig und trank viel Wein, aber bei uns gab es weder Bienen noch Weinberge. Honig und Wein kamen aus dem Dorf Chaimee, das sieben Meilen westlich lag.

Unser Ort war die einzige »Stadt« in Shul. Sie hieß Kuttar und war so groß wie ein englischer Marktflecken. Der Rest von Deenburs Königreich bestand aus einer Anzahl Dörfer, die über viele Quadratmeilen Berge und Täler verstreut waren. An einem Ende von Kuttar erhob sich der Tempel der Deschtaju, wo bei religiösen Festen dem Gott Doghan, dem Schöpfer aller Dinge, Kühe und Ziegen geopfert wurden. Auf einer Kuppe im Zentrum der Stadt, nicht weit von Sandrus Haus, stand das Bauwerk, das Pascha Deenbur seinen Palast nannte. Es war ein einfaches Gebäude mit quadratischem Grundriß, das nicht viel mit einem englischen oder indischen Palast gemein hatte, aber es war das einzige zweigeschossige Haus im ganzen Königreich und enthielt zwölf Zimmer und eine große Eingangshalle.

Ich hatte viele Monate dort gewohnt und kannte es gut. Es war außen mit dunkelrotem Ocker gestrichen. Die Wände der Küche und der Dienstbotenzimmer waren nackt. Die Halle war mit bossiertem Leder bespannt, und Deenburs Gemächer waren mit Teppichen und Wandbehängen ausgestattet. In seinem Schlafgemach stand ein großes, aus dicken Balken zusammengefügtes Bett, dessen Matratze mit feinster Wolle gefüllt war. Vielleicht schlief seine neue Königin gut darin. Ich für mein Teil war dankbar, daß ich diesen Luxus nicht mehr mit ihm teilen mußte.

Während ich die letzten Matratzenfelle mit Sand bestreute, kam die Sonne hinter den fernen Bergen im Osten hervor. In Kuttar begann man sich zu regen, und ich war nicht die einzige, die sich zu dieser frühen Stunde draußen betätigte. Ziegen mußten gemolken, Wasser vom Fluß geholt, Brot mußte gebacken werden. Felder mußten gepflügt, Hammel geschlachtet werden, und dazu kamen alle die anderen täglichen Verrichtungen.

Im Tempel hallte ein Gong, ich wußte nicht warum. Wahrscheinlich hatte jemand den Priestern Geld gegeben, damit sie besondere Totengebete aufsagten. Tags zuvor war ein reicher Bauer bestattet worden. Ich sah zu dem hohen Felsenkamm jenseits des Flusses und konnte eine dünne Rauchwolke erkennen, die von der Stelle auf dem Gipfel aufstieg, wo man den

Sarg hingestellt hatte. Die Kafiren setzten ihre Toten nicht in der Erde bei. Sie kleideten den Leichnam in ein schönes Gewand aus Kaschgarwolle und legten ihn in eine Kiste, die sie dann auf einen hohen Berg brachten, wo sie die Ruhestätte mit einem qualmenden Feuer aus frischem Holz und grünen Blättern bezeichneten.

In den ersten Wochen in Shul war ich zu verängstigt gewesen, zu sehr mit mir beschäftigt, um irgend etwas wahrzunehmen, das mich nicht unmittelbar berührte, doch später stellte ich zu meiner Überraschung fest, daß die Menschen zwar meist von brauner Hautfarbe, dabei aber dennoch sehr verschieden waren. Viele Gesichter waren kaum dunkler als meines, das inzwischen von Sonne und Wind gebräunt war. Ich hatte Kafiren mit haselnußbraunen Augen und kastanienfarbenem Haar gesehen, und einige hatten sogar blaue Augen und blondes Haar wie ich. Sandru behauptete, sie stammten von griechischen Kriegern ab, die vor über zweitausend Jahren, als Alexander der Große seine Truppen von Persien bis zum Indus geführt hatte, in diese Berge gekommen waren.

Während ich das letzte ausgebreitete Fell bestreute, mußte ich daran denken, daß Sandru am Abend zuvor, als er vom Palast zurückkehrte, wohin Deenbur ihn befohlen hatte, irgendwie seltsam gewesen war. Ich arbeitete gerade im Behandlungszimmer, einem quadratischen Raum zwischen der Küche und dem Wohnzimmer, das Sandru zugleich zum Schlafen diente. Er hatte mir aufgetragen, die Tiegel zu säubern, in denen er seine Arzneien aufbewahrte, ein langwieriges Unterfangen. Einige enthielten getrocknete Kräuter, andere Kräuteressenzen. Ich hatte sie alle leeren, waschen und abtrocknen und dann wieder mit ihren ursprünglichen Inhalt füllen müssen.

Auf den Deckel jedes Tiegels war ein hölzernes Schild gebunden, und ich mußte aufpassen, daß ich sie nicht durcheinanderbrachte. Die Namen der Arzneien waren mit einem glühenden Nagel in die Schilder gebrannt, aber sie waren griechisch, und ich konnte immer noch nicht gut griechisch lesen, obwohl ich von Sandru gelernt hatte, es recht ordentlich zu sprechen. Als er nach einer Stunde vom Palast zurückkehrte, war ich, wie ich meinte, schon gut vorangekommen, aber er war gereizt, fuhr mich ungeduldig an und mäkelte an allem herum. Das machte mir angst, denn es paßte gar nicht zu ihm, und Sandru war hier mein einziger Freund. Ich mochte nicht daran denken, was in diesem grausamen und primitiven Land aus mir werden sollte, falls er sich gegen mich wandte.

Als ich Wasser vom Fluß geholt hatte und mich anschickte, in der Küche das Frühstück zu bereiten, empfand ich wieder diese unbestimmte Furcht, die am Abend zuvor über mich gekommen war, nur war sie plötzlich stärker und bedrohlicher, als hätte sich in mir eine dunkle Vorahnung geregt. Ich bemühte mich, meine Ängste beiseite zu drängen. Wenn sie sich zwischen mich und meine Arbeit stellten, konnte es geschehen, daß ich Fehler machte, und Sandru würde einen seiner Zornausbrüche bekommen. Er hatte mich noch nie geschlagen, und er behandelte mich meistens sehr gut, doch hatte er in seinen langen Jahren bei den Kafiren einige ihrer Gewohnheiten angenommen.

Ich betrachtete Sandru als Freund, weil ich glaubte, daß er mir das Leben gerettet hatte, als Deenbur mich als seine Frau verstieß, und ich hatte seitdem den Schutz genossen, der damit einherging, daß ich Sandru dem Arzt diente. Wenn wir allein waren, sprach er oft mit mir wie mit einer gleichgestellten Person, oder sogar freundlich und besorgt wie mit einer Enkeltochter. Aber dergleichen ging von ihm aus, nicht von mir, und ich wagte nie, ihn vertraulich anzureden. Er ging auf die Siebzig zu und fuhr leicht aus der Haut, wenn er seine Würde oder Autorität bedroht fühlte. Das war nicht überraschend. Er hatte die lange Zeit in Shul nur deshalb ertragen, weil er es verstanden hatte, sich Ehrfurcht und Achtung der Leute zu bewahren.

Ehe ich zu Bett ging, hatte ich noch einmal getrockneten Dung auf das Küchenfeuer gelegt, und jetzt glomm es noch immer unter dem kleinen Tonherd. Ich legte nach, entfachte es mit dem Blasebalg zu neuen Flammen, schaufelte ein wenig

Glut in die Vertiefung auf der Herdplatte und stellte einen flachen Topf mit Wasser zum Kochen darauf. Ein Patient hatte Sandru tags zuvor mit leckeren frischen Fischen bezahlt, und ich nahm drei aus, ehe ich sie in den Backofen legte, zwei für Sandru und einen für mich.

Ich hatte vieles gelernt in meiner langen Gefangenschaft, besonders seit ich von Deenbur verstoßen und eine Magd geworden war. Vor meiner Gefangennahme wäre ich schon bei dem Gedanken, rohen Fisch anzufassen, zusammengezuckt und hätte einen spitzen Schrei ausgestoßen. Jetzt konnte ich einem Huhn den Hals umdrehen oder eine geschlachtete Ziege zerteilen, ohne viel mehr als ein leichtes Unbehagen zu empfinden, und ich konnte gut genug kochen, um Sandru zufriedenzustellen. Das hatte ich Meya zu verdanken, einer Frau, die ihm viele Jahre lang das Haus besorgt und das Bett gewärmt hatte. Sie war an einem Tumor dahingesiecht, als ich zu Sandru kam, aber sie hatte noch sechs Monate gelebt und mich in allen Aufgaben einer Dienerin unterwiesen.

Sandru weinte, als sie starb, und ich weinte mit ihm, denn Meya war auf ihre Weise gut zu mir gewesen. Ich war dankbar, daß Sandru ihre Schmerzen gelindert und vielleicht ihr Ende beschleunigt hatte, indem er ihr große Dosen Opium gab. Ich half ihm, den Leichnam zu schmücken, und folgte dem Sarg, als sie ihn zum Bestattungshügel trugen. In den darauffolgenden Tagen fragte ich mich immer wieder verzagt, ob Sandru mich in sein Bett rufen würde. Als Deenbur mich genommen hatte, war ich vor Schreck so außer mir gewesen, daß ich glaubte, den Verstand zu verlieren. Aber ich hatte es überstanden, und ich war nicht verrückt geworden. Ich hatte gelernt, mit äußerer Stärke hinzunehmen, was man mir an Leiden auferlegen mochte, denn anders hätte ich es nicht ertragen, doch meine Gefühle waren keinesfalls erstorben, und innerlich schreckte ich zurück vor dem Gedanken, dem siebzig Jahre alten Sandru beizuliegen. Deshalb war ich sehr dankbar, als ich im Laufe der Wochen sah, daß er nichts dergleichen mit mir vorhatte.

Als die Fische fast gar waren, dämpfte ich das Feuer unter dem Ofen, machte ein wenig Porridge aus Gerstenmehl, gesüßt mit Honig, und ging, meinen Herrn zu wecken. Gewöhnlich schlief Sandru um diese Zeit noch, doch als ich den Ledervorhang, der als Tür diente, beiseite schob und das Zimmer betrat, saß er aufrecht, mit verschränkten Armen im Bett und starrte nachdenklich ins Leere. Er hatte ein runzliges braunes Gesicht, und seine schütter gewordenes graues Haar war kurz geschnitten und stand borstenartig von seinem runden Schädel ab. Seine Augen waren blau und klar. Er konnte immer noch gut sehen und hören, und obwohl nicht großgewachsen, war er für sein Alter sehr rüstig und hatte einen straffen Körper.

Auf Sandrus Geheiß sprachen wir der Reihe nach einen Tag lang englisch, französisch, griechisch oder die Zunge der Kafiren. In den Monaten im Palast hatte ich ein wenig von der Sprache der Kafiren aufgeschnappt, aber Sandru erklärte, es sei wichtig für mich, sie wirklich zu beherrschen und ebenso das Griechische und das Französische, da es meinen Geist beschäftigen und es ihm, Sandru, erlauben würde, sich in seinen beiden Muttersprachen zu unterhalten. Seine dritte europäische Sprache war das Englische. Zuerst kam es ihm nur stokkend von den Lippen, da er es so viele Jahre lang nicht gesprochen hatte, aber dann wurde er sehr beredt darin, und unsere Gespräche schienen ihm Freude zu bereiten. Sein Griechisch und Französisch waren vielleicht auch ein wenig angerostet, ehe er begann, mich darin zu unterrichten, doch ich konnte mir nicht anmaßen, darüber zu urteilen.

Mir fiel ein, daß heute das Englische an der Reihe war – eine Erleichterung für mich, weil ich mich dann besser auf meine Pflichten konzentrieren konnte. Mit einer leichten Verbeugung sagte ich: »*Good morning, master.* Es ist eine Stunde nach Sonnenaufgang, draußen ist es trocken, aber ein bißchen kühl. Das Frühstück ist fertig.«

»*Good morning, Lalla.*« Er sah mich besorgt an und sagte: »Sehr schön, bring es mir gleich, und dann hol deines. Wir werden zusammen frühstücken, mein Kind.«

Das war nicht ungewöhnlich, denn Sandru sprach gern und benutzte mich als Zuhörerin. Er sprach manchmal von unseren »angenehmen Gesprächen«, die in Wirklichkeit recht einseitig waren. Jedenfalls war ich erleichtert, als ich sah, daß er mir heute morgen gewogen war – er hatte »mein Kind« zu mir gesagt.

»Ja, Herr«, antwortete ich und eilte wieder in die Küche. Dort stellte ich seine Schale Porridge, den Teller mit zwei gebackenen Fischen, etwas dunkles Brot mit Ziegenbutter und einen Becher mit starkem Tee auf ein Tablett. Auf dem Tablett lagen zwei Messer, eine Gabel und ein Löffel, unbeholfen von einem Handwerker aus dem Ort gefertigte Bestecke. In Shul gab es nur wenige Leute, die nicht mit den Fingern aßen.

Als ich das Tablett auf Sandrus Schoß gestellt hatte, ging ich zurück, um mein Frühstück zu holen, und setzte mich im Schneidersitz an den niedrigen Tisch, um zu essen. Wenn ich Sandru nichts zu sagen hatte, was meine Hausarbeit betraf, pflegte ich zu schweigen und darauf zu warten, daß er das Wort an mich richtete. Es ziemte sich nicht, daß eine Bedienstete als erste sprach. Während ich in dem kleinen Lehmziegelhaus auf dem groben Teppich saß und Porridge aß, wunderte ich mich nicht etwa über den Gegensatz zwischen meinem früheren Leben und meinem jetzigen Dasein oder über den Gegensatz zwischen dem herrischen, verwöhnten Mädchen, das ich einst gewesen war, und dem demütigen Geschöpf, das ich geworden war. Was ich in zweieinhalb Jahren in Shul durchgemacht hatte, hatte mich gründlich von der törichten Vorstellung befreit, dergleichen könne *mir* unmöglich widerfahren. Ich hatte gelernt, daß mir alles, aber auch alles widerfahren konnte, und ich hatte die Lektion beherzigt.

Sandru legte seinen Löffel in die Schale und nahm den Deckel von dem Teller mit den gebackenen Fischen. »Ich möchte wissen, ob eure Generäle besser waren als meine, Lalla«, sagte er sinnend.

»Generäle, Master?« Ich blickte auf. »Ich weiß nicht recht, was Sie meinen.«

»Generäle beim Militär«, sagte er etwas gereizt. »Gibt es eine andere Sorte? Die Generäle meiner Zeit, die vor vierzig Jahren den Rückzug aus Kabul leiteten, waren ziemlich dumm. Weißt du, was sie taten, als die Afghanen über die Ebene vor Bemaru schwärmten und ihre Dschasails abfeuerten? Na? Sie befahlen den Truppen, *ein Karree zu bilden!*«

Seine Stimme wurde schrill vor Entrüstung. »Ein Karree bilden, ich bitte dich! O ja, dreißig Jahre vorher, gegen Napoleons Kavallerie, war es eine sehr erfolgreiche Taktik gewesen. Aber Truppen auf einem schmalen Felskamm den Befehl zu geben, gegen das weit entfernte Feuer von vielen Fußsoldaten ein Karree zu bilden, war Irrsinn, denn eine bessere Zielscheibe konnte der Gegner sich nicht wünschen.«

Er schwieg eine oder zwei Minuten, aß von seinem Fisch und fuhr dann fort, als hätte er nicht innegehalten. »Ich habe mich oft gefragt, was wirklich geschah, als die Briten sich damals aus Kabul zurückzogen. Natürlich habe ich hier viele Geschichten gehört, aber ich wußte nicht, was ich davon halten sollte, bis du nach Shul kamst. Hat man in Kabul noch immer davon gesprochen, nach so langer Zeit?«

»Ja, Herr. Ich habe oft gehört, wie darüber geredet wurde.«

Er schüttelte bekümmert den Kopf. »Eine Armee von viertausend Soldaten oder mehr, und ein Troß von zwölftausend, darunter Frauen und Kinder . . . Du sagst, sie seien alle ums Leben gekommen?«

Er hatte mir diese Frage schon mehrmals gestellt, nicht weil sein Gedächtnis nachließ, sondern, weil er manche Themen gern des öfteren erörterte. Ich antwortete: »Bis auf einige wenige sind sie alle gestorben, Herr. Es war sehr traurig.«

Er nickte und trank von seinem Tee. »Wie dumm! Ich glaube nicht, daß eure Generäle vierzig Jahre später ebenso töricht waren, Lalla. Nach allem, was ich gehört habe, waren die Briten schon sechs Wochen nach dem Massaker, dem du so knapp entronnen bist, wieder in Kabul.« Er setzte seinen Becher ab und runzelte leicht die Stirn, als versuche er sich zu erinnern. »Wie bist du eigentlich gerettet worden, mein Kind?«

Wenn ich davon sprach, bemühte ich mich, es so zu tun, daß die Worte keine Bilder vor meinem inneren Auge heraufbeschworen. »Bei dem Angriff auf die Residenz schlugen die Afghanen Löcher in die Mauer und zogen eine Kanone hoch, mit der sie die Tore zerstörten. Mein Vater und der britische Gesandte, Sir Louis Cavagnari, wurden getötet, als sie das Feuer vom Dach aus erwiderten. Meine Mutter starb, als eine Gruppe von Afghanen die Mauern durchbrach. Danach verlor ich eine Weile lang das Bewußtsein. Als ich wieder zu mir kam, stellte ich fest, daß einer unserer afghanischen Diener, ein gewisser Bihzad, mich durch eine kleine Pforte und über den Fluß an der südlichen Seite der Residenz gebracht hatte. . . «

Hier klaffte immer noch eine Lücke in meiner Erinnerung. Das nächste, woran ich mich erinnerte, war, daß ich naß und frierend, fast von Sinnen vor Entsetzen, Furcht und Kummer, unter schmutzigen Säcken auf einem kleinen Karren lag. Als ich den Kopf hob, sah ich, daß ein Esel, der von Bihzad geführt wurde, den Karren zog. Bihzad flüsterte mir in seinem gebrochenen Englisch hastig zu, ich solle mich wieder verstekken und kein Wort sagen.

Noch heute weiß ich nicht, wie lange es gedauert hatte, bis wir endlich in einer Rinne an der unbesfestigten Straße im Norden Kabuls haltmachten. Zwei, drei Meilen entfernt stieg eine Rauchwolke von der brennenden Residenz auf. Ich saß zitternd auf einem Stein und versuchte in mich aufzunehmen, was Bihzad zu mir sagte, wir müßten uns verstecken, bis die Kämpfe in der Stadt vorüber seien. Wie wir bis dahin überlebt hätten, sollte ich nie erfahren, denn eine halbe Stunde später machte eine Schar hinduistischer Händler, ungefähr ein Dutzend Männer, mit einer kleinen Karawane von Kamelen und Maultieren in der Rinne halt.

Diese Männer waren von einer anderen Rasse als die Afghanen und hatten eine andere Religion. Viele Hindus dienten unter britischen Offizieren in der indischen Armee, und während der Stationierung meines Vaters in Indien war ich von Hindus bedient worden und hatte einige Brocken Hindustani aufgeschnappt. Ich merkte, daß Bihzad besorgt war. Seine Befürchtungen waren begründet. Nach einigen barschen Fragen begannen die Händler eine lebhafte Unterhaltung untereinander. Ich konnte nicht ganz folgen, entnahm ihren Worten aber, daß sie in mir die Antwort auf einen Wunsch sahen, den ein König oder Häuptling eines fernen Landes geäußert hatte.

Ich schrie sie zornig an, drohte ihnen mit Bestrafung, wenn sie mir nicht hülfen. Sie lachten nur und bemächtigten sich meiner. Als Bihzad versuchte, mir zu Hilfe zu eilen, versetzte ihm einer der Männer einen furchtbaren Keulenschlag, so daß er besinnungslos oder gar tot zu Boden sank, und ich empfing einige Schläge auf den Kopf, die mich in Ohnmacht fallen ließen.

So begann meine lange Reise nach Shul, dem winzigen, von Deenbur regierten Königreich. Ich erzählte Sandru die Geschichte noch einmal mit kurzen Worten, während ich mit ihm zusammen frühstückte, und er nickte von Zeit zu Zeit, als bestätigten meine Worte seine Erinnerung an meinen ursprünglichen Bericht. Auf jener Reise hatte ich von meinen Häschern erfahren, daß sie jedes Jahr einmal durch das Land der Kafiren zogen. Aus Indien brachten sie Pfeffer, Nelken, Zimt und andere Gewürze; Luntenschloßmusketen, Schwerter, Brillen und Scheren; Glasperlen, Spiegel, Elfenbein und Tuche. Sie zogen nordwärts bis nach Buchara und kehrten zurück mit getrockneten Früchten, Krapp, Tabak und Schnupftabak, Wolle und Rohseide, Pferden, Ponys und zweihöckrigen Kamelen.

Sie sprachen von Shul, einem Land, von dem ich noch nie gehört hatte. Es wurde von einem Pascha regiert, dessen zwei Frauen ihm kein Kind hatten schenken können. Ein Priester hatte ihm prophezeit, wenn er sein Lager mit einem hellhäutigen Feringhi-Mädchen teile, werde es ihm sicherlich einen kräftigen Knaben gebären. Der Priester hatte dies vermutlich für eine ungefährliche Weisung gehalten, da sich schwerlich eine Europäerin finden würde, die dazu bereit war, seine Prophezeiung auf die Probe zu stellen. Die einzigen weißen Frauen auf dem Subkontinent waren die Gattinnen und Töchter der Briten in Indien, und es schien hoffnungslos, eine von ihnen zu gewinnen. Aber an jenem Septembertag, als die Briten in Kabul dahingemetzelt wurden, hatte das Schicksal den Händlern eine goldene Gelegenheit geboten. Vier Wochen später verschacherten sie mich, unangetastet, für drei schöne Ponys und zehn Ballen feinster Wolle an Deenbur.

Als die Monate vergingen, ohne daß ich schwanger wurde, wuchs Deenburs Zorn auf mich, bis er zuletzt zu dem Schluß kam, ich sei unfruchtbar. Er befahl den Deschtaju, im Tempel eine Zeremonie zur Auflösung unserer Ehe zu zelebrieren, und ließ den Priester, der die Prophezeiung gemacht hatte, am selben Tag hinrichten. Der getrocknete Kopf des Mannes wurde dann bei einem Spiel benutzt, das die Kafiren zu Pferde spielten, ein bißchen wie Polo, nur daß gewöhnlich nicht ein Menschenkopf, sondern der eines Schafs als Ball verwendet wurde.

Mein Entsetzen war nicht sehr groß. Nach fast einem Jahr an Deenburs Seite hatte ich so viele Grausamkeiten mit angesehen, daß ich versuchte, sie nicht mehr zu beachten. Ich wäre sonst dem Wahnsinn verfallen.

Sandru und ich frühstückten eine Weile schweigend. Als er mir mit seinem leeren Becher ein Zeichen gab, ging ich in die Küche, um ihn wieder mit Tee zu füllen. Als ich ihn wieder auf das Tablett stellte, sagte Sandru seufzend: »Es ist schon wieder geschehen. Shuma hat nicht empfangen, und Deenbur läßt die Ehe auflösen.«

Ich sagte respektvoll: »Aber Shuma war verheiratet und hat zwei Kinder geboren, ehe Deenbur sie kaufte, um mich zu ersetzen. Wie kommt es, daß sie Deenbur keines schenken kann. Herr?«

»Wie es kommt?« wiederholte Sandru, nun plötzlich in gereiztem Ton. »Es ist der gleiche Grund wie bei *dir* und den beiden Frauen vor dir. Die Schuld liegt nicht bei den Frauen, sondern bei ihm. Er mag kräftig sein wie ein Hengst, aber er ist nicht fruchtbar, und ich bezweifle, daß jemals eine Frau von ihm empfangen wird.« Sandru setzte sich kerzengerade auf und zeigte auf mich. »Und sage das nie einer Menschenseele, denn wenn es Deenbur zu Ohren käme, würde er mich einen Kopf kürzer machen lassen.«

Ich sagte eilends: »Ich werde schweigen wie ein Grab, Herr. Aber wie soll das enden? Schon als ich seine Frau war, nagten Zorn und Bitternis an ihm, weil keine Frau ihm einen Sohn gebar, und je mehr Zeit vergeht, um so gefährlicher wird er werden.«

»Wie zum Teufel soll ich wissen, wie es enden soll?« polterte Sandru. »Ich weiß nur, daß er jetzt von dem Pascha von Lohstan ein Mädchen kaufen und zur Frau nehmen will. Eine alte Mär besagt, die Frauen von Lohstan seien die fruchtbarsten der Welt.« Er zuckte verdrossen mit den Schultern. »Was für einen Sinn soll das haben, frage ich mich, wenn Deenburs Samen unfruchtbar ist?«

Lohstan war ein benachbartes Königreich, das von einem Mann, der Akbah hieß, regiert wurde. Es überraschte mich, daß Deenbur ein Mädchen von ihm kaufte. Früher hatte es Kriege zwischen Lohstan und Shul gegeben, wenn auch nicht in jüngster Zeit. Sandru zufolge hatten die Männer von Shul, hervorragende Krieger, die Horden von Lohstan mehr als einmal in die Flucht geschlagen, aber Akbah hatte andere Königreiche angegriffen und besiegt, und jetzt mußten sie ihm einen jährlichen Tribut an Rindern und Korn und Wolle entrichten, Akbahs Name war gleichbedeutend mit Grausamkeit und Gewalt. Sandru war ihm einmal begegnet und hielt ihn für einen Sadisten mit gefährlichen Stimmungsschwankungen. Außerhalb seines eigenen Königreichs nannte man Akbah den Wahnsinnigen.

Sandrus Verhalten an diesem Morgen gab mir ein Rätsel auf. Bald war er freundlich, ja sogar liebevoll, bald fuhr er mich gereizt an. Irgend etwas beunruhigte ihn, etwas, das auch mich berührte. Jetzt verfiel er in ein beinahe mürrisches Schweigen, und seine Gedanken schienen weit fort. Als er den zweiten Becher Tee ausgetrunken hatte, stellte ich unser Frühstücksgeschirr auf das Tablett und trug es, wieder mit dem unbehaglichen Gefühl, daß etwas nicht in Ordnung sei, in die Küche.

Die nächsten beiden Stunden widmete ich mich meinen häuslichen Pflichten. Ich machte Wasser für Sandrus Toilette heiß, spülte Geschirr, putzte, holte getrockneten Dung für die Feuerstellen und ritt auf Sandrus Maultier, Aristoteles, zu einigen Bauern, um Vorräte für zwei, drei Tage zu kaufen. Am späten Vormittag hatte Sandru Sprechstunde für die Patienten, die in der Lage waren, zu uns zu kommen. Am Nachmittag würde er Hausbesuche machen. Bei beidem diente ich ihm als Krankenschwester, und ohne mir schmeicheln zu wollen, kann ich sagen, daß ich diese Aufgaben inzwischen recht gut verrichtete. Am Anfang war ich beim Anblick von Blut in Ohnmacht gefallen, und bei einigen der unangenehmen Dinge, die ich tun mußte, war mir beinahe übel geworden. Doch unter Sandrus energischer und kluger Anleitung hatte ich stete Fortschritte gemacht, so daß er nun mit meiner Arbeit zufrieden war.

Sandru, Sohn einer französischen Mutter und eines griechischen Vaters, war in Paris geboren worden. Sein wahrer Name war Georgios Alexandrou. »Sandru« war eine kafirische Verstümmelung seines Familiennamens, wie »Lalla« eine Verstümmelung meines wirklichen Namens, Lawley, war. Er hatte bis zum Alter von zehn Jahren in Frankreich gelebt. Dann war die Familie nach London gegangen, wo er die Schule beendet und Medizin studiert hatte.

Nach dem Examen praktizierte er eine Zeitlang in Athen, hauptsächlich, weil seine Eltern dort den Ruhestand verbrachten, aber innerhalb von drei Jahren waren beide gestorben. In Griechenland herrschte damals weitverbreitete Unzufriedenheit, und so ging Dr. Georgios Alexandrou nach Ägypten, wo es ihm gelang, ein Patent bei der britischen Armee zu bekommen, als Bataillonsarzt im 44. Infanterieregiment Ihrer Majestät, bei den Royal Berkshires. Zwei Jahre später, 1841, als die britischen Truppen in Kabul belagert wurden, nahm Captain Alexandrou an einem Ausfall teil, um die Umschließung durch die Einnahme des Forts im Dorf Bemaru, von dem aus die britischen Stellungen in Kabul unter Feuer genommen wurden, zu durchbrechen, aber das Unternehmen schlug fehl.

Ich kannte die Geschichte jener Ausfälle, denn als ich beinahe vierzig Jahre später in Kabul war, hatte ich oft davon erzählen hören. Dann, in Shul, hatte Sandru mir berichtet, daß er, damals noch Captain Alexandrou, die Besinnung verloren hatte, als sein Pferd bei dem fluchtartigen Rückzug nach dem Fehlschlag des Unternehmens unter ihm weggeschossen worden war. Wie er sich vor dem Gemetzel hatte retten können, wußte er allerdings nicht, denn sein Erinnerungsvermögen hatte einige Stunden lang ausgesetzt. Als er wieder zu sich kam, war es jedenfalls dunkel, und er lag in einer kleinen felsigen Senke neben einem verwundeten afghanischen Krieger. Der Mann hatte eine böse Verletzung im Oberschenkel. Die Wunde wurde mit einem in Streifen gerissenen Hemd verbunden, was den Mann vor dem Verbluten bewahrte. Das Hemd gehörte Captain Alexandrou, doch es dauerte einige Zeit, bis man ihm, der nur wenige Brocken der Sprache verstand, begreiflich machen konnte, daß er selbst es gewesen war, der den Mann verbunden hatte. Er hatte sich nicht daran erinnern können.

Eine Stunde später wurden sie von einer Schar Afghanen gefunden, und der britische Offizier dankte Gott, daß er bei seinem unbekannten Patienten geblieben war, denn wenn der Mann sich nicht für ihn verwendet hätte, wäre er bestimmt erdolcht und vorher wahrscheinlich noch gefoltert worden. So nahm man ihn nur gefangen und zwang ihn, in Bemaru andere verwundete Afghanen zu versorgen.

»Ich bezweifle, Lalla, daß viele meiner Patienten lange überlebten«, sagte er mir eines Abends, als die Rede wieder auf jene Zeit gekommen war. »Aber einige lebten wenigstens lange genug, um mir einen Ruf zu verschaffen, der mir das Leben retten sollte. Als der britische Rückzug aus Kabul begann, verkaufte der Dorfhäuptling mich an ein paar Ghalsai, die nach Norden zogen und mich in Kohistan gegen zwei Esel tauschten. Ich wurde noch mehrere Male verkauft, bis ich zuletzt nach Shul kam.«

Sandru, wie er seither genannt wurde, war viele Monate lang ein Gefangener gewesen, als er in Shul verkauft wurde. In der ersten oder zweiten Woche seiner Gefangenschaft hatte man ihm seine Uniform weggenommen, und er hatte sich daran gewöhnt, wie die Einheimischen zu leben, aber die Instrumente seines Berufs hatte er behalten. Als Gefangener, der wie eine Ware behandelt wurde, hatte er sich damit abfinden müssen, wie ein Sklave malträtiert und brutal geschlagen zu werden, doch wenn er aufgefordert wurde, einen Kranken zu versorgen, nahm er eine gebieterische Haltung an und erteilte Befehle, als hätte er jedes Recht dazu.

»Es ging nicht anders, Lalla«, sagte er, während er wie jeden Abend warme Milch mit Honig trank, und schaute über den Rand des Bechers hinweg in das glimmende Feuer. »Ich mußte meinen Fertigkeiten als Feringhi-Doktor Geltung verschaffen – sie waren das einzige, was mich vor einem Messer an der Kehle bewahren konnte. Weder die Afghanen noch die Kafiren respektieren eine demütige Haltung; deshalb mußte ich, wann immer sie mich als Arzt brauchten, prahlerisch und herrisch sein.« Er schmunzelte und sah mich verschmitzt an. »Ein erfolgreicher Arzt braucht ein Drittel Selbstvertrauen, ein Drittel List und ein Drittel Glück. Gott sei Dank hatte ich genug Selbstvertrauen, und ich kenne tausend Listen. Außerdem habe ich Glück gehabt, und meine ärztlichen Fähigkeiten erwiesen sich als ausreichend.«

Sandru war vom Häuptling eines Dorfes in Shul gekauft worden, und in den ersten Wochen drohte ihm Gefahr von den Deschtaju. Sie waren nicht nur Priester, sondern auch Medizinmänner und mißtrauten dem Fremden, der mit seinen sonderbaren Methoden in ihr Revier eindrang. Dann hatte Sandru eine Glückssträhne, die, wie er sagte, jeder Arzt braucht, um es zu etwas zu bringen.

Der damalige Pascha, Deenburs Großvater, hatte eine Tochter, die von Geburt an fast blind war. Die Deschtaju hatten

Doghan Opfer dargebracht, Gebete gesagt und alle ihre Zauberkünste angewandt, um den bösen Geist, der die Blindheit verursachte, zu vertreiben. Als letztes Mittel hatte der Pascha den Feringhi-Doktor aus dem Dorf Chaimee in den Palast holen lassen.

»Man teilte mir mit, ich müßte die Tochter von ihrer Blindheit heilen, oder man würde mir den Kopf abschlagen«, erinnerte sich Sandru mit einem Seufzer. »Wahrlich, ein ungewöhnlicher Auftrag für einen Arzt! In zivilisierten Ländern verlangen die Ärzte selbst dann ein Honorar, wenn die Heilung des Patienten mißlingt. Ich hatte jedoch Glück. Das Kind hatte auf jedem Auge einen grauen Star, beide jedoch waren nicht fortgeschritten. Ich bin nie begierig, nach dem Skalpell zu greifen, aber dieser Fall erforderte es. Ich beruhigte das Mädchen mit einer Droge aus Hanf, die in diesem Teil der Welt, besonders von Priestern, viel benutzt wird. Sie nennen sie her *bhang,* aber die Inder sagen *haschisch.* Die Operation mit einer steril gemachten Nadel war höchst einfach und dauerte nur ein oder zwei Minuten, aber ich machte die Sache sehr eindrucksvoll, indem ich die Augen des Mädchens drei Tage lang verbunden ließ.«

Sandru hielt inne und hob den Zeigefinger. »Der Erfolg birgt seine eigenen Gefahren, Lalla. Das Mädchen konnte wieder sehen, der Pascha war hocherfreut, und ich wurde vom niedrigen Sklaven zu seinem Leibarzt erhoben. Aber ich wußte, daß man, da ich ein Wunder bewirkt hatte, sicher noch andere von mir erwarten würde, und wenn ich versagte. . . «

Er blickte gen Himmel und fuhr sich mit dem Finger die Kehle entlang. »Deshalb sagte ich zu dem Pascha, ich könne zwar große Heilungen vollbringen, aber sie seien immer dem Willen Doghans, des Schöpfers aller Dinge, unterworfen, und ich forderte ihn auf, dem Gott vier Ziegen zu opfern, damit er das Wunder nicht rückgängig mache.«

Sandru hatte in seinen Jahren hier in Shul drei Paschas gedient. Manchmal hatte man Loblieder auf ihn gesungen, manchmal hatte man ihn beschimpft, aber dank seines Könnens, seiner Schlauheit und seiner Beredsamkeit hatte er es geschafft, die gefährlichen Augenblicke zu überstehen. Außerdem hatte er sich schon vor langer Zeit mit den Deschtaju geeinigt, indem er ihnen seine Hilfe anbot, so daß sie ihn mit der Zeit nicht mehr als Rivalen fürchteten oder ihm nach dem Leben trachteten. Für eine ganze Generation von Shul-Kafiren, Deenbur eingeschlossen, war er nun kein Feringhi mehr. Er war einfach Sandru, der Arzt, der Leiden und Verletzungen besser heilen konnte als irgendein Medizinmann seit Menschengedenken.

Als er sagte, List und Selbstvertrauen seien unabdingbare Voraussetzungen für eine erfolgreiche Tätigkeit als Arzt, hatte er die Wahrheit gesagt. Wir besaßen eine Vielfalt von Kräutern und Essenzen in eindrucksvoll bemalten Tiegeln mit schön verzierten Holztäfelchen, und manche vermochten Symptome zu lindern, doch nur wenige besaßen wirkliche Heilkraft.

»Entweder heilt sich der menschliche Körper selbst, oder er tut es nicht«, vertraute Sandru mir eines Tages nach einer besonders langen und schwierigen Sprechstunde an. »In vielen Fällen wird der Kranke gesund, einerlei, worin die Behandlung besteht. Aber man schreibt die Heilung natürlich dem Arzt zu. Ich bin zu dem Schluß gekommen, daß vieles davon abhängt, ob der Patient an die Behandlung *glaubt* oder nicht, so daß wir ihm indirekt Gutes tun, wenn wir ihn zu dem Glauben verleiten, die Mittel in unseren hübschen Tiegeln seien wirksam.«

In seinen ersten Jahren in Shul hatte er alle möglichen Kräuter gesammelt und auf verschiedene Weise mit ihnen experimentiert. Einige unglückliche Tiere waren gestorben, vermutlich auch ein oder zwei menschliche Patienten, aber schließlich hatte er eine Anzahl von Kräutern und Extrakten klassifiziert, die zumindest keinen Schaden anrichten und von denen manche sogar Schmerzen lindern oder lästige Symptome wenigstens teilweise vertreiben konnten. Durch Zufall hatte er herausgefunden, daß Schimmel, auf einer bestimmten Käsesorte gezogen, die Heilung von Wunden bemerkenswert förderte, doch die Wirkung ließ sich nie genau voraussagen.

»Verletzungen sind leichter zu behandeln als Krankheiten«, erklärte er. »Ein gebrochener Knochen, eine offene Wunde, sogar ein Abszeß ... Gott sei Dank kann ich gut Knochen richten, und was Fleischwunden betrifft, so glaube ich, daß Säubern und Sauberhalten die beste Methode ist, die Selbstheilung des Organismus zu unterstützen.«

Das waren sonderbare Äußerungen aus dem Mund eines Arztes, doch bei meiner Arbeit als Krankenschwester gelangte ich zu der Überzeugung, daß Sandru recht hatte. In mancher Hinsicht war er ungerecht sich selbst gegenüber, wenn er sein Können allzusehr unter den Scheffel stellte. Wenn Sandru zum Beispiel bei Geburten half, starben weit weniger Neugeborene und Mütter als unter den Händen schmutziger Hebammen.

Sandru hatte sich nie etwas darauf zugute gehalten. Ich hatte es von den Frauen gehört, denen er beigestanden hatte, und von den Müttern dieser Frauen, deren Kinder er in früheren Jahren auf die Welt gebracht hatte. Jetzt konnte ich es selber kaum noch glauben, daß ich bei meiner Ankunft in Shul keine Ahnung gehabt hatte, wie Kinder empfangen und zur Welt gebracht werden. Seit ich bei Sandru war, hatte ich vieles darüber gelernt, denn er nahm mich immer mit, wenn ein Kind entbunden werden mußte, und ich hatte in schwierigen Augenblicken selbst mit Hand angelegt.

Ungefähr eine halbe Stunde, ehe die ersten Patienten kamen, kehrte ich mit dem voll beladenen Aristoteles zurück. Ich hatte noch genug Zeit, um die Lebensmittel zu verstauen, mir zu überlegen, was ich Sandru zu Mittag kochen wollte, und nachzusehen, ob der Raum, den er als Behandlungszimmer benutzte, sauber war und ob seine Kladden, Instrumente und Gefäße so geordnet waren, wie er es gern hatte. Ein Wartezimmer gab es nicht. Die Patienten setzten sich auf eine lange Bank vor dem Haus, und wenn auf der Bank kein Platz mehr war, standen sie.

An diesem Morgen zischte Sandru mich während der Sprechstunde ein- oder zweimal böse an, weil ich irgendeinen Fehler gemacht hatte, der so geringfügig war, daß ich ihn kaum bemerkte. Er forderte mich nicht auf, mich zu ihm zu setzen, als ich das Mittagessen zubereitet hatte, und so aß ich allein in der Küche. Am Nachmittag brachen wir zu den Patientenbesuchen auf. Ich ging wie gewöhnlich neben Aristoteles und trug eine der beiden Ärztetaschen, während Sandru mit der anderen Tasche vor sich auf dem Maultier saß. Normalerweise plauderte er über die verschiedenen Kranken, die wir besuchten, und dachte laut über ihre Leiden nach. Heute ritt er schweigend, mit zusammengesunkenen Schultern und einem mürrischen Ausdruck im Gesicht, der mich veranlaßte, nicht das Wort an ihn zu richten, damit er nicht wieder zornig würde.

Als wir die Hälfte der Besuche gemacht hatten, kam ein Mann aus einer der Jurten am Ortsrand von Kuttar angelaufen. Seine Frau lag in den Wehen und war dabei, ein Kind zu bekommen, mit dem Sandru erst in zwei Tagen gerechnet hatte, und irgend etwas, dem die Hebamme aus der Nachbarschaft nicht gewachsen war, ging schief. Früher hatten nur Frauen bei Entbindungen helfen dürfen, doch als sich nach Sandrus Ankunft herumsprach, daß sehr viel weniger Mütter und Neugeborene starben, wenn er zugegen war, hatte sich das geändert.

Wir eilten zu der Jurte, die aus einem bienenkorbartigen, mit Fellen bedeckten Holzgerüst bestand und dreimal in mein Schlafzimmer in Kabul hineingepaßt hätte. Die Hebamme war gegangen. Nur die Mutter der jungen Frau war anwesend. Der Mann zündete weitere Lampen an, damit wir Licht hätten, und zwei Stunden kämpfte Sandru nun darum, das ungeborene Kind, das sich in seiner eigenen Nabelschnur verfangen hatte, zu retten.

Dabei schwand seine Reizbarkeit und er wurde wieder der Sandru, den ich so oft erlebt hatte, freundlich und mitleidig, zartfühlend und ermutigend. Ich war froh, daß ich ihm helfen konnte, das Kind sicher zur Welt zu bringen, denn die Aufgabe beschäftigte mich so sehr, daß ich meine eigenen Ängste darüber vergaß, und ich genoß das befriedigende Gefühl, etwas Nützliches zu tun. Bevor Sandru mich kaufte, hatte ich mein Leben lang nie für irgend jemanden etwas Nützliches getan.

Es war später Nachmittag, als wir uns die Hände wuschen und endlich auf Sitzpolstern in der dunklen, übelriechenden Jurte ausruhten und Tee tranken, den uns die Mutter der jungen Frau bereitet hatte. Die junge Frau saß aufrecht an ein Lederpolster gelehnt und hielt den Säugling an die Brust. Er trank noch nicht, aber er war gesund und atmete leicht und regelmäßig, während er schlief. Die zusätzlichen Lampen waren inzwischen gelöscht worden, und in der Jurte war alles still. Sandru hielt nichts davon, Neugeborene in eine helle und lärmende Welt hinauszubringen.

Nach einer kleinen Weile sagte er leise zu mir: »Die Nabelschnur kann jetzt durchtrennt werden. Mach du es an meiner Statt, Lalla.«

Ich wies die Mutter des Mädchens an, mir die Lampe zu halten, band die Nabelschnur ab, durchschnitt sie und machte es der Frau bequem. »Ein schöner Junge«, sagte ich zu dem Mann. »Sehr kräftig. Er wird viel arbeiten und reich werden.«

Der Mann lachte. »So möge es sein. Morgen werde ich zum Tempel gehen und Doghan, dem Schöpfer aller Dinge, danken.«

Ich überlegte kurz, was Mr. Creasy, der Vikar der anglikanischen Kirche in Kabul, wohl davon gehalten hätte. Aber ich hatte keinerlei Verlangen, Missionarin zu spielen, so daß ich nur nickte und sagte: »Vergiß nicht, auch Sandru, meinem Herrn, zu danken.«

Als ich später das Abendessen vorbereitete, fühlte ich, wie die Befürchtungen vom Morgen wiederkehrten. Ich versuchte, sie zu überwinden, indem ich stumm mit mir selber redete und mich fragte, wovor ich eigentlich Angst hatte. Es gibt keinen greifbaren Grund für mich, besorgt zu sein. Ich war eine gute Dienerin, die keine Schwierigkeiten machte, und da ich eine europäische Erziehung genossen hatte, konnte ich besser von Sandru lernen und ihm nützlicher sein als eine Kafirin. Ich konnte mich besser auf ihn einstellen als irgend jemand sonst in Shul. Deshalb war es töricht von mir, Angst zu haben. Sandru war mißgestimmt gewesen und hatte mich ein paarmal angefahren, aber das war kein Grund zu der Befürchtung, er könnte mich verkaufen. Und solange ich bei Sandru blieb, war ich sicher.

Ich gab mir Mühe, den Gedanken zurückzudrängen, der mich am Morgen aus dem Bett getrieben hatte, die Frage, wie lange mein Aufenthalt hier dauern würde, denn wenn ich mich das ernsthaft fragte, würde ich mir vor Augen führen müssen, daß Sandru nicht mehr viele Jahre zu leben hatte, und wenn er starb, würde ich allerdings Grund zur Angst haben, denn ich ahnte nicht, was ohne seinen Schutz aus mir werden würde.

Er forderte mich auf, mit ihm zu Abend zu essen, und obwohl er müde und wortkarg wirkte, war er sehr freundlich zu mir. Nachdem ich abgeräumt hatte, setzten wir uns und spielten eine Weile Schach auf einem prächtigen Brett aus eingelegtem Elfenbein, das er von einer der seltenen Handelskarawanen gekauft hatte, die auf dem Weg von Buchara nach Peschawar in Kuttar haltmachten. Die Figuren waren ebenfalls aus Elfenbein, wunderbar geschnitzt. Sandru liebte Schach, obwohl er viele Jahre lang nur gegen sich selbst hatte spielen können. Ich war Anfängerin, und in den ersten Stunden der Unterweisung hatte mich das schwierige Spiel über die Maßen verwirrt und verblüfft, doch dann hatte ich es schätzen gelernt, weil es mich das harte, fremdartige und gefährliche Leben, das ich als Gefangene in Shul führen mußte, oft eine Zeitlang vergessen ließ.

Ein- oder zweimal hatte ich ein Remis erreicht, aber ich hatte es nie geschafft, ihn zu schlagen. Heute abend gewann ich binnen einer Stunde zwei Partien – aber nicht dank meines Könnens, sondern weil Sandru Anfängerschnitzer unterliefen. Er betrachtete die Position, in der ich ihn matt gesetzt hatte, schüttelte den Kopf und fing an, die Figuren zurückzulegen in die Schachtel aus Sandelholz, die ihnen einen feinen Duft verlieh und die Schönheit des geschnitzten Elfenbeins unterstrich.

Als er die Schachtel zugeklappt hatte, sah er mich einige Sekunden lang über den niedrigen Tisch hinweg an, und ich sah den Schmerz in seinen Augen. Dann sagte er ruhig: »Es tut mir leid, daß ich heute so garstig zu dir war, Lalla. Es war ungerecht.«

Ich war verlegen. Zwischen mir und meiner früheren Welt lag ein so weiter Weg, daß es mich beunruhigte, wenn Sandru, mein Herr, sich bei mir, seiner Magd, entschuldigte. Ich murmelte: »Bitte, Herr. . . Sagt so etwas nicht. Ihr seid sehr gütig zu mir.«

Nach einer langen Schweigepause sagte er mit schwerer Stimme: »Ich habe dich angefahren, weil ich Angst hatte, dir das zu erzählen, was du erfahren mußt, mein Kind. Du weißt, daß Deenbur mich gestern zum Palast kommen ließ. Dort erzählte er mir, daß er ein neues Mädchen kaufen und heiraten will, ein Mädchen aus Lohstan. Er kann es aber nur mit dem Einverständnis des Paschas von Lohstan kaufen, und in den letzten Wochen sind Boten hin und her gereist, um die Bedingungen auszuhandeln.«

Ich dachte, dies müsse einer der Augenblicke sein, in denen Sandru geistesabwesend war, und sagte: »Ja, Herr. Sie haben mir heute morgen erzählt, daß Deenbur von Akbah dem Wahnsinnigen eine neue Frau kauft, aber warum sollte das mich beunruhigen? Wenn Deenbur mit ihr kein Kind zeugen kann, und Sie sagen, es sei so, dann wird er ihr die Schuld dafür geben, so wie er mir die Schuld gegeben hat. Es tut mir wirklich leid um sie, aber ich bin dankbar, daß meine Zeit als seine Ehefrau vorbei ist.«

Ich blickte auf, während ich sprach, und sah, daß Sandru jetzt mit gesenktem Kopf dasaß. Dann sagte er: »Ich habe dir nicht den Preis gesagt, Lalla. Den Preis. Akbah, dieses Ungeheuer, hat sich eine Feringhi-Frau in den Kopf gesetzt, und Deenbur hat sich bereit erklärt, dich gegen das Mädchen aus Lohstan zu tauschen.«

2

Furcht war mir nicht fremd. Seit meiner Gefangennahme, seit Deenbur mich gezwungen hatte, ihm zu Willen zu sein, bis zu dem Augenblick, als er mich im Zorn aus seinem Haus jagte, hatte ich damit gelebt. Aber die Furcht, die mich jetzt überfiel, war bohrender als alle Ängste, die ich je durchgemacht hatte. Ich war manchmal starr vor Entsetzen gewesen, und das hatte dem, was ich erlebt hatte, etwas Unwirkliches gegeben. Ich litt, aber die barmherzige Natur hatte meinen Geist und meinen Körper taub gemacht, so daß mein Leid weniger unerträglich war, als es hätte sein können.

Jetzt aber milderte kein Entsetzen die Furcht. Ich kannte die grausame Wirklichkeit des Lebens in Kafiristan und die uneingeschränkte Macht der kleinen Könige über ihre Untertanen. Ich war in zweieinhalb Jahren erwachsen geworden und hatte gelernt, mit anderen Augen zu sehen als das verwöhnte, unwissende Kind, das ich früher gewesen war. Die Mitteilung, daß Deenbur mich an Akbah den Wahnsinnigen verschachert hatte, erfüllte mich mit Schrecken.

Ich fühlte, wie mir alles Blut aus den Wangen wich, während ich Sandru anstarrte und mit bebender Stimme sagte: »Bitte ... Ihr dürft das nicht zulassen ... O Herr ... bitte.«

Er hob mühselig den Kopf und sah mich tiefbekümmert an. »Mein liebes Kind, glaubst du, ich hätte es nicht versucht? Ich habe gestern eine ganze Stunde lang alle Argumente vorgebracht, die mir einfielen, bis Deenbur einen Zornausbruch hatte und mich daran erinnerte, daß auch ich ein Feringhi und ein Gefangener sei. Er schrie, wenn ich noch ein einziges Wort sagte, werde es mein letztes sein, denn er glaube, als Arzt würde ich auch ohne Zunge im Mund so gut sein wie vorher. Es war ihm ernst, Lalla. Ich kenne ihn genau, und ich weiß, daß es ihm ernst war.«

»Ja.« Ich konnte kaum selber mein Flüstern verstehen. »Ich kenne ihn auch, Herr. Es *war* ihm ernst.«

Wir saßen eine Weile schweigend da, und ich spürte, wie mein Herz hämmerte, als hätte ich zwei schwere Eimer Wasser vom Fluß den Hang heraufgeschleppt. In meine Furcht mischte sich ein schreckliches Gefühl der Hilflosigkeit und Einsamkeit, ein Gefühl, nichts weiter zu sein als eine Marionette, bewegt von einem gedankenlosen Puppenspieler. Abgesehen von Sandru, der ebenso machtlos war wie ich, kümmerte sich kein Mensch darum, was aus mir wurde.

Wenn all das, was ich über Akbah gehört hatte, auch nur zur Hälfte stimmte, war es mehr als genug, um mich bei dem Gedanken an das, was mir beschieden war, erschauern zu lassen. Ich würde es nicht ertragen. Irgendwo tief in mir glomm ein winziger Funke Zorn und Entschlossenheit auf. Mit ausgedörrtem Mund sagte ich: »Wissen Sie, wann ich nach Lohstan geschickt werden soll, Herr?«

Ohne aufzublicken, antwortete er müde: »Wenn das Mädchen aus Lohstan hier eingetroffen ist. In acht oder neun Tagen.«

Meine Stimme versagte beinahe, als ich erklärte: »Ich muß fliehen, Herr. Ich *muß!* Würdet Ihr mir dabei helfen? *Bitte!*«

Jetzt sah er auf und schüttelte traurig den Kopf: »Lalla, Lalla, sag nicht solche törichten Dinge. Selbst als junger Mann hätte ich diese Reise niemals allein schaffen können. Wohin willst du fliehen? Nach Kabul? Spätestens einen Tag nach deinem Verschwinden wird Deenbur Reiter nach Süden ausschwärmen lassen und alle Dörfer alarmieren, nach dir Ausschau zu halten. Und selbst wenn es dir wie durch ein Wunder gelänge, sein Gebiet zu verlassen, was dann? Du kannst nicht von dem leben, was du in den Bergen findest. Du mußt in den Dörfern etwas zu essen kaufen. Überall in Kafiristan wird man dich erkennen und zurückschicken. Und wenn das Land der

Kafiren hinter dir liegt, wirst du bei den Moslems sein, und du kennst kaum ein Wort ihrer Sprache. Keine moslemische Frau reist allein. Sie werden herausfinden, daß du eine Feringhi bist, und dich töten.«

»Aber wenn ich Aristoteles mitnähme und einen Korb mit Brot, wenn ich mich in den Bergen hielte und versuchte, die Dörfer zu meiden . . .«

»Nein, Kind, nein«, unterbrach er mich mit einer ungeduldigen Handbewegung, die gleichsam die Hoffnungslosigkeit meiner Lage unterstrich. »Du bist nicht für dieses Land geboren, du kennst keine verborgenen Pfade durch die Berge. Du würdest dich verirren und verhungern oder erfrieren. Und wenn du den bekannten Routen folgst, begegnest du Leuten, und hierzulande zieht man nicht wortlos aneinander vorbei. Glaubst du wirklich, eine junge Feringhi könnte allein reisen, ohne Straßenräubern oder anderen Bösewichten zum Opfer zu fallen? Glaube mir, ich habe lange darüber nachgedacht, ob du fliehen könntest, und bin jedesmal zu dem Schluß gelangt, daß es keine Möglichkeit gibt.«

In meiner Verzweiflung sprach ich hastig: »Aber wenn ich mich unter eine Schar hinduistischer Händler mischte, wäre ich doch ungefährdet, Herr. Ich habe in England ein großes Vermögen geerbt, und jeder, der mich in Sicherheit brächte, würde reich belohnt werden. Ihr könntet für mich sprechen, Ihr könntet erklären, wer ich bin und wie ich hierher kam. Die Hindus haben enge Beziehungen zu England und würden mir doch sicher helfen.«

»Die Männer, die dich nach Shul gebracht und an Deenbur verkauft haben, waren Hindus«, sagte Sandru eindringlich. »Außerdem erwarten wir in den nächsten Wochen keine Karawane. Es gibt niemanden, den ich bitten könnte, dir zu helfen.«

Ich saß da und blickte auf das Schachbrett. Der erste Schrecken hatte sich gelegt. Ich hatte immer noch Angst, aber ich fühlte nur noch eine große Leere. Ich sagte ganz langsam, beinahe wie zu mir selbst: »Trotzdem muß ich fliehen. Ich bin ein Feigling. Ich ertrage es nicht, daß ich an Akbah den Wahnsinnigen verschachert werde. Herr, ich würde lieber verhungern oder erfrieren oder von einem Räuber getötet werden, als Akbahs widerwärtige Launen befriedigen. Vielleicht werde ich anders denken, wenn der Augenblick des Todes da ist, aber ich nehme an, das wäre dann nur meine Feigheit.«

Ein langes Schweigen breitete sich aus. Ich überlegte fieberhaft, wie ich Nahrungsmittel für die Reise sammeln sollte und was ich mitnehmen sollte, was für Speisen, was für Kleidungsstücke, welchen Schutz vor Kälte und Regen. Wenn ich nach Westen ging, die aufgehende Sonne immer im Rücken, würden Deenburs Reiter mich nicht finden, weil sie fest glauben würden, ich sei nach Süden gegangen. Ich konnte durch Kohistan reisen und den Pfad suchen, der fünfhundert Meilen weit durch Afghanistan nach Herat führte, der Hauptstadt der an Persien grenzenden Provinz. In Herat standen britische Truppen, dort gab es eine britische Mission. Wenn ich nur diese alte Stadt erreichen könnte . . .

Fünfhundert Meilen. Ich wußte in meinem Herzen, daß ich von Glück sagen könnte, wenn ich fünfzig Meilen zurücklegte, ehe meine Reise auf diese oder jene Weise endete, aber jener Funke Trotz war noch in mir lebendig. Ich würde fliehen, und wenn ich auf der Flucht starb, würde das zumindest bedeuten, daß ich in einem nutzlosen Leben *eines* getan hatte, das meiner würdig war.

Mein Blick richtete sich wieder auf Sandru, und ich sah, daß er mich neugierig betrachtete. »Du bist wirklich entschlossen zu gehen?« fragte er.

»Ja, Herr. Ich muß es versuchen.«

Er nickte langsam, und sein Blick glitt an mir vorbei in irgendeine Ferne. »Vielleicht wünschte ich, ich hätte vor Jahren den gleichen Entschluß gefaßt . . .« meinte er nachdenklich. »Es ist schwer zu sagen. Ich hatte damals schon Patienten, die mich brauchten, und ich schwebte nicht in einer solchen Gefahr. Aber . . .«

Seine Stimme verklang. Er saß einen Moment lang gedankenverloren da, dann sah er mich plötzlich scharf an und hob warnend den Finger. »Versprich mir eines, Lalla«, sagte er. »Du hast noch ein paar Tage Zeit. Versprich mir, daß du nicht gehst, ohne es mir vorher gesagt zu haben. Ich sehe keine Hoffnung, daß du es schaffst, aber ich werde dir nach Kräften helfen.«

Ich senkte den Kopf und legte die Hand auf mein Herz, um meinen Dank so auszudrücken, wie ich es von den Kafiren gelernt hatte. »Ich verspreche es, Herr. Ich bin Euch sehr dankbar.«

Er zupfte an seinem Kinn. »Du mußt Aristoteles mitnehmen, damit er die Vorräte trägt, die wir zusammenbringen können, aber es muß natürlich so wirken, als hättest du ihn gestohlen. Falls Deenbur mich verdächtigt, dir geholfen zu haben, werde ich mit meiner Zunge büßen müssen, wenn nicht mit meinem Kopf. Du mußt nachts gehen, und ich muß starke betäubende Drogen nehmen, damit ich einen Tag und eine Nacht schlafe, und wenn ich aufwache, werde ich sagen, du hättest mir das Schlafmittel ins Abendessen getan.«

Erst jetzt wurde mir klar, wie sehr Sandru sich selbst gefährdete, wenn er mir half. Ich malte mir noch aus, was ihm widerfahren könnte, als er das Schachbrett nahm und aufstand. »Geh jetzt schlafen, Lalla«, sagte er sehr leise und wandte mir den Rücken, um das Brett und die Schachtel mit den Figuren in den kleinen Schrank an seinem Bett zu legen. »Wir werden morgen weiter sprechen, aber wir müssen um unser beider willen versuchen, uns so zu verhalten wie immer. Sei genau so wie sonst. Geh zu Bett und sag dein Gebet, mein Kind. Mit Gottes Hilfe ist alles möglich.«

Obwohl wir allein waren, beherzigte ich seine Warnung, und als ich ihm eine gute Nacht wünschte, legte ich die Handflächen aneinander und verneigte mich demütig, wie es sich für eine gute Dienerin ziemt. Er mied meinen Blick. Und ich wußte, er war überzeugt davon, daß ich unterwegs sterben würde. Wenn ich gewagt hätte, ernsthaft nachzudenken – ich hätte ihm sicher zugestimmt.

In den endlosen alptraumhaften Tagen zwischen dem Massaker in Kabul und meiner Ankunft in Shul hatte ich tausendmal um Rettung gebetet, doch vergebens. Nachdem Deenbur mich zu seiner Frau gemacht und mit der Peitsche gezwungen hatte, mich seinen Wünschen zu fügen, betete ich nicht mehr. Denn falls es wirklich einen Gott gab, kümmerte er sich keinen Deut um Jemimah Lawley, fand ich. Aber an dem Abend, an dem Sandru mir die schreckliche Neuigkeit eröffnet hatte, merkte ich, daß meine Angst stärker war als mein Groll, und beschämt betete ich inbrünstig darum, die mir bevorstehende Prüfung lebendig zu überstehen.

Ich schlief in dieser Nacht kaum, denn zu viele Gedanken gingen mir durch den Kopf, und ich stand früh auf, um mit meinen Vorbereitungen zu beginnen. Ich mußte Fisch und Fleisch räuchern und trocknen und zusammengepreßt einpakken – kleine Portionen davon würden mich für lange Stunden nähren. Sandru besaß einige grob gezeichnete Landkarten, die er von Händlern, die im Sommer mit ihren Karawanen aus dem fernen Buchara nach Süden kamen, erstanden hatte. Ich kopierte sie auf Papier, das er von hinduistischen Händlern aus dem Süden gekauft hatte. Die Karten waren so unzuverlässig, daß die Arbeit nicht allzuviel Sinn hatte, außer daß sie ein Versuch war, mir selbst Mut zu machen.

Mir schwirrte der Kopf, wenn ich daran dachte, was ich unterwegs brauchte: Kleidung, Wasser, Wolldecken, Körbe, Feuersteine, Stahl, Messer und zahllose Kleinigkeiten. Am Abend sprachen wir leise über Mittel und Wege, alles zusammenzubekommen. Wir versuchten, unsere Aufregung zu zügeln, und obwohl unsere Beziehung sich nun, da wir Verschworene waren, merklich geändert hatte, hörte ich keinen Moment auf, wie die Dienerin zu sprechen und zu handeln.

Ich erledigte meine täglichen Pflichten wie zuvor und half Sandru bei der Sprechstunde am Morgen und den Hausbesuchen am Nachmittag. Drei Tage später, als wir nach den Besuchen auf dem Heimweg waren, murmelte er plötzlich etwas auf Griechisch vor sich hin und zügelte Aristoteles. Ich folgte seinem Blick und sah, daß er zu einem Fremden hinüberstarrte, der auf einem zottigen Pferd den Pfad vom Fluß heraufgeritten kam. Ihm folgte an einer langen Leine ein Esel, der zwei große Körbe trug.

Sandru flüsterte kaum hörbar auf Englisch: »Kassim ... Das hatte ich ganz vergessen.« Er saß einen Augenblick wie versteinert da, als flögen ihm alle möglichen Gedanken durch den Kopf. Ich hätte gern gefragt, wer der Mann sei, aber es ziemte sich nicht, daß die Dienerin Lalla Fragen an ihren Herrn richtete.

Unsere Wege liefen zusammen, und als wir näher kamen, hob der Fremde die Hand zum Gruß. Er war ein großgewachsener Mann mit langen Beinen. Er trug eine mit Wolle gefütterte, rundum hochgeklappte Ledermütze auf dem Kopf, eine Jacke und eine Hose aus Yakleder, abgenutzte Stiefel, die bis in halbe Wadenhöhe reichten, und einen Mantel aus dem Haar der Kaschmirziege, der hinten weit geschlitzt war, damit er ihn beim Reiten nicht behinderte. Auf seinem Rücken hing ein Gewehr. Sein Gesicht war brauner als meines, aber nicht sehr dunkel, die Augen blau, das Kinn bärtig, die Nase gerade und lang. Es war schwer zu sagen, zu welchem Stamm er gehörte, denn Kafiren waren nicht die einzigen, unter denen man blauäugige Menschen traf. Die Abdali, die Ghalsai, die Birduranen, die Kaukaren – bei allen gab es eine kleine Anzahl blauäugiger Männer und Frauen. Vielleicht hatten tatsächlich Truppen Alexanders des Großen hier ihre Spuren hinterlassen, wie Sandru behauptete.

Der Kleidung nach hätte der Mann alles sein können. Jedenfalls, dachte ich, ist er kein Moslem, denn sonst hätten die Kafiren ihm kaum den Kopf auf den Schultern gelassen, aber dem Aussehen nach hätte er auch ein Moslem sein können. Einige Schritte von uns entfernt zügelte er sein Pferd und begrüßte Sandru in der Zunge der Kafiren, doch mit dem Akzent der nördlichen Regionen, der mir große Schwierigkeiten bereitete.

Sandru sagte: »Sei gegrüßt, Kassim. Du hast Kuttar letztes

Jahr nicht besucht. Diesmal kommst du früher als gewöhnlich.«

Der Mann sagte etwas über das freundliche Wetter, blickte dann zu mir herunter und stellte eine Frage. Sandru antwortete: »Das ist Lalla, das Feringhi-Mädchen, von dem ich dir vor zwei Jahren erzählt habe. Sie war Deenburs Frau. Jetzt ist sie meine Dienerin.«

»Wie ist das möglich?« Diese Worte verstand ich, weil mein Ohr sich langsam an den fremden Akzent gewöhnte.

»Sie hat ihm kein Kind geschenkt«, sagte Sandru. »Deshalb ließ Deenbur sie im Palast als Magd arbeiten, und einige Zeit später habe ich sie gekauft. Sie geht mir bei der Arbeit zur Hand.«

Die blauen Augen musterten mich ohne Interesse oder Wärme, dann zuckte Kassim mit den Schultern. »Es ist der Wille Doghans, des Schöpfers aller Dinge.«

Sandru deutete auf den gut beladenen Esel und fragte: »Was bringst du aus Buchara, mein Freund?«

Kassim grinste. »Die üblichen Waren, aber ich habe dich nicht vergessen, Sandru. Du fragst jedesmal nach dem . . .« – hier verstand ich ein oder zwei Worte nicht – ». . . des Feringhi-Arztes.« Kassim tätschelte seine Satteltasche. »Für dich habe ich die kleinen scharfen Messer, die kleine Säge, die gebogenen Nadeln und Därme zum Nähen, Zangen aus silbrigem Metall, um Kinder aus dem Mutterbauch zu ziehen, und andere sonderbare Gegenstände, die ihr Ärzte so liebt.« Er kniff die Augen zusammen und beugte sich mit der vertraulichen Miene des Schacherers vor. »Alles sehr wertvoll, Sandru. Alles in Moskau meisterhaft geschmiedet.«

Sandru kräuselte die Nase und drehte Aristoteles in die Richtung, wo unser Haus stand. »Die Instrumente aus Moskau sind nicht so gut wie die englischen, die du aus Peschawar bringst«, sagte er.

Kassim trieb sein Pferd neben ihn, und während wir langsam weitergingen, feilschten die beiden Männer genußvoll, rollten entsetzt die Augen, zuckten ungläubig zusammen, fuchtelten vorwurfsvoll mit beiden Händen. Sie handelten um Rupien und Rubel, denn beide Währungen wurden in Shul benutzt, wenn auch Tauschgeschäfte die häufigste Form des Handels waren.

Als wir das Haus erreicht hatten, lud Sandru Kassim ein, mit ihm zu Abend zu essen, und sagte, wenn er es wünsche, könne er die Nacht im Behandlungsraum verbringen, statt das Zelt aufzuschlagen, das er mitführte, oder für einen Schlafplatz in einem der Häuser oder einer der Jurten von Kuttar zu bezahlen. Kassim nahm mit einigen blumigen Dankesworten an, fügte aber, indem er mahnend den Finger hob, lächelnd hinzu, Sandru dürfe nicht damit rechnen, ihn, einen armen umherziehenden Höker, aufgrund seiner Gastfreundschaft noch mehr herunterhandeln zu können.

Mir sank das Herz, denn es bedeutete mehr Arbeit für mich, wo ich doch mehr als genug zu bedenken hatte. Kassim schnallte seine Körbe los und trug sie und die Satteltasche ins Haus. Ich führte Aristoteles und das Pferd des Gastes zur Rückseite des Hauses, sattelte sie ab und gab ihnen Futter und Wasser, ehe ich in die Küche hastete, um ein Mahl zu bereiten, das Sandru seines Besuchers für würdig befinden würde.

Die nächsten zwei Stunden war ich in der Küche damit beschäftigt, Feuer unter dem Herd anzuzünden, Weizenpfannkuchen zu backen und ein Hammelragout zu bereiten, zu dem ich Reis mit Gewürzen aus Indien und kleine Bohnen reichen wollte. Außerdem machte ich Klöße – das Rezept hatte ich in der Palastküche gelernt. Ich füllte eine Schale mit getrockneten Früchten, Walnüssen und Mandeln, eine kleinere mit Honig und entkorkte eine Flasche mit Wein aus dem Nachbardorf Chaimee.

Während das Ragout schmorte, erhitzte ich Wasser und trug zwei große Krüge davon ins große Zimmer, damit mein Herr und sein Gast sich waschen konnten. Ich konnte sie durch die Türöffnung zum Behandlungsraum sehen, denn der Ledervorhang war zur Seite gezogen. Kassim hatte seine Satteltasche auf den Tisch gelegt und breitete Skalpelle und andere Instrumente zur Begutachtung aus. Offensichtlich kam er jedes Jahr durch Shul und brachte bestimmte Dinge mit, um die Sandru ihn gebeten hatte. Wäre ich nicht so sehr mit meinen eigenen Sorgen beschäftigt gewesen, hätte ich mich für den Mann interessiert, denn er war der erste allein reisende Händler, von dem ich jemals gehört hatte. Die meisten reisten aus Sicherheitsgründen in kleinen Gruppen. Aber dann überlegte ich mir, daß Kassim kaum ein richtiger Händler war, weil er auf seinem Esel und seinem altersschwach aussehenden Gaul nur einen kleinen Warenvorrat befördern könnte. Er war, wie er selbst gesagt hatte, nur ein umherziehender Höker.

Wie sehr ich mich an die Sitten und Gebräuche von Shul gewöhnt hatte, mag man daran ermessen, daß ich mich freute, die Mahlzeit in eben dem Augenblick fertig zu haben, in dem Sandru mich aufforderte, sie zu servieren, denn andernfalls wäre ich die Ursache dafür gewesen, daß er sich vor seinem Gast geschämt hätte. Ich trug die große Schüssel mit dem Ragout hinein und stellte sie zwischen ihnen auf den Tisch, brachte dann jedem von ihnen eine kleinere Schale, Becher, Bestecke und die übrigen Speisen, die ich bereitet hatte, sowie die Flasche Wein.

Beide Männer beachteten mich nicht. Genauso hätten sie es gehalten, wenn ich noch Deenburs Frau gewesen wäre. In Afghanistan saßen Frauen nicht mit Männern am Tisch. Wenn in Shul jemand gewußt hätte, daß Sandru mir gelegentlich befahl, ihm beim Essen Gesellschaft zu leisten, wäre er sehr erstaunt gewesen. Ich hatte mir in der Küche etwas beiseite gestellt, und während ich aß, hörte ich, wie die beiden Männer nebenan leise miteinander sprachen, konnte aber nicht verstehen, was sie sagten. Später wurde ich hereingerufen, um abzuräumen und noch eine Flasche Wein zu bringen. Und nachdem ich das Geschirr und die Kochtöpfe gespült hatte, trat ich in die Türöffnung und fragte nach Sandrus weiteren Befehlen.

Er schien ein bißchen beschwipst und sah mich mürrisch an, während er auf Englisch brummte: »Geh schlafen, Lalla. Wir brauchen nichts mehr.«

Ich verneigte mich vor ihm, dann vor dem Fremden und ging in meine kleine Kammer auf der anderen Seite der Küche. Ich war todmüde. Es war ein arbeitsreicher Tag gewesen, und dazu war ich in einem fort von meinen Ängsten geplagt worden. Ich hörte Sandru und seinen Gast nicht mehr, nur daß mir kurz vor dem Einschlafen so war, als höbe Kassim zornig die Stimme. Ich überlegte, ob die beiden wohl stritten, kam aber zu dem Schluß, daß es, falls es so war, nichts mit mir zu tun hatte, und sank in einen bleiernen Schlaf, ohne zu wissen, wie falsch meine Folgerung gewesen war.

Als ich am Morgen meine gewohnten Arbeiten verrichtete und dann anfing, das Frühstück zu bereiten, hörte ich, wie Sandru sich im großen Zimmer zu schaffen machte. Da wir einen Gast hatten, machte ich ein besonderes Frühstück. Nach dem Porridge wollte ich ein gebratenes Rebhuhn servieren, das Sandru tags zuvor nach einer Entbindung geschenkt bekommen hatte.

Ich rief mir ins Gedächtnis, daß heute Griechisch gesprochen werden sollte, und ging ins Zimmer, um zu fragen, ob die beiden Männer nun frühstücken wollten. Sie saßen mit gekreuzten Beinen an dem niedrigen Tisch, aber sie sprachen nicht, und ich hatte den Eindruck, daß die Atmosphäre gespannt war. Sandru befahl mir, das Frühstück aufzutragen. Nachdem ich das getan hatte, zog ich mich in die Küche zurück, um selbst zu frühstücken. Eine Viertelstunde später rief er mich. Ich dachte, er wollte mir nur befehlen, den Tisch abzuräumen, doch als ich das Zimmer betrat, sagte er auf Englisch: »Zieh den Vorhang zu und tritt näher, Lalla.« Sein Gesicht war von Sorge gezeichnet, und während ich den Ledervorhang zuzog, der als Tür diente, und an den Tisch trat, an dem die beiden Männer saßen, überlegte ich, was wohl geschehen sein mochte.

»Sprich nur im Flüsterton«, sagte Sandru leise und zeigte auf Kassim. »Dieser Mann wird dich nach Herat bringen. Ich habe es mit ihm abgemacht.«

Ich war wie erstarrt und konnte einen langen Moment kein

Wort hervorbringen. Herat! Fünfhundert Meilen weiter westlich, aber mit einer britischen Garnison. Ein entbehrungsreicher Treck von vielen Wochen, eine Reise, von der ich in meinem Herzen gewußt hatte, daß ich sie allein nicht schaffen würde. Aber jetzt . . .

Bei der Gewißheit, daß nun wenigstens eine kleine Chance bestand, vielleicht eines Tages mein Land wiederzusehen, die wilden Gebirgsstämme für immer zu verlassen und ihr primitives Leben nicht mehr teilen zu müssen, wallte eine schmerzhafte Sehnsucht in meiner Brust auf. Dann sah ich Kassim an, und meine Nerven spannten sich. Seine Lippen, die nicht von dem Bart versteckt wurden, waren zu einem dünnen Strich zusammengepreßt, und die Augen, die mich musterten, waren kalt vor Haß.

Ich zuckte unter seinem Blick beinahe zusammen, legte die Hände aneinander, und während ich mich verneigte, stammelte ich: »Aber . . . aber, Herr, ich sehe, daß Euer Gast nicht den Wunsch hat, mich mitzunehmen.«

»Es ist alles abgemacht«, sagte Sandru mit einem Anflug von Zorn. »Es gibt keine andere Möglichkeit, Lalla. Wenn du allein gehst, wirst du sterben.«

Ich hielt den Blick auf Sandru gerichtet und sagte, wieder auf Englisch: »Ja . . . ich weiß, Herr. Aber seht Ihr nicht, wie er mich anblickt? Ich glaube, er wird mich bei der ersten Gelegenheit töten.« Ich versuchte, den Sinn meiner Worte nicht durch meinen Tonfall oder meine Miene preiszugeben, während ich sprach.

Sandru hob den Finger, zeigte auf mich und sagte mit grimmiger Stimme: »Hör mir jetzt genau zu, Lalla. Ich weiß, daß dieser Mann nicht den *Wunsch* hat, daß du ihn auf seiner Reise begleitest, aber ich habe ihn gut bezahlt, und er wird sich an die Vereinbarung halten. Er wird dich, soweit es in seinen Kräften steht, sicher nach Herat bringen. Es wird eine langsame Reise voller Umwege sein, denn er wird unterwegs seine Waren verkaufen und neue Dinge einkaufen. Aber er wird dir nichts *zuleide* tun, das verspreche ich dir. Ich sage dir noch einmal, mein Kind, es ist die einzige Möglichkeit, und es ist ein Geschenk des Himmels, daß er in diesem Jahr so früh durch Shul kommt. Vielleicht sind deine Gebete erhört worden. Entweder du gehst mit Kassim, oder ich werde dir von nun an nicht mehr helfen. Wenn ich grob spreche, dann ist es zu deinem eigenen Besten. Nun . . . wie lautet deine Antwort?«

Ich zögerte nicht länger als eine Sekunde. Wenn Sandru mir nicht bei den Vorbereitungen half und wenn er mir Aristoteles nicht gab, war ich verloren, und wenn er sicher war, daß Kassim mich nicht hintergehen würde, blieb mir nichts anderes übrig, als dem Mann zu vertrauen. Ich sah Kassim an, begegnete seinem feindseligen Blick und verneigte mich dankend. Dann schaute ich wieder auf Sandru und sagte: »Ja, Herr. Ich werde mit ihm gehen.«

Sandru nickte. »Gut. Aber niemand darf den Verdacht hegen, daß ihr zusammen gegangen seid. Es muß also folgendermaßen geschehen. Kassim wird heute morgen ein paar Dinge kaufen und verkaufen und tauschen. Gegen Mittag wird er auf dem Pfad nach Anjuman in nordwestlicher Richtung fortreiten. Zehn Meilen von Kuttar entfernt gabelt sich der Weg nach Norden und Südwesten. Eine Meile weiter an der südwestlichen Abzweigung liegen in einer breiten Felsschlucht links vom Pfad die Ruinen eines Grabmals. Einige Steine tragen Bruchstücke griechischer Inschriften. Dort wird Kassim auf dich warten.«

Wieder warf ich einen ängstlichen Blick auf den Händler, aber er sah jetzt auf die vor ihm stehende Schale, und so konnte ich seine Augen nicht sehen. Sandru fuhr fort: »Du wirst heute abend fortgehen, mit Aristoteles und allem, was er tragen kann. Der Mond wird hell genug scheinen, damit du nicht vom Pfad abkommen kannst. Wenn du eine Stunde nach Mitternacht aufbrichst, müßtest du das Grab vor Morgengrauen erreichen. Kassim wird dort auf dich warten.«

Ohne aufzublicken sagte Kassim auf kafirisch: »Hat das Mädchen verstanden?«

Sandru sagte: »Ja. Sie ist sehr aufgeweckt.«

»Sie weiß, daß sie mir immer gehorchen muß? Unser Leben wird davon abhängen.«

»Sie weiß es. Sie versteht, was du jetzt sagst, und sie spricht auch selbst die Zunge der Kafiren. Sie kann auch genügend Paschto, um für eine Durani durchzugehen, wenn ihr Kafiristan verlassen habt.«

»Sie sieht nicht aus wie eine Afghanin.«

Sandru machte eine abschätzige Handbewegung. »Es gibt Tausende von Afghanen, die nicht wie Afghanen aussehen. Diese Länder sind nacheinander von Persern, Griechen, Mongolen, Hunnen und Türken erobert und besetzt worden – wer kann da sagen, wie ein Afghane aussieht? Komm mir nicht mit Dummheiten, Kassim.«

Der Mann erhob sich. »Ich werde bis eine Stunde nach Sonnenaufgang an dem Grab warten. Wenn sie bis dahin nicht gekommen ist, reite ich weiter.«

»Sie wird kommen.«

Kassim zuckte mit den Schultern, ging dann in das Behandlungszimmer und schickte sich an, sein Bettzeug zusammenzurollen. Sandru sah mich mit einem wehmütigen Lächeln an. »Kassim wird Wort halten«, sagte er. »Glaub mir, Lalla, es ist die beste Möglichkeit. Die einzige Möglichkeit für dich.«

Ich ging wie betäubt, voller widersprüchlicher Befürchtungen und Ängste, durch den Tag. Ich hatte Angst, ich würde vom Pfad abkommen und das Grab verfehlen. Ich fürchtete, wenn ich es fände, würde Kassim nicht auf mich warten. Und obwohl Sandru mir versichert hatte, der Mann würde mir nichts zuleide tun, hatte ich doch Angst vor ihm. Ich fürchtete mich vor dem Aufbruch, und ich hatte Angst zu bleiben.

Sandru ließ im Dorf mitteilen, er fühle sich heute morgen unwohl und könne keine Sprechstunde abhalten. Das gab mir die Möglichkeit, unbeobachtet meine Sachen zu packen, alles, was ich brauchte für die lange und beschwerliche Reise über die felsigen Höhen, durch die schmalen Täler, die Steppen und Wüsten, durch die reißenden Ströme dieses Landes, das sechsmal größer war als meine englische Heimat.

Mittags sahen wir Kassim mit seinem Packesel im Gefolge langsam in nordwestlicher Richtung davonreiten. Nach dem Essen begleitete ich Sandru zu zwei dringenden Fällen, und nach der Rückkehr setzte ich meine Vorbereitungen fort. Kurz bevor es Abend wurde, kam Sandru mit einer Ledertasche zu mir. »Ich habe dir eine kleine medizinische Ausrüstung eingepackt, Lalla. Verbandszeug, Pinzette, Schere, Pflaster, Desinfektionsmittel und ein paar von meinen Salben. Auf einer Reise wie der euren passiert schnell ein kleiner Unfall. Wolle Gott, daß kein größerer passiert, aber es empfiehlt sich auf jeden Fall, gerüstet zu sein.«

Ich dankte ihm und stellte die Ledertasche auf den Stapel der Gegenstände, die ich später in Aristoteles' Körbe packen würde. Auf Sandrus Weisung aßen wir Suppe, kaltes Fleisch und Obst, so daß ich kaum zu kochen brauchte. Nach dem Abendessen packte ich die Körbe und legte die Kleidungsstücke zurecht, die ich beim Aufbruch tragen würde. Sandru flößte mir eine kleine Dosis einer opiumhaltigen Medizin ein und schickte mich dann ins Bett, damit ich ein paar Stunden schlief.

Ich dachte nicht, daß ich einschlafen würde, aber das Opium tat seine Wirkung, und das nächste, was ich merkte, war ein zartes Rütteln an meiner Schulter. Sandru flüsterte mir zu, es sei eine halbe Stunde nach Mitternacht. Ich stand auf, zog mich fröstelnd an, sattelte dann mit Sandrus Hilfe Aristoteles, umwickelte seine Hufe mit Streifen von einer zerschnittenen Wolldecke, warf ihm die beiden Körbe über und schnallte sie fest.

Es war Zeit zu gehen. Wir standen in Sandrus Zimmer, im durch ein Tuch gedämpften Schein der Lampe, und sahen uns an. »Möge deine Reise dich sicher in deine Heimat führen«, sagte er mit leicht bebender Stimme. »Verzeih mir, daß ich dich als Dienerin gebraucht habe, Jemimah, aber hier in Deenburs Königreich gab es kein anderes Mittel, deine Sicherheit zu gewährleisten.«

Ich zuckte zusammen, als ich ihn meinen richtigen Namen

sagen hörte, aber ich verstand, was er sagen wollte, und ich antwortete: »Es gibt nichts zu verzeihen, lieber Herr. Ich schulde Euch mehr, als ich Euch je zurückgeben könnte.« Meine niedere Stellung vergessend legte ich die Hand auf seinen Arm. »Denkt bitte daran, vor Tagesanbruch das Schlafmittel zu nehmen, und lauft zum nächsten Haus, wenn Ihr aufgewacht seid, und tobt und schreit, ich hätte Euch bestohlen.«

»Ich werde es nicht vergessen. Hab keine Angst um mich.« Er streichelte meine Hand und seufzte. »Du wirst mir fehlen, mein Kind. Mir war gar nicht bewußt . . . Jedenfalls wirst du mir fehlen.«

In einer plötzlichen liebevollen Aufwallung für diesen alten Mann, so wie ich sie in meinem früheren, müßigen und eigennützigen Leben nie empfunden hatte, fragte ich: »Darf ich Euch zum Abschied einen Kuß geben, Herr?«

Ich sah, wie seine Augen sich mit Tränen füllten, während er die Arme ausbreitete. Ich umarmte ihn einen Moment, küßte ihn auf die Wange, flüsterte wieder meinen Dank und flehte ihn an, gut auf sich aufzupassen.

»Ja, ja. Nun mußt du aber gehen, liebes Kind. Beeil dich, und möge Gott dich begleiten.«

Fünf Minuten später war ich hundert Meter vom Haus entfernt, führte Aristoteles zum Ortsrand von Kuttar und merkte, wie mein Herz bis in meine Kehle pochte, während ich betete, daß keine schlaflose Seele mich im hellen Mondschein sehen möge. Nach weiteren zwanzig Minuten war ich auf dem Pfad nach Anjuman und atmete ein wenig leichter. Wenn Deenbur erfuhr, daß ich geflohen war, und mit einigem Glück würde der Nachmittag schon weit fortgeschritten sein, bevor man es ihm berichtete, würde er bestimmt glauben, ich hätte mich nach Südwesten gewandt, um nach Kabul zu gelangen.

Zu meiner Erleichterung bereitete es mir keine Mühe, dem Pfad zu folgen. Er wand sich zwischen steilen Hängen dahin, und es gab keine Wege, die von ihm abzweigten. Ich wickelte die Lappen von Aristoteles' Hufen und gewöhnte mir einen festen, fast wiegenden Gang an, denn ich mußte über zehn Meilen zurücklegen, und Kassim würde mir zweifellos keine Rast gönnen, sondern die Reise unverzüglich fortsetzen wollen. Falls wir uns trafen. Aristoteles hätte mich tragen können, aber ich wollte nicht noch mein Gewicht den Körben hinzufügen – höchstens für kurze Abschnitte. Ich trug meine Stiefel, die sehr widerstandsfähig waren, und hatte ein weiteres Paar in meinem Gepäck. Das verdankte ich Sandrus kluger Voraussicht. Wir hatten am Nachmittag beim Schuhmacher vorbeigeschaut, der noch das Honorar für eine Behandlung schuldete, und unter dem Vorwand, meine seien beinahe durchgelaufen, hatte Sandru als Bezahlung ein paar Stiefel für mich ausgesucht.

Die Nacht war kalt, doch ich schritt gleichmäßig aus und fror nicht. Unter dem stillen schwarzen Himmel und den glitzernden Sternen fing ich sogar an zu träumen . . . Würde ich vielleicht . . . vielleicht meine Heimat wiedersehen, wie Sandru es mir gewünscht hatte? Würde ich die harte, gefährliche Reise schaffen? Ohne an Kälte oder Hitze oder Durst oder Hunger oder von der Hand von Räubern, Pathanen, Tadschiken, Usbeken oder Turkmenen – oder von Kassims Hand – zu sterben? Würde ich eines Tages den Fuß wieder auf englischen Boden setzen? Ich hatte keine Familie mehr, aber ich würde dort Herrin eines großen Hauses sein und ein Vermögen besitzen. Der Gedanke, daß Lalla, die Sklavenfrau eines Paschas aus Kafiristan, die verkäufliche Magd, das tauschbare Spielzeug, die Gefangene, die man ungestraft töten konnte, wenn einem danach war – der Gedanke, daß diese Lalla in England eine vornehme Dame sein würde, war so unglaublich, daß er mich zu einem leisen nervösen Lachen veranlaßte, bei dessen Klang Aristoteles ein Ohr spitzte.

Miss Jemimah Lawley von Witchwood Hall, Oakhurst, in der Grafschaft Surrey, früher bekannt als Lalla, niedrigste Küchenmagd im barbarischen Königreich Shul, verstoßene Frau eines heidnischen Kafiren . . . Ich wußte nicht, ob ich lachen oder weinen sollte. Mein Vater hatte mir eines Tages, daran erinnerte ich mich jetzt, gesagt, er habe seine Anwälte in seinem Testament zu Treuhändern ernannt, die das Vermögen bis zu meiner Volljährigkeit verwalten würden, falls er vorher sterben sollte, doch auf meine Bitten würden sie mir Mittel für jeden vernünftigen Zweck zur Verfügung stellen. Während ich in der kalten mondhellen Nacht mit einem Maultier am Zügel über einen steinigen Pfad durch die Berge Kafiristans schritt, auf der Flucht vor Schrecken, die ich mir nicht auszumalen wagte, konnte ich mir nicht vorstellen, daß ich eines Tages in einem herrlichen Haus ein feines weißes Kleid anziehen und wieder Jemimah Lawley sein würde.

Nach vier Stunden geriet ich allmählich in Panik. Ich bildete mir ein, ich hätte die Weggabelung verfehlt. In diesem Fall ginge ich jetzt nach Norden, statt nach Südwesten abgebogen zu sein. Ich schaute zu den Sternen auf und entdeckte die Kassiopeia, dann den Polarstern. Ich ging in westlich-nordwestlicher Richtung, hatte die Gabelung also noch gar nicht erreicht. Nach einer weiteren Meile seufzte ich auf vor Erleichterung: deutlich sichtbar teilte sich hier der Weg.

Während ich also nach Südwesten abbog, wurde meine furchtsame Seele von einer neuen Angst heimgesucht. Würde Kassim auf mich warten? Und würde er das Versprechen halten, das er Sandru gegeben hatte? Oder . . . Ich wagte nicht, mir eine andere Möglichkeit auszudenken. Ich drehte mich beunruhigt um und sah, daß das erste fahle Licht des Morgengrauens hinter mir über den Horizont kroch. Hatte Kassim gesagt, er wolle bis eine Stunde nach Sonnenaufgang warten oder bis eine Stunde vor Sonnenaufgang?

Ich beschleunigte meinen Schritt und wandte mich in meiner Verzweiflung an Aristoteles. »Bestimmt«, flüsterte ich, »hat er gesagt, eine Stunde danach. Er saß am Tisch meines Herrn und sagte, er würde bis eine Stunde nach Sonnenaufgang warten.« Dann kehrte mein alter Zweifel zurück. »Aber er ist ein Afghane . . . oder ein Kafire . . . Und was er auch sein mag, er würde sich nichts dabei denken, einer Feringhi die Kehle durchzuschneiden . . .«

Dort vor mir war das verfallene Grabmal! Ein Haufen grob behauener Steine unter einem Felssims zur Linken des Weges.

Ich blieb stehen und starrte hin, doch ich entdeckte nirgendwo Anzeichen eines menschlichen Wesens. Langsam, ohne mir ganz sicher zu sein, ob das, was ich empfand, Erleichterung oder Verzweiflung war, führte ich Aristoteles weiter, um den Steinhaufen herum.

Niemand.

Im zunehmenden Licht des Morgens spähte ich zu einigen größeren Steinen und sah auf einem eingemeißelte griechische Buchstaben. Nein, ich irrte mich nicht. Dies war der Treffpunkt. Ich zuckte zusammen, als hinter mir plötzlich eine Stimme ertönte. »Du bist nicht verfolgt worden, Frau?«

Ich fuhr herum, und jetzt erblickte ich eine höhlenartige Spalte im Fels, und Kassim trat heraus, in der einen Hand sein Dschasail, mit der anderen sein struppiges Pferd und seinen Esel führend. Ich sagte nervos: »Nein. Ich glaube nicht.«

Er ließ den Zügel los, legte Schweigen gebietend einen Finger an die Lippen, stand regungslos da und horchte. Drei Minuten vergingen . . . vier, fünf. Er nickte und sagte: »Wir gehen jetzt. Wir haben heute noch einen weiten Weg vor uns. Eine Stunde gehen, eine Stunde reiten. Du hältst dich hinter mir, außer wenn ich etwas anderes sage. Verstanden?«

Ich nickte. Meine Ängste legten sich ein wenig. Kassim schien die Absicht zu haben, sich an die Vereinbarungen zu halten. Er fuhr fort: »Wir werden sechs Tage lang in keinem Dorf haltmachen. Du wirst einen Schleier vor dem Gesicht tragen wie eine moslemische Frau. Wenn wir jemandem begegnen, wenn jemand das Wort an dich richtet, wirst du nicht antworten. Du kannst nicht Kafirisch.«

Ich nickte wieder und sagte: »Ja, ich verstehe.«

»Nach sechs Tagen werden wir Kafiristan verlassen. Dann nimmst du den Schleier ab und wirst eine kafirische Frau, die die Paschto-Zunge der Moslems nur ein bißchen kennt. Du wirst meine Frau sein. Ich werde dich Lalla rufen, und du wirst mich Kassim rufen. Hast du verstanden?«

»Ja, Kassim. Ich werde alles so tun, wie du es sagst.«

Er warf sein Dschasail wieder über die Schulter, nahm den

Zügel auf und schritt an mir vorbei zum Pfad. Ich folgte ihm, Aristoteles an meiner Seite. Kassim ging mit langen, energischen Schritten, und ich war dankbar, als er nach einer Stunde, in der die Sonne hinter uns aufgegangen war, haltmachte. Er hatte kein Wort gesprochen, und ich auch nicht.

Er trank ein paar Schlucke Wasser aus einem Ziegenfellbeutel und gab mir ein Zeichen, das gleiche zu tun. Ich gehorchte. Als er aufsaß, schickte ich mich an, mich auf mein Maultier zu schwingen, doch sobald ich oben war, schwankte es und knickte in den Vorderbeinen ein. Von neuer Panik ergriffen, rutschte ich hinunter und sagte: »Oh! Aristoteles lahmt!«

Kassim starrte einen Augenblick auf uns, saß dann ab und nahm Aristoteles' rechten Vorderhuf hoch. Er griff unter seinen Mantel, zog ein Messer hervor und stocherte damit eine halbe Minute lang in dem Huf herum, ehe er etwas herausschnitt. Dann ging er zu seiner Satteltasche und kam mit einem kleinen Lederbeutel zurück, der eine dunkelbraune faserige Masse enthielt. Er spuckte darauf, rollte sie in der Hand zusammen, hob den Huf dann wieder an und stopfte den Stöpsel aus der faserigen Masse in das Loch, das er geschnitten hatte.

»Er wird die Körbe tragen, aber nicht dich«, sagte Kassim und sah mich mit seinen wäßrigen blauen Augen mißbilligend an. »In zwei Tagen wird der Huf wieder gesund sein. Bis dahin reitest du mit mir auf meinem Pferd.« Er machte Aristoteles am Zügel seines Esels fest. Ich öffnete den Mund, um zu protestieren. Dann fiel mir ein, daß ich versprochen hatte, alles zu tun, was er sagte.

Er saß auf, streckte die Hand aus und zog mich mit einer mühelosen Bewegung hinter sich in den Sattel. Der Rock des wollenen Gewands, das ich trug, war weit und fließend, so daß er mich nicht behinderte. Er sagte: »Gut festhalten, Frau.«

Als ich die Arme um ihn legte, nahm ich sogleich mehrere Dinge wahr. Zuerst seinen Geruch nach Leder, nach säuerlichem Schweiß und schmutziger Kleidung – doch das war für mich nichts Neues. In einem Land wie Afghanistan war es für die Menschen nicht leicht, Körper und Kleidung sauberzuhalten. Außerdem hatten die Leute andere Sorgen. Und ich wußte, daß ich in den nächsten Wochen und Monaten der Reise nach Herat, falls ich die Strapazen überhaupt bestand, nicht besser riechen würde als Kassim.

Das zweite setzte mich in Erstaunen: Das Aussehen von Kassims Pferd täuschte. Es war ein Wallach, der schwach und abgezehrt wirkte, doch jetzt, da er mühelos die doppelte Last trug, konnte ich fühlen, wie kräftig er war. Vielleicht sah er so klapprig aus, weil er schlecht gepflegt wurde, und es kam mir in den Sinn, dies könnte Absicht sein. Kassim reiste allein, und ein schönes Pferd war stets eine begehrte Beute.

Meine dritte Wahrnehmung überraschte mich nicht. Ich spürte deutlich, daß ich Kassim mißfiel. Ich spürte es durch meine Arme, mit denen ich mich an ihm festhielt. Es war nicht die Härte seines Körpers. Sein Zorn erreichte mich auf einem nicht faßbaren Weg, und doch hätte ich ihn nicht deutlicher wahrnehmen können, wenn er ihn mir ins Gesicht geschrien hätte. Das gleiche hatte ich tags zuvor, als Sandru mir mitteilte, Kassim werde mich nach Herat bringen, in seinen Augen gesehen. Die Heftigkeit seiner Abneigung verblüffte mich.

Welchen Handel Sandru abgeschlossen hatte, was er gezahlt hatte, wußte ich nicht. Immerhin mußte Kassim doch die Möglichkeit gehabt haben, darauf einzugehen oder abzulehnen. Warum brachte er mir diese wilde Abneigung entgegen, wenn er doch darauf eingegangen war? Ich wußte es nicht und wagte ihn nicht zu fragen. Vor zweieinhalb Jahren hatte ich afghanische Dienstboten hochmütig herumkommandiert. Seither hatte ich niemandem mehr Befehle erteilt, und ich hatte gelernt, welchen Platz ich in der Welt einnahm, in der ich nun lebte. Es war unvorstellbar, daß ich Fragen an den Mann richtete, an dem ich mich nun mit beiden Händen festhielt. Mein Leben hing von Kassim ab, und er haßte mich. So war es kein Wunder, daß ich, während wir mit der aufsteigenden Sonne im Rücken durch das unwirtliche Land ritten, schier verzagte, als ich daran dachte, was alles mir bevorstehen mochte.

3

Sieben Tage später kreuzten wir die Hauptroute der Karawanen. Sie führte im Süden nach Kabul, im Norden nach Buchara und Samarkand, jenseits der russischen Grenze. Aristoteles lahmte nicht mehr. Nach wie vor gingen und ritten wir abwechselnd eine Stunde, soweit das Gelände es erlaubte. Wir legten jeden Tag zehn bis fünfzehn Meilen zurück.

Die ersten Meilen, von Kuttar bis zu dem verfallenen Grabmal, war der Pfad leicht gewesen, aber danach war er mehrere Tage lang sehr unwegsam. Wir mußten hohe Bergpässe überwinden, wo mir der Schnee manchmal bis zu den Knien reichte. Kassim tat nur den Mund auf, um Befehle zu erteilen oder mir eine Warnung zuzurufen. Wenn wir uns über einen schneebedeckten Kamm kämpften, wo der Wind wie ein Messer schnitt, hörte ich manchmal, wie mein Atem pfeifend aus meiner Lunge wich, und ich hatte das Gefühl, die Brust würde mir vor Anstrengung bersten, aber von Kassim kam nie ein Wort des Mitgefühls oder der Ermunterung, höchstens eine eiserne Hand, die mich unerbittlich weiterzog, wenn meine Beine mir nicht mehr gehorchen wollten.

Wir machten immer zwei Stunden vor Einbruch der Nacht und ein gutes Stück unterhalb der Schneegrenze halt, damit wir genug Zeit hatten, ein Lager aufzuschlagen, die Pferde zu versorgen und ein gutes Mahl für uns zu bereiten. Kassim empfand keinerlei Neugier, was mich betraf. Weder unterwegs noch abends stellte er Fragen oder machte eine Bemerkung. Er sprach nur, wenn er Anweisungen geben wollte. Ein paarmal versuchte ich, ein Gespräch anzuknüpfen, aber er antwortete knapp oder unfreundlich, oder er antwortete überhaupt nicht.

Kein Zweifel, als Reisender war er äußerst geschickt und erfahren. Wenn der Pfad für meine Augen verschwunden zu sein schien, zauderte er nicht eine Sekunde, und beim Aufschlagen oder Abbrechen des Lagers arbeitete er mit dem geringstmöglichen Aufwand an Mühe und Zeit. Wenn wir an einer geschützten Stelle haltmachten, holte er sofort Feuerstein und Stahl heraus, um Feuer zu schlagen, während ich Brennmaterial zu sammeln begann. Im Nu brannte ein helles Feuer von Kameldorn, Beifuß und Ästen von Bergerlen, vermischt mit Dung, den wir unterwegs in einem Sack sammelten und trockneten.

Wenn das Feuer brannte, half er mir, die Tiere von ihrer Bürde zu befreien und das Pferd abzusatteln. Gewöhnlich fanden sie genug Gräser und Kräuter, und da der Schnee langsam schmolz, gab es immer kleine Rinnsale, aus denen sie trinken konnten. Ein gegrunzter Befehl schickte mich fort, mehr Brennmaterial zu suchen oder unseren Wasserbeutel neu zu füllen oder mit den Vorbereitungen für das Essen anzufangen, das er kochen wollte. Das Abendessen, die Hauptmahlzeit des Tages, bestand in der ersten Woche immer aus einem Ragout von Ziegenfleisch, das er in geräucherten und getrockneten Stücken in einem großen, an einen der Körbe gebundenen Kochtopf mitführte. Das Frühstück bestand aus Fladen ungesäuerten Brots, getrockneten Früchten und einer süßen Paste aus Honig, zerstoßenen Mandeln und Pistazien. Mittags machten wir ungefähr eine Stunde Rast, kauten zähe Dörrfleischstreifen und tranken mit Honig gesüßten schwarzen Tee. Abends aßen wir eine große Portion von dem Ziegenragout mit einer Mischung von Gemüsen und, als Dessert, Trokkenfrüchte.

Nach dem Essen dämmten wir das Feuer ein und schliefen mit den Füßen zur Glut, Rücken an Rücken, in unserer Kleidung, auf Schaffellen als Unterlage und in langvliesige Decken aus Argaliwolle gehüllt. Den Tieren fesselten wir die Vorderbeine, damit sie sich nicht entfernen konnten. Kassim schlief nie ohne sein Dschasail neben sich.

An dem Tag, ehe wir die Karawanenroute kreuzten, mußte

er unsere Vorräte auffüllen und erlegte ein Gebirgsschaf. Ich hatte Gelegenheit festzustellen, daß er ein hervorragender Schütze war. Das Tier befand sich zweihundert Meter entfernt auf einer hohen Klippe, und es bewegte sich, aber er streckte es mit einem einzigen Schuß aus seinem Dschasail zu Boden und kletterte dann über gefährliche Schründe, um es zu holen.

An diesem Abend schlugen wir das Lager eine Stunde früher auf als gewöhnlich. Ich erriet den Grund, und sobald wir unsere Tiere versorgt hatten, holte ich das scharfe Messer aus meiner Satteltasche und häutete das Schaf ab, ehe ich es zerlegte. Kassim war zu einem kleinen, einen Steinwurf entfernten Fluß hinuntergegangen, um in dem eiskalten Wasser zu baden – zum erstenmal seit Wochen oder gar Monaten, wie ich vermutete. Ich hatte meine Kleidung seit meinem Aufbruch nicht mehr ablegen können und beschloß, später seinem Beispiel zu folgen, denn ich wußte, daß ich inzwischen selbst einen scharfen Geruch ausströmte.

Als Kassim zurückkam, war ich mit dem Schaf schon weit gediehen und schnitt gerade Streifen von einem Vorderblatt, um sie zu räuchern oder anzukochen. Als er mich anstarrte, entdecke ich zum erstenmal einen Funken Überraschung in den kalten blauen Augen. Er nickte und brummte: »Gut.« Es war die erste persönliche Bemerkung, die ich von ihm hörte, und aus seinem Munde war sie ein überschwengliches Kompliment.

Ich sagte: »Ich freue mich, wenn ich mich nützlich machen kann, und versuche, dir nicht zur Last zu fallen. Wenn du erlaubst, werde ich heute abend das Essen bereiten.«

Er sah mich an, zuckte mit den Schultern und wandte sich ab, um sich ans Feuer zu setzen. Als ich mit der Arbeit fertig war, als das Essen im Topf auf dem Feuer schmorte, als frisches Fleisch für die nächsten beiden Tage in die Haut gewikkelt war, als ein reichlicher Vorrat von Streifen zum Räuchern bereit lag und alle nicht verwertbaren Reste fortgeschafft waren, nahm ich ein Handtuch aus meiner Satteltasche und sagte: »Ich gehe zum Fluß hinunter, um mich zu waschen.«

Kassim hatte das rasiermesserscharfe Messer herausgeholt, das er in einer Scheide am Gürtel trug, und blickte angestrengt in eine Spiegelscherbe, während er anfing, seinen Bart zu schneiden. Er machte sich nicht die Mühe, mir durch ein Kopfnicken zu verstehen zu geben, daß er mich gehört hatte. Ich ging zum Fluß hinunter, zog mich aus und stieg bis zu den Knien in das eisig dahinströmende Wasser. Ich klapperte mit den Zähnen, während ich mit einem Stück von der gelben Seife einschäumte, die in Kuttar aus Ziegentalg und Goldregenasche hergestellt wurde. Ich machte mir keine Sorgen, daß mich jemand sehen könnte, denn vermutlich befand sich weit und breit kein menschliches Wesen außer Kassim, der oben am Feuer saß und jeden sich nähernden Reisenden sofort bemerkt hätte.

Diese Wachsamkeit war etwas, das mir von Anfang an aufgefallen war. Ich hatte nie einen Menschen gekannt, der so in sich gekehrt war wie Kassim, und niemanden, der so umsichtig war. Noch lange, nachdem wir außer Reichweite etwaiger Verfolger waren, die Deenbur uns hätte nachhetzen können, war er den ganzen Tag lang wachsam wie ein Wolf, und nachts brauchte ich mich nur zu rühren, und schon war er wach.

Als ich vom Fluß zurückkehrte, die Sauberkeit meines Körpers genießend, sah ich, daß Kassim seinen Bart bis auf kurze Stoppeln gestutzt hatte. Jetzt, da sein langes Kinn nicht länger verborgen wurde, wirkte er mit seinen flinken, mißtrauischen Augen mehr denn je wie ein Wolf. Ich legte Handtuch und Seife fort, setzte mich ans Feuer und sagte: »Wann werden wir lange genug haltmachen, damit ich ein paar Sachen waschen und trocknen kann, Kassim?«

Er blickte gleichgültig zu dem gezackten Berghorizont im Westen, der eben noch golden gerändert gewesen war, aber jetzt, da die Strahlen der untergehenden Sonne sich an ihm brachen, eine purpurne Färbung annahm. »In zwei Tagen«, sagte er schließlich. »Wir werden ein paar Tage in Qalagah bleiben.«

»Danke, Kassim.«

Meine Höflichkeit mußte ihn einen Moment lang aus seiner Starre gerissen haben. Er wandte den Blick vom Horizont, um mich mit kaum merklichem Erstaunen anzusehen, und ich begegnete seinem Blick mit der unbewegten Gleichgültigkeit, die sonst er an den Tag legte. Ich mochte Kassim nicht. Ich hatte ihn manchmal sogar gehaßt. Wie hatte er mich in den ersten Tagen der Reise rücksichtslos vorangetrieben! Und ich verabscheute die kühle erhabene Art, mit der er mich behandelte, als wäre ich einer der Gegenstände, mit denen sein Esel beladen war, und für ihn weit weniger wichtig als sein Dschasail oder eines der Tiere. Das war um so erbitternder, als ich mich so sehr bemüht hatte, mit seinem schnellen Tempo Schritt zu halten und mich auf jede erdenkliche Weise nützlich zu machen.

Andererseits gab ich mir Mühe, ihn nicht zu verabscheuen, da ich wußte, daß ich ohne ihn jetzt tot wäre oder, schlimmer noch, mich in der Gewalt Akbahs des Wahnsinnigen befände. Kassim hielt sich an das Versprechen, das er Sandru gegeben hatte, und wenn er, wie ich vermutete, ein Mann war, der Frauen im allgemeinen und mich im besonderen haßte, dann mußte ich mich damit abfinden. Du bist eine Närrin, dich darüber zu ärgern, sagte ich mir böse. Gott oder vielleicht auch Doghan, der Schöpfer aller Dinge, weiß sehr wohl, daß Kassims Abneigung verglichen mit dem, was du in den letzten zweieinhalb Jahren durchgemacht hast, nichts ist.

Eines verwunderte mich jedoch. Wir waren bisher erst wenigen anderen Reisenden begegnet, denn es war noch früh im Jahr, und unsere Route war keiner der wichtigeren Handelswege, aber wenn wir auf andere Menschen trafen, was bisher dreimal geschehen war, war Kassim jedesmal wie umgewandelt, freundlich, herzlich, mitteilsam. Er sprach so schnell Paschto, daß ich nicht folgen konnte, aber er schien Scherze zu machen, über die gelacht wurde, und die Fremden zu fragen, woher sie kämen, was sie gesehen hätten und wem sie begegnet seien.

Zuerst dachte ich, es sei die Liebedienerei des ambulanten Händlers, der seine Ware an den Mann bringen will, aber er schien bei diesen seltenen Begegnungen nicht geneigt, irgend etwas zu verkaufen, zu kaufen oder zu tauschen, denn dazu hätte er die sorgfältig verpackten Waren abladen und zeigen müssen – möglicherweise vergebens. Wenn die anderen Reisenden sich von uns verabschiedet hatten, war er wieder schweigsam und in sich gekehrt wie zuvor. Einmal allerdings hatte ich zu meiner Überraschung bemerkt, daß er einen schmuddligen Notizblock aus einer Tasche unter seiner Jacke holte und mit einem Bleistiftstummel etwas darauf schrieb.

In meinem Staunen vergaß ich einen Moment lang meinen niedrigen Rang und fragte: »Kannst du lesen und schreiben, Kassim?«

Seine blauen Augen fixierten mich mit kaltem Zorn. »Es ziemt sich nicht, daß Frauen dem Mann Fragen stellen!« fuhr er mich an. »Wer bist du, daß du Kassim Fragen stellst?«

»Ich hoffe, du wirst mir verzeihen«, sagte ich schnell. »Ich wollte nichts Böses. Lesen und Schreiben ist etwas Wunderbares.«

»Ich kann es nicht«, fauchte er, immer noch zornig, und hielt mir den Block unter die Nase, so daß ich sah, daß das oberste Blatt mit Krakeln und Schnörkeln bedeckt war. »Es ist nur für mich, zum Zählen.«

Ich wußte nicht recht, was er meinte, doch da er soeben, wenn auch eher unlustig, einen kleinen Spiegel gegen einen Beutel Mehl getauscht hatte, nahm ich an, er habe ein System entwickelt, um über seinen Warenbestand Buch zu führen.

Zwei Tage, nachdem wir aus den Bergen in die Ebene gekommen waren, erreichten wir Qalagah, einen kleinen Ort, etwa halb so groß wie Kuttar. Dort nahmen wir ein Zimmer in der Straße der Weber. Es zeigte sich, daß dies nicht Kassims erster Besuch war, denn der Pathane, der ihm das Zimmer vermietete, begrüßte ihn wie einen alten Bekannten, obwohl er überrascht und belustigt schien, daß Kassim von einer Frau begleitet wurde. Seit drei Tagen hatte ich den Schleier nicht mehr angelegt und reiste als Kafirin, mit entblößtem Gesicht, wie Kassim mir zu Beginn der Reise befohlen hatte. Ich spürte, daß die beiden einige schlüpfrige Witze auf meine Kosten machten, aber es berührte mich nicht. Ich war nicht mehr eine Gefangene in Shul, nicht mehr in Gefahr, daß ein Pascha mich jederzeit schänden, verstümmeln oder töten konnte. Ich reiste langsam, aber stetig und bisher unbeschadet mit einem starken, erfahrenen Beschützer, und zum erstenmal seit dreißig langen Monaten durfte ich hoffen, daß meine schwere Prüfung irgendwann ein Ende haben würde.

In den Tagen, die wir in Qalagah verbrachten, fühlte ich mich einsam, und wäre ich nicht so dankbar dafür gewesen, daß ich in Sicherheit war, hätte ich jeden einzelnen Tag unerträglich gefunden, denn ich hatte keine Gesellschaft und so gut wie nichts zu tun. Wir schliefen in einem kleinen Zimmer auf unseren eigenen Decken, aber die Mahlzeiten wurden von der Frau des Mannes gerichtet, dem das Haus gehörte. Kassim aß zusammen mit dem Mann, und ich aß mit der Frau, ihren beiden kleinen Kindern und der Großmutter.

Meine Kenntnisse des Paschto reichten nur für die einfachsten Gespräche, so daß ich mich kaum an der Unterhaltung beteiligen konnte. An dem Tag, als Kassim im Basar war, um seine Waren an den Mann zu bringen, mußte ich im Haus bleiben. Mein nacktes Gesicht zog zu viele neugierige Blicke moslemischer Männer auf sich, und da ich als eine kafirische Frau galt, durfte ich keinen Schleier benutzen. Es war undenkbar, allein spazierenzugehen, und so blieb ich da und hatte keine andere Arbeit, als Kassims Pferd, seinen Esel und Aristoteles, mein Maultier, zu füttern und zu striegeln.

Bei einem mühseligen Gespräch mit unserer Wirtin erfuhr ich, daß Kassims Pferd ein Badakschani war, eine nahe der chinesischen Grenze gezüchtete Rasse, die für ihre Schnelligkeit und Ausdauer bekannt war. Es überraschte mich, daß ein Wanderhändler ein so wertvolles Tier besaß, und wieder fragte ich mich, ob Kassim es nur deshalb nicht pflegte, weil er die wahren Qualitäten des Tieres verbergen wollte.

Wenn er am späten Nachmittag zurückkam, setzte er sich zu unserem Wirt und einem oder zwei Nachbarn, und sie redeten miteinander, bis es Zeit zum Essen war. Er war nun wieder der Kassim, den ich unterwegs erlebt hatte, wenn wir Fremden begegnet waren, ein fröhlicher, offener Mann, ein guter Unterhalter und ein guter Zuhörer. Wenn er nach dem Abendessen in unser Zimmer kam und wir allein waren, behandelte er mich kalt und distanziert.

Am dritten Tag gelang es mir, der Großmutter verständlich zu machen, daß ich gern lernen würde, ihren Webstuhl zu benutzen. Es war ein einfacher Webstuhl, bei dem man den Kettfaden straffte, indem man sich an einen breiten Riemen lehnte, der an dem langen Stab mit den anderen Fäden befestigt war. Sie schmunzelte, und als sie die Bahn, die sie gerade webte, fertig hatte, zeigte sie mir, wie man den Kettfaden vorbereitet, und versuchte dann, mich in die Kunst des Schiffchenbewegens einzuweihen. Solange sie es mir vormachte, kam es mir nicht allzu schwierig vor, doch als ich es mit ihrer Erlaubnis selbst versuchte, war es eine andere Sache, und meine Hoffnung, mich nützlich machen zu können, schwand dahin.

Nach dem Abendessen hockte Kassim sich gewöhnlich in unserem Zimmer mit seinem Block und seinem Bleistift neben der Lampe hin und machte sich etwa zehn Minuten lang Notizen mit seinen Buchführungszeichen, wobei er oft innehielt und mit gerunzelter Stirn in eine weite Ferne blickte, als rechnete er irgend etwas aus. Wenn er fertig war, gab er mir mit einem Wort und einer Geste zu verstehen, daß es Zeit sei zu schlafen. Wir legten uns, genau wie unterwegs, Rücken an Rücken auf die Schlaffelle, hüllten uns in unsere Decken, und dann blies er ohne ein »Gute Nacht« die Lampe aus.

Am ersten Abend war ich, erschöpft von den Strapazen der Reise, sogleich eingeschlafen. Doch am dritten Abend war ich überhaupt nicht müde, und so fragte ich ihn respektvoll: »Können wir nicht eine Weile miteinander sprechen, Kassim?«

»Sprechen? Wozu? Was hast du zu sagen?«

»Nichts Besonderes. Ich würde nur gern wissen, ob du zum Beispiel gute Geschäfte gemacht hast, oder ob es etwas Neues gibt, das du berichten kannst.«

»Warum?«

Verzweifelt sagte ich: »Weil wir hier zusammen sind, und das Schweigen wird mir zu einer Last. Sandru hat oft mit mir über Dinge gesprochen, die wenig Bedeutung hatten. Ich würde auch gern den Klatsch aus dem Basar hören, mit dem du unseren Wirt und die Nachbarn unterhältst, wenn du am Abend auf der Straße oder im Hof mit ihnen zusammen sitzt.«

»Sandru ist ein Feringhi«, knurrte Kassim mit einem verächtlichen Unterton. »Nur ein Feringhi erlaubt einer Dienerin, mit ihm zu reden.«

In Shul hatte ich die völlige Unterwerfung gelernt. Sie war die einzige Alternative zu grausamen Peitschenhieben, vielleicht sogar Verstümmelung oder Tod. Doch seit ungefähr zehn Tagen hatte ich ein gewisses Maß Freiheit genossen und fühlte nun plötzlich eine Welle des Zorns in mir aufsteigen, die ich in den vergangenen zweieinhalb Jahren unwillkürlich unterdrückt hätte. Auch jetzt hütete ich mich, meinen Zorn zu zeigen, denn von diesem Mann hing mein Leben ab, und ich sagte tonlos: »Wie du wünschst, Kassim.« Dann aber fügte ich, um mir Luft zu machen, auf englisch hinzu: »Du Dreckskerl von einem Mann!«

Damit legte ich mich hin und hüllte mich in meine Decke.

Qalagah war das erste von vielen Dörfern, in denen wir während der nun folgenden endlosen Wochen jeweils einige Tage lang blieben. Wir zogen durch das Tal des Flusses Bamian zu der uralten, von einer Mauer umgebenen Stadt gleichen Namens, wo unbekannte Künstler vor über zwölfhundert Jahren eine über fünfzig Meter hohe Buddha-Statue aus den steilen Klippen gehauen hatten.

Bamian war sehr viel größer als Qalagah, und wir blieben länger, aber der Alltag lief nach dem gleichen Muster ab wie auf den zweihundert Meilen, die wir bisher zurückgelegt hatten. Ich hatte mich inzwischen daran gewöhnt, ich hatte mich an das Schweigen meines Begleiters gewöhnt und auch daran, daß er mir so gut wie keine Beachtung schenkte. Jede Meile war ein kleiner Schritt näher zur Zivilisation, und meine Hoffnungen waren jetzt groß, denn Herat mit seiner britischen Garnison lag weniger als dreihundert Meilen westwärts.

In Bamian sah ich auch zum erstenmal wieder Männer, die Europäer hätten sein können, vielleicht ein halbes Dutzend, die in einer kleinen Karawanserei wohnten und Jacken, Hemden und Hosen in westlichem Stil trugen. Ich war furchtbar aufgeregt, als ich sie erblickte, und sobald wir in dem Zimmer, das Kassim am Rande der Stadt genommen hatte, allein waren, sprudelte es aus mir hervor:

»Die Männer, die wir gesehen haben, waren Feringhi, Kassim! Ich konnte nicht hören, welche Zunge sie sprachen, aber sie trugen die Kleider der Feringhi-Länder, und wenn sie wieder westlich ziehen, werden sie mich bestimmt mitnehmen! Ich brauche ihnen nur zu sagen, daß ich Engländerin bin!«

Er schüttelte den Kopf und ließ seine Bettdeckenrolle zu Boden fallen. »Sie sind nicht aus dem Westen. Sie kommen aus dem Norden. Aus Moskau. Es sind Russen.«

In Indien und vor allem in Kabul hatte ich oft von der Gefahr gehört, daß die Heere des Zaren durch Afghanistan bis zum Indus vorstoßen würden. Um das zu verhindern, hatten britische Politiker afghanische Stammeshäuptlinge umworben und Vereinbarungen mit ihnen getroffen, nach denen britische Truppen das Land schützen sollten. Trotzdem sagte ich: »Selbst wenn es Russen sind, werden sie bestimmt eine englische Frau unter ihren Schutz nehmen und Mittel und Wege finden, um sie sicher in ihre Heimat zu schicken. Es würde dich von der Last meiner Gesellschaft befreien, Kassim, und du würdest mich nicht den ganzen Weg nach Herat bringen müssen. Laß uns morgen mit ihnen sprechen . . .«

»Nein!« Kalte Wut blitzte in seinen Augen, während er mir leise, aber mit grimmigem Nachdruck antwortete. »Du wirst nicht mit den Russen sprechen. Es ist zu gefährlich.«

»Gefährlich? Sei nicht albern, Kassim. Ich werde morgen selbst mit ihnen sprechen . . .«

Doch ehe ich ausreden konnte, hatte er mich bei den Schultern gepackt und schüttelte mich hin und her, bis meine Zähne aufeinanderschlugen und ich ihn anflehte aufzuhören. In einem einzigen Augenblick stürzten all die alten Schrecken, mit denen ich so lange gelebt hatte, wieder auf mich ein, und der Funke Trotz in mir erlosch.

Er hielt mir seinen langen Zeigefinger vor die Nase, die andere Hand noch immer an meiner Schulter gepackt, denn mir drehte sich der Kopf, und hätte er mich nicht festgehalten, wäre ich bestimmt zu Boden gefallen. »Ich habe Sandru ein Versprechen gegeben«, sagte er mit vor Zorn heiserer Stimme. »Wenn ich mein Versprechen nicht halte, verliere ich meine Ehre. Ich lasse nicht zu, daß eine Frau Schande über mich bringt. Und du hast Sandru versprochen, daß du mir auf dieser Reise in allem gehorchen wirst. Wenn du dein Versprechen nicht hältst, werde ich dich züchtigen wie ein störrisches Maultier. Hast du verstanden, Lalla?«

Ich hatte wieder Angst vor ihm, und ich flüsterte: »Ja, ich habe verstanden.«

»Versprichst du es noch einmal?«

»Ja, ich . . . ich verspreche es.«

Er ließ mich los. »Hüte dich, dein Wort zu brechen, Feringhi-Mädchen, sonst wird es dir böse ergehen.« Er wandte sich ab, löste den Riemen um seine aufgerollte Decke, setzte sich darauf, holte Notizblock und Bleistift heraus und fing an, in seinem eigenen System von Schriftzeichen zu schreiben.

Ich entrollte zitternd mein Bettzeug und verwünschte mich dafür, daß ich mich auf diesen Streit mit Kassim eingelassen hatte. Wenn der Gedanke, davonzulaufen zu den Russen, mich überhaupt streifte, wies ich ihn sogleich zurück. Ich wußte nichts über sie, wußte nur, daß viele Jahre zuvor Rußland versucht hatte, in Afghanistan Fuß zu fassen – auf Kosten der Briten, die eine Ausdehnung des russischen Machtbereichs bis nach Indien befürchteten. Die Moskowiter, die ich gesehen hatte, beschäftigten sich vielleicht mit Dingen, in die sie keinen Engländer einweihen wollten, nicht einmal eine junge Frau in meiner verzweifelten Lage. Es war lächerlich von mir, daß ich erwogen hatte, mich an sie zu wenden. Ich blieb besser bei

Kassim, den ich kannte. Außerdem hatte ich viel zu große Angst, um ernsthaft zu erwägen, ihm nicht zu gehorchen.

Wir blieben über eine Woche in Bamian, und Kassim war sehr beschäftigt, obwohl ich den Eindruck hatte, daß es ihm nicht viel einbrachte. Nicht, daß ich ihn bedauerte. In meiner Einsamkeit kamen mir die Tage endlos vor, und ich haßte ihn erneut dafür, wie er mich völlig unbeachtet ließ. Nach zwei Tagen bat ich ihn um ein wenig Geld, und zu meiner Überraschung gab er mir einige Rupien. Ich kaufte mir ein paar Stränge Wolle und überredete einen Kupferschmied, mir eine Häkelnadel zu fertigen. Er tat es, nachdem ich ihm eine einfache Skizze gemacht hatte. Von da an beschäftigte ich mich jeden Tag einige Stunden lang damit, eine Stola zu häkeln, wie meine *Ayah* es mir vor Jahren in Delhi beigebracht hatte.

Dennoch war es eine Erleichterung, als wir Bamian verließen, um unseren Weg fortzusetzen. Die anstrengenden Reisetage waren besser als die Tage des Müßiggangs. Die langen Meilen, die einfachen Mahlzeiten, die Nächte, in denen ich neben einem Mann schlief, den ich verabscheute, an all das hatte ich mich inzwischen gewöhnt – und es war nichts im Vergleich zu der Gewißheit, daß ich mich immer mehr der Freiheit näherte.

Draußen wurde es wärmer, und nachdem wir den Paß durch die Koh-i-Hisar-Kette hinter uns gelassen hatten, wurde es heiß. Wir trugen nun nicht mehr unsere dicken Jacken, sondern wanderten und ritten leicht gewandet. Es war eine Gegend, in der wenig Regen fiel, aber eines Abends, in der fünften Woche unserer Reise, brach ein Unwetter los. Kassim hatte es gespürt, lange bevor der Himmel bedrohlich wurde, und während ich das Abendessen kochte, baute er einen Unterschlupf aus Zweigen und Fellen, eine winzige Jurte gleichsam, in der wir nachts dicht aneinander gedrängt schlafen konnten, ohne naß zu werden.

Jetzt begegneten wir jeden Tag Reisenden auf der staubbedeckten Route von Persien nach Kafiristan. Meist waren es Gruppen, gelegentlich einzelne Reisende, manche zu Fuß, manche mit Eseln, Maultieren, Pferden oder zweihöckrigen Kamelen. Den anderen Reisenden zeigte Kassim immer ein freundliches Gesicht, und stets war er bereit, haltzumachen und Neuigkeiten auszutauschen. Ich konnte jedesmal kaum glauben, daß dies der schroffe, wortkarge Mann war, der eben noch vor mir hergeritten war.

Das Gelände wechselte immer wieder, doch das Einerlei unserer Reise blieb unverändert. Wir gingen zu Fuß, ritten, schlugen ein Lager auf, begannen den neuen Tag, kamen in eine Ortschaft, wo wir einige Tage lang blieben, und zogen wieder weiter. Als wir vor Deenburs Leuten in Sicherheit waren, wäre ich am liebsten Tag und Nacht weitergezogen, um die Reise schneller zu beenden, aber die Entfernung war zu groß, und wir kamen wegen des schwierigen Geländes und wegen der Aufenthalte so langsam voran, daß ich mich zwang, nicht mehr an den Tag zu denken, an dem wir Herat und die Sicherheit der britischen Garnison endlich erreichen würden.

Die Tage, die Wochen schleppten sich dahin. Ich häkelte meine Stola zu Ende und begann mit einer neuen. Kassim kaufte, verkaufte, tauschte, machte sich Notizen in seiner Geheimschrift und wechselte am Tag vielleicht zwei Dutzend Worte mit mir. Ich verlor jedes Zeitgefühl, und so war es wie ein Schock, als er eines Abends beim Essen zu mir sagte: »In acht Tagen werden wir in Herat sein.«

Ich starrte ihn im Dämmerlicht an und empfand eine absonderliche Mischung aus Aufregung, Freude und Angst. Ich war beinahe wieder bei meinen Leuten, beinahe frei, beinahe wieder Jemimah Lawley, jetzt ohne ihre Familie, doch Herrin eines schönen Besitzes und eines beträchtlichen Vermögens. Doch war meine Freude vermischt mit Besorgnis. Ich hatte vieles durchgemacht, seit ich zuletzt Jemimah Lawley gewesen war, und ich war inzwischen ein anderer Mensch. Wieviel von meiner Geschichte würde ich in England preisgeben? Wie würde ich mich in das Leben einfügen können, das mich dort erwartete? Was würden die Leute von mir denken und sagen, wenn sie die ganze Wahrheit über meine Gefangenschaft erfuhren – über die Monate, in denen Deenbur mich besessen hatte, zuerst als Frau, dann als Magd?

Ich sagte: »In acht Tagen schon?«

»Vielleicht in nur sieben.«

Obwohl ich den Mann verabscheute, hatte ich es mir zur Regel gemacht, immer höflich zu ihm zu sein, und ich sagte: »Ich danke dir dafür, daß du auf dieser langen Reise für meine Sicherheit gesorgt hast. Ich bin dir wirklich dankbar.«

Er wischte mit einem Stück Brot den Bratensaft aus der Schale und sagte unwirsch: »Noch sind wir nicht da.«

Zwei der verbleibenden Tage verbrachten wir in dem kleinen Ort Janawa. Ich war überzeugt, daß Kassim eigentlich noch einen weiteren Tag bleiben wollte, doch in den Morgenstunden der zweiten Nacht rüttelte er mich wach und erklärte, wir müßten unverzüglich aufbrechen. Als ich nach dem Grund fragte, fuhr er mich an, ich solle den Mund halten, und als wir später im ersten Licht der aufgehenden Sonne westwärts ritten, blickte er sich immer wieder nach dem Pfad um, der sich zwischen runden, mit Pistazienbäumen bewachsenen Hügeln hindurchwand. Wie bei einem Wolf schienen seine Haare sich zu sträuben, wenn er Gefahr witterte, und ich überlegte, was in Janawa wohl geschehen war, aber ich stellte keine Fragen.

Am Vormittag, als der Pfad schmaler wurde und sich zwischen Felsvorsprüngen weiterschlängelte, bog Kassim zu meiner Überraschung plötzlich ab und führte sein Pferd und seinen Esel ein unbewachsenes, steiniges Tal hinauf, das stetig zu dem Kamm anstieg, dessen Ausläufer an der südlichen Seite der Route nach unten führten. Es war noch zu früh für die Mittagsrast, und Kassim machte auch nicht etwa halt, sondern ging immer schneller den gefurchten und zerklüfteten Hang hinauf, der durch Klippen und Felsvorsprünge zunehmend beschwerlicher wurde.

Ich fiel zurück, denn Aristoteles hatte offenbar beschlossen zu schmollen. Kassim drehte sich um und rief mit leiser Stimme: »Beeil dich, Lalla! Schneller!«

Ich zerrte Aristoteles voran, stolperte an einer Stelle, wo der rote Fels eine scharfkantige Stufe bildete, und zerschrammte mir die Knie. Kassim kam zurück und piekste meinem Maultier mit dem Messer in die Flanken, um ihm Beine zu machen. Ich keuchte protestierend, fand aber keine Beachtung. Als wir gut zweihundert Meter von dem Pfad entfernt waren, bog Kassim hinter einen hohen Felsen und machte halt.

»Kein Geräusch«, sagte er, und wischte sich den Schweiß von der Stirn. »Paß auf, daß die Tiere nicht von unten zu sehen sind.« Dann zog er sein Dschasail aus dem Halfter an seinem Sattel und kroch damit an den Rand des Felsens, von wo aus er den Pfad in der Richtung, aus der wir gekommen waren, einigermaßen überblicken konnte.

Ich nahm die Zügel der Tiere und flüsterte: »Glaubst du, daß wir von Räubern verfolgt werden, Kassim?« Er machte eine ungeduldige Handbewegung, antwortete aber nicht. Zehn Minuten vergingen. Kassim rührte sich nicht, und auf dem Pfad unten war niemand zu sehen. Ich wagte es wieder zu flüstern: »Wie lange wollen wir hier noch bleiben?«

»Bis ich sehe, wer uns folgt.« Er sah mich an, und diesmal war keine Unfreundlichkeit in seinem Blick. »In Janawa war ein Mann, der versuchen könnte, uns auszurauben«, sagte er beinahe sanft. »Wir werden ihn vorbeireiten lassen, ehe wir weitergehen. Binde den Tieren die Vorderbeine zusammen, Lalla.« Während ich gehorchte, drehte er sich um und musterte die Kammlinie über uns, und als ich meine Aufgabe getan hatte, sagte er: »Setz dich dorthin, mit dem Rücken zum Felsen, und behalte die Stelle des Kamms im Auge, wo der Boden sich ein wenig senkt.« Er deutete mit dem Finger in die Richtung. »Siehst du die Stelle? Dort ist ein Pfad, auf dem jemand kommen könnte, wenn er vermutet, daß wir die Route verlassen haben. Sag mir sofort Bescheid, wenn du eine Bewegung siehst, Lalla.«

Ich flüsterte, daß ich verstanden hatte, setzte mich an den Felsen und spähte zum Kamm hinauf, während Kassim seine Aufmerksamkeit wieder dem Pfad unter uns zuwandte. Ich war ein bißchen nervös, aber nicht sonderlich beunruhigt. Ich hatte Kassim auf der Reise viele Male beim Jagen und Fischen beobachtet. Er war äußerst geschickt in beidem. Ich war fest davon überzeugt, daß kein Räuber es mit ihm aufnehmen konnte, denn unsere Stellung war sehr günstig.

Eine halbe Stunde verging. Die Sonne stieg höher und blendete mich jetzt ein wenig, weil ich nach Süden blicken mußte. Noch eine halbe Stunde verging. Kassim hockte mit endloser Geduld da, regungslos wie der Fels. Ich glaubte längst, daß er sich geirrt hatte, als er meinte, wir würden verfolgt. Ein Räuber wäre bestimmt inzwischen aufgetaucht, entweder unterhalb oder oberhalb von uns. Ich war nun nicht mehr nervös und erlaubte meinen Gedanken, in die Zukunft zu wandern. Herat war noch fünf Tage entfernt, vielleicht nur noch vier. Dort würde ich Dinge sehen und hören, die mir vertraut waren, die schnurgerade ausgerichteten Reihen der Armeezelte vor der Stadt, die rhythmischen Schritte exerzierender Soldaten, Stimmen, die Befehle bellten, das Klappern von Pferdegeschirr, donnernde Hufe, rumpelnde Lafetten, den Ruf von Signalhörnern . . .

Ich fuhr hoch und riß die Augen auf. Ich war kurz eingeschlafen. Schnell ließ ich meinen Blick den Kamm entlangschweifen. Alles war so wie vorher. Neben mir hockte Kassim und starrte immer noch unverwandt zum Pfad hinunter.

Eine weitere halbe Stunde verging. Kassim seufzte und stand auf, wobei er zweifelnd den Kopf schüttelte. »Er scheint uns nicht gefolgt zu sein«, murmelte er wie zu sich selbst. »Wir gehen jetzt weiter, Lalla.«

Ich erhob mich, und während ich es tat, richtete sich achtzig Schritte weiter oben am Hang ein Mann hinter einem Felsblock auf, hob ein langes Gewehr und zielte. Mein Mund öffnete sich, um eine Warnung zu schreien, aber meine Kehle war einen endlosen qualvollen Augenblick lang wie taub vor Entsetzen. Im gleichen Moment wurde mir klar, wer die Schuld an dem trug, was immer jetzt geschehen mochte. Ich und niemand anders. Ich war eingeschlafen, obwohl Kassim mir befohlen hatte aufzupassen. Deshalb hatte ich den Mann nicht gesehen, der einen Moment lang sichtbar gewesen sein mußte, als er über den Einschnitt im Kamm kroch, ehe er sich hinter dem Felsen versteckte.

Endlich entrang sich mir der warnende Schrei, aber es war zu spät. Ein peitschender Knall, eine kleine Rauchwolke vor dem Lauf des Gewehrs, und Kassim stöhnte jäh auf. Er war mit dem Rücken zu dem Mann aufgestanden und schwankte jetzt wie unter einem Keulenhieb. Wegen der heißen Sonne trug er keine Jacke über seinem weiten Hemd, und ich sah das schwarz umrandete Loch im Stoff, etwas seitlich in halber Höhe seines Rückens. Es wurde rot, während er noch taumelte und das Dschasail aus seiner Hand glitt. Vor ihm fiel der Boden etwa anderthalb Meter senkrecht ab, denn wir befanden uns auf einem winzigen Plateau. Er stand am Rand, und seine Knie gaben unter ihm nach, als er versuchte, sich umzudrehen, um nicht hinunterzufallen, und mit einer Hand nach dem nackten Fels griff und nach einem Halt tastete. Dann war er fort, und ich hörte, wie sein Körper unten dumpf aufschlug.

Von Grauen gepackt, brachte ich es dennoch fertig, nicht zu schreien. Ich hätte sein Dschasail nehmen sollen, um mich zu schützen, denn es war ein Snider-Gewehr, das ich ihn mehrmals hatte benutzen sehen, und es war geladen, seit wir hier zwischen den Felsen gewartet hatten. Ob ich damit außer auf sehr kurze Entfernung hätte treffen können, war eine andere Frage. Wie auch immer, ich rannte statt dessen zwanzig, dreißig Schritte den Hang hinunter, über den wir die Tiere hinaufgeführt hatten, und lief dann an dem Felsrand zurück zu der Stelle, wo Kassim lag.

Er lag auf der Seite, bewußtlos oder tot, das Gesicht aufgeschrammt und blutend. Aus der Wunde im Rücken ergoß sich ein Strom von Blut, und die linke Schulter stand grotesk nach oben. Ich hatte nicht umsonst anderthalb Jahre als Sandrus Assistentin gearbeitet, und so wußte ich, daß die Schulter ausgekugelt war. Ich brach nicht gerade zusammen und weinte, aber die Furcht, die von mir Besitz ergriff, als ich mich neben Kassim kniete und ihn behutsam auf den Rücken drehte, ließ mich schwerer atmen, und ich zitterte am ganzen Leibe. Als ich spürte, daß seine Brust sich atmend hob und senkte, hätte ich am liebsten ein Dankgebet zum Himmel geschickt. Er lebt! dachte ich, doch im gleichen Augenblick wurde mir klar, daß der Räuber, der auf ihn geschossen hatte, jetzt mit Sicherheit den Hang herunterkam, um sein Werk zu vollenden – und ich hatte Kassims Gewehr auf dem Sims liegenlassen!

Ich hörte Steine prasseln, Stiefel oberhalb von uns ins Rutschen kommen. Mir gefror das Blut in den Adern. Ich konnte keinen klaren Gedanken fassen und ertappte mich dabei, daß ich einen apfelsinengroßen Stein aufgehoben hatte, mit dem ich nun zwischen Kassim und dem Weg, den der Räuber kommen mußte, stand. Er kam dreißig Schritte weiter hinter einem Felsblock in Sicht: ein untersetzter Mann mit dem breiten mongolischen Gesicht der Usbeken, die den Norden des Landes bewohnen. Er hielt einen Moment inne und starrte mich an, dann schritt er weiter, in der einen Hand ein Gewehr, wie ich noch nie eines gesehen hatte.

Ich rief auf paschto: »Fort!« und hob drohend den Stein, obwohl ich wußte, daß es vergeblich war. Er sah an mir vorbei auf Kassim, zog dann ein langes Messer aus der Scheide an seiner Hüfte und ging weiter. Ich wußte, daß ich sterben würde, aber es war kein Raum in mir für noch mehr Schrekken. Eine sonderbare Gelassenheit kam über mich. Ich wartete, bis er, das Messer für den Stich in mein Herz bereit, nur noch fünf Schritte entfernt war, und schleuderte mit aller Kraft den Stein.

Der Mann brauchte ihm nicht einmal auszuweichen, denn er verfehlte ihn um Armeslänge. Ohne Logik oder Vernunft, aus einem tiefwurzelnden Bedürfnis heraus, einen Mitmenschen zu schützen, breitete ich die Arme aus, wie um eine Schranke zu bilden, und sagte zu dem Räuber: »Nein. Das darfst du nicht. Er ist schwer verletzt!«

Der Mann blieb nicht stehen, und nun war er so nahe, daß ich seine Augen sehen konnte. Er wollte mich töten, so ungerührt, wie er ein Tier geschlachtet hätte.

Ein zweifaches Geräusch. Ein scharfes Zischen irgendwo bei meinem Arm und fast im selben Augenblick dicht hinter mir der Knall einer Patrone. Der Räuber blieb stehen, als wäre er gegen eine unsichtbare Wand gerannt. Das Gewehr fiel ihm aus der Hand, aus der anderen das Messer. Sein Kopf kippte zurück, der Mund öffnete sich, die Augen weiteten sich, dann stürzte er zu Boden, wo er mit dem Gesicht nach unten aufschlug. Ich sah das blutige Loch hinten in seiner Lederjacke, wo die in der Brust eingedrungene Kugel ausgetreten war und eine klaffende Wunde hinterlassen hatte.

In meinem Schock, der nur langsam der Gewißheit wich, daß ich gerettet war, drehte ich mich um. Kassim lag immer noch auf dem Rücken, aber er hatte den Kopf gehoben, und seine unverletzte rechte Hand hielt eine Pistole, die ich noch nie gesehen hatte. Er mußte sie unter seinem weiten Hemd in einem Körperhalfter getragen haben. Eine kleine Rauchfahne stieg von ihrem Lauf auf, während seine Hand zu Boden sank und sein Kopf zurückfiel.

Ich warf einen schnellen Blick auf den Räuber. Aus der großen Wunde drang kein Blut, und ich wußte, daß er tot war. Ich lief zu Kassim und kniete mich neben ihn. Sein braunes Gesicht hatte sich gelblich gefärbt, und seine Lippen waren vor Schmerz verzerrt. Die blauen Augen hatten sich geschlossen, doch während ich neben ihm kniete, öffneten sie sich wieder und starrten mich mit leerem Blick an. Dann erkannten sie mich.

»Lalla . . .« sagte er langsam. »Lalla . . .«

Ich legte meine Hand auf seine Stirn und bemühte mich, mir alles ins Gedächtnis zu rufen, was ich bei Sandru gelernt hatte. Er hatte gesagt, um als Arzt Erfolg zu haben, müsse man nicht nur geschickt sein, sondern auch listig und gewitzt. Und man brauche Glück und Selbstvertrauen. Ich war kein Arzt. Ich besaß nur ein klein wenig Geschick. Das Selbstvertrauen würde ich vortäuschen müssen, was an sich schon eine List war, und was das Glück betraf, so konnte ich nur hoffen, daß es mir beistand, um all die anderen Mängel wettzumachen.

So zuversichtlich wie irgend möglich sagte ich: »Bleib ruhig liegen, Kassim. Der Mann ist tot. Es besteht keine Gefahr mehr. Deine Schulter ist ausgekugelt, aber ich kann sie richten. Dann werde ich die Wunde in deinem Rücken versorgen. Denke daran, daß ich bei Sandru, dem besten aller Ärzte, in die Lehre gegangen bin. Ich weiß sehr viel und bin sehr geschickt.«

Er sah mich mit halb geschlossenen Augen an, und bis er sprach, war ich mir nicht sicher, ob er meine Worte in sich aufgenommen hatte. Dann sagte er leise: »Es gibt etwas, das du vor allem anderen tun mußt, Lalla. Suche das Pferd des Mannes. Er hat es sicher im nächsten Tal gelassen. Suche es, und bringe es her. Geh bitte gleich.«

Er hatte schon die Hälfte dieser Worte gesagt, als es mir endlich dämmerte – und ein neuer Schock betäubte mich und raubte mir die Sprache, während ich neben ihm kniete und ihn ansah, ungläubig, meinen Ohren nicht trauend. Kassim hatte englisch gesprochen, in einem Ton, der ebenso britisch war wie meiner.

4

Lange Sekunden verstrichen, ehe ich imstande war, mit tonloser Stimme zu sagen: »Sie ... Sie sind gar kein Afghane ... Sie sind *Engländer!*«

Er sprach durch seine vor Schmerz zusammengebissenen Zähne und mit dem plötzlich aufflackernden Zorn, den ich so oft erlebt hatte. »Ja. Mußte es Ihnen sagen, für den Fall ... Aber lassen wir das. *Beeilen* Sie sich, Mädchen! Knien Sie nicht da, und starren Sie mich nicht so an. Holen Sie sein Pferd, bevor jemand anderes es sieht.«

Ich war völlig verwirrt, und das erste Gefühl, das sich im Chaos meiner Empfindungen und Gedanken formte, war Empörung. Da war ich viele Wochen lang mit einem Engländer gereist, der sich für einen Afghanen ausgegeben und mich behandelt hatte, als ob ich weniger wichtig wäre als sein Esel. Aber diese Regung dauerte nur eine Sekunde, denn der Mann war jetzt schwer verwundet, lag vielleicht im Sterben, und die Fürsorgepflicht, die ich von Sandru übernommen hatte, veranlaßte mich, auf englisch zu ihm zu sagen: »Ich muß mich zuerst um Ihre Verletzungen kümmern. Danach gehe ich und suche das Pferd ...«

Ehe ich ausreden konnte, hatte er sich aufgestützt und versuchte aufzustehen. Seine Augen glühten, und er keuchte vor Schmerzen, als er sagte: *»Es ist wichtiger als alles andere!* Helfen Sie mir auf, Sie verdammtes Weibsbild! Ich werde selber gehen.«

Ich dachte entsetzt, welchen Schaden er sich zufügen konnte, falls er tatsächlich einen solchen Irrsinn beging, und so wählte ich das kleinere von zwei Übeln und legte beide

Arme um ihn, hielt ihn einen Augenblick so fest, daß er sich nicht mehr rühren konnte, und sagte so beruhigend, wie ich konnte: »Schon gut, schon gut, *bewegen* Sie sich bitte nicht. Ich werde tun, was Sie gesagt haben.«

Widerstrebend ließ er zu, daß ich ihm half, sich wieder hinzulegen. Dann richtete ich mich auf, nahm die Pistole, legte sie neben seine Hand und sagte: »Ich beeile mich so sehr ich kann.«

Ich sah nicht auf den Toten, als ich den Hang hinunterging, aber ich nahm wahr, daß sich schon eine Wolke von Fliegen über ihm gesammelt hatte. Bald würden die schwarzen Geier kommen, ich wußte es. Mein Geist war noch wie benommen, als ich den felsigen Hang hinabkletterte und mich so sehr beeilte, wie ich konnte, um den Pfad zu erreichen und ihn zurückzugehen, bis zu dem ersten Ausläufer, wo ein Hang ähnlich dem begann, den ich eben hinabgestiegen war. Trotz seines Zustands hatte Kassim – oder wie er heißen mochte – sich überlegt, daß der Angreifer gesehen oder vermutet haben mußte, wo wir den Pfad verlassen hatten, und daraufhin zum Kamm hinaufgeklettert war, um uns von hinten überraschen zu können.

Ich machte mir bittere Vorwürfe. Kassim hatte die Gefahr vorausgesehen, und ich hatte ihn im Stich gelassen, indem ich nicht richtig Wache hielt. Außerdem war ich besorgt, daß ich das Pferd nicht finden könnte, denn für Kassim war es offensichtlich von größter Bedeutung, und ich wagte nicht zu denken, was er tun könnte, falls ich ihn noch einmal enttäuschte. Aber das Glück war mit mir. Ich war kaum fünfzig Meter gestiegen, als ich es sah, eine braune, schwarz gescheckte Stute, in einer Rinne keinen Steinwurf weit rechts von mir, an den Vorderbeinen gefesselt, noch gesattelt, mit angeschnallten Körben und einer Deckenrolle.

Ich redete dem Tier gut zu, während ich mich näherte, und stellte erleichtert fest, daß es ein ruhiges Pferd war, das auch nicht scheute, als ich den Riemen um seine Vorderbeine löste. Ich führte es zum Pfad hinunter und dann wieder den schwierigen, steileren Hang hinauf, wo ich Kassim allein zurückgelassen hatte. Allmählich schwand die Lähmung, die meinen Verstand ergriffen hatte, so daß ich wieder zusammenhängend denken konnte. Ich stellte Vermutungen darüber an, wer Kassim in Wirklichkeit sein mochte. Ich dachte daran, wie er sich jedesmal anders benommen hatte, wenn wir Fremde trafen oder mehrere Tage in einem Ort blieben, wie er sich für Neuigkeiten interessiert und immer wieder Fragen gestellt hatte. Ich dachte an den dicken Notizblock, den er in einer sicheren Tasche unter seinem Hemd trug, und erinnerte mich daran, wie er sich nach Begegnungen unterwegs oder abends in den Ortschaften Aufzeichnungen gemacht hatte.

Da mein Vater Diplomat gewesen war, wußte ich, daß seit einem halben Jahrhundert in Afghanistan ein Kampf zwischen Briten und Russen stattfand. Die afghanischen Führer hatten versucht, ihre Unabhängigkeit zu wahren, indem sie zuerst der einen Partei und dann der anderen zuneigten. Ich wußte auch, daß es nicht ausschließlich ein politischer Kampf war, daß er nicht nur von den Gesandtschaften und Missionen beider Seiten ausgetragen wurde. Es war auch ein Kampf zwischen Spionen, britischen und russischen Spionen, die über die alten Handelswege zogen, die kleinen Städte, die Dörfer, die Basare aufsuchten, um Nachrichten zu sammeln, zu bestechen, zu korrumpieren, und die nötigenfalls auch mordeten, um den wahren Grund ihrer Anwesenheit zu verschleiern.

Ein Spion. Der Engländer, der sich Kassim nannte, war ein Spion, und bei diesem Gedanken zuckte ich innerlich vor Abscheu zusammen. Da ich im Nahen Osten und in Indien aufgewachsen war, wo diplomatische und militärische Kreise sich teilweise überschnitten, wußte ich sehr wohl, daß Gentlemen den Beruf des Spions als den niedrigsten und verächtlichsten betrachteten, den ein Mann ausüben konnte. Ich erinnerte mich an zwei Gelegenheiten, einmal in Kairo und später in Lahore, bei denen ein Bote zu uns gekommen war, um meinem Vater zu sagen, daß ein Agent mit wichtigen Nachrichten zurückgekehrt sei, das erste Mal aus dem Sudan, das andere Mal von der Nordwestgrenze. Beide Male hatte mein Vater einem Untergebenen befohlen, sich den Bericht anzuhören. »Es gehört nicht zu meinen Pflichten, mit einem verwünschten *Spion* in einem Zimmer zu sitzen«, hatte er voll Zorn erklärt. »Legen Sie mir einen schriftlichen Bericht vor.«

Als ich die Stelle erreichte, wo ich den verletzten Mann zurückgelassen hatte, saß er mit dem Rücken am Fels, die Augen geschlossen, das Gesicht fahl und vor Schmerzen verzerrt. Der Tote war nirgendwo zu sehen. Kassim schlug die Augen auf, und ich sah Erleichterung in ihnen aufschimmern, als er das Pferd erblickte. »Bring es zu den anderen Tieren hinter den Felsen«, sagte er mit dünner, harter Stimme, »und komm dann zurück. Ich werde ein wenig Hilfe brauchen.«

Ich fragte: »Wo ist der Mann?«

Er bewegte den Kopf zur Seite, und ich sah einen länglichen Felsspalt, über dem einige Fliegen schwärmten. »Hab' es geschafft, ihn mit den Füßen da hineinzurollen«, sagte der Engländer. »Du wirst ihn mit Steinen bedecken müssen, Lalla.«

So sah also ein Spion aus, eine Kreatur des Dunkels, ein Dieb und Mörder, ein Mann, der eine Lüge lebte und im Schatten darauf lauerte, Nachrichten zu ergattern. Ich antwortete nicht, sondern führte das Pferd weiter den Hang hinauf hinter den großen Felsen, wo ich es mit den anderen zusammenband, damit es vom Pfad aus nicht zu sehen war.

Als ich zurückkam, sah ich, daß der Engländer angefangen hatte, auf den Knien, sich nur mit einer Hand abstützend, hinter mir herzukriechen. Die ausgekugelte Schulter stak unnatürlich unter seinem Hemd nach oben. Er legte seinen gesunden Arm um meine Schultern, und ich zog ihn hoch und stützte ihn, während er sich den Hang hinaufschleppte. Bei den Pferden angekommen, half ich ihm, sich wieder hinzulegen.

Schwer atmend vor Anstrengung, sah ich ihn an und fragte: »Und wie heißen Sie wirklich?«

Schweiß lief ihm über das Gesicht, und es kostete ihn Mühe, seinen Blick auf mich zu richten, aber seine Lippen verzogen sich zu einem schiefen Lächeln. Er sagte: »Ganz ähnlich … Caspar.«

»Caspar was?«

Er schüttelte ungeduldig den Kopf. »Die Satteltasche. Gib mir die Satteltasche des Russen, Lalla. Ich muß nachsehen, was darin ist. In den Taschen seiner Kleider war nichts.«

Erst jetzt wurde mir klar, daß der Mann, der auf Kassim (oder Caspar, wie er nunmehr für mich heißen würde) geschossen hatte, der Mann, der im Begriff gewesen war, mich mit seinem Messer zu töten, ebenfalls ein Spion war, für die andere Seite, ein Gegner in der dunklen, entwürdigenden Schlacht, die in Afghanistan insgeheim ausgefochten wurde. Ich hatte Kassim gehaßt, und nun verabscheute ich Caspar, doch in dem Jahr meiner Arbeit mit Sandru hatte ich gelernt, alle persönlichen Gefühle hintanzustellen, wenn es darum ging, einem kranken Menschen zu helfen.

Ich ging zu Aristoteles und öffnete den Korb, in dem sich die Sanitätstasche befand, die Sandru mir für den Notfall mitgegeben hatte. Caspar rief mit schwacher, aber zorniger Stimme: »Das nicht, Lalla! Bring mir seine Satteltasche.«

Ich holte die Sanitätstasche heraus, ging wieder zu dem Verletzten und kniete mich neben ihn. Jetzt, da ich wußte, daß er Engländer war, brauchte ich nicht mehr die Rolle einer unterwürfigen afghanischen Frau zu spielen. »Ich werde nichts tun, bis ich Ihre Verletzungen versorgt habe, Sir«, sagte ich, und das Wort »Sir« klang sonderbar in meinen Ohren – ich hatte es das letzte Mal in einer anderen Welt benutzt.

Seine blauen Augen blitzten kurz auf, aber seine Kräfte verließen ihn zusehends. »Es geht schon wieder besser«, murmelte er, bemüht, seinen Zorn zu zügeln. »Fangen Sie bloß … keinen Streit … an.«

»*Ich* habe nicht vor zu streiten«, sagte ich. »Bleiben Sie jetzt still auf dem Rücken liegen, und kauen Sie das hier.« Und bevor er protestieren konnte, steckte ich ihm einen Finger seitlich in den Mund, um ihn ein wenig zu öffnen, und schob eine Fingerspitze von einem faserigen Kraut hinein, das Sandru in ein aus Mohnsamen gewonnenes Opiat getaucht und dann getrocknet hatte. Sandru verabreichte es immer, wenn er eine schmerzhafte Operation vornehmen mußte.

Ich wußte nicht, wieviel Blut Caspar verloren hatte, aber ich war sicher, daß keine Schlagader durchtrennt worden war – andernfalls wäre er längst tot gewesen. Ich glaubte indes, daß ihn die Schmerzen in seiner Schulter einer Ohnmacht nahe gebracht hatten, und stellte erleichtert fest, daß er sich nicht wehrte oder versuchte, das Kraut auszuspeien. Ich hatte mit ihm gesprochen, wie Sandru mit schwierigen Patienten sprach, barsch und befehlend, aber das war nur gespielt. Insgeheim fürchtete ich mich schrecklich vor der Arbeit, die nun vor mir lag.

So behutsam, wie ich konnte, half ich Caspar, sich flach auf den Rücken zu legen, schob ihm eine Wolldecke unter den Kopf, öffnete dann die Sanitätstasche und fing an, die Dinge, die ich brauchte, herauszuholen und auf einem sauberen Handtuch zurechtzulegen. »Kauen Sie weiter«, sagte ich, bemüht, daß meine Angst nicht meine Stimme schrill werden ließ. »Zuerst werde ich Ihre Schulter einrenken. Dann versorge ich die Wunde.«

Selbstvertrauen, sagte ich mir, zeig um Gottes willen Selbstvertrauen!

»Sandru hat mich in allen medizinischen und chirurgischen Methoden unterrichtet«, sagte ich und sah, wie meine Hände zitterten, als ich den Schweiß von ihnen abwischte. »Ich bin durchaus in der Lage, alles zu tun, was nötig ist.«

Außer die Verletzung ist tödlich, dachte ich, oder es gelingt mir nicht, sie vor einer Infektion zu bewahren. Gott steh mir bei.

Als ich mich umdrehte und ihn ansah, kaute er immer noch, aber seine Augen hatten einen leeren Blick, und als ich ein Lid hochzog, sah ich, daß die Pupille erweitert war. Ich legte mein Gewand ab, denn in der sengenden Sonne schwitzte ich stark, und setzte mich dann so neben den Liegenden, daß meine Füße sich in der Höhe der ausgekugelten Schulter befanden. Vorsichtig nahm ich sein Handgelenk in beide Hände, hob den

Arm ein wenig und stemmte den Fuß vorsichtig, mit leicht angewinkeltem Knie, in seine Achselhöhle. Ich hatte Sandru nur ein einziges Mal dabei zugeschaut, und ich betete, daß ich es richtig machte, während ich stärker stemmte und stetig an seinem Arm zog, bis er gerade und angespannt war. Dann lehnte ich mich schnell zurück und drückte den Fuß gleichzeitig mit aller Kraft in die Achselhöhle.

Einen Moment lang geschah nichts, und ich wollte schon verzweifeln, denn ich war offenbar nicht stark genug, um das Gelenk wieder einzurenken, aber dann gaben die Sehnen nach, und ich hörte, wie die Knochen dumpf knackten, als die Kugel in die Gelenkpfanne zurückglitt. Tränen der Erleichterung liefen mir die Wangen hinunter, während ich den Arm auf die Erde bettete. Ich kniete mich neben den Spion. Die Schmerzen mußten ihn trotz des Opiums überwältigt haben – und ich sah, daß er nicht mehr bei Bewußtsein war.

Die Schußwunde war auf derselben Seite wie die schmerzende Schulter, so daß ich ihn auf seine gesunde Seite drehen konnte, nachdem ich eine Decke ausgebreitet hatte. Um ihn untersuchen zu können, schob ich sein Hemd hoch, löste seinen Gürtel und zog seine Reithose etwas nach unten. Ich sah, daß die Kugel genau oberhalb der Wölbung des Hüftknochens in seinen Rücken eingedrungen war, doch entgegen meiner Erwartung schien das Geschoß nirgendwo ausgetreten zu sein. Dann wurde mir klar, was geschehen war. An seinem Gürtel hing das Halfter, in dem er die Pistole versteckt hielt, mit der er vor weniger als einer halben Stunde unser beider Leben gerettet hatte. Die Kugel des Angreifers mußte vom Kolben der Pistole leicht abgelenkt worden sein und viel von ihrer Wucht verloren haben, als sie das dicke Leder des Gürtels und Halfters durchschlagen hatte, und nun steckte sie noch in seinem Körper!

Übelkeit stieg in mir auf. Wahrscheinlich hatte die Kugel kein wichtiges Organ getroffen, aber wenn sie in seinem Körper blieb, würde sie sehr bald sein Blut vergiften, und bestimmt würde ich niemals den Mut aufbringen, zu schneiden und nach ihr zu suchen. Ich legte den Kopf in beide Hände und flüsterte laut: »Oh, lieber Gott. Was soll ich tun, Sandru? Was soll ich tun?«

Es war beinahe, als erhielte ich eine Antwort aus dem fernen Shul, denn plötzlich wußte ich, daß ich nicht zaudern durfte. Ich mußte die Kugel entfernen und die Wunde säubern, und der Augenblick zu handeln war jetzt, während der Mann bewußtlos war. Vorsichtig tastete ich die Rippen ab, und vage wurde mir dabei bewußt, daß dies nicht die Hautfarbe eines Afghanen war, auch nicht die eines blonden Afghanen. Sie war genauso blaß wie meine eigene. Unmittelbar vor dem Hüftknochen, ein kleines Stück darüber, fühlte ich eine unnatürliche Wölbung unter der Haut: die Kugel, die beinahe den Knochen erreicht hatte.

Ich überlegte keine Sekunde. Ich tat so, als träfe ich Vorbereitungen für Sandru, als ich das Skalpell, einen hauchdünnen Darmstreifen, einen Federkiel, Desinfektionsmittel, Verbandstreifen und Pflaster aus der Ledertasche nahm. Ich zwang mich, nicht zu zögern, und betupfte die Wunde und die Partie ringsum mit dem Desinfektionsmittel, schnitt dann sofort in das Fleisch über der unnatürlichen Wölbung und holte die Kugel mit dem Skalpell heraus.

Zwei Jahre vorher wäre ich beim Anblick von Blut in Ohnmacht gefallen. Jetzt waren meine Hände naß davon. Ich tauchte den Darmstreifen, ein kleines Stück von dem Verbandzeug und einen Löffelgriff in das Desinfektionsmittel und schob den Darm dann mit Hilfe des Löffels durch den fingerlangen Kanal, den die Kugel in das Fleisch geschlagen hatte. Mit dem Darm zog ich dann das Verbandstück mehrmals hin und her und tränkte es zwischendurch erneut mit Desinfektionsmittel.

Säubern. Und alles andere der Natur überlassen.

Das war Sandrus Methode, Wunden zu versorgen, und es war die einzige Methode, die ich kannte. Mit einem frischen Verbandstück brachte ich eine großzügig bemessene Dosis von Sandrus Spezialsalbe aus dem Schimmel von Käse in die

Wunde ein, stach ein Loch in den Einschnitt, den ich gemacht hatte, und führte ein kleines Stück von dem Federkiel in die Öffnung ein, damit das Wundwasser abfließen konnte, und machte zu beiden Seiten noch einen Stich. Ich füllte einen unserer Töpfe mit Wasser aus dem Ziegenlederbeutel, wusch mir die Hände, trocknete sie ab und legte dann ein mit der Salbe bestrichenes Tuch auf die beiden Wunden, das ich mit Pflaster befestigte. Als zusätzlichen Schutz wand ich Caspar ein sauberes Handtuch um die Hüften. Dann bastelte ich mit letzter Kraft ein Zeltdach, um ihn vor der Sonne zu schützen. Und danach hockte ich mich hin, legte den Kopf in die Hände und weinte.

Ich mochte eine Weile eingedöst sein, als das Geräusch von Flügelschlägen mich aufschreckte. Drei Geier umkreisten den Felsen in geringer Höhe. Ich sprang auf, warf einen Stein nach ihnen, um sie zu verjagen, und eilte dann zu dem Sims, wo Caspar gestürzt war. Der Leichnam des Mannes, der uns hatte töten wollen, lag mit dem Rücken nach oben in einem schmalen, knapp armtiefen Spalt. Eine Stunde lang sammelte ich kleine Felsbrocken und Schieferstücke und warf alles auf den Toten, bis eine dicke Schicht ihn bedeckte.

Caspars Pistole lag auf der Erde. Ich hob sie auf und ging wieder den Hang hinauf zu der Stelle hinter dem Felsen. Krampfhaft überlegte ich, was ich als nächstes tun sollte. Das Wasser und die Vorräte würden die nächsten vierundzwanzig Stunden, vielleicht etwas länger, für uns und die Tiere reichen, aber dann würde ich frisches Wasser aus einem See oder einem Gebirgsbach holen müssen, und ich hatte keine Ahnung, wie weit die nächste Wasserstelle entfernt war.

Caspar war zu sich gekommen und lehnte im Schatten des primitiven Zeltdachs an dem Felsen. Unter der sonnengebräunten und windgegerbten Schicht war sein Gesicht fahl. Ich setzte mich neben ihn in den Schatten und sagte: »Wie fühlen Sie sich, Mr. Caspar?«

»Nur Caspar«, sagte er langsam und wandte den Kopf, um mich anzusehen. »Ich fühle mich schwach, und meine Schulter tut mir weh, aber sonst habe ich kaum noch Schmerzen.« Er hielt inne, als koste es ihn Mühe, seine Gedanken zu sammeln. »Was haben Sie mit der Schußwunde gemacht? Ist sie schlimm? Wann können wir weiterreiten?«

Ich erzählte ihm kurz, was ich gemacht hatte. »Die Wunde ist nicht schlimm«, sagte ich mit geheuchelter Zuversicht. »Ich glaube nicht, daß sie sich infiziert, aber Sie werden ein paar Tage hier ausruhen müssen.«

Er schüttelte den Kopf. »Unmöglich. Sechzig Meilen bis Herat. Knapp drei Tage, wenn wir stetig vorankommen. Wir brechen morgen früh auf, Lalla.«

Ich öffnete den Mund, um zu widersprechen, aber dann überlegte ich es mir anders. Es war sicher gefährlich für ihn, wenn er mit seiner Wunde ritt, aber wenn wir hier blieben und die Wunde schwärte, würde es noch gefährlicher sein. Für ihn war es vielleicht besser, wenn wir es bis nach Herat schafften, wo die Armeeärzte ihn ordentlich versorgen konnten. Und für mich selbst war es auch besser, wurde mir mit einem Anflug von Panik bewußt. Jetzt, da ich darüber nachdachte, konnte ich nicht entscheiden, ob meine tiefe Sorge um Caspar der natürlichen Angst um einen leidenden Menschen entsprang oder aber der Gewißheit, daß ich, falls ich ihn nicht rettete, kaum eine Chance haben würde, allein nach Herat zu gelangen. Meine Verkleidung würde mich nur so lange schützen, wie ich mich in seiner Begleitung befand. Sobald man mich als eine Feringhi erkannte, würde ich binnen kurzem tot oder abermals eine Gefangene sein.

Ich sagte: »Sehr gut. Wir brechen morgen auf, aber Sie werden den ganzen Weg reiten müssen. Wenn sie gehen, reißt die Wunde mit Sicherheit auf. Und Sie müssen Ihren Mantel anziehen, damit das Blut auf Ihrem Hemd und Ihrer Hose nicht zu sehen ist. Wenn jemand sieht, daß Sie verwundet sind . . .«

Ich brauchte den Satz nicht zu beenden. Es war ein grausames Land, und es waren grausame Zeiten. Ein Reisender, der sich und seine Begleiterin nicht verteidigen konnte, kam nicht sehr weit.

Caspar fuhr sich mit der Zunge über die ausgedörrten Lippen und sagte: »Ich bin sehr durstig. Kann es schaden, wenn ich etwas trinke?«

»Nein, aber Sie dürfen nicht zuviel trinken.« Ich holte ihm einen Becher Wasser. Während er langsam kleine Schlucke davon trank, sagte ich: »Sie sind ein Spion, nicht wahr? Und der Mann, der auf Sie geschossen hat, war auch einer.«

Er sah mich mit müden, aber wachsamen Augen an, und nach kurzem Schweigen antwortete er: »Stellen Sie keine Fragen, Lalla. Wenn wir morgen weiterziehen, werden wir genauso reisen wie in den letzten Wochen. Sie sind eine Kafirin, und ich unterhalte mich in dieser Sprache mit Ihnen. Aber ich spreche nur selten, und Sie sprechen gar nicht, es sei denn, ich fordere Sie dazu auf. Wir müssen uns um Ihrer und meiner Sicherheit willen so verhalten wie die Menschen, die zu sein wir vorgeben. Verstehen Sie?«

Für diese Worte haßte ich ihn aufs neue, aber ich sah wider Willen ein, daß er recht hatte, und nickte kurz. Dann stand ich auf und begann mit der langwierigen Arbeit, ein Nachtlager aufzuschlagen. Caspar würde nur wenig Appetit haben, aber wenn er reisen wollte, brauchte er Kraft, und ich beschloß, eine dicke Suppe aus Ziegenfleisch zu kochen und ihm anschließend Gerstenfladen und Honig zu geben.

Nach einer Weile sagte er: »Sehen Sie in den Satteltaschen des Mannes nach, und wenn Sie irgendwelche Papiere darin finden, bringen Sie sie mir.«

Ich hielt beim Funkenschlagen inne und richtete mich auf. »Wenn wir morgen weiterziehen, werde ich alles tun, was Sie sagen«, erklärte ich ihm, »aber im Augenblick sind Sie ein Engländer und ich bin eine Engländerin, und Sie täten gut daran, das Wort ›bitte‹ zu benutzen, wenn Sie möchten, daß ich etwas für Sie tue.«

Er sah mich lange mit einem sonderbar verwirrten Ausdruck an und sagte schließlich mit schwacher Stimme: »Ich bitte um Entschuldigung, Miss Lawley. Würden Sie mir bitte den Gefallen tun, die Satteltaschen des Mannes nach Papieren zu untersuchen?«

Ich entfernte mich, öffnete die Taschen und fand eine dicke Brieftasche mit einem ganzen Stoß von Papieren. Als ich sie Caspar reichte, riß er sie mir beinahe aus der Hand, in seinen müden Augen blitzte es vor Aufregung. Er sagte: »Vielen Dank, Miss Lawley.«

Ich sagte: »Sandru hat Ihnen also gesagt, wer ich bin?«

»Ja.« Er blätterte die Papiere mit einer Hand durch, um die noch schmerzende Schulter nicht anzustrengen.

Mir fiel etwas ein. »Weiß Sandru, wer *Sie* in Wirklichkeit sind?« fragte ich.

Er blickte auf, und in seinen blauen Augen war ein grimmiger Ausdruck. »Er weiß es seit fünf Jahren. So hat er mich gezwungen, Sie mitzunehmen – indem er mir drohte, andernfalls würde er mich verraten.«

Ich sagte: »Sie hätten eine Engländerin in Shul zurückgelassen, obwohl Sie wußten, was ihr bevorstand?« Mir fiel noch etwas ein, und ich fügte halb entsetzt und halb fassungslos hinzu: »Sie *haben* mich dort zurückgelassen, als Sie vor zwei Jahren durchkamen!«

Er sah wieder auf die Papiere und antwortete mit müder Stimme: »Ja, Miss Lawley. Zu meinem größten Bedauern ... ja.«

Ich spürte, wie ich vor Zorn bebte, als ich sagte: »Von einem *Spion* kann man sicher nichts anderes erwarten.«

»Sicher, Miss Lawley.« Er blickte auf und faßte sich an die Schulter. »Vielen Dank, daß Sie meine Verletzungen so geschickt versorgt haben. Ich bin Ihnen wirklich sehr dankbar. Aber ... sollte ich Herat aus irgendeinem Grunde nicht erreichen und Sie gelangen hin, dann übergeben Sie meine Aufzeichnungen und diese Papiere bitte Mr. Arthur Renwick von unserer dortigen Gesandtschaft.«

Ich antwortete nicht, sondern nahm noch eine Prise von dem in Opium getauchten Kraut aus meinen medizinischen Vorräten, hielt sie ihm an die Lippen und sagte: »Kauen Sie das.« Er zögerte, öffnete dann jedoch gehorsam den Mund, so daß ich die trockenen Fasern hineinschieben konnte. Ich wandte mich ab und hockte mich wieder hin, um ein Feuer zu machen. Als es endlich gut brannte, befreite ich die Tiere, auch das Pferd des gegnerischen Spions, von ihrer Bürde, sattelte sie ab und fing an, das Essen zu bereiten. Eine Weile lang hörte ich noch von dort, wo der Engländer saß, das Rascheln von Papieren. Dann verstummte es, und alles war still. Ich war es gewohnt, daß Kassim schwieg, und erwartete auch von Caspar wenig anderes. Als ich den Topf aufs Feuer gestellt hatte, blickte ich zu ihm hinüber. Er lag auf seiner gesunden Seite, den Kopf auf eine zusammengerollte Decke gebettet, unter der die Brieftasche hervorlugte, die Pistole dicht neben seinem Kopf, in bequemer Reichweite.

Während ich seine blonden Haare und blauen Augen betrachtete, fiel es mir schwer zu glauben, daß ich mich alle die Wochen hindurch hatte täuschen lassen. Wieder flammte Empörung in mir auf. Der Mann gab zu, daß er, wenn Sandru ihn nicht gezwungen hätte, keinen Finger gerührt haben würde, um mir zu helfen! Trotzdem hätte er mir unterwegs sagen können, daß er Engländer war, und hätte mich wie eine Landsmännin behandeln können statt wie eine Leibeigene, die ihm Tag für Tag, Woche für Woche zu Diensten sein mußte ... Mein Blut geriet in Wallung, als ich daran dachte.

Das Opiat machte ihn schläfrig, und als das Essen fertig war, mußte ich ihn stützen, während ich ihn mit Suppe fütterte, denn er war kaum noch wach. In der Nacht bekam er Fieber, und ich fürchtete, daß trotz meiner Bemühungen eine Entzündung von der Wunde auf das Blut übergegriffen hatte. Ich konnte nichts anderes tun, als ihn nach besten Kräften zu pflegen, was angesichts der Tatsache, daß wir noch eine dreitägige anstrengende Reise vor uns hatten, wenig genug war. Das Fieber würde seinen Lauf nehmen müssen, und ich konnte nur beten, daß seine körperliche Verfassung gut genug war, um die Entzündung zu besiegen.

Am Morgen war er weniger schläfrig, doch sein Geist schien immer wieder weit fort zu sein. Er sprach nur Kafirisch mit mir, und ich antwortete in derselben Zunge. Unser Leben würde davon abhängen, daß wir, wenn wir andere Reisende trafen, vorgaben, Einheimische zu sein, und je mehr wir uns Herat näherten, um so mehr Leuten würden wir begegnen.

Sobald er wach war, konnte er es kaum noch erwarten, weiterzuziehen, doch ich sorgte dafür, daß er bei Tagesanbruch noch ein wenig warme Suppe aß, während ich das Lager abbrach und die Tiere belud. Die schwerste Aufgabe des Tages bestand darin, ihn den Hang hinunter zum Pfad zu bringen. Die Wunde schmerzte mehr als tags zuvor. Dennoch wollte er mir helfen, die Tiere hinunterzuführen. Zusammen mit dem Pferd des toten Mannes waren es jetzt vier, und er fürchtete, ich würde die Herrschaft über sie verlieren. Ich wußte, daß ich mit den Tieren fertig werden konnte, hatte aber meinerseits Angst, Caspar könnte auf dem trügerischen Geröll ausgleiten und zu Fall kommen, so daß seine Wunde sich wieder öffnete.

Angesichts seiner Dickköpfigkeit wandte ich mich zum letzten Mal auf englisch an ihn: »Hören Sie genau zu«, sagte ich, mein Gesicht dem seinen nähernd. »Das Maultier ist sehr gewandt. Sie werden auf ihm zum Pfad hinunter*reiten.* Und wenn Sie sich weigern, nehme ich Ihre Aufzeichnungen und die Papiere des Russen und verbrenne sie, das schwöre ich bei Gott. Haben Sie mich verstanden?«

Er sah mich lange verstört an, und während ich seinen Blick erwiderte, empfand ich eine seltsame Überraschung. Nach zweieinhalb Jahren der Gehorsamkeit und Unterwerfung in Shul hätte ich es sehr wohl auskosten können, ihm zu drohen und ihn meinen Befehlen zu unterwerfen, aber ich fühlte keine solche Regung, sondern nur ein sonderbares Widerstreben, die starke Hand, die ich plötzlich besaß, zu gebrauchen.

Endlich senkte er den Blick, legte eine Hand auf Aristoteles' Sattelknauf und hob mühsam den Fuß zum Steigbügel. »Verdammt . . . meinetwegen«, sagte er schroff. Stumm half ich ihm beim Aufsitzen, nahm dann den Zügel seines Pferds und schickte mich an, die drei Tiere, eines an das andere gebunden, nach unten zu führen. Ich wußte, daß Aristoteles am besten zurechtkommen würde, wenn er sich selbst einen Weg suchte.

Als wir den Pfad erreicht hatten, wechselte Caspar auf sein Pferd über, während ich die Stute des toten Russen nahm. Wir ließen die Tiere im Schritt gehen und machten alle zwei Stunden eine Pause. Wir redeten nur wenige Worte miteinander. Caspar ritt, als schliefe er, und ich fürchtete immer wieder, er würde vom Pferd fallen, aber er schien zu jenen Reitern zu gehören, die tatsächlich im Sattel schlafen können. Dreimal begegneten wir an diesem Tag anderen Gruppen von Reisenden, und einmal wurden wir von Händlern mit einer kleinen Karawane wohlbeladener Kamele überholt. Sobald ich Fremde sah, warnte ich Caspar, und er richtete sich auf und nahm alle seine Kraft zusammen, um in seiner gewohnten Art Grüße zu rufen, Scherze zu machen und Neuigkeiten auszutauschen.

Wir füllten unseren Wasserbeutel und fanden Grünfutter für die Tiere. Am Abend schlugen wir in einer kleinen Senke, ein gutes Stück vom Pfad entfernt, unser Lager auf. Wir brauchten also nicht zu klettern. Caspars Schulter tat nicht mehr weh, doch als ich den Verband untersuchte, sah ich, daß sich das Fleisch rings um das Pflaster entzündet hatte, und war froh, den Federkiel zur Dränage in die Wunde gelegt zu haben.

Er schlief in dieser Nacht schlecht und murmelte oft unzusammenhängende Sätze auf kafirisch und paschto. Ich schreckte immer wieder unruhig aus meinem Schlaf auf und versuchte, mir Mut zu machen, indem ich mir sagte, daß wir gestern fast zwanzig Meilen zurückgelegt hatten und daß Herat nun nur noch zwei Tagesreisen entfernt war. Doch gegen Mittag des nächsten Tages fing Caspar an zu phantasieren und murmelte oder schrie sogar in den verschiedensten Sprachen vor sich hin. Meine Angst, er könnte Aufmerksamkeit erregen, war so groß, daß ich den Pfad verließ und ihm voran in ein gewundenes Tal ritt, um dort den Rest des Tages zu verbringen und bei Nacht weiterzureiten.

Selbst in dem schattigen Tal war es sehr heiß. Als ich Caspars Haut berührte, hatte ich den Eindruck, sie glühe. Er hatte aufgehört zu schwitzen. Ich wußte, daß das Fieber sehr hoch war und daß er in großer Gefahr schwebte. Als ich ihn auf seine Decke gelegt hatte, zog ich ihm mühelos das Hemd aus, tränkte ein Handtuch mit Wasser und breitete es über seinen Oberkörper. Es war eine Roßkur, aber ich wußte, daß er unweigerlich sterben würde, wenn es mir nicht gelang, das Fieber zu senken.

Alle zehn Minuten tauchte ich das Handtuch wieder in Wasser, benetzte sein Gesicht und hob seinen Kopf an, um ihn zum Trinken zu bewegen. Zwischendurch kümmerte ich mich um die Tiere, zündete ein Feuer an und machte Suppe. Ich hatte vor Angst keinen Appetit, aber ich zwang mich zu essen, da ich wußte, daß ich alle meine Kräfte brauchen würde. Manchmal döste Caspar ein. Dann war er wieder wach und sah mit trüben, aber neugierigen Augen zu, wie ich ihn versorgte. Manchmal umnebelte sein Geist sich, und er redete mit einem Unsichtbaren auf kafirisch oder paschto. Als der Abend anbrach und ich anfing zu packen, damit wir bald aufbrechen könnten, sprach er englisch, aber nicht mit mir. Seine Worte waren ruhig und klar und von tiefer Traurigkeit. Es klang, als ob er laut dächte.

»Melanie . . .« sagte er. Dann: »Sturmschnell . . . Tochter Elektras. Schön . . . so schön.« Eine Pause, dann, leiser werdend, zärtlich und bitter: »Ungeheuer und Göttin.«

Ich hatte unwillkürlich innegehalten, meine Deckenrolle festzuschnallen, und nun stand ich lange da, und die seltsamen Worte klangen in mir nach. Sie ergaben für mich keinen Sinn, doch sie waren so ohne jeden Zusammenhang mit unserer Lage, so sehr aus einer anderen Welt, daß sie in meinem Geist haften blieben und langsam in mein Gedächtnis einsanken. Ich wartete, aber der Mann, der dort in der schwärzer werdenden Dunkelheit lag, sagte nichts mehr, und nach einigen Augenblicken setzte ich meine Arbeit fort.

Eine halbe Stunde später half ich ihm in den Sattel seines Pferdes, und wir ritten weiter. Zuerst befürchtete ich, daß wir in der Dunkelheit vom Pfad abkommen könnten, aber dann wurde mir klar, daß die Tiere ihn mühelos fanden, denn das Gespür aller geübten Reisenden, ob Mensch oder Tier, leitete sie sicher. Ich ritt jetzt voran und führte Caspars Pferd unmittelbar hinter mir an einer Leine, während Aristoteles und der Esel den Schluß bildeten. Meine Stute zögerte nicht ein einziges Mal, sondern schritt den Weg stetig dahin.

Es war eine lange, anstrengende Nacht. Ich mußte Caspar alle zwei Stunden ausruhen lassen, und jedesmal kostete es mich mehr Mühe, ihn wieder in den Sattel zu heben. Er schien noch reiten zu können, wenn er kaum noch bei Bewußtsein war oder wenn er phantasierte, aber seine Kräfte waren erschöpft, und als ich um drei Uhr morgens wieder versuchte, ihn auf sein Pferd zu heben, weinte ich vor Verzweiflung.

»Nicht aufgeben, Lalla ... nicht aufgeben«, stammelte er mit schlaff auf die Brust gesunkenem Kopf, als er den einen Fuß im Steigbügel hatte.

Ich hätte ihn schlagen können für seine Hilflosigkeit, aber ich sagte so ruhig, wie ich konnte, auf kafirisch: »Sie müssen auf dem Maultier reiten. Es ist nicht so groß.«

Das bedeutete, daß ich das Maultier entladen und die Körbe auf Caspars Pferd schnallen mußte. Doch endlich hatte ich es geschafft und hievte ihn ohne allzu große Schwierigkeiten auf Aristoteles' Rücken. Kurz vor Morgengrauen suchten wir für die Stunden des Tageslichts wieder Zuflucht in einem kleinen Tal. Als Caspar auf seiner Decke lag, versorgte ich die Tiere, kaute ein wenig getrocknetes Fleisch, flößte Caspar eine Schale Suppe ein, trank etwas Wasser und legte mich hin, um zu schlafen, zu erschöpft, um noch eine Sekunde lang an Caspar, mich selbst oder irgend etwas auf der Welt zu denken.

Gegen Mittag wurde ich von strömendem Regen geweckt und richtete hastig die kleine Jurte auf. Caspar erwachte zur gleichen Zeit und versuchte aufzustehen und mir zu helfen, aber ich schrie ihn an, beschimpfte ihn und befahl ihm, seine Kräfte für den Weg zu schonen, den wir in der Nacht zurücklegen mußten. Ich schätzte, daß wir in der vergangenen Nacht fünfzehn Meilen zurückgelegt hatten. Wenn wir heute nacht die gleiche Entfernung schafften, müßten wir bei Tagesanbruch in Sichtweite von Herat sein.

In Sichtweite von Herat ... Es war die Erfüllung, die ich so lange mit einer so wilden, dunklen Leidenschaft ersehnt hatte, daß ich nicht wagte, länger als einen Moment daran zu denken. Vielleicht hatte Caspar sich geirrt, als er vor drei Tagen gemeint hatte, es seien noch sechzig Meilen. Ich durfte jetzt nicht an das Ende der Reise denken, denn falls es sich hinauszögerte, würde ich jede Hoffnung verlieren und daran zerbrechen. Während ich dicht neben Caspar in der Jurte lag und den Regen auf die Felle trommeln hörte, errichtete ich im Geist eine Schranke gegen alle hoffnungsvollen Erwartungen, und in der Leere, die diese Schranke um mich entstehen ließ, klangen die seltsamen Worte, die ich gestern abend von meinem Begleiter gehört hatte, wie ein Refrain in meinem Kopf wieder: *»Melanie ... Sturmschnell ... Tochter Elektras ... schön, so schön. Ungeheuer und Göttin.«*

Caspar schlief eine Weile. Als er erwachte, legte ich die Hand auf seine Stirn und fühlte ihm den Puls. Das Fieber schien gesunken, doch als ich ihn bat, sich umzudrehen, damit ich die Wunde untersuchen konnte, erschrak ich, denn sie war entzündet, und ringsum war alles geschwollen. Es war nicht anders zu erwarten gewesen. Ich hatte durch die gründliche Wundreinigung zwar jede ernste Blutvergiftung verhindert, aber eine lokale Infektion hatte sich fast zwangsläufig ergeben müssen, und mit seiner guten Konstitution, so redete ich mir ein, würde er sie besiegen. Doch was ich mir auch sagte, ich konnte mich nicht recht überzeugen. Das Fieber war gesunken, aber er war noch sehr schwach, und nicht nur körperlich. Auch sein Lebensmut war nun geschwächt. Auf unserer Reise hatte ich immer mehr den Eindruck gewonnen, daß er ein Mann von eisernem Willen und unbändigen Lebensgeistern war, doch nun war in seinen Augen ein Ausdruck, der mich zutiefst beunruhigte, ein Fatalismus, der nicht zu ihm zu passen schien.

Der Tag schleppte sich dahin. Wir schliefen, aßen kalte Suppe und Honigkuchen und schliefen wieder. Eine Stunde vor Sonnenuntergang hörte es auf zu regnen, und ich kroch aus der Jurte, um Vorbereitungen zum Aufbruch zu treffen. Als ich die Jurte abgebrochen und gepackt hatte, lag Caspar immer noch im Halbschlaf auf seiner Decke, und ich mußte ihn wecken, ehe ich zu Ende packen und die Tiere satteln konnte.

Als wir neben dem Maultier standen und ich mich für die Aufgabe wappnete, ihn in den Sattel zu heben, umfaßte er mein Handgelenk und sah mich an, während er sich mit dem anderen Arm am Sattel festhielt. »Versprechen Sie mir eines, Lalla«, sagte er langsam und stockend auf englisch, »versprechen Sie mir, daß Sie die Papiere Mr. Renwick übergeben werden . . . Mr. Arthur Renwick. Von der Mission in Herat. Nur ihm persönlich. *Ihm persönlich.* Bitte, Lalla, versprechen Sie es mir.«

Ich sagte ungeduldig: »Schon gut, ich verspreche es, aber zuerst müssen wir dort hingelangen. Halten Sie dieses Bein jetzt gerade, während ich versuche, Sie daran hochzuheben, und schwingen Sie dann das andere über den Sattel.« Er war noch schwächer als gestern, und zuletzt mußte ich mich auf Hände und Knie niederlassen und einen menschlichen Schemel bilden, auf den er treten konnte, weil er anders nicht auf den Rücken des Tieres gekommen wäre.

Als wir den Pfad erreicht und uns westwärts gewandt hatten, ließ ich meinem Pferd die Zügel, damit es seinem Geruchssinn folgte und uns durch die Finsternis führte. Zum erstenmal hatte ich in dieser Nacht Angst, daß Caspar aus dem Sattel fiel, und ich hielt Aristoteles dicht neben mir, damit ich meinen Begleiter stützen könnte, wenn er zu schwanken begann. Es war eine gnadenlose Nacht. Manchmal hatte ich das alptraumhafte Gefühl, ich sei gestorben und in die Hölle verbannt, wo ich bis in alle Ewigkeit durch eine grausame, endlose Nacht ziehen mußte, zusammen mit einem kranken oder sterbenden Mann, für den ich verantwortlich war, obwohl ich ihn verabscheute, ständig von Ängsten geplagt und bedroht von wachsender Erschöpfung. Zunächst machten wir wieder alle zwei Stunden Rast, aber nach einer Weile verlor ich jedes Zeitgefühl. Einmal kamen wir an einer Gruppe von Reisenden vorbei, die in der Nähe des Pfads kampierten, und mich packte Entsetzen, als sie uns etwas zuriefen, doch zum Glück kamen sie uns nicht nach, um Fragen zu stellen, als wir einfach unseren Weg fortsetzten.

Irgendwann in den frühen Morgenstunden muß ich teilweise das Bewußtsein verloren haben. Ich fuhr fort, das zu tun, was ich zu tun hatte, aber ich tat es wie im Traum, als wäre das schmutzige, verängstigte Geschöpf, das da mit seiner Bürde durch die Nacht trottete, nicht ich selbst, sondern ein anderer Mensch.

Eine Ewigkeit verging. Mein rechter Arm schmerzte, und ich hob den Kopf und stellte fest, daß ich Caspar damit stützte. Ich konnte ihn jetzt deutlich sehen, konnte alles ringsumher deutlich erkennen, während ich erstaunt blinzelte. Als ich mich umdrehte, färbte das erste Licht der aufgehenden Sonne den östlichen Horizont.

Ein feiner Dunst breitete sich über dem Boden aus, vielleicht weil es tags zuvor geregnet hatte. Und als ich mich wieder umdrehte und den Blick nach vorn richtete, sah ich in der Ferne eine Stadt, die auf dem Dunstmeer zu schwimmen schien. Einen Moment lang dachte ich, es sei eine Fata Morgana, aber dann fiel mir ein, gehört zu haben, daß Herat auf einer künstlichen Erhebung stand, die fast eine Meile im Quadrat maß und ein gutes Stück höher war als das Land ringsum. Was ich sah, war die Stadtmauer, das große rote Fort mit seinen Rundtürmen und die hohen, alles andere überragenden Minarette, deren Spitzen nun in Sonnenlicht getaucht wurden.

Ich vergoß keine Tränen. Ich empfand keine Freude, keine Erleichterung. Ich war inzwischen jenseits allen Fühlens. »Caspar«, sagte ich mit rauher Stimme, denn meine Kehle war ausgedörrt, »Caspar, da ist Herat«. Er antwortete nicht, und als ich ihn ansah, war kein Verstehen in seinen halb geschlossenen Augen. Halb an meine Schulter gelehnt, hing er in seinem Sattel.

Wir trotteten weiter, den sanften Hang zur Stadt hinauf, und nach einer Weile konnte ich viele kleine dreieckige weiße

Spitzen erkennen, die aus dem dünner werdenden Dunst ragten. Wer wie ich eine Zeitlang in Indien oder Ägypten gelebt hatte, war mit dem Anblick militärischer Einrichtungen und ihren Geräuschen vertraut, aber es dauerte eine Weile, bis ich begriff, daß die weißen Dreiecke die Spitzen von Zelten waren. In der höher steigenden Sonne löste sich der Dunst jetzt schnell auf, und bald sah ich die untadelig aneinandergereihten Zelte eines Bataillons, die Linien der Pferde, die Wagen und die größeren Zelte, die als Ställe und Messen dienten. Während ich hinschaute, wurde der Union Jack an einem hohen Fahnenmast aufgezogen, und ich hörte ein Signalhorn zur Reveille blasen.

Caspar reagierte immer noch nicht. Ich hielt an, um mich zu vergewissern, daß die Brieftasche mit seinen Notizen und den Papieren des russischen Spions noch in der Innentasche des Gewands steckten, das ich trug, dann setzten wir unseren Weg fort. Das Camp war vor der Stadt, und das Wachzelt stand an der Stelle, wo der Pfad, inzwischen eine breite Straße, den Stadtrand erreichte. Ein weiß gestrichener Zaun grenzte das Lager ab. Das Wachzelt und der Eingang lagen vielleicht hundert Schritte von den ersten Häusern der Stadt entfernt. Ich lenkte meine Stute zum Wachzelt.

Ein Posten, der an der Zaunöffnung stand, hob sein Gewehr und hielt es quer vor seinem Körper, während er uns ein paar Schritte entgegenkam. »Hier geht's nicht weiter, Leute«, sagte er mit unverkennbarem Londoner Akzent und deutete mit dem Kopf auf die zerbröckelnden Säulen, wo die Straße in die Stadt führte. »*Jala. Dschildi,* aber schnell.« Die fremden Worte bedeuteten »Fort mit euch«. Der Ausruf war typisch für die Art, wie britische Soldaten, die in Indien dienten, die wenigen Brocken Urdu oder Hindi, die sie aufgeschnappt hatten, mit dem Englischen vermischten, wenn sie mit Einheimischen sprachen. Aber der Anblick des Soldaten hatte genügt, um mich aus meiner Erstarrung zu reißen, und ich war plötzlich wieder imstande, klar zu denken und zu beschließen, wie ich mich verhalten sollte. Ich war nicht mehr die Jemimah Lawley, die ich früher gewesen war, ein verwöhntes und trotziges Kind, aber ich war auch nicht mehr Lalla, Sklavin und Magd in dem entlegenen Land Shul.

Ich zügelte die Stute und sagte gelassen und sehr deutlich: »Ich bin Engländerin, und der Mann neben mir ist ein Engländer, der schwer verwundet worden ist.« Ich ließ meine Stimme ein bißchen schroffer werden und fuhr ihn an: »Nehmen Sie gefälligst Haltung an, wenn ich mit Ihnen rede, junger Mann! Haben Sie keine Manieren?«

Er hatte vor Überraschung den Mund aufgesperrt, als ich anfing zu reden, und bei meinem unerwarteten Befehl nahm er unwillkürlich, ohne zu überlegen, die Habachtstellung ein. Ich sprach wieder freundlicher. »So ist es schon besser. Und jetzt holen Sie den Kommandeur der Wache, aber bitte schnell.«

Der Mann starrte mich verblüfft an, und ich glaubte seine Gedanken lesen zu können. Diese Eingeborene mit ihrem Begleiter und ihrer kleinen Karawane redete mit der Stimme und dem Auftreten einer englischen Dame, in einem Ton, wie er ihn von der Frau eines Offiziers gewohnt sein mochte. Glücklicherweise brauchte er nicht zu entscheiden, wem er glauben sollte, der Stimme oder dem Äußeren, sondern konnte diese Entscheidung beruhigt seinem Vorgesetzten überlassen.

Er wandte den Kopf und rief: »Sergeant Cooper! Schnell!«

Einen Augenblick später kam ein Mann mit einem gewichsten Schnurrbart aus dem Zelt geeilt und fragte, was los sei. Der Posten zeigte mit ratlosem Gesicht auf mich. Im gleichen Augenblick sagte ich: »Guten Morgen, Sergeant Cooper. Mein Name ist Jemimah Lawley, ich bin die Tochter von Sir George und Lady Lawley. Der Mann hier ist Engländer und schwer verwundet. Ich habe keine Zeit, Näheres zu erklären. Lassen Sie bitte sofort Ihren Offizier vom Dienst und den Bataillonsarzt kommen. Schärfen Sie dem Boten ein, er möge ausrichten, daß wir für meinen Begleiter eine Bahre brauchen werden. Inzwischen können Sie und Ihre Leute ihn vom Maultier heben und vorsichtig auf die Erde legen.«

Ich beobachtete, wie der Ausdruck im Gesicht des Sergeant

wohl ein dutzendmal wechselte, während ich sprach, doch er war ein guter Soldat und traf blitzschnell eine Entscheidung. Kaum hatte ich ausgeredet, salutierte er und sagte: »Sehr wohl, Miss.« Dann hob er die Stimme und rief: »McQueen! Taylor! Reilly! Beeilt euch!« Drei Männer kamen aus dem Zelt gelaufen. Der Sergeant erteilte kurze Befehle, schickte einen der Männer im Laufschritt fort und beaufsichtigte die beiden anderen, als sie Caspar vom Maultier hoben und behutsam hinlegten.

Ich rutschte vom Pferd, kniete mich neben den Mann, der nur halb bei Bewußtsein war, und scheuchte die Fliegen von seinem Gesicht. Der Sergeant fragte: »Wer ist er, Miss? Wer ist der Herr?«

Ich schüttelte den Kopf. »Ich weiß es nicht genau, Sergeant. Ich bin vor zwei Jahren, nach dem Massaker in der Gesandtschaft von Kabul, nach Kafiristan verschleppt worden, und vor einigen Wochen bin ich geflohen. Dieser Mann hat mir geholfen, aber daß er Engländer ist, habe ich erst vor ein paar Tagen herausbekommen, als er angeschossen wurde.« Ich blickte auf. »Nicht von einem Afghanen. Von einem Russen, glaube ich.«

Der Sergeant starrte auf Caspar hinunter, zwirbelte ein Ende seines Schnurrbarts und kräuselte verächtlich die Nase. »Also Spione«, sagte er. »Bestimmt Spione, merken Sie sich meine Worte, Miss. Er und der Russe. Spione.« Er grunzte angewidert. Dann: »Aber ich freue mich, daß Sie entkommen sind, Miss. Kafiristan? Mein Gott, dann ist es ein Wunder, daß Sie noch leben. Ein Wunder. Willkommen daheim, Miss. Willkommen daheim.«

Daheim. Ich blickte mich um, und langsam wurde es mir bewußt. Ich hatte Herat erreicht, und ich lebte. Meine Reise war beendet, meine Flucht gelungen. Ich war noch nicht ganz daheim, aber ich war in Sicherheit, war unter meinen Landsleuten. Und doch spürte ich nichts von dem Frohlocken, das ich erwartet hätte. Ich empfand nur Kummer, und ich wußte den Grund: Caspar würde es nicht überleben. Ich war stolz gewesen auf meine medizinischen Kenntnisse, stolz darauf, wie ich seine Wunde behandelt hatte, aber nun mußte ich mir eingestehen, daß ich in Wahrheit wenig oder nichts von Medizin verstand. Ich war eine unwissende Stümperin, die dem verwundeten Mann nicht besser geholfen hatte, als es der primitivste Eingeborene hätte tun können.

Ich war traurig, daß ich ihn gehaßt hatte und so ungeduldig mit ihm gewesen war. Wäre ich ein wenig umsichtiger gewesen, hätte ich nur ein bißchen besser aufgepaßt – ich hätte sein Leben retten können. Hufgetrappel riß mich aus meinen Gedanken, die wie ein Tagtraum waren. Zwischen den Zeltreihen näherten sich zwei Reiter in leichtem Galopp, der eine in Uniform, der andere in Breeches und Hemdsärmeln. Als sie ihre Pferde gezügelt hatten, saß der letztere schnell mit einer großen schwarzen Tasche ab, und der andere, ein Lieutenant, sagte mit hoher, näselnder Stimme: »Was ist das hier für eine Aufregung, Sergeant? Wo ist die Engländerin?«

Ich sagte: »Hier, Lieutenant.«

Er klappte den Mund auf und starrte mich an: »Wie? Sie? Großer Gott, was um alles in der Welt geht hier vor?«

Der Mann in Hemdsärmeln kniete neben mir. Er sagte barsch: »Halten Sie den Mund, Tony, das hat Zeit.« Dann wandte er sich an mich: »Ich bin der Arzt. Was ist geschehen?«

Er war ungefähr dreißig, glattrasiert, mit kurzem, dunklem Haar und stillen Augen in einem schmalen, sympathischen Gesicht. Ich spürte eine große Erleichterung, nicht nur wegen seiner Anwesenheit, sondern auch wegen seines Benehmens, und sagte: »Er ist vor vier Tagen in den Rücken geschossen worden. Hier.« Ich zog das Hemd hoch und zeigte auf die Stelle, wo sich unter dem inzwischen schmutzigen Handtuch, das quer über seinem Rücken lag, die Wunde befand. »Ich habe die Kugel herausgeschnitten und die Wunde, so gut ich konnte, desinfiziert und einen Federkiel zur Dränage eingelegt. Er hatte ungefähr sechsunddreißig Stunden lang hohes Fieber. Er ist sehr schwach. Ich habe schon gefürchtet, die Kugel könnte eine Rippe gesplittert und ein Knochensplitter könnte eine Lunge verletzt haben, aber er hat kein Blut gespien.«

Caspar lag auf der Seite, und während ich noch redete, hatte der Arzt das Handtuch fortgeschnitten, das ich benutzt hatte, um die Wunde zu schützen.

Ein vierrädriger Karren kam angerumpelt. Zwei Männer sprangen mit einer Bahre herunter. Der Arzt beugte sich über die Wunde, roch ein- oder zweimal daran, hockte sich hin und sah mich interessiert an: »Mein Name ist Selby«, sagte er. »Captain Selby. Und sollte ich je einen Schuß in den Rücken bekommen, werde ich Sie holen lassen, junge Dame.«

Er stand auf, und ich erhob mich gleichfalls, plötzlich mit einem absonderlichen Gefühl in der Magengrube, und meine Hände zitterten so sehr, daß ich sie verschränken mußte. »Wird er durchkommen?«

Captain Selby hob die Schultern. »Ich kann nichts versprechen«, sagte er, »aber wenn er stirbt, ist es nicht Ihre Schuld.« Er wandte sich den Männern mit der Bahre zu: »Los, bringt ihn zum Lazarettzelt. Ich werde ihn mir dort näher ansehen, und dann lasse ich ihn ins britische Hospital in Herat verlegen.«

»Danke«, sagte ich. »Vielen Dank, Captain.«

Der Lieutenant, offenkundig der Offizier vom Dienst, war inzwischen abgesessen und starrte mich mit der gleichen Verwirrung an, die ich bei dem Posten und dem Sergeant erregt hatte. Es war verständlich. Die Stimme einer gebildeten jungen Engländerin aus dem Mund eines Geschöpfes mit einem braunen schmutzigen Gesicht, den abgearbeiteten Händen und rissigen Fingernägeln einer Spülmagd, den schmutzigen Kleidern einer afghanischen Bäuerin – es war in der Tat kaum zu glauben.

Der Lieutenant sagte: »Der Bote hat uns eine schockierende Geschichte erzählt. Sie wollen also sagen, Sie seien Engländerin? Ich meine . . . also, verdammt . . .«

Captain Selby sagte: »Oh, um Gottes willen, Tony. Wenn Sie den medizinischen Bericht gehört hätten, den sie mir gegeben hat, würden Sie wissen, daß sie Engländerin ist.« Der Karren mit Caspar und den Bahrenträgern entfernte sich langsam. Captain Selby fuhr fort: »Wer ist Ihr Freund, junge Dame?«

Ich sah dem Karren nach und sagte: »Ich kann ihn eigentlich nicht als Freund bezeichnen. Ich weiß nur, daß er Caspar heißt. Das hat er mir zumindest gesagt.«

Die beiden Offiziere wechselten einen Blick. Der Lieutenant sagte mit angewidertem Gesicht: »Einer von diesen mysteriösen Spionen.«

Captain Selby zuckte mit den Schultern. »Sie sind oft sehr nützlich, Tony.« Er wandte sich wieder an mich. »Und Sie, junge Dame? Würden Sie uns also bitte erzählen, wie Sie hierhergekommen sind?«

Ich lächelte. Es wurde mir selber erst einen Augenblick später bewußt, und ich fragte mich, wie lange es her sein mochte, daß ich das letzte Mal gelächelt hatte. »Ich heiße Jemimah Lawley«, sagte ich. »Ich habe vorhin schon Ihrem Sergeant erzählt, daß ich die Tochter von Sir George und Lady Lawley bin. Sie wurden vor zweieinhalb Jahren bei dem Massaker in der Gesandtschaft von Kabul getötet, und ich bin verschleppt worden. Ich wurde in Kafiristan gefangengehalten, aber dann half mir ein Freund zu fliehen. Ich meine, er sorgte dafür, daß Caspar mich mitnahm. Daß Caspar Engländer ist, erfuhr ich erst vor vier Tagen, nachdem er angeschossen worden war.«

Nach einer Schweigepause sagte Captain Selby langsam: »Lawley? Jemimah Lawley?«

Ich nickte und lächelte wieder. Ich war am Leben. Ich war frei. Ich war in Sicherheit. »Ja«, sagte ich.

»Aber ich dachte . . .« Der Captain zögerte und sah den anderen Offizier an.

Der Lieutenant, dem sichtlich unbehaglich war, sagte: »Aber Sie haben es doch gewiß in den Zeitungen gelesen.«

»Was gelesen?« fragte ich. Ich wollte jetzt nur ein Bad nehmen, ich wollte schlafen, um dann aufzuwachen und ordentliche Kleider anzuziehen und meine Rückkehr in die Zivilisation auszukosten.

»Nun«, sagte der Lieutenant widerstrebend. »Ich bin mir natürlich nicht absolut sicher, aber ich hätte schwören können, daß Miss Lawley ein paar Wochen nach dem Massaker gesund und wohlbehalten aufgetaucht ist. Ein paar treue Afghanen hatten sie versteckt. So stand es wenigstens in der Zeitung.«

5

Ich blickte von einem zum andern, aber sie scherzten offensichtlich nicht.

»Das ist absurd«, sagte ich. »Ich bin Jemimah Lawley.«

»Ja. Ja, natürlich.« Der Lieutenant kratzte sich den Kopf und sah verlegen vor sich hin. »Wie dumm von mir.« Er warf einen Blick auf seinen Begleiter. »Wir müssen es falsch verstanden haben, John. Oder die Zeitungen haben etwas Falsches geschrieben. Das tun sie ja bekanntlich oft.«

Es interessierte mich herzlich wenig, wer ein so albernes Gerücht in Umlauf gesetzt haben mochte, und ich sagte: »Können Sie mir bitte sagen, wo ich Mr. Arthur Renwick finde? Er ist bei der hiesigen Mission, und ich habe Caspar versprochen, ihm persönlich einige Papiere zu überbringen.« Ich holte die dicke Brieftasche unter meinem Gewand hervor.

Der Lieutenant sagte: »Papiere?«

»Ja. Notizen, die Caspar in einer Art Geheimschrift gemacht hat, und Dokumente, die wir dem Russen abgenommen haben.«

»Dem Russen?« fragte der Lieutenant.

Ich sagte: »Ja, ich glaube, es war ein turkmenischer Russe. Er war jedoch wie ein Afghane gekleidet, und er schoß auf Caspar, nachdem er uns von Janawar aus verfolgt hatte. Es war im Grunde meine Schuld, weil ich nicht richtig Wache gehalten hatte. Danach kam er vom Felsenkamm herunter und wollte mich mit seinem Messer töten, aber Caspar hatte eine Pistole, von der ich nichts wußte, und damit hat er ihn erschossen. Ich nehme an, es war ein gegnerischer Spion. Wir haben in seiner Satteltasche einen ganzen Stoß Papiere gefunden.«

Der Lieutenant sagte geringschätzig: »Spione. Kein Gentleman würde eine so widerwärtige, hinterhältige Arbeit verrichten.«

»Sie sind oft sehr nützlich, Tony«, wiederholte Captain Selby. »Ich glaube, Renwick bekleidet bei dem betreffenden Dienst eine Position, die nicht unwichtig ist. Er war letzte Woche zusammen mit ein paar anderen Leuten von der Legation zu Gast in der Messe, erinnern Sie sich? Kleiner Bursche mit hellen Augen. Erinnerte mich irgendwie an ein Eichhörnchen.«

»Ah, ja, ein Zivilist«, sagte der Lieutenant, und das Wort klang nur eine Spur weniger geringschätzig aus seinem Mund als das Wort »Spione«. Er streckte die Hand aus. »In Ordnung, Miss Lawley. Ich werde ihm die Papiere bringen lassen.«

Ich wäre froh gewesen, die Brieftasche los zu sein, drückte sie aber zu meiner eigenen Überraschung unwillkürlich an die Brust und sagte: »Nein. Ich muß sie Mr. Renwick persönlich übergeben.«

Der Lieutenant sagte mit gequältem Blick: »Mein liebes Kind . . .«

Captain Selby unterbrach ihn lachend: »Verschwenden Sie nicht Ihre Zeit, Tony. Haben Sie nicht gehört, daß sie sagte, sie habe es dem Mann versprochen?« Er wandte sich seinem Pferd zu und schwang sich in den Sattel. »Ich muß jetzt nach meinem Patienten sehen. Sie geben der jungen Dame eine Eskorte zur Gesandtschaft, und dann wollen wir uns zumindest darüber freuen, daß die Herrschaften drüben zu dieser nachtschlafenen Zeit geweckt werden.« Er drehte sein Pferd und sah lächelnd auf mich herunter. »Es war mir ein großes Vergnügen, Ihre Bekanntschaft zu machen, Miss Lawley. Ich hoffe, Sie sehr bald wiederzusehen.« Da er keine Mütze trug, konnte er nicht salutieren, aber er legte eine Hand an die Brust, verbeugte sich leicht und sagte: »Ihr Diener, Ma'am.«

Das Lager erwachte, während er auf dem Weg, den der Karren mit Caspar genommen hatte, zwischen zwei Reihen von Zelten davongaloppierte. Der Lieutenant sagte: »Ich denke, er hat recht.« Er hob die Stimme und brüllte: »Sergeant Cooper! Kommandieren Sie zwei Mann als berittene Eskorte ab!«

»Sir!« Der Sergeant salutierte, wirbelte schneidig auf dem Absatz herum und begann seinerseits zu brüllen. Fünf Minuten später ritt ich mit meinem Troß von Tieren langsam durch schmale Straßen am Rande von Herat. Links und rechts von mir ritt ein Soldat in Khakijacke, Breeches und mit einem Tropenhelm auf dem Kopf. Der eine war Corporal. Unterwegs sagten sie kein Wort, vielleicht weil sie nicht genau wußten, wie sie mich anreden sollten, und zweifellos der Meinung waren, daß Schweigen allemal sicher war.

Die alte Zitadelle erhob sich auf dem höchsten Teil der Stadt, aber wir machten einen Bogen um sie, ritten eine breite, staubige Straße entlang und kamen schließlich zu einem schönen sandfarbenen Backsteinhaus. Nachdem man uns hatte warten lassen, wurde die Tür von einem Diener geöffnet. Der Corporal gab ihm eine Botschaft, die der Offizier vom Dienst geschrieben hatte. Die Tür wurde geschlossen, und wieder mußten wir warten, ungefähr sieben oder acht Minuten lang. Die Soldaten waren sichtlich ungeduldig, aber mir machte es nichts aus. Nach all dem, was mir in den letzten zweieinhalb Jahren widerfahren war, erschien es mir ein kleines Ungemach, wenige Minuten ruhig, ohne Angst und Gefahr, zu warten.

Plötzlich wurde die Tür aufgerissen und ein junger Mann mit ungekämmtem Haar, der sich offensichtlich in aller Eile angekleidet hatte, kam, die Stiefel noch nicht zugeschnürt, herausgestürzt. Zwei eingeborene Diener folgten ihm. Bei meinem Anblick blieb er stehen und sah mich einen Moment lang ungläubig an. »Sie sind Miss ... äh, die englische Dame?« fragte er dann und schwenkte die Botschaft in seiner Hand hin und her.

»Ich bin Jemimah Lawley«, sagte ich ein bißchen abwesend, denn ich war jetzt todmüde. »Ich soll Mr. Arthur Renwick wichtige Papiere von einem Mann übergeben, den ich nur als Caspar kenne.«

»Natürlich, natürlich«, sagte der junge Mann mit lebhafter Stimme. »Gestatten Sie, daß ich Ihnen beim Absitzen behilflich bin, Miss ... äh ...« Er hielt meine Hand, während ich aus dem Sattel glitt, befahl dann den Dienern, die Tiere und das Gepäck zu den Stallungen zu bringen. Er schickte meine Eskorte fort, führte mich durch das Eingangstor und sagte: »Ich bin Forbes, der Offizier vom Dienst, und ich habe Mr. Renwick sofort geweckt und ihm die Nachricht von Lieutenant Fowler gezeigt. Erstaunlich. Wirklich, ganz erstaunlich. Würden Sie bitte hier entlang kommen, Miss . . . äh . . . Mr. Renwick wird in einem Augenblick dasein.«

Während er mich in einen großen kühlen Raum mit englischen Möbeln führte, blickte er mich immer wieder von der Seite an. Er tat so, als nähme er den mir anhaftenden Geruch von der langen Reise nicht wahr, und war augenscheinlich vollständig verwirrt. »Sehr, sehr außergewöhnlich. Es ist wahrhaft schwer zu glauben, daß eine junge Dame diesen beschwerlichen Weg . . . Zuerst dachte ich, Tony Fowler wolle mir mit seiner Botschaft einen Schabernack spielen. Nehmen Sie bitte Platz. Darf ich Ihnen die Aufzeichnungen jetzt abnehmen?«

»Nein, Mr. Forbes. Ich werde sie nur Mr. Arthur Renwick persönlich übergeben.« Ich sagte es so höflich wie möglich und setzte mich auf einen Eichenstuhl mit Binsenpolster. Die Brieftasche hielt ich fest in der Hand.

»Oh. Ich verstehe«, sagte der junge Mann unsicher und blieb verdutzt vor mir stehen. Ich war plötzlich den Tränen nahe, aber nicht Tränen der Freude oder der Erschöpfung. Es war seltsam, sehr seltsam, aber sie rührten teils von meinen Sorgen um Caspar her, der in Lebensgefahr schwebte, teils von meiner Einsamkeit und schließlich von einer neuen Furcht, die ich noch nicht benennen konnte. Aber verabscheute ich Caspar denn nicht? Und war ich denn nicht endlich wieder unter meinen Landsleuten? Und war es nicht absurd, Angst vor dem neuen, herrlichen Leben zu haben, das nun vor mir lag?

Wären diese seltsamen Empfindungen nicht gewesen, ich hätte sicherlich insgeheim darüber gelacht, wie Mr. Forbes sich auf meine Gegenwart hier einzustellen versuchte. Ich sah aus wie eine afghanische Magd und roch auch so, aber da saß ich nun mitten in dem gepflegten Luxus der britischen Gesandtschaft und hielt mit meinen schwärzlichen Händen eine Brieftasche umklammert, nachdem ich veranlaßt hatte, daß ein wichtiger Herr, aller Wahrscheinlichkeit nach ein Beamter des Foreign Office, meinetwegen aus dem Bett geholt wurde.

»Darf ich Ihnen eine Erfrischung bringen lassen?« fragte Mr. Forbes. »Vielleicht eine Tasse Tee? Oder ein Glas Limonade? Ja? Und vielleicht etwas Gebäck?«

»Nein, vielen Dank, Mr. Forbes. Wenn ich mit Mr. Renwick gesprochen habe, würde ich sehr gern ein Bad nehmen, und dann möchte ich schlafen. Ich bin die ganze Nacht geritten.«

»Oh, gewiß doch, ich werde sehen, was sich tun läßt. Sie werden ... hm ... Sie werden Kleider benötigen. Ich denke, ich sollte mit Mrs. Dalby sprechen. Sie ist die Gattin des Gesandten. Es gibt noch zwei oder drei andere englische Damen in Herat, die Frauen von höheren Offizieren.«

Er drehte sich um, als die Tür aufging und ein Herr eintrat, ein Mann von kleiner Statur, frisch rasiert, in einem untadeligen grauen Anzug, mit hellen Augen – wie ein Eichhörnchen. »Miss Lawley?« Seine Stimme war tiefer, als ich seinem Aussehen nach erwartet hätte. Er kam mit ausgestreckter Hand auf mich zu. »Ich bin Arthur Renwick.« Er sah Mr. Forbes an. »Gehen Sie, und sprechen Sie mit Mrs. Dalbys Zofe und anschließend mit Mrs. Dalby selbst, sobald sie ihre Morgentoilette beendet hat.«

»Sehr wohl, Sir.«

Mr. Renwick beugte sich über meine Hand, während sein Untergebener eilends mit seinen ungeschnürten Stiefeln hinausschlurfte. Die kleinen, funkelnden Augen, mit denen er mein Gesicht musterte, wirkten sehr gewitzt. »Sie haben Papiere für mich?« fragte er.

»Ja, Mr. Renwick.« Ich übergab ihm die Brieftasche.

»Ich danke Ihnen.« Er klappte sie auf und fuhr mit dem Daumen über den Rand des Papierbündels darin.

Ich war zornig und sagte: »Haben Sie nicht die Absicht, sich nach dem Mann zu erkundigen, der angeschossen wurde?«

Er lächelte, seine Augen blitzten, und er klappte die Brieftasche zu. »Es ist höchst bedauerlich, aber die Papiere sind für mich wichtiger als der Mann, Miss Lawley. Ebenso bedauerlich ist, daß der Mann für mich wichtiger ist als Ihre schätzenswerte Person. Ich möchte Sie damit nicht kränken. Es ist schlicht die grausame Wahrheit. Bitte, sagen Sie mir, wie es dem Mann geht, der angeschossen wurde?«

»Sie meinen Caspar?«

Er neigte den Kopf. »Also nennen wir ihn Caspar, solange wir unter uns sind.«

»Er ist vor vier Tagen bei Janawar angeschossen worden. Ich habe seine Wunde versorgt und ihn hierhergebracht. Es schien ihm sehr schlecht zu gehen, als ich ihn vor einer Stunde Captain Selby übergab, dem Garnisonsarzt.«

»Danke. Ich werde später selbst mit Captain Selby reden.« Er lächelte und entblößte dabei kleine Zähne, weiß, aber nicht ebenmäßig. Dann setzte er sich mir gegenüber an einen Rosenholztisch. »Und nun würde ich gern etwas über Sie wissen, Miss Lawley, das heißt, wenn Sie nicht zu müde sind, um eine Weile mit mir zu sprechen. Ich fürchte, es wird etwa eine halbe Stunde dauern, ehe wir Ihnen ein Bad und ein Bett anbieten können. Ihre Ankunft zu so früher Stunde hat ein kleines administratives Problem geschaffen. Ich bitte Sie aufrichtig, die lästige Verzögerung entschuldigen zu wollen.«

Ich rieb mir mit meinen schmutzigen Händen meine müden Augen und brachte ein Lächeln zustande. »Ich habe einige andere lästige Probleme gehabt, Mr. Renwick«, sagte ich und berichtete sodann in der Kürze, die mir möglich war, was ich seit dem Überfall auf die britische Gesandtschaft in Kabul erlebt hatte. Ich erzählte von der Ermordung meiner Eltern, meiner Flucht über den Fluß, meiner Gefangennahme durch Hindus und von dem langen Treck nach Kafiristan. Ich sagte ihm nicht, daß der Pascha von Shul mich als seine Frau gekauft und später verstoßen hatte, sondern erklärte, ich sei zuerst eine Sklavin im Palast und dann persönliche Dienerin Sandrus gewesen. Als ich erläuterte, daß Sandru Arzt sei und vor vierzig Jahren als Offizier in der britischen Armee gedient habe, ehe er während des Rückzugs aus Kabul in Gefangenschaft geraten sei, zeigte Mr. Renwick keine besondere Überraschung. Doch inzwischen war ich zu dem Schluß gekommen, daß er ohnehin kein Mann war, der sich leicht überraschen ließ.

Ich sagte ihm nicht, daß Sandru meine Flucht in die Wege geleitet hatte, indem er Caspar mit der Drohung, ihn als britischen Spion preiszugeben, gezwungen habe, mich mitzunehmen. Zwar schien es mir unmöglich, daß etwas von dem, was ich Mr. Renwick berichtete, irgendwann in Shul bekannt würde, aber ich wußte, daß Deenbur, sollte er jemals die Wahrheit erfahren, Sandru auf die grausamste Weise töten lassen würde, und ich wollte in dieser Hinsicht nicht das kleinste Risiko eingehen. Gewiß, Caspar konnte, falls er am Leben blieb, Mr. Renwick selbst erzählen, was geschehen war – das zu verhindern, stand nicht in meiner Macht.

Als ich ausgeredet hatte, schenkte Mr. Renwick mir ein aufmunterndes Lächeln und sagte: »Ich habe den Eindruck, daß Sie bei Ihrem Bericht ein paar wichtige Dinge ausgelassen haben, Miss Lawley.«

»Ausgelassen? Was meinen Sie?«

»Ich kann nicht verstehen, weshalb die hinduistischen Händler Sie den weiten Weg nach Shul gebracht haben sollten, um Sie dann als Sklavin zu verkaufen. Winkte dort vielleicht ein höherer Preis? Aber warum? Und woher haben die Männer es gewußt? Auch haben Sie sehr wenig darüber gesagt, wie Sie in den zweieinhalb Jahren dort gelebt haben. Es sollte mich überraschen, wenn Sie in dieser Zeit nicht von Männern mißbraucht worden wären, aber Sie sagen kein Wort davon.«

Ich sagte langsam: »Wenn ich solche Dinge bei meinem Bericht ausließ, dann mit Absicht, Mr. Renwick. Ich bin mir bewußt, daß die Zeitungen und ihre Leser bei meiner Rückkehr nach England versuchen werden, jedes unerquickliche Detail meiner Erlebnisse in Erfahrung zu bringen, und ich habe nicht vor, ihre Neugier zu befriedigen. Und Ihre auch nicht, Mr. Renwick. Mein Leben in Shul war das sehr einfache, primitive

Leben einer Eingeborenen, und mehr gibt es kaum darüber zu berichten. Wie lange wird es dauern, bis Sie für meine Weiterreise nach England sorgen können?«

»Oh, nicht lange, nicht lange«, sagte er liebenswürdig. »Ich nehme an, Sie wissen die Namen der dortigen Anwälte Ihrer Eltern?«

Ich überlegte einen Moment und schüttelte den Kopf. »Nein, ich erinnere mich nicht mehr an ihre Namen. Ich habe meinen Vater nicht oft gesehen, und meine Mutter überließ ihm alle diese Dinge. Aber es wird einfach sein, sie zu finden, sobald ich zurückgekehrt bin. Unsere Familienanwälte müssen meinen Besitz Witchwood Hall verwalten und sich um die finanziellen Angelegenheiten meines Vaters kümmern.«

»Sicher«, stimmte Mr. Renwick zu. »Und ich stelle mir vor, Sie haben in England Verwandte, die sich freuen werden, wenn sie erfahren, daß Sie noch leben und bei guter Gesundheit sind?«

»Es gibt keine Verwandten, von denen ich wüßte«, sagte ich. »Sowohl mein Vater als auch meine Mutter waren die letzten ihrer Linie, und ich bin das einzige Kind.« Mir kam ein Gedanke. »Denken Sie vielleicht, die Anwälte hätten nach anderen Verwandten geforscht, da sie mich für tot hielten?«

»Keineswegs«, sagte Mr. Renwick. »Soweit ich unterrichtet bin, kann man dem Gesetz nach erst dann für tot erklärt werden, wenn man sieben Jahre lang vermißt wird.« Er schenkte mir sein schnelles helles Lächeln. »Aber ich muß sagen, Sie scheinen bemerkenswert unberührt von den Schwierigkeiten, die auf Sie warten könnten, wie auch von all dem, was Ihnen widerfahren ist, Miss Lawley.«

Ich dachte an Shul und an den Augenblick, in dem Sandru mir gesagt hatte, ich sollte als Braut an Akbah den Wahnsinnigen verkauft werden. Ich dachte an das unsägliche Entsetzen, das mich gepackt hatte, und an meine Ängste, als ich mich einige Nächte später fortstahl, in die Berge. Ich dachte an den Moment, in dem der Mann, der auf Caspar geschossen hatte, sein Messer hob, um mich zu töten, und an die vielen Augenblicke der Verzweiflung, die ich in den letzten vier Tagen und Nächten durchgemacht hatte, als ich darum kämpfte, meinen verwundeten Begleiter sicher nach Herat zu bringen.

Es war kaum ein Wunder, daß der Herr, der mich mit geneigtem Kopf musterte, nun, da all das hinter mir lag, den Eindruck hatte, ich sei eigenartig unberührt. »Mr. Renwick«, sagte ich, »ich bin zufrieden, daß ich lebe.«

Ehe er antworten konnte, wurde die Tür geöffnet, und eine Dame kam herein. Sie war klein und mollig, vielleicht Mitte Vierzig, und hatte ein rundes, freundliches Gesicht. Sie trug ein graues Kleid, aber ihr Haar war noch zu zwei Zöpfen geflochten, als hätte sie hastig ihre Morgentoilette gemacht und keine Zeit gehabt, es auszubürsten und aufzustecken.

»Allmächtiger Gott, Mr. Renwick!« rief sie aus und starrte mich fassungslos an. »Stimmt es? Ist diese ... diese Person wirklich eine Engländerin?«

»Sie ist es in der Tat, Mrs. Dalby«, antwortete er, während er sich mit der Brieftasche unter dem Arm erhob, »und sie hat sehr viel durchgemacht. Ich wäre Ihnen sehr dankbar, wenn Sie sich nun ihrer annähmen.«

»Selbstverständlich, selbstverständlich!« Sie wirkte herzlich, aber sie konnte nicht umhin, mich zweifelnd zu betrachten, während sie auf mich zukam. »Sie heißen Jemimah Lawley, hat unser junger Mr. Forbes gesagt. Stimmt das?«

Ich war zusammen mit Mr. Renwick aufgestanden, und nun sagte ich: »Ja, Mrs. Dalby. Guten Morgen. Ich freue mich sehr, Ihre Bekanntschaft zu machen, und ich bitte um Entschuldigung für mein Äußeres.«

Meine Stimme und meine Worte überraschten und überzeugten sie zugleich. »Allmächtiger Gott!« wiederholte sie. »Oh, Sie armes Kind.« Behutsam nahm sie meinen Arm und rümpfte unwillkürlich die Nase. »Kommen Sie, meine Liebe. Karim bereitet gerade ein Bad vor, und meine kleine Zofe macht ein Zimmer für Sie fertig.«

An der Tür hielt ich inne und sah mich um. Mr. Renwick hatte sich wieder an den Rosenholztisch gesetzt und überflog bereits die Papiere aus der Brieftasche. Ich sagte: »Würden Sie mich bitte über Caspars Befinden auf dem laufenden halten, Mr. Renwick?«

Sein Kopf fuhr hoch, und die kleinen Augen hatten jetzt einen beinahe durchbohrenden Blick. »Sie meinen Kassim?« sagte er. »Den Afghanen?«

Ich starrte ihn an, dann zuckte ich mit den Schultern. »Kassim, wenn Sie es vorziehen.«

»Ich ziehe es vor, Miss Lawley«, sagte er, ohne den Blick von mir zu wenden. »Und ich muß Sie bitten, mit niemandem hier über die Angelegenheit zu sprechen, außer mit mir. Ich spreche als Vertreter der Regierung Ihrer Majestät.«

Bei seinem gebieterischen Ton zuckte ich innerlich zusammen, doch dann rief ich mir ins Gedächtnis, daß ich keine Sklavin mehr war und ohne die geringste Gefahr, mich Peitschenhieben auszusetzen, frei reden konnte. Zorn stieg in mir auf, und ich war froh, daß ich es wieder wagen konnte, zornig zu sein. Ich sagte: »Haben Sie bitte die Güte, meine Frage zu beantworten, Sir.«

»Frage?«

»Ich habe gefragt, ob Sie mich über das Befinden des verwundeten Mannes, den ich nach Herat gebracht habe, auf dem laufenden halten würden.«

»Ah, ja. Ich werde dafür sorgen, daß man Sie unterrichtet.«

»Danke. Ich habe verstanden, daß Sie als Vertreter der Regierung Ihrer Majestät gesprochen haben, seien Sie also versichert, daß ich mit niemandem hier über die Angelegenheit sprechen werde. Auch nicht mit Ihnen, Sir. Und *ich* spreche als Jemimah Lawley, Untertanin Ihrer Majestät.«

Ich hörte, wie sich Mrs. Dalby bei meinen Worten ein leises Keuchen entrang, und ich glaubte in Mr. Renwicks kleinen hellen Augen so etwas wie Mitgefühl wahrzunehmen. Dann wandte er sich wieder den Papieren zu, und ich hörte ihn murmeln: »Das bleibt abzuwarten.«

Zwei Tage später saß ich zusammen mit zwei Krankenschwestern von der Londoner Nightingale-Schwesternschule in einer Kutsche auf dem Weg nach Süden, nach Kandahar. Ich hatte die beiden Tage hauptsächlich damit verbracht, zu schlafen und mir eine kleine Garderobe geliehener Kleider zusammenzustellen. Ich hatte die Kleider anprobiert und sie mir, soweit es nötig war, von Mrs. Dalbys Zofe, einer jungen Inderin, die mir wegen ihres freundlichen Lächelns und ihres sanften Wesens schnell ans Herz gewachsen war, ändern lassen.

Es gab keinen Zweifel, daß Mr. Arthur Renwick mich schnellstens aus Herat fort haben wollte, ohne den Herren von der Gesandtschaft oder den englischen Familien Gelegenheit zu geben, ihre Neugier über mich zu befriedigen. Die Mahlzeiten wurden mir aufs Zimmer gebracht. Mrs. Dalby borgte Kleider von den wenigen Gesandtschaftsdamen und den Offiziersfrauen aus Herat. Ihre Zofe, Dahira, pflegte meine Haare und Fingernägel, so gut es ging, und der junge Mr. Forbes erschien am Nachmittag des Tages nach meiner Ankunft, um mir mitzuteilen, ich würde am nächsten Morgen abreisen.

Bevor Dahira mir an diesem Abend mein Dinner aufs Zimmer brachte, machte Mr. Renwick mir einen Besuch, angeblich um sich zu vergewissern, ob es mir den Umständen entsprechend gutgehe, in Wahrheit jedoch, um verschiedene Fragen über den Mann zu stellen, der auf Kassim geschossen hatte – er benutzte diesen Namen, obwohl wir jetzt allein waren. Ob ich den Mann beschreiben könne? Ob er mit mir gesprochen habe? Ob ich mich daran erinnern könne, was für ein Gewehr er gebraucht habe?

Ich unterbrach ihn, indem ich erklärte, ich würde keine weiteren Fragen beantworten und lehnte es ab, in irgend etwas verwickelt zu werden, was mit Spionage zu tun habe. Er seufzte, schien aber nicht besonders ärgerlich und beharrte nicht. Ich war ihm dankbar und sagte: »Mr. Renwick, sagen Sie mir bitte, ob Sie irgendwelche Neuigkeiten über . . .« – bei dem Namen stockte ich – ». . . über Kassim haben?«

»Ja, Miss Lawley. Man hat mich unterrichtet, daß er jetzt im hiesigen Krankenhaus liegt und daß sein Zustand sich nicht weiter verschlimmert hat.«

Das klang wie eine sehr vorsichtige Äußerung eines Arztes. Ich sagte: »Kann ich ihn besuchen?« Ich wußte selbst nicht, warum ich den Wunsch hatte, Caspar zu besuchen. In all den Wochen, die ich mit ihm zusammen gewesen war, hatte ich ihn nie als Freund betrachtet, und er hatte mich von Anfang an schlecht behandelt. Und doch, wenn ich an ihn dachte, dann immer mit einer seltsamen Zuneigung, die vielleicht ganz einfach darin wurzelte, daß wir die Gefahren einer langen Reise geteilt hatten.

Mr. Renwick sagte: »Es wird keine Gelegenheit mehr sein, ihn zu besuchen, Miss Lawley. Sie brechen morgen sehr früh nach Kandahar auf.«

»Ich verstehe. Nun, ich hoffe, Kassim wird sich gut erholen. Ich werde mich heute abend schriftlich bei ihm bedanken. Sie werden vielleicht die Güte haben, dafür zu sorgen, daß ihm die Nachricht überbracht wird?«

»Es wird mir ein Vergnügen sein, Miss Lawley.«

Die Gruppe, die Herat verließ, bestand aus den beiden Krankenschwestern und mir, zwei Herren von der Gesandtschaft in einer anderen Kutsche, ungefähr zwanzig Soldaten in zwei von Pferdegespannen gezogenen Mannschaftswagen und einer von einem Lieutenant befehligten Offizierseskorte zu Pferd. Die Soldaten in den Mannschaftswagen wurden zur medizinischen Behandlung nach England gebracht, einige wegen ernster Wunden oder Verletzungen, andere nach Anfällen von Malaria oder Ruhr. Außerdem gab es einen Gepäckwagen und Extrapferde zum Auswechseln der Gespanne.

Eine lange Reise lag vor uns, denn die vierhundert Meilen nach Kandahar waren nur der erste Abschnitt. Dort sollten wir drei Tage ausruhen, ehe wir weiter zur Grenze fuhren, den Khojak-Paß nach Indien überquerten und dann nach Quetta reisten, alles in allem eine vergleichsweise kurze Etappe von rund einhundertfünfzig Meilen.

Die beiden Krankenschwestern in meiner Kutsche waren beurlaubt, um die kranken oder verletzten Soldaten in die Heimat zu begleiten. Ruth und Joan kamen beide aus Devon und waren einige Jahre älter als ich, Landmädchen von bescheidener Bildung, aber tüchtige Schwestern und fröhliche Reisegefährtinnen. Beide waren begierig, näheres über mein plötzliches Auftauchen in Herat zu erfahren. Sie hatten zahlreiche Gerüchte gehört, die sie mir in der Hoffnung erzählten, daß ich ihnen daraufhin die wahren Umstände verriet, aber ich konnte wahrheitsgemäß erklären, daß ein wichtiger Vertreter der Regierung mir untersagt habe, darüber zu sprechen.

Sie stießen viele »Ohs!« und »Ahs!« aus und kamen untereinander zu dem Schluß, wenn sie zu neugierig seien, würden wir womöglich allesamt ins Gefängnis gesteckt, eine Annahme, die ich mit vielsagenden Blicken und Kopfnicken bekräftigte. Wenn wir abends an der Straße anhielten, wurde ein Zelt für uns aufgeschlagen, in dem wir schliefen. Ein davor postierter Soldat hielt Wache. Die Armeeverpflegung war einfach, aber gewiß ebenso gut wie das Essen auf meiner Reise mit Caspar. In den langen heißen Tagen unserer Fahrt über die staubbedeckten Straßen nach Süden freundete ich mich mit Ruth und Joan an. Ich schämte mich manchmal, wenn ich daran dachte, daß die Jemimah Lawley von einst nichts mit ihnen hätte gemein haben wollen und sich diesen wahrhaft bewundernswerten Mädchen unendlich überlegen gedünkt hätte.

Obwohl ich das Glück hatte, so gut mit meinen Begleiterinnen auszukommen, empfand ich die Reise als sonderbar anstrengend. Vielleicht lag es teilweise daran, daß die Kleider, die ich jetzt trug, sich so wenig für eine Reise eigneten und mir, verglichen mit denen, die ich auf der Reise von Shul nach Herat getragen hatte, hinderlich erschienen. Vielleicht war es mir auch nicht recht, daß ich nichts Nützliches tun konnte, ich hatte keine Verantwortung, aber auch keine Pflichten. Manchmal ertappte ich mich dabei, wie ich sogar mit Vergnügen an jene Tage auf Aristoteles zurückdachte, in Caspars Gefolge, mit seinem Packesel an der Leine. Jedesmal erschrak ich und kam zu dem Ergebnis, es sei verrückt, sich so freudig an diese entbehrungsreiche Zeit zu erinnern. Es war wie eine Erlösung, als ich Ruth und Joan überreden konnte, ihnen bei der Pflege der verwundeten Soldaten zu helfen, um wenigstens zwei zusätzliche Hände zur Verfügung zu stellen, die an solche Arbeit gewohnt waren.

Ich hatte noch kein Geld gebraucht, aber ich besaß einige Sovereigns, denn Mr. Forbes hatte Aristoteles und die Stute des toten Russen, auf der ich nach Herat geritten war, verkauft. Das Geld in meiner geborgten Börse stammte aus diesem Erlös.

Von Quetta, wo wir einen Tag ausruhten, fuhren wir mit der Eisenbahn weiter nach Karatschi. Dort sollten wir auf ein Schiff warten, das uns nach England brachte. Die fünfhundert Meilen lange Eisenbahnfahrt dieses letzten Abschnitts dauerte zwei Tage. In Karatschi wurden wir in einem Garnisonabschnitt für verheiratete Offiziere komfortabel untergebracht. Wir warteten zwei Wochen, und auf Mr. Renwicks Anweisungen suchte ich in dieser Zeit den District Commissioner auf. Er empfing mich in seinem Amtszimmer. Er hätte, so sagte er, vom Lieutenant unserer Eskorte eine Nachricht von Mr. Renwick erhalten, und gab mir einen Scheck über zehn Pfund, den ich in der hiesigen Niederlassung einer englischen Bank einlösen konnte.

»Diese Unterstützung gewährt die Regierung Ihnen in Anbetracht Ihrer gegenwärtigen Schwierigkeiten, Miss Lawley«, sagte er mitfühlend. »Man hat mich nicht über die Natur dieser Schwierigkeiten unterrichtet. Um die Wahrheit zu sagen, bin ich sogar aufgefordert worden, Ihnen keine diesbezüglichen Fragen zu stellen und Ihnen einfach die nötigen Mittel für eine unbeschadete Heimkehr zur Verfügung zu stellen. Solange Sie in Karatschi sind, werden Sie ebenso versorgt werden wie die Krankenschwestern, und das gilt auch für die Überfahrt nach England. Sie werden also keine Passage zahlen müssen. Lassen sie mich Ihnen auch versichern, daß die Regierung Ihrer Majestät die Unterstützung nicht als rückzahlbares Darlehen betrachtet.«

Während ich dort saß und ihm zuhörte, schwirrten in meinem Kopf noch die Eindrücke von Karatschi, einer zivilisierten Stadt, auf deren Straßen sich Kutschen, Ochsenkarren, Soldaten, Bettler, weiße, braune, schwarze Gesichter, Personen jeden Standes und herrenloses Vieh drängten. Am Kopfbahnhof zischten und pfiffen große Lokomotiven, und Kräne schwebten über dem Hafen in den Himmel. Vom Fluß ertönten die Sirenen der Dampfer, die den riesigen Indus vom fünfhundert Meilen entfernten Multan heruntergepflügt waren oder wieder dorthin aufbrachen.

Dies war eine Welt, die ich kannte, und zum erstenmal, seit ich die Minarette von Herat durch den morgendlichen Dunst hatte ragen sehen, erschien mir die Rückkehr aus der Gefangenschaft möglich. Ich war Jemimah Lawley. Die lange Heimsuchung des Mädchens Lalla in dem Stammesreich Shul war wie ein ferner Alptraum, an dessen Echtheit ich kaum noch selbst glauben konnte.

Vielleicht hätte ich deshalb beinahe gelacht, als der Commissioner mir versicherte, ich müßte die zehn Pfund nicht zurückzahlen. Aber ich lachte nicht, weil ich fürchtete, mein Lachen werde unversehens in Weinen übergehen, so sehr erschütterte mich die Gewißheit, daß mein Leben nun von neuem beginnen konnte. »Vielen Dank, Sir, aber, erlauben Sie mir zu sagen, daß ich es als Schuld betrachte, die ich, sobald meine Angelegenheiten in England geregelt sind, begleichen werde.«

»Sehr wohl«, sagte er und blickte unbehaglich auf seine Hände hinunter. »Wir haben eine telegraphische Verbindung mit London, und wenn Sie wünschen, daß ich jemandem in Ihrem Namen eine Depesche schicken soll, vielleicht Ihren Anwälten oder Verwandten, brauchen Sie es nur zu sagen.«

»Danke«, erwiderte ich, »aber ich habe keine Verwandten mehr, und ich muß noch den Namen der Anwaltskanzlei in Erfahrung bringen, die meinen Vater vertreten hat. Ich denke, das wird nicht weiter schwer sein. Aber vorher werde ich auf jeden Fall zu meinem Haus in Surrey fahren, nach Witchwood Hall.«

Der Commissioner zog ein wenig die Augenbrauen in die Höhe. »Sie glauben, das Haus ist zugänglich?« fragte er.

»O ja.« Ich zweifelte nicht daran. »Meine Eltern haben immer drei oder vier Dienstboten dagelassen, die während ihrer langen Auslandaufenthalte nach dem Rechten sahen. Carson, der Butler, Mrs. Rudge, die Haushälterin . . . Wie die anderen heißen, fällt mir im Moment nicht ein. Ich war kaum dreizehn Jahre alt, als ich Witchwood Hall das letzte Mal sah. Aber Carson wird wissen, wer die Anwälte sind, denn sie müssen nach dem Tod meiner Eltern die Verantwortung für den Besitz übernommen haben.«

Der Commissioner nickte langsam, und ich entdeckte in seinen Augen einen Anflug von Verwirrung. »Sie scheinen alles gründlich bedacht zu haben, Miss Lawley«, sagte er.

Ich lächelte etwas krampfhaft. »In den letzten fünf Wochen, auf der Reise von Herat hierher, habe ich den lieben langen Tag nichts anderes tun können.«

»Sehr wohl«, sagte er vage, »sehr wohl«. Dann sagte er zu meiner allergrößten Überraschung plötzlich auf Kafirisch, mit sehr schlechtem Akzent, beinahe so, als hätte er den Satz wie ein Papagei auswendig gelernt: *»Shul oschti kitti wass ka dannuu-a Herat?«* Wie viele Tage ist es von Shul nach Herat?

Ich starrte ihn mit wachsendem Zorn an: »Mein Begleiter und ich brauchten viele Wochen, Sir, aber es hängt natürlich davon ab, wie schnell man reitet und wie lange man sich unterwegs aufhält. Wollen Sie *prüfen*, ob das, was ich Mr. Renwick erzählt habe, stimmt? Daß ich zweieinhalb Jahre in Kafiristan gefangen war? Wenn Sie oder er daran zweifeln, fragen Sie doch einfach Cas . . .« Ich hielt inne und sprach den Namen nicht aus. »Fragen Sie doch einfach den Mann, der mich auf dieser Reise begleitet hat.«

»Meine liebe Miss Lawley, Sie mißverstehen mich«, sagte er verbindlich. »Ich lerne zum Zeitvertreib manchmal ein paar Brocken der weniger bekannten indischen Sprachen und dachte, ich könnte meine wenigen Wörter Kafirisch anbringen.«

Ich stand auf, steckte den Scheck in meine geborgte Handtasche, und der Commissioner erhob sich ebenfalls. Seine Erklärung überzeugte mich keineswegs, aber ich sah auch keinen Sinn darin, das Thema weiter zu verfolgen. »Ich wünsche einen guten Tag, Sir«, sagte ich und ging zur Tür, ohne ihm die Hand zu reichen.

Hastig kam er hinter seinem Schreibtisch hervor, um mir zu öffnen. »Vielen Dank für Ihren Besuch, Miss Lawley, und ich hoffe, Sie haben eine gute Überfahrt.«

»Sehr freundlich von Ihnen.« Ich blieb kurz stehen, um ihn anzusehen, und fühlte bissige Freude darüber, daß ich nun mit einem Mann auf eine Weise reden konnte, für die ich in Shul ausgepeitscht worden wäre. »Ich hoffe, daß Sie bald einen besseren Lehrer für das Kafirische finden«, sagte ich. »Ihr Akzent ist beklagenswert schlecht.«

Ich lächelte vor mich hin, als ich die breite Marmortreppe zu der kühlen Halle hinunter schritt und dann auf die Straße trat. Eine offene Kutsche mit einem indischen Kutscher und der Soldat, der mir als Eskorte mitgeschickt worden war, warteten auf mich. Der Soldat salutierte und öffnete mir den Schlag. »Alles in Ordnung, Miss?«

»Ja, danke.« Ich schenkte ihm ein freundliches Lächeln und lehnte mich mit einem herrlichen Gefühl der Zufriedenheit zurück. Die Jemimah Lawley von früher würde einen gemeinen Soldaten niemals angelächelt haben, und Lalla aus Shul hätte für ihr Benehmen Peitschenhiebe erhalten. Ich war keine von beiden mehr, und ich war sehr dankbar, daß die Jemimah Lawley von früher und Lalla von Shul nunmehr zur Vergangenheit gehörten.

Unser Schiff hieß *Bristol Star* und beförderte sowohl Frachtgut als auch Passagiere. Zu den Passagieren gehörten rund hundert Offiziere und Mannschaftsangehörige, die aus verschiedenen Gründen nach England zurückkehrten, darunter auch die dienstuntauglichen Soldaten aus Herat. Ruth, Joan und ich teilten uns eine der wenigen Erster-Klasse-Kabinen, und die beiden Schwestern hörten während der ganzen Überfahrt nicht auf, sich um die Kranken zu kümmern. Ich freute mich sehr, daß sie mich ein- oder zweimal, als sie außergewöhnlich viel zu tun hatten, sehr höflich um Hilfe baten.

Wir hatten im Speisesaal einen gemeinsamen Tisch und wurden von den Passagieren wenig beachtet, nur zwei oder drei der jüngeren Offiziere suchten jede Gelegenheit, uns über den Weg zu laufen, während die *Bristol Star* auf dem ersten Abschnitt nach Suez südwestlich durch das Arabische Meer dampfte. Ruth und Joan hatten genügend Zeit in Militärhospitälern verbracht, um die Schliche junger Offiziere zu kennen, und gaben bald zu verstehen, daß sie sich kaum zu einer törichten Handlung hinreißen lassen würden. Was mich betraf, so blieb es mir erspart, unerwünschte Annäherungen abzuwehren, denn schon am ersten Tag auf See stellte ich zu meiner Überraschung fest, daß der Bataillonsarzt Captain John Selby, den ich am Wachzelt vor Herat kennengelernt hatte, an Bord war.

Obgleich wir uns nur kurz begegnet waren, hatte er mir damals gefallen, und es war mir angenehm, wenn er mich auf Deck begleitete, weil die besagten Offiziere mich dann nicht behelligten. Captain Selby war eine Woche später als meine Gruppe von Herat aufgebrochen, und er konnte mir berichten, daß der verwundete Mann, den ich zur Garnison gebracht hatte – ein Mann, den wir nur als Kassim bezeichneten –, auf dem Weg der Genesung gewesen sei. Ich war überrascht, wie froh mich diese Nachricht machte, bis mir bewußt wurde, daß der Tod meines merkwürdigen Begleiters in mir wahrscheinlich das Gefühl der Vergeblichkeit meines alptraumhaften Kampfes in den letzten vier Tagen nach Herat hätte entstehen lassen. Das mußte wohl der Grund sein.

Als unser Schiff den Suezkanal durchfahren und das Mittelmeer erreicht hatte, war aus der Beziehung von Captain Selby und mir eine Freundschaft geworden. An Bord der *Bristol Star* gab es inzwischen einige Schiffsromanzen, doch zu meiner Erleichterung machte mir John, wie er mich gebeten hatte, ihn zu nennen, keine Avancen. Er war verheiratet, und er war ungemein stolz auf seine junge Gattin, deren Bild er immer bei sich trug. Sie hatten vor zwei Jahren geheiratet, als sein Bataillon in England stationiert gewesen war, aber er wollte nicht, daß sie in einem Garnisonsnest in Indien, Ägypten oder irgendeinem anderen fernen Teil der Erde eine Offiziersfrau wurde. Jetzt hatte er sich aus der Armee freigekauft und wollte sich in England als Arzt niederlassen.

Einmal nur fragte er mich nach meinem Leben als Gefangene in Kafiristan. Es war ein lauer Abend, die Sonne war vor einiger Zeit untergegangen, aber der Himmel im Westen war noch malvenfarben und rosarot gestreift, und wir schlenderten vor dem Dinner über das Deck. Es kostete mich große Überwindung, von jener Zeit zu reden, wollte aber nicht rundweg ablehnen. Ich erzählte ihm deshalb in kurzen Worten die Geschichte Sandrus, der auch Armeearzt gewesen war, und sagte, ich sei nach dem ersten Jahr meiner Gefangenschaft seine Dienerin und Assistentin geworden. John hörte aufmerksam zu, als ich von meinem Leben in Kuttar berichtete, und sagte dann: »Und das erste Jahr, Jemimah?«

Ich schüttelte den Kopf. »Es war schlimm«, sagte ich. »Sehr schlimm. Ich möchte nicht darüber sprechen, John.«

»Es würde vielleicht helfen«, sagte er zart. »Ich bin Arzt, und es braucht Ihnen nicht peinlich zu sein. Sie müssen nicht befürchten, ich könnte Ihr Vertrauen mißbrauchen.«

Ich nahm seinen Arm, während wir weitergingen, und sagte: »Empfindungen wie Peinlichkeit sind mir seit meiner Zeit in Shul fremd, und ich weiß, daß Sie an die ärztliche Schweigepflicht gebunden sind, aber ich möchte all das einfach hinter mir lassen. Es ist sonderbar, aber wenn man mich schon nach wenigen Wochen gerettet hätte, wäre es bestimmt viel schlimmer für mich ausgegangen. Ich glaube, ich wäre innerlich zusammengebrochen, und bis zu meinem Tod hätten mich Erinnerungen gequält. Aber die Dauer der Heimsuchung ließ mich diesen Zustand überwinden. Ich habe gelernt, mich abzufinden . . . mich anzupassen. Deshalb werde ich nicht von Erinnerungen gequält, und ich habe nicht das Bedürfnis, mir alles von der Seele zu reden, wozu auch Sandru manchmal einen Patienten ermuntert hat. Dort in Shul hieß ich Lalla, aber Lalla war ein anderes Mädchen, das in einer anderen Welt lebte, und mein einziger Wunsch ist, jene Welt zu vergessen.«

Er berührte meine Hand, die auf seinem Arm lag, und lächelte. »Dann ist es gut. Ich dachte, ich könnte vielleicht helfen. Sie müssen ein ganz ungewöhnliches Mädchen sein, denn sonst hätten Sie diese Zeit nicht so überstanden.«

Ich seufzte und redete nur widerstrebend. »Ich *war* ungewöhnlich, John. Ich war ein ungewöhnlich garstiges junges Mädchen, und vielleicht habe ich die Heimsuchung deshalb verdient.«

Er lachte. »Oh, jetzt übertreiben Sie.«

»Nein«, sagte ich. »Es stimmt. Wenn ich daran denke, schäme ich mich sehr. Mein Gott, das klingt so, als ob ich glaubte, heute viel besser zu sein. Aber auf jener Reise von Shul nach Herat habe ich Kassim die meiste Zeit richtiggehend gehaßt. Ist das nicht schrecklich? Jetzt habe ich einfach das Gefühl, aus mir sei ein Mensch geworden, den ich kaum kenne, und ich werde wohl einige Zeit brauchen, um herauszufinden, wer ich wirklich bin.«

Er sagte leise: »Ja. Herausfinden, wer man wirklich ist ... Aber daraus könnte eine neue Heimsuchung werden, Jemimah.«

»Oh, das ist mir bewußt.« Ich war im Begriff zu lachen, doch plötzlich war kein Lachen mehr in mir, nur die klare Gewißheit, daß John Selbys letzte Worte, ob er es gewußt hatte oder nicht, ein böses Omen bedeuteten und bei allem leichten Dahinsagen einen tiefen Sinn hatten. Was das war, konnte ich nicht herausbekommen, und im nächsten Augenblick war dieses Gefühl auch wieder fort. Dann rief der große Gong die Passagiere zum Dinner, und ich sah Ruth und Joan, meine Tischpartnerinnen, lachend und winkend auf mich zueilen.

6

Jene böse Vorahnung wiederholte sich auf der restlichen Überfahrt nicht wieder, doch als wir einige Tage später von Malta ablegten, wo wir in Grand Harbour neu gebunkert hatten, führte ich mit John Selby ein Gespräch, das eine sehr ernüchternde, beinahe läuternde Wirkung auf mich hatte.

Angehörige der Schiffsbesatzung hatten sich zu einem kleinen Laienorchester zusammengefunden, und der Kapitän hatte im Gesellschaftsraum der ersten Klasse einen Ball organisiert. Da mehr Herren als Damen an Bord waren und da Ruth, Joan und ich ledig waren, wurden wir unablässig aufgefordert. Es war ein heißer Abend, und als John Selby und ich gegen elf Uhr den zweiten für ihn reservierten Tanz beendet hatten, bat ich ihn, mich an Deck zu begleiten, um ein wenig frische Luft zu schöpfen.

Unter meiner spärlichen Garderobe hatte sich kein Ball- oder Abendkleid befunden. Ich trug ein leichtes Tageskleid, aber auch die beiden Krankenschwestern und einige andere weibliche Passagiere hatten nichts anderes. Das Kleid war nicht ausgeschnitten, und ich brauchte nicht einmal eine Stola. Ich stand mit John an der Reling und schaute in die helleuchtende Gischt an der Seite des Schiffs. Als ich zum Sternenhimmel hochblickte, erinnerte ich mich an die vielen Nächte in den Bergen und Ebenen Afghanistans. Wie oft hatte ich, in meine Decke gewickelt, mein wortkarger Begleiter Kassim nur auf Armeslänge von mir entfernt, unter freiem Himmel auf der Erde gelegen.

»Hoffentlich geht es ihm wieder gut«, sagte ich und war mir gar nicht bewußt, daß ich laut gesprochen hatte.

John mußte meinen Gedanken gelesen habe. »Kassim?« fragte er.

Ich lächelte und nickte. »Ja. Ich mußte plötzlich an ihn denken. Mein Gott, als ich die Kugel herausschnitt und all das zu tun versuchte, was Sandru meiner Meinung nach getan hätte, war ich ganz stolz auf mich. Aber Hochmut kommt vor dem Fall, nicht wahr? Er bekam Fieber und wäre um ein Haar gestorben, weil ich ihn falsch behandelt habe.«

Im Schein des Mondes sah ich, wie John mich konzentriert ansah. »Aber Sie haben ihn nicht falsch behandelt, Jemimah! Sie haben die Wunde gesäubert, und es ist Ihnen gelungen, sie zu desinfizieren. Daß er Fieber bekam, war nur die natürliche Reaktion des Körpers auf eine kleinere Infektion, die Sie nicht verhindern konnten. Mein liebes Mädchen, ehe Lister das Prinzip der Antisepsis in die Chirurgie einführte, haben nur zwei von hundert Soldaten schwere Verwundungen überlebt. Nur zwei! Heute überleben bis zu fünfundvierzig. Sie haben das Prinzip der Antisepsis angewandt, und damit haben Sie Kassim das Leben gerettet. Das Ungewöhnliche ist nur, daß Sie es von einem Arzt lernten, der vor vielen Jahren, bevor die Medizin um diese segensreiche Entdeckung bereichert wurde, sich aus der zivilisierten Welt zurückzog.«

Ich freute mich über dieses Lob für Sandru und sagte: »Ich glaube, Sandru war ein kluger Mann, aber er hatte auch einen untrüglichen Instinkt. Vielleicht sagte ihm sein Instinkt, wie notwendig es sei, eine Wunde gründlich zu säubern. Alles andere mußte er der Natur überlassen, weil er in jenem primitiven Land keine anderen Methoden ausprobieren konnte.«

»Ich hätte ihn sehr gern kennengelernt«, sagte John nachdenklich.

Ich war noch mit meinen eigenen Gedanken beschäftigt und sagte: »Aber wenn ich Kassim richtig behandelt habe, warum wäre er dann beinahe gestorben? Als das Fieber zurückgegangen war, fiel er in eine Lethargie, die stärker zu sein schien als alles andere.«

John schwieg einen Augenblick, dann antwortete er: »Ich

habe ihn nur eine Woche als Patienten kennengelernt, und er war alles andere als mitteilsam, aber ich glaube, ich kann Soldaten und Männer wie ihn nach meinen Erfahrungen bei der Armee recht gut beurteilen. Ich bin zu zwei Schlußfolgerungen gelangt. Zum einen stellt er die Pflicht über alles, und zum anderen wünscht er sich den Tod, ohne daß er sich dessen bewußt ist.«

Ich erschrak bei diesen Worten. »Er *wünscht* sich den Tod? Was um Himmels willen wollen Sie damit sagen?«

John stellte sich mit dem Rücken zur Reling und zog langsam die Schultern hoch. »Männer, die ein großes Leid erlebt haben, und zweifellos auch Frauen, wollen manchmal davon befreit werden, auch auf die Gefahr hin, daß es sie das Leben kosten kann.«

Ich dachte unwillkürlich zurück an meine ersten Tage in Shul. Es gab viele Augenblicke, in denen ich mir den Tod wünschte, aber das hatte doch eher etwas mit meiner damaligen grauenvollen Situation zu tun. Mir fiel etwas ein, und ich fragte: »Hat er jemals den Namen Melanie ausgesprochen?«

John sah mich verwirrt an. »In meiner Gegenwart nicht, aber warum fragen Sie?«

Ich erinnerte mich an das Zwielicht der einbrechenden Nacht und an die fiebernde Stimme, die murmelte: *»Melanie ... Sturmschnell ... Tochter Elektras. Ungeheuer und Göttin.«* Ich erinnerte mich an die Bitterkeit in jenen Worten und fragte mich, ob es andere, mir unbekannte Formen von Unglück geben mochte, genauso tief wie meine Qualen in Shul. Ich hatte John nicht geantwortet, und jetzt sagte er: »Wer ist Melanie?«

Ich schüttelte den Kopf. »Ich weiß es nicht, und es ist nicht wichtig. Aber ... Sie sagten, Sie hätten das Gefühl gehabt, Kassim sei ein Mann, der die Pflicht über alles andere stelle. Warum gab er dann auf und überließ sich dieser Lethargie? Wir waren noch drei oder vier Tage von Herat entfernt, und er wollte unbedingt einige Papiere bei der dortigen Mission abliefern. Das war doch bestimmt eine wichtige Pflicht.«

John Selby drehte sich wieder um, stützte die Ellbogen auf

die Reling und schaute ins Dunkel. Er sagte: »Kassim bat *Sie*, diese Papiere im Fall seines Todes zu übergeben, nicht wahr, Jemimah?«

»Ja, mehrmals. Er war wie behext von dem Gedanken. Aber was macht das für einen Unterschied?«

»Einen erheblichen.« John wandte den Kopf, um mich anzusehen, und in seinem Blick war ein sonderbarer Ausdruck, fast so etwas wie Respekt, der mich überraschte. »Wenn es eines gab, das zweifelsfrei aus den wenigen Worten hervorging, die ich mit Kassim gewechselt habe, dann seine absolute Gewißheit, daß Sie seine Aufgabe übernehmen würden und die Papiere an der richtigen Stelle in Herat abgäben.« Er lächelte plötzlich. »Und Sie haben es ja auch getan. Ich sehe Sie vor mir, wie Sie damals neben dem Wachzelt gestanden haben und sich sogar weigerten, sie einem britischen Offizier anzuvertrauen, denn Sie hatten versprochen, sie Mr. Renwick persönlich zu übergeben.«

»Ich weiß nicht, warum Kassim so sicher war«, sagte ich langsam, wie benommen. »Ich bin schließlich nur eine Frau, ich bin noch jung, ich bin ein schrecklicher Feigling, und Kassim hat im Grunde nicht viel von mir gehalten.«

»Vielleicht änderte er seine Meinung«, sagte John. »Die längste Bemerkung, die er in meiner Gegenwart machte, war über Sie, und ich weiß sie noch beinahe auswendig. ›*Ich habe nicht geglaubt, daß sie es schaffen würde, mich hierherzubringen, Selby. Dachte, sie würde mich unterwegs begraben müssen. Aber auch das hätte sie bestimmt gut gemacht, diese Lalla. Das wußte ich. Und dann hätte sie meine Meldungen sicher nach Herat gebracht. Aber bei Gott, sie hat auch mich hergebracht, nicht wahr?*‹ Dann lachte er auf eine merkwürdige Weise und sagte noch: ›*Dieses verdammte Mädchen ...*‹ Ich hatte keineswegs den Eindruck, daß er nicht viel von Ihnen hielt, Jemimah.«

Ich dachte eine Weile nach und sagte: »Ich nehme an, er hat sich allmählich an mich gewöhnt, aber zuerst hat er mich wirklich gehaßt. Jetzt kann ich das verstehen. Er muß einen heillosen Schreck bekommen haben, als Sandru ihn überredete, mich auf eine Reise quer durch Afghanistan mitzunehmen.« John nickte, aber da er nichts sagte, fuhr ich fort, ein Gefühl auszudrücken, das ich mehrmals empfunden hatte, seit ich wußte, wer dieser Mann, den ich so lange für einen Afghanen gehalten hatte, in Wirklichkeit war. »Zuletzt mochte ich Kassim irgendwie, obgleich er etwas so Niedriges und Verabscheuungswürdiges tat.«

John erschrak. »Verabscheuungswürdig?« sagte er leise.

»Nun . . . ja.« Ich vergewisserte mich, daß uns niemand hörte. »Sie wissen doch, was er tut. Ihr Freund, der Offizier am Wachzelt, hat auch gesagt, daß die Tätigkeit von Spionen widerwärtig und hinterhältig ist.«

Mein Begleiter seufzte tief und ungeduldig. »Meine liebe Jemimah«, sagte er, »ich würde nie mit Tony Fowler streiten, weil er offen gesagt zu dumm ist, um logischen Argumenten folgen zu können. Aber ich bin sicher, Sie sind zu gescheit, um an diese törichten alten Vorurteile zu glauben.«

Ich war verblüfft. Mein Leben lang hatte ich immer nur abfällige oder verächtliche Bemerkungen über Spione gehört. Ehe ich etwas sagen konnte, fuhr John fort: »Sagen Sie mir bitte, was ist die Aufgabe einer Armee? Oder meinetwegen einer Marine?«

»Du meine Güte. Soll dies ein logisches Gespräch sein?«

»In gewisser Weise, ja, nur daß ich Sie durch Fragen bemühen möchte, die Logik der Sache selbst zu finden.«

Er sprach jetzt beinahe scherzhaft, und ich paßte mich seinem Ton an. »Sehr wohl, Captain Selby. Lassen Sie mich überlegen. Aufgabe einer Armee ist . . . nun, entweder Verteidigen oder Angreifen, nehme ich an.«

»Eine gute Antwort. Und jetzt lassen Sie uns einen Feldzug der britischen Armee betrachten, wobei wir Fragen wie richtig oder falsch nicht stellen wollen. Was wäre Ihnen lieber, viele Tote und Verwundete oder wenige?«

»Wenige natürlich.«

»Und wovon würde das abhängen?«

Über diese Frage mußte ich nachdenken, und nach einigen

Augenblicken sagte ich: »Nun, ich denke, von mehreren Dingen, zum Beispiel Waffen und Disziplin . . . und natürlich auch von der Moral der Truppe. Ich habe oft gehört, wie hohe Offiziere mit meinem Vater darüber sprachen.«

»Stimmt, aber Sie haben einen wichtigen Faktor übersehen.«

Ich dachte nach und erinnerte mich, wie oft ich mich abends bei Tisch gelangweilt hatte, wenn ordengeschmückte Herren in scharlachroten Röcken über die alten Schlachten in Frankreich oder auf der Krim diskutiert hatten. »Sie meinen die Tüchtigkeit der Generäle?« sagte ich unsicher.

John blickte mich ermutigend an. »Genau. Und wovon hängt sie wiederum ab?«

Ich lachte und schüttelte den Kopf. »Tut mir leid, John, aber ich bin kein Militärexperte. Ich nehme an, die Tüchtigkeit eines Generals hängt davon ab, wie klug er ist, aber ich bin nicht sicher, ob Sie diese Antwort hören wollten.«

»Es ist keine schlechte Antwort«, sagte er, »aber welcher Faktor trägt nach Ihrer Meinung am meisten dazu bei, daß ein General seine Tüchtigkeit unter Beweis stellen kann?«

»Das weiß der Himmel. Ich gebe auf.«

»Dann will ich es Ihnen sagen. Es ist die Kenntnis des Feindes, das Wissen, wie viele Truppen der Freund hat, wie diese Truppen aufgestellt sind *und was sie planen.*«

Ich wollte gerade sagen, dies sei doch eine Selbstverständlichkeit, aber dann verstand ich die ganze Bedeutung seiner Worte, und meine Antwort blieb mir im Halse stecken. Tausende von Menschenleben konnten durch die Nachrichten eines Spions gerettet werden, vielleicht zehntausend. Wie viele waren beim Rückzug von Kabul vor vierzig Jahren dahingemetzelt worden? Sechzehntausend? Und wie viele wären nicht umgekommen, wenn nur ein Spion dem General im richtigen Augenblick die richtige Nachricht gebracht hätte?

Schmutziger Spion. Für den Mann auf der Straße gehörten die beiden Worte, die das Bild eines im Dunkeln lauernden Diebes ohne Ehre und Mut heraufbeschworen, untrennbar zusammen. Vor allem Soldaten hatten für solche Männer nur

Hohn und Verachtung, und doch verdankten sie Leben und Gesundheit der Arbeit dieser Männer. Ein Mann, ein einziger Mann, der einem militärischen Befehlshaber die Geheimnisse des Feindes hinterbrachte, konnte wertvoller sein als eine ganze Brigade.

Die Gedanken, die jetzt in meinem Kopf schwirrten, waren eine totale Umkehrung all dessen, was ich bisher über »schmutzige Spione« gehört oder gedacht hatte. Soldaten riskierten ihr Leben, aber immer in der Gesellschaft von Kameraden, die ihnen notfalls beistehen konnten. Wie anders aber ein Spion, der allein im Feindesland stand, ohne Freunde, immerfort auf der Hut vor Enttarnung, der Geheimnisse erkundete, die Leben retten, Schlachten gewinnen, vielleicht sogar Schlachten verhindern halfen, und all das in ständiger Gefahr, das eigene Leben zu verlieren, denn das Schicksal eines ertappten Spions war überall, in allen Ländern, der Tod.

Wenn ein Mann wie Kassim ganz auf sich gestellt seine Aufgabe erfüllte, würde es kaum jemand erfahren. Weder Lob noch Ehre würde er ernten, und diejenigen seiner Landsleute, deren Leben er unter Einsatz seines eigenen gerettet hatte, würden fortfahren, ihn zu verachten. Gelänge ihm seine einsame Aufgabe nicht, würde er einen schmachvollen Tod sterben und irgendwo in fremder Erde verscharrt werden. Er bekäme, anders als der gefallene Soldat, keinen Orden, sein Opfer würde seinen Mitbürgern nie bekannt werden, und sie würden fortfahren, die Tätigkeit eines Spions zu verabscheuen.

Voller Scham dachte ich nun daran zurück, wie sehr ich Kassim für seine Antwort auf meine Frage, ob er mich in Shul zurückgelassen hätte, wenn er von Sandru nicht gezwungen worden wäre, mich mitzunehmen, gehaßt hatte. Mir war, als hörte ich erneut den Schmerz und die Erschöpfung in seiner Stimme, als er erwiderte: *»Ja, Miss Lawley. Zu meinem größten Bedauern ... ja.«* Er hatte nicht gesagt, daß tausend Leben davon abhingen, ob er sicher nach Herat kommen würde, und daß er sie nicht für ein einziges Leben gefährden dürfte, aber in diesen letzten Minuten waren mir die Augen geöffnet worden, und ich verstand viele Dinge, die mir vorher verborgen geblieben waren.

John Selby sagte: »Jemimah?«

Mir wurde bewußt, daß ich lange Zeit, während allmählich wieder Ordnung in meine Gedanken kam, stumm auf das dunkle Meer blickend, neben ihm gestanden haben mußte. Trotz der warmen Nacht fröstelte ich ein wenig, als ich Johns Arm nahm und sagte: »Sie brauchen keine Fragen mehr zu stellen. Es tut mir leid, daß ich mich so geringschätzig über ihn geäußert habe. Er muß ein sehr tapferer Mann sein.«

»Sie müssen alle sehr tapfer sein«, sagte John einfach. »Nicht nur Kassim, auch der Russe, der ihn zu töten versuchte und selbst getötet wurde. Sie ähneln sich alle. Aber versuchen Sie nie, diesen Standpunkt in der Gesellschaft zu vertreten, Jemimah. Man würde die Nase über Sie rümpfen.«

Das konnte ich mir ohne weiteres vorstellen. Ich hätte ja selbst über diesen Standpunkt noch vor zehn Minuten die Nase gerümpft. Ich sagte: »Danke für das, was Sie mir gezeigt haben, John. Kassim hat mich auf jener langen und gefährlichen Reise sicher und unbeschadet von Kafiristan nach Herat gebracht, und ich habe ihn respektieren wollen. Jetzt kann ich es endlich.« Ich zögerte, fügte dann hinzu: »Haben Sie seinen wahren Namen erfahren?«

John lächelte und schüttelte den Kopf. »Im Krankenhaus war er als William Smith eingetragen. Ich bin sicher, das war ebenso wenig sein wahrer Name wie Kassim.«

Kurz danach kehrten wir ohne ein weiteres Wort in den Ballsaal zurück. Wie einer stillschweigenden Vereinbarung folgend, sprachen wir auf der restlichen Reise nicht mehr über den Mann. Aber ich hatte seit meiner Ankunft in Herat wieder angefangen zu beten, und von nun an schloß ich den Namen Kassim oder Caspar oder William Smith in meine Gebete ein.

An einem frühen Morgen im Juli brachte das Schiff uns die Themse hoch nach Tilbury, und dort gingen wir von Bord. Ich verabschiedete mich von Ruth und Joan, die bei den Soldaten blieben, bis ein Sonderzug sie nach London bringen würde, und ging, gefolgt von einem Träger, der meinen Koffer in einer Hand und meine kleine Überseekiste mit den Kleidungsstücken und Toilettengegenständen der britischen Damen in Herat auf der Schulter trug, langsam das Fallreep hinunter.

Zu meiner Überraschung begrüßte mich John Selby, nachdem ich den Zoll passiert hatte. Wir hatten uns schon am Vorabend verabschiedet, weil seine Frau und ihre Eltern ihn am Anlegeplatz erwarteten. Ich hielt es für angebracht, nicht zusammen mit ihm an Land zu gehen. Wir hatten gewiß nichts zu verbergen, und es gab nichts, wofür wir uns hätten schämen müssen, aber ich hatte das Gefühl, unser häufiges Zusammensein an Bord könnte falsch gedeutet werden, und wollte nicht den geringsten Schatten auf seine Heimkehr werfen.

Er bestand jedoch darauf, mich seiner Frau und ihrer Familie vorzustellen, die mich alle mit größter Freundlichkeit begrüßten, während er ihnen erzählte, ich hätte einen verwundeten Engländer nach Herat gebracht, aber er sei nicht befugt, über die näheren Umstände zu sprechen. Seine Frau, Margaret, war ein oder zwei Jahre älter als ich, und ihr Gesicht war zu alltäglich, um schön genannt werden zu können, aber sie hatte die lustigsten Augen und eine herzliche, impulsive Art. Es war klar, daß sie keinerlei Zweifel am Benehmen ihres Mannes hatte. Sie lebten in Essex und wollten die kurze Heimfahrt mit der Kutsche machen, aber sie bestand darauf, daß John mich zuerst sicher zum Zug nach London bringen und mir ihre Adresse geben sollte. Ich sollte ihnen schreiben, falls sie mir irgendwie behilflich sein könnten.

In dem Augenblick, in dem ich wieder den Fuß auf englischen Boden setzte, hätte ich beinahe geweint, und nur wenige Minuten später so viel Freundlichkeit zu begegnen, trieb mir die Tränen in die Augen und ließ meine Stimme stocken. Ich saß in der Ecke eines Kupee erster Klasse, wartete auf die Abfahrt des Zuges und sagte mir wieder und wieder, es ist kein Traum.

Es war die Wirklichkeit. Ich war nicht mehr die verstoßene

Frau eines barbarischen Königs in einem Land, das so gut wie nie von einem zivilisierten Wesen betreten wurde. Ich war nicht länger Sklavin, nicht länger eine Magd und nicht länger in Gefahr, gepeitscht, getötet oder als Konkubine an einen Wahnsinnigen verschachert zu werden. Sicher, ich trug geborgte Kleider, und meine Börse war fast leer, denn ich hatte inzwischen das meiste Geld ausgegeben, das ich aus Herat und Karatschi mitgebracht hatte, zum Teil für Schuhe und Kleider für mich selber, zum Teil für Geschenke, die ich in Malta für Ruth und Joan gekauft hatte, und den Rest für Kleinigkeiten und Trinkgelder an die Besatzung. Ich hatte jetzt nur noch zwei Sovereigns und ein wenig Silber, denn ich war nicht sparsam gewesen. Ich hatte gewußt, meine Lage würde sich bald ändern.

Dieser Zug wird mich zum Bahnhof Fenchurch Street bringen, von dort werde ich durch London zur Waterloo Station fahren und einen Zug nach Haslemere nehmen, der so rechtzeitig eintrifft, daß ich noch in einem Gasthaus oder im Bahnhofshotel einen kleinen Imbiß nehmen kann. Dann werde ich mit einer Droschke zu dem Dorf Oakhurst fahren, wo steinerne Pfeiler das Tor der langen Zufahrtsallee nach Witchwood Hall flankieren – dem schönen Haus, das nun mir gehörte. Dort werden sich Dienstboten um mich kümmern, und dort erwarten mich alle Annehmlichkeiten. Ein Telegramm werde ich an die Anwälte meines Vaters schicken, und am nächsten Tag wird einer von ihnen kommen, um die Verfügungen seines Testaments zu erläutern und mir die Treuhänder zu nennen, die sein Vermögen bis zu meiner Volljährigkeit für mich verwalten. Ich war sicher, daß er einige Legate für wohltätige Zwecke ausgesetzt hatte, aber ich war das einzige Kind und die alleinige Erbin.

Ich saß und dachte an meinen Vater und meine Mutter, nicht als Verstorbene, sondern so, wie ich sie in unserem täglichen Leben gesehen hatte. Von meinen Vater wußte ich nicht viel, denn er war in Gedanken immer bei seiner Arbeit gewesen, und ich hatte sogar ein bißchen Angst vor ihm gehabt, vielleicht weil er sich immer so überaus korrekt benahm. Ich hatte meine Mutter geliebt, zumindest nahm ich das an, aber insgeheim hatte mich ihre nervöse Art oft geärgert.

Kurz nach ihrem Tod war ich zu entsetzt gewesen und hatte zuviel Angst um mich selbst gehabt, um sie zu betrauern. Als ich wenigstens einige meiner Befürchtungen überwunden hatte, was sich erst einstellte, nachdem Deenbur mich aus seinem Bett in die Palastküche getrieben hatte, war schon so viel Zeit vergangen, daß ich kaum noch Kummer verspüren konnte. Jetzt, immer noch allein in meinem Kupee, bat ich meine Eltern im nachhinein um Verzeihung, daß ich sie zu ihren Lebzeiten nicht so geliebt und, nach ihrem Tode nicht so betrauert hatte, wie sie es verdient hätten.

Ich schaute hinab in meine Seele und fand ein wenig Trost bei der Gewißheit, daß mich kein Gefühl der Habgier bewegte, wenn ich an mein neues Leben als eine sehr reiche junge Frau dachte. Oh, ich würde die Annehmlichkeiten und die Freiheit von aller Furcht genießen, ich würde sie mit einer Dankbarkeit und Bewußtheit genießen, wie andere sie sich kaum vorstellen können, denn vor meinem geistigen Auge würden immer die letzten zweieinhalb Jahre stehen. Doch nach den Ängsten und Härten meines Lebens in Shul gab es nichts, was ich begehrte, niemanden, den ich beneidete, und ich wäre unsagbar glücklich gewesen, wenn meine Eltern mich bei meiner Rückkehr nach Witschwood Hall in ihre Arme hätten schließen können.

In dieser träumerischen Stimmung kam ich nach London und fuhr mit einer Droschke durch die geschäftige Stadt, die sich so sehr unterschied von den Städten des Nahen und Mittleren Ostens, in denen ich viele Jahre meines Lebens verbracht hatte. Erst als der Zug von London in den Bahnhof von Haslemere einfuhr, überfiel mich die Aufregung, und ich spürte das Gefühl der Heimkehr. Ich gab der Versuchung nicht nach, sofort nach Oakhurst zu fahren, denn um diese Zeit würde der kleine Rest des Personals in Witchwood Hall beim Lunch sitzen, und ich wußte, daß meine Ankunft sie verwirren würde. Früher hätte ich mich nicht darum gekümmert, denn die Gefühle von Dienstboten interessierten mich nicht. Jetzt sah ich alles mit anderen Augen, weil ich selbst eine Magd gewesen war.

Ich aß im Speiseraum eines kleinen, ruhigen Hotels in Bahnhofsnähe zu Mittag und zog dabei neugierige Blicke von mehreren Leuten an anderen Tischen auf mich. Zweifellos war es ungewöhnlich, daß eine junge Frau hier allein lunchte, und mein wettergebräuntes Gesicht unterschied mich noch mehr von den Stammgästen. Ihre Neugier machte mich nicht verlegen, und ich stellte mir amüsiert vor, wie schockiert sie erst sein würden, wenn sie über mein ungewöhnliches Leben in den letzten drei Jahren Bescheid wußten.

Das Essen war gut, doch ich hatte wenig Appetit und war froh, als der Uhrzeiger sich der Zwei näherte und ich die Rechnung verlangen konnte. Es war Zeit für den letzten Abschnitt der Reise, die ich vor beinahe vier Monaten im Hindukusch voll Bangen angetreten hatte. Ich ging zurück zum Bahnhof, holte meine Überseekiste und meinen Koffer ab, und zehn Minuten später saß ich in einer Droschke, die in Richtung Süden, nach Oakhurst, rollte. Vor sieben Jahren hatte ich das Dorf zuletzt gesehen. Wir waren im Winter, als die Bäume ohne Laub, die Felder nackt und die Wiesen mit Reif bedeckt waren, fortgefahren. Ich kehrte nun im Sommer zurück, und außer der Jahreszeit schien sich nichts verändert zu haben.

Oakhurst war ein Dorf von ansehnlicher Größe. Von der Kirche an dem einen Ende bis zur Hufschmiede am anderen führte eine ungefähr hundert Meter lange Hauptstraße mit vielen Geschäften.

Sicher waren auch die Ladeninhaber dieselben, aber ich konnte mich an keinen von ihnen so recht erinnern, denn ich hatte nicht viel mit ihnen zu tun gehabt, wenn meine Eltern und ich zwischen unseren Aufenthalten im Ausland daheim gewesen waren. Ich erinnerte mich an den Vikar, Mr. Hammond, und seine Frau. Ich erinnerte mich auch an Dr. Ingram, wenigstens dem Namen nach, aber wie er aussah, hatte ich vergessen. In mir war nur das undeutliche Bild eines großen jovialen Herrn mit ergrauendem Haar.

Es gab noch ein paar andere Leute, an die ich mich erinnern konnte, den Konstabler, den Hufschmied und einen oder zwei Gutsbesitzer und ihre Frauen, deren gelegentliche morgendliche Besuche wir erwidert hatten. Von einigen wußte ich noch den Namen, bei anderen erinnerte ich mich nur an das Äußere, aber mich würde kaum einer von ihnen auf den ersten Blick wiedererkennen. Keiner hatte mich gut gekannt, und ich war kaum dreizehn Jahre alt gewesen, als wir zum letztenmal in Witchwood Hall gewesen sind.

Während die Droschke die Hauptstraße zum Dorfanger an der anderen Seite entlangschepperte, blickte ich von einer Seite zur anderen und versuchte, ein vertrautes Gesicht zu erkennen, aber ich sah nur eines, das des Metzgers. Er stand mit einer gestreiften Schürze, eine schwarze pomadige Locke auf der Stirn, im Ladeneingang und zwirbelte mit einer Hand seinen buschigen Schnurrbart. Ich wußte nicht mehr, wie er hieß.

Die Droschke fuhr langsamer, als wir am Anger abbogen, und ich sah eine kleine Menschenmenge, meist Kinder, aber auch einige Erwachsene, insgesamt etwa dreißig Personen, vor einer bemalten Bude. Freudig hielt ich den Atem an, denn dieser Anblick eines Kaspertheaters erinnerte mich an meine Kindheit. Wir fuhren wegen der scharfen Kurve sehr langsam, blieben beinahe stehen, und so konnte ich fast zuschauen.

Hinter dem Bühnenrand hüpfte Kasper mit seinem Knüppel auf und ab. Da das Fenster der Kutsche geöffnet war, hörte ich wohl seine piepsige Stimme, aber was er sagte, verstand ich nicht. Er schien abwechselnd mit der Büttelpuppe und mit einer jungen Frau neben der Bude, die eine kleine Trommel um den Hals trug, zu sprechen. Ihre dunklen Haare waren mit einer scharlachroten Schleife hinten zusammengebunden, und sie trug ein Kleid aus bunten Flicken. Ihr Gesicht war braun, so braun wie meines, und selbst aus der Ferne konnte ich sehen, wie ihre schwarzen Augen leuchteten und ihre weißen Zähne blitzten, als sie Kasper antwortete.

Hinter dem Anger stand ein Wohnwagen mit einem Pferd in

der Deichsel, das die Mähne zurückwarf, als es die Nüstern in einen großen Futterbeutel steckte. Zuerst meinte ich, daß das Mädchen von der Kasperbude eine Zigeunerin wäre, aber dann kamen mir Zweifel, denn soweit ich mich erinnern konnte, zogen Zigeuner in Sippen umher. Hier war außer dem Mädchen, das ich sehen konnte, und dem Mann, der in der Bude versteckt war, weiter niemand, und außerdem hatte ich nie gehört, daß Zigeuner Kaspervorstellungen geben.

Kurz danach war die Szene meinem Blick entschwunden, und wir fuhren die sanft ansteigende Allee hinauf, die zum Hexenwald führte, einem Ort dunkler Legenden, nach dem der Großvater meines Vaters das von ihm erbaute Haus nannte. Links von mir begann nun eine hohe, graue, efeuberankte und von Strebepfeilern gestützte Steinmauer, die den Grund von Witchwood Hall umgab, doch erst, nachdem wir in das große, geöffnete Tor eingebogen waren, sah ich endlich mein Heim. Der Anblick erregte mich nicht besonders. Ich war hier durch meine Kindheit nicht verwurzelt und fühlte keine starke Beziehung zu dem Platz, wo ich zur Welt gekommen war. Doch als ich nun wieder den breiten, weißen Architrav und die Säulen des Portikus erblickte, die palladianischen Fenster mit ihren gewölbten Mittelpartien und den geraden Seitenflügeln, beseelte mich das Glück, ein solches Zuhause zu haben.

Die Droschke rollte die lange Zufahrt entlang, und ich sah, daß die Rasen kürzlich gemäht worden waren und sauber getrimmte Ränder hatten. Die Rosenbeete waren ein Meer von Farben, und das Haus selbst erschien mir plötzlich riesig. Die Kehle schnürte sich mir einen Augenblick lang zu, als ich an die Hütte denken mußte, in der ich mit Sandru gelebt hatte, eine Hütte so groß wie die Spülküche von Witchwood Hall.

Die meisten Menschen hatten eine Familie, um die sie sich kümmern mußten, oder sie gehörten zu einer Familie. Ich hatte keine. Ich konnte Besuche machen und empfangen, zur Kirche gehen, das Personal beaufsichtigen, reiten, vielleicht Bewerber vergraulen, die es nur auf mein Vermögen abgesehen hatten ... Aber vielleicht würden auch gar keine Bewerber kommen, da die Leute sicher vermuten würden, daß ich nicht so lange eine Gefangene von Barbaren gewesen sei, ohne entehrt und geschändet worden zu sein. Wie auch immer, all diese damenhaften Beschäftigungen erschienen mir läppisch und nutzlos. Und zu meiner eigenen Überraschung dachte ich, daß ich womöglich feststellen würde, die Arbeit, die ich als Sandrus Assistentin geleistet hätte, sei befriedigender gewesen.

Als die Droschke über den kopfsteingepflasterten Vorplatz unterhalb des Portikus fuhr, drängte ich diese Gedanken ungeduldig beiseite. Der Kutscher stieg herunter, um mir den Schlag zu öffnen, und in dem Wissen, daß die Leere meiner Börse jetzt, da ich daheim in Witchwood Hall war, keine Rolle mehr spielte, fügte ich dem Fahrgeld einen großzügigen Obolus hinzu. Während er meine Überseekiste und den Koffer ablud, ging ich die Eingangsstufen hinauf und zog an dem Klingelzug. Eine halbe Minute verging, dann wurde die schwere Haustür geöffnet. Ein Mann mit rundem Gesicht und schütteren Haaren, der den Gehrock und die schwarze Fliege eines Butlers trug, sah mich überrascht an.

Ich war überrascht. Ich hatte erwartet, Carson würde öffnen. Der Mann fragte höflich: »Ja, Madam?«

Ich sagte: »Wo ist Carson?«

»Carson?« Er sah mich verwirrt an.

»Carson. Der Butler.«

»Oh«, sagte er, und seine Stirn glättete sich. »Sie meinen meinen Vorgänger, Madam. Mr. Carson hat dieses Haus vor gut zwei Jahren verlassen. Mein Name ist Hardwick, und ich bin jetzt der Butler auf Witchwood Hall.«

Ich sagte freundlich: »Dann bitten Sie mich jetzt am besten ins Haus, und lassen Sie mein Gepäck hineinbringen. Ich bin Jemimah Lawley.«

Er blinzelte erstaunt, und dann wurden seine Augen schmal vor Mißtrauen, und er sagte: »Ich bitte um Verzeihung?«

Ich zügelte meine Ungeduld, da ich einsah, daß sein Verhalten ganz natürlich war. »Ja, ich weiß, es muß ein Schock für

Sie sein, Hardwick«, sagte ich. »Man hat Ihnen zweifellos berichtet, ich sei zusammen mit meiner Mutter und meinem Vater in Kabul getötet worden. Aber in Wirklichkeit wurde ich verschleppt und bin bis zu meiner Flucht vor einigen Monaten in Afghanistan gefangengehalten worden. Und nun erlauben Sie mir bitte, mein Haus zu betreten, und läuten Sie nach Mrs. Rudge, der Haushälterin.«

Selbst bei der Erwähnung von Mrs. Rudge änderte sich das mißtrauische Gesicht des Mannes nicht, und er trat auch nicht zur Seite, um mich einzulassen, sondern warf einen Blick an mir vorbei, und rief: »Kutscher! Warten Sie!«

Trotzdem beherrschte ich mich. Der Mann hatte Jemimah Lawley noch nie gesehen, und meine Geschichte war wahrlich seltsam genug. »Holen Sie bitte sofort Mrs. Rudge«, sagte ich. »Sie wird imstande sein, Sie aufzuklären.«

Er schüttelte langsam den Kopf. »Die Haushälterin heißt Mrs. Hallet, und . . .« Er verstummte, als eine wohlklingende männliche Stimme aus der großen Eingangshalle hinter ihm rief: »Was gibt es, Hardwick?«

Der Butler wandte sich mit erleichterter Miene um. »Hier ist eine junge Person, die sagt . . .« Er zögerte, sprach dann etwas verlegen weiter. »Die sagt, sie sei Miss Jemimah Lawley.«

»Guter Gott«, erwiderte die Stimme. »Die muß ich mir ansehen.« Und ein großgewachsener, elegant gekleideter Herr Ende Vierzig, mit hellbraunem Haar und weit auseinanderstehenden Augen, die in seinem Gesicht belustigt funkelten, trat näher. Als er kurz vor der Tür war, trat ich über die Schwelle und blieb, ärgerlich und etwas beunruhigt, vor ihm stehen.

»Wer sind Sie, Sir?« fragte ich.

Überraschung über mein Erscheinen heuchelnd, zog er die Augenbrauen hoch und sagte: »Nun, da Sie es wissen möchten, ich bin James Lawley. Aber was mir wichtiger zu sein scheint, meine Beste . . . Wer sind *Sie*?«

Ich suchte nach Worten, so groß war mein Schrecken, und stammelte: »Unsinn! Es gibt keinen James Lawley!«

Der Mann seufzte. »Wie sonderbar«, murmelte er. »Ich

hatte immer das Gefühl, daß es mich gebe. Es stimmt zwar, daß der alte Matthew Lawley sich weigerte, meinen Vater anzuerkennen, und ihn enterbte, aber das bedeutet nicht, daß Arthur Lawley nicht lebte und atmete und einen Sohn zeugte und schließlich in hohem Alter starb . . .«

Der Mann sprach noch eine Weile weiter, aber ich nahm seine Worte nicht mehr auf. Ich versuchte, mir einen Augenblick aus meiner frühen Kindheit ins Gedächtnis zurückzurufen, in dem ich Zeugin eines Gesprächs zwischen meinem Vater und seinem Vater, Edmund Lawley, geworden war. Edmund, der ein oder zwei Jahre darauf, als wir im Ausland waren, starb, war der Sohn des alten Matthew Lawley, des Erbauers von Witchwood Hall, aber es hatte noch einen jüngeren Sohn gegeben, Edmunds Bruder Arthur, der aus irgendeinem Grund in Ungnade gefallen war. Er war als junger Mann mit genügend Geld, um ein Jahr leben zu können, und dem strikten Befehl, sich nie wieder mit der Familie in Verbindung zu setzen, in eine der Kolonien geschickt worden. Ich war damals erst sechs oder sieben Jahre alt gewesen und hatte nicht viel von dem Gespräch verstanden, aber einige Einzelheiten hatten sich mir eingeprägt.

Der großgewachsene Herr hatte aufgehört zu reden und sah mich fragend an. Ich versuchte, meine fünf Sinne zu sammeln, und sagte unsicher: »Arthur Lawley? Ja . . . ich erinnere mich, daß mein Großvater von seinem Bruder Arthur gesprochen hat. Aber er ging ins Ausland, und die Familie hörte nie wieder etwas von ihm.«

»Absolut richtig«, stimmte der großgewachsene Herr liebenswürdig zu. »Er ließ sich in Kapstadt nieder, und nach allem, was er mir erzählte und was ich von anderen hörte, hat mein Vater seinen Ruf als schwarzes Schaf der Familie durchaus verdient. Er hatte jedoch den Anstand, im Ausland zu bleiben und niemanden in Verlegenheit zu bringen.«

»Ihr . . . Ihr *Vater*?« fragte ich.

»Gewiß.« Jetzt war eine Spur von Ungeduld in seiner amüsierten Stimme. »Ich bin James Lawley, sein Sohn, und deshalb ein Vetter des verstorbenen Sir George Lawley, was mich, wie ich annehme, zu einem Onkel zweiten Grades von Miss Jemimah Lawley machen würde . . . oder ist es ein Großonkel? Ich kenne mich mit diesen Verwandtschaftsbezeichnungen nicht sehr gut aus.«

Mir wirbelte der Kopf. Ich war verwirrt, und sagte: »Aber wir haben nie erfahren, daß Arthur, der Bruder meines Großvaters, heiratete!«

Alle Belustigung schwand aus dem Gesicht des Herrn. »Ich bin sicher, daß Sie es nie erfahren haben, wer Sie auch sein mögen, und die Familie Lawley hier in Witchwood Hall hat es auch nicht erfahren. Mein Vater hatte seinen Stolz, und sie hörten nie wieder von ihm – aber das dürfte nicht mehr hierher gehören. Ich kann mir nicht vorstellen, wer Ihnen den Floh ins Ohr gesetzt hat, hier zu erscheinen, oder was Sie damit zu erreichen hoffen, aber Ihre törichte Scharade amüsiert mich nun nicht mehr, junge Dame, und ich habe nicht die Absicht, sie noch länger zu tolerieren.«

»Scharade?« Meine Stimme wurde scharf, und mich packte Zorn. »Was soll das heißen, Sir? Ob James Lawley oder nicht, Sie sind jetzt zu Gast in meinem Haus, und das ist etwas, das die Anwälte meines Vaters und beliebig viele Personen sehr schnell bekräftigen werden! Ich bin Jemimah Lawley, und ich verlange, dieses Haus zu betreten. Wie ich dem Butler gesagt habe, wurde ich nach dem Massaker von Kabul 1879 verschleppt und war seitdem in Afghanistan gefangen, bis ich vor einigen Monaten fliehen konnte. Es ist mir klar, daß Sie mich für tot gehalten haben müssen, aber . . .«

»Nein«, unterbrach der Mann trocken, »wir haben Jemimah Lawley nicht für tot gehalten. Und da Sie von Anwälten sprechen, nehme ich an, daß Sie die Kanzlei Cossey und Wingate noch nicht aufgesucht haben?«

»Noch nicht. Ich konnte mich nicht erinnern, wie die Anwälte meines Vaters heißen, aber . . .«

»Sehr schade, Sie hätten sich viel Mühe erspart.«

Während er redete, trat der Butler hinter der Tür hervor

und sagte: »Wünschen Sie, daß ich Perkins zum Konstabler schicke, Sir?«

Der groß gewachsene Herr, der sich James Lawley nannte, machte eine wegwerfende Handbewegung. »Oh, großer Gott, nein. Wir möchten doch nicht, daß diese törichte Person angeklagt und ins Gefängnis gesteckt wird.«

Ich holte Luft für eine zornige Antwort, aber in diesem Moment hörte ich eine neue Stimme und sah eine junge Frau in einem hübschen, hellblauen Kleid die breite Treppe herunterkommen. Sie war ungefähr in meinem Alter, vielleicht zwei Zentimeter größer und hatte nicht ganz so blondes Haar. Mit einer wohlklingenden, sanften Stimme fragte sie: »Wer ist das, Onkel James?«

Ich sah, daß der Herr bei ihren Worten wieder eine amüsierte Miene machte. Er wandte sich halb um und sagte: »Ein äußerst unerwarteter Gast, meine Liebe.«

Mit einem fragenden Blick kam das Mädchen näher und betrachtete mich, redete aber weiter mit dem Herrn. »Es ist noch etwas früh für Teebesuche«, sagte sie, »aber sollten wir die junge Dame nicht hereinbitten, Onkel James?«

»Oh, ich denke nicht, daß wir sie ermutigen sollten«, sagte der großgewachsene Herr fest. »Verstehst du, Jemimah, sie behauptet nämlich allen Ernstes, sie sei *du.*«

7

Lange war mir, als träumte ich, dann wurde ich von der jähen Furcht geschüttelt, ich könnte plötzlich erwachen und mich auf meiner Schaffellmatratze in der winzigen Kammer der Lehmziegelhütte in Shul wiederfinden. Und dann fielen Erinnerungen über mich her . . .

Der Lieutenant in Herat, der in der Zeitung zu lesen geglaubt hatte, Jemimah Lawley sei schon wenige Wochen nach dem Massaker wieder in Kabul aufgetaucht. Mr. Arthur Renwick in Herat, der mich gefragt hatte, als hätte er mir meine Geschichte nicht geglaubt, um dann, als ich mich als Jemimah Lawley bezeichnete, zu murmeln: *»Das bleibt abzuwarten.«* Der Commissioner in Karatschi, der tolpatschig zu prüfen versucht hatte, ob ich des Kafirischen mächtig sei, als hätte auch er Zweifel an der Wahrheit meines Berichts gehabt. John Selby hatte meine Freundschaft gesucht, und ich war sicher, daß er mir geglaubt hatte oder mir gern geglaubt hätte, aber ich hatte eine unausgesprochene Sorge im Hinblick auf meine Rückkehr bei ihm gespürt.

Das Mädchen im hellblauen Kleid sagte ungläubig: »Sie behauptet, sie sei *ich*?« Ich entdeckte keine Unruhe oder Schuld an ihr, nur Staunen, und dann legte sie die Hand an den Mund, um ein verlegenes Lächeln zu unterdrücken, und sagte: »Du meine Güte. Es tut mir leid. Ist sie vielleicht nicht ganz bei Sinnen, die arme Seele?«

Ich fand die Stimme wieder und rief: »Aber ich *bin* Jemimah Lawley! Das ist absurd! Wer sind Sie, und was tun sie hier? Das ganze Dorf muß wissen, daß Sie Betrüger sind!«

Der Butler hüstelte und sagte zurückhaltend: »Wir sollten

vielleicht doch die Polizei holen, Sir. Oder vielleicht Dr. Ingram?«

Das Mädchen trat einen Schritt vor und sagte mit bekümmerter Miene: »O nein. Bitte, Onkel James, mach es nicht noch schlimmer für sie. Laß sie einfach wieder gehen.«

Der Mann, der sich James Lawley nannte, sagte zweifelnd: »Nun, vorausgesetzt, sie *wird* einfach wieder gehen.« Ich suchte nach Worten des Protests, aber mein Geist war wie gelähmt. Er wandte sich an mich, und sein Gesicht wurde hart. »Hören Sie mir jetzt gut zu, junge Dame. Ich vermute, Sie sind mit einem hübschen kleinen Plan hierhergekommen, aber wenn Sie hofften, den Platz von Jemimah Lawley einnehmen zu können, sind Sie entweder hinter den Ereignissen zurück oder falsch unterrichtet. Jemimah wurde von treuen Dienern nach dem Massaker von Kabul gerettet und einige Wochen lang versteckt gehalten, bis die britische Armee zurückkehrte. Sie wohnt nun schon seit mehr als zwei Jahren wieder in Witchwood Hall, ihrem Heim.« Er hielt inne, und dann wurde seine Stimme freundlicher: »Wenn Sie wirklich glauben, Sie seien Jemimah Lawley, kann ich Ihnen nur raten, sich um ärztliche Hilfe zu bemühen.«

Er drehte sich um und ging durch die Halle zurück, nahm im Vorbeigehen die Hand des Mädchens und schob sie unter seinen Arm, so daß ihr nichts anderes übrig blieb, als ihn zu begleiten. Ich sah noch, wie sie sich mitfühlend über die Schulter hinweg nach mir umsah, dann versperrte der Butler mir die Sicht. »Wenn Sie nun die Freundlichkeit hätten, Miss«, sagte er fest und trat vor, so daß ich einen Schritt zurückgehen mußte. »Wir möchten doch keinen Ärger haben, nicht wahr?« fuhr er fort und ging weiter. Ich stand wieder unter dem Portikus. »Die Droschke ist noch da, Miss«, sagte er. »Sie täten gut daran, sich nicht wieder bei uns blicken zu lassen.«

Die Tür meines Hauses fiel mit einem dumpfen Ton vor mir ins Schloß. Ganz benommen und verwirrt, wie von einem Keulenschlag getroffen, stand ich mit meiner Überseekiste und dem Koffer da. Ein furchtbarer Gedanke drängte sich in mein Bewußtsein. *War* ich Jemimah Lawley? Oder hatte sich mein Geist verwirrt? War alles Einbildung, Wahn ...? Kabul? Die Gefangenschaft in Shul? Deenbur und die Greuel der Hochzeitsnacht? Die Reise mit Kassim, der in Wahrheit Caspar hieß? Captain John Selby und die Überfahrt nach England?

Nein, nein, nein. All das war wirklich und wahr, bestimmt. Und dennoch, *war* ich Jemimah Lawley? Oder war ich eine namenlose junge Frau, die, irgendwo auf dem riesigen indischen Subkontinent von Räubern entführt, in Kafiristan verkauft worden war? Und nach der Heimsuchung, die sie hinter sich hatte, unter Gedächtnisschwund litt? Die sich einbildete, Jemimah Lawley zu sein, weil sie irgend etwas über sie gelesen oder gehört hatte?

Die Stimme des Kutschers drang durch meine verworrenen Gedanken. »Entschuldigung, Miss, wollen Sie zurückfahren oder nicht?«

Ich riß mich zusammen. Ich *war* Jemimah Lawley. Ich konnte mich an das Gesicht meines Vaters und meiner Mutter erinnern, auch an die Gesichter einiger Dorfbewohner. Ich war von London geradewegs nach Oakhurst und Witchwood Hall gefahren, und ich hatte das Dorf und auch das Haus wiedererkannt. Der Mann, der sich als meines Vaters Cousin ausgab, war ein Betrüger, und das Mädchen, das behauptete, sie sei ich, war eine Betrügerin. Und doch ... und doch ... sie hatten sich so natürlich gegeben. Jedes Wort, jeder Blick war überzeugend gewesen.

Ich holte tief Luft und gab dem Kutscher ein Zeichen. »Laden Sie mein Gepäck bitte wieder auf«, sagte ich in so gelassenem Ton wie möglich. »Und dann bringen Sie mich nach Oakhurst zurück.«

Er sah mich zweifelnd an, kletterte aber vom Bock herunter und kam die Eingangstufen herauf, um meine Überseekiste zu nehmen. »Und wohin in Oakhurst, Miss?« fragte er, die Kiste auf der Schulter.

Ich konnte allmählich wieder klar denken und sagte: »Zuerst

zum Polizeirevier. Dann zum Pfarrhaus. Dann zu Dr. Ingram in der Willow Lane.« Es waren die Stellen, wo ich Leute finden würde, die ich kannte – wenn der Vikar noch Mr. Hammond war, und wenn der Dorfkonstabler noch . . . Ich biß mich ärgerlich auf die Lippen, aber sein Name wollte mir nicht einfallen. Er wird sich an mich erinnern, sagte ich mir. Er hatte mich als die Tochter der Herrschaften von Witchwood Hall, dem prächtigsten Besitz weit und breit, gekannt. Und viele andere Dorfbewohner auch.

Ich lehnte mich in der Kutsche zurück, als wir die Zufahrt hinunterrollten, und versuchte, Ordnung in meine aufgewühlten Gedanken zu bringen. Es war immerhin möglich, daß »Onkel James« tatsächlich jenes unbekannte Mitglied der Familie war, das zu sein er behauptete, und infolgedessen auch mein Onkel oder Großonkel. Aber wie er und das junge Mädchen es zuwege gebracht hatten, Witchwood Hall in Besitz zu nehmen, war mir ein Rätsel. Ich sagte mir, daß ihrer Hochstapelei nun bald ein Ende gesetzt werden würde, wenn erst die Anwälte meines Vaters sich der Sache annahmen. Wie hatte der Mann gesagt? Ach ja, Cossey und Wingate. Offensichtlich waren sie von den beiden Schwindlern getäuscht worden, doch die Wahrheit würde ans Licht kommen.

Die lähmende Wirkung des Schocks hatte sich inzwischen gelegt, und mit ihr auch die Furcht, die mich übermannt hatte. In stummer Verwunderung über die Frechheit des Mannes und des Mädchens schüttelte ich den Kopf. Gewiß, sie hatte in etwa meine Figur und meine Haarfarbe, und unsere Gesichtszüge waren nicht ganz unähnlich, aber sie war wahrhaftig nicht mein Ebenbild. Unfaßbar, daß die beiden jahrelang so viele Menschen hatten täuschen können. Und selbst mich hatten sie einige schreckliche Augenblicke lang an meiner Persönlichkeit zweifeln lassen.

Plötzlich lachte ich laut auf. Wie oft hatte ich mir meine Heimkehr ausgemalt. Daß sie so dramatisch verlaufen würde, hätte ich mir nicht träumen lassen. Wahrscheinlich packten die Betrüger jetzt schon hastig ihre Sachen und würden bald verschwunden sein, denn heute war die wahre Jemimah Lawley zurückgekommen, wie von den Toten auferstanden, und sie wußten, daß ihr Schwindel nun herauskommen würde.

Jetzt zweifelte ich nicht mehr daran, daß ich in der kommenden Nacht zum erstenmal wieder unter meinem eigenen Dach schlafen würde.

Zwei Stunden später saß ich, die Überseekiste und meine Koffer neben mir, am Rand des Angers auf einer Bank vor dem Royal Oak, dem Dorfgasthof, und sah dem Kutscher nach, der mit einem meiner letzten Sovereigns in der Tasche davonfuhr. Ich fühlte mich zu erschöpft, um noch denken zu können.

Was mir bei meinen Begegnungen am Nachmittag widerfahren war, kam mir so unfaßlich vor. Ich hatte den Dorfkonstabler auf den ersten Blick wiedererkannt und mich erinnert, daß er Jim Moss hieß. Er hörte mir zuerst höflich zu, dann mit ungläubigem Stirnrunzeln, das sich zusehends vertiefte, und unterbrach mich schließlich, um mich zu warnen: Wenn ich weiter derart närrische Geschichten erzählte, würde ich Schwierigkeiten bekommen.

Ja, er erinnere sich an die kleine Miss Lawley, die vor Jahren mit ihren Eltern ins Ausland gegangen sei, aber sie lebe nun seit gut zwei Jahren wieder in Witchwood Hall, zusammen mit ihrem Onkel. Das wisse jedermann, erklärte Konstabler Moss, indem er streng die Augenbrauen hochzog, so wie auch jedermann wisse, daß ihre Eltern dort unten ermordet worden seien. Und je eher ich verschwände und aufhörte, ihm die Zeit zu stehlen, desto besser sei es für mich.

Ich war erzürnt über die Dummheit des Konstablers, doch ich stritt nicht mit ihm, sondern gab dem Kutscher Anweisung, mich zum Pfarrhaus zu bringen. Mr. Hammond sei in seinem Arbeitszimmer und setze eine Predigt auf, teilte das Hausmädchen mir mit. Als ich beharrte, bat sie mich, in der Diele zu warten. Wenige Minuten später führte sie mich hinein.

Der Vikar, mager, grauhaarig und kaum verändert, begrüßte mich freundlich. Ich wartete darauf, daß er mich erkannte, doch als nichts darauf hindeutete, erklärte ich ihm, wer ich sei, und fing an, meine Geschichte zu erzählen. Sofort wurde er mißtrauisch, läutete nach dem Hausmädchen und schickte sie, seine Frau zu holen. Es zeigte sich schnell, daß beide mir kein Wort glaubten.

Ich forschte in meiner Erinnerung nach einer Begebenheit aus vergangenen Zeiten. Mir fiel nur ein, wie ich mir bei einer Teegesellschaft im Pfarrhaus Limonade auf mein Kleid geschüttet hatte und wie ich bei einem Kirchenfest von einem Esel gefallen war. Weder der Vikar noch seine Frau konnten sich an diese Vorkommnisse erinnern, obwohl Mr. Hammond sich zum Schluß weniger schroff zeigte als der Konstabler.

»Miss . . . äh . . .« sagte er, indem er es wie Mr. Forbes in Herat vermied, mich mit meinen Namen anzusprechen, »ich kann Ihnen nur empfehlen, sich mit Ihrem Anliegen an einen Anwalt zu wenden. Was eine Bestätigung betrifft, daß Sie Miss Jamimah Lawley seien, können Sie sich leider nicht auf mich berufen. Wir haben Sir George und Lady Lawley gut gekannt und sahen sie oft, wenn sie in England waren, und auch die kleine Jemimah, die zu taufen ich das Vergnügen hatte. Aber sie kehrte vor langer Zeit aus Afghanistan zurück, zusammen mit ihrem Onkel, Mr. James Lawley. Wenn ich Sie richtig verstanden habe, bestreiten Sie all das. Nun, da kann ich Ihnen wie gesagt nur raten, einen Anwalt aufzusuchen, doch würde ich Ihnen empfehlen, mit großer Umsicht vorzugehen, Miss . . . Mit großer Vorsicht. Wenn Sie mich jetzt bitte entschuldigen würden . . .«

Die Begegnung mit Dr. Ingram verlief schlimmer. Ich hatte ihn als hochgewachsenen freundlichen Mann in Erinnerung, und zweifellos hatte er sich einst so gegeben, doch die junge Frau, die ihn jetzt in einer angeblich dringenden Angelegenheit beim Tee störte und behauptete, Jemimah Lawley zu sein, behandelte er keineswegs freundlich.

»Unfug!« rief er, sobald er begriffen hatte, was ich ihm zu erklären versuchte. »Großer Gott, wie können Sie sich einbilden, daß irgend jemand eine solche Räubergeschichte glauben würde?«

»Aber es ist *wahr,* Doktor!« sagte ich zornig. »Sie waren dabei, als ich geboren wurde, und Sie müssen Aufzeichnungen über mich haben. Ich hab ein unveränderliches Kennzeichen, ein Muttermal an der linken Hüfte, nicht sehr groß, aber . . .«

»Herr im Himmel, sind Sie denn noch bei Sinnen?« Er warf sich in seinem Sessel zurück und starrte mich verächtlich an. »Glauben Sie, ein Arzt merkt sich solche Dinge bei jedem Kind, das er entbindet? Der einzige Mensch, der noch wissen könnte, ob Jemimah einen Leberfleck hatte, wäre . . . wie hieß sie doch nur?« Er schnippte mit den Fingern und runzelte die Stirn. »Nannie Soundso.«

»Nannie McWade ist vor einigen Jahren in Khartum an einem Fieber gestorben«, sagte ich. »Aber . . .«

»Ah, das wissen Sie also?« Dr. Ingram sah mich mißtrauisch an. »Ich vermute, Sie haben sie irgendwo kennengelernt und von ihr etwas über Jemimah gehört . . . Aber hierherzukommen und sich als Jemimah auszugeben! Was für ein abenteuerlicher Gedanke! In Oakhurst kennt sie jeder. Sie lebt schon seit über zwei Jahren wieder drüben in Witchwood Hall.«

Ich sagte verzweifelt: »Aber davor hat sie über vier Jahre lang kein Mensch aus dem Dorf gesehen! Ich meine, kein Mensch hat *mich* gesehen, weil ich im Ausland gelebt habe. Ich war noch ein Kind, als wir fortgingen, und natürlich habe ich mich verändert – und jetzt hat dieses Mädchen, das mir ein wenig ähnlich sieht, meinen Platz eingenommen!«

Dr. Ingram zog eine Uhr aus der Westentasche und klappte sie auf. »Die Anwälte von Sir George sind keine Narren«, sagte er kurz, auf seine Uhr blickend. »Also gut, Miss Wie-Sie-auch-heißen-mögen. Sie haben mich außerhalb der Sprechstunde konsultiert, um meinen Rat einzuholen, und ich werde ihn Ihnen geben.« Er klappte die Uhr zu und starrte mich über seinen Schreibtisch hinweg drohend an. »Verschwinden Sie aus Oakhurst, ehe Sie wegen versuchten Betrugs vor Gericht gestellt werden. Das ist mein Rat, Miss. Er kostet einen Shilling.«

Ich krampfte die Hände um meine Tasche. »Bitte, Dr. Ingram, Sie müssen mir glauben . . .«

»Einen Shilling, wenn ich bitten darf.«

Ich saß einige Augenblicke regungslos da und versuchte, mich und meine zitternden Hände zur Ruhe zu bringen. Mir war klar, daß ich diesen Mann mit nichts beeindrucken konnte. Langsam holte ich meine Börse heraus und öffnete sie. Sie enthielt zwei halbe Sovereigns, eine Zwei-Shilling-Münze, zwei Shillinge, zwei Sixpence-Münzen und drei oder vier Kupfermünzen. Ich nahm einen Shilling heraus, legte ihn auf den Schreibtisch, stand auf und ging zur Tür. Ich wünschte mir verzweifelt, ihm etwas Eisiges, Schneidendes sagen zu können, aber alles, was ich schließlich hervorbrachte, war: »Sie irren sich, Doktor. Sie irren sich gewaltig.«

Hinterher wußte ich nur noch, daß ein Dienstmädchen erschienen war und mich hinausgeführt hatte, und daß ich langsam die Einfahrt zur Straße hinuntergegangen war, wo meine Droschke wartete. Mit bebender Stimme wies ich den Kutscher an, zur Hauptstraße zu fahren, und dort eilte ich wie eine Närrin aufgeregt vom Schmied zum Krämer und vom Krämer zum Metzger und fragte die überraschten Ladenbesitzer, ob sie mich nicht wiedererkennten, ich sei Jemimah Lawley.

Ihre verstörten Blicke waren Antwort genug, und ich sah bald ein, daß man mich, wenn ich so fortfuhr, am Ende für geisteskrank erklären würde. Als die Kirchturmuhr fünf schlug, saß ich auf der Bank am Anger, neben mir mein Gepäck, einen halben Sovereign und vier Shilling in Silber in der Tasche, wund an Leib und Seele, und versuchte zu überlegen, was ich tun sollte.

Die Jahre in Shul hatten mich gelehrt, mir niemals Illusionen zu machen, sondern der Wahrheit, wie grausam sie sein mochte, ins Auge zu sehen. Die Wahrheit war, daß eine junge Frau, die von den Anwälten unserer Familie, vom Dorfvikar, vom Konstabler, von den Krämern und von allen anderen im Dorf Oakhurst für Jemimah Lawley gehalten wurde, seit einiger Zeit in Witchwood Hall lebte und vermutlich auch von den Bekannten der Familie außerhalb des Dorfes für Jemimah gehalten wurde.

Ich war mit dreizehn Jahren zum letztenmal in England gesehen worden, ein mageres, hochaufgeschossenes Kind mit langen Zöpfen. Damals hatten zwei oder drei gerahmte Photographien von mir in Witchwood Hall gehangen, doch auch die jüngste Aufnahme war zwei Jahre vorher gemacht worden. Falls sie noch existierte, konnte sie ebenso leicht für ein Bild der jungen Frau im hellblauen Kleid gehalten werden. Sie brauchte gar nicht eine Doppelgängerin von mir zu sein – die natürliche Veränderung, die ich in den vergangenen Jahren durchgemacht hatte, bewirkte, daß sie der alten Photographie heute genauso ähnlich sah wie ich selbst. Und selbst wenn Verwandte dagewesen wären, an die ich mich hätte wenden können, hätten sie mir geholfen? Das Gedächtnis läßt sich leicht täuschen, und nachdem diese Person sogar von meinen Anwälten und Treuhändern als Jemimah Lawley anerkannt worden war – wie hätte da jemand Zweifel hegen sollen? Für alle, die sie kannten, war sie seit über zwei Jahren Jemimah Lawley. Und wenn sie jetzt neben mir stünde, würden alle erklären, daß sie der Jemimah Lawley, die sie gekannt hatten, mehr ähnele als ich.

Ich dachte an die Anwaltskanzlei, Cossey und Wingate, wie der Mann, der sich James Lawley nannte, gesagt hatte. War es möglich, daß sie bestochen worden waren und teilhatten an dem Betrug? Ich bezweifelte es. Mein Vater hatte mit Sicherheit nur eine etablierte und höchst angesehene Kanzlei betraut, eine Kanzlei mit mehreren Partnern, die doch sicherlich nicht allesamt hatten korrumpiert werden können!

Falls die Anwälte unschuldig waren, mußten sie sich trotz aller gebotenen Sorgfalt und Vorsicht selbst haben täuschen lassen. Angenommen, mein treuer Diener Bihzad hätte mich nicht den hinduistischen Händlern überlassen müssen, sondern es geschafft, mich in den Bergen zu verstecken, bis die Briten einige Wochen später nach Kabul zurückkehrten – wie hätte ich dann beweisen können, wer ich war? Schon nach kurzem Überlegen kam ich zu dem Schluß, daß sich das Problem kaum ergeben hätte. Bihzad hätte mich nach Kabul zurückgebracht, ich hätte dem militärischen Befehlshaber mitgeteilt, ich sei Jemimah Lawley, und dann geschildert, wie meine Eltern bei dem Gemetzel in der Gesandtschaft den Tod gefunden hatten. Es wäre niemand mehr dagewesen, der hätte bestätigen können, wer ich war, aber ich bezweifelte sogar, daß der Kommandant daran gedacht hätte, Bihzad zu fragen, um sich der Wahrhaftigkeit meiner Worte zu vergewissern. Jemimah Lawley war das einzige siebzehnjährige Mädchen in der Gesandtschaft gewesen; sie war dem Gemetzel entronnen und zurückgekehrt, als Kabul wieder sicher war. Der Kommandant wäre nicht auf den Gedanken gekommen, an ihren Worten zu zweifeln. Niemand wäre auf den Gedanken gekommen.

Die Anwälte in London hätten aus einem Zeitungsartikel von Jemimah Lawleys unbeschadeter Rückkehr erfahren, vielleicht aus eben dem Artikel, von dem der Lieutenant am Wachzelt vor Herat gesprochen hatte. Sie hätten das Kolonialministerium um eine Bestätigung ersucht, und Jemimah Lawley wäre mit dem nächsten Schiff aus Karatschi oder Bombay nach England gekommen. Was für einen Beweis hätte sie mitbringen sollen? Keinen, denn sämtliche Papiere der Lawleys waren, zusammen mit ihrer übrigen Habe, dem Brand nach dem Massaker zum Opfer gefallen.

Vielleicht wären die Anwälte mit ihr nach Oakhurst gefahren, um sie den Leuten zu präsentieren, die sie dort gekannt hatten, dem Arzt, dem Vikar, den in Witchwood Hall verbliebenen Dienstboten. Diese hätten sie am besten gekannt, aber wie zuverlässig wären ihre Erinnerungen gewesen, nachdem inzwischen vier Jahre vergangen waren? Sie hätten vielleicht gedacht, Jemimah Lawley hat sich verändert, aber der Abschnitt vom vierzehnten bis zum siebzehnten Lebensjahr ist eine Zeit wichtiger Veränderungen, und so wäre es ihnen kaum eingefallen, daran zu zweifeln, daß sie Jemimah war.

Vermutlich hätten die Anwälte nicht einmal diesen Schritt

ergriffen. Die Tatsache, daß sie aus den Bergen in das wieder sichere Kabul zurückgekehrt wäre, hätte wahrscheinlich genügt, um das Aufkommen eines Zweifels zu verhindern. Wer sonst konnte das junge Mädchen sein, wenn nicht Jemimah Lawley?

Die Kirchturmuhr schlug die Viertelstunde. Zwei, drei Leute starrten mich an, während sie ihren Beschäftigungen nachgingen, aber ich war zu sehr in meine Gedanken vertieft, um mich um ihre neugierigen Blicke zu kümmern. Wenn das, was ich dachte, richtig überlegt war, dann *mußte* das Mädchen in dem hellblauen Kleid, das Mädchen, das als Jemimah Lawley in Witchwood Hall lebte, aus den Bergen nach Kabul gekommen sein, nachdem wieder britische Soldaten in die Stadt eingerückt waren, als hätte sie sich in den Wochen bis zu ihrer Rückkehr dort versteckt gehalten.

Aber wie um Himmels willen hatte sie dies schaffen können? Wer *war* sie? Woher kam sie? Und wie war mein unbekannter Verwandter, James Lawley, auf den Schauplatz des Geschehens getreten – wenn er wirklich der war, der zu sein er vorgab?

Ich hatte keine Hoffnung, je eine Antwort auf all diese Fragen zu erhalten. Ich besaß nicht den Schatten eines Beweises, und wenn ich zu Messrs. Cossey und Wingate ginge, würden sie mich für eine Betrügerin halten, genau wie Konstabler Moss und Dr. Ingram es getan hatten ... Es sei denn, ich fand jemanden, der sich für mich verbürgte. Dieser letzte Gedanke ließ einen kleinen Hoffnungsfunken in mir aufglühen, der freilich schnell wieder erlosch. Nur ein einziger Mensch auf der Welt konnte sich wirklich für mich verbürgen. Es war Sandru – er wußte von den hinduistischen Händlern, wer ich war. Aber Sandru lebte im fernen Shul – er hätte ebensogut auf einem anderen Planeten leben können.

Mr. Arthur Renwick, den ich in Herat kennengelernt hatte, glaubte vielleicht, daß ich die Wahrheit sagte, aber Mr. Renwick war ein Mann der Geheimnisse, ein Mann, der im dunkeln arbeitete und Meldungen von Spionen entgegennahm, von Männern, die ich bis zu jener Nacht auf der *Bristol Star,* in der Captain John Selby mir die Augen für ihre aufopfernde Tapferkeit öffnete, für verabscheuungswürdig gehalten hatte. Ich bezweifelte, daß Mr. Renwick gern die Aufmerksamkeit auf sich lenken würde, indem er für mich eintrat. Und selbst wenn er es tat, konnte er nur aussagen, ich sei aus der rauhen Einöde Afghanistans gekommen und hätte behauptet, Jemimah Lawley zu sein.

Auch Captain John Selby konnte nicht mehr für mich tun, aber ich war mir immerhin sicher, daß er den Wunsch gehabt hatte, mir zu glauben, und mich nicht für eine Frau hielt, die eine andere zu sein vorgab. Doch wenn ich versuchte, die Ereignisse mit seinen Augen zu sehen, erkannte ich, wie schwer es ihm fallen mußte, nicht anzunehmen, daß ich unter einem Wahn litt. Jemimah Lawley war nach Kabul zurückgekehrt, als die Briten wieder in die Stadt eingezogen waren, und hatte inzwischen unangefochten über zwei Jahre lang wieder in ihrem Elternhaus in England gelebt. Für John Selby, einen Mediziner, ließ sich mein sonderbarer Bericht am wahrscheinlichsten damit erklären, daß ich irgendwann und irgendwo von den Angehörigen eines Bergstamms gefangengenommen worden war, daß der Schock durch meine zweifellos schrecklichen Erlebnisse zum Verlust meines Gedächtnisses und meiner Persönlichkeit geführt und daß irgend etwas mich veranlaßt hatte, die Persönlichkeit einer jungen Frau anzunehmen, von der ich gehört oder gelesen oder die ich vielleicht sogar gekannt hatte, bis ich zuletzt selbst überzeugt war, Jemimah Lawley zu sein.

Ich nahm die Karte mit der Adresse der Selbys aus der Handtasche. Was John auch über meinen Fall denken mochte, für mich bestand kein Zweifel, daß ich ihm sympathisch gewesen war. Er hatte sich um meine Freundschaft bemüht, und auch seine Frau hatte mich wohlwollend behandelt. Ich besaß noch genug Geld für eine Übernachtung und für die Eisenbahnfahrt nach Essex. Sie würden mich gastfreundlich empfangen, mich bei sich aufnehmen und ...

Nein! Ich setzte mich kerzengerade auf und tadelte mich.

John Selby und seine Frau waren erst zwei Jahre lang verheiratet, und er hatte diese Zeit meist im Ausland verbracht. Er mußte sich jetzt in England einrichten und als praktischer Arzt etablieren. Wie konnte ich auch nur daran denken, ihm die Verantwortung für meine Person aufzubürden? Und was sollte erst seine Frau denken? Er schuldete mir nichts, und ich schämte mich zutiefst, daß ich auch nur erwogen hatte, seine Freundlichkeit auszunutzen.

Aber da war noch Caspar. Ich hatte ihn vorübergehend vergessen, oder doch bisher nicht an die Möglichkeit gedacht, daß er für mich aussagen könnte. Abgesehen von Sandru war Caspar der einzige Mensch, der die Wahrheit wußte, denn er hatte sie von Sandru erfahren. Falls Caspar noch lebte, was nach John Selbys Bericht wahrscheinlich war, würde er seine Stimme für mich in die Waagschale werfen können, und sie würde genügend Autorität haben, um die Anwälte zu veranlassen, meinen Fall aufzurollen, sich um das Zeugnis von Leuten zu bemühen, die ich in Ägypten und Indien gekannt hatte, meine Erinnerungen an diese Leute und Orte zu prüfen und mit den betreffenden Erinnerungen des jungen Mädchens im hellblauen Kleid, das nun in Witchwood Hall lebte, zu vergleichen.

Ja, Caspar war meine einzige Hoffnung. Doch wenn er noch lebte, dann im fernen Afghanistan, unerreichbar für mich. Ich saß noch eine Weile da und grübelte, und einmal erschauerte ich, denn ich wurde von einer Woge fürchterlichen Zweifels gepackt. Konnte es nicht stimmen, daß ich ein Mädchen war, dessen Gedächtnis durch den Schock, im Hindukusch gefangengehalten und von einem Barbaren geschändet zu werden, ausgelöscht worden war? Konnte es nicht stimmen, daß ich gar nicht Jemimah Lawley war, sondern sie nur irgendwann einmal gekannt hatte – in meiner Kindheit, in England auf der Schule oder später in Indien oder im Sudan? Und daß ich in den dunklen Winkeln eines meiner eigenen Erinnerungen beraubten Verstandes beschlossen hatte, Jemimah Lawley zu sein?

Ich schüttelte heftig den Kopf, um solche Zweifel zu vertreiben, und sah mich um. Dreißig Meter weiter, am Rand des dreieckigen Dorfangers, hatte eine neue Vorstellung des Kaspertheaters begonnen. Der hakennasige Kasper stritt mit dem Mädchen, das wie eine Zigeunerin aussah, und unterstrich seine Worte mit einem lauten Knüppelschlag auf die Kante der kleinen Bühne, während das Mädchen seine Bemerkungen mit einem Schlag auf die Trommel, die es um den Hals trug, unterstrich. In meinen Ängsten hatte ich all das, was um mich her vorging, nur undeutlich wahrgenommen. Nun, da ich von meinen Gedanken abgelenkt werden wollte, hörte ich deutlich, was gesagt wurde.

Das Mädchen sagte anklagend, mit dem starken Akzent der Leute aus der Grafschaft Sussex: »Ich habe gesehen, daß du Judy mit deinem Knüppel geschlagen hast!« Sie schlug auf ihre Trommel.

Kasper kreischte wütend: »Ich werde dich auch schlagen!« Er hieb den Knüppel auf die Bühnenkante.

»Nein, das tust du nicht. Gleich kommt ein Gendarm und steckt dich ins Gefängnis!« *Peng!*

»Nein, tut er nicht!« *Peng!*

»O doch, bestimmt!« *Peng!*

Bei der früheren Vorstellung hatte eine dreißig- oder vierzigköpfige Menge, meist Kinder, zugeschaut. Jetzt war nicht mehr als ein Dutzend da, und ich vermutete, daß die Hälfte von ihnen verschwinden würde, ehe das Mädchen nach der Vorstellung mit dem Beutel die Runde machte. Ich schaute zu dem nahen Wohnwagen und sah daneben einen kleinen geschlossenen Karren, vor den ein Esel gespannt war. An dem Wohnwagen stand in goldenen, an dem Karren in einfacheren, kleineren Buchstaben: *Lord Henry Boots weltberühmtes Kaspertheater.* Trotz meiner Lage mußte ich lächeln und fragte mich, ob es wohl rechtens war, wenn ein Puppenspieler sich auf diese Weise in den Adelsstand erhob.

Im Bühnenausschnitt der farbenfrohen Bude hatte Kasper soeben den Gendarmen aufgeknüpft und hüpfte nun triumphierend herum. Das Mädchen rührte die Trommel und rief:

»Du hast ihn ermordet, Kasper! Sein *Geist* wird kommen und dich holen!«

Kasper hielt inne und spähte zu ihr hinunter. »Sein Geist?« krähte er.

War ich wirklich Jemimah Lawley? Oder waren alle meine Kindheitserinnerungen nur Einbildung? Wie konnte ich die Wahrheit herausfinden? Allein Sandru wußte, ob das Mädchen, das man vor langer Zeit nach Shul gebracht hatte, Jemimah Lawley war... Nein, nicht Sandru allein, denn er mußte es Caspar erzählt haben. Aber Sandru würde ich nie wiedersehen, und wie konnte ich hoffen, Caspar jemals zu finden? Ich wußte nicht einmal seinen vollständigen Namen. Und was sollte ich jetzt tun, jetzt, in der nächsten Stunde, allein in einem Land, das ich seit meiner Kindheit nicht gesehen hatte, und mit ein paar Shilling in der Tasche?

In der Kasperbude geschah etwas. Vor einem Augenblick noch war Kasper verzweifelt vor dem Geist geflohen, der ihn heimsuchte, kreischend vor Zorn und Entsetzen. Jetzt waren beide Puppen plötzlich verschwunden, und das Schreien hatte aufgehört, zur offensichtlichen Verwirrung des Mädchens mit der Trommel, das nun unschlüssig rief: »Kasper, bist du noch da?«

Die Bude begann zu wackeln und fiel beinahe um, als eine Gestalt durch die Segeltuchbahnen an der Rückseite und nach vorn getaumelt kam, ein schmächtiger, mittelgroßer Mann mit gelocktem schwarzen Haar. Er war barhäuptig und trug einen schäbigen schwarzen Gehrock und abgewetzte graue Hosen. Er fuchtelte mit den Armen, die Geisterpuppe an der einen, Kasper an der anderen Hand.

Die kleine Schar der Zuschauer, etwa ein Dutzend Kinder und zwei junge Männer, die wie Bauernknechte aussahen, wich erschrocken vor der sonderbaren Gestalt zurück. Im nächsten Moment stürzte der Puppenspieler zu Boden. Das Mädchen warf die Trommel beiseite, kniete neben ihm hin und beugte sich über seinen Kopf, aber ich konnte nicht erkennen, was sie tat.

Ich hob meinen Rock bis zu den Knien und lief über den Anger. Ich wußte nicht, was geschehen war, aber der arme Mann war eindeutig in einer mißlichen Lage – ich vermutete, daß er einen Anfall hatte. Die Zuschauer waren wieder nähergetreten und starrten neugierig auf den Liegenden, während ich mir einen Weg zwischen ihnen bahnte und mich neben das Mädchen kniete. Das Gesicht des Mannes war blaurot angelaufen, der Mund stand weit offen, die Augen waren geschlossen, und obwohl die Brust sich mühsam hob und senkte, konnte ich nicht hören, daß er einatmete. Er war im Begriff zu ersticken.

Das Mädchen hatte ihm den Zeigefinger in den Mund gesteckt, und sein Gesicht war verzerrt. Ich packte sie an der Schulter und fragte: »Hat er etwas verschluckt? Was ist es?«

Sie sah mich entsetzt an. »Sein Piepser«, sagte sie mit bebender Stimme. »Er ist ihm in der Kehle steckengeblieben. Er müßte an einem Faden befestigt sein, aber . . .«

»Sein *was?*«

»Der Kasperle-Piepser.«

Ich vermutete, daß es ein Instrument war, das es ihm ermöglichte, die traditionelle hohe und kreischende Stimme des Kaspers zu erzeugen. Schnell drehte ich den Kopf des Mannes zur Seite, damit das Ding in seiner Kehle nicht noch weiter nach unten rutschte. Dann legte ich mich flach, die eine Wange am Boden, neben ihn, sperrte seinen Mund auf und blickte in seine Kehle, wo ich tief unten, außer Reichweite meiner Finger, einen Gegenstand erblickte. Ein schrecklicher, röchelnder Laut brach aus dem Mann hervor. Ich biß die Zähne zusammen, um die in mir aufsteigende Angst zu vertreiben, und überlegte, was zu tun war. Ich erinnerte mich aus meiner Zeit bei Sandru dunkel an ein kleines Kind, das einen Kieselstein verschluckt hatte. Es war ein Kind gewesen, aber . . .

Ich sprang auf, zeigte auf die beiden Knechte und sagte in einem keinen Widerspruch duldenden Ton, den ich als Sandrus Krankenschwester gelernt hatte: »Ihr zwei da! Schnell, bevor er erstickt, hebt ihn an den Beinen hoch! Beeilt euch!«

Die beiden jungen Männer sahen sich an, traten zögernd näher. Ich sagte: »Um Gottes willen, *schnell!* Jeder nimmt ein Bein, und dann hebt ihr ihn hoch, aber so, daß er mir den Rükken zudreht.«

Nun zogen sie geschwind den Mann in die Höhe, bis sein Kopf wenige Zentimeter über der Erde hing. Immer noch kniend, hakte ich meine Daumen ineinander, holte aus und schlug ihn mit einer schnellen, seitlichen Bewegung genau unter den Schulterblättern auf den Rücken. Sein Körper zuckte, mehr nicht. Mit dem Mut der Verzweiflung schlug ich ein zweites Mal. Ein röhrendes Husten – und etwas Nasses und Graues, länglich Geformtes flog aus dem Mund des Mannes. Im nächsten Augenblick sogen seine Lungen mit einem langen, pfeifenden Ton Luft ein.

Mir war vor Erleichterung flau, und ich sagte zu den Knechten: »In Ordnung, legt ihn jetzt bitte wieder hin. Auf den Rükken. Und vielen Dank.«

Das Mädchen im Flickenkleid sah mich mit einer Mischung aus Staunen und Dankbarkeit an, rutschte dann auf den Knien zu der Stelle, wo der Mann sich die Hand an die Kehle hielt, während Luft in seine Lungen drang und sein Gesicht langsam wieder eine normale Färbung annahm.

»Gott segne Sie, Miss«, sagte sie und starrte dann böse auf den Mann hinunter. »Du bist ein verdammter Narr, Henry Boot! Ich habe dir noch gestern abend gesagt, du sollst mir den Piepser geben, damit ich einen neuen Faden daran nähe. Aber nein! Es geht noch sehr gut, hast du gesagt! Du bist ein verdammter Besserwisser, und es ist ein Wunder, daß du noch am Leben bist!«

Der Mann stützte sich auf die Ellbogen und schaute sich um. »Gott steh uns bei«, krächzte er. »Ich dachte schon, bald gäb's auf der Welt einen Kasper weniger.« Sein Blick wanderte über die kleine Gruppe der Zuschauer, die erwartungsvoll, als hofften sie auf weitere dramatische Ereignisse, dastanden. Dann klopfte er hastig dem Mädchen auf den Arm. »Der Beutel, Paloma. Geh mit dem Beutel rum, ehe sich die Leute aus dem Staub machen. Es wird weiß Gott lange dauern, bis sie wieder eine so gute Vorstellung erleben!«

Das Mädchen sah mich mit einem verstohlenen Augenaufschlag an, dann sprang sie auf, zog einen kleinen schwarzen Beutel aus der Tasche ihres Rockes und fing an, lächelnd die Runde zu machen. Als ich aufstand, deutete der Mann auf mich und die beiden Knechte. »Die schöne junge Dame und ihre beiden kräftigen Helfer nicht, Paloma«, sagte er mit immer noch heiserer Stimme, »für sie war die Vorstellung gratis, mit den besten Empfehlungen der Direktion.«

Die Kinder zerstreuten sich schnell. Ich bückte mich, um den kleinen Gegenstand aufzuheben, und untersuchte ihn mit übertriebener Vorsicht. Er war vielleicht zwei Zentimeter lang und einen dreiviertel Zentimeter breit und schien aus zwei hauchdünnen Messingstreifen zu bestehen, die ellipsenförmig ausgebuchtet und mit einem schmalen, nun feuchten und entfärbten Zwirnband umwickelt waren, das sie zuletzt einmal der Länge nach teilte.

Als ich aufblickte, stand der Puppenspieler mit Staubflecken und Grashalmen an seinem alten Gehrock vor mir. Er zuckte mit den Schultern, schnitt eine halb komische, halb verlegene Grimasse und sagte: »Sie sind ein wunderbares Mädchen, Mylady. Eine halbe Minute später, und es wäre aus gewesen. Ich bin Ihnen überaus dankbar.« Er sprach sehr gewandt und gepflegt, was mich einen Augenblick lang überraschte.

Ich sah jetzt, daß er nicht so schmächtig war, wie ich zuerst gedacht hatte. Seine Ohren standen ab, das Gesicht war oval, das Kinn kantig, der Mund breit und lustig, die Nase schief. Ich schätzte sein Alter auf ungefähr dreißig Jahre, vielleicht etwas weniger. Sein Äußeres und sein Auftreten hatten etwas Drolliges, beinahe Komisches, und ich merkte, daß ich lächelte, während ich sagte: »Ich freue mich, daß ich Ihnen zu Diensten sein konnte, Mylord.« Ich hielt den kleinen Gegenstand zwischen Daumen und Zeigefinger hoch. »Nennt man das wirklich Piepser?«

»In der Tat, Mylady.« Er nahm ihn und betrachtete ihn angewidert. »Wenn man den Kasper spricht, drückt man ihn mit der Zunge an den Gaumen und spricht hindurch, aber sobald man die Judy oder die anderen spricht, schiebt man ihn schnell zur Seite. Es ist eine große Kunst, Mylady, und wenn man einen Fehler macht, kann man es leicht verschlucken, das verdammte Ding – oh, ich bitte um Verzeihung. An dem einen Ende müßte ein langer Faden befestigt sein, den man aus dem Mund hängen läßt, damit man den Piepser herausziehen kann, falls einmal etwas schiefgeht. Aber der Faden ist heute morgen abgerissen, und Paloma hat mir keinen neuen angenäht . . .«

Er verstummte und sprang zurück, als das Mädchen von hinten an mir vorbeigelaufen kam und ihm mit einem in einer Sandale steckenden Fuß einen Tritt gegen sein Schienbein versetzte. »Lügner!« schrie sie empört. »Ich habe gesehen, daß der Faden nicht mehr dran war, und wollte einen neuen annähen, aber *du* hast gesagt, das hat noch Zeit!« Sie trat wieder, und er wich ebenso geschickt aus wie beim erstenmal. »Hoffentlich weißt du, was eben beinahe passiert wäre! Du hättest dich um ein Haar umgebracht, du Narr!« Sie war einen halben Kopf größer als ich, drall, aber nicht pummelig, und hatte ein breites Gesicht, das recht hübsch wirkte, während sie nun dastand und ihren Begleiter aus kohlschwarzen Augen anfunkelte.

»Paloma, meine Taube, mein süßer Engel, laß uns nicht vor hochgeborenen Besuchern streiten«, sagte er beruhigend, um sich dann wieder an mich zu wenden: »Verzeihen Sie bitte diesen unziemlichen Ausbruch meiner Mitarbeiterin.«

Ich beobachtete, wie Paloma den Kopf zurückwarf und sich abwandte, um wieder den Beutel zu schwingen und bei den wenigen Kindern, die geblieben waren, zu sammeln. »Ihr Ärger mag gerechtfertigt sein«, sagte ich, »und ich bin kaum eine hochgeborene Besucherin, Mylord.«

»Oh, Sie brauchen mich nicht so formell anzureden«, sagte er scherzhaft. »Ich habe diesen Titel nur ehrenhalber, deshalb lautet die Anrede einfach ›Lord Henry‹.« Er legte eine Hand an die Kehle und machte eine kleine, respektvolle Verbeugung.

»Da Sie mir jedoch das Leben gerettet haben, würde ich mich sehr geehrt fühlen, wenn Sie mich von nun an mit Henry anreden, Mylady.«

Ich hatte in den letzten Minuten das Gefühl gehabt, in eine sonderbare, aber amüsante Welt der Phantasie eingetreten zu sein, und es gefiel mir, darin zu bleiben, statt wieder in die wirkliche Welt zurückzukehren, die mir in den vergangenen zwei Stunden so vernichtend zugesetzt hatte. »Das ist sehr liebenswürdig von Ihnen, Henry, zumal ich keinen Titel habe und deshalb auch nicht mit ›Mylady‹ angeredet werden sollte.«

Er lächelte. »Es war ein Titel, den ich persönlich Ihnen für geleistete Dienste verliehen habe. Aber ich richte mich gern nach Ihren Wünschen. Wie soll ich Sie bitte anreden?«

Ich sagte: »Mein Name ist . . .« Ich verstummte jäh. Er wartete geduldig, eine drollige Gestalt in seinen schäbigen, schlecht sitzenden Kleidungsstücken, aber nicht ohne eine gewisse Würde. Ich hatte trotz aller Aufregung bemerkt, daß er nicht nur klar und korrekt sprach, sondern sich auch sehr viel gewandter auszudrücken wußte, als ich es bei einem fahrenden Puppenspieler vermutet hätte. Vielleicht, dachte ich, hatte er mehrere Jahre bei Landadligen gedient und sich kraft der ihm angeborenen Intelligenz eine gewisse Bildung erworben.

Henry wartete immer noch, daß ich seine Frage beantwortete. Innerlich seufzend, ließ ich mich zurücktragen in die wirkliche Welt, die für mich voll Leid, Zweifel und Einsamkeit war, eine Welt, in der ich entweder verrückt geworden war oder meinen Namen und mein Erbe an eine Betrügerin verloren hatte.

»Ich heiße Jemimah Lawley«, sagte ich langsam. »Ich glaube wenigstens, daß ich so heiße.«

Er zeigte keine Überraschung, sondern bedachte mich mit einem mitfühlenden Blick und sagte: »Ja, das ganze Dorf hat von einer jungen Dame geredet, die behauptet, sie sei Jemimah Lawley. Ich habe mir schon gedacht, daß Sie die Betreffende sind, als ich Sie mit Ihrem Gepäck auf der Bank sitzen sah.«

»Sie haben mich gesehen?«

»Ja, durch den Gazestreifen unter dem Rand des Bühnenausschnitts.«

»Ich hoffe, mein Anblick hat nicht dazu beigetragen, daß Sie Ihren Piepser verschluckten.«

Er schüttelte den Kopf und versicherte mir mit einem treuherzig-verschmitzten Blick: »Es war allein meine Schuld.«

Ich sagte ein wenig mißtrauisch: »Was erzählt man sich im Dorf über mich, Henry?«

Er seufzte, aber er sah mir gerade in die Augen, als er antwortete: »Man hält sie entweder für eine Schwindlerin oder für eine Geisteskranke.«

»Ich verstehe.« Ich hatte nichts anderes erwartet. Irgend etwas veranlaßte mich zu fragen: »Und wofür halten Sie mich, Henry?«

Er lächelte. »Es wäre ungehörig von mir, ein Urteil über eine junge Dame zu fällen, die mir das Leben gerettet hat. Wenn Sie mir sagten, Sie seien die Königin von Saba – ich würde es Ihnen glauben, Miss Lawley.«

Das Funkeln in seinen Augen wirkte tröstlich, und ich sagte: »Vielleicht täten Sie besser daran, mich nicht so zu nennen. Es könnte die Leute im Dorf veranlassen, Ihren nächsten Vorstellungen fernzubleiben.«

In einer übertriebenen Geste des Abscheus hob er die Hand und rollte mit den Augäpfeln. »Es wird keine weiteren Vorstellungen in Oakhurst geben. Ich werde meine Künstlerseele nicht besudeln, indem ich vor Leuten spiele, die schlecht von meinen Freunden reden.« Er verbeugte sich tief vor mir. »Vielleicht erlauben Sie, daß ich Sie mit Miss Jemimah anrede? Auf den Vornamen Jemimah kann niemand ein ausschließliches Recht geltend machen.«

»Sehr wahr, Henry«, sagte ich und knickste leicht als Antwort auf seine Verbeugung. »Aber ich fürchte, ich muß mich jetzt von Ihnen verabschieden. Ich muß . . . überlegen, was ich nun tun soll.«

Das Mädchen, das Paloma hieß, war zurückgekommen und sah uns, während wir redeten, abwechselnd an. Alle anderen waren vom Dorfanger verschwunden. Das Pferd und der Esel standen Nüstern an Nüstern, wie in stummem Zwiegespräch. Lord Henry machte eine schwungvolle Handbewegung. »Paloma ist meine Köchin und Haushälterin«, sagte er. »Sie bereitet unsere Mahlzeiten gewöhnlich im Wohnwagen zu, aber heute abend gedenke ich standesgemäß in einem Gasthof zu speisen. Wir würden uns freuen, wenn Sie uns die Ehre gäben, Miss Jemimah.«

Das Mädchen sah uns nacheinander an, mich um Nachsicht bittend, ihn entrüstet. »Lieber Gott«, sagte sie und hielt ihm den Beutel hin. »Hast du endgültig den Verstand verloren, du unmöglicher Mensch? Drei Halfpence sind alles, was wir für die Vorstellung eingenommen haben. Da!«

Sie streckte ihm den Beutel hin, aber er winkte ihn fort, faßte sie um die Taille und lächelte zu ihr hinunter. »Unwichtig, mein Engel«, sagte er. »Ich bin ein vorausschauender Mann und habe etwas Geld auf die hohe Kante gelegt.«

Sie zog die Augenbrauen hoch. »Woher hast du es?«

»Ich habe einen Safe geknackt, meine Taube.« Er krauste nachdenklich die Stirn. »Oder einem reichen Mann die Geldbörse stibitzt, als wir beim Rennen waren. Ich weiß nicht mehr, bei welchem.« Er wandte sich ab und ging zu der Bude.

Das Mädchen sah mich verwundert an. »Ich bin nun schon das ganze Frühjahr und den Sommer bei ihm, aber ich weiß immer noch nicht, woran ich bei ihm bin. Wenn man sich sicher ist, daß er so lügt wie immer, sagt er zufällig einmal die Wahrheit.«

Ich wußte auch nicht, woran ich bei Lord Henry war, aber mir gefielen seine exzentrische Art und seine unerhörten Späße. Ich sah zu, wie Paloma die beiden hingefallenen Puppen aufhob und in eine kleine Holzkiste legte. Lord Henry zauberte einen eingeknickten Zylinder aus der Bude hervor, setzte ihn schief auf den Hinterkopf und kam zurückgeschlendert. »Werden Sie mit uns speisen, Miss Jemimah? Nein, nein, nicht hier. Ich dachte, wir fahren drei Meilen weiter nach Little Farrington, das sich eines netten Gasthauses rühmt.«

Mir wurde plötzlich klar, wie sehr ich mir wünschte, von Oakhurst fortzukommen, den Schauplatz zu verlassen, wo ich in den letzten Stunden so viele Demütigungen erfahren hatte. Ich brauchte ein Zimmer für die Nacht, doch im King's Head in Little Farrington konnte ich ebensogut eines nehmen wie hier in Oakhurst im Royal Oak.

Wie konnte ich wissen, daß das Gasthaus in Little Farrington The King's Head hieß, wenn ich nicht Jemimah Lawley war und die Orte in der Nachbarschaft kannte?

Ich drängte den Gedanken vorerst beiseite und sagte: »Vielen Dank, Henry, es wird mir ein großes Vergnügen sein, mit Ihnen und Paloma zu essen.«

»Das Vergnügen ist bei uns, Miss Jemimah.« Er zog den eingeknickten Zylinder. »Wenn Sie mich bitte entschuldigen würden, ich hole nur schnell Ihr Gepäck.«

»Danke.« Während ich ihm nachsah, überkam mich nach all der Anspannung und den Aufregungen des langen Tages ein Gefühl der Erschöpfung. Ich hatte weder Heim noch Geld. Ich wußte nur, wohin ich nun fahren und was ich in den nächsten Stunden tun würde. Alles, was danach kam, lag im dunkeln.

8

Ich saß neben Paloma, die die Zügel des Pferdes vor dem Wohnwagen hielt. Das Pferd hieß Benjamin. Lord Henry lenkte vor uns den kleinen Karren, vor den der Esel gespannt war. Darin befanden sich die Puppenkiste, die zusammengeklappte Bude und eine Reihe verschnürter Bündel sowie einige Töpfe und Pfannen, die laut schepperten, während der Karren die Straße dahinrumpelte.

»Ich komme besser mit Benjy zurecht als Seine Lordschaft«, sagte Paloma und ließ die Peitschenschnur einen Zentimeter an Benjamins Ohr vorbei knallen. »Er kann Männer nicht ausstehen, verstehen Sie? Stimmt's, alter Junge? Er spielt Henry gern einen Streich. Tut so, als ob er taub ist, und hört kein Wort von dem, was Henry sagt. Nicht wahr, du alter Schlingel?«

Benjamin zuckte mit den Ohren. Meine Überseekiste und mein Koffer standen jetzt hinten im Wohnwagen. Nach allem, was ich gesehen hatte, war es ein sauberer und ordentlicher Wohnwagen, mit einem kleinen Herd, zwei Stühlen und einem Tisch, schmalen Schränken, einem quadratischen Spülbecken, einem breiten Bett und mehreren hübschen kleinen Bildern an den Wänden. Wir fuhren die geschwungene Allee hinauf, an der alten Backsteinmauer entlang, die das Gelände von Witchwood Hall begrenzte, und als wir an dem offenen Tor der Zufahrt vorbeikamen, warf ich noch einmal einen Blick auf das große Haus, das ich für das meine gehalten hatte.

Ich fragte Paloma: »Lenkt es Sie vom Fahren ab, wenn wir uns ein wenig unterhalten?«

Sie lachte, blickte mich aus ihren schönen dunklen Augen

von der Seite an und schüttelte den Kopf. »Kein bißchen, wo denken Sie hin? Wir können reden, soviel wir wollen. Wie haben Sie es bloß fertiggebracht, daß alle Leute in Oakhurst von Ihnen gesprochen haben? Sie haben gesagt, Sie sind nicht ganz richtig im Kopf, wirklich, das haben sie gesagt.«

Ich antwortete: »Vielleicht haben sie recht, aber es ist eine lange Geschichte.«

»Schießen Sie los. Wir haben genug Zeit.«

Ich begann wiederstrebend und schilderte nur die kargen Fakten, doch Paloma schien von Anfang an fasziniert, und sie betrachtete mich immer wieder von der Seite, während sie kutschierte. Ihr Mund öffnete sich, und ihre Augen wurden immer größer vor Staunen. »Das ist ja eine Geschichte!« sagte sie atemlos, nachdem ich geendet hatte. »So was kann sich kein Mensch ausdenken, wenn er verrückt ist.«

»Ich glaube nicht, daß ich es mir ausgedacht habe, Paloma«, sagte ich. »Ich glaube nicht.«

»Das meine ich ja«, sagte sie. »Und Sie waren auch nicht verrückt, als Sie ihm den Piepser aus dem Hals geholt haben.«

Der Puppenspieler vor uns drehte sich um und warf uns über die Plane des kleinen Karrens einen Blick zu. Er zog seinen Zylinder und schwenkte ihn. Ich winkte zurück. Paloma lachte und sagte: »Schätze, er ist derjenige, der nicht ganz richtig im Kopf ist. So einen verrückten Kerl hat man noch nie gesehen. Was für Sachen der macht!«

Ich sagte: »Sind Sie Lord Henrys Frau?«

»Nein. Nur sein Mädchen.« Sie starrte mich herausfordernd an. »Fallen Sie jetzt bloß nicht in Ohnmacht, Miss.«

»Ich falle nicht in Ohnmacht. Sagen Sie bitte Jemimah zu mir.«

Paloma sagte: »Jemimah ist so ein seltsamer Name. Ich werde einfach Mim zu Ihnen sagen.«

»In Ordnung.« Ich hatte über zwei Jahre auf den Namen Lalla gehört, also würde es mir nichts ausmachen, ein paar Stunden lang Mim zu sein. »Sind Sie schon lange bei Lord Henry?« fragte ich.

»Ungefähr vier Monate. Damals bin ich beim Jahrmarkt in Tillerton mit ihm von der *vitsa* weggelaufen.«

»Der *vitsa?*«

»Sippe. Zigeunersippe. Heiliger Gott, Mim, Sie haben doch nicht etwa gedacht, ich bin eine *gadsche* wie Sie und Henry, oder?«

Ich mußte lachen. Es war leicht zu erraten, daß alle, die keine Zigeuner waren, *gadsches* waren, und Palomas Geringschätzung für solche Leute war zu aufrichtig, um kränkend zu sein. Ich fragte: »Warum sind Sie fortgelaufen?«

Sie sank in sich zusammen und machte ein etwas beschämtes Gesicht. »Ich bin ein Findelkind, das eine andere Sippe nachts zurückgelassen hat. So habe ich nie eine richtige Familie gehabt. Keine Brüder, die auf mich aufpaßten. Der große Alex nahm mich als sein Mädchen, aber er wollte mich nicht heiraten.« Sie knallte zornig mit der Peitsche. »Ich hab's ihm heimgezahlt, dem dicken Affen. Ich bin weggelaufen, damit er von allen ausgelacht wird.«

Ich sagte: »Wie haben Sie gewußt, daß Lord Henry Sie mitnehmen würde?«

»Weil er es gesagt hat, als ich ihn gefragt habe, ganz einfach. Er brauchte jemanden, der ihm bei den Vorstellungen hilft, und ich hatte die Woche, die der Jahrmarkt dauerte, bei ihm gearbeitet, er war also ganz froh, als ich mitkam, denn er hatte keine Frau, die Zuschauer anlocken und ihm das Bett wärmen konnte.«

Ich sagte: »Ich dachte immer, die Zigeuner blieben unter sich und schlössen sich nicht Männern oder Frauen außerhalb ihres Stammes an. Wird man Sie nicht suchen, Paloma? Und wird der große Alex nicht eifersüchtig sein?«

»Oh, der sucht mich bestimmt, und ich will ja auch, daß er eifersüchtig ist«, sagte sie trotzig.

»Aber ist das für Sie und Henry nicht gefährlich? Ich meine, wenn Ihre Leute Sie finden?«

Sie zuckte mit den Schultern. »Vielleicht, Mim, aber ich kenne die Straßen, die sie fahren, und die Plätze, wo sie bleiben, und wir versuchen, ihnen nicht in die Quere zu kommen.« Sie knallte lässig mit der Peitsche und lächelte. »Außerdem werden sie sich bestimmt nicht nach einem Mann mit einem Kaspertheater erkundigen, verstehen Sie? Henry hat erst damit angefangen, als wir Tillerton hinter uns hatten.«

Ich sah sie überrascht an.

»Erst vor zweieinhalb Monaten. Er ist noch ziemlich schlecht, aber im ersten Monat bin ich fast vor Scham gestorben. Er hat die Puppen falsch benutzt und ihre Stimmen durcheinandergebracht!«

Ich mußte lachen. »Was hat er denn gemacht, ehe er Puppenspieler wurde?« fragte ich sie.

Wir fuhren jetzt in ein Tal hinunter, und Paloma benutzte die Bremse, die rhythmisch quietschte. Der kleine Karren vor uns schien keine Bremse zu haben: Lord Henry war vom Bock geklettert und hielt das Tau an der Rückseite des Karrens. Er stemmte die Füße gegen den Boden und betätigte sich auf diese Weise als menschliche Bremse.

»Früher hat er in einer Schaubude mit Preisboxern gearbeitet, aber das war, bevor ich ihn kannte«, sagte Paloma. »Wissen Sie, wie das geht? Jeder aus dem Publikum, der in den Ring geht und fünf Minuten mit einem der Boxer kämpft, ohne zu Boden zu gehen, kriegt einen Preis.«

»Hat er sich dabei die Nase gebrochen?« fragte ich.

»Ja.« Wir waren jetzt unmittelbar hinter Lord Henry, der das Tau umklammert hielt, und Paloma ließ die Peitsche dicht neben seinem Zylinder knallen – freundlich, fast liebkosend, wie mir schien. »Er hat mir erzählt, daß er beim Preisboxen nicht gut war«, sagte sie. »Es ist zu oft passiert, daß er die jungen Burschen nicht zu Boden werfen konnte, verstehen Sie? Deshalb haben sie ihn rausgeworfen. Dann hat er sich mit der Medizin selbständig gemacht. Er hat den Stand noch gehabt, als ich beim Jahrmarkt von Tillerton mit ihm weglief.«

Palomas Bericht über den exzentrischen Mann, der sich Lord Henry Boot nannte, half mir, mich von den drückenden Problemen meiner Zukunft abzulenken.

Ich fragte: »Medizin? Was hat er damit gemacht?«

»Verkauft hat er sie, was denn sonst«, sagte Paloma. »Er nannte sie *Professor La Bottes weltberühmtes Elixier.*«

»La Botte?«

»Das ist das französische Wort für Boot, hat er gesagt. Er hatte im Wohnwagen haufenweise Etiketten und Flaschen. Auf den Etiketten war ein roter Tigerkopf und eine lange Aufzählung der Krankheiten, die man mit der Medizin heilen konnte.«

»Und woher hat er die Medizin bekommen?« fragte ich.

»Er hat sie selbst gemacht, Mim. Später habe ich ihm immer dabei geholfen. Heißes Wasser, Zuckerrübensaft, ein paar Blätter Mutterkraut, Kamille, Minze, ein paar Tropfen Wundbalsam . . . Alles mögliche, ich hab's vergessen.«

»Und hat diese Medizin je eine Person geheilt?« fragte ich.

»Oh, und ob!« erwiderte sie mit großem Nachdruck. »Manche Leute sind tags darauf zurückgekommen und schworen, daß ihr Katarrh oder ihr Rheumatismus schon viel besser sei.«

»Woher hat Lord Henry das Rezept bekommen?«

Paloma lächelte. »Das weiß Gott, und vielleicht ist es tatsächlich so. Er hat immer gesagt, daß ihm im Traum ein leuchtender Engel erschien, der ihm das Rezept gesagt hat. Aber sicher ist es nur eine von seinen vielen Lügen. Jedenfalls waren wir ein oder zwei Wochen später, zusammen mit anderen fahrenden Leuten, bei einem großen Zirkus in Leybridge, und da haben wir einen Puppenspieler kennengelernt, der gestürzt war und sich das Handgelenk verletzt hatte. Er konnte seine Puppen nicht mehr bewegen. Und plötzlich meinte Henry ganz aufgeregt, er hätte sich schon immer gewünscht, ein Kaspertheater zu haben, und er habe es satt, das Wundermittel zu verkaufen, und so haben die beiden zuletzt getauscht.«

Ich hatte gedacht, mich könne, was Lord Henry betreffe, nichts mehr überraschen, aber bei diesen Worten richtete ich mich vor Verblüffung kerzengerade auf. »Er hat dem anderen Mann das Elixiergeschäft gegeben und dafür das Kaspertheater genommen?«

Sie nickte und kicherte. »Er hat gesagt, es war ein Wink des Himmels.«

»Wieder ein leuchtender Engel?«

»Nein, diesmal nicht. Aber er ist mitten in der Nacht aufgewacht und hat gehört, wie Lady Jane mit einer Stimme redete, die so klar war wie Silberglöckchen und ihm sagte, was er tun sollte.«

»Lady Jane?«

Sie nickte und deutete nach vorn. »Der Esel.«

Wir aßen sehr gut in dem kleinen Speiseraum des King's Head in Little Farrington. Außer uns waren nur vier andere Gäste anwesend, wohlhabende Farmer, wie ich vermutete, die an einem Fenstertisch saßen und uns nicht beachteten, während sie angeregt über die Ernteaussichten und Steuern und lokale Ereignisse debattierten.

Lord Henry Boot war nicht nur ein großzügiger, sondern auch ein unterhaltsamer Gastgeber. Er hatte viele amüsante Geschichten zu erzählen. Und trotz seiner abgetragenen Kleidung und seines drolligen Aussehens flößte sein Auftreten dem Wirt und den beiden Mädchen, die uns bedienten, Respekt ein. Es gab Hammelschulter, in dicke, mürbe Scheiben geschnitten, mit Butterkartoffeln, Pastinak-Wurzeln, Karotten, Zwiebeln und Kohl. Zum Nachtisch aßen wir einen leckeren Stachelbeerkuchen. Lord Henry und Paloma tranken Ale. Ich probierte einen Schluck, mochte es nicht und begnügte mich mit Wasser. Ich hatte als Deenburs Frau gelegentlich den Wein aus Shul getrunken, war Alkohol aber nicht gewohnt. Ich wollte einen klaren Kopf behalten, um für die nächsten Stunden und Tage gewappnet zu sein.

Während wir dort saßen und speisten und redeten, sagte ich mir wiederholt, wie außergewöhnlich es doch sei, daß ich mich mit einer Zigeunerin und einem Puppenspieler in einem Dorfgasthof wiederfand, doch war ich nicht recht imstande, der Situation etwas Merkwürdiges abzugewinnen. Vielleicht würde mir nach meinem Leben in Shul, der Reise mit Caspar durch

Afghanistan und dem Schock bei meiner Ankunft in Witchwood Hall nie wieder etwas merkwürdig vorkommen.

Paloma erzählte Lord Henry meine Geschichte, wie sie sie von mir gehört hatte. Er hörte interessiert zu und stellte mir freundlich einige Fragen, ohne mich zu quälen, wofür ich ihm dankbar war. Und während ich ihm zuhörte, dachte ich wieder, daß er sich ganz und gar nicht wie ein fahrender Puppenspieler oder ein fliegender Händler ausdrückte, geschweige denn wie ein Jahrmarktboxer.

»Henry«, sagte ich, als wir uns nach dem festlichen Mahl behaglich zurücklehnten, »sind Sie jemals bei einem Gentleman angestellt gewesen? Vielleicht als Kammerherr?«

»Ah, Sie sind eine kluge junge Dame, Jemimah.« Sein Lächeln hatte eine Spur von Bewunderung. »Wie kommen Sie darauf?«

»Nun, Sie haben die Sprechweise und Manieren eines Gentleman.«

»Ah! Hast du das gehört, Paloma?« rief er entzückt aus. »Jemimah findet, ich sei ein Gentleman. Siehst du jetzt, wie wichtig es ist, die besseren Kreise nachzuahmen? Wenn du dich nur an mein Beispiel hieltest, Paloma! Die Leute würden dich für eine Lady halten!«

»Und wenn du mich weiter so aufziehst, werde ich dir eine Maulschelle geben, die du dein Lebtag nicht vergißt, Henry Boot«, erwiderte sie in liebenswürdigem Ton.

Er grinste und zwinkerte mir zu. Dann wurde er ernst und fragte mich: »Wo werden Sie heute nacht schlafen, Jemimah?«

Widerstrebend zwang ich mich, den unmittelbaren Problemen ins Auge zu sehen. »Ich werde fragen, ob es hier ein Zimmer für mich gibt«, sagte ich. »Wenn nicht, wissen sie sicher jemanden im Dorf, der mich für ein oder zwei Shilling aufnehmen wird.«

»Haben Sie Geld?« fragte er ruhig.

»Ein paar Shilling.«

»Was werden Sie jetzt anfangen?«

Ich lächelte. »Ich weiß es noch nicht, Henry.«

»Suchen Sie Arbeit?«

Ich war verwirrt. »Was für eine Arbeit?«

»Als Assistentin in meiner Bude.«

Ich merkte, daß ich ihn mit offenem Mund ansah, und ich nahm mich zusammen. Paloma zeigte keine Überraschung, aber ihre schmal gewordenen Augen beobachteten ihn genau. Ich sagte mißtrauisch: »Das kann doch nicht Ihr Ernst sein, Henry?«

»O doch. Wie Sie gesehen haben, bin ich kein sehr erfahrener Puppenspieler, und das Problem liegt zum Teil darin, daß ich zwei Puppen gleichzeitig handhaben muß. Wenn ich nur eine bedienen müßte, wäre es eine große Hilfe. Man kann in der Bude zu zweit sitzen, und ich denke, Sie könnten Judy und die anderen Puppen übernehmen. Ich würde mich ganz auf Kasper konzentrieren. Sie könnten Judys Stimme auch viel besser sprechen als ich. Ich glaube, es könnte sehr gut gehen.«

Ich suchte verblüfft nach Worten. »Aber . . . aber ich habe keine Ahnung vom Puppenspiel!«

»Oh, Sie würden es besser machen als ich«, sagte er. »Erstens brauchten Sie sich nicht mit dem Piepser herumzuärgern, und zum anderen spielen wir immer wieder dieselbe alte Geschichte, so daß Sie nur ein paar Stunden zu üben brauchen.«

Paloma leerte ihren Zinnhumpen und wog ihn nachdenklich in ihrer kräftigen Hand. »Du hast doch nicht vor, Mim an meiner Stelle zu deinem Mädchen zu nehmen? Oder zusammen mit mir? Henry . . .«

Er spreizte die Finger, hob ihr beide Handflächen entgegen und riß in gespieltem Protest die Augen auf. »Gott behüte! Oh, Paloma, bin ich denn ein Narr? Würde ich dir mit einer solchen Torheit einen Grund geben, mir den Schädel zu spalten? Und siehst du nicht, daß Jemimah eine Dame ist, die nicht im Traum daran denken würde, sich auf etwas Unreputierliches einzulassen? Nicht daß ich *dich* als unreputierlich betrachte, mein Schatz, mein Lieb, meine zarte Taube.« Er sah mich an. »Haben Sie gewußt, daß der Name Paloma das bedeutet? Es ist das spanische Wort für Taube.«

Ich sagte zu dem Zigeunermädchen: »Glauben Sie mir, Paloma, ich bin nicht Ihre Rivalin. Aber ich werde Henrys Angebot nicht annehmen, wenn Sie es nicht möchten.«

Sie lachte freundlich und stellte den Humpen hin. »Sie können gern bei uns arbeiten, Mim. Ich wollte nur wissen, woran ich bin.«

Mir schwindelte, als mir bewußt wurde, daß ich eine Entscheidung getroffen hatte, ohne mir über die Folgen im klaren zu sein, aber ich bereute es nicht. Die Tätigkeit einer fahrenden Puppenspielerin schien unvorstellbar für Jemimah Lawley von Witchwood Hall, aber sie gab mir die Atempause, die ich so verzweifelt benötigte. Ich hatte fast keinen Penny in der Tasche und wußte nicht, wohin ich gehen sollte. Und so undenkbar mir dieses Leben früher auch erschienen wäre, es war immer noch weit besser, als ein Feringhi-Mädchen in Shul zu sein.

Paloma bemerkte soeben: »Wenn wir ein paar Sachen wegräumen, können wir im Karren ein Bett für Sie bauen. Die Plane ist wasserdicht.«

Henry nickte und sah mich an. »Die Gage ist erbärmlich«, sagte er. »Auf Jahrmärkten und bei ähnlichen Veranstaltungen nehmen wir sehr viel mehr ein, als wenn wir allein in Dörfern wie Oakhurst spielen, aber Sie werden trotzdem von Glück sagen können, wenn Sie pro Woche eine halbe Krone aus dem Beutel bekommen, und so wie heute abend werden wir leider nicht oft speisen. Meist wird Paloma für uns kochen, so daß Sie wenigstens nichts für Essen und Unterkunft ausgeben müssen, und Hunger werden Sie nicht leiden.«

Ich sah von ihm zu Paloma und fühlte Tränen in meinen Augen brennen. »Ich weiß nicht, wie ich Ihnen danken soll«, sagte ich, »und ich verspreche Ihnen, mich nützlich zu machen, wie ich nur kann. Ich versichere Ihnen, daß mir harte Arbeit nicht fremd ist.«

»Das wäre also abgemacht«, sagte Lord Henry fröhlich und reichte mir über dem Tisch seine Hand. Während ich sie ergriff, sagte er: »Vergessen wir alles, was wir von Sparsamkeit gehört haben, und trinken wir zur Feier des Tages einen guten Port. Sie werden ihn mögen, Jemimah, und er wird Ihnen helfen, gut zu schlafen.«

Ich hatte eine solche Hilfe kaum nötig, denn nun, da ich mich nicht mehr fragen mußte, was ich morgen tun sollte, kam eine große Mattigkeit über mich. An die Zukunft würde ich später denken müssen, aber nicht heute abend und auch nicht morgen. »Ja«, sagte ich. »Vielen Dank. Ich würde sehr gern einen Port probieren.«

Zwei Wochen später, bei einem Dorffest in Tholebrook, saß ich neben Lord Henry auf der schmalen Bank in der Bude, mit Judy auf meiner Hand, und rief: »Was hast du mit dem Baby gemacht, Kasper?«

Neben mir kreischte Lord Henry, den Piepser an einem Faden, der zwischen seinen Lippen heraushing, im Mund: »Es ist aus dem Fenster gefallen.«

»Gefallen?« Ich drehte Judy so, daß sie unser Publikum anschaute. »Ist das Baby hinausgefallen, Jungen und Mädchen, oder hat Kasper es hinausgeworfen?«

Die Kinder schrien laut durcheinander. Ich saß, um auf gleicher Höhe mit Henry zu sein, auf zwei Kissen, und durch den Gazestreifen unter dem Bühnenrand sah ich, daß die Vorstellung gut besucht war. Ich kannte inzwischen die Geschichte von Kasper und Judy, ich wußte meinen Text auswendig, und Paloma hatte mich gelobt. Ich ginge besser mit den Puppen um, hatte sie gesagt, als Henry, aber ich war immer noch vor jeder Vorstellung nervös.

Das erste Mal hatte ich drei Tage nach Oakhurst vor einem Publikum gespielt. Es war eine Katastrophe gewesen. Ich hatte solche Angst gehabt, daß ich flüsterte und kein Mensch mich verstehen konnte. Lord Henry nahm mir mein Versagen nicht übel und machte mir Mut, und in dem verzweifelten Bemühen, ihn bei der nächsten Vorstellung zufriedenzustellen, schrie ich meinen Text so laut, daß er, wie er mir später sagte, beinahe taub davon geworden wäre.

Was ich mir nie vorgestellt hatte und was mich deshalb in großes Erstaunen setzte, waren die heftigen Schmerzen in meinem Arm, wenn ich ihn fünfzehn oder zwanzig Minuten lang die meiste Zeit über dem Kopf gehalten hatte. Durch die harte Arbeit in Shul war ich recht kräftig, und meine Muskeln stellten sich langsam auf diese ungewöhnliche Tätigkeit ein, aber mein Arm war dessenungeachtet nach jeder Vorstellung bleischwer. Nicht daß es mir etwas ausmachte. Ich war dankbar, in der Bude zu sitzen, statt wie Paloma daneben zu stehen, die Trommel zu rühren, mit Kasper zu streiten und die Leute zu überreden oder gar zu drängen, eine Münze in unseren Sammelbeutel zu werfen.

Wir zogen jeden Tag an einen anderen Ort und gaben täglich mehrere Vorstellungen, manchmal allein auf dem Dorfanger oder bei einer Schule, manchmal bei einem Fest oder auf einem Jahrmarkt. Paloma sagte mir, erwachsene Männer und Frauen pflegten erst dann stehenzubleiben und zuzuschauen, wenn einige Kinder versammelt seien, und deshalb versuchte sie immer, vor Beginn der Vorstellung ein paar Kinder anzulocken, indem sie unsere Schau anpries und dabei die Trommel rührte.

Wenn der Abend kam, fuhren wir ein kleines Stück hinaus aufs Land, um auf einem Feld, in einem Wald oder vielleicht an der Straße unser Lager aufzuschlagen. Der Karren, in dem ich schlief, war ungleich geräumiger als Caspars Jurte, und die Strohschütte weicher als der Felsboden von Afghanistan. Morgens kauften wir Nahrungsmittel für den Tag und füllten den Wassertank des Wohnwagens aus der Quelle, die sich gerade bot, einer Dorfpumpe, einem Brunnen, dem Küchenwasserhahn einer freundlichen Farmersfrau.

Ich war nicht überrascht darüber, daß gemeinsame Mahlzeiten im Gasthof wie an jenem ersten Abend in Little Farrington nicht häufig waren. »Wir tun es nur manchmal«, sagte Paloma, »wenn Lord Henry ein bißchen Geld übrig hat.« Ich fragte mich, wie Lord Henry es jemals fertigbrachte, ein bißchen Geld übrig zu haben, denn es schien unmöglich, uns drei und die beiden Tiere von dem zu ernähren, was wir zu sammeln schafften.

Nach der ersten Woche bei Lord Henry Boots weltberühmtem Kaspertheater übernahm ich von Paloma die Aufgabe des Kochens, denn sie war ihr nicht recht gewachsen und freute sich, von dieser Pflicht entbunden zu werden. Ich behauptete nicht, eine Meisterköchin zu sein, aber was ich in Shul gelernt und mir selbst beigebracht hatte, kam mir nun zustatten, und nachdem ich zwei Tage gebraucht hatte, um mich an den Herd im Wohnwagen zu gewöhnen, konnte ich, wie ich fand, mit recht befriedigenden Mahlzeiten aufwarten.

Morgens erwachte ich bei Sonnenaufgang und machte, vor einer Schüssel Wasser auf dem Karrenboden kniend, meine Toilette. Wenn ich mich angezogen, mir die Haare gebürstet und die Wolldecken nach draußen gehängt hatte, weckte ich Lord Henry und Paloma im Wohnwagen. Während sie sich wuschen und anzogen, fütterte und tränkte ich Benjamin und Lady Jane, wusch einige Sachen und begann, sobald meine Gefährten den Wohnwagen geräumt hatten, das Frühstück zu bereiten.

Zum Frühstück gab es für jeden eine große Schale Porridge, dann Spiegeleier mit Schinkenspeck, Brot und Tee. Nach dem Frühstück spülten wir das Geschirr ab, packten und zogen weiter zu dem Ort, den Lord Henry als nächstes Ziel ausgewählt hatte. Wir wechselten uns beim Kutschieren ab. Manchmal lenkte ich den Wohnwagen, manchmal den Karren, dessen Plane nach hinten geschlagen war, damit Lord Henry, eine Tonpfeife mit abgebrochenem Stiel schmauchend, auf meiner Strohschütte in der Sonne liegen konnte, wobei er die wenige Meter hinter uns fahrende Paloma oft neckte. Es machte ihr Spaß, aber manchmal täuschte sie auch Zorn vor und knallte ihm die Spitze ihrer Peitschenschnur um die Ohren, so daß er den Kopf mit beiden Armen schützte und sein Lieb, seine zarte Taube, seine Kleopatra aus Zigeunerland, seinen großherzigen Schmetterling, seine Venus mit dem Honigmund – und was dergleichen blumiger Koseworte mehr waren – lachend um Gnade anflehte.

Manchmal wurde sie wirklich zornig und war dann ernstlich böse auf ihn – fast immer wegen irgendwelcher Lappalien. Dann versuchte sie ihn zu schlagen oder zu treten wie damals in Oakhurst, aber er nahm es nie ernst und wurde nie zornig auf sie. Er wich ihr nur aus, duckte sich und ging ihren Schlägen aus dem Weg, und er schwor, er werde sie ewig lieben, bis ihr Ärger verflogen war.

Wenn wir am späten Vormittag unser Ziel erreicht hatten, gaben wir gleich die erste Vorstellung. Dann nahmen wir einen kalten Imbiß ein, der gewöhnlich aus Brot, Käse und Ale bestand. Das Ale schmeckte mir inzwischen besser. Ich empfand es als erfrischend, wenn ich eine halbe Stunde in der Bude eingesperrt gewesen war und vom vielen lauten Sprechen eine ausgetrocknete Kehle hatte. Manchmal fuhren wir am Nachmittag weiter zum nächsten Dorf, doch wenn wir die Bude auf einem Jahrmarkt oder am Ort eines Festes aufgebaut hatten, blieben wir den Rest des Tages.

Abends bereitete ich eine warme Mahlzeit. Lord Henry und Paloma lobten mich oft für meine Bemühungen, das Beste aus dem zu machen, was zu kaufen wir uns leisten konnten. Ich hatte befürchtet, Paloma werde mich nicht leiden können, aber nachdem ihr bewußt geworden war, daß ich nicht das geringste Verlangen hatte, ihre Stellung als Lord Henrys Mädchen zu gefährden, kamen wir sehr gut miteinander aus. Je länger ich den Puppenspieler kannte, um so mehr gefiel er mir, doch weder er noch ich gaben Paloma jemals Anlaß zur Eifersucht. Und Paloma schien sich zu freuen, daß wir auf so gutem Fuße standen. Trotz ihrer ungestümen Art im Umgang mit ihm liebte sie diesen merkwürdigen Mann, wie mir im Lauf der Tage klar wurde, mit starker, tiefer Leidenschaft.

Ich war so sehr darum besorgt, meine neuen Pflichten zu lernen und mich dem Mann, der mir geholfen hatte, in meiner verzweifelten Lage nützlich zu machen, daß ganze drei Wochen vergingen, bis ich wieder ernsthaft an meine Zukunft dachte. Doch mir fiel nichts ein, was ich hätte tun können, um meine Probleme zu lösen. Ich konnte ja nicht einmal selbst wirklich sicher sein, daß ich Jemimah Lawley war, und selbst wenn ich diese Sicherheit besessen hätte – es gab keinen Weg, diese Tatsache der Welt im allgemeinen und den Anwälten meines Vaters im besonderen zu beweisen.

Als wir eines Abends bei Tisch darüber sprachen, schlug Paloma vor, wir sollten doch einfach wieder nach Oakhurst fahren und uns der jungen Frau, die Jemimah Lawley zu sein vorgab, mit Gewalt bemächtigen. »Ich habe ein kleines Messer, Mim«, sagte das Zigeunermädchen mit einem Funkeln in den schwarzen Augen, während sie durch das bunte Kleid, das sie trug, an ihren Oberschenkel faßte. »Wenn ich sie damit ein paarmal am Rücken kitzele, wird sie bestimmt bald die Wahrheit sagen.«

Ich sagte hastig: »Nein, das können wir nicht tun, Paloma.«

»Warum nicht?«

Lord Henry verzog das Gesicht und schlug die Augen zum Himmel. »Weil wir, liebliche Paloma, süße Rose aus dem Zigeunerland, milder und gütiger Engel, alle hinter Gittern enden werden, wenn wir das tun.«

Sie schnaubte verächtlich. »Und was würdest *du* tun, Herr Neunmalklug?«

Lord Henry nahm das letzte Stückchen Kaninchenpastete von seinem Teller und lehnte sich zurück. »Schwer zu sagen«, gestand er. »Gehen wir einmal, trotz Jemimahs eigener Zweifel, davon aus, daß all das, was sie uns erzählt hat, wahr ist und nicht das Produkt ihrer Einbildung. Dann scheint mir der Schlüssel zum Beweis, daß sie Jemimah Lawley ist, der geheimnisvolle Caspar zu sein, mit dem sie durch Afghanistan gereist ist.«

Paloma nagte mit überraschender Anmut einen Kaninchenknochen ab und sagte: »Wie soll Mim ihn denn finden?«

»Ich gebe zu, das ist ein Problem, Kätzchen, aber irgendwo in den Ministerien von Whitehall sitzt jemand, der es weiß. Vielleicht Mr. Arthur Renwick oder sein Vorgesetzter. Vielleicht ist Caspar Soldat und wird in den Akten des Kriegsministeriums geführt. Vielleicht ist er Beamter des Kolonialministeriums. Vielleicht ist er auch bei einer geheimen Dienststelle der Regierung registriert. Aber wenn wir nach London fahren und wenn wir jemandem im Kriegsministerium oder im Kolonialministerium sagen, eine gewisse junge Dame habe die Absicht, den Zeitungen eine höchst interessante Geschichte darüber zu erzählen, wie sie nach – wie hieß die Stadt doch gleich, Mim? – ach so, ja, ich erinnere mich, nach Herat gekommen ist und was sie dort mit Mr. Arthur Renwick besprochen hat, dann wird es sicher jemanden geben, der den Wunsch hat, daß sie diese Geschichte *nicht* erzählt. Sie dürfte also nur sagen, daß sie Verbindung aufnehmen möchte mit einem gewissen Caspar, dessen Nachname ihr unbekannt ist, während er Mr. Arthur Renwick sicher bekannt ist. Es ist keine große Bitte. Ist noch ein wenig von dieser leckeren Pastete da, Mim?«

Ich schnitt ein Stück ab und legte es ihm auf den Teller. Paloma sah mich an und sagte: »Glauben Sie, das könnte klappen?«

»Ich habe keine Ahnung, aber ich denke, es wäre den Versuch wert. Ich meine, falls ich jemals nach London komme.« Merkwürdigerweise hatte ich nicht das Gefühl, daß es dringend sei, vielleicht weil ich mich keinen Illusionen mehr hingab. Die Aussicht, daß ich je beweisen könnte, Jemimah Lawley zu sein, war allzu gering. Vielleicht würde ich es nie beweisen können. Und es war närrisch, den Rest meines Lebens in einer Agonie von Groll und Enttäuschung zu verbringen. Eines Tages würde ich mich geschlagen geben müssen und versuchen, mir ein neues Leben aufzubauen, ein Leben, das erst mit meiner Zeit in Shul begonnen hatte.

Ich werde nicht leicht aufgeben, sagte ich zu mir, aber ich werde mich auch nicht von einer Niederlage zerstören lassen. Das zu sein, was ich nun war, heimatlos, in einem Karren umherziehen, eine kleine Rolle als Assistentin eines Kaspertheaterbesitzers spielen – all das war zwar recht bescheiden im Vergleich zu dem Leben, das ich einmal geführt hatte, aber es war unendlich viel besser, als Deenburs Frau und Opfer zu sein, seinen fleischlichen Begierden zu dienen, immerfort die Peitsche fürchten zu müssen oder, wenn ihm danach war, sich eines Feringhi-Mädchens zu entledigen, sogar den Tod. Was den Verkauf meiner Person an Akbah den Wahnsinnigen betraf, so schreckte ich nachts noch gelegentlich aus dem Schlaf hoch, weil ich geträumt hatte, daß dies nun tatsächlich geschähe.

Nein . . . selbst wenn ich nie wieder Jemimah Lawley sein könnte – die Narben von Shul lehrten mich, daß ich mich glücklich schätzen konnte, am Leben zu sein, einen Unterschlupf und Nahrung und Freunde zu haben. Ich sah sie beide dankbar an und sagte zu Lord Henry: »Es würde eine ganze Weile dauern, um irgendeinen Eindruck auf Regierungsbeamte in London zu machen, denke ich?«

»Sehr wahr«, antwortete er nickend, »und Sie haben im Moment natürlich kein Geld, um dorthin zu fahren und ein Zimmer zu nehmen, was Sie tun müßten, wenn Sie versuchen wollen, Informationen über den geheimnisvollen Caspar aus ihnen herauszulocken.«

Ich sagte schnell: »Ich wollte nicht andeuten, daß Sie mir das Geld zur Verfügung stellen könnten, Henry.«

»Oh, das weiß ich, liebes Kind. Mein Gott, was für eine großartige Pastete Sie zustande bringen. Nein, ich dachte nur, daß wir in ein paar Wochen ohnehin in London sein werden und daß Sie dann vielleicht etwas unternehmen könnten.«

Ich sagte: »Wann werden wir in London sein?«

Er trank einen Schluck Tee und sah mich überrascht an. »Die Tage werden kürzer, das Wetter kälter. Wir können im Winter nicht von einem Dorf zum anderen ziehen. Deshalb gehen wir nach London und suchen einen Platz für den Wohnwagen, vielleicht in Blackheath oder Clapham Common. Dann arbeiten wir von dort aus, in Parks, auf Spielplätzen, an Straßenecken, auf Märkten . . . Oh, und natürlich in der Nähe von Wirtshäusern, denn Percy hat gesagt, das lohne sich immer.«

»Percy?«

Paloma sagte: »Der Mann, der Henry die Kasperbude gegeben hat, für all die Flaschen Lebenselixier.«

»Ich verstehe.« Ich sah Lord Henry an. »Sie sind also noch nie in London aufgetreten?«

Er kräuselte seine etwas schiefe Nase. »Eigentlich nicht, Mim, aber ich bin absolut zuversichtlich.«

Paloma kicherte und streckte die Hand aus, um seine Wange zu liebkosen. »Ich wette, das warst du auch beim Preisboxen, wenn du die anderen nicht zu Boden gekriegt hast. Ich hätte nie gedacht, daß ich mal jemanden lieben würde, der so verdreht ist wie du, Henry.«

»Ja«, sagte er verschmitzt, »aber ich habe von einem Kobold einen Liebestrank bekommen, als Belohnung dafür, daß ich das kleine Wurm vor einem bösen Wiesel rettete, und ich habe ihn dir ins Ale getan, mein Schatz. Deshalb mußt du mich lieben.«

Paloma machte große Augen. »Ein *Kobold*?« rief sie aufgeregt. »Oh, das hast du mir nie erzählt, Henry! Du hast mir nie gesagt, daß du einem von den Unsichtbaren begegnet bist.«

Er zwinkerte mir zu, und sie sah es. Im nächsten Augenblick war sie mit einem lauten »Oh!« aufgesprungen, riß ihm den Zylinder vom Kopf und fing an, ihn zornig damit zu bearbeiten. »Schon wieder Lügen!« rief sie. »Ich werd's dir zeigen, Henry Boot! Ich werd' dir zeigen, wie es dir ergeht, wenn du dich über mich lustig machst!«

Vor Lachen erstickend, ließ er sich von der Bank fallen, auf der er saß, und floh vor ihr in den Wald, während er sie unter seinen üblichen blumigen Schmeicheleien immer wieder ermahnte, sich zu beherrschen und damenhaft zu benehmen. Fünf Minuten später kamen sie Arm in Arm zurück, und sie hatte einen kleinen Kranz rosaroter Blüten, den er ihr gewunden hatte, im Haar.

Gegen Ende der fünften Woche, die ich mit ihnen gefahren war, bauten wir die Bude zwischen den Zelten und Karren vieler anderer fahrender Schausteller und fliegender Händler am Rennplatz von Cranston auf. Das schöne spätsommerliche Wetter hielt an, und es waren viele Leute gekommen, manche zum Zuschauen, manche zum Wetten, manche, um die anderen zu unterhalten und sich damit einige Shilling zu verdienen.

Ich war noch nie bei einem Pferderennen gewesen und sah überrascht, wie verschiedenartig das Publikum war, von zerlumpten Kindern bis zu Gutsbesitzern mit grauem Zylinderhut und Feldstecher um den Hals, begleitet von elegant gekleideten Damen. Einige von ihnen blieben stehen, um sich unsere Vorstellung anzusehen, gewöhnlich mit einer halb blasierten, halb amüsierten Miene, doch unsere Zuschauer bestanden zum größten Teil aus Angehörigen der arbeitenden Schichten, die an diesem Tag frei hatten, und Kindern.

In unserem Beutel klingelten schon etliche Pennies, und ich hatte inzwischen kaum noch Lampenfieber, wenn ich mit einer Puppe auf der Hand und den anderen griffbereit am Haken neben Lord Henry saß und Judys Text rief oder mit unheimlich stöhnender Stimme den Geist des Gendarmen sprach. Nach der letzten Vorstellung verließen wir den hinteren Teil der Bude und fingen an, die Puppen einzupacken, während Paloma zum letztenmal für heute bei den langsam davongehenden Zuschauern sammelte.

Nach einer Weile ließ Henry mich allein weiterarbeiten und spazierte, den eingeknickten Zylinder keck nach hinten geschoben, davon. Ich staunte ein wenig, aber dann dachte ich, er hätte vielleicht einen alten Bekannten entdeckt. Als ich aufblickte, sah ich ihn mit abwesender Miene auf einen gut gekleideten Herrn zuschlendern, der wenige Meter weiter in der Nähe eines Kiosks stand, an dem eine Frau kalte Erfrischungsgetränke verkaufte. Der Herr trug einen grauen Gehrock mit gestreiften Hosen und einen Zylinder, und er las eine zusammengefaltete Zeitung, vielleicht auch ein Rennprogramm – ich konnte nicht genau erkennen, was es war.

Henry schien zu stolpern, als er nahe bei ihm war, und fiel beinahe hin. Der Herr streckte instinktiv die Hand aus, um ihn festzuhalten. Einen Augenblick lang standen sie dicht beisammen, dann fand Henry das Gleichgewicht wieder, sagte lächelnd ein Wort des Dankes und zog den Zylinder, um sich höflich zu verbeugen. Der Herr antwortete mit einem kurzen Nicken und entfernte sich, wieder die Zeitung oder das Programm in seiner Hand studierend. Aber ich hielt entsetzt den Atem an, denn ich war mir sicher, daß ich gesehen hatte, wie Henry, während er sich verbeugte, etwas in die Tasche steckte, das ganz wie eine schwarze Lederbrieftasche aussah.

Ich biß mich auf die Lippe und fuhr fort, die Puppen einzupacken, wobei ich daran denken mußte, wie Lord Henry am ersten Abend im Scherz zu Paloma gesagt hatte, er habe einen Safe geknackt oder einem reichen Mann die Geldbörse stibitzt. Ich hatte dies für einen seiner absonderlichen Späße gehalten, doch nun war ich sicher, daß er einem Mann die Brieftasche gestohlen hatte, und hätte am liebsten geweint. Eine Brieftasche bedeutete Papiergeld, Banknoten, wenigstens fünf Pfund.

Voll widerstreitender Empfindungen begann ich hastig, die Bude abzubauen. Ich fürchtete, der Herr könnte den Verlust jeden Moment entdecken und auf den Missetäter schließen. Ein paar Minuten später kam Lord Henry zurückgeschlendert und zündete sich seine Tonpfeife an. »Warum so eilig, Mim?« fragte er liebenswürdig. »Wir werden heute abend nur noch ungefähr eine Meile auf der Straße nach Linsford fahren.«

»Ich dachte nur . . . wir sollten vielleicht aufbrechen, ehe der Verkehr zu dicht geworden ist«, sagte ich, ohne in meiner Arbeit innezuhalten.

Er hockte sich hin, um mir beim Aufrollen der Segeltuchplane zu helfen. »Ist etwas nicht in Ordnung?«

»Nein, nein. Wie kommen Sie darauf?« log ich, unfähig, andere Worte zu finden. »Paloma scheint sich zu freuen. Die letzte Einnahme muß wohl recht gut gewesen sein.«

Als wir zehn Minuten später auf die Straße einbogen, hielt ich die Zügel von Lady Jane, und Paloma kutschierte hinter mir den Wohnwagen. Lord Henry lag wieder im Karren, um abwechselnd mit Paloma zu tändeln oder mir lange Monologe zu halten – über praktische Dinge oder über phantastische Spekulationen, wie es ihm gerade in den Sinn kam.

Nach einigen hundert Metern faßte ich einen Entschluß und sagte: »Henry, würden Sie sich bitte neben mich setzen? Ich möchte Ihnen etwas sagen.«

»In Ordnung, Mim.« Er kletterte neben mir auf die Bank. »Nun, was gibt's?«

Ich schluckte krampfhaft und sagte: »Sie haben dem großen grauhaarigen Herrn, gegen den Sie stolperten, die Brieftasche gestohlen. Ich habe es gesehen.«

Nach kurzem Schweigen sagte er: »Deshalb haben Sie sich vorhin so sonderbar benommen.«

Ich hielt den Blick auf die Straße gerichtet, und meine Stimme bebte, als ich sagte: »Warum, Henry? Was hat Sie dazu gebracht, so etwas zu tun?«

»Hm ... Unsere Kasse mußte etwas aufgefrischt werden, Mim.«

»Das ist kein Grund zu stehlen. Außerdem *verhungern* wir nicht, wir *leiden* nicht einmal Hunger. Wir kommen gut zurecht.«

Ich fühlte, wie sein Finger meine Wange berührte, und hörte ihn sanft sagen: »Oh, Mim, da ist ja eine Träne. Haben Sie meinetwegen geweint? Es tut mir so leid.«

Ich versuchte, die Tränen zurückzudrängen, und schniefte heftig, während ich stockend sagte: »Ich bin fassungslos, Henry ... Meine Güte, es klingt so selbstgerecht, nur ... ich weiß ja, daß sich viele Strolche bei einem Rennen herumtreiben, aber Sie sind viel zu liebenswert, um einer von ihnen zu sein. Ich habe so viel Achtung vor Ihnen, und ... Oh, ich möchte einfach nicht, daß Sie etwas Ungesetzliches tun.«

Ich nahm eine Hand von den Zügeln, um meine nassen Augen abzuwischen. Dabei fiel mir ein, daß ich durch meine Offenheit womöglich den einzigen Lebensunterhalt gefährdete, den ich hatte, denn der Mann neben mir konnte ohne weiteres den Karren anhalten und mich mit meinen paar Habseligkeiten auf die Straße setzen. Einige Sekunden vergingen, dann sagte er nachdenklich: »Und was soll ich nun tun, Mim?«

Ich sah ihn an. Zu meiner Erleichterung zeigte er keinen Zorn. Er starrte versonnen in die Ferne und zog zwischendurch an seiner Pfeife.

»Tun?« wiederholte ich ziemlich töricht.

Er nickte. »Ja. Ich kann die Brieftasche schließlich nicht zurückgeben, nicht wahr? Selbst wenn wir den Herrn fänden, wäre es damit nicht getan. Er könnte mich ins nächste Gefängnis werfen lassen, stimmt's? Was soll ich also Ihrer Meinung nach tun?«

Ich sagte zögernd: »Ich würde gern ... ich würde nur gern sicher sein, daß Sie es nicht wieder tun, Henry. Ich weiß, daß es mir nicht zusteht, so etwas von Ihnen zu verlangen. Ich bin für Ihr Geschäft weniger wichtig als die Puppen. Aber ich kann es nicht ertragen, daß Sie ... daß Sie so etwas tun«, schloß ich nicht sehr überzeugend.

»Sie meinen, anderen Leuten Geld klauen?« Er sah mich mit einem Ausdruck an, den ich nicht recht deuten konnte, obwohl ich eine Spur von Belustigung darin zu sehen meinte.

»Ja«, erklärte ich beinahe zornig. »Ich kann es nicht ertragen zu denken, daß Sie anderen Leuten Geld klauen.«

»In Ordnung, Mim. Ich werde künftig nicht mehr stehlen«, sagte er mit fröhlicher Gelassenheit.

Ich sah ihn mißtrauisch an. »Wirklich?«

Er steckte die Pfeife in den Mund und fuhr sich mit einem Finger über die Brust. »Bei meinem Herzen. Und es tut mir leid, daß ich Sie außer Fassung gebracht habe.«

Ich seufzte erleichtert und schloß einen Moment lang die Augen. »Oh, Henry, danke. Ich bin sehr froh.«

»Na, das wäre Gott sei Dank geregelt. Ich sage Ihnen, was wir machen werden, Mim. Wir werden meine Abkehr vom Pfad der Sünde damit feiern, daß wir heute abend einen Teil des unrechtmäßigen Erworbenen für ein Festessen im Gasthof von Linsford ausgeben. Wie wäre das?«

Ich war ein bißchen perplex und sagte: »Es scheint mir irgendwie nicht ganz richtig zu sein ... Aber, ich weiß nicht warum, eigentlich spricht auch nichts dagegen. Sie werden Ihr Versprechen halten?«

»Keine Angst«, sagte er und schwang sich herum, um sich wieder auf die Schütte fallen zu lassen.

Paloma rief: »Worüber habt ihr so lange getuschelt?«

»Nichts von Belang, meine Herzenskönigin«, flötete er zurück. »Mim hat mir gerade gestanden, daß sie von einer unbesiegbaren Leidenschaft für mich ergriffen worden ist, und hat vorgeschlagen, dir morgen früh Tollkirschen in deinen Porridge zu tun.«

Ich hörte Palomas kehliges Lachen, dann ertönte ein Peitschenknall, und Lord Henry schrie laut auf. »Du bist der größte Lügner in England, Henry Boot«, rief sie. »Jawohl, das bist du.«

Wir speisten an diesem Abend üppig, genau wie damals in Little Farrington. Tief in meinem Innern beschlichen mich Zweifel, ob ich dem Versprechen, das Lord Henry mir so leichthin gegeben hatte, trauen konnte, doch im Augenblick weigerte ich mich, länger daran zu denken. Ich trank einen kleinen Krug Ale und ein Glas Portwein, was alle meine Sorgen vertrieb, und der Abend verging unter munterem Geplauder und viel Gelächter. Seltsamerweise mußte ich unvermittelt an die stillen Abende denken, die ich in Gesellschaft eines Mannes, der sich Kassim nannte, in den Bergen und Tälern Afghanistans verbracht hatte. Wir hatten kaum ein Wort miteinander gesprochen und kein einziges Mal gelacht. Wie hatte ich diesen Mann gehaßt, und wie hatte er mich gehaßt!

Als ich entdeckt hatte, daß er Spion und Engländer war, konnte ich sein Verhalten mir gegenüber verstehen, denn ich mußte eine große Last und auch eine Gefahr für ihn gewesen sein, doch wenn ich jetzt daran dachte, wie sehr ich ihn verabscheut hatte, war ich bekümmert darüber und wünschte, ich hätte mich ihm gegenüber anders verhalten. Ich bemühte mich, Lord Henry und Paloma all dies bei meinem zweiten Glas Portwein begreiflich zu machen, als mich der Kummer über das Gewesene unversehens übermannte, so daß ich anfing zu weinen. Es war meine letzte verschwommene Erinnerung an diesen Abend.

Mein beschwipster Geist ließ mich in jener Nacht wie im Fieber träumen, nachdem Paloma mich zu Bett gebracht hatte. Einmal träumte ich, ich säße hinter Caspar auf dem anscheinend so klapprigen Gaul, und wir ritten im Mondschein über ein sandiges Plateau zu einem Fluß. Dort stand eine Jurte, weit geräumiger als unsere, aus erlesenem Stoff, der einen schwachen Lichtschimmer durchscheinen ließ.

In meinem Traum sagte Caspar: »Warten Sie«, und glitt aus dem Sattel. Als er die Stoffbahn vor dem Eingang der Jurte zur Seite schob und hineinging, wurde das Licht heller, und an der Zeltwand zeichneten sich zwei Schatten ab, der Schatten Caspars und der einer Frau. Eine Brise strich über das Plateau und trug ihre Stimmen in die entgegengesetzte Richtung, so daß ich nur Töne hörte, keine Worte, und doch wußte ich, daß Caspar, der harte und unnachgiebige Caspar, die Frau anflehte. Die Brise legte sich, und einige seiner bittenden, mit sanfter Eindringlichkeit gesprochenen Worte drangen an mein Ohr. *»Melanie ... Sturmschnell ... so schön ... bitte ...«*

Von der Frau hörte ich nichts, und an ihrem Schatten sah ich nur, daß sie groß gewachsen war und sich anmutig bewegte. Dann wurde Caspars Stimme schroff, so, wie ich sie in Erinnerung hatte, und schleuderte die Worte wie Steine: *»Ungeheuer und Göttin!«* Sein Arm fuhr hoch. Seine Hand hielt den gekrümmten Schatten des Messers, das er immer am Gürtel getragen hatte. Er sprang auf die Frau zu, und mein furchtsamer, protestierender Schrei ließ mich im Dunkel der Nacht zitternd und schweißgebadet aus dem Schlaf fahren.

9

Acht Tage später kam das Unglück zu unserer kleinen Dreiertruppe. Wir hatten die Nacht in den Wäldern eine Meile vor dem Dorf Thorburn verbracht, auf einer lieblichen, grasbewachsenen Lichtung, einen Steinwurf von der Straße entfernt, beim Plätschern eines klaren Baches.

In der Nacht hatte es geregnet, doch im Verlauf des Morgens klarte es auf und wurde warm. Paloma und ich beschlossen, vor dem Aufbruch einige Sachen zu waschen. Wir konnten sie zwar dann nur nach und nach trocknen, aber das waren wir gewohnt. Lord Henry holte Tiegel mit grüner und roter Farbe hervor und verkündete, er werde sich in der Zwischenzeit damit beschäftigen, die Schnörkel und Verzierungen aufzufrischen, mit denen der Wohnwagen außen dekoriert war.

Paloma und ich packten unseren Waschkorb, jeder an einem der Henkel, und schlugen uns durch das Gehölz zum Bach. Dort zogen wir die Schuhe und Strümpfe aus, betraten das kiesige Bachbett und begannen, bis zu den Knöcheln im Wasser, unsere wöchentliche Wäsche einzuseifen und auszuspülen, wobei wir uns über alles mögliche unterhielten.

»Wir kommen auf dem Weg nach London übrigens wieder durch Oakhurst«, sagte Paloma, während sie einen Unterrock auf einem glatten Felsblock bearbeitete. »Wollen Sie noch mal zu den Leuten gehen, die Ihr Haus gestohlen haben, Mim?«

Ich wrang eines von Henrys Hemden aus und legte es in den Korb. »Es hätte nicht viel Sinn, Paloma. Ich kann nur eines tun – irgendwie genug Geld zusammenkratzen, damit ich mir in London ein Zimmer nehmen und dann die Leute vom Kriegsministerium unter Druck setzen kann, wie Henry vorgeschlagen hat. Wenn es mir nicht gelingt, Caspar zu finden, damit er für mich aussagt, glaubt mir doch kein Mensch die Wahrheit.«

»Es wird aber nicht leicht sein, genug Geld dafür aufzutreiben«, sagte sie. »Vielleicht kann Henry helfen. Er hat doch manchmal soviel. Gott weiß, woher er es kriegt, aber vielleicht hat er irgendwo einen ganzen Haufen versteckt. Als ich ihn letztes Mal gefragt habe, hat er gesagt, daß er einem reichen alten Gentleman begegnet ist, der gerade aus der Kirche kam, und der hat ihm etwas zugesteckt, weil Henry ihn an einen Lieblingshund von früher erinnert hat, so einen mit einer gebogenen Nase. Glauben Sie, das könnte stimmen, Mim?«

Ich lachte und schüttelte den Kopf. »Ehrlich gesagt, nein. Aber Sie dürfen Henry auf keinen Fall bitten, mir Geld zu geben.«

»Warum denn nicht?«

Ich befürchtete, Henry würde womöglich für mich stehlen, aber diese Sorge konnte ich nicht äußern und sagte daher nur: »Es wäre nicht recht. Er hat schon so viel für mich getan.«

»Und Sie haben dem dummen Kerl das Leben gerettet, als er beinahe an seinem Piepser erstickt ist, oder etwa nicht? Und schließlich geht alles viel besser, seit Sie bei uns sind, nicht nur die Vorstellungen, sondern auch das Essen und alles andere.«

»Wenn das stimmt, freut es mich natürlich, aber ich möchte trotzdem nicht, daß Henry Geld für mich auftreibt. Wo ist das andere Hemd von ihm? Ich bin sicher, daß es drei waren.«

Sie schaute sich um und durchsuchte die nasse Wäsche, die auf einem großen Stein beim Ufer lag. »Er hat bestimmt vergessen, es rauszulegen, Mim. Ich hab's ihm gesagt, aber es hängt wahrscheinlich noch über dem Stuhl an unserem Bett. Vielleicht könnten Sie hingehen und es holen, während ich hier weitermache?«

»Ja, gut.« Ich konnte mir keine Strümpfe über die nassen Füße ziehen und ging deshalb vorsichtig barfuß den kleinen Pfad zwischen den Bäumen zurück. Es schmerzte nicht, weil meine Füße noch abgehärtet waren, da ich im Sommer in Shul stets einfache Sandalen getragen hatte. Als ich mich unserem Lager in der Lichtung näherte, hörte ich leise Geräusche, die ich nicht recht einordnen konnte, dumpfe Laute, ein wortloses Grunzen, einen erstickten Schrei.

Im nächsten Moment trat ich zwischen den Bäumen hervor, und mein Herz krampfte sich bei dem Anblick, der sich mir bot, vor Entsetzen zusammen. Henry wurde von drei Männern angegriffen, von denen einer mit einer Keule bewaffnet war. Ein vierter Unbekannter lag benommen am Boden und hielt sich die blutende Nase. Henry wich zurück, leicht vorgebeugt in der Stellung der Preisboxer, die ich inzwischen auf ein oder zwei Jahrmärkten gesehen hatte, und drosch mit den Fäusten auf die Angreifer ein, doch schon als ich aus Leibeskräften *»Paloma!«* schrie, sah ich, wie er, von einem schrecklichen Keulenschlag getroffen, zu Boden stürzte.

Zwei der Männer traten zurück. Der dritte beugte sich, die Keule in der Hand, über Henry und sagte: »Wir haben Sie lange gesucht, Mister. Wir mögen keine Mädchendiebe. Wollen Ihnen nur eine kleine Lektion erteilen, damit Sie so was nie wieder machen.«

In panischer Angst rannte ich zu dem Mann, während mir gleichzeitig klar wurde, daß die Fremden Zigeuner waren und daß der Mann, der drauf und dran war, Henry mit der Keule die Knochen zu brechen, der große Alex war, der Paloma zu seiner Geliebten gemacht hatte, sie aber nicht heiraten wollte, weil sie ein Findelkind von einer anderen *vitsa* war. Aus verletztem Stolz und um ihn eifersüchtig zu machen, war sie ihm mit Lord Henry davongelaufen, und nun hatte der große Alex sie endlich gefunden.

Trotz seines Namens war er nur wenige Zentimeter größer als Henry, aber sein Körper wirkte wie ein Faß – und nicht aus Fett. Er trug ein verblichenes grünes Hemd, abgewetzte Cordhosen und einen großen Ohrring. Seine schwarzen Haare waren lang und hingen ihm in Locken fast bis auf die Schultern. All das nahm ich wahr, während ich, ohne die geringste Ahnung, was ich zu erreichen hoffte, zu ihm rannte.

Ich hörte, wie ich »Nein!« schrie, und noch ehe die Keule niedersausen konnte, hatte ich mit beiden Händen das Handgelenk des Mannes gepackt. Er wandte den Kopf, um mich ärgerlich und überrascht zu betrachten, riß dann seinen muskulösen Arm fort, um mich abzuschütteln, und knurrte: »Aus dem Weg, Mädchen!«

Die Wahrnehmung, wie stark er war, versetzte mich in neuen Schrecken. Zwei oder drei kraftvolle Keulenschläge von diesen stählernen Armen und Schultern, und es war um Henry geschehen. Ich keuchte: »Nein! Das dürfen Sie nicht! Warten Sie! Bitte!«

»Loslassen!« brüllte er und riß den Arm herum, so daß ich an seinem Ende durch die Luft flog, als wäre ich eine unserer Puppen. Mein Griff lockerte sich, und in meiner Verzweiflung machte ich einen Satz nach vorn und schlug meine Zähne in seinen Unterarm. Er brüllte auf vor Wut und Schmerz, während ich gleichzeitig Henrys Stimme hörte, die irgendwo unten, zu meinen Füßen, heiser rief: »Laufen Sie, Mim! Um Gottes willen, laufen Sie.«

Der große Alex tat einen langen Schritt zur Seite und zerrte mich auf den Knien mit, aber ich hielt, vor Entsetzen halb gelähmt und innerlich im Kampf mit der Versuchung, meiner Angst und Henrys Drängen zur Flucht nachzugeben, seine Hand immer noch mit Händen und Zähnen fest. Im nächsten Augenblick schlug eine geballte Faust wie ein Hammer auf meinen Kopf, und ich war eine kurze Ewigkeit in einer anderen Welt und sah wie durch einen Nebel kleine Punkte vor meinen Augen flimmern, während Übelkeit in mir aufstieg.

Dann wich der Nebel, und ich lag auf der Erde, wenige Schritte von Henry entfernt, der sich abmühte, auf die Knie zu kommen. Von der Stelle, wo ihn der erste Schlag mit der Keule getroffen hatte, lief immer noch Blut an der Seite seines Gesichts herunter. Der große Alex starrte finster auf seinen Arm, an dem ebenfalls Blut hinablief. Zwei seiner Begleiter lachten schadenfroh und bemerkten etwas in einer mir unbekannten Sprache, zweifellos der Zunge der Zigeuner.

Der große Alex schnaufte, packte die Keule mit beiden Händen und ging wieder auf Henry zu. Doch in diesem Augenblick erschien Paloma im Laufschritt zwischen den Bäumen, blieb jäh stehen und versuchte verblüfft zu erfassen, was hier vor sich ging. Der große Alex hielt inne und starrte sie an. Keiner rührte sich oder sprach. Auf einen Ellbogen gestützt, mit immer noch brummendem Schädel sah ich die verschiedensten Regungen blitzartig über Palomas Gesicht huschen, zuerst Schreck, dann Begreifen, darauf eine merkwürdige Mischung von Entschlossenheit und Fügsamkeit.

»Hat lange genug gedauert, bis du mich gefunden hast, Alex«, sagte sie kalt. »Ich frag' mich, warum überhaupt!«

Er glotzte sie an, zeigte dann mit dem Finger auf sie und sagte auf Englisch, vielleicht, weil sie sich selbst dieser Sprache bedient hatte: »Du gehörst *mir!*«

Sie schüttelte den Kopf. »Ich gehöre keinem Mann, der mich nicht heiraten will.«

Der Zigeuner zeigte mit dem Daumen auf Henry. »Und der – hat er dich vielleicht geheiratet?«

»Ich und einen *gadje* heiraten?« Palomas Stimme war schrill vor Verachtung. »Red kein dummes Zeug!«

Der große Alex kniff, zum erstenmal unsicher, die Augen zusammen. »Du bist mit ihm fortgelaufen«, sagte er böse. »Du bist sein Mädchen.«

»Ich?« Ihr fassungsloser Ausdruck war vollkommen überzeugend. »Du hast den Verstand verloren, Alex.« Sie nickte in meine Richtung. »Das ist sein Mädchen, du verdammter Narr.«

»Äh?« Der Zigeuner glotzte uns beide abwechselnd begriffsstutzig an. »Aber *du* bist mit dem *gadje* fortgelaufen!«

»Ich bin mit ihm und seinem Mädchen fortgelaufen, warum auch nicht?« zürnte Paloma, und ihre großen schwarzen Augen funkelten vor Zorn. »Warum sollte ich bei dir und deiner *vitsa* bleiben? Ich bin ein Findelkind, also gehöre ich nicht zu euch, oder? Du hast doch selbst gesagt, du willst mich deshalb nicht heiraten.«

Lord Henry war auf mich zugekrochen. Er half mir, mich aufzusetzen, und legte mir einen Arm um die Schulter, damit ich nicht wieder zurücksank. Wir verharrten so und rührten uns nicht, beobachteten das Geschehen in dem Bewußtsein, daß nun alles von Paloma abhing. Der große Alex drehte die Keule in den Händen und blickte finster drein. »Vielleicht hab ich mir's anders überlegt«, sagte er mürrisch.

Paloma lachte und sagte: »Du Lügner!« Sie spie das Wort verächtlich aus.

»Es stimmt, Loma«, protestierte er. Dann, plötzlich mißtrauisch: »Es sei denn, *du* lügst! Schwöre, daß du nie sein Mädchen gewesen bist.« Er bewegte den Kopf mit einem Ruck in Henrys Richtung.

»Natürlich schwöre ich!« Ihre Augen flammten vor Empörung, und ehe er etwas sagen konnte, fuhr sie fort: »Aber was kann dir das schon ausmachen? Ich habe aufgehört, dein Mädchen zu sein, als ich fortlief. Diese beiden« – sie zeigte auf uns – »haben den ganzen Frühling und Sommer für mich gesorgt, und jetzt kommst du daher und verdirbst alles. Oder glaubst du, sie werden mich jetzt noch behalten?«

»Mach dir keine Sorgen um *sie*«, knurrte er. »Du kommst wieder mit uns, Loma.«

»Ich will nicht wieder dein Mädchen sein, Alex.«

Er schien mit sich zu ringen und sagte dann endlich: »Dann heiraten wir eben.«

Sie zeigte mit dem Kopf auf die anderen Zigeuner. »Sagst du das vor Zeugen?«

Er nickte trotzig. »Ja.«

»Also abgemacht. Ich packe schnell meine Sachen.« Ohne einen weiteren Blick auf mich oder Henry ging sie zum Wohnwagen.

Der große Alex umklammerte seine Keule und wandte sich zu uns. »Dieser Kerl hat dir geholfen, von mir fortzulaufen, also werde ich ihm trotzdem eine Lektion erteilen.«

Paloma hielt im Laufschritt inne. Ein Teil ihres Rocks flog blitzschnell hoch, und dann hatte sie ein kleines Messer in der

Hand. Ich hatte es schon einmal gesehen, als zwei betrunkene Bauernlümmel uns eines Abends belästigt hatten. *»Alex!«* sagte sie, und ihre Stimme war wie ein Peitschenknall. Er hielt inne, drehte den Kopf zu ihr, und sie fuhr in einem sanften und dennoch furchterregenden Ton fort: »Kein Mensch hat mir geholfen, fortzulaufen. Sie sind nur *gadjes,* aber sie waren sehr freundlich zu mir. Wenn du ihnen etwas zuleide tust, wirst du teuer dafür zahlen.«

Er lachte wegwerfend. »Glaubst du etwa, der große Alex hat Angst vor einem Mädchen mit einem Pfriem?«

»Das sollte er aber«, sagte Paloma lächelnd durch die Zähne. »Das heißt, falls er in unserem Bett ruhig schlafen will, wenn wir verheiratet sind.« Die Klinge blitzte, während sie das Messer in der Hand tanzen ließ. »Ein Pfriem kann einem schlafenden Mann sehr schaden.«

Er starrte sie aufgebracht an und warf die Keule dann mit einem unverständlichen Gemurmel auf die Erde. Paloma sagte honigsüß: »So, das ist schon viel besser.« Sie blickte auf einen der anderen Männer. »Wo ist die *vitsa* jetzt, und wie seid ihr hierhergekommen, Sam?«

Sam war der Mann, den Lord Henry niedergeschlagen hatte. Er hielt sich vorsichtig die Nase, während er mit dumpfer Stimme antwortete: »Hinter Thorburn. Wir sind gestern abend gekommen. Heute morgen bei der Farm, wo wir Milch holen wollten, sagte der Knecht, daß er dich mit dem Mann mit dem Zylinder gesehen hat. Da sind wir mit dem Wagen hergefahren.«

»Wo ist der Wagen?«

Er bewegte den Kopf und verzog vor Schmerz das Gesicht. »An der Straße. Ein paar Minuten von hier.«

Sie blickte wieder den großen Alex an und sagte: »Geht zu dem Wagen und wartet dort, während ich meine Sachen packe. Ich brauche nur zehn Minuten.«

Er wickelte sich ein baumwollenes Halstuch um die Bißstelle an seinem Unterarm und sah schnell hoch. »Wir warten hier. Du kennst zu viele Tricks, Loma.«

Sie musterte ihn mit einem halben Lächeln. »Früher hast du meine Tricks gemocht, Alex. Weißt du noch? Und jetzt überleg's dir – willst du mich nun haben oder nicht?«

»Ich hab' schon ja gesagt, oder?«

»Dann tu, was ich dir sage. Ich mache keine Tricks. Ich treffe euch in zehn Minuten beim Wagen.«

Er zögerte, lachte dann beinahe zornig auf, wandte sich ab und sagte zu seinen Gefährten etwas in der Zigeunersprache. Sie lachten und unterhielten sich, als sie hinter ihm die Lichtung verließen.

Ich merkte erst jetzt, daß ich den Atem angehalten hatte, und stieß einen langen, bebenden Seufzer der Erleichterung aus. Lord Henry, der neben mir hockte und mich immer noch stützte, seufzte ebenfalls dankbar. »Allmächtiger Gott, das ist ja gerade noch einmal gutgegangen«, sagte er und half mir auf.

»Das kann man wohl sagen«, bemerkte Paloma und hob ihren Rock an, um das Messer in die kleine Scheide über ihrem Knie zu stecken. »Wenn Mim nicht geschrien hätte und wenn sie ihn nicht festgehalten hätte, bis ich kam, hätte er dich zu Brei geschlagen, mein Junge.« Während sie das sagte, trat sie auf mich zu und legte eine Hand an meine Wange. »Sie sind doch nicht verletzt, Mim?«

»Nein.« Meine Stimme war unsicher, denn die ausgestandene Angst bewirkte, daß ich noch immer am ganzen Leibe zitterte. »Gott sei Dank, daß Sie gekommen sind, Paloma.«

»Dem kann ich mich nur anschließen, mein Engel«, sagte Lord Henry, und obwohl er sich Mühe gab, so leichthin zu sprechen wie gewöhnlich, war tiefe Dankbarkeit in seiner Stimme und in dem Blick, den er auf sie richtete. »Und jetzt hör zu, süßer Cherub, du brauchst nicht mit diesem Rohling zu gehen, denn ich habe eine Flinte unten in meinem Schrank, und . . .«

»Ach, du bist genauso beschränkt wie er«, unterbrach Paloma mit einer schnellen, verächtlichen Handbewegung. »Ihr *gadjes* denkt, wir hätten den sechsten Sinn, aber alles, was wir haben, ist genug Verstand, um zu wissen, was sein muß. Hast du vielleicht gedacht, es könnte für immer so weitergehen mit dir und mir?« Sie wandte sich ab. »Ich muß meine Sachen pakken. Waschen Sie die Wunde an seinem dummen Schädel aus, Mim.«

Sie ging die Stufen zum Wohnwagen hinauf. Lord Henry wollte ihr folgen, aber ich hielt ihn am Arm fest und schüttelte den Kopf. Ich wußte, daß Paloma sich für einen Weg entschieden hatte, von dem sie nicht abweichen würde. Ich brachte ihn dazu, sich hinzusetzen, und er wartete angelehnt an ein Rad des Wohnwagens, während ich eine Schüssel Wasser holte und anfing, das Blut von seinem Gesicht zu waschen. Die Stelle, wo die Haut aufgeplatzt war, war recht klein, aber die Schwellung drumherum sah häßlich aus. Henry war bleich, aber er zuckte nicht mit der Wimper, wenn ich ihn berührte. Er saß da, ohne zu reden, und schaute nur abwesend in die Ferne.

Als Paloma fünf Minuten später aus dem Wohnwagen kam, hatte ich die Blutung gestillt und betupfte die Wunde mit Haselwurz. Paloma trug ihre Habseligkeiten in einer an den Zipfeln verknoteten Wolldecke. Es war nur ein kleines Bündel. Henry stand auf, als sie die Stufen herunterkam. Sie legte das Bündel ins Gras, ehe sie sich zu ihm wandte, stemmte die Hände in die Hüften, neigte den Kopf ein wenig zur Seite und musterte ihn mit einem kleinen Lächeln. Sie sprach, als ob sie allein mit ihm wäre.

»Es konnte nicht lange dauern«, sagte sie, »aber es war ein schöner Frühling und Sommer für mich, Henry Boot, und du bist ein guter Mann.« Er wollte etwas sagen, aber sie hinderte ihn daran mit einer schnellen Geste und sprach weiter, während sie nähertrat. »Nein, sag nichts, denn es gibt nichts zu sagen. Ich habe ein Leben, für das ich geboren bin, und kann nichts daran ändern. Der große Alex ist das Beste, was ich mir erhoffen kann, das habe ich immer gewußt, aber jetzt gehe ich wenigstens unter meinen Bedingungen zu ihm.« Sie hob die Hände und zog den Kopf des Puppenspielers zu sich, sah ihm in die Augen. »Denk dann und wann an mich, Henry. Bitte!«

Sie legte die Lippen auf seine, küßte ihn leidenschaftlich und drängte sich an ihn, während er sie in die Arme nahm. Sie küßten einander lange Zeit, dann riß sie sich beinahe grob von ihm los und wandte sich an mich. »Jetzt werden Sie trommeln und sammeln müssen, aber Sie werden es schon schaffen.« Sie legte mir die Hände auf die Schultern, beugte sich vor und drückte die Wange an meine. »Auf Wiedersehen, Mim«, flüsterte sie. »Paß gut auf ihn auf.«

Ich war den Tränen zu nahe, um sprechen zu können, doch als sie sich von mir löste und mich ansah, nickte ich. Sie lächelte mich an, drehte sich um, hob ihr Bündel auf, warf es über die Schulter, schritt dann über die Lichtung und verschwand, ohne sich noch einmal umzusehen, auf dem Pfad, der sich durch den Wald zur Straße schlängelte.

Henry lehnte sich an den Wohnwagen. »Großer Gott«, sagte er leise. »Das Mädchen wird mir fehlen.«

Nach einigen Augenblicken schluckte ich hart und stieß hervor: »Ja . . . uns beiden.«

Wie sehr Paloma uns fehlte, sollten wir in den nun folgenden Tagen feststellen. Ohne meine Hilfe in der Bude kam Henry nicht mehr gut mit den Puppen zurecht, aber er probte fleißig und machte Fortschritte. Meine Leistung als Marktschreierin, mit der Trommel und dem Sammelbeutel war beinahe mitleiderregend. Ich brachte einfach keinerlei Voraussetzungen dafür mit, die Trommel zu rühren, unsere Vorstellung anzupreisen und die kleine Menge, die sich sammelte, bei Laune zu halten, bis die Vorstellung begann. Ich erreichte nicht im entferntesten Palomas Dreistigkeit, und ich war mir voll Kummer bewußt, daß es meinen Versuchen an jeder Überzeugungskraft fehlte.

Die Zuschauermengen nahmen ab, und unsere Einnahmen auch. Henry klagte nie und machte mir nicht den leisesten Vorwurf, sondern entschuldigte sich in einem fort für seine eigenen Mängel. Abgesehen von Palomas marktschreierischen Fähigkeiten vermißten wir auch ihre Gesellschaft unterwegs und abends, wenn wir lagerten.

Ungeachtet unserer Sorgen wegen der schrumpfenden Einnahmen kamen Henry und ich gut miteinander aus. Gegen Ende der Woche sagte er eines Abends, während wir aßen: »Würden Sie gern in den Wohnwagen ziehen, Mim?«

Wäre ich immer nur Jemimah Lawley von Witchwood Hall, inzwischen zwanzig Jahre alt, gewesen, hätte seine Frage mich ohne Zweifel schockiert und entrüstet; doch ich hatte zweieinhalb Jahre als Lalla in Shul verbracht und viele Wochen bei Lord Henry Boots weltberühmtem Kaspertheater als Mim gearbeitet, und ich war keine unschuldige Maid mehr, die wegen solcher Dinge in Ohnmacht fiel.

Ich aß den letzten Löffel Suppe und sagte: »Nein, Henry. Ich mag Sie sehr, und Sie sind sehr freundlich zu mir gewesen, aber ich möchte nicht Ihr Mädchen sein. Ich möchte niemandes Mädchen sein«, fügte ich hastig hinzu, denn ich wollte ihn nicht verletzen oder beleidigen.

Wir saßen vor dem Wohnwagen an unserem kleinen Tisch, denn der Abend war mild, und er lachte auf einmal los und schüttelte den Kopf und lehnte sich zurück. »Gott steh uns bei, Mim, aber das habe ich nicht gemeint«, sagte er. »Ich wollte Sie nicht fragen, ob Sie Palomas Platz einnehmen möchten.«

»Oh, ich bitte um Verzeihung, ich habe Sie mißverstanden.«

»Nicht daß Sie nicht so hübsch und anziehend wären, wie man es sich nur wünschen kann.«

»Danke.« Ich lächelte insgeheim, denn ich erinnerte mich, daß Paloma immer erklärt hatte, Henry sei der größte Lügner der Welt.

»Bei Paloma war es anders«, fuhr er fort. »Ich werde immer die größte Zuneigung und Achtung für sie haben, doch während sie eine erdhafte Frau war und gar nicht anders konnte, als zu mir zu kommen, sind Sie eine Dame, Mim.«

Darüber mußte ich lachen. »Vielleicht war ich eine Dame. Heute trifft diese Bezeichnung kaum noch auf mich zu.« Ich nahm unsere leeren Schalen. »Wenn Sie mich nicht baten, Palomas Platz einzunehmen, was meinten Sie dann?«

»Nur daß die Nächte bald kühler werden und daß es besser wäre, wenn Sie im Wohnwagen schliefen und ich im Karren.«

Ich ging die Stufen hinauf und kam mit zwei emaillierten Tellern mit Schweinekoteletts, Kartoffeln, Blumenkohl und Erbsen zurück, die ich zum Warmhalten in den kleinen Herd gestellt hatte. Ich stellte Henrys Teller auf den Tisch und sagte: »Vielen Dank für das Angebot, ich weiß es zu schätzen, aber ich möchte Sie auf keinen Fall aus dem Wohnwagen vertreiben. Ich bin sehr kalte Winter gewohnt, und ich bin sehr abgehärtet. Außerdem nehme ich an, daß es in London wärmer sein wird als auf dem Land.«

»Äh, nun ... Wir werden erst in einer Woche nach London fahren, vielleicht noch später«, sagte er unbestimmt. »Ich weiß, ich habe gesagt, daß wir uns diese Woche allmählich nach Norden durchschlagen, aber ich bin gestern abend zu dem Schluß gekommen, daß es wahrscheinlich besser ist, vorher noch einen Abstecher nach Westen zu machen.«

Ich sah ihn überrascht an. »Besser? Wir nehmen jeden Tag weniger ein, Henry. Ich weiß, daß es größtenteils meine Schuld ist, aber es gibt einfach nicht genug Menschen in den kleinen Dörfern. In London hätten wir sicher mehr Erfolg und müßten zwischen den einzelnen Vorstellungen nicht so weit fahren.«

Während ich dies sagte, fiel mir ein, daß ich die Absicht gehabt hatte, Geld zu sparen, damit ich eine Weile in London bleiben und dort versuchen könnte, Caspar über eines der Ministerien ausfindig zu machen, aber im Moment war nicht daran zu denken. Von unseren mageren Einnahmen konnte ich keinen Penny zurücklegen, und nun, da Paloma fort war, konnte Lord Henry keine Vorstellungen geben, wenn ich nicht das Publikum anlockte; also mußte ich bei ihm bleiben, bis er einen Ersatz für mich gefunden hatte.

»Was Sie über London sagen, ist wahr«, stimmte er zu und schnitt ein Stück von dem Kotelett auf seinem Teller ab, »aber ich denke, wir sollten vorher einen Bogen durch Hampshire machen, Mim. Vielleicht haben wir dort mehr Glück.«

Mein Kotelett war noch dünner, aber wir waren immer noch weit davon entfernt, Hunger zu leiden, und ich hatte schon lange gelernt, jeden Tag so zu nehmen, wie er kam. »Warum sollten wir in Hampshire mehr Glück haben?« sagte ich.

Lord Henry schnitt eine seiner verzweifelten Grimassen, runzelte einige Sekunden lang mit angestrengter Konzentration die Stirn und sagte dann aufgekratzt: »Ach ja, jetzt fällt mir ein, warum. Meine gute Fee lebt in Hampshire! Ich hatte es natürlich nicht gewußt, bis ich vor ein paar Jahren einem alten Weib half, Holz für ihren Ofen zu sammeln, und da warf sie plötzlich ihre Kutte ab und offenbarte sich mir als meine gute Fee. Verstehen Sie? Wie die Fee von Aschenbrödel. Wenn wir ihr begegnen, zaubert sie uns sicher viele Zuschauer herbei.«

Ich kicherte und sagte: »Oh, Sie sind abergläubisch.«

Er blickte gequält drein. »Sie glauben mir nicht?«

»Doch, jedes Wort. Aber essen Sie jetzt.«

Er sah mich einen Augenblick lang an und meinte dann: »Mim, für jemanden, der so viel durchgemacht hat wie Sie, sind Sie eine sehr liebenswerte junge Dame.«

Seine Worte waren so unerwartet, daß ich plötzlich schüchtern wurde und fühlte, wie mir das Blut in die Wangen stieg. »Ich bin alles andere als eine Dame«, sagte ich. »Wenn ich gleich mit Messer und Gabel kein Fleisch mehr von diesem Kotelett bekomme, werde ich die Finger zu Hilfe nehmen.«

In der folgenden Woche legten wir tagsüber größere Entfernungen zurück als vorher, überquerten den Wey, den Fluß, der die Grenze zu Hampshire bildet, und zogen nördlich nach Bordon und Alton. Unsere Einnahmen verbesserten sich nicht, und Henrys gute Fee offenbarte sich nicht. Zwei Tage nach der Weiterfahrt von Alton wachte ich nachts mit einem Gefühl des Unbehagens auf. Ich hatte keine Uhr, doch in meinen Jahren in Shul hatte ich einen guten Zeitsinn entwickelt, und als ich die Plane des Karrens anhob, um nach dem Mond zu schauen, wußte ich, daß es nicht lange nach Mitternacht sein konnte.

Ich war im Begriff, die Plane wieder fallen zu lassen, als ich deutlich Henrys Gestalt sah, die sich auf einem schmalen Weg entfernte, der von der Lichtung nahe der Straße, wo wir unser Lager aufgeschlagen hatten, in den Wald führte. Im Mondschein sah ich, daß er vollständig bekleidet war. Es wäre nur natürlich gewesen, ihm etwas zuzurufen, aber seine Haltung und sein Gang hatten etwas Vorsichtiges, beinahe Wachsames, und ein Gefühl der Überraschung und Unruhe ließ mich schweigen. Ohne richtig zu überlegen, warf ich die Decken zur Seite, tastete nach meinem Rock, der neben dem Bett hing, und zog ihn über mein Nachthemd. Dann streifte ich mir meine Strickjacke über, schlüpfte mit den bloßen Füßen in meine schwarzen Schuhe und ließ mich, das Haar noch zu zwei Zöpfen geflochten, geräuschlos vom Karren heruntergleiten.

Meine Kehle war vor Angst wie zugeschnürt, während ich den Weg entlanglief, den Henry eingeschlagen hatte. Noch schlaftrunken, wußte ich nicht recht, was ich eigentlich befürchtete, oder wollte ich es nicht wissen? Bis zu diesem Augenblick hatte ich beinahe ohne einen bewußten Gedanken gehandelt, aber nun begann die Vernunft über den Impuls zu siegen. Wir waren am späten Nachmittag um das Dorf Granger herumgefahren und hatten keine Anstalten gemacht, dort eine Vorstellung zu geben. Das hatte mich ein wenig erstaunt, und jetzt, im Rückblick, kam ich zu dem Schluß, daß Henry absichtlich diesen Bogen geschlagen hatte, um möglichst unbemerkt zu der Stelle zu gelangen, wo wir lagerten, ein kleines Stück von einer kaum benutzten Straße entfernt, wo ein Wald etwa hundert Meter weit bis zu dem von einer Mauer umgebenen Gelände eines schönen Herrenhauses reichte, das ich, als wir uns von Süden näherten, von einem Hügel aus gesehen hatte.

In der Hoffnung, Henry einholen zu können, lief ich so schnell, wie ich meinte, verantworten zu können. Ich erinnerte mich daran, wie Henry einmal wie im Scherz gesagt hatte, er habe einen Safe geknackt oder einem reichen Mann die Börse stibitzt, und an Palomas Bemerkungen, wie Henry es schaffe, genug Geld für uns drei zusammenzubringen. Vor allem aber fiel mir wieder ein, wie ich Henry beim Pferderennen bei einem Taschendiebstahl beobachtet hatte.

Ich rief leise ins Dunkel hinein, was närrisch war, denn ich hätte ebensogut laut rufen können. Ich bekam keine Antwort. Ich eilte weiter und trat aus dem Wald in das Mondlicht und sah vor mir eine hohe, efeuberankte Mauer – aber keine Spur von Henry. Dann erblickte ich einen Torbogen mit einer schmalen, aber massiven Eichenpforte, die mit eisernen Nägeln beschlagen war, wie ein geheimes Schlupftor. Sie stand einen Spalt offen.

Kälte umfing mein Herz, denn nun bewahrheiteten sich meine Befürchtungen. Henry war im Begriff, das Versprechen zu brechen, das er mir gegeben hatte – er brach in das Herrenhaus ein. Zwischen Sträuchern hindurch führte ein mit Backsteinen gepflasterter Weg zu einer weiten Rasenfläche. Ich rannte ihn beinahe entlang, kam ins Stolpern, fing mich aber wieder, hoffte mit schmerzhaft pochendem Herzen verzweifelt, Henry noch rechtzeitig einzuholen.

Der Weg führte mich an kleineren Außengebäuden vorbei um einen Seitenflügel des Hauses herum, wo er sich zu einer breiten Terrasse mit unterteilten Fenstern in einer grauen Mauer zu meiner Rechten erweiterte. Immer noch kein Zeichen von Henry. Jetzt war ich ratlos, denn das Haus war riesig, und ich konnte nicht wissen, welchen Weg er gegangen war, um sich Eintritt zu verschaffen. Ich eilte weiter, bog um eine Ecke und blieb stehen, als ich einen schwachen Lichtschein aus einem ungefähr dreißig Schritte von mir entfernten Fenster fallen sah. Das Sims war ein ganzes Stück über meinem Kopf, doch als ich darunter stand, sah ich, daß das Fenster geöffnet war und daß eine kleine Leiter an der Mauer lehnte, die Henry sicher von einem der Außengebäude mitgenommen hatte.

Zitternd vor Angst und Kummer, stieg ich die Leiter hoch und hoffte wider besseres Wissen, es möge mir doch noch gelingen, meinen Gefährten von einem vollendeten Einbruch abzuhalten. Das Fenster gehörte zu einem Raum, der als Arbeitszimmer eingerichtet war und zwei Türen hatte. Hier war die Gaslampe nicht angezündet, doch eine der beiden Türen stand offen, und in dem Zimmer dahinter brannte Licht. Mit Kopf und Schultern bereits in dem Arbeitszimmer, zögerte ich und horchte, um dann all meinen Mut zusammenzuraffen und ganz hineinzuklettern. Hatte Henry den Verstand verloren? Das Gaslicht im Nebenraum anzuzünden, um seinen Diebstahl besser ausführen zu können!

Kostbare Teppiche bedeckten den Boden des Arbeitszimmers, und meine Füße machten kein Geräusch, als ich zu der offenen Tür lief. Einen Augenblick später stand ich in einer Bibliothek. Bücherregale erhoben sich vom Boden bis zur Decke, ein großer Lesetisch mit zwei Sesseln stand in der Mitte, und auf einer Seite befanden sich Trittleitern und Leitern mit Laufrollen, um die oberen Regale erreichen zu können. Ich nahm all dies nur halb wahr, denn meine Aufmerksamkeit richtete sich sofort auf Henry, der vor einem kleinen geöffneten Wandsafe stand.

Und er war nicht allein. Neben ihm stand ein Mann mit schütteren grauen Haaren, nur mit einem Morgenmantel bekleidet, der zusah, wie Henry Sovereigns in eine kleine Lederbörse mit einer Schnur zählte. Ich muß vor Schreck gekeucht haben, denn beide Köpfe fuhren zu mir herum. Der ältere Mann machte ein erschrockenes Gesicht. Henry blickte mich überrascht an und lächelte dann bekümmert. »Hallo, Mim«, sagte er. »Haben Sie mir nicht getraut?«

Es fiel mir schwer, Worte zu finden. Er zeigte keine Spur von Scham oder Angst, und ich staunte über die Anwesenheit des älteren Mannes. »Henry«, flüsterte ich endlich rauh. »Was *tun* Sie da?«

»Ich hole nur ein bißchen Geld, Mim.«

»Aber ... aber ...« In eben diesem Moment erkannte ich, daß der Mann im Morgenmantel mir nicht völlig fremd war. Ich hatte ihn schon einmal gesehen, aber wo? Wann?

Während mir die verblüffende Lösung des Rätsels einfiel, wurde eine Tür am anderen Ende der Bibliothek geöffnet, und es erschien eine Gestalt, ebenfalls im Morgenmantel, doch es war eine Dame. Sie war schlank, nicht groß und nicht mehr jung, aber eine eindrucksvolle Persönlichkeit. Im Schein der Lampe, die sie trug, wirkten ihre Augen grau. Sie hatte eine kleine, gerade Nase und hohe Wangenknochen, und ihr Haar, das wie mein eigenes, zu zwei Zöpfen geflochten herunterhing, war dunkel, ohne die kleinste graue Strähne. Nur die feinen Linien an den Augenwinkeln und Mundwinkeln verrieten, daß sie Mitte oder Ende der Fünfzig sein mußte.

Der Mann im Morgenmantel schien zu erstarren. Henry stieß einen leisen Seufzer aus. Die Dame trat vor und stellte die Lampe auf den Tisch. Sie sah mich ohne Überraschung an, musterte mich beinahe nachdenklich vom Gesicht bis zu den strumpflosen Füßen in den schwarzen Schuhen, um ihren Blick dann auf die beiden Männer zu richten und mit einer kühlen, befehlsgewohnten Stimme zu sagen: »Sie können gehen, Jackson.«

Der ältere Mann verbeugte sich, murmelte etwas, das ich nicht verstand, und schritt dann an der Dame vorbei durch die offene Tür hinter ihr. Sie hielt den Blick auf Henry gerichtet, der die Börse auf das andere Tischende gelegt hatte und resigniert wartete. »Ich würde gern die junge Dame kennenlernen«, sagte sie.

»Ja, natürlich.« Henry lächelte sie auf die ihm eigene freundliche Art an. Mit einer höflichen Verbeugung zeigte er auf mich. »Darf ich vorstellen, meine gute Freundin Jemimah Lawley von Witchwood Hall in der Grafschaft Surrey.« Er sah mich an, und nun war sein Lächeln wie eine Bitte um Entschuldigung. »Jemimah, darf ich vorstellen, Ihre Erlaucht, die Marchioness von Whitchurch ... meine Mutter.«

Bei diesen Worten versagte mir der Verstand, doch brachte ich immerhin einen Knicks und eine ehrerbietige Verneigung zuwege. Lady Whitchurch bedachte mich mit einem huldvollen Blick und sah dann wieder auf ihren Sohn.

Ihr Sohn? Mein exzentrischer Gefährte Henry, der nach einem Debüt als Preisboxer selbstgebraute Wundertränke auf Jahrmärk-

ten verkauft und dann zusammen mit einem Zigeunermädchen, das seinen Wohnwagen und sein Bett teilte, ein Kaspertheater betrieben hatte? Der Sohn dieser Lady?

»Was hast du getrieben, seit ich dich das letzte Mal gesehen habe?« fragte sie kühl.

»Oh, nichts Besonderes, Mama«, erwiderte er höflich. »Ich bin mit einem Wohnwagen hierhin und dorthin gefahren und habe zuerst auf Jahrmärkten, Rennplätzen und dergleichen ein Wundermittel verkauft, aber die letzten Monate bin ich Puppenspieler gewesen.«

»Wie bitte?«

»Puppenspieler, Mama. Ich habe jetzt ein Kaspertheater.«

»Guter Gott«, sagte seine Mutter, eher bekümmert als überrascht. »Und hast du Erfolg gehabt?«

»Manchmal, Mama, aber alles in allem nicht unbedingt. Ich mußte Jackson telegraphieren, mir dann und wann ein bißchen Bargeld zu bringen, wenn er sich frei machen konnte. Und ich habe heute nacht hereingeschaut, weil wir ... hm, ja, wir waren einfach knapp bei Kasse.«

Sie nickte und richtete den Blick ihrer kühlen grauen Augen auf mich. »Sind Sie die Geliebte meines Sohnes, Kind?«

Ich war immer noch so benommen vor Schreck, daß ich es nicht einmal fertigbrachte, eine Spur von Entrüstung in meine Stimme zu legen, als ich sagte: »Nein, Lady Whitchurch.«

»Sehr lobenswert.« Sie blickte kurz auf ihren Sohn. »Obwohl es nicht gerade für dich spricht, Henry. Sie ist ein bemerkenswert anziehendes Mädchen.«

»Das ist mir durchaus bewußt, Mama«, sagte er, und nun lächelte er nicht mehr. »Aber es gibt andere Erwägungen.«

»Ach?«

»Ja. Zum Beispiel, daß Jemimah gefangengenommen und nach Kafiristan gebracht wurde, nachdem ihre Eltern in Kabul ermordet worden waren. Sie wurde dort gezwungen, die Frau eines Stammeskönigs zu werden, und er verstieß sie, und sie mußte als Magd dienen, bis es ihr nach mehr als zwei Jahren endlich gelang, zu fliehen und fünfhundert Meilen afghanische Wildnis zu durchqueren, nur um dann in England festzustellen, daß man ihr Heim, Vermögen, Geburtsrecht und sogar den Namen gestohlen hatte. Glaubst du, ihr wäre nach all diesen Erlebnissen nach den Aufmerksamkeiten eines Mannes zumute?«

Sie musterte mich mit hochgezogenen Augenbrauen. »Stimmt das? Sie sagen, Sie seien die junge Lawley von Witchwood Hall?«

Ich antwortete mechanisch: »Ja, Lady Whitchurch. Ich glaube es zumindest.«

Nach einer kleinen Weile sagte sie: »Ich bitte um Entschuldigung für die Andeutung, die ich eben gemacht habe, Kind.« Sie wandte sich an Henry und fuhr ohne Pause fort: »Wo ist dein Wohnwagen jetzt?«

»Im Wald hinter dem unteren Tor, Mama, bei Friars Lane.«

»Ich verstehe. Nun, du kehrst für heute nacht besser dorthin zurück, und ich erwarte, daß du morgen früh wieder hierherkommst und dein altes Zimmer beziehst. Selbstverständlich bitte ich Sie, mein Gast zu sein«, schloß sie, an mich gewandt.

Henry sagte fest: »Das ist unmöglich, Mama. Du weißt sehr gut, daß ich keinen Tag mit George unter einem Dach sein kann, ohne daß es Streit gibt.«

»Das weiß ich nur zu gut«, sagte sie ein bißchen traurig, »aber George ist nicht mehr hier in Torringtons. Er ist vor ein paar Wochen auf einen Posten im Kolonialdienst berufen worden, in den persönlichen Stab des Hohen Kommissars in Kapstadt, und hat England für mindestens drei Jahre verlassen.« Sie hielt die Lampe hoch, trat auf mich zu und blieb stehen, um mein Gesicht ganz ungeniert zu betrachten.

Nach einigen Augenblicken nickte sie leicht. »Ja, es steht in den Augen geschrieben. Das Leben war nicht sehr freundlich zu Ihnen, Jemimah. Nun hören Sie mir bitte gut zu. Sie werden Henry morgen zwischen zehn und zwölf Uhr hierher bringen, ich verlasse mich darauf, und Sie werden bis auf weiteres hier in Torringtons bleiben. Haben Sie verstanden?«

Wieder machte ich einen kleinen Knicks und sagte: »Ja,

Lady Whitchurch.« Der Gedanke, abzulehnen oder etwas einzuwenden oder auch nur eine Frage zu stellen, kam mir gar nicht in meiner Benommenheit.

Einen kurzen Augenblick lang glitt ein Lächeln über ihr strenges Gesicht, dann sagte sie: »Henry ist eine große Plage für mich, aber ich muß gestehen, daß er mich keinen Moment langweilt, und ich werde viele Fragen an Sie beide haben. Gute Nacht, Kind.«

»Gute Nacht, Lady Whitchurch.«

Sie wandte sich ab und hielt wieder inne. »Gute Nacht, Henry. Du darfst mir einen Kuß geben.«

Er ging zu ihr und küßte sie auf die Wange. »Gute Nacht, Mama.«

Sie ging hinaus, und einen Augenblick später kam Jackson herein. Der Butler . . . Er muß der Butler sein, dachte ich vage.

»Wenn Sie jetzt mit der jungen Dame gehen, werde ich dafür sorgen, daß die Leiter entfernt und das Fenster geschlossen wird, Mylord«, sagte er.

»Sehr gut, Jackson.« Henry hatte die Börse mit den Sovereigns in den Safe zurückgelegt. »Ich hoffe, Sie bekommen meinetwegen keinen Ärger mit Lady Whitchurch.«

»Vielleicht wird sie mir einen Verweis geben«, sagte Jackson mit würdevoller Miene, »aber nur der Form halber, wenn ich mich so ausdrücken darf. Wenn ich Ihnen gegenüber illoyal gewesen wäre, dann hätte sie mich entlassen.«

»Nun, dann ist es ja gut. Kommen Sie, Mim.«

Lord Henry nahm meine Hand, führte mich ins Arbeitszimmer und dann zu dem offenen Fenster, wo er mir die Leiter hinunter half. Unten angekommen, nahm er wieder meine Hand, und wir gingen über die geflieste Terrasse zu dem Backsteinweg. Ich war immer noch etwas benommen. Erst als wir die eisenbeschlagene Pforte in der Mauer hinter uns ließen und durch den Wald zur Lichtung gingen, fand ich die Sprache wieder und sagte: »Warum um Himmels willen haben Sie mir das nicht *erzählt*, Henry? *Warum?*«

10

Henry sagte: »Warum ich Ihnen was nicht erzählt habe, Mim?«

»Daß Sie ein *Lord* sind, natürlich.«

»Aber es steht doch am Wohnwagen und an der Bude. *Lord Henry Boots weltberühmtes . . .*«

»Oh, das habe ich doch nicht geglaubt! Kein Mensch glaubt es. Ich dachte, es sollte nur Aufmerksamkeit erregen, besonders mit einem so komischen Namen wie Boot. Der kann doch gar nicht stimmen, selbst wenn Sie ein Lord sind!«

»O doch, Mim. Es ist der Familienname. Ein Vorfahre von mir, im sechzehnten Jahrhundert, hieß Henry Boot. Königin Elisabeth die Erste schlug ihn für besondere Verdienste zum Viscount, als er schon recht betagt war, und später erhob sie seinen Sohn zu einem Marquis. Ich fürchte, ich habe den komischen Namen geerbt.«

Ich war verlegen und sagte: »O du meine Güte, es tut mir leid, daß ich gesagt habe, es sei ein komischer Name, Henry. Ich meine, Lord Henry. Oder soll ich Sie mit ›Mylord‹ anreden?«

»Gott steh uns bei, fangen Sie bloß nicht mit solchem Unsinn an, Mim. Sie nennen mich weiterhin Henry.«

»Na, gut.« Wir gingen einige Minuten schweigend weiter, dann sagte ich: »Dann ist ein Marquis mehr als ein Viscount?«

Er lachte in sich hinein. »O ja. Ein Marquis ist auf der zweithöchsten Stufe des Adelsstandes, er kommt nach einem Herzog. Dann kommen die Earls, die Viscounts und die Barone.«

»Ich glaube nicht, daß viele von ihnen ein Kaspertheater betreiben.«

»Nun, ich hab' auch noch von keinem weiteren gehört.«

Ich dachte, was für eine törichte Bemerkung ich da gemacht hatte, aber nach all den Ängsten und Überraschungen der letzten halben Stunde schwirrte mir der Kopf. Ich hätte ihm gern tausend Fragen gestellt, aber ich empfand zunehmend Hemmungen gegenüber Lord Henry.

Aber er hielt immer noch meine Hand, und als wir die Lichtung erreichten, in der die Wagen standen, sagte er: »Ich hab' wirklich Durst nach all dem. Wollen Sie nicht kurz zu mir in den Wohnwagen kommen und uns eine Tasse Tee machen, ehe wir zu Bett gehen?«

»Ja ... Ja, natürlich.«

Er zündete die Petroleumlampe an und setzte sich hinten im Wohnwagen auf das Bett, während ich einen Kessel Wasser auf den Spiritusherd stellte und Tassen und Untertassen aus dem Schrank holte. Nach einer Weile sagte er: »So, Mim, nun schießen Sie los. Ich nehme an, Sie haben vieles zu fragen.«

Ich setzte mich auf einen der Stühle am Tisch und sagte: »Wenn ich darf?«

»Aber natürlich. Ich schäme mich, daß ich nicht aufrichtig zu Ihnen war, denn ich wußte sehr wohl, daß Sie den hochtrabenden Namen für einen Schaustellertrick halten mußten, und ich hätte Ihnen auch leicht die Wahrheit sagen können, als Sie dachten, ich hätte Jackson das Geld beim Pferderennen in Cranston gestohlen, aber – nun ja, ich fürchtete, es könnte eine gute Partnerschaft verderben, wenn Sie Bescheid wüßten. Sie sind schon ein bißchen anders zu mir, seit Sie wissen, daß ich ein wirklicher Lord bin, und ich wünschte, Sie wären noch so wie vorher.«

Ich spürte Erleichterung, als ich sagte: »Meinetwegen, Henry, ich werde versuchen, wieder so zu sein. Hat Paloma Bescheid gewußt?«

Er schüttelte den Kopf. »Ich habe es ihr nicht erzählt, und ich bin sicher, es hätte nicht den kleinsten Unterschied für sie bedeutet, außer daß sie bei dem Gedanken, einen Lord im Bett zu haben, vielleicht laut gelacht hätte.«

Ich lächelte und nickte zustimmend bei dem Gedanken, wie genau dies zutraf. Dann sagte ich: »Wer ist dieser George, der Herr, der nach Kapstadt gegangen ist?«

»Der, mit dem ich dauernd Streit bekomme?« Er lächelte trocken. »George ist mein älterer Bruder, Earl von Fallowfield.«

»Ein Earl?«

»Ja, aber nicht ›*Der*‹ Earl von Fallowfield, denn es ist nur ein ehrenhalber verliehener Titel, ohne Rechtsansprüche. Übrigens genau wie meiner.«

Ich goß heißes Wasser in die Teekanne, um sie vorzuwärmen, und sagte: »Der Adelsstand scheint recht kompliziert zu sein, Henry.«

»Unverschämt kompliziert, aber ich will versuchen, es Ihnen zu erklären. Mein Vater ist der Marquis von Whitchurch, aber er hat außerdem noch geringere Titel, so ist er zum Beispiel auch *Der* Earl von Fallowfield und Baron Lynwood. ›*Der*‹ steht für die Anrede ›Euer Hochwohlgeboren‹, die ihm zusteht, weil er das persönliche Recht auf den Titel hat. Haben Sie mir bis hierher folgen können?«

»Ich denke, ja, aber ich hoffe trotzdem, Sie werden mich nicht auf die Probe stellen.«

»Ich verspreche es. Da mein Bruder George nun der älteste Sohn ist, bekommt er den höchsten der geringeren Titel meines Vaters und wird Earl von Fallowfield, aber nicht ›*Der*‹ Earl, weil es, wie ich schon sagte, für ihn nur ein Ehrentitel ist.«

Ich gab Tee in die Kanne und beobachtete, wie das Wasser zu kochen begann. »Bekommen Sie den nächst geringeren Titel, Henry?« fragte ich. »Sind Sie Baron Lynwood?«

»O nein. Dieser Titel würde an den ältesten Sohn meines Bruders George fallen, wenn er einen hätte, aber er ist nicht verheiratet. Alle jüngeren Söhne eines Marquis, so wie ich, haben ehrenhalber den Titel Lord, gefolgt von ihrem Vornamen und ihrem Familiennamen. Ich bin also Lord Henry Boot, nicht einfach Lord Boot, denn das wäre ein rechtlicher Titel, verstehen Sie, und wenn ich jemals heiraten sollte, dann wäre meine Frau Lady Henry Boot und nie Lady Boot, die Ärmste. Normalerweise würde man sie mit Lady Henry ansprechen – oh, *es sei denn,* sie hätte zufällig einen höheren Rang in der Adelsliste als ich. Dann würde sie ihren eigenen Vornamen behalten und mit Lady Jane oder wie auch immer angeredet werden.«

Ich goß den Tee auf und ließ ihn einige Minuten ziehen. Henry lehnte sich, die Hände im Nacken verschränkt, mit vorgeneigtem Kopf zurück und beobachtete mich. Nach einer Weile sagte ich: »Warum haben Sie es getan, Henry? Ich meine, warum haben Sie Ihr Heim verlassen, um Preisboxer und Quacksalber und dann Puppenspieler zu werden?«

Er blinzelte. »Habe ich es Ihnen nicht eben gesagt?«

»Mir gesagt? Was meinen Sie?«

»All den Unfug mit den Titeln zum Beispiel. Können Sie sich etwas Lächerlicheres vorstellen? Wenn Sie Ihr Leben damit verbringen müßten, Besuche zu machen und auf Jägerbälle zu gehen und dem Ansturm einfältiger Mädchen, die von ihren Müttern mit wilder Entschiedenheit unter die Haube gedrängt werden, standzuhalten, würden Sie da nicht auch fortlaufen und ein Kaspertheater aufmachen?«

Ich schüttelte mich vor Lachen, nicht nur über seine Worte, sondern auch über seine entrüstete Grimasse, und zwang mich, meine Hand unter Kontrolle zu bringen, damit ich den Tee einschenken konnte. »Ich glaube nicht, Henry. Ich glaube, ich wäre ganz dankbar, wenn ich eine Zeitlang ein stumpfsinniges Leben führen könnte.«

»Sie hätten es bestimmt bald satt, Mim. Mir geht es jedenfalls immer so.«

»Sie meinen, es ist nicht das erste Mal, daß Sie davongelaufen sind?«

»Das erste Mal?« Er schnitt wieder eine Grimasse. »Lieber Gott, nein. Das mache ich schon, seit sie mich von Oxford weggeschickt haben.«

Ich starrte ihn an. »Aber das machen Sie doch unmöglich

schon die ganze Zeit, Henry. Ich meine, auf Jahrmärkten auftreten. Sonst könnten Sie es doch inzwischen besser, oder?«

»Ich habe mich ja auch zum erstenmal als Puppenspieler versucht. Vorher habe ich alles mögliche ausprobiert, auch im Ausland, ein richtiger Hansdampf in allen Gassen – nun, vielleicht nicht ganz, aber ich habe schon so ziemlich alles gemacht, zum Beispiel im Wilden Westen Pferde zugeritten, und ich war Leibwächter eines Bankiers in Hongkong. Es war übrigens mein eigenes Geld, was ich aus dem Safe stehlen wollte. Ich habe ein Einkommen von einer treuhänderischen Stiftung, die mein Großvater eingerichtet hat. Außerdem laufe ich nicht nur vor der schrecklichen Eintönigkeit in Torringtons davon. Da ist auch noch mein Bruder George. Vielmehr, da war er – er ist ja jetzt weg.«

»Earl von Fallowfield, ohne *Der.*«

Henry lächelte breit. »Stimmt genau, Mim. Und ausgerechnet ein großartiger Bursche wie ich hat einen so widerwärtigen älteren Bruder. George ist ein so vollkommenes Muster an Rechtschaffenheit, daß man davonlaufen und Verbrechen begehen möchte. Ich glaube, er hat nie mit mir gesprochen, ohne mich wegen irgendeiner Lappalie zu ermahnen und mich auf meine fortwährenden Irrwege hinzuweisen. Ehrlich, Mim, er ist der aufgeblasenste, beschränkteste, dünkelhafteste, steifste und selbstgerechteste Mensch, den Gott je geschaffen hat. Ich habe keine Ahnung, woher er das hat.«

Ich reichte ihm eine Tasse Tee, und als er sich aufrichtete, um sie zu nehmen, sagte ich: »Ich glaube trotzdem nicht, daß die Schuld allein bei ihm lag.«

»Weit entfernt. Ich weiß, daß ich unmöglich bin. Danke, Mim.«

Ich beobachtete, wie er langsam den Tee trank, während sein Gesicht im Schattenspiel vor der Lampe noch wunderlicher und verschmitzter wirkte als sonst, und konnte es kaum fassen, daß ich um diese Morgenstunde in einem Wohnwagen saß und Tee mit einem Lord trank, bei dessen Mutter, wie mir plötzlich wieder einfiel, ich bald zu Gast sein würde.

Mir kam ein Gedanke, und ich sagte: »Sie sprachen von Ihrem Vater, dem Marquis, aber ich hatte irgendwie den Eindruck, daß er nicht im Haus war.«

Henry nickte. »Das stimmt. Papa verschwand schon vor langer Zeit aus unserer Hütte . . . oh, ich weiß nicht mehr, aber es muß jetzt zwölf Jahre her sein. Er wurde von einem feurigen Wagen entführt wie Elias – oder war es Elisa? Ich bringe diese Propheten aus dem Alten Testament immer durcheinander.«

»Einem feurigen Wagen?« Ich verschluckte mich beinahe bei diesen Worten. »Bitte, seien Sie nicht lächerlich, Henry.«

»Es stimmt beinahe, Mim. Nur wurde er nicht in den Himmel getragen, wenigstens nicht in Elias' Himmel. Er wurde davongetragen von einem feurigen Wagen namens Lucia Carolina Pontieri, einer nicht ganz erstklassigen Opernsängerin, der er in Rom begegnete und hörig wurde. Soweit ich weiß, leben sie jetzt in einem Palazzo in Venedig, und sie singt nicht mehr, außer vielleicht für Papa. Wenn ich sie als feurigen Wagen bezeichne, ist es im Grunde nur eine Vermutung, und meinem Bruder George zufolge noch dazu eine außerordentlich vulgäre, aber ich bin überzeugt, daß Lucia Carolina Pontieri enorme Qualitäten haben muß, denn sonst hätte sie meinen Vater nicht all die Jahre in Italien festhalten können.«

Ich sagte: »Sie meinen, er hat Ihre Mutter vor zwölf Jahren verlassen und ist nie mehr zurückgekommen?«

»Genau«, sagte Henry fröhlich. »Und ich denke, es ist ihr sehr recht. Die Ehe war von ihren Eltern arrangiert worden, und Mama sagt, sie hätten nicht allzu gut zueinander gepaßt. Er hat ihr natürlich einen großen Haufen Geld überschrieben.«

Ich schüttelte verwundert den Kopf. »Sie scheinen eine recht merkwürdige Familie zu haben, Henry. Haben Sie Ihren Vater geliebt?«

»Ich hatte eigentlich nie viel mit ihm zu tun. Er war die meiste Zeit in London und schlief gewöhnlich im Clubhaus. Ich kam mit acht Jahren aufs Internat und später auf die Universität, und als ich schließlich zurückkehrte, hatte Papa schon die

Pontieri kennengelernt und weilte in der Stadt der Gondolieri. Er war in jeder Hinsicht ein ziemlich exzentrischer Mann. Und in der Beziehung bin ich ihm wohl etwas ähnlich.«

»Den Eindruck habe ich auch«, sagte ich. »Möchten Sie noch Tee?«

Ich nahm seine Tasse und sagte: »Glauben Sie, Ihre Mutter hat es ernst gemeint, als sie mich nach Torringtons eingeladen hat?«

»Großer Gott, ja. Mama sagt nie etwas, was sie nicht ernst meint.«

»Aber warum sollte sie mich einladen? In Witchwood Hall wohnt eine Jemimah Lawley, und das macht mich zu einer Namenlosen, einem Mädchen von Nirgendwo.«

Er antwortete: »Oh, das würde Mama nicht beunruhigen. Sie lebt sehr zurückgezogen, seit Papa weg ist, und ich glaube, sie fühlt sich manchmal einsam. Und trotz ihres gestrengen Auftretens liegt ihr etwas an ihrem mißratenen Sohn, und sie weiß, daß sie von Ihnen viel eher etwas über unsere Unternehmungen erfährt als von mir.«

Ich fragte mich, wie lange ich wohl in Torringtons zu Gast sein würde. Ich war an ein einfaches Leben gewöhnt und hatte mich schon auf London gefreut, wo ich Caspar ausfindig machen wollte. Außerdem fürchtete ich mich ein bißchen vor Lady Whitchurch. Ich versuchte nachzudenken, während ich meinen Tee trank, aber es war inzwischen sehr spät, und abgesehen von meiner Müdigkeit war ich noch ganz benommen von all dem, was sich ereignet hatte, seit ich um Mitternacht aufgewacht und Henry in den Wald gefolgt war, voller Sorge, er könne einen Einbruch begehen. Nach einer Weile sah ich ein, daß es keinen Sinn hatte, mich weiter mit Überlegungen zu quälen, denn zur Zeit gab es sowieso nichts zu entscheiden. Was immer als nächstes geschehen mochte – eine Woge der Ereignisse würde mich hinwegtragen, wie schon seit jener Nacht, in der ich mich voll Angst aus Sandrus Hütte gestohlen hatte, um nicht an Akbah den Wahnsinnigen verkauft zu werden.

Eines Tages, dachte ich versonnen, eines Tages mußt du

ernsthaft versuchen, dein Leben wieder selbst in die Hand zu nehmen. Aber nicht heute nacht ... nicht in diesem Augenblick.

Ich unterdrückte ein Gähnen und stand auf. »Gute Nacht, Henry«, sagte ich. »Stellen Sie bitte Ihre Tasse und Untertasse in die Schüssel, ehe Sie zu Bett gehen.«

Ich hatte schon die Tür geöffnet, als mich etwas innehalten ließ. Ich drehte mich um und schaute Henry an, der es sich auf dem Bett wieder gemütlich gemacht hatte und auf einen Ellbogen gestützt seinen Tee austrank. »Henry«, sagte ich. »Gibt es vielleicht noch etwas, was Sie mir nicht erzählt haben?«

»Was denn zum Beispiel, Mim?«

»Nun, ich weiß nicht. Aber es war ein Schock, als ich erfahren habe, daß Sie wirklich ein Lord sind, und ich wüßte gern, ob mir noch weitere Schocks bevorstehen.«

Er runzelte eine Weile nachdenklich die Stirn und sagte dann seufzend: »Möglich ist alles.«

Ich starrte ihn an. »Was soll das heißen? Haben Sie noch andere Geheimnisse?«

Er sah mich um Entschuldigung heischend an. »Ich habe die Geheimnisse anderer Leute, Mim. Es steht mir nicht zu, sie zu enthüllen.«

Wäre ich nicht so müde gewesen, dann hätte ich mich sicher aufgeregt. So zuckte ich nur mit den Schultern, lächelte schwach und sagte: »Nun ja, was es auch sein mag, ich hoffe, Sie bringen es mir das nächste Mal schonender bei.«

In den nun folgenden Tagen hatte ich Schwierigkeiten, mich an ein müßiges Leben zu gewöhnen. Ich erwachte schon bei Sonnenaufgang, nur um mich mit dem Gefühl, die Zeit zu verschwenden, von einer Seite auf die andere zu wälzen, bis ich endlich billigerweise läuten konnte, um mein Bad einlaufen zu lassen. Am dritten Tag fuhr Lady Whitchurch in der Eisenbahn mit mir nach London und verbrachte einen Vormittag damit, mir Kleider und Accessoires zu kaufen, wobei sie meine Proteste beiseite wischte und streng wurde, als ich beharrte.

»Sie sind Henrys Freundin«, erklärte sie, »und Sie sind mein Gast. Schon deshalb muß ich für Ihre gegenwärtigen Bedürfnisse aufkommen. Ich bedaure, daß wir nur Konfektionskleidung kaufen, aber dies ist immerhin besser als der Inhalt Ihrer Kiste, und da Sie zum Glück eine Größe und Figur haben, die keiner erfahrenen Schneiderhand bedürfen, wird es bis auf weiteres genügen.«

Henry begleitete uns auf der Fahrt nach London, doch ohne seine schäbigen, alten Sachen und den eingeknickten Zylinder. Er trug einen eleganten Anzug mit einem blitzenden Zylinder und hatte eine Blume im Knopfloch und einen Spazierstock mit Elfenbeinknauf in der Hand. Als wir angekommen waren, verabschiedete seine Mutter ihn mit dem Vorschlag, den Vormittag in seinem Club zu verbringen, und er traf uns erst wieder, um uns zum Lunch in ein sehr feudales Restaurant zu führen, ehe wir mit dem Zug nach Granger zurückfuhren. Ungeachtet seiner vornehmen Kleidung schien er immer noch etwas Drolliges an sich zu haben, und wenigstens ihm machte die ganze Expedition offenbar einen Heidenspaß.

In der ersten Woche in Torringtons stellte Lady Whitchurch mir viele Fragen, aber sie reichten alle nur bis zu dem Zeitpunkt zurück, da Henry mich unter seine Fittiche genommen und mir die Arbeit als seine Assistentin in der Kasperlebude angeboten hatte. Ich dachte gleich daran, Henry zu fragen, ob ich jede Erwähnung Palomas vermeiden sollte, aber er lachte nur und sagte: »Bleiben Sie einfach bei der Wahrheit, Mim. Wenn Sie versuchen, Paloma bei einer Geschichte auszulassen, werden Sie sich doch nur rettungslos verhaspeln.«

Ich war erleichtert, daß ich Lady Whitchurch aufrichtig antworten konnte, als sie alles über das Zigeunermädchen, das mit uns gereist war, wissen wollte, und sie schien auch nicht schockiert, als sie erfuhr, Paloma sei die Geliebte ihres Sohnes gewesen. Als sich diese Tatsache bei der Antwort auf eine sehr direkte Frage ergab, sagte sie nur: »Hat das Mädchen ihn geliebt, Jemimah?«

Ich dachte daran, wie Paloma Henry angesehen hatte, als sie

ihn zum Abschied küßte, und ich antwortete: »Ja, ich bin sicher, sie hat ihn von ganzem Herzen geliebt, Lady Whitchurch, aber sie war ein gutes und großherziges Mädchen, und ihr war klar, daß aus der Geschichte nichts werden konnte.«

»Armes Mädchen«, sagte Lady Whitchurch leise. »Armes Mädchen.« Das war der einzige Augenblick, in dem ich sie eine tiefere Gefühlsregung zeigen sah. Ich war ihr aufrichtig dankbar, daß sie mich bei sich aufgenommen hatte, aber ich fand sie sonderbar einschüchternd. Sie pflegte mich nach unseren Fahrten zu fragen und wollte wissen, wie wir in einem Wohnwagen gehaust und was wir in den Dörfern, bei den Festen, auf den Jahrmärkten und Rennplätzen erlebt hätten, doch obwohl sie sich sichtlich dafür interessierte, gab sie sich unweigerlich kühl und streng, was im Gegensatz zu der Freundlichkeit ihres Handelns stand.

Einmal sagte ich, Henry könne ihr doch selbst viel mehr über seine Fahrten erzählen als ich, aber sie zog nur ein wenig verächtlich Luft durch die Nase ein und erwiderte: »Henry ist in dieser Hinsicht hoffnungslos. Er verschwindet für ein halbes Jahr. Wenn er zurückkehrt, frage ich ihn, was er getrieben hat. Er sagt, er habe als Preisboxer, als Quacksalber und als Puppenspieler gearbeitet. Das ist alles, und wenn ich ihn dränge, die vollständige Geschichte zu erzählen, behauptet er, an die Einzelheiten könne er sich nicht mehr erinnern.«

Ich konnte nicht ganz ein Lachen unterdrücken, so genau entsprach es meiner Vorstellung von Henry.

In der zweiten Woche in Torringtons stellte ich fest, daß der wunderschöne Garten mich zunehmend anzog. Ich war überrascht, denn als Kind hatte ich mich kaum für unseren Garten interessiert, aber vielleicht kam es daher, daß die Jahre im rauhen Kafiristan in mir die Sehnsucht nach der wunderbaren Vielfalt der Blumen und Sträucher in meiner Heimat geweckt hatten. Ich benutzte jeden Anlaß, um täglich etwa eine Stunde in der Gesellschaft Mr. Wickhams, des ersten Gärtners, zu verbringen, der ein zurückhaltender kleiner alter Mann mit einem wie eine Walnußschale gekräuselten Gesicht war und alles, was da wuchs, kannte und liebte. Er verfügte über ein in vielen Jahrzehnten angesammeltes Wissen und war von Natur aus freundlich und nie zu sehr beschäftigt, um die manchmal törichten Fragen einer unwissenden jungen Frau zu beantworten und ihr die verschiedensten Dinge zu erklären.

Ich spürte, daß Lady Whitchurch mein neues Interesse durchaus billigte. Es war nicht ihre Art, dergleichen mit Gesten oder Worten zu bekunden, doch wenn wir miteinander plauderten, schien sie jetzt den Garten gern in die Unterhaltung einzubeziehen. Erst in meiner dritten Woche in Torringtons kam sie auf das zu sprechen, was mir widerfahren war, ehe ich ihren Sohn kennengelernt hatte. Wir saßen nach dem Dinner im Salon, und Henry machte seinen halbstündigen abendlichen Ritt – eine seiner besonderen Gewohnheiten. Ich las ihr aus Mr. Robert Louis Stevensons Buch *Reisen mit einem Esel* vor, als sie mich plötzlich unterbrach und sagte: »Das dürfte fürs erste genügen, vielen Dank, Jemimah. Geben Sie mir jetzt bitte einen kurzen Bericht von Ihren Erlebnissen in Afghanistan.«

Überrascht klappte ich das Buch zu. »Einen kurzen Bericht?«

»Das habe ich gesagt, Jemimah.«

»Nun, ich will es versuchen, Lady Whitchurch, aber ich war über zwei Jahre dort, und in der Zeit ist sehr viel geschehen.«

Sie blickte von ihrem Stickrahmen auf. »Zusammenfassen, Kind, zusammenfassen.«

Ich wartete einige Augenblicke, um meine Gedanken zu ordnen, und dann berichtete ich: »Ich war in Kabul, als unsere dortige Gesandtschaft überfallen wurde. Mein Vater und meine Mutter wurden ermordet. Ein Diener schaffte es, mich ungesehen über den Fluß und in die Berge zu bringen, aber dort bemächtigten sich einige hinduistische Händler meiner und ließen unseren Diener, wie ich glaube, tot liegen. Sie brachten mich in ein kleines Königreich namens Shul, das weit entfernt in Kafiristan liegt. Der Pascha von Shul hieß Deenbur. Zwei Frauen schon hatten ihm kein Kind schenken können. Ein Priester prophezeite ihm, eine Feringhi-Frau werde ihm einen Sohn gebären . . .«

»Erklären Sie bitte, was *Feringhi* ist, Jemimah.«

»Es ist ein Wort, mit dem man dort Menschen aus Europa bezeichnet.«

»Danke. Fahren Sie bitte fort.«

»Die Hindus verkauften mich an Deenbur, und ich wurde gezwungen, seine Frau zu werden, doch als Monate vergingen, ohne daß ich schwanger wurde . . .«

»Sie drücken sich sehr direkt aus, Jemimah.«

»Oh, ich bitte um Vergebung. Ja, das stimmt wohl, aber es war ein sehr primitives Land. Und als Deenbur mich verstoßen hatte, wurde ich zuerst Magd im Palast und dann Dienerin eines Arztes, der . . .«

»Arzt? Sie sprechen von einem Medizinmann? Oder einem Schamanen?«

»O nein. Sandru war wirklich Arzt, und das ist eine sehr interessante Geschichte, denn er hatte . . .«

»Wir wollen uns nicht über Begriffe streiten, Jemimah. Der Mann praktizierte eine Art von Medizin, und Sie wurden seine Dienerin. Ich interessiere mich nicht für seine Geschichte. Ich interessiere mich für Ihre Geschichte.«

»Also, ich wurde seine Assistentin, seine Krankenschwester, und ich half ihm bei seinen Patienten und bei einer Reihe von Geburten, und ich glaube, das ist der Grund, weshalb ich so unmißverständliche Worte benutze. Ich wollte Ihnen nicht zu nahe treten, Lady Whitchurch.«

»Sie sind mir nicht zu nahe getreten. Mein Kommentar war als Lob gemeint. Ich ziehe eine direkte Ausdrucksweise vor. Fahren Sie bitte fort.«

Ich sagte: »Dann kam ein Augenblick, in dem Deenbur beschloß, mich an einen Nachbarkönig zu verkaufen, der nicht nur sehr grausam, sondern auch wahnsinnig war. Ich wußte, daß ich als Akbahs Frau nicht lange überleben würde, aber eine Flucht schien unmöglich. Eine junge Feringhi-Frau konnte eine solche Reise unmöglich allein schaffen. Dann kam ein Freund Sandrus durch den Ort, ein wandernder Händler, der noch fünfhundert Meilen weit durch Afghanistan nach Herat wollte.«

Ich zögerte kurz. Ich hatte Henry von Caspar erzählt und mich später gefragt, ob dies in Anbetracht von Caspars Beruf richtig gewesen sei. Nun beschloß ich, es Lady Whitchurch nicht zu erzählen. Sie hatte schließlich um einen kurzen Bericht gebeten.

Ich sagte: »Der Mann hieß Kassim, und wir zogen viele Wochen auf der langen Route über hohe Berge und durch Wüstenebenen. Drei Tage vor Herat wurde er von einem Feind angeschossen, aber ich konnte ihn bis nach Herat bringen und habe später erfahren, daß er mit dem Leben davonkam. Nach meiner Rückkehr nach England fuhr ich nach Witchwood Hall, dem Sitz meiner Familie, aber dort fand ich eine junge Frau, die sagte, *sie* sei Jemimah Lawley. Bei ihr war ein Mann, den sie Onkel James nannte, obwohl es in Wirklichkeit einen Cousin namens James gab, einen lang verschollenen weitläufigen Verwandten aus der Gegend um Kapstadt. Der Mann sagte, das Mädchen sei in Kabul gewesen und dem Massaker dank der Hilfe treuer Diener entronnen, und die Diener hätten sie einige Wochen in den Bergen versteckt, bis die Briten wieder in Kabul eingerückt seien.«

Ohne von ihrer Stickerei aufzublicken, sagte Lady Whitchurch: »Sie meinen, Ihnen beiden sei das gleiche widerfahren?«

»Nein, das ist nicht möglich. In Kabul war damals kein anderes englisches Mädchen in meinem Alter.«

Jetzt sah sie auf, und ihr Blick war durchdringend. »Sie behaupten also, diese Personen seien Schwindler?«

Ich nickte langsam. »Ich glaube, das müssen sie sein, ich glaube es wirklich, Lady Whitchurch. Ich erinnere mich an meinen Vater und an meine Mutter und an Oakhurst, wo ich geboren bin, und an unser Haus, Witchwood Hall, und an alles, was in Kabul und anschließend geschehen ist.« Ich zögerte. »Aber . . . manchmal habe ich so eine sonderbare Angst, daß mich all das, was ich erlebt habe, vielleicht ein bißchen wirr im Kopf gemacht hat und daß ich mir nur einbilde, ich sei Jemimah Lawley, weil ich sie irgendwann einmal kannte. Ich habe keine Ahnung, wie oder wo. Irgendwo in meinem Kopf bin ich mir einfach nicht sicher, was wirklich geschehen ist oder vielleicht geschehen sein könnte.«

»Schien das Mädchen, das Sie in Witchwood Hall sahen, Sie zu erkennen?«

»Nein. Nein, da bin ich mir ganz sicher. Sie hätte mich aber doch erkennen müssen, wenn wir einander früher gekannt hätten?«

»Vielleicht.« Lady Whitchurch konzentrierte sich auf einen Stich, blickte dann wieder auf. »Sie meinen, es sei möglich, daß Sie nicht Jemimah Lawley sind?«

Ich dachte einen Augenblick nach, ehe ich antwortete, dann sagte ich: »Tief in meinem Innern halte ich es nicht für möglich, aber gleichzeitig verstehe ich nicht, wie ein anderes Mädchen, das mir zumindest ein bißchen ähnelt, einige Wochen nach dem Blutbad aus den Bergen nördlich von Kabul gekommen sein soll, wenn es *nicht* Jemimah Lawley war.«

Lady Whitchurch legte ihren Stickrahmen beiseite und faltete die Hände im Schoß. »Henry hat keinen Zweifel, daß Sie Jemimah Lawley sind«, sagte sie, »und er behauptet, Sie seien die vernünftigste Person, die er je kennengelernt hat. Aber meiner Ansicht nach ist Henry selbst so unberechenbar, daß seine Meinung in fast jeder Hinsicht keinen großen Wert hat.«

Ich sah sie überrascht an. »Unberechenbar? Oh, bestimmt nicht, Lady Whitchurch. Ich weiß, er ist unkonventionell, sogar exzentrisch, aber ich habe ihn nie anders als freundlich und liebenswürdig erlebt, und –« Ich wollte »komisch« sagen, besann mich jedoch im letzten Moment: » – und amüsant.«

Ein Hauch von Verzweiflung zeichnete sich in Lady Whitchurchs Augen ab. »Überspannt wäre ein passenderer Ausdruck«, sagte sie kalt, »aber wir sprechen hier nicht über meinen Sohn, sondern über Sie, Jemimah.«

»Ja, ich bitte um Verzeihung.«

»Ich habe meine Anwälte diskrete Erkundigungen über die Leute in Witchwood Hall einziehen lassen, und ich muß Ihnen sagen, daß jede Andeutung, sie könnten nicht diejenigen sein, für die sie sich ausgeben, als absurd betrachtet wird.«

Ich nickte zustimmend. »Ja, davon bin ich überzeugt, jedenfalls jetzt, nachdem sie schon seit über zwei Jahren in Witchwood Hall leben, aber haben Ihre Anwälte auch in Erfahrung gebracht, was für Beweise oder Beglaubigungen sie vorlegten?«

»Beweise? Was für Beweise sollte man von ihnen erwarten? Der Mann, James Lawley, reiste von der Kapprovinz nach Indien, als er von den Ereignissen in Kabul gehört hatte, und versuchte, etwas über den Verbleib seiner Angehörigen in Erfahrung zu bringen. Kurz nach seiner Ankunft wurde das Mädchen von den Dienern, die es gerettet hatten, aus den Bergen nach Kabul gebracht. Die britischen Dienststellen erkannten sie sofort als Jemimah Lawley, später auch die Anwälte ihrer Eltern und alle Leute, die sie in Oakhurst gekannt hatten. Irgendwelcher Beweise bedurfte es gar nicht.«

Ich sagte: »Das meine ich ja, Lady Whitchurch. Kein Mensch hat je Fragen gestellt.«

Sie runzelte die Stirn. »Warum hätte man Fragen stellen sollen? Wenn mein Sohn George aus der Kapprovinz zurückkehrt, frage ich *ihn* doch auch nicht nach Beweisen.«

Ich sagte schüchtern: »Das ist nicht ganz das gleiche. Immerhin werden Sie Ihren Sohn wiedererkennen, Lady Whitchurch. Sie sagen, die britischen Dienststellen in Kabul hätten Jemimah Lawley erkannt, aber das kann nicht sein. Alle Briten, die sie dort gekannt hatten, wurden getötet, und die Leute in Oakhurst hatten sie nicht mehr gesehen, seit sie England mit dreizehn Jahren verlassen hatte. Sie haben sie einfach akzeptiert, und zwar einzig und allein aus dem Grund, daß man ihnen *sagte,* sie sei Jemimah Lawley.«

Lady Whitchurch musterte mich einige Sekunden abschätzend. Mir war unbehaglich, doch ich fuhr fort, ihren Blick zu erwidern. Endlich sagte sie recht freundlich: »Ich bin mir ganz sicher, daß Sie nicht den Wunsch haben, mich zu täuschen oder sich selbst zu täuschen, aber Sie haben gesagt, Sie hätten trotz allem eine gewisse Angst, daß Sie sich womöglich nur einbilden, Sie seien Jemimah Lawley. Habe ich mich korrekt ausgedrückt?«

Ich zauderte. Manchmal legte sich die Angst völlig, aber manchmal war sie stärker, so daß ich jetzt nur antworten konnte: »Ja, Lady Whitchurch.«

Sie sagte: »Dann meine ich, es wäre das Beste für Sie, sich zu der Überzeugung durchzuringen, Sie litten unter einem Wahn, Jemimah.«

Ich verschränkte die Finger, damit meine Hände nicht zitterten, und sagte: »Aber das würde bedeuten, daß ich nicht wüßte, wer ich bin.«

»Würde Sie das sehr beunruhigen?«

Ich schaffte es, meine Stimme nicht beben zu lassen, als ich antwortete: »Ja. Ja, das würde es, Lady Whitchurch. Es ist schwer zu erklären, aber mein Name und meine Herkunft sind so gut wie alles, was mir geblieben ist. Wenn ich ohne einen unwiderlegbaren Beweis meinen Glauben daran aufgebe, werde ich das Gefühl haben, daß ich mich auf irgendeine Weise selbst betrüge. Das einzige, worauf ich in meinem Leben ein bißchen stolz sein kann, ist meines Wissens die Tatsache, daß ich hart darum kämpfte, unter Bedingungen, die sich kein Mensch vorstellen kann, am Leben zu bleiben. Wenn man mir meinen Namen nimmt, nimmt man mir damit auch jenes bißchen Stolz, und ich habe gar nichts mehr.« Meine Worte waren schneller und schneller gekommen. Nun hielt ich inne, um Atem zu holen. »Ich bitte um Verzeihung, Lady Whitchurch. Ich wollte mich nicht hinreißen lassen.«

Sie betrachtete mich mit einem Ausdruck, den ich nicht ergründen konnte, nahm dann wieder ihre Stickerei hoch und sagte: »Lesen Sie mir bitte weiter vor, Jemimah.«

Als ich später mit Henry im Billardzimmer war, fragte er: »Hat Mama mit Ihnen über die beiden Betrüger in Witchwood Hall gesprochen?«

Ich antwortete nicht gleich, sondern schrieb seine Punktzahl an die kleine Tafel und kreidete das Ende meines Billardstokkes, während ich die Lage der Kugeln, zwei weiße und eine rote, studierte. Billard war nicht unbedingt ein Spiel für eine Dame, doch weder Henry noch ich kümmerten uns um diesen Gesichtspunkt. Er hatte sonst niemanden, mit dem er spielen konnte, und ich freute mich über jede Beschäftigung, die mir die Zeit vertreiben half. Wir konnten beide nicht gut spielen, doch obwohl ich, bevor ich nach Torringtons gekommen war, noch nie einen Billardstock in der Hand gehalten hatte, war ich eher besser als Henry.

»Mim? Haben Sie gehört?« fragte er.

»Ja«, sagte ich abwesend, »aber versuchen Sie bitte nicht, mich abzulenken, Mylord. Warten Sie, bis Sie an der Reihe sind, wenn Sie Fragen stellen möchten.« Er lachte, und nachdem ich mich genügend gesammelt hatte, stieß ich meine Kugel so, daß sie, von der roten abgelenkt, in ein oberes Loch rollte. In den folgenden zwei oder drei Minuten schaffte ich eine Zweiundzwanzigerserie, ehe ich bei einer recht schwierigen Karambolage versagte.

Während Henry meine Punkte auf der Tafel vermerkte, sagte er: »Hat sie gefragt oder nicht, Mim?«

»Ja. Ihre Mutter glaubt, daß die Leute in Witchwood echt sein müssen und ich mir nur einbilde, Jemimah Lawley zu sein. Sie mag recht haben, Henry.«

»Ach, Unsinn. Sie sind Jemimah Lawley.«

»Nun – ob ich es bin oder nicht, Ihre Mutter ist auf ihre ein wenig spröde Art sehr freundlich zu mir.«

Er lächelte. »Ich weiß, was Sie meinen. Sie ist schon immer so gewesen, als ob sie es nicht über sich brächte, Herzlichkeit oder Gefühle zu zeigen. Eigentlich ist es traurig.«

»Ja.« Ich sah zu, wie er seinen Stock mit Kreide bestrich. »Sie hat mich nicht aufgefordert abzureisen, obwohl sie glaubt, ich sei eine Namenlose. Ich weiß nicht recht, was ich tun soll, Henry. Ich kann hier nicht als Dauergast bleiben, aber ich habe keine Ahnung, wohin ich gehen soll.«

»Oh, Sie sind noch keine fünf Minuten hier, Mim, hören Sie also auf, sich zu sorgen, was als nächstes passiert.« Er bückte sich, um den Winkel eines Stoßes abzuschätzen, und seine gebogene Nase ruhte beinahe auf dem polierten Tischrand, als er die Augen zusammenkniff, um über den grünen Filz zu spähen. Ich mußte an die Zeit denken, als wir dicht nebeneinander in der Kasperbude gehockt und durch den Gazestreifen unter der Bühne gespäht hatten, um die Zahl der Zuschauer und ihre voraussichtliche Zahlungsbereitschaft abzuschätzen.

»Wenn der Zeitpunkt kommt, wo wir etwas tun müssen, werden wir schon ein Zeichen bekommen«, sagte er, als er sich aufrichtete. »Vielleicht erscheint mir ein Engel mit goldenen Flügeln, der mir befiehlt, unverzüglich mit Judy zum Reich der Mitte aufzubrechen, um dort unermeßliche Schätze zu finden.«

»Ich weiß, daß Sie schon einige Bekannte unter den Engeln haben«, antwortete ich. »Aber wer ist Judy?«

Er hielt inne und starrte mich an. »Sie natürlich, Kind, wer sonst? Wer sonst hat den Sommer über meine Judy gespielt?«

»Oh, ich verstehe. Aber was das Reich der Mitte betrifft, weiß ich nicht recht. Ich bin dieses Jahr schon eine ganze Menge gereist.«

Er zuckte die Achseln. »Es kommt auf den Engel an, Mim. Womöglich sagt er mir auch, ich soll sofort nach Whitehall gehen und mich darum bemühen, Beweise für die wahre Jemimah Lawley zu finden. Und nun seien Sie ein braves Mädchen, und lenken Sie mich nicht weiter ab.« Er beugte sich vor, um einen Stoß zu machen, und dabei lugte seine Zungenspitze aus einem Mundwinkel hervor.

Ich sagte nichts mehr und dachte daran, wie glücklich ich mich schätzen konnte, von all diesem Luxus umgeben zu sein. Manchmal war es schwer zu glauben, daß ich früher Lalla in Shul gewesen war, oder auch Mim, die Judy aus einem ziemlich schlechten fahrenden Kaspertheater. Ich wußte jetzt, daß ich unter Umständen nie imstande sein würde zu beweisen, wer ich war, Jemimah Lawley von Witchwood Hall, und daß ich für einige Zeit nicht einmal imstande sein würde, diese Aufgabe anzupacken, aber ich speiste jeden Tag an einem gut gedeckten Tisch, ich schlief nachts in einem weichen Bett, und ich war nie in Gefahr, von einem barbarischen Herrscher beleidigt, verstümmelt oder getötet zu werden, womit ich früher einmal stündlich hatte rechnen müssen.

Ich konnte hier in Torringtons bleiben, bis – um mit Henry zu sprechen – irgendein Zeichen kam, das mir sagte, was ich als nächstes tun sollte. Es war ein tröstlicher Gedanke, doch ich wäre beunruhigt gewesen, wenn ich gewußt hätte, wie bald dieses Zeichen kommen sollte, und entsetzt, wenn ich seine Natur gekannt hätte.

11

Drei Tage später kehrte ich von einem Spazierritt mit Henry gerade rechtzeitig zurück, um mich umzuziehen und rechtzeitig zum Tee mit Lady Whitchurch im Salon einzufinden. Henry war ein ausgezeichneter Reiter, doch ich konnte mithalten: Ich wußte – wie auch immer mein wahrer Name lauten mochte –, daß ich als Kind daheim und im Ausland häufig geritten und später in Shul viel mit Pferden, Maultieren und Eseln umgegangen war.

Ich hatte meine Reitkleidung abgelegt und mir soeben Gesicht und Hände gewaschen, als es klopfte und ein junges Hausmädchen namens Ethel auf meinen Zuruf hin ins Zimmer kam. »Entschuldigen Sie bitte, Miss«, sagte sie, »aber Lady Whitchurch hat gesagt, ich soll Ihnen Bescheid sagen, daß ein Gast zum Tee da ist.«

Ich war überrascht und sagte: »Wer denn, Ethel? Ich dachte, Lady Whitchurch empfängt heute keine Besuche.«

»Das tut sie nachmittags auch fast nie, Miss, aber Mrs. Galliard ist aus London da, nicht extra für diesen Besuch, sondern weil sie am Wochenende bei Freunden in Longmark war. Ich habe jedenfalls gehört, wie sie das gesagt hat, und eigentlich wollte sie nur auf dem Rückweg vorbeikommen und ihre Karte abgeben.«

Während ich ein Kleid aus dem Schrank nahm, sagte ich: »Ist Mrs. Galliard eine alte Freundin, Ethel?«

»Ich weiß nicht, Miss. Ich hab' sie noch nie gesehen, aber ich bin sowieso erst ein halbes Jahr hier.«

»In Ordnung, mach mir jetzt bitte die Knöpfe hinten zu und geh dann wieder zu Lady Whitchurch und danke ihr und sag, daß ich in einigen Minuten unten sein werde. Hast du Lord Henry Bescheid gegeben?«

»Ja, Miss. Halten Sie bitte kurz still. Ja, ich hab' es ihm gesagt, und er war ganz durcheinander, als ich sagte, es ist Mrs. Galliard.«

»Er war was?« Ich stand vor dem Spiegel und richtete meine Frisur.

»Durcheinander, Miss. Sie wissen schon, er kriegte so komische verklärte Augen.«

Ich setzte mich hin, um die Schuhe anzuziehen, und sagte: »Ich weiß, daß du noch nicht lange im Dienst bist, Ethel, aber trotzdem solltest du wissen, daß es sich nicht gehört, einem Gast des Hauses gegenüber Bemerkungen über deinen Herrn zu machen. Gegenüber niemandem. Ich bin sicher, daß Mr. Jackson, der Butler sehr ungehalten wäre, wenn er es wüßte.«

Sie legte eine Hand vor den Mund und sah ängstlich drein. »Es tut mir schrecklich leid, Miss. Sie werden es ihm doch nicht sagen, oder?«

»Nein, natürlich nicht. Ich habe es nur gesagt, weil ich dir künftigen Ärger ersparen möchte. Und jetzt geh, und sag Lady Whitchurch, daß ich gleich komme.«

»Ja, Miss. Vielen Dank, Miss.«

Ich hatte keine Zeit, um lange darüber nachzudenken, was Ethel über Henry gesagt hatte, denn zwei Minuten später ging ich die breite Treppe hinunter, die in einem sanften Bogen von der Galerie in die Eingangshalle führte. Als ich den Salon betrat, hatte Lady Whitchurch soeben Tee eingeschenkt, und sie blickte auf und sagte: »Ah, da sind Sie ja, Jemimah. Das war lobenswert schnell, Kind. Kommen Sie, und nehmen Sie Platz.«

Ich hörte ihre Worte und antwortete höflich, aber meine ganze Aufmerksamkeit war auf die Dame gerichtet, die an einem Ende des Chesterfield-Sofas saß. Die lange Straußenfeder an ihrem eleganten Hut schwankte noch leicht von der Kopfbewegung, die sie gemacht hatte, um mich betrachten zu können. Ich hatte in meinem ganzen Leben noch nie eine so schöne Frau gesehen. Sie mochte Ende zwanzig sein und strahlte all die Sicherheit und Reife einer verheirateten Frau dieses Alters aus. Ihre Figur war vollendet, ihr Teint makellos, und wenn ihre Züge nicht vollkommen ebenmäßig waren, so kam das ihrer Schönheit nur zugute, weil es ihr einen unverwechselbaren individuellen Charme verlieh. Ihre Haare waren rotgolden, die Zähne blendend weiß, die Augen von einem ungewöhnlichen Indigoblau.

Doch da war noch mehr: Der warme Schimmer ihrer Augen verriet das freundlichste aller Wesen, und es schien eine wahre Aura von Wohlwollen und Großherzigkeit, mit einem Hauch von humorvoller Ausgeglichenheit und einer beinahe schelmischen Bereitschaft zu lachen, von ihr auszugehen. Nie in meinem Leben hatte ein Mensch einen so starken Eindruck auf mich gemacht. Er hätte sehr wohl bewirken können, daß ich mich linkisch und gehemmt benommen hätte, aber ihr direkter Blick war so freundlich, daß mir einfach warm ums Herz wurde.

Als ich nähertrat, sagte Lady Whitchurch: »Das ist Jemimah, unser junger Gast. Sie hat sich Henry bei seiner letzten Eskapade angeschlossen, unter sehr bemerkenswerten Umständen, wenn ich so sagen darf.« Sie richtete ihren kühlen Blick auf mich. »Jemimah, ich darf Ihnen Mrs. Anne Galliard vorstellen.«

»Meine Liebe, ich freue mich aufrichtig, Sie kennenzulernen«, sagte die Dame lächelnd, während sie mir die Hand reichte; ihre Stimme entsprach ihrer äußeren Schönheit.

Ich merkte, wie ich ihr Lächeln erwiderte wie das einer alten Freundin, und sagte: »Guten Tag, Mrs. Galliard.«

»Ich bin so froh, daß ich mir herausnahm, vorbeizuschauen«, sagte sie mit einem Entschuldigung heischenden Blick auf die Gastgeberin. »Und daß Lady Whitchurch die Freundlichkeit hatte, mich zu empfangen, besonders, da ich nun erfahre, daß Henry soeben von einem seiner außergewöhnlichen Abenteuer heimgekehrt ist.« Sie legte die Hand neben sich auf das Chesterfield-Sofa. »Kommen Sie, Jemimah, setzen Sie sich zu mir. Ich kann es kaum erwarten zu hören, was unser Tunichtgut diesmal ausgeheckt hat, natürlich nur, wenn es Lady Whitchurch recht ist.«

»Ich fürchte, es ist kein Ruhmesblatt für ihn«, bemerkte Lady Whitchurch und schenkte mir Tee ein. »Wie kommt es, daß Sie sich schneller umgekleidet haben als Henry, Jemimah? Ein Mann braucht gewöhnlich nicht soviel Zeit wie eine Frau, um präsentabel auszusehen.«

»Ich glaube, er hatte noch etwas mit dem Kammerdiener zu besprechen«, antwortete ich. Ich schreckte nicht vor einer kleinen Notlüge zurück, wenn es darum ging, Kritik von Henry abzuwenden. Zwei Dinge machten mich unsicher. Zum einen hatte ich das Gefühl, daß Lady Whitchurch sich zu der entzükkenden Mrs. Galliard zwar korrekt, aber nicht unbedingt huldvoll verhielt, und ich konnte mir nicht vorstellen, warum. Zum anderen wunderte ich mich, daß Mrs. Galliard Henry auf eine vertrauliche Weise als Tunichtgut bezeichnen konnte.

Im nächsten Augenblick beantwortete sie meine unausgesprochene Frage. »Mein Mann war mit Henry im Internat, und dann sind sie zusammen nach Oxford gegangen. Henry war vor sieben Jahren unser Trauzeuge, und ich habe ihn schon ein Jahr zuvor kennengelernt und weiß, wie unbekümmert er sich in die bizarrsten Unternehmungen stürzt.«

»Dieses Jahr«, sagte Lady Whitchurch ein bißchen grimmig, »hat er die Rummelplätze unsicher gemacht, wie er sich auszudrücken beliebt. Zuerst als Preisboxer, dann, indem er leichtgläubigen Tölpeln eine selbstgebraute Medizin andrehte, und zuletzt als Besitzer eines Kaspertheaters.«

Mrs. Galliards Augen waren ein einziges Lachen, und sie gab sich keine Mühe, es zu verbergen, was sie mir noch sympathischer machte. Nicht jeder würde es wagen, Belustigung über etwas zu zeigen, das Lady Whitchurch eindeutig nicht belustigte. »Wie herrlich aufregend!« rief Mrs. Galliard aus. Sie sah mich an. »Ich hörte, Sie haben sich ihm in Oakhurst angeschlossen. Wäre es indiskret zu fragen, wie es dazu kam, Jemimah?«

»Es ist eine recht lange Geschichte, Mrs. Galliard. Ich war zufällig in der Nähe, als Henry eine Vorstellung gab, und er wäre beinahe an seinem Piepser erstickt. Ein Piepser ist ein kleines Ding, das man mit der Zunge an den Gaumen drückt, um die hohe Stimme Kaspers nachzuahmen. Ich konnte ihm helfen, als das Unglück passierte, und danach bot Henry mir an, seine Assistentin zu werden.« Ich warf einen Blick auf Lady Whitchurch, und als sie ihn nicht warnend erwiderte, fuhr ich wahrheitsgetreu fort: »Ich war gerade in großen Schwierigkeiten und hatte kein Heim und kein Geld, und deshalb nahm ich sein Angebot dankbar an.«

Mrs. Galliard nickte langsam und lächelte nicht mehr. »Ja«, sagte sie freundlich, »Lady Whitchurch hat mir von Ihrem Dilemma berichtet.«

Wenn es sich nicht gerade um Mrs. Galliard gehandelt hätte, wäre ich unglücklich gewesen, daß Lady Whitchurch diesen Teil meiner Geschichte weitererzählt hatte, denn sie hatte sicher auch angedeutet, daß ich ihrer Meinung nach unter einem Wahn litte, doch aus irgendeinem, mir unbegreiflichen Grunde machte es mir nichts aus, daß Mrs. Galliard es erfahren hatte. Nun lächelte sie wieder und öffnete ihre schönen Augen weit und schalkhaft: »War Henry ein sehr guter Puppenspieler?«

Ehe ich antworten konnte, ging die Tür auf, und Henry kam herein. Er trug einen ausgezeichnet geschnittenen grauen Anzug. Ich hatte ihn noch nie so elegant gesehen. Ich hatte auch noch nie gesehen, daß er sich so strahlend gab wie jetzt, als er durch den Raum schritt, Mrs. Galliard begrüßte, ihr herzlich die Hand schüttelte und sich ihr gegenüber in einen hochlehnigen Sessel setzte. Mir kam sofort Ethels »durcheinander« in den Sinn, denn es war leicht zu sehen, daß Lord Henry Boot bis über beide Ohren in Mrs. Anne Galliard verliebt war.

Einen Moment lang dachte ich, die offensichtliche Bewunderung werde sie in Verlegenheit bringen, aber dann wurde mir klar, daß sie mit ihrer bemerkenswerten Schönheit und warmen Persönlichkeit sicher von vielen jungen wie älteren

Männern angebetet wurde und diesen Umstand zu meistern wußte. Bei dem Gedanken, daß all das nicht die geringste schädliche Wirkung auf sie gehabt oder sie auch nur ein wenig eitel gemacht zu haben schien, spürte ich, wie meine eigene Bewunderung für sie noch wuchs.

Ich beteiligte mich kaum an der nun folgenden Konversation, außer daß ich, wenn Mrs. Galliard mir eine Frage stellte, hier und da einen Kommentar zu Henrys Erzählung abgab. Ein- oder zweimal war ich ein bißchen traurig, weil er so angestrengt versuchte, sie zu amüsieren und zu unterhalten, denn ich wußte, daß er am amüsantesten war, wenn er einfach er selbst war, doch abgesehen davon bereitete mir die Unterhaltung viel Vergnügen.

Nach einer Weile kam es mir merkwürdig vor, daß Henry sich nicht nach Mrs. Galliards Mann erkundigte, mit dem er immerhin schon als Junge befreundet gewesen war, aber dann fiel mir ein, daß wohl die meisten Männer neidisch auf den Mann sein mußten, der Anne Galliard zur Frau hatte, und es daher instinktiv vermieden, von ihm zu sprechen, während sie selbst in ihrer Klugheit ebenfalls deswegen keinen Versuch machen würde, die Sprache auf ihn zu bringen.

Ich war enttäuscht, als sie schließlich mit einem Blick auf ihre Armbanduhr sagte: »Ich habe veranlaßt, daß die Bahnhofsdroschke mich um halb vier abholt, und sie wird inzwischen gekommen sein, so daß ich mich jetzt verabschieden muß.« Sie erhob sich, und Henry und ich standen fast gleichzeitig auf, während sie sagte: »Haben Sie vielen Dank, Lady Whitchurch, und ich hoffe aufrichtig, daß Sie uns aufsuchen werden, wann immer Ihr Weg Sie nach London führt.«

Lady Whitchurch neigte den Kopf. »Sehr freundlich von Ihnen, Mrs. Galliard, aber ich entferne mich selten längere Strekken von Torringtons. Henry, läute bitte nach Jackson, damit er Mrs. Galliard hinausbegleitet.«

»Sehr wohl, Mama.«

Henry war nicht so unbeschwert wie sonst, und ich wußte, daß er wie ich das Gefühl hatte, seine Mutter hätte dem Gast ein wenig mehr Herzlichkeit erweisen sollen. Mrs. Galliard schien dies jedoch nicht zu berühren. Während sie ihre Handschuhe überstreifte, lächelte sie Lady Whitchurch an und sagte: »Falls Sie irgendwann einmal auf Jemimah verzichten könnten, und falls sie selbst einverstanden ist, wäre ich überaus froh, sie bei uns am Stanford Square zu haben, damit sie mir ein wenig Gesellschaft leisten kann – natürlich nur so lange, wie sie es möchte, und selbstverständlich gegen eine angemessene Vergütung. Ich bin sicher, daß wir sehr gut miteinander auskommen würden. Wie Sie wissen, ist mein Mann Archäologe, und seine Arbeit raubt ihn mir manchmal für längere Zeiträume, so daß ich mich freuen würde, eine so sympathische und interessante junge Dame wie Jemimah um mich zu wissen.«

Ihre Worte überrumpelten mich völlig und schmeichelten mir gleichzeitig sehr. Ich errötete und sagte: »Wie gütig von Ihnen, das zu sagen . . .«

Lady Whitchurch unterbrach mich. »Sehr großzügig, und ich bin sicher, wir werden Ihren freundlichen Vorschlag nicht vergessen, Mrs. Galliard.«

»Das ist alles, worum ich bitten möchte, Lady Whitchurch, und seien Sie bitte versichert, daß ich nicht die Absicht habe, Ihnen Jemimah zu rauben.« Als Jackson eintrat und die Tür geöffnet ließ, blickte Anne Galliard uns mit einem herzlichen Lächeln an. »Auf Wiedersehen, Lady Whitchurch, und vielen Dank für diesen unterhaltsamen Nachmittag. Auf Wiedersehen, Henry, mein Lieber. Auf Wiedersehen, Jemimah, ich werde darum beten, daß Ihre Probleme bald gelöst werden mögen.«

Als Jackson sie mit einer Verbeugung aus dem Raum geleitete und die Tür hinter sich schloß, kam es mir vor, als wäre es plötzlich dunkler im Salon geworden, und ich spürte, daß dieses Gefühl bei Henry noch ausgeprägter war.

Nach einem kurzen Schweigen sagte seine Mutter: »Jetzt, wo die Frau deines Freundes gegangen ist, könntest du aufhören, so schmachtend dreinzuschauen, und eine Partie Cribbage mit mir spielen, Henry. Die Karten sind im Sekretär.«

»Schmachtend! Hör mal, Mama ...«, begehrte er auf, doch dann zuckte er die Achseln und lächelte so unbekümmert wie immer. »Vergessen wir es. Möchten Sie nicht mitspielen, Mim? Zu dritt macht Cribbage mehr Spaß.«

Mrs. Anne Galliard hatte mich so beeindruckt, daß ich gern mehr über sie erfahren hätte, doch Henry und seine Mutter erwähnten ihren Besuch nicht mehr, und deshalb hielt ich es für besser, nicht von mir aus darauf zu sprechen zu kommen. Lady Whitchurch teilte meine Meinung über die Besucherin offensichtlich nicht, während Henry so sehr von ihr fasziniert war, daß ich befürchtete, ihn in Verlegenheit zu bringen.

Einige Tage später ereignete sich ein kleiner Vorfall, von dem ich damals kaum Notiz nahm, an den ich mich später jedoch unter merkwürdigen Begleitumständen erinnern sollte. Wir saßen beim Frühstück, als Henry sich von dem Buffet abwandte, wo er sich aus den dampfenden Silberschüsseln bedient hatte, und sagte: »Warum schickt Wilkinson zwei Tage hintereinander einen Mann her, um die Uhren zu stellen und aufzuziehen, Mama?«

Ich wußte, daß Mr. Wilkinson ein Uhrmachergeschäft in Granger hatte und einmal in der Woche jemanden zu uns nach Torringtons schickte, um die Uhren aufzuziehen und wenn nötig zu stellen. Lady Whitchurch blickte von ihrem Nierenomelett auf und sagte: »Zwei Tage hintereinander? Unsinn, mein Lieber. Er kommt immer freitagmorgens. Es ist meist dieser dicke Mann mit dem roten Gesicht und einer Lederweste.«

»Ja, ich habe ihn gestern gesehen.« Henry setzte sich an den Tisch, lächelte mir zu und fuhr fort: »Aber wer war dann der kleine dunkelhaarige Bursche, der sich Donnerstag oben an der Standuhr zu schaffen machte? Ich hatte ihn vorher nie gesehen.«

Ich sagte: »Trug er eine dicke Schürze und hatte er eine Tasche mit Werkzeugen bei sich, Henry?«

»Ja. Rundes Gesicht mit tausend Falten, wie ein alternder Cherub.«

»Oh, ich habe ihn auch gesehen, aber ich wußte nicht, daß er von Mr. Wilkinson kam. Er ging den Flur entlang und wünschte mir sehr höflich einen guten Morgen. Ich dachte, er sei ein Handwerker, den ich noch nicht gesehen hatte, vielleicht ein Klempner oder ein Tischler.«

»Nein, er hat an den Uhren gearbeitet, Mim. Ich weiß es, weil ich ihn angehalten und gefragt habe. Deshalb war ich überrascht, als ich den Burschen, der sonst immer die Uhren macht, gestern mit seinem Zweisitzer fortfahren sah.«

Lady Whitchurch sagte etwas abwesend: »Letztes Jahr ist einmal ein anderer Mann gekommen, als der dicke Uhrmacher krank war, aber ich weiß nicht mehr, ob er wie ein alternder Cherub aussah.«

Henry zuckte mit den Schultern. »Es ist nicht weiter wichtig, Mama. Unsere bewegliche und unbewegliche Habe ist noch da, so daß der Cherub kein Einschleichdieb gewesen sein kann. Wahrscheinlich hat Wilkinson sich geirrt, und dem Mann falsche Anweisungen oder eine falsche Adresse gegeben. Mim, mein Lamm, mein Schatz, mein barmherziger Engel, wäre es möglich, daß Sie mir Kaffee einschenkten? Ich würde es unendlich gern selbst tun, aber meine Beine versagen mir den Dienst.«

Ich lachte, als ich aufstand und zum Buffet trat, aber Lady Whitchurch musterte ihren Sohn mit einer gewissen Besorgnis vom Tischende aus. »Was ist mit deinen Beinen, Henry?«

»Sie schmollen nur, Mama. Wahrscheinlich, weil sie sich einsam fühlen.«

»Einsam? Was beim Himmel meinst du damit?«

»Männerbeine sind behost, Mama, jedes allein und für sich, gefangen in einem dunklen, röhrenförmigen, gekämmten oder gezwirnten Kerker – mehr oder minder fein, aber dennoch ein Kerker. Stell dir vor, wie einsam sie sich fühlen müssen . . .«

»Das werde ich nicht tun, Henry! Männerbeine sind kein Gesprächsthema, wenn Damen zugegen sind. Dein Bruder George hätte dieses Wort nie in den Mund genommen.«

Henry schnitt eine bekümmerte Grimasse, als ich seine Tasse

vor ihm auf den Tisch stellte. »Danke, Mim«, murmelte er. Mein Kopf war von seiner Mutter abgewandt, so daß ich zum Zeichen mitfühlenden Verständnisses kurz ein Auge zukneifen konnte. Er lächelte breit und sagte: »Du hast vollkommen recht, Mama. George würde so etwas nie in den Mund nehmen. Ich glaube, er hat sein Leben lang keinen einzigen Scherz gemacht.«

Ich war Henrys wuchernde Phantasie gewohnt und hörte ihn gern mit Worten spielen und – was er oft tat – einen absurden Gedanken mit dem nächsten verbinden. Ich bedauerte, daß seine Mutter diesen Humor unverständlich fand, aber ich konnte nichts tun, um ihn ihr nahezubringen. Ich glaubte mit gutem Grund, daß man Sinn für Humor nicht lehren konnte. In Shul hatte es als Heidenspaß gegolten, den Kopf eines hingerichteten Gefangenen für ein poloähnliches Spiel der Reiter zu benutzen, doch ich hatte niemals gelernt, darüber zu lachen, und Sandru trotz seiner vielen Jahre in Shul auch nicht.

Vier Tage später erwachte ich bei Sonnenaufgang und setzte mich in meinem Morgenrock ans Fenster. Ich betrachtete den Garten und wünschte, nicht noch mindestens eine Stunde warten zu müssen, ehe ich Ethel läuten konnte, damit sie heißes Wasser für mein Bad brachte. Wie gewöhnlich schämte ich mich dieses egoistischen Wunsches und zwang mich, an die fortwährenden Ängste und Härten des Lebens zurückzudenken, das ich noch vor gar nicht so vielen Monaten geführt hatte.

Nach einer Weile beschloß ich, mir ein weiteres Kapitel des Buches vorzunehmen, das ich gerade las, Mr. Thomas Hardys *Fern der rasenden Menge.* Doch dann überlegte ich es mir anders und machte mich daran, in den Schubladen der Kommode an meinem Bett Ordnung zu schaffen. Da sah ich zu meinem Erstaunen auf der Kommodenplatte, halb von dem Fuß eines Kerzenhalters verborgen, eine Kette mit einem goldenen, ovalen und rings um den Rand fein ziselierten Medaillon. Ich hatte es noch nie gesehen und konnte mir nicht vorstellen, wie es in mein Zimmer gekommen war.

Ich untersuchte die Kette und den Verschluß. Beide waren intakt, so daß der Besitzer sie nicht versehentlich verloren haben konnte. Mit einem Daumennagel öffnete ich das Medaillon, das winzige Scharniere hatte. Es barg zwei feingemalte Porträtminiaturen, auf jeder Seite eine, deren Farben wie Juwelen leuchteten. Das linke zeigte eine anziehende junge Frau mit einer Frisur, die vor meiner Geburt aus der Mode gekommen war. Ich erkannte sie sofort an den Augen, den hohen Wangenknochen und der kleinen, geraden Nase. Es war Henrys Mutter, Ihre Erlaucht, die Marchioness von Whitchurch, vor mehr als dreißig Jahren porträtiert.

Auch das rechte Porträt war vollkommen bis ins Detail. Es zeigte einen einige Jahre älteren Herrn in Brustansicht, so daß man den scharlachroten Rock eines Soldaten erkennen konnte. Es mußte der Marquis von Whitchurch sein, folgerte ich, der Gatte, der vor etwa zwölf Jahren davongelaufen war, um mit seiner Geliebten in Venedig zu leben. Henry hatte mir nicht erzählt, daß sein Vater einmal Soldat gewesen war, aber ich wußte, daß es in vielen aristokratischen Familien Brauch war, einen Sohn in der Armee oder bei der Marine dienen zu lassen.

Ich vermutete, daß die Porträts entweder zur Verlobungszeit oder kurz nach der Hochzeit der beiden entstanden waren. Henry hatte gesagt, es sei eine Vernunftehe gewesen, doch als ich die Gesichter nun betrachtete, schien mir von beiden eine tiefe Liebe auszugehen, die der Künstler meisterhaft eingefangen hatte. Bei dem Gedanken, daß diese Liebe im Lauf der Jahre geschwunden sei, rührte Kummer an mein Herz. Der Mann hatte seiner Frau, seiner Familie und seiner Heimat den Rücken gekehrt. Die Frau hatte, ihrem Sohn Henry zufolge, nicht über das Fortgehen ihres Mannes getrauert und einfach behauptet, sie hätten nie wirklich zueinander gepaßt.

Vielleicht hat sie aus Stolz so getan, als mache es ihr nichts aus, dachte ich. Ich schaute wieder auf das Miniaturporträt des Mannes. Es war ein gutes Gesicht, kraftvoll und intelligent, mit weit auseinanderstehenden Augen und dichtem, hinter den Ohren gelocktem Haar. Während ich es betrachtete, kam unversehens ein merkwürdiges Gefühl über mich, das eine ganze Weile anhielt. Es war, als wäre mir einfach durch die Betrachtung des Bildes eine verblüffende Offenbarung zuteil geworden, ohne daß ich irgend etwas Neues, ein Erkennen, eine staunenswerte Enthüllung hätte benennen können.

Während ich noch dort stand und mich fragte, welche Laune meiner Phantasie dieses abrupte Gefühl in mir wachgerufen haben mochte, wurde die Tür zu meinem Schlafzimmer ohne Warnung aufgerissen, und Lady Whitchurch eilte herein. Sie trug einen Morgenmantel und sah fast so aus wie in jener Nacht, als ich Henry vom Wohnwagen gefolgt war. Damals war sie ruhig und gelassen, jetzt aber war sie bleich und wirkte völlig verstört. Ich war sofort beunruhigt, denn ich wußte, daß etwas Ernsthaftes geschehen sein mußte, sonst wäre sie niemals so in mein Zimmer hereingestürmt, und ich sagte: »Lady Whitchurch, was ist passiert?«

Ihr Blick fiel auf das Medaillon in meiner Hand, und sie blieb stehen; sie atmete schwer und zitterte kaum merklich. »Oh, Sie schamloses, undankbares Geschöpf!« sagte sie mit bebender Stimme. »Wie konnten Sie nur so etwas tun?«

Ich war zutiefst bestürzt über ihre Worte, und jetzt dämmerte mir, daß ihre Blässe ebenso von Zorn wie von einem Schock herrührte. »So etwas tun . . . Was soll ich getan haben?« fragte ich verständnislos.

»Wie konnten Sie mich bestehlen?« Aus ihren Augen sprach beinahe Haß, gemischt mit Kummer und Enttäuschung. »Wie *konnten* Sie?«

Die Anschuldigung machte mich sprachlos. Ich sah auf das Medaillon, dann wieder auf Lady Whitchurch, und endlich brachte ich es fertig zu sprechen. »Das? Aber ich weiß nicht, wie es hierhergekommen ist. Ich habe es eben erst auf der Kommode gefunden.«

Sie trat vor und nahm, die Augen eisig von Verachtung, das Medaillon behutsam aus meiner tauben Hand. »Sie haben es gestohlen«, sagte sie bitter, mit einer von Erregung rauhen Stimme. »Sie haben sich in mein Zimmer geschlichen wie ein

Dieb in der Nacht, wie die Diebin, die Sie sind, und mir meinen kostbarsten Besitz gestohlen.«

»Nein«, stammelte ich, vor der Gewalt ihres Zorns zurückschreckend. »Nein, ich schwöre Ihnen . . . Ich habe es wirklich gefunden . . .«

Sie fuhr fort zu sprechen, als hätte sie mich nicht gehört, wobei sie das Medaillon zärtlich in der Hand hielt und betrachtete. »Ich habe es lange Jahre um den Hals getragen, aber so, daß es niemand sah, immer unter meinem Kleid versteckt. Nachts liegt es neben mir auf meinem Nachttisch« – ihr Kopf fuhr hoch, und sie musterte mich mit durchbohrendem Abscheu – »und Sie sind letzte Nacht irgendwann hereingekommen und haben es sich genommen.«

»Aber . . .«

Sie hob ihre andere Hand, die eine winzige, blaue, genähte Schleife hielt, und eine jähe Angst ergriff mich, denn dies war eine von den zwölf oder fünfzehn Schleifen, mit denen mein Nachthemd geschmückt war. »Dies habe ich neben meinem Nachttisch gefunden«, sagte Lady Whitchurch, und ihre Stimme war nun kalt wie Polarluft. »Es ist von Ihrem Nachthemd, Jemimah. Wollen Sie mir sagen, jemand *anders* habe gestern nacht das Medaillon genommen? Jemand *anders* hätte ein Gewand, an dem eben diese Schleife fehlt? Und jemand *anders* hätte das Medaillon in Ihr Zimmer gebracht, während Sie schliefen? Vielleicht einer der Dienstboten? Oder mein Sohn Henry?«

Ich ging zu meiner Frisierkommode und öffnete mit bebenden Fingern die obere Schublade. Im Spiegel sah ich, daß am Ausschnitt meines Nachthemds eine der hübschen blauen Schleifen fehlte, und die Furcht in mir wurde noch tiefer, denn jetzt hatte es den Anschein, daß ich nachts einen Diebstahl begangen hatte, ohne daß ich mich im entferntesten daran erinnern konnte.

Ich suchte verzweifelt nach einer anderen Erklärung, einem anderen Schuldigen. Ein Dienstbote? Aber aus welchem Grund? Ich hatte mir in Torringtons keine Feinde gemacht.

Henry? Absurd! Lady Whitchurch selbst aus irgendeinem dunklen Motiv heraus? Unmöglich. Ihr Zorn und ihre Enttäuschung waren zu echt. Ich stand da und starrte mich im Spiegel an, sah mich als eine Fremde, die eine Tat verübt hatte, von der ich nichts wußte, und fragte mich, ob dies alles zusammenhing mit meinem Glauben, Jemimah Lawley zu sein.

»Nun?« Das Wort war wie ein Stein, der auf eine Fensterscheibe traf.

Ich wandte mich um, zwang mich, ihren Blick zu erwidern, und sagte: »Lady Whitchurch, ich habe Ihr Medaillon nicht gestohlen. Oder wenn – wenn ich es doch tat, kann ich mich nicht daran erinnern.«

Sie gab einen Laut verächtlichen Unglaubens von sich und wandte sich zur Tür, um sie zu schließen. Als sie zurückkam, hatte sie sich wieder gefaßt, und nur die Blässe ihrer Wangen verriet den Sturm der Empfindungen, der über sie hinweggefegt war. Jetzt schaute sie an mir vorbei, als sie sprach, und ihre Stimme klang fern, als bewohnten wir verschiedene Welten.

»Ist Ihnen klar, daß Sie hier nicht bleiben können?«

In jenem Augenblick war es mir gleichgültig, was mir widerfuhr, ich hätte alles gegeben, wenn ich sie hätte überzeugen können, daß ich sie zumindest nicht absichtlich bestohlen und sie nach all der Freundlichkeit, die sie mir erwiesen hatte, auch auf keine andere Weise verletzt hatte. Aber ich wußte, daß es sinnlos war, zu bitten oder zu argumentieren, und sagte einfach: »Ja, Lady Whitchurch.«

Sie schien ein, zwei Augenblicke lang mit sich zu ringen, und sagte dann steif: »Ich bin mir bewußt, daß mein Sohn niemals etwas Schlechtes von Ihnen glauben würde. Selbst wenn Sie es ihm gestehen sollten – er würde es nicht glauben.«

»Ich habe nichts zu gestehen, Lady Whitchurch. Ich wußte nichts von Ihrem Medaillon, bis ich es heute morgen auf der Kommode neben meinem Bett fand. Zu glauben, daß ich es ohne mein eigenes Wissen genommen hätte, fällt mir ebenso schwer, wie mir eine andere Erklärung vorzustellen.«

Sie machte eine kleine, ungeduldige Geste. Dabei fiel ihr die Schleife aus der Hand und flatterte zu Boden. »Meine einzige Sorge ist, daß Henry Torringtons wieder verlassen wird, um eine seiner unmöglichen und endlosen Unternehmungen zu beginnen, wenn ich ihm erzähle, daß ich Sie fortschicke«, sagte sie. »Ich würde ihn deshalb lieber in der Annahme wiegen, Sie seien aus eigenem Antrieb gegangen. Ich meine, das wäre sicher auch Ihnen lieber, weil es Ihnen eine Menge Peinlichkeiten ersparen würde.«

Ich war immer noch taub vor Schock, und mir dämmerte nur ganz langsam, daß Lady Whitchurch mich auf eine sonderbare Weise um einen Gefallen bat. Es stimmte wahrscheinlich, daß Henry, obwohl alles gegen mich sprach, nicht glauben würde, ich hätte das Medaillon gestohlen, und wahrscheinlich stimmte es auch, daß er nicht länger in Torringtons bleiben würde, wenn seine Mutter mich hinauswarf. Ihr anderer Sohn war weit fort, Henry war alles, was ihr geblieben war, und unter ihrem kühlen Äußeren war sie eine einsame Frau.

Nach kurzem Schweigen sagte ich: »Welchen Grund soll ich für mein Gehen erfinden? Er wird sich nie mit einer vagen Entschuldigung zufriedengeben, Lady Whitchurch. Er wird wissen wollen, wohin ich gehe und warum ich gehe.«

Ich nahm eine Spur von Erleichterung in ihren Augen wahr, als ich auf ihre Bitte einging. Sie trat ans Fenster und schaute eine Weile hinaus. Dann sagte sie langsam: »Er würde sich damit abfinden, daß Sie als Gesellschafterin von Anne Galliard nach London gingen. Es war ein Angebot, das er für Sie in Erwägung ziehen würde, und außerdem möchten Sie selbst nach London, um über das Kriegsministerium gewisse Dinge hinsichtlich Ihrer Herkunft zu klären, stimmt das nicht?«

Ich antwortete: »Ja. Aber wären Sie damit einverstanden, daß ich zu Mrs. Galliard ginge, obwohl Sie mich für eine Diebin halten?«

»Ich bin nur flüchtig mit Mrs. Galliard bekannt«, erwiderte sie kalt, »und es steht mir nicht zu, sie auf meine Meinung hinzuweisen. Sie sagen, Sie seien unschuldig, nicht wahr?«

»Ja, Lady Whitchurch.«

Sie wandte sich vom Fenster ab. »Dann ist es nicht meine Aufgabe, etwas anderes zu sagen. Anne Galliard hat Sie aus freien Stücken eingeladen. Wenn Sie ihr schreiben und das Angebot annehmen, werden Sie postwendend eine Antwort bekommen, nehme ich an. Ihr schien sehr viel daran zu liegen, Sie als Gesellschafterin zu haben. Ich werde inzwischen eine Migräne vorschützen und einige Tage das Bett hüten. Dann wird Henry nicht merken, daß sich unser Verhältnis abgekühlt hat.« Sie fixierte mich mit harten Augen. »Ist es also abgemacht? Die Sache mit dem Medaillon soll vergessen sein, und Sie gehen aus eigenem Antrieb?«

Ich stellte fest, daß ich ein wenig zu zittern begann, als ich antwortete: »Ja, Lady Whitchurch.«

»Gut.«

Sie schritt zur Tür und öffnete sie, blieb dann stehen, um mich noch einmal anzusehen. Mit kaum hörbarer Stimme sagte sie: »Sie können sich nicht vorstellen, wie unendlich enttäuscht ich bin.«

Mir fiel nichts zu sagen ein, und sie wartete auch nicht auf eine Antwort, sondern ging hinaus und schloß die Tür leise hinter sich. Ich setzte mich auf den Rand des Bettes, ließ die Schultern hängen, fror innerlich so sehr, daß ich die Arme an die Brust drückte, und fragte mich, was in der letzten Nacht wirklich passiert sein konnte. Doch ich dachte nicht eingehend darüber nach, weil ich den Rückschluß nicht ertragen hätte, daß irgendein Teil von mir ohne mein Wissen und meine Kontrolle handelte. Dieser furchterregende Gedanke hätte mich vielleicht vernichtet.

Ich schaffte es, mich Henry gegenüber an diesem Tag ganz natürlich zu geben, aber es bedurfte einer fortwährenden Anstrengung, die ich ja vor ihm verbergen mußte. Als wir am Nachmittag zum Angeln an den Fluß fuhren, sagte ich ihm, ich hätte Mrs. Galliard geschrieben, ich würde ihr Angebot, als Gesellschafterin in ihren Dienst zu treten, gern annehmen. Ich saß, den Picknickkorb neben mir, auf einem Faltstuhl, und

Henry saß mit seiner Angelrute ein oder zwei Schritte vom Ufer entfernt im Schatten eines Ahorns und beobachtete entspannt den Schwimmer. Er war nach seinem eigenen Eingeständnis kein ernsthafter Angler und nicht enttäuscht, wenn er mit leeren Händen nach Hause zurückkehrte. Sein Vergnügen, behauptete er feierlich, bestehe in einem stummen Zwiegespräch mit den Geistern von Feld und Wald, Erde und Wasser, verbunden mit einem gelegentlichen warnenden Zuruf, um die Fische fortzuscheuchen und ihnen ein tragisches Ende zu ersparen.

Als ich ihm von dem Brief berichtet hatte, dachte er eine Weile nach und sagte dann: »Ist das wirklich das, was Ihnen vorschwebt, Mim? Zu Anne Galliard nach London zu gehen?«

»Ja, ich habe einfach das Gefühl, daß ich es tun muß, Henry.« Dies entsprach weitgehend der Wahrheit, obwohl es seine Frage im Grunde nicht beantwortete. Ich öffnete eine Flasche Ale und füllte einen Zinnkrug. Als ich ihm den Krug reichte, legte ich ihm die Hand auf die Schulter. »Sie sind mir doch nicht böse?«

Er wandte den Kopf, so daß ich sein Gesicht sehen konnte, und lächelte mich an. »Böse? Guter Gott, nein, aber Sie werden mir fehlen.«

»Fehlen?« Auf die Idee war ich gar nicht gekommen.

»Natürlich. Ich habe mich an Sie gewöhnt.«

Ich lachte und ging wieder zu meinem Stuhl. »Sie hatten sich auch an den schrecklichen Zylinder gewöhnt, den Sie immer trugen, aber ich bin sicher, daß er Ihnen nicht fehlt.«

»Nun ja«, sagte er vage. Dann: »Was veranlaßt Sie zu dem Entschluß, zu Anne zu gehen?«

Ich erzählte die Lüge, die ich mir für diese Frage zurechtgelegt hatte: »Ich kann nicht ewig als Gast in Torringtons bleiben. Sie und Ihre Mutter sind mehr als freundlich zu mir gewesen, aber . . . Nun, ich liege Ihnen auf der Tasche, und letzte Nacht ist mir klar geworden, daß ich als Gesellschafterin wenigstens meinen Lebensunterhalt verdienen kann. Das ist der Hauptgrund, aber ich habe auch daran gedacht, daß ich bessere Möglichkeiten habe, Erkundigungen über Caspar einzuziehen, wenn ich in London bin.«

»Caspar . . . ja«, sagte Henry nachdenklich. »Na, ich bin sicher, Sie werden bei Anne zufrieden sein. Sie ist in jeder Hinsicht ein wunderbarer Mensch.«

Der schwierige Augenblick war überstanden, und ich seufzte innerlich erleichtert, als ich sagte: »Ja, ich habe sie sofort gemocht. Man rechnet kaum damit, daß jemand, der so schön ist, so freundlich und unverbildet sein könnte.«

Henry nickte. »Ich teile Ihre Meinung«, sagte er. Er zog die Angelschnur ein, befestigte einen neuen Köder am Haken und warf ihn wieder aus. »Ich werde sicher am Stanford Square vorbeischauen, wenn ich in London bin, so daß wir uns ab und an sehen können, Mim.«

»Oh, das würde mich freuen. Ich meine, wenn Mrs. Galliard mich nimmt. Ich muß noch auf Ihre Antwort warten.«

»Ich bin überzeugt, daß sie das Angebot nicht leichthin gemacht hat.«

Wir saßen einige Minuten schweigend da, und dann sagte ich: »Henry, Sie werden sich doch nicht in eine neue Eskapade stürzen, wenn ich gehe, oder?«

»Oh, ich weiß nicht . . . Vielleicht doch.«

»Bitte nicht. Es bedeutet Ihrer Mutter so viel, Sie bei sich zu haben.«

»Wie bitte?« Er drehte sich um und sah mich überrascht an.

Ich seufzte. »Warum sind Männer bloß so begriffsstutzig? Sie sind alles, was ihr von ihrer unmittelbaren Familie geblieben ist, und sie möchte Sie hier haben.«

»Nun . . .« Er schob seine Mütze nach hinten und verzog den Mund zu einer Grimasse. »Ich kann nicht ewig hierbleiben und nichts tun. Es bereitet mir sogar Schwierigkeiten, mich einfach mit Mama zu unterhalten, denn wir scheinen einander nicht zu verstehen. Wenn Sie hier sind, geht es gut, Mim, aber . . .«

Ich unterbrach schnell und konnte meine Besorgnis nicht unterdrücken. »Bitte, Henry, ich weiß, es ist nicht leicht für

Sie, aber bleiben Sie noch, wenn ich fort bin, und wenn es nur für einige Monate sein sollte. Ihre Mutter ist eine sehr einsame Frau, und es war ein großer Schlag für sie, als Ihr Vater ging. Sie versteckt ihre Einsamkeit und ihren Schmerz sehr gut, aber sie leidet innerlich um so mehr darunter.«

Er sah mich verblüfft an. »Ich denke, Sie haben recht, Mim, aber irgendwie hat sie Einsamkeit und Schmerz immer herausgefordert. Sie ist so reserviert und oft sogar unfreundlich. Denken Sie nur daran, wie sie letzte Woche zu Anne war.«

»Bitte, Henry.«

Er seufzte und zuckte mit den Schultern. »Ich kann nicht ewig bleiben, aber . . . Meinetwegen, ich werde bis Weihnachten bleiben. Und das würde ich für niemand anderen tun als für das Mädchen, das mir einen Piepser aus dem Hals geholt hat.«

»Ich bin Ihnen wirklich dankbar, Henry. Danke. Übrigens, der Schwimmer hüpft hin und her, ich schätze, Sie haben einen Fisch am Haken.«

Er wandte sich bestürzt um. »O verdammt! Der arme kleine Teufel. Das kommt daher, daß ich vergessen habe zu rufen.«

Vier Tage danach verließ ich den großen Herrensitz, der Torringtons hieß, nachdem ich mich von Lady Whitchurch in ihrem Schlafzimmer verabschiedet hatte, wo sie seit dem Morgen, an dem sie mich des Diebstahls bezichtigt hatte, geblieben war. Es war ein kurzer Abschied, bei dem kaum Worte fielen.

Sie saß mit ihrer Brille auf der Nase und einem Buch im Schoß auf ihre Kissen gestützt im Bett, blickte mich kühl an und sagte: »Ich habe nach Ihnen geschickt, weil Henry es als äußerst befremdlich empfinden würde, wenn ich nicht den Wunsch gehabt hätte, mich von Ihnen zu verabschieden.«

Ich machte einen leichten Knicks. »Ja, Lady Whitchurch, und ich bin froh, daß ich Gelegenheit habe, Ihnen für die mir erwiesene Gastfreundschaft und Freundlichkeit zu danken.«

»Schöne Worte«, sagte sie schroff.

Ich biß mir auf die Lippen und gab mir Mühe zu verhindern,

daß meine Stimme bebte, als ich sagte: »Ich meine es aufrichtig, Lady Whitchurch, und ich freue mich, Ihnen sagen zu können, daß Henry mir versichert hat, er werde ganz bestimmt in Torringtons bleiben, wenigstens bis Weihnachten.«

Sie neigte steif den Kopf. »Ich bin Ihnen sehr verbunden.«

»Dann – auf Wiedersehen, Lady Whitchurch.«

»Auf Wiedersehen.«

Ich verließ das Zimmer und ging, schon für die Fahrt angezogen, die Treppe hinunter. Der Landauer wartete auf der gepflasterten Rampe vor dem Portikus, mein Gepäck war verstaut, ein Kutscher und ein Bursche saßen, bereit, mich zum Bahnhof zu bringen, auf dem Bock. Lord Henry schlenderte, die Hände in den Taschen, ziellos auf und ab.

»Ah, da sind Sie ja, Mim.«

»Ja, ich war eben noch bei Ihrer Mutter. Einstweilen auf Wiedersehen, und noch einmal vielen Dank für alles, Henry.«

»Ich bringe Sie zum Zug.«

»Es ist wirklich nicht notwendig . . .«

»Unsinn.«

Er grinste, nahm meine Hand, half mir die kleine Stufe in die offene Kutsche hinauf, um dann neben mich zu klettern. Wir sprachen kaum während der zwanzig Minuten Fahrt zum Bahnhof, aber es war kein betretenes Schweigen. Wir waren Freunde, die einander inzwischen gut kannten, und brauchten kein Gespräch aufrechtzuerhalten, wenn es nichts von Belang zu sagen gab.

Einmal tätschelte er mir die Hand und sagte so leise, daß die Bediensteten es nicht hören konnten: »Was wird Anne Ihnen zahlen, Mim?«

Die Frage machte mich nicht verlegen – wie oft hatten wir die Pennies und halben Pennies vieler magerer Einnahmen zusammen gezählt. Ich antwortete gelassen: »Dreißig Pfund im Jahr.«

Er nickte. »Das ist gut. Man könnte sagen, beinahe großzügig.«

»Ich finde es sehr anständig.«

»Haben Sie für den Anfang etwas in der Börse?«

»Mehr als genug. Wissen Sie nicht mehr, daß Sie mir eine halbe Krone die Woche gezahlt haben? Ich habe kaum etwas davon ausgegeben.«

Er warf den Kopf zurück und schmunzelte. »Ein reiches Mädchen.«

Als der Zug kam, sorgte er dafür, daß mein Gepäck sicher verstaut wurde, gab dem Träger ein Trinkgeld, küßte mich so selbstverständlich auf die Wange, als wäre ich seine Schwester, und sagte: »Seien Sie mir bitte nicht böse, Mim.«

»Böse?« Ich war perplex. »Warum sollte ich?«

Mit einer Grimasse, die mir inzwischen vertraut war, wandte er den Blick gen Himmel. »Nicht böse sein, das ist alles. Gute Reise, mein Engel.«

Er half mir ins Abteil hinauf. Der Bahnhofsvorsteher schwenkte seine Fahne und pfiff. Ich bemühte mich, das Fenster zu öffnen, und schaffte es, als der Zug sich in Bewegung setzte. »Henry!« rief ich. »Was haben Sie gemeint?« Aber die Entfernung zwischen uns wuchs schnell, und er machte gerade, die Mütze in der Hand, eine sehr förmliche Verbeugung. Er richtete sich auf und winkte. Ich winkte zurück, und kurz darauf ging es um die Kurve, und der hintere Teil des Zuges verbarg ihn vor meinem Blick.

Mit einem eigenartigen Gefühl schloß ich das Fenster zur Hälfte und setzte mich hin. Ich hatte mich von dem Schock erholt, den ich vor fünf Tagen erlitten hatte, aber ich wollte nicht über das Geschehene nachdenken. Es tat immer noch sehr weh zu wissen, daß Lady Whitchurch mich für eine kaltblütige Diebin hielt, und es war zu beängstigend, mich ernsthaft zu fragen, ob ich ohne mein eigenes Wissen, im Schlaf, einen Diebstahl begangen hatte.

Ich hatte das Abteil noch für mich allein, und ich rätselte eine Weile an Lord Henrys letzten merkwürdigen Worten herum, doch schließlich schob ich die Angelegenheit mit einem leisen Lächeln beiseite und sagte mir, daß man bei einem so exzentrischen Menschen wie Henry nie wissen konnte, was er von einer Minute zur nächsten sagen oder tun oder denken würde.

Beim Blick auf die Felder mit ihren langen Hecken, die kleinen Farmen und Katen erinnerte ich mich unwillkürlich an das Miniaturporträt von Henrys Vater auf der einen Seite des goldenen Medaillons, neben der Miniatur seiner jungen Frau oder Verlobten. Hier waren zwei Menschen, die einander sehr geliebt hatten, und beinahe vierzig Jahre später trug die Frau das Medaillon immer noch heimlich unter dem Kleid und bewahrte es nachts an ihrem Bett auf, obwohl der Mann sie wegen einer anderen verlassen hatte. Doch nach Henrys Ansicht hatte Lady Whitchurch ihr Leid und ihre Einsamkeit selbst heraufbeschworen, indem sie sich reserviert und unfreundlich benahm. War es denn möglich, daß sie sich auch bei dem Mann so verhalten hatte, den sie so aufrichtig liebte? fragte ich mich.

Mir fiel keine Antwort ein, und etwas später ertappte ich mich dabei, wie ich, ohne genau zu wissen, warum, an Sandru dachte. Gleichzeitig spürte ich einen bohrenden Kummer, und meine Augen füllten sich mit Tränen. Ich hatte schon oft an Sandru gedacht, seit ich ihn in jener Nacht verlassen hatte. Er war gerade dabei, das starke narkotische Mittel zu nehmen, das sein einziger Schutz vor Deenburs Mißtrauen sein würde, als ich die ersten angstvollen Schritte jener langen, merkwürdigen und strapazenreichen Reise machte, die mich nach so vielen Schrecken und Ängsten bis zu diesem jetzigen Augenblick gebracht hatte, aber ich hatte noch nie so an Sandru gedacht, wie ich es jetzt tat, voll Kummer und Sorge.

Während der Zug mich nach London trug, während an Stationen unterwegs andere Fahrgäste zustiegen, saß ich da und stellte mir vor, wie Sandru allein lebte, ohne meine Dienste und Hilfe. Ich war nur achtzehn Monate lang seine Dienerin gewesen, und er war all die Jahre zuvor ohne mich zurechtgekommen, aber damals war er noch jünger, dachte ich. Er würde zweifellos noch mehrere Jahre ein Auskommen finden, wenn sein Gesundheitszustand sich nicht verschlechterte, doch irgendwann einmal mußte der Tag kommen, an dem er nicht mehr die Leute behandeln konnte, sei es, weil sein Augenlicht nachließ, sei es, weil sein Gedächtnis versagte oder auch auf Grund einer anderen Beschwernis des Alters.

Dann würde niemand da sein, der für ihn sorgte, so wie ich für ihn gesorgt hätte. In den entlegenen und barbarischen Königreichen des Hindukusch war Dankbarkeit ein flüchtiger Begriff. Die Männer und Frauen, die Sandru geheilt hatte, würden nichts für ihn tun, sobald er ihnen nicht mehr nützlich war. Ich schloß die Augen und betete, Sandru möge in Frieden sterben, ehe jener Tag kam. Die meisten Leute hätten mich für unmenschlich gehalten, aber ich hatte in Shul gelebt, und ich wußte, daß ich genauso gebetet hätte, wenn es um mich selbst gegangen wäre.

Auf der Waterloo Station gab es einen großen Wettkampf um die Träger mit ihren Karren, und ich mußte feststellen, daß Reisende mit mehr Erfahrung meine Klugheit und Lautstärke in den Schatten stellten, so daß mir nichts anderes übrig blieb, als mit meinem Gepäck auf dem Bahnsteig zu warten, bis einer der Träger zurückkam. Doch kaum eine Minute später sah ich einen Mann in Kutscherlivree, gefolgt von einem Träger, auf mich zukommen. Als er nur noch ein paar Schritte von mir entfernt war, nahm er die Mütze ab und fragte: »Verzeihung, Miss, sind Sie die junge Dame für Stanford Square zwölf?«

Ich sagte: »Ja. Hat Mrs. Galliard Sie geschickt, um mich abzuholen?«

»Jawohl, Miss.«

»Wie freundlich und rücksichtsvoll von ihr. Ich hatte die Absicht, eine Droschke zu nehmen.«

»Nicht nötig, Miss.« Er wandte sich zu dem Träger. »Los, mein Sohn. Stell das Gepäck der Dame auf deinen Karren und folge mir.«

Drei Minuten später rollte ich in einer bequemen geschlossenen Kutsche vom Bahnhofsvorplatz. Ich hatte für die Reise ein marineblaues Tageskostüm aus glattem Serge angezogen, das Lady Whitchurch mir bei unserer Einkaufsexpedition gekauft hatte, und dazu trug ich eine passende Toque mit weiß gefaßtem Rand. Ich fand mich für den Antritt meiner Stelle als Gesellschafterin passend gekleidet und freute mich darauf, die schöne Mrs. Anne Galliard wiederzusehen, doch ich war trotzdem etwas nervös, als wir über die Waterloo Bridge und den Strand entlang zum Trafalgar Square fuhren. Bald waren wir am Piccadilly Circus, und ich sah einen schönen Park zu unserer Linken, aber dann bogen wir vom Park fort und rollten durch ein Labyrinth von Straßen, bis wir endlich einen kleinen Platz mit Rasenflächen und Platanen in der Mitte erreichten, der an drei Seiten von schönen Häusern umsäumt war.

Der Kutscher half mir hinaus und sagte: »Ich bringe Ihr Gepäck nach hinten zur Remise, und Mr. Edge wird es dort holen lassen. Er ist der Butler, Miss.«

Der Mann, der mir die Tür öffnete, war klein und dicklich, doch nicht ohne eine gewisse Würde, und sein Kopf war bis auf lange, dichte Koteletten kahl.

»Miss Lawley? Treten Sie bitte ein, Miss. Wir haben Sie erwartet. Ich bin Edge, der Butler. Hier entlang, wenn ich bitten darf.«

Er führte mich durch eine geräumige Halle in ein hübsches Empfangszimmer. »Wenn Sie bitte Platz nehmen würden, ich werde Mrs. Galliard von Ihrer Ankunft in Kenntnis setzen.«

»Danke, Edge.«

Er neigte den Kopf und verließ den Raum, wobei er die Flügeltür hinter sich schloß. Mir fiel auf, daß er mich Miss Lawley genannt hatte, was bedeutete, daß dies der Name war, den Mrs. Galliard ihm angegeben hatte. Mir wurde auch klar, daß ich, ob ich nun Jemimah Lawley war oder nicht, zumindest in einer Umgebung aufgewachsen war, in der man einfach wußte, daß es korrekt war, wenn eine Gesellschafterin den Butler einfach mit seinem Familiennamen anredete, obwohl beide zum Personal gehörten.

Es verging kaum eine Minute, als sich die Tür öffnete und Mrs. Galliard eintrat; wiederum war ich so von ihrer Schönheit eingenommen, als sähe ich sie zum erstenmal. Sie trug ein primelgelb getupftes Musselinkleid mit einem Unterkleid aus weißem Taft. Der Musselin war mit Spitzen besetzt, doch sonst war das Gewand ohne Schmuck, und die klaren Linien paßten vollendet zu ihr. Ihr Benehmen war wie beim ersten Mal so reizend wie ihre Erscheinung, und sie begrüßte mich herzlich, mit einem warmen Lächeln in ihren großen indigoblauen Augen.

»Liebe Jemimah, ich freue mich so, daß Sie gekommen sind. Wie war die Reise? Hoffentlich nicht zu anstrengend?«

Ich sagte: »Sie war keineswegs anstrengend, Mrs. Galliard, und ich bin sehr froh, daß ich hier bin.«

»Oh, das ist schön. Ich bin sicher, daß es Ihnen gefallen wird. London ist eine aufregende Stadt, obgleich die Saison nun vorbei ist, und Sie werden mehr als genug Gelegenheit haben, Ihren eigenen Wünschen nachzugehen, wenn Sie möchten. Aber all das können wir später besprechen. Zuerst werde ich Ihnen Ihr Zimmer zeigen, und wenn Sie sich fürs erste ein wenig eingerichtet haben, wird es wohl gerade Zeit zum Lunch sein. Kommen Sie, meine Liebe.«

Mit der freundlichsten Geste nahm sie meine Hand, und wir gingen zusammen zur Tür. Ich wollte ihr gerade danken, daß sie die Kutsche zur Waterloo Station geschickt hatte, um mich abholen zu lassen, als ich an der Tür hörte, wie eine Männerstimme durch die Halle rief. Im nächsten Augenblick traten wir über die Schwelle und ich sah den Mann, der gerufen hatte – einen groß gewachsenen Herrn in einem grauen Cut und gestreiften Hosen –, wie er den Hut, die Handschuhe und den Spazierstock entgegennahm, die Edge, der Butler, ihm reichte.

Er hatte nur zwei oder drei Worte geäußert, und da ich gleichzeitig geredet hatte, war ich nicht imstande gewesen, sie zu verstehen, doch der Klang seiner Stimme ließ mich in einem Schock des Erkennens zusammenfahren, obwohl ich nicht wußte, was ich da erkannt hatte. Dann sprach er wieder und wandte uns das Gesicht dabei zu.

»Ich werde im Club essen, Melanie, wenn du mich also bitte entschuldigen würdest . . .« Die wenigen restlichen Worte hörte ich nicht mehr, denn sie wurden von einem lauten Pochen in meinen Ohren übertönt, während mein Herz unter einem neuen und größeren Schock zu rasen begann.

Melanie? Über viele Monate und Tausende von Meilen kehrte der Name zurück zu mir, ein Name, gestammelt von einem Mann in Fieberphantasien, dem Tode nahe, der in der afghanischen Wildnis neben mir gelegen hatte. Derselbe Mann hatte soeben denselben Namen gesprochen, denn das Gesicht auf der anderen Seite der Halle war ein Gesicht, das ich nie vergessen würde, solange ich lebte: blonde Haare, blaue Augen, hagere Wangen, ein langes Kinn wie ein Wolf – das Gesicht Kassims, des Afghanen, der mich sicher aus Shul gebracht und sich dann als Caspar der Engländer entpuppt hatte, nachdem er nur vier Tagesmärsche von Herat entfernt von einem Feind niedergeschossen worden war.

12

Für den Bruchteil einer Sekunde – zu kurz, als daß ich sicher sein konnte, was ich gesehen hatte – flammte in den blauen Augen ein erschrockener Blitz auf, der sofort wieder erlosch. Was blieb, war höfliche Gleichgültigkeit mit kaum mehr als einer Spur Neugier.

»Ich bitte um Verzeihung, Melanie«, sagte er zu der neben mir stehenden Anne Galliard. »Ich wußte nicht, daß du Besuch hast.«

Sie lachte leise auf. »Es ist ein Besuch, der, wie ich hoffe, sehr lange bei uns bleiben wird, mein Lieber. Ich habe nämlich eine junge Freundin engagiert, mir Gesellschaft zu leisten, wenn du mich in Stich läßt, um in Ägypten alte Knochen auszugraben.« In ihrer Stimme war kein Vorwurf, sie war voller Zuneigung, und die Worte waren eindeutig im Scherz gesprochen. Der Butler entfernte sich. Der Herr stand immer noch mit Hut, Handschuhen und Stock in der Hand da, und Mrs. Galliard fuhr fort: »Ich habe dir nichts davon erzählt, weil ich dich überraschen wollte, mein lieber Caspar. Ich hoffte, Jemimah bis zum Lunch vor dir zu verstecken, aber jetzt bist du mir zuvorgekommen, und da du ohnehin außer Haus ißt, ist es gut, daß ich jemanden habe, mit dem ich mich unterhalten kann.«

Sie hielt mich noch immer an der Hand, als sie vortrat und sagte: »Und jetzt muß ich Sie vorstellen. Dies ist Jemimah Lawley, das heißt, wir nehmen es jedenfalls an, aber das ist eine lange Geschichte, die du noch hören wirst.« Sie richtete ihr strahlendes Lächeln auf mich. »Jemimah, dies ist mein lieber Ehemann, Caspar Galliard.«

Er neigte den Kopf, und die vertrauten Augen musterten mich aus einem ebenso vertrauten Gesicht, nur jetzt ohne die Bräune von Sonne und Wind. »Guten Morgen, Miss Lawley«, sagte er ohne jede Begeisterung.

Ich war vor lauter Verblüffung unfähig, auch nur einen Gedanken zu fassen. Deshalb deutete ich nur einen Knicks an und erwiderte: »Guten Morgen, Sir.«

Seine Frau sagte schnell: »Oh, bitte nicht so förmlich. Ich glaube, es ist besser, wenn Sie Mr. und Mrs. Galliard zu uns sagen.«

Ich sagte: »Ja, Mrs. Galliard«, konnte aber nicht den Blick von dem Gesicht des Mannes vor mir reißen, und stammelte dann: »Bitte . . . Mr. Galliard, erkennen Sie mich denn nicht?«

Neben mir hörte ich ein leises, wie aus Mitleid hervorgestoßenes Seufzen. Mr. Galliard zog überrascht die Augenbrauen hoch. »Sie müssen verzeihen, wenn ich mich nicht erinnern kann, Ihre Bekanntschaft gemacht zu haben, Miss Lawley«, sagte er. Die Worte waren höflich, aber seine ganze Haltung war ablehnend, und ich mußte mir Mühe geben, um meinen aufflammenden Zorn zu ersticken.

»Aber Sie erinnern sich doch sicher an unsere Reise durch Afghanistan im letzten Frühjahr?« sagte ich so gelassen wie nur möglich.

»Ich war den ganzen letzten Frühling und einen großen Teil des Sommers bei einer Ausgrabung in Ägypten«, sagte er mit einem Hauch von Ungeduld, um sich dann, ehe ich wieder etwas sagen konnte, an seine Frau zu wenden: »Entschuldige bitte, daß ich zum Lunch fort bin, meine liebe Melanie. Eine wichtige Besprechung. Ich werde zum Dinner wieder da sein.«

Sie sagte fröhlich: »Oh, wir freuen uns darauf, und ich hoffe, daß deine Besprechung gut verläuft. Auf Wiedersehen, Caspar.« Er nickte mir kurz zu, ging zur Tür und verließ das Haus.

Mrs. Galliards Hand ruhte nun auf meiner Schulter, und sie sagte freundlich: »Ich weiß, daß all das, was Sie durchgemacht haben, Ihr Erinnerungsvermögen ein wenig getrübt hat, meine liebe Jemimah. Lady Whitchurch hat es mir erläutert, und ich werde es auch meinem Mann erläutern. Ich möchte Sie einfach wissen lassen, daß Sie sich keine Sorgen um diese Augenblicke zu machen brauchen, in denen Ihr Geist Ihnen einen Streich spielt. Wir werden Verständnis dafür haben, und ich bin sicher, daß sich das Problem mit der Zeit von selbst löst.«

Ich drehte mich zu ihr und sah sie an, wollte einwenden, daß mein Verstand mir keine Streiche spiele und daß ich ihrem Mann vor gar nicht so langer Zeit eine Kugel aus dem Rücken geschnitten hätte, um ihn dann vier Tage lang durch das rauhe Land Afghanistans zu führen. Doch mein Protest blieb unausgesprochen, denn trotz des Wirrwarrs von Gedanken, die mich heimsuchten, sah ich ein, daß es schlichter Wahnsinn gewesen wäre zu behaupten, daß Mr. Caspar Galliard ganz einfach gelogen hatte. Niemand würde mir je glauben, und selbst wenn ich hätte beweisen können, daß er Narben von einer relativ frischen Schußverletzung hatte, so würde es mir zur Unterstützung meiner Behauptung kaum weiterhelfen. Ich hatte gelesen, daß zu Anfang des Jahres Unruhen in Ägypten ausgebrochen waren, und es würde einigermaßen plausibel erscheinen, daß ein dort tätiger Archäologe in eine Auseinandersetzung mit Schußwaffen geraten wäre.

Doch es gab noch tieferreichende Erwägungen, und sie versetzten mich so sehr in Angst, daß ich erfolglos versuchte, sie zum Schweigen zu bringen. War ich wirklich ganz sicher, daß Mr. Galliard die Unwahrheit sagte? Vielleicht wies sein Rükken gar keine Narben auf. Konnte ich jemals mit Gewißheit sagen, was mir auf der Reise von Shul nach Herat widerfahren war? War es möglich, daß ich, als ich Mr. Galliard erblickte, sein Gesicht einfach auf das Gesicht des Mannes übertragen hatte, mit dem ich durch Afghanistan gereist war? Und wie zuverlässig war meine Erinnerung an den Namen Caspar?

All das war zu viel, als daß ich es im Augenblick hätte entwirren können, und ich versuchte zu lächeln, als ich sagte: »Danke, Mrs. Galliard, und es tut mir unendlich leid, wenn ich Ihren Gatten eben in Verlegenheit gebracht habe.«

Sie lachte und hakte mich unter, während sie mich zur Treppe führte. »Oh, machen Sie sich um Caspar keine Sorge. Er hat die beneidenswerte Gabe, solche Dinge in wenigen Minuten zu vergessen.«

Während wir die Treppe hinaufgingen, hörte ich in meinem Geist ein Echo, den fernen Klang einer fiebrigen Stimme, die murmelte: *»Melanie ... Sturmschnell ... Tochter Elektras ... so wunderschön.«* Und dann: *»Ungeheuer und Göttin.«*

Ich sagte: »Verzeihen Sie, Lady Whitchurch hat Sie mir als Mrs. Anne Galliard vorgestellt, und das ist auch der Name, den Lord Henry benutzt hat. Aber mir ist aufgefallen, daß Ihr Gatte Sie anders nennt.«

»Ja, ist das nicht verwirrend?« sagte sie leichthin. »Melanie ist mein zweiter Vorname, und Caspar hat ihn seit unserer Verlobungszeit vorgezogen und nie den ersten gebraucht.«

Ich sagte: »Oh, ich verstehe.« Aber ich verstand nicht. Ich fragte mich, ob ich mich recht an den geflüsterten Namen erinnerte, den ich zusammen mit jenen anderen leisen Worten in der afghanischen Einöde gehört hatte, oder ob er das Produkt meiner Einbildung war. Es gab so vieles, was ich nicht verstand, aber mir war klar, daß ich in meinen ersten Stunden als Gesellschafterin von Mrs. Anne Galliard einen sehr schlechten Eindruck machte, wenn ich mich so ablenken ließ, und so zwang ich mich, alle Mutmaßungen zu verdrängen, bis ich allein war und Zeit zum Nachdenken hatte.

In der nächsten Stunde wusch ich mir Gesicht und Hände, brachte meine Frisur in Ordnung und verließ mein Zimmer, um mir das Haus zeigen zu lassen und den wenigen Bediensteten vorgestellt zu werden, während ein Mädchen meine Koffer auspackte. Stanford Square zwölf war größer, als es von draußen wirkte, und äußerst geschmackvoll eingerichtet. Zwischen der Rückseite des Hauses und der Remise mit den Stallungen und der Kutscherwohnung lag ein kleiner Garten. Mrs. Galliard behandelte die Dienstboten mit einer an Freundlichkeit grenzenden, zwanglosen Art, aber dies hatte keine Spur von unangebrachter Vertraulichkeit zur Folge, und mir war klar, daß die Leute ihrer Herrin mit einer seltenen Achtung, ja, Zuneigung begegneten.

Wir speisten an einem kleinen Tisch auf der gedeckten Terrasse beim Speisezimmer, denn die Luft war noch mild. Es wurde nur ein leichtes Mahl serviert, und ich war dankbar dafür. Nach meiner langen Gefangenschaft in Shul stand mein Sinn nicht nach den üppigen Mengen, die sich die Leute von Rang und Besitz in England gewöhnlich auftischen ließen. Selbst auf dem Schiff von Indien hatte ich meinen Lunch kaum angerührt und auch beim Dinner nur wenig gegessen. Ebenso war es in Torringtons gewesen, wo ich in Lord Henry einen Gleichgesinnten gefunden hatte. Nun konnte ich Mrs. Galliard mit dem Bericht amüsieren, daß Lord Henry gesagt hatte, die Völlerei sei ein Laster der englischen Oberschicht, und das wahre Glück liege darin, seinen Appetit zu pflegen, zu ermutigen, zu reizen und über einen langen Zeitraum hinweg voll zu entwickeln, um ihn dann mit einem reichen Festmahl zu befriedigen, wie wir es in unserer Puppenspielerzeit dann und wann getan hatten.

Sie stellte mir viele Fragen über meine Fahrten mit Lord Henry, die ich alle ganz wahrheitsgetreu beantwortete. Hatte er mir nicht geraten, auch die Fragen seiner Mutter aufrichtig zu beantworten? Es zeigte sich, daß Mrs. Galliard gründlich mit Henrys exzentrischen Neigungen vertraut war und geglaubt hatte, er sei in den vergangenen Monaten auf einer seiner abenteuerlichen Unternehmungen im Ausland gewesen. Sie interessierte sich sehr für die Geschichten, die ich zu erzählen hatte, und wünschte nur, sie hätte eine unserer Kaspervorstellungen sehen können.

Gegen Ende des Essens schnitt ich ein Thema an, das ich ohne Aufschub behandeln zu müssen glaubte, und sagte: »Mrs. Galliard, ich weiß nicht genau, was Lady Whitchurch Ihnen über mich erzählt hat, aber ich fühle mich veranlaßt, Ihnen zu sagen, daß ich mich wirklich für Jemimah Lawley halte und nicht anders genannt werden möchte, aber ich beginne einzusehen, daß dies Sie oder Mr. Galliard in Verlegenheit bringen könnte, weil alle außer Lord Henry annehmen, Jemimah Lawley habe die letzten zweieinhalb Jahre in Witchwood Hall gelebt.«

Sie besaß die Gabe, aufmerksam zuzuhören, und der Blick ihrer schönen indigoblauen Augen verließ mein Gesicht nicht einen Moment, während ich sprach. Dann nickte sie beruhigend und lächelte mir zu. »Wir würden nie von Ihnen verlangen, den Namen abzulegen, den Sie für den Ihren halten, meine Liebe. Zwar muß ich gestehen, daß ich keinen Weg sehe, wie Sie die Behörden davon überzeugen könnten, daß die junge Frau in Witchwood Hall eine Betrügerin ist, aber Sie haben dennoch jedes Recht, sich als Jemimah Lawley zu bezeichnen, und so werden wir Sie auch anreden.«

Am Nachmittag machten wir eine Spazierfahrt im Hyde Park und besuchten dann das Büro einer wohltätigen Vereinigung für Kinder, an der Mrs. Galliard ein besonderes Interesse nahm, und kehrten kurz vor vier Uhr zurück, um Besuche zu empfangen. Zwei Damen kamen zum Tee und plauderten etwa eine halbe Stunde mit uns, um sich dann zu verabschieden. Wir verbrachten einige Zeit im Nähzimmer, um Muster und Stoffproben anzuschauen, die Mrs. Galliards Schneider geschickt hatte, und gingen dann auf unsere Zimmer, um eine Stunde zu ruhen, ehe wir uns zum Dinner umkleideten.

Ich war sehr erleichtert, als ich allein war. Ich zog Kleid und Schuhe aus, legte mich im Unterrock auf das Bett und machte mich an die schwere Aufgabe, Ordnung in das heillose Durcheinander meiner Gedanken zu bringen. Als erstes faßte ich den Entschluß, meine Herkunft und mein Gedächtnis momentan nicht in Zweifel zu ziehen, denn wenn ich auch nur zeitweise glaubte, ich bildete mir viele meiner Erinnerungen nur ein, brauchte ich gar nicht erst zu versuchen, die mit meiner Person verbundenen Rätsel zu lösen, denn dann hätte ich ja die Existenz dieser Rätsel selbst anzweifeln müssen.

Dann kam das Problem, mir die außergewöhnliche Tatsache, daß ich heute durch reinen Zufall in das Haus des Mannes gekommen war, der mich sicher von Shul fortgebracht hatte und von Sandru wußte, wer ich war, vor Augen zu führen und wirklich als Zufall zu akzeptieren. Ich war mir bewußt, daß das Leben tatsächlich mancherlei Zufälle bereithielt, doch dies war einer, der das Fassungsvermögen zu sprengen drohte. Plötzlich fuhr ich kerzengerade hoch und legte mich dann langsam wieder zurück, weil mir etwas sehr Bedeutsames eingefallen war. Vielleicht war es doch kein Zufall! Ich hatte Lord Henry Boot die ganze Geschichte meiner Reise von Shul erzählt. Ich hatte Kassim, den Afghanen, beschrieben, der in Wahrheit Caspar, der Engländer, war. Der Name Caspar war in England selten genug, und Lord Henry war seit seiner Jugendzeit mit Caspar Galliard befreundet gewesen und hatte bei seiner Hochzeit als Trauzeuge fungiert. Allein nach meiner Beschreibung und diesem Vornamen mußte er sofort vermutet haben, daß der Mann, den ich suchte, kein anderer als sein Freund Caspar Galliard war.

Warum hatte er es nicht gesagt? Das verblüffte mich, denn ich hatte lange genug mit Henry zusammen gelebt, um zu wissen, daß er mein Freund war. Jetzt fiel mir wieder ein, was er gesagt hatte, seine letzten Worte, mit denen er sich heute morgen am Bahnhof in Granger von mir verabschiedet hatte: »Seien Sie mir bitte nicht böse, Mim.« Und als ich ihn gefragt hatte, was er meine: »Nicht böse sein, das ist alles.«

Lord Henry hatte also gewußt, daß ich am Stanford Square auch Caspar Galliard begegnen mußte, dem Mann, den ich verwundet und bewußtlos nach Herat gebracht hatte, und er hatte sich im voraus dafür entschuldigt, daß er mich nicht gewarnt hatte. Dann erinnerte ich mich an etwas anderes, das Henry gesagt hatte, nur viel früher, und zuerst wußte ich nicht mehr genau, wann und aus welchem Anlaß, aber dann fiel es mir wieder ein. In der Nacht, in der ich erfahren hatte, daß er wirklich ein Lord war, als wir damals in den frühen Morgenstunden in seinem Wohnwagen saßen und Tee tranken, fragte ich ihn auch, ob er noch andere Geheimnisse habe. Er antwortete, er habe die Geheimnisse anderer Leute, und er habe nicht das Recht, sie preiszugeben.

Er konnte nur Caspar Galliards Geheimnisse gemeint haben. War es möglich, daß Henry schon immer den wahren Beruf seines Freundes gewußt hatte? Und war Mrs. Anne Galliard ebenfalls im Bilde?

Mir kam ein neuer und beunruhigender Gedanke. Wenn die Tatsache, daß ich in Caspar Galliards Haus gekommen war, entgegen dem ersten Anschein nicht auf einem Zufall beruhte, weil es eine direkte Verbindung zwischen Caspar und Lord Henry gab, hatte ich es immer noch mit einem anderen, ebenso großen Zufall zu tun – daß ich in Oakhurst an einen der wenigen Männer in England, vielleicht an den einzigen geraten war, der imstande war, das Geheimnis meines Begleiters auf der Reise von Shul nach Herat zu lüften! Auch dies war ein Zufall, der das Begriffsvermögen zu sprengen drohte.

Es sei denn ...

Mir fiel eine andere, eine sehr entlegene Möglichkeit ein. Ich dachte eine Weile darüber nach und beschloß dann, sie bei der nächsten Gelegenheit zu prüfen. Vielleicht würde sich auch dieser angebliche Zufall als etwas ganz anderes entpuppen.

Meine Gedanken schweiften von der verwirrenden Vergangenheit zu Erwägungen über die Zukunft. Seit dem Tag, an dem man mir in Witchwood Hall die Tür gewiesen hatte, war Caspar meine einzige Hoffnung – er würde beweisen, daß ich Jemimah Lawley war. Es war mir darum gegangen, ihn zu finden und als Zeugen zu benennen. Diese Hoffnung schien sich jetzt zu verflüchtigen.

Caspar Galliard hatte mich angeblickt und verleugnet. Es gab nichts, was ich tun konnte, um ihn zum Sprechen zu bewegen. Es fiel mir schwer, einem Gefühl der Bitterkeit zu widerstehen, während ich dort lag und an die Decke starrte und mich daran erinnerte, was es mich gekostet hatte, die lebensbedrohende Kugel aus seinem Rücken zu schneiden, die Wunde zu säubern und ihn lebend nach Herat zu bringen. Ich vergaß nicht, daß er mich selbst ein halbes Tausend Meilen weit unbeschadet durch das wildeste und gefährlichste Land geführt hatte, aber er hatte es nur getan, weil Sandru ihn dazu gezwungen hatte. Wenn es nach ihm gegangen wäre, hätte er mich in Shul gelassen, welchem Schicksal auch immer preisgegeben.

Und doch: Er hatte Wort gehalten, obwohl er mich leicht in den Bergen hätte zurücklassen können, wo ich eines elenden Todes gestorben wäre. Er hatte seine Pflicht getan. Ja . . . Was hatte Captain John Selby, der Militärarzt, doch gleich in dieser Beziehung gesagt? Wieder ließ eine plötzliche Erinnerung mich hochfahren, denn sie brachte Klarheit und neue Verwirrung zugleich.

Auf dem Dampfer, der uns nach England brachte, hatte John Selby von Caspar gesagt: ». . . *Ich bin zu zwei Schlußfolgerungen über ihn gelangt. Zum einen stellt er die Pflicht vor alles andere, und zum anderen wünscht er sich den Tod, ohne sich dessen bewußt zu sein.*«

Die Pflicht vor alles andere. Jetzt wußte ich, warum Caspar Galliard geleugnet hatte, mich zu kennen. Er war ein Spion und arbeitete in einem Teil der Welt, wo seit alters her spioniert worden war und wo eine einzige, von einem Mann beschaffte Information eine Schlacht entscheiden oder tausend Leben retten konnte, wie John Selby mir so nachdrücklich vor Augen geführt hatte. Mehrere Jahre hintereinander war »Kassim« durch Shul gekommen, und vielleicht würde er es nächstes Jahr wieder tun, um seine Waren an den Mann zu bringen, wenn der Winterschnee von den hohen Pässen geschmolzen war. Wenn er aber öffentlich zugab, was er getan hatte, um mich aus der Gefangenschaft zu befreien, würde er die Geheimhaltung brechen, von der seine Tätigkeit und sein Leben abhingen. Er würde seine Pflicht verletzen, und das konnte er nicht.

Als ich auf diese Weise eingesehen hatte, daß ich von Caspar Galliard keine Hilfe erwarten konnte, war meine Enttäuschung geringer, als ich gedacht hätte. Vielleicht hatte ich tief in meinem Herzen nie wirklich geglaubt, wieder über mein Heim und mein Vermögen und meine Geburtsrechte verfügen zu können, wenn ich ihn fände. Vielleicht war ich nach meinem langen Martyrium als Deenburs Frau und all den Schrekken und Entbehrungen in Shul auch so dankbar, wieder in meiner Heimat zu sein, daß ich aus Furcht, das zu verlieren, was ich hatte, nicht noch mehr vom Schicksal verlangen mochte.

Ich lag da und dachte über John Selbys zweite Folgerung nach. Wie ist es möglich, fragte ich mich, daß Caspar Galliard sich den Tod wünscht, wenn auch vielleicht unbewußt? Er war zwar nicht reich, lebte aber zweifellos in sehr guten Verhältnissen, mit einem schönen Haus in London und ausreichend Personal. Außerdem war er mit einer Frau verheiratet, deren Persönlichkeit genauso unwiderstehlich und bestrickend war wie ihre Schönheit.

Wie konnte ein solcher Mann so zutiefst unglücklich sein, daß er sich insgeheim den Tod wünschte? Er mußte doch von all seinen Mitmenschen beneidet werden.

Melanie – Ungeheur und Göttin? Das war ganz unmöglich. Wenn Caspar Galliard so unglücklich war, daß ihm nichts am Leben lag und er den Tod riskierte, dann mußte der Grund irgendwo tief in ihm selbst verborgen sein. An seiner gütigen und liebevollen Frau konnte es nicht liegen. Früher hatte ich diesen sonderbaren, freudlosen, wortkargen und unbeugsamen Mann einmal gehaßt. Jetzt tat er mir leid, aber es lag nicht in meiner Macht, ihm zu helfen, und vielleicht konnte das auch sonst niemand.

Ich schloß die Augen und versuchte zu überlegen, was ich nun, da ich wußte, daß Caspar Galliard nie für mich aussagen würde, noch tun konnte, um zu beweisen, wer ich war, aber ich sah nirgendwo eine Lösung. Captain John Selby und Lord Henry Boot konnten beteuern, daß sie mir glaubten, aber das bedeutete nicht allzu viel. Mr. Arthur Renwick, der kleine Herr mit den Eichhörnchenaugen, der mich in Herat befragt hatte, mochte mir glauben oder nicht, er würde mir auf keinen Fall mehr helfen als Caspar, und zwar aus den gleichen Gründen.

Ich wußte also niemanden, der glaubhaft versichern konnte, daß ich Jemimah Lawley sei. Wie ich an jenem Tag in Oakhurst so leidvoll erfahren hatte, galt das Mädchen, das seit mehr als zwei Jahren in Witchwood Hall lebte, inzwischen überall als Jemimah Lawley, und ich war in fast aller Augen eine Unbekannte, die Anspruch auf diesen Namen erhob. Es bestand kurz gesagt keine Hoffnung, der Wahrheit zum Sieg zu verhelfen.

Es sei denn ... es sei denn, es geschah etwas, das ich mir nicht vorstellen konnte, etwas, das die Welt von der Richtigkeit meiner Behauptung überzeugte. Oder mich davon überzeugte, daß sie falsch war.

Da Mrs. Galliard so zartfühlend war und mir alle Schwierigkeiten aus dem Weg räumte, brauchte ich nur wenige Tage, um mich an das neue Leben am Stanford Square zu gewöhnen. Als sie erfuhr, daß ich immer früh aufwachte, sorgte sie dafür, daß das heiße Wasser für mein Bad eine Stunde vor der üblichen Zeit gebracht wurde, damit ich vor dem Frühstück einen Spaziergang im Park machen konnte. Dies war mir ein großes Vergnügen, denn ich hatte mich in Shul daran gewöhnt, viel schwere Arbeit zu verrichten, ehe ich das Frühstück bereitete, und der Spaziergang bildete einen gewissen Ersatz dafür. Ich empfand ihn immer als den besten Teil des Morgens und kehrte mit gutem Appetit zurück.

Mein Leben in Shul und meine spätere Tätigkeit als fahrende Puppenspielerin mit Henry und Paloma hatten es mir beinahe unmöglich gemacht, die Hände in den Schoß zu legen; ich fühlte mich dann nicht wohl und wurde schnell nervös, so daß ich froh war, als ich feststellte, daß meine Tage als Gesellschafterin von Mrs. Galliard recht ausgefüllt waren. Sie nahm ein Interesse an verschiedenen wohltätigen Vereinigungen, und damit waren wir zum großen Teil am Vormittag beschäftigt; wir besuchten die Büros und erledigten Korrespondenz.

Nachmittags plauderten wir eine Stunde im Nähzimmer,

machten oder empfingen »Morgenbesuche«, wie sie seltsamerweise hießen. Ich hatte in Shul gelernt, Schaffelle oder Ziegenfelle zusammenzunähen, doch wenn es um Feinheiten ging, waren meine Nähkünste wirklich beschränkt. Zum Glück nähte Mrs. Galliard ganz ausgezeichnet, und unter ihrer Anleitung bemühte ich mich, Fortschritte zu machen.

Wenn wir Besuche machten oder empfingen, stellte sie mich immer ganz einfach als »Jemimah Lawley, meine Gesellschafterin« vor. Falls jemand diesen Namen in meiner Abwesenheit in Frage stellte, erfuhr ich es nie. Ich begleitete sie aber nicht immer; manchmal fuhr sie ohne mich fort, vielleicht um irgend jemanden zu besuchen oder einen ihrer wohltätigen Vereine aufzusuchen, und bei anderen Gelegenheiten saß sie allein in der Bibliothek und las, während ich mich mit meiner Nähnadel plagte, oder sie nähte selbst und bat mich mit ihrem reizenden Lächeln, den Nachmittag zu nutzen, wie ich es für richtig hielt. Ich fand dieses Verhalten sehr klug, denn es gewährleistete, daß wir, wenn wir wieder zusammen waren, frischen Gesprächsstoff hatten.

Zweimal in der Woche kam ein Mann namens Johnson, um das Gras des kleinen ummauerten Gartens zu schneiden und die Blumenbeete in Ordnung zu halten, aber er war kein richtiger Gärtner wie der alte Mr. Wickham in Torringtons, und mit Ausnahme einiger recht trauriger Dahlien, Astern, Heidekraut-Astern und weniger Kletterrosen, die schnell außer Kontrolle gerieten, zeitigten seine Bemühungen kaum Erfolg. Als ich Mrs. Galliard von meinen Gesprächen mit Mr. Wickham berichtete, leuchteten ihre Augen auf.

»Meine Liebe, warum übernehmen Sie nicht die Verantwortung für unseren kleinen Garten? Ich glaube, oben in der Bibliothek sind ein paar Bücher, aus denen Sie sich Rat holen könnten, und Caspar würde sich ungemein freuen, einen schönen Garten zu haben, denn er sieht ihn von seinem Arbeitszimmer aus, wenn er am Schreibtisch sitzt.«

Das Ergebnis war, daß ich Johnson an den beiden halben Tagen, die er kam, Anweisungen gab, und an anderen Tagen selbst eine Stunde lang vergnügt mit Handschuhen, Heckenschere, Spaten und Hacke hantierte, Stauden beschnitt, Blumenzwiebeln für den Frühling setzte und mich bemühte, alle Voraussetzungen für einen schöneren Garten im nächsten Jahr zu schaffen, wobei ich häufig die Notizen zu Rate zog, die ich mir bei der Lektüre der Fachbücher gemacht hatte.

Nun herrschte zwischen Caspar Galliard und mir eine Art stillschweigendes Einverständnis. Als ich das zweite Mal vor dem Frühstück im Park spazierengegangen war, hatte ich ihn zu meiner großen Verlegenheit getroffen. Wir gingen auf Wegen, die, von Sträuchern getrennt, aufeinander zu führten, und er hielt überrascht in seinen langen Schritten inne, den Spazierstock unter dem Arm und den Hut in der Hand, während ich ebenso verblüfft stehenblieb. Bis dahin hatte ich seit meiner Ankunft am Stanford Square nur wenige Worte mit Mr. Galliard gewechselt, meist beim Frühstück oder beim Dinner, denn er schien den größten Teil seiner Zeit außer Haus oder in seinem Arbeitszimmer zu verbringen, und wir waren noch nie allein gewesen. Bei Tisch war er höflich, sprach aber kaum, fast nur als Antwort auf Bemerkungen seiner Frau, die sich mit den Worten, wenn er schreibe, sei er meist in sich gekehrt und mit den Gedanken bei seiner Arbeit, lächelnd für ihn entschuldigte.

Etwa um diese Zeit stellte ich fest, daß Caspar Galliard tatsächlich Archäologe war, wie seine Frau in Torringtons gesagt hatte. Er hatte zwei Bücher geschrieben, und wissenschaftliche Gesellschaften hatten mehrere Aufsätze von ihm veröffentlicht. »Für mich ist er ebenso sehr ein Entdecker wie ein Archäologe«, sagte Mrs. Galliard, während ihr liebevoller Blick auf ihm ruhte. »Manchmal reist er nämlich ganz allein in die entlegensten Gebiete und sucht Spuren alter Städte und dergleichen. Ich mache mir manchmal große Sorgen um seine Gesundheit und Sicherheit in diesen unzivilisierten Ländern.«

Ich dachte, daß sie weit mehr Grund haben würde, sich um seine Gesundheit und Sicherheit zu sorgen, wenn sie die Wahrheit wüßte, was, wie mir inzwischen klar war, nicht der

Fall sein konnte, und ich dachte auch, daß die Arbeit, die Caspar Galliard angeblich tat und von Zeit zu Zeit sicher auch wirklich tat, die bestmögliche Tarnung für seine Aktivitäten als Spion bildete.

Abgesehen von jenem kurzen Augenblick am ersten Tag in der Halle hatte er sich noch nie etwas anmerken lassen, daß er mich kannte, und selbst als wir uns im Park begegneten, wirkte er nur so überrascht, wie es bei einem unerwarteten Zusammentreffen mit der Gesellschafterin seiner Frau natürlich schien.

Er verbeugte sich leicht und sagte: »Guten Morgen, Jemimah.«

»Guten Morgen, Mr. Galliard.«

Er war ein Mensch, der seine Gefühle gut verbarg, aber ich spürte eine Anspannung in ihm, als er über meinem Kopf hinweg in die Ferne schaute. Da es in dieser Situation töricht gewesen wäre, wenn jeder von uns allein weitergegangen wäre, schritten wir gemeinsam weiter, zuerst langsam, dann wieder so schnell wie vorher, ehe wir einander getroffen hatten.

»Sie sind sehr zeitig draußen«, sagte er.

»Ja, Mr. Galliard, ich bin Frühaufsteherin.« *Wie Sie sehr wohl wissen,* fügte ich in Gedanken hinzu, denn ich erinnerte mich an unsere gemeinsame Zeit in Afghanistan, wo ich immer bei Sonnenaufgang aufgestanden war, um das Frühstück zu bereiten. Laut fügte ich hinzu: »Mrs. Galliard war so freundlich, mir die Möglichkeit zu geben, vor dem Frühstück einen Spaziergang zu machen, wenn ich es wünschte.« »Ja«, sagte er nur, »ich verstehe.« In seinen Worten war eine Heftigkeit, die mich in Erstaunen setzte.

Ich sagte: »Ich hoffe, ich störe Sie nicht bei Ihren Gedanken, Mr. Galliard?«

»Keineswegs«, antwortete er, »keineswegs.«

Mit unschuldiger Miene sagte ich: »Ich fürchtete schon, Sie setzten im Geist einige Zeilen für das Buch oder Referat auf, das Sie über Ihre letzte archäologische Expedition schreiben wollen.«

»Nein«, sagte er langsam, und ich glaubte beinahe einen kaum merklichen Anflug von Humor in seiner Stimme wahrzunehmen. »Nein, ich glaube nicht, daß ich das tun werde.«

Da wir nebeneinander hergingen, konnte ich nur dann einen Teil seines Gesichtes sehen, wenn ich den Kopf wandte und zu ihm aufblickte. Aus seinem strengen Ausdruck war jetzt genauso wenig herauszulesen wie damals in den langen Tagen in der Wildnis, doch ich spürte ein allmähliches Nachlassen der Anspannung in ihm, und mir ging auf, daß er bei diesem ersten Gespräch unter vier Augen natürlich besorgt sein mußte, ich könnte ihm vorwerfen, daß er bestritten hatte, mich zu kennen, und daß er nun erleichtert war, weil ich es nicht getan hatte.

Ich hatte übrigens auch nicht die Absicht, dies zu tun, denn ich wußte, daß es nichts nützen würde. Trotzdem war ich ganz sicher, daß ich mit diesem Mann durch ein großes und gefährliches Land gezogen war, daß ich wochenlang nachts neben ihm geschlafen hatte, daß ich gesehen hatte, wie er niedergeschossen wurde, daß ich ihm eine Kugel aus dem Rücken geschnitten und ihn in seinem Fieber, seinen Phantasien und seiner Bewußtlosigkeit gepflegt hatte. Und wenn all dies wahr war, mußte ich ihm jetzt einfach zu verstehen geben, daß ich nicht so dumm war, ihm sein Leugnen abzunehmen, oder auch die Behauptung, daß er, wie seine Frau annahm, den Frühling und Sommer in Ägypten verbracht hatte.

»Mrs. Galliard macht sich Sorgen um Ihre Gesundheit, wenn Sie in fernen Ländern reisen«, bemerkte ich. »Ich hoffe doch, Sie haben bei Ihrer kürzlichen Expedition nach Ägypten diesbezüglich keinen Schaden genommen?«

Wir schritten einige Sekunden schweigend weiter, dann sagte er: »Nein, das heißt, mit Ausnahme eines Fiebers, das mich nach einem schweren Moskitostich einige Tage außer Gefecht setzte.«

Nach einigen Schritten sagte ich: »War es vielleicht ein ungewöhnlich großer Moskito?«

Er nickte steif. »Bemerkenswert groß. Zum Glück hatte ich

jemanden dabei, dessen medizinisches Wissen sich als unschätzbar erwies.«

Ich sagte: »Ich freue mich, das zu hören, Mr. Galliard. Sie müssen mir verzeihen, daß ich mir bei unserer ersten Begegnung einbildete, Ihre Bekanntschaft schon vorher, irgendwo im Ausland, gemacht zu haben. Nun ist mir klar, daß dies nahezu unmöglich ist.«

Wieder trat eine Pause ein, und dann sagte er langsam: »Ich war sehr bekümmert, Ihnen widersprechen zu müssen, Jemimah.«

Wir setzten unseren Weg stumm fort, und nach einer Weile hatte ich das eigenartige Gefühl, wieder auf den verschneiten Pässen und geröllbedeckten Pfaden Afghanistans zu sein, wo wir stundenlang geritten oder marschiert waren, ohne ein einziges Wort zu wechseln, aber nun war es erfreulich angenehm, und ich dachte amüsiert, daß wohl kaum eine englische Dame so, ohne die kleinste Bemühung, Konversation zu treiben, mit ihrem Begleiter dahinspazieren könnte.

Fünf Minuten später brach ich das Schweigen und sagte: »Hat Mrs. Galliard Ihnen berichtet, wie außerordentlich freundlich Ihr Freund, Lord Henry Boot, zu mir gewesen ist?«

»Ja.« Nun war eine neue Spannung in seiner Stimme, und ich fragte mich, warum. »Ich habe von Henrys Jahrmarkteskapaden gehört. Ich hatte keine Ahnung, daß er den Sommer auf diese Weise verbringt. Er ist schon ein unglaublicher Kerl.«

Ich dachte, daß dies wahrscheinlich die längste Rede war, die ich je von Caspar Galliard gehört hatte. Jetzt, da ich mein Anliegen, wenn auch verhüllt, vorgebracht und von ihm ein ebenso verhülltes Eingeständnis erhalten hatte, war mir klar, daß ich später nicht noch einmal in verschleierter Form auf unsere gemeinsame Zeit in Afghanistan zu sprechen kommen konnte. Dies war die letzte Gelegenheit und daher auch die beste Chance, den Gedanken, den ich an jenem ersten Nachmittag am Stanford Square gehabt hatte, auf seine Richtigkeit zu prüfen – ob mein Zusammentreffen mit Lord Henry in Oakhurst vielleicht doch kein bizarrer Zufall gewesen war.

»Darf ich Ihnen eine hypothetische Frage stellen, Mr. Galliard?« fragte ich.

Er sah mich unbewegt an. »Ich bin kein Freund hypothetischer Fragen, Jemimah, und ich kann Ihnen deshalb keine Antwort versprechen. Aber fragen Sie nur.«

Starr geradeaus blickend, sagte ich langsam: »Wenn es einen Menschen gäbe, dem Sie aus irgendeinem Grund Dank schuldeten – nehmen wir an, der Person mit medizinischem Wissen, von der Sie eben gesprochen haben, und wenn Sie einen Grund hätten, sich um die Zukunft dieser Person Sorgen zu machen, ihr aber persönlich keine Hilfe oder Schutz anbieten könnten, sagen wir, weil Sie sich gerade in einem fernen Land von einer Krankheit erholten oder vielleicht auch weil Ihr Beruf Sie an jeder direkten Hilfe hinderte . . .« Ich hielt inne und holte Luft. »In wessen Hände würden Sie das Wohl dieser Person, der Sie Dank zu schulden glauben, unter diesen hypothetischen Umständen am ehesten legen, Mr. Galliard?«

Ich blickte ihn von der Seite an, während wir weitergingen. Er schwang seinen Stock, und seine Lippen waren nachdenklich geschürzt, während er überlegte. Als er mir einen Blick zuwarf, nahm ich wieder die Spur eines belustigten Lächelns in seinen Augen wahr, und noch etwas anderes, das beinahe wie ein Hauch von Zuneigung wirkte, obwohl es wohl etwas anderes gewesen sein mußte. Dann machte er wieder das Gesicht, das ich als Kassims Gesicht kannte, hart, unnachgiebig, beinahe grausam.

»Es ist nicht leicht, sich die Umstände vorzustellen, die Sie geschildert haben«, sagte er kalt, »aber ich würde mich unter diesen Bedingungen mit Lord Henry Boot, meinem ältesten Freund, in Verbindung setzen, und zwar auf telegraphischem Weg, wenn ich in einem fernen Land wäre, und ich würde ihn bitten, sich an meiner Stelle um diese Person zu kümmern.«

Ich schaute ernst geradeaus und sagte: »Danke, Mr. Galliard.«

Nun wußte ich, daß ich Lord Henry nicht zufällig in Oakhurst begegnet war, nachdem man mich in Witchwood Hall abgewiesen und mich im Dorf nicht wiedererkannt hatte. Caspar Galliard hatte seinem alten Freund nach Torringtons telegraphiert und ihn gebeten, an dem Tag, an dem die *Bristol Star* in Tilbury vor Anker ging, in Oakhurst auf mich zu warten. Ohne Zweifel hatte Jackson, der Butler, Henry die Depesche gebracht, wie er ihm auch gelegentlich Geld gebracht hatte, und Henry hatte Vorsorge getroffen, daß er am Tag meiner Ankunft in Oakhurst sein würde, um mich dort unter irgendeinem Vorwand unter seine Fittiche nehmen zu können.

Einen kurzen Augenblick fragte ich mich, ob er nur vorgetäuscht hatte, an dem Piepser zu ersticken, aber ich verwarf diese Möglichkeit sofort. Er konnte es nicht gespielt haben, denn ich hatte den Piepser unten in seiner Kehle stecken gesehen, und außerdem konnte er nicht gewußt haben, daß meine medizinischen Kenntnisse ausreichten, um ihm zu helfen. Der Vorfall hatte ihm eine gute Gelegenheit gegeben, mir Arbeit und Zuflucht anzubieten, aber er hätte sich mir auch auf andere Weise nähern und Paloma benutzen können, um meine etwaigen Befürchtungen hinsichtlich seiner Absichten zu zerstreuen. Meine Lage war damals so verzweifelt, daß ich nach jedem Strohhalm gegriffen hätte.

Zwanzig Minuten später waren Mr. Galliard und ich wieder am Stanford Square, nachdem wir in diesem Zeitraum höchstens ein halbes Dutzend einigermaßen liebenswürdige Belanglosigkeiten ausgetauscht hatten, immerhin weit mehr, als wir auf unserer Reise durch Afghanistan an einem ganzen Tag gesprochen hatten.

Nach jener ersten Begegnung im Park begleitete Caspar Galliard mich manchmal bei meinen morgendlichen Spaziergängen, manchmal aber auch nicht. Ich fand sein Verhalten sonderbar, denn in dem Augenblick, in dem er sich mir anschloß, war er gewöhnlich so vergnügt und zufrieden, wie er nur sein konnte, doch im Verlauf des Spaziergangs pflegte er verdrossener zu werden und starr vor sich hin zu schauen, beinahe so, als unterdrückte er irgendeinen Zorn. Einmal fragte ich, ob ich etwas gesagt oder getan hätte, das ihn beleidigt habe, aber er wischte die Frage ungeduldig beiseite. Ich konnte nur folgern, daß er, wenn wir spazierengingen, zornig auf sich selbst wurde, doch den Grund konnte ich mir nicht vorstellen.

Wenn ich in dem kleinen Garten arbeitete, war es ganz ähnlich. Er konnte mich von seinen Schreibtisch am Fenster seines Arbeitszimmers aus gut sehen, und ich spürte oft, daß er mich beobachtete. Manchmal kam er nach draußen, um eine Weile mit mir zu plaudern, wobei ihm die Worte freilich nicht leicht von den Lippen kamen, aber bald wurde er wieder von jener Verhärtung in Besitz genommen, so daß er sich schließlich abrupt umwandte und entfernte. Zweimal kam er mit strengem Blick und zusammengepreßten Lippen heraus und bat mich kühl, an diesem Tag nicht mehr im Garten zu arbeiten, da ich ihn ablenke.

Ich nahm keinen Anstoß daran. Er behandelte seine Frau gelegentlich mit der gleichen Kühle, aber sie reagierte immer mit einem liebevollen Lächeln. Je näher ich Anne Galliard kennenlernte, um so mehr bewunderte ich sie, und ich stand in dieser Hinsicht nicht allein. Es kommt nicht oft vor, daß andere Frauen eine wirklich schöne Frau mögen, doch sie war in ihrem Bekanntenkreis zweifellos sehr beliebt, vielleicht weil sie ohne jede Spur von Eitelkeit war und allen eine ungeheuchelte Herzlichkeit entgegenbrachte.

Wenn meine Kindheitserinnerungen mich nicht trogen, war es ungewöhnlich, daß sich die Herren des Hauses bei Besuchen zeigten, denn sie zogen es vor, für sich zu bleiben und die Damen ihrem meist seichten Geplauder zu überlassen. Es amüsierte mich daher festzustellen, wie oft Männer jeden Alters ins Zimmer kamen, wenn Anne Galliard einen Besuch machte. Ehemänner, Brüder, Väter, alle waren begierig, etwas von dem warmen Glanz zu erhaschen, den sie ausstrahlte, genau wie Lord Henry, als sie in Torringtons zum Tee gekommen war. Aber sie verhielt sich den Herren gegenüber auf eine Weise, die ihren Freundinnen nie Anlaß gab, ihr zu grollen. Möglicherweise grollten sie den Herren, besonders, wenn es ihre Ehemänner waren, aber nicht Anne Melanie Galliard.

Aus all diesen Gründen war mir Caspar Galliards Verhalten ihr gegenüber unbegreiflich; gewiß, er war nie unhöflich, aber immer kühl und distanziert. Ich bemerkte, daß sie getrennte Schlafzimmer hatten, und versuchte, mich nicht darüber zu wundern, weil es mich nichts anging. In der Bibliothek schlug ich den Namen nach, den Caspar Galliard in seinen Fieberphantasien gemurmelt hatte, damals, als ich sein Gesicht kühlte und nasse Tücher auf seinen Oberkörper legte, um seine Temperatur zu senken. *»Melanie . . .* « Das war der Name, den er nur für seine Frau gebrauchte. Dann: *»Sturmschnell . . . Tochter Elektras . . .«*

Der erste Eintrag über Elektra, einen Namen aus der griechischen Mythologie, an den ich mich aus meiner Schulzeit erinnerte, schien keinerlei Relevanz zu haben. Elektra, Tochter des Agamemnon, drängte ihren Bruder Orest, ihre Mutter zu töten, weil diese ihren Vater getötet hatte – eine vertraute griechische Geschichte voll Blut und Mord. Dann entdeckte ich eine andere Elektra, eine Nereide, also eine Tochter des Meergottes Nereus. Sie hatte die gefürchteten Harpyien zur Welt gebracht, deren Name von dem griechischen Wort für »Raffende« abgeleitet ist, monströse Vögel mit Frauenköpfen, die menschliche Beute verschlangen. Einige Harpyien hatten von den alten griechischen Autoren einen Namen bekommen. Es gab Schnellfluß und Schnellflügel und –

Entsetzt starrte ich auf das gedruckte Wort: *Sturmschnell!*

13

Anne Melanie Galliard als *Sturmschnell*?

Wie konnte das möglich sein? Wie konnte Caspar Galliard, und sei es im Fieberwahn, seiner Frau den Namen einer Harpyie geben, einer Verschlingerin menschlicher Beute? Es war unwahrscheinlich, daß ich mich verhört hatte, denn er hatte noch andere, ebenso grausame wie bittere Worte gesagt, an deren Bedeutung kein Zweifel sein konnte: *Ungeheuer und Göttin.*

Es erstaunte und bekümmerte mich, daß eine Frau mit so wunderbaren Eigenschaften von ihrem Mann in einem so schrecklich verzerrenden Spiegel gesehen wurde. Ich war sicher, daß sie viel zu einfühlsam war, um sich dessen nicht bewußt zu sein, was es um so verblüffender machte, daß sie in ihrem Verhalten ihm gegenüber immer von einer so liebevollen Zuneigung, einer so heiteren Gelassenheit war. Es war, als sei sie imstande, ihm zu vergeben und sich nicht verletzt zu fühlen, weil sie wußte, daß sein Geist in dieser einen Hinsicht getrübt war.

Ich glaubte, das Geheimnis von Anne Galliards heiterer Gelassenheit zu einem kleinen Teil gelüftet zu haben, als ich erfuhr, daß sie ein Refugium besaß, das sie ihr Sanktuarium nannte und wohin sie sich manchmal ein oder zwei Tage lang zurückzog. Das Sanktuarium war ein sehr kleines Haus am Südufer der Themse, in Southwark. Dies war keine Gegend, wo die Wohlhabenden lebten, aber gerade das entsprach Anne Galliards Wünschen.

»Es ist meine persönliche, ganz private Zuflucht«, sagte sie eines Morgens zu mir, ehe sie davonfuhr, um zum erstenmal, seit ich ihre Gesellschafterin geworden war, den Tag im Sanktuarium zu verbringen. »Es war früher eine winzige Privatkapelle, und ich habe sie in ein Refugium verwandelt, wohin niemand außer mir darf.« Es war nichts Feierliches an ihr, als sie mir dies erzählte. Ich hatte sie noch nie feierlich erlebt. Im Gegenteil, selbst in diesem Moment waren ihre strahlenden indigoblauen Augen voll Lachen und Mißbilligung, als schelte sie die Marotte, die sie veranlaßte, sich ein solches Refugium zu halten.

»Ich benutze es nur drei oder vier Tage im Monat, es sei denn, ich fühle ein besonderes Bedürfnis, und die übrige Zeit kümmert sich ein Verwalter darum, der auf der anderen Seite der Straße wohnt«, sagte sie mit einem Funkeln in den Augen. »Es ist übrigens ein ehemaliger Einbrecher, den unser Verein zur Unterstützung entlassener Strafgefangener auf den rechten Weg gebracht hat, ein richtig lieber kleiner Mann. Es ist etwas, was von meinem restlichen Leben getrennt ist, Jemimah. Ich nehme keine Dienstboten mit und empfange keine Besucher. Selbst Caspar ist noch nie im Sanktuarium gewesen.« Sie schnitt eine kleine, schelmische Grimasse. »Ich gestehe, es ist schrecklich egoistisch, aber ich möchte es ganz allein für mich haben.«

Ich sagte: »Es kommt mir nicht egoistisch vor, Mrs. Galliard. Ich bin sicher, es hilft Ihnen, wieder zu sich selbst zu finden, wenn Sie gelegentlich ganz für sich sein können. Darum gehen Sie doch dorthin, nicht wahr?«

Sie lächelte zustimmend und tätschelte meine Hand. »Sie sind ein scharfsinniges Mädchen, Jemimah. Ich gehe dorthin, um . . .« Sie zögerte, und fuhr dann mit einer kleinen entschuldigenden Geste fort: »Nun, um seelischen Frieden zu finden. Du meine Güte, es tut mir leid, daß das so anmaßend klingt.«

Ich schüttelte den Kopf. »Nein, ich kann es verstehen, wenigstens ein bißchen. Aber es würde mich interessieren, ob Sie dort irgend etwas Bestimmtes tun, um . . . um ihre Seele zu beruhigen.«

»Das ist sehr gut ausgedrückt, meine Liebe«, sagte sie freundlich. »Nun, ich glaube nicht, daß ich etwas Bestimmtes tue. Tagsüber sitze ich oft da und schaue hinaus zum Fluß, und abends betrachte ich die Lichter von London, und dabei denke ich an alle möglichen Dinge, aber auf eine recht vage Art. Ich nehme an, man könnte sagen, daß ich meditiere, wie es die heiligen Männer in Indien laut Caspar tun. Ich habe auch meine Bibel und einige religiöse Bücher dort und lese viel. Ich trinke nur Wasser und esse nur eine einfache Mahlzeit am Tag, die von der Frau meines lieben kleinen ehemaligen Einbrechers zubereitet wird, und dann« – sie hielt inne und breitete lachend die Hände aus – »und dann komme ich innerlich gestärkt und erfrischt heim.«

Ich legte die unhandliche Stickerei hin, an der ich arbeitete, und sagte: »Ich finde, das ist etwas Wunderbares, Mrs. Galliard.« Während ich sprach, spürte ich einen wehmütigen Stich des Neids. Meine Worte waren wahr, aber ich wußte, selbst wenn ich ein solches Sanktuarium je mein eigen hätte nennen können, hätte es für mich nie das bewirkt, was Mrs. Galliards Zuflucht für sie bewirkte, weil mir einfach ihre geistigen und seelischen Fähigkeiten fehlten.

Ich war die fünfte Woche am Stanford Square, als Caspar Galliard morgens beim Frühstück sagte: »Übrigens, Melanie, Henry Boot ist in der Stadt. Er wohnt im Club. Ich habe ihn gestern dort getroffen, und er hat gefragt, ob es dir paßt, wenn er uns morgen nachmittag einen Besuch macht.«

Anne Galliard klatschte dezent in die Hände und sagte: »Aber selbstverständlich muß er uns besuchen, Liebling, und wir werden für niemand anderen zu Haus sein. Henry ist solch ein Schatz, und ich brenne darauf, ihn nach seinen Abenteuern als Puppenspieler zu fragen. Jemimah hat mir schon eine Menge erzählt, aber ich bin sicher, daß es noch mehr gibt, und es ist eine so aufregende Geschichte. Hast du gewußt, daß er eine schöne junge Zigeunerin bei sich hatte, bis ihr Stamm kam und sie gewaltsam fortschleppte?«

»Nein, das habe ich nicht gewußt«, sagte ihr Mann trocken, »aber es sieht dem guten Henry ähnlich.«

Der Gedanke, Henry wiederzusehen, machte mich sehr froh, und ich mußte mich beherrschen, um nicht aufzuspringen und ihm entgegenzulaufen, als er am nächsten Tag kurz vor vier Uhr in den Salon geführt wurde. Er sah in seinem hervorragend geschnittenen grauen Anzug sehr elegant aus, als er seinen schlanken Oberkörper vorbeugte, um Anne Galliard die Fingerspitzen zu küssen, aber dann verdarb er die Wirkung, indem er kurz die Hand an den Mund legte und mich mit der kreischenden Stimme Kaspers begrüßte. »Hallo, Judy! Hallo, Judy! Was für ein hübsches Kleid, was für ein hübsches Kleid!«

Während er sich über meine Hand beugte, bemühte ich mich, eine strenge Miene aufzusetzen, und sagte: »Henry! Benehmen Sie sich!«

In diesem Moment trat Caspar Galliard herein, um auf die gleiche lächerliche Weise begrüßt zu werden, und ich sah zum erstenmal, wie sich das unbewegte Gesicht in einem spontanen Lächeln entspannte. »Mein Gott, hast du den Sommer tatsächlich so verbracht?« sagte er und warf einen Blick auf mich. »Mußte Jemimah etwa neben dir in der Bude sitzen, mit dieser unerträglichen Stimme am Ohr?«

Henry nahm den Piepser aus dem Mund und steckte ihn in die Tasche. »Es ist eine großartige Stimme«, protestierte er. »Jemimah hat sich nie beklagt. Außerdem hat sie Judys Text in *mein* Ohr geschrien. Ihr hättet sie hören sollen. Wie wär's, Mim? Spielen Sie doch den Teil, als ich gerade das Baby aus dem Fenster geworfen habe!«

Ich sagte: »Henry, bitte!«

Anne Galliard sagte mit vor Lachen bebender Stimme: »Oh, wir würden gern eine Kostprobe hören, solange Henry hier ist. Sie werden uns später den Gefallen tun, Jemimah, nach dem Tee.«

Weil es ein schöner Tag war, setzten wir uns zum Tee auf die Terrasse. Henry musterte mich aufmerksam und fragte, wie es mir gehe, und ich sagte wahrheitsgemäß, daß ich am Stanford Square sehr glücklich sei. Ich erkundigte mich nach Lady Whitchurch und bat ihn, ihr meine besten Grüße zu übermitteln, um dann nur noch an der Unterhaltung teilzunehmen, wenn ich gefragt wurde, denn trotz meiner Freundschaft mit Lord Henry hielt ich es für unpassend, den Gast meiner Arbeitgeber in ein Gespräch zu ziehen.

Eine Stunde verging wie im Flug, sogar die fünf Minuten, in denen Henry und ich eine kurze Szene aus dem Kasperspiel zum besten gaben und so taten, als bewegten wir die Puppen auf unseren Händen. Ich hatte Caspar Galliard noch nie so gelöst erlebt, und das war in gewisser Beziehung merkwürdig, denn daß Henry seine Frau anbetete, lag genauso auf der Hand wie damals bei ihrem Besuch in Torringtons. Ich konnte nur vermuten, daß Caspar Galliard an die Bewunderung gewöhnt war, die andere Männer seiner Frau zollten. Entweder das, oder es war ihm gleichgültig.

Nach dem Tee bestand Anne Galliard darauf, daß ich Henry durch den kleinen Garten führte und ihm die Arbeit zeigte, die ich bisher getan hatte. Das bot uns die erste Gelegenheit, unter vier Augen miteinander zu reden, und sobald wir außer Hörweite der Terrasse waren, sagte Henry ruhig: »Nicht böse auf mich, Mim?«

»Nein, natürlich nicht. Aber es war ein rechter Schock, unvermittelt zu entdecken, daß Mr. Galliard Caspar ist.«

»Ich weiß, aber ich konnte Sie nicht warnen. Es war nicht mein eigenes Geheimnis. Ich dachte, Caspar habe es vielleicht arrangiert, daß Anne Ihnen diese Stelle anbot, aber ich konnte trotzdem nichts sagen.«

»Nein, er hat es nicht arrangiert. Aber er hat arrangiert, daß Sie mich in Oakhurst trafen und sich um mich kümmerten, nicht wahr, Henry?«

»Ja, er telegraphierte mir aus Indien. Wird er Ihnen helfen zu beweisen, daß Sie wirklich Jemimah Lawley sind?«

Ich schüttelte den Kopf. »Er gibt nicht offen zu, was in Afghanistan geschehen ist.«

Henry sagte: »O verdammt. Das habe ich befürchtet. Aber falls die Geschichte publik würde, könnte es ihn das Leben kosten, wenn er wieder als Kassim nach Afghanistan geht.« Er zuckte ein bißchen traurig mit den Schultern. »Nicht, daß er sich darüber Sorgen zu machen scheint.«

Ich sagte: »Hat er die Absicht, wieder dorthin zu gehen?«

»Das weiß nur Gott, Mim. Er wird in das Land gehen, in das seine Vorgesetzten ihn schicken, aber er kennt Afghanistan wie seine Westentasche, und er beherrscht die Sprache, so daß sie ihn am wahrscheinlichsten wieder dorthin schicken werden.«

Als wir am Ende des Gartens der Biegung des Weges folgten, sagte ich: »Warum haben Sie eben gesagt, daß er sich nicht weiter um sein Leben zu sorgen scheint?«

»Nun – weil ich es annehme.«

»Ja, aber *warum*?«

Er wandte sich mir zu und sah mich mit einer seiner verzweifelten Grimassen an. »Ich habe keine Ahnung, Mim. Er war früher ein sehr geselliger Kumpel, und er liebte das Leben, aber jetzt ... Na ja, Sie haben es selbst gesehen, er ist ernst und grüblerisch geworden. Und das, obgleich er mit der schönsten Frau verheiratet ist und eigentlich so glücklich sein sollte wie ein König. Ich begreife es nicht. Vielleicht ist es die Arbeit, die ihn so verändert hat.«

»Vielleicht«, sagte ich nickend, aber ich glaubte es nicht.

Nach kurzem Schweigen sagte Henry: »Was werden Sie unternehmen, um zu beweisen, wer Sie sind?«

Ich blieb stehen, um einige sterbende Blüten von einer Kletterrose abzuzwicken, wie es die Gärtner in Torringtons getan hatten, um die Entwicklung neuer Blüten zu fördern. »Im Augenblick kann ich nichts tun«, sagte ich. »Und ich weiß nicht einmal, ob ich jemals etwas tun kann. Manchmal bin ich zornig, aber ich versuche, es nicht zu sein, denn wenn diese Sache Besitz von mir ergreift, werde ich ein sehr unglückliches Leben führen. Nach all dem, was in Shul geschah, war sogar unser Leben auf der Straße wie das Paradies, und was mich selbst betrifft, bin ich eigentlich recht zufrieden. Es ist nur, daß ich manchmal das Gefühl habe, daß ich meinen Vater und meine Mutter betrüge, wenn ich zulasse, daß man mir Namen und

Geburtsrecht stiehlt . . . Ich meine, wenn die Menschen, an die ich mich als meinen Vater und meine Mutter erinnere, wirklich Sir George und Lady Lawley waren.«

»Oh, um Himmels willen, Mim, Sie sind keine Hochstaplerin!«

»Jedenfalls keine bewußte, aber jeder Anschein spricht gegen mich, Henry.«

Er kräuselte die Nase und blickte nachdenklich auf eine recht armselige Dahlie, die ich aufzupäppeln versuchte. »Ich muß ein wenig darüber nachdenken, Mim«, sagte er vage.

Als der Herbst dem Winter wich und die Tage kurz wurden, fühlte ich mich bei den Galliards noch mehr zu Hause als schon zuvor, aber meine Verwunderung über Caspar Galliards sonderbares Benehmen ließ nicht nach. Wenn schon Lord Henry ihn trotz ihrer jahrelangen Freundschaft nicht verstand, hatte ich wohl auch kaum eine Chance, ihn besser zu ergründen.

Auf Anne Galliards Vorschlag begann ich, Caspar Galliard jede Woche einige Stunden bei seiner Arbeit zu helfen. Es ging um die Entzifferung zahlreicher vollgeschriebener Notizblöcke, das Entschlüsseln von Abkürzungen und das Übertragen der Texte in Reinschrift. Ich schlug auch in den Werken anderer Autoren bestimmte Stellen nach, die er mir in etwa angegeben hatte, und markierte die betreffenden Seiten, damit er nicht lange zu suchen brauchte.

Es konnte kein Zweifel bestehen, daß er umfassende archäologische Kenntnisse hatte, aber nur wenige der Notizblöcke waren von seiner Hand geschrieben, und ich hatte den Verdacht, daß ein großer Teil des Materials von anderen geliefert wurde, wofür sicher jemand wie Mr. Arthur Renwick sorgte, um die These zu stützen, daß Caspar Galliard allein deshalb ins Ausland reiste, um Städte des Altertums zu erkunden.

Manchmal hatte ich den Eindruck, er freue sich über meine Hilfe, und manchmal war er so kalt und unfreundlich, wie sein anderes Ich, Kassim, gewesen war. Besonders befremdend war sein Verhalten, wenn seine Frau sich ein oder zwei Tage im Sanktuarium aufhielt, weil ich dann nie wußte, was ich zu erwarten hatte. Manchmal schien er erleichtert oder sogar froh zu sein, wenn wir zusammen arbeiteten oder gemeinsam am Tisch saßen. Dann aber verbrachte er wieder die meiste Zeit außer Haus und wechselte kaum ein Wort mit mir, wenn wir uns zufällig über den Weg liefen.

Genau wie in der Wildnis lernte ich, Caspar Galliard so zu nehmen, wie er sich gerade gab, und nichts zu erwarten. Auf diese Weise hatte ich dann und wann die angenehme Überraschung, diesen rätselhaften Mann zeitweise auch sehr menschlich und gesellig zu erleben.

Es gab einige Dinge, von denen ich in den ersten Tagen am Stanford Square kaum Notiz genommen hatte, die mir dann aber im Laufe der Zeit auffielen. Mir schien zum Beispiel, daß Caspar Galliard ein ansehnliches Privateinkommen haben mußte, denn er übte keine bezahlte Beschäftigung aus – es sei denn, die heimliche Beschäftigung als Spion, und ich konnte mir nicht vorstellen, daß sie eine Menge einbrachte. Dann mußte ich auch häufiger daran denken, daß er und Anne Galliard zwar schon seit sieben Jahren verheiratet waren, aber keine Kinder hatten und auch nie etwas in der Richtung erwähnten. Natürlich konnte der Grund hierfür medizinischer Natur sein – wie zu meinem Glück bei Deenbur. Wie ich von Sandru erfahren hatte, konnte die Ursache bei beiden liegen, beim Mann oder bei der Frau, doch ich glaubte nicht, daß dies auf Caspar und Anne Galliard zutraf. Eine einfachere Erklärung lag darin, daß sie getrennte Schlafzimmer hatten.

Als drittes fiel mir nach ein oder zwei Wochen am Stanford Square auf, daß weder er noch sie nähere Verwandte zu haben schienen, denn keiner der beiden erwähnten jemals Vater oder Mutter, Schwestern oder Brüder. Später stellte ich fest, daß Caspar in der Tat Einzelkind war und daß er beide Eltern während seines Studiums verloren hatte, doch was Anne Galliard betraf, hatte ich mich geirrt: ihre Eltern lebten noch, in Suffolk, wo sie geboren war. Ihr Vater war Anwalt, ihr Mädchenname lautete Grant, und sie hatte eine zwei Jahre ältere Schwester gehabt, die mit siebzehn Jahren an einer mir unbekannten Ursache gestorben war.

Anfang Dezember fuhren wir mit der Eisenbahn zu dem Dorf Saxmundham, um ihre Eltern über das Wochenende zu besuchen. Es war das deprimierendste Wochenende, das ich je in England erlebt hatte. Das Haus war behaglich, die Dienstboten waren aufmerksam, Anne Galliard war wie immer herzlich und gelöst, und ich hatte Caspar Galliard noch nie so sehr darum bemüht gesehen, ein angenehmer und fröhlicher Gesellschafter zu sein. Aber Mr. und Mrs. Grant waren wie leere Schoten, ohne Leben, trübsinnig, stumpf. Sie waren zu uns allen von einer unbestimmten Höflichkeit, doch darüber hinaus schien ihnen jede Kraft zu fehlen. Sie zeigten keine besondere Freude, ihre Tochter zu sehen, und ich hatte den Eindruck, sie ließen den Besuch geduldig über sich ergehen und warteten nur darauf, daß wir sie wieder verließen.

Ich war erleichtert, als wir wieder im Zug nach London saßen, und ich spürte, daß es Caspar Galliard ebenso ging.

Lord Henry besuchte uns alle drei oder vier Wochen. Wir hatten nicht immer Gelegenheit, unter vier Augen miteinander zu sprechen, und es gab auch nichts, was wir uns privat zu sagen gehabt hätten, doch einmal schaute er unerwartet vorbei, als Anne Galliard im Sanktuarium war und Caspar Galliard an der Versammlung einer archäologischen Gesellschaft teilnahm. Ich ließ Tee für uns aufgießen, wir tauschten belanglose Neuigkeiten aus, lachten über gemeinsame Erinnerungen und fragten uns ein bißchen wehmütig, wie es Paloma wohl gehen mochte.

Einen Augenblick lang geriet ich in Versuchung, ihm zu erzählen, warum ich Torringtons wirklich verlassen hatte – daß ich eines Morgens das Medaillon seiner Mutter in meinem Zimmer gefunden hatte und daß sie überzeugt gewesen war, ich hätte es gestohlen, weil in ihrem Schlafzimmer eine Schleife von meinem Nachthemd gelegen hatte. Ich rechnete fest damit, daß Henry an meine Unschuld noch fester glauben würde als ich selbst, und ich wäre dankbar gewesen für seinen Zuspruch und seine Ermutigung, denn obwohl ich den Vorfall aus meinem Gedächtnis zu bannen suchte, war die Vorstellung, ich hätte so etwas womöglich ohne eigenes Wissen getan, sehr beängstigend.

Am Ende hielt ich jedoch den Mund und sagte nichts, obwohl ich keinen klaren Grund für diesen Entschluß wußte. Später fiel es mir schwer zu entscheiden, ob ich mich freute oder ärgerte, nichts gesagt zu haben. Ich träumte in dieser Nacht von Sandru, wie schon ein- oder zweimal zuvor während meines Londoner Aufenthalts. Der Traum unterschied sich auf merkwürdige Weise von früheren Träumen, denn er spielte zwar in Shul und war auch recht zusammenhanglos und wenig plausibel, aber Sandru erschien darin nicht so, wie ich ihn gekannt hatte, sondern als ein junger Mann etwa im Alter Caspar Galliards und in der Uniform eines Soldaten.

Ich war in dem Traum wieder Lalla, die Magd, und brachte meinem Herrn das Frühstück, aber er war nicht der ältere und manchmal mürrische Sandru, den ich kannte, wie er im Bett saß und auf den Tee wartete. Es war ein jüngerer Sandru, ein Offizier der Armee, der an einem kleinen, wunderschön mit Silber und feinem Porzellan gedeckten Tisch saß. Es gab etwas, das ich ihm erzählen mußte, und ich wußte, daß es wichtig war, aber es wollte mir nicht einfallen, und ich stand da und versuchte zu sprechen, ohne Worte finden zu können, und bekam immer mehr Angst wegen dieser Gedächtnislücke, bis mir der kalte Schweiß ausbrach und ich zitternd und atemlos in meimem Nachthemd, das mir am Körper klebte, am Stanford Square erwachte.

Weihnachten rückte näher. Ich half Anne Galliard und den Dienstboten, dem Haus ein festliches Aussehen zu verleihen, kaufte ein kleines Geschenk für sie und ein weiteres für Caspar Galliard und dachte mit einem schmerzhaften Stich, daß Sandru nunmehr sein ungefähr vierzigstes Weihnachtsfest in einem grausamen Land barbarischer Stämme bevorstand.

Am Heiligen Abend schlossen Anne Galliard und ich uns, warm verpackt gegen die Kälte, einer Gruppe von Weihnachtssängern unserer Pfarreikirche St. Johns an. Am Weihnachtsmorgen tauschten wir nach dem Frühstück die Geschenke aus. Von Anne Galliard bekam ich einen schmalen silbernen Armreif und von ihrem Mann, sehr zu meiner Überraschung, einen seltsamen kleinen Nippesgegenstand aus Porzellan für mein Schlafzimmer, ein wunderbar modelliertes und recht komisches Maultier, das die Beine spreizte und mit störrischer Miene über eine Schulter hinweg blickte. Ich mußte sofort an Aristoteles denken, der mich von Shul nach Herat getragen hatte, erwähnte dies aber nicht, weil Caspar Galliards Frau zugegen war. Als ich ihm dankte, wünschte er mir ein frohes Fest und beugte sich nach unten, um mich linkisch auf die Wange zu küssen, doch nichts an ihm verriet, daß es mit dem Maultier aus Porzellan eine besondere Bewandtnis habe.

Ich erhielt auch ein Geschenk von Lord Henry, das zwei Tage vorher mit der Post gekommen war. Es war ein goldenes Armband mit einem Talisman aus Gold – eine winzige Trommel mit zwei darauf liegenden, gekreuzten Schlegeln. Ich hatte ihm eine Weihnachtskarte geschickt, doch aus Furcht, den Ärger seiner Mutter zu erregen, kein Geschenk, und ich war erschrocken über die Extravaganz, diesen goldenen Glücksbringer eigens für mich anfertigen zu lassen. Auf der beiliegenden Karte stand: *Seiner Judy in alter Freundschaft, Kasper.*

Ich mußte Caspar und Anne Galliard die Bedeutung der Trommel erklären und erzählte, wie zuerst Paloma und dann ich als Martkschreierin die Trommel gerührt und das Publikum angelockt hatten. Bei dieser Geschichte hörte ich Caspar Galliard zum erstenmal lachen.

Das alte Jahr neigte sich dem Ende zu, und in der Silvesternacht gedachte ich voll Dankbarkeit all dessen, was mir widerfahren war, seit der Frühling die hohen Bergpässe Kafiristans vom Schnee befreit hatte. Ich fragte mich auch mit einem Schauder, ob ich wohl noch am Leben gewesen wäre, wenn man mich Akbah dem Wahnsinnigen ausgeliefert hätte.

Anne Galliard hatte seit Anfang Dezember zwei oder drei kleine Dinner-Parties gegeben, zu denen nie mehr als sechs oder sieben Gäste gekommen waren. Ich folgerte, daß dies in den Wintermonaten bei ihr üblich war. Ihr Mann nahm höflichkeitshalber daran teil und spielte den aufmerksamen Gastgeber, war aber in Wirklichkeit nicht weiter interessiert und überließ seiner Frau alle Vorbereitungen wie auch die Auswahl der Gäste. Oft waren Caspar Galliard und ich bis zu ihrer Ankunft im unklaren, wer kommen würde, denn Mrs. Galliard liebte es, anderen Überraschungen zu bereiten, genau wie damals, als sie mich zum Stanford Square geholt hatte.

Ende Januar gab sie eine Dinner-Party, bei der ich einen Schock bekommen sollte, der meine ganze Welt auf den Kopf stellte. Wir erwarteten sechs Gäste. Die ersten vier, die eintrafen, erwiesen sich als zwei Ehepaare mittleren Alters, die ich schon bei Ausschußsitzungen der verschiedenen wohltätigen Vereine kennengelernt hatte. Das eine Paar hieß Winslow, das andere Mortimer, lauter sehr liebenswürdige Leute, und die beiden Herren gaben sich, genau wie die meisten verheirateten Männer in Anwesenheit Anne Galliards, alle Mühe, ihre schöne Gastgeberin nicht unentwegt anzustarren.

Wir saßen im Salon und unterhielten uns höflich, wobei die Herren ein Glas Sherry tranken. Ich war so unbescheiden zu glauben, daß ich inzwischen gelernt hatte, bei diesen Gelegenheiten den richtigen Ton zu finden. Als bezahlte Gesellschafterin bemühte ich mich, nicht vorwitzig zu sein, sondern gescheite Antworten zu geben, und ich wandte mein Augenmerk vor allem den Gästen zu, die Schwierigkeiten zu haben schienen, aus sich herauszugehen.

Einige Minuten später hörten wir die Türglocke. Ich nahm an, daß es die letzten Gäste seien. Edge, der Butler, pflegte die Gäste in die Halle zu führen, wo ein Bursche ihnen die Hüte und Mäntel, die Handschuhe und Muffe abnahm, und dann meldete Edge sie an und führte sie herein. Anne Galliard sagte zu den Winslows und Mortimers: »Ich glaube, meine anderen Gäste kennen Sie noch nicht. Sie leben die meiste Zeit auf dem

Land, aber sie haben ein Haus am Belgrave Square, wo sie im Winter immer einige Wochen verbringen.«

Belgrave Square ... Ich erinnerte mich dunkel an ein Haus, das ich bis zu diesem Abend vergessen hatte, ein Haus am Belgrave Square, das meinem Vater gehört hatte und das wir gelegentlich, als ich noch klein war, benutzt hatten. Die Erinnerung verblich so schnell, wie sie gekommen war. Ich konnte mir keine Einzelheiten des Hauses, kein genaueres Bild ins Gedächtnis zurückrufen. Vielleicht war ich damals zu klein gewesen, oder mein Gedächtnis hatte mir einen Streich gespielt.

Edge öffnete die Flügeltür des Salons und trat zur Seite. »Miss Jemimah Lawley und Mr. James Lawley«, meldete er mit ausdruckslosem Gesicht. Und es traten der Mann und die junge Frau ein, die ich zuletzt, bis in die Grundfesten meines Seins erschüttert, an der Schwelle von Witchwood Hall gesehen hatte, ehe mir die Tür des Heims, das ich für das meine gehalten hatte, vor der Nase zugeschlagen worden war.

James Lawley trug wie die anderen Herren einen Frack. Seine Begleiterin trug ein Kleid aus hellrosa Satin und leichter Seide mit Samtschleifen in einem dunkleren Ton, die auf beide Schultern und eine Hüftpartie appliziert waren. Ihr Haar war im Nacken zu einem Knoten frisiert. Lange weiße Glacéhandschuhe reichten ihr bis zu den Ellbogen, und in der einen Hand hielt sie einen Fächer aus Elfenbein.

Ich saß wie versteinert da und spürte, wie mir vor Entsetzen das Blut aus dem Gesicht wich. Die beiden lächelten höflich, als die Gastgeber auf sie zutraten, um sie zu begrüßen, und ich hörte wie aus weiter Ferne Anne Galliards Stimme herzlich sagen: »Miss Lawley, wie nett, Sie hier am Stanford Square zu sehen. Darf ich Ihnen meinen Mann vorstellen, Caspar? Caspar, mein Lieber, darf ich dir Miss Jemimah Lawley von Witchwood Hall und Mr. James Lawley vorstellen, ihren Verwandten und wohl auch Vormund, wenn ich recht verstanden habe?«

Einen Moment lang glaubte ich, dies müsse ein Alptraum sein. Ich konnte nicht fassen, daß Anne Galliard ausgerechnet diese beiden Leute in ihr Haus brachte, diese Personen, die mir meinen Namen und meine Rechte gestohlen hatten.

Mr. Winslow und Mr. Mortimer hatten sich erhoben. Sie blickten ebenso verwirrt und unbehaglich drein wie ihre Frauen und warfen mir verstohlene Blicke zu. Ich wußte, daß ich mich ebenfalls hätte erheben sollen, denn ich war nur eine Gesellschafterin, aber mir wirbelte der Kopf, und ich mußte mich sammeln, ehe ich es wagen konnte, mich zum Aufstehen zu zwingen. Anne Galliard stellte die neuen Gäste den anderen mit warm schimmernden Augen vor, eine strahlende Gastgeberin. Ich sah, wie der hinter ihr stehende Caspar Galliard mich sehr aufmerksam, doch ohne einen besonderen Ausdruck in den Augen, betrachtete.

Endlich wandten sich die neuen Gäste mir zu, und ich sah, wie das Mädchen erstaunt blinzelte, als es mich erkannte, ehe Anne Galliard einen Augenblick später meinen Namen sagte: »Dies ist meine Gesellschafterin, zufälligerweise eine Namensvetterin von Ihnen, auch eine Jemimah Lawley.« Sie lachte amüsiert. »Wir müssen versuchen, uns davon nicht durcheinanderbringen zu lassen, nicht wahr?«

Das Mädchen blickte verblüfft, dann verlegen drein, faßte sich aber schnell, neigte höflich den Kopf und murmelte: »Sehr erfreut.«

Dann wurde ich dem Mann vorgestellt, den sie Onkel James nannte. Während in meinem Kopf die widersprüchlichsten Gedanken schwirrten, fragte ich mich, ob er vielleicht bei meinem Anblick beschließen würde, sich mit der Erklärung, ich hätte den Platz seiner Begleiterin zu usurpieren versucht, zusammen mit seiner jungen Cousine zurückzuziehen. Er musterte mich ironisch, um dann trocken zu sagen: »Guten Abend, Miss Lawley.« Sein Verhalten sagte mehr als Worte. Er hatte etwas mehr Zeit gehabt als das junge Mädchen, um den Schreck meines Anblickes zu verkraften und sich zu überlegen, wie er reagieren solle, und seine Miene sagte mir unmißverständlich, daß er zwar seine Gastgeber nicht vor den Kopf stoßen wolle, aber bestimmt kein Blatt vor den Mund nehmen würde, sollte ich etwa eine Szene hervorrufen. Was er in meinem Gesicht las, konnte ich nicht wissen, ich wußte nur, daß ich den Mund halten mußte und jedes andere Verhalten an diesem Abend undenkbar war, weil man mich eher für verrückt halten als mir glauben würde. Ich knickste mechanisch und brachte mit ausgedörrtem Mund ein »Guten Abend, Mr. Lawley« hervor.

Er ging weiter, und Anne Galliard blickte mich mit einem zustimmenden Lächeln an, als ich in meinen Sessel zurücksank und mich für die Heimsuchung wappnete, mit den beiden Leuten, die alle Welt für Jemimah und James Lawley von Witchwood Hall hielt, an einem Tisch zu sitzen und den Abend zu verbringen. Ich biß die Zähne zusammen und begann, tief zu atmen, um wieder Farbe in meine Wangen zu bringen, und an meinem geistigen Ohr hörte ich die Stimme Lallas aus Shul, die mir ermutigend zuflüsterte: *»Besser als Deenbur . . . besser als die Peitsche und die Schändung . . . besser als Akbah der Wahnsinnige . . . viel besser, viel besser . . .«*

Ich überstand den Abend, ohne mich zu blamieren, obwohl ich zerstreut war und von Zeit zu Zeit den Gesprächsfaden verlor. Mich bewegte der Gedanke, daß ich Anne Galliard fragen müsse, wie sie so etwas habe tun können, doch als der Abend zu Ende war und die Tür hinter den Gästen geschlossen wurde, fühlte ich mich zu erschöpft, um auch nur ein paar Worte aneinanderzureihen.

Anne Galliard schien sich gar nicht bewußt zu sein, daß etwas nicht in Ordnung sein könnte. Sie sagte nur unbeschwert, was für ein angenehmer Abend es gewesen sei. Ich stand wie betäubt und teilnahmslos da, die Hände auf die Lehne eines Stuhls gestützt. Caspar Galliard beobachtete mich. Er stand mit dem Rücken zum Kamin, die Hände unter seinen Frackschößen versteckt. »Sie sehen müde aus, Jemimah«, sagte er mit einem mitfühlenden Unterton. »Gehen Sie zu Bett.«

»Ja, Mr. Galliard. Danke. Gute Nacht, Mrs. Galliard.«

Ich wandte mich zur Tür, und sie rief mir freundlich nach: »Gute Nacht, meine Liebe. Schlafen Sie gut.«

Es kostete mich große Mühe, mich auszuziehen, meine Kleider wegzulegen, mein Nachthemd überzustreifen und mein Haar zu bürsten und zu flechten. Ich war zu Tode erschöpft und wußte doch, daß mich die Gedanken, die auf mich einstürmten, am Schlafen hindern würden. Ich brauchte Ablenkung und hoffte, wenn ich noch ein wenig las, käme ich zur Ruhe und könnte mich zwingen, die Beschäftigung mit den Ereignissen des Abends auf morgen zu verschieben.

Ich hatte gerade *Die Abenteuer Tom Sawyers* zu Ende gelesen, das Buch eines amerikanischen Autors, Mr. Mark Twain, und hatte mir noch keine neue Bettlektüre ausgewählt. Also zog ich Morgenrock und Hausschuhe an, zündete die Kerze von meinem Nachttisch an und ging den Flur entlang zur Bibliothek. Ich hielt mich nur kurz dort auf und suchte mir Mr. Swinburnes *Gedichte und Balladen* aus. Auf dem Rückweg sah ich, daß die Tür zu Anne Galliards Schlafzimmer einen Spalt weit offen stand, so daß ein schmaler Lichtstreifen herausfiel. Ich blieb kurz stehen, um mir das Buch unter den Arm zu schieben und die Kerzenflamme abzuschirmen, denn ich wollte nicht bemerkt werden, wenn ich an der Tür vorbeiging.

Dann erstarrte ich, denn aus dem Zimmer tönte plötzlich die zornentbrannte Stimme Caspar Galliards: »Es war grausam, Melanie! Böse und grausam!«

Ich hörte sie antworten, konnte aber nicht verstehen, was sie sagte. Um unbemerkt mein eigenes Zimmer am Ende der Gallerie zu erreichen, schritt ich auf Zehenspitzen weiter, hörte dann jedoch, wie Caspar Galliard sich der Tür näherte. Ich blieb stehen und überlegte, ob ich nicht lieber umkehren und mich eine Weile in der Bibliothek verstecken sollte.

Er sprach erneut: »Die angeblichen Lawleys hierher zu bringen und sie mit Jemimah zu konfrontieren, war unverzeihlich! Ich verstehe nicht, wie du sie so quälen konntest!«

Ich hielt erschrocken den Atem an – *ich* war also der Gegenstand der Auseinandersetzung. Ich war jetzt näher bei der Tür, und als Anne Galliard mit einer Stimme antwortete, die sanft und ohne jeden Vorwurf war, konnte ich sie deutlich verstehen: »Liebster Caspar, Jemimah weh zu tun wäre das letzte, was ich möchte, das mußt du doch wissen . . . Ich hatte nur die Absicht, ihr zu helfen.«

»O ja!« In Caspar Galliards Stimme war eine grimmige Ironie. »Ich kenne deine Art, Leuten zu helfen, Melanie.«

»Sei bitte nicht unfreundlich, Liebling. Ich habe lange darüber nachgedacht und nur das Beste im Auge gehabt.«

»Das Beste? Was zum Teufel meinst du? Wessen Bestes?«

»Jemimahs Bestes natürlich, mein Lieber.« Ihre Stimme war so geduldig wie immer. »Siehst du es denn nicht? Ich sagte mir, falls ihre Annahme stimmt und die Lawleys Betrüger sind, würden sie alle Zeichen von Schuld äußern, wenn sie ihr gegenübertreten. Wenn sich das arme Kind aber nur einbildet, Jemimah Lawley zu sein, dann würde ihr die Gegenüberstellung, glaubte ich, einen solchen Schock versetzen, daß sie vielleicht in die Wirklichkeit zurückkehren und ihr wahres Gedächtnis wiederfinden würde.«

»Also Grausamkeit, um freundlich zu sein?« Seine Stimme war messerscharf.

»Wirf mir bitte nicht Grausamkeit vor, Caspar. Das schmerzt mich sehr.«

»Hast du dein Ziel erreicht? Haben die Lawleys Schuld gezeigt?«

»Ich habe keine Spur von Schuld entdecken können, um ehrlich zu sein.«

»Und du meinst, Jemimah glaubt nun nicht mehr, die wahre Jemimah Lawley zu sein?«

»Ich weiß es nicht, mein Lieber. Aber ich habe vielleicht einen Samen gesät, und selbst wenn ich mein Ziel nicht erreicht habe, handelte ich mit der besten Absicht.«

Eine Pause trat ein, und als Caspar Galliard wieder sprach, war seine Stimme leise, aber sie hatte einen Ton, der mich erschauern ließ. »Tu das nie wieder, Melanie«, sagte er, und jedes Wort schien von flammendem Zorn getragen. »Quäl Jemimah nie wieder. Ich werde es nicht zulassen, ich warne dich!«

Beim letzten Satz wurde seine Stimme lauter, und ich wußte,

daß er sich der Tür näherte. Von Panik ergriffen, sah ich ein, daß es so scheinen müßte, als hätte ich absichtlich gelauscht, was unentschuldbar wäre; deshalb blies ich schnell die Kerze aus und drückte mich an die Wand.

Die Tür wurde geöffnet, und eine Lichtbahn fiel über den Flur. Caspar Galliard schlug die Tür mit einem Knall zu und wandte mir den Rücken, um in die andere Richtung zu seinem Schlafzimmer zu eilen. Ohne sich umzusehen, riß er die Tür auf und machte sie hinter sich zu. Aus Anne Galliards Zimmer hörte ich leise Töne, ein schwaches Schluchzen, als ob die letzten ihr entgegengeschleuderten Worte endlich den Panzer ihrer heiteren Gelassenheit durchbrochen und Tränen hervorgerufen hätten. Doch als ich im dunklen Flur auf Zehenspitzen an ihrer Tür vorbeiging, hatte ich auf einmal den alarmierenden Eindruck, daß die Laute, die ich hörte, wie Lachen klangen.

14

In der Nacht fielen zwei Zentimeter Schnee, und als ich vor dem Frühstück meinen Morgenspaziergang machte, waren meine Fußabdrücke die einzigen, die ich in der dünnen Schneedecke des Parks erblickte – bis ich Caspar Galliard begegnete. Ich hatte an diesem Morgen nicht damit gerechnet, und ich bezweifele, daß er erwartet hatte, mich bei dem winterlichen Wetter draußen zu treffen. Wir hätten es beide besser wissen müssen, denn wir waren es geübt, durch tieferen Schnee als diesen zu stapfen.

Wir grüßten uns höflich, waren aber noch schweigsamer als sonst und brachten das Thema nicht auf die Dinnergäste vom Abend zuvor. Auch beim Frühstück, das Anne Galliard mit uns einnahm, wurden sie mit keinem Wort erähnt, und ich bekam allmählich ein unwirkliches Gefühl, als hätte ich vielleicht geträumt oder mir eingebildet, daß zwei Gäste, die sich James Lawley und Jemimah Lawley nannten, gestern abend bei uns gespeist hätten.

Caspar Galliard war wie sonst, abwesend und schweigsam. Anne Galliard war, ebenfalls wie sonst, gutgelaunt und sprühend, scheinbar unberührt von dem Zorn, den ihr Mann in der letzten Nacht geäußert hatte, und sich nicht bewußt, daß die Folter, die sie mir bereitet hatte, mir zu schaffen machte. Als bezahlter Gesellschafterin stand es mir nicht zu, an der Gästeauswahl meiner Herrin etwas auszusetzen. Doch empfand ich Anne Galliards Gesellschaft plötzlich nicht mehr als angenehm. Für mich war die Atmosphäre plötzlich anders. Sie jedoch schien dies nicht zu spüren und behandelte mich genauso herzlich und freundlich wie zuvor.

Drei Tage nach der Dinner-Party teilte sie mir mit, sie werde das Wochenende im Sanktuarium verbringen. Ich war froh, denn nach einer Zeit der Trennung würde ich vielleicht wieder imstande sein, mich von dem Unbehagen, das ich spürte, zu befreien. Sie ging am Samstagmorgen nach dem Frühstück aus dem Haus, und Caspar Galliard ging nur eine Stunde später mit der Bemerkung, ein Verleger habe ihn über das Wochenende in sein Landhaus eingeladen, und er werde erst am Montag zurückkehren.

Ich freute mich auf zwei ruhige Tage allein. Ich wollte Ordnung in meine Gedanken und Empfindungen zu bringen versuchen, Lord Henry einen Brief schreiben und die Gartenarbeit fürs Frühjahr planen. Am Abend um sechs Uhr saß ich in der Bibliothek und schrieb den Brief, als Edge, der Butler, mit einem kleinen Tablett hereinkam, auf dem ein gelbbrauner Umschlag lag.

»Ich bitte um Verzeihung, Miss Jemimah«, sagte er mit besorgter Miene, »aber ein Telegraphenjunge hat eben dieses Telegramm für Mrs. Galliard gebracht, und ich weiß nicht recht, was ich damit tun soll.«

Ich legte den Federhalter hin, nahm das Telegramm und starrte darauf, als könnte es mir irgend etwas sagen. Edge beobachtete mich hoffnungsvoll. »Sollten Sie es ihr nicht besser zum Sanktuarium bringen lassen?« fragte ich.

Er holte tief Luft. »O nein, Miss, das wage ich nicht. Sie hat strikte Anweisung gegeben, daß kein Dienstbote je zum Sanktuarium darf. Es ist Mrs. Galliards ganz persönliches Refugium . . .«

»Ich weiß, Edge, aber ein Telegramm ist wichtig.«

Er schüttelte bedauernd den Kopf. »Ich kann die Verantwortung nicht übernehmen, Miss Jemimah. Ich kann es einfach nicht. Ich meine, selbst Mr. Galliard geht nie dorthin.«

Ich nickte, drehte das Telegramm in meinen Händen hin und her und war ratlos. Ich wußte, daß sich das Sanktuarium in der Ardley Road in Southwark befand, doch inzwischen waren sicher alle Postämter geschlossen, so daß ich Mrs. Galliard nicht telegraphisch benachrichtigen konnte. Aus demselben Grund konnte ich auch Caspar Galliard nicht telegraphisch um Anweisungen bitten, falls Edge die Adresse wußte, wo sein Herr zu erreichen war. Besorgt biß ich mir auf die Lippen und sagte: »Nun, wir können ein Telegramm nicht einfach ungeöffnet bis Montagmorgen liegen lassen, Edge.«

»Wenn man nur wüßte, wie wichtig es ist«, sagte er unsicher. »Vielleicht könnten Sie als Mrs. Galliards Gesellschafterin die Verantwortung auf sich nehmen, es zu öffnen. Und wenn es etwas Ernstes ist –« Er beendete den Satz nicht.

Ich sagte: »Dann was?«

»Nun ja, dann *müßte* Mrs. Galliard es wissen, und Sie hätten einen ausreichenden Grund, zum Sanktuarium zu fahren.«

»Ich?«

»Ja, Miss. Bitte.«

Ich stand auf. Ich war, ob es mir gefiel oder nicht, die einzige im Haus verbliebene Autorität, an die Edge sich wenden konnte, und ich konnte kaum erwarten, daß er eine so schwerwiegende Entscheidung auf seine Kappe nahm. »Da es wahrscheinlich ohnehin zum Sanktuarium gebracht werden muß, bringe ich es lieber ungeöffnet hin«, sagte ich. »Lassen Sie bitte eine Droschke kommen. Ich bin in fünf Minuten fertig.«

Es war dunkel draußen und schneite ein wenig, als die zweirädrige Droschke das Victoria Embankment entlangklapperte und dann abbog, um den Fluß auf der Blackfriars Bridge zu überqueren. Bald suchten wir uns den Weg durch ein Labyrinth von Straßen am südlichen Ufer, um endlich am Ende einer kurzen, schmalen Straße anzuhalten, wo die Häuser mit der Rückseite zur Themse standen. Der Kutscher öffnete die Luke am Dach und rief herunter: »Das ist die Ardley Road, Miss. Welche Nummer ist es?«

Ich sagte: »Das Haus heißt Sanktuarium, und ich glaube nicht, daß es eine Nummer hat, aber es war früher einmal eine kleine Privatkapelle.«

»Ah, gleich hinter der Straßenlaterne ist ein Haus, das so etwas wie einen kleinen Turm hat, Miss.«

»Das wird es sein. Warten Sie bitte auf mich.« Ich öffnete den Schlag, stieg aus und wandte mich zu einer nur wenige Meter entfernten Straßenlaterne, wo ich auf einem Haus, das den anderen durchaus ähnelte, die Umrisse einer kleinen Turmspitze erkannte. In wenigen Sekunden stand ich vor der Tür und suchte einen Klopfer oder Klingelknauf. Ich bekam einen Schreck, als die Tür plötzlich geöffnet wurde und ein Mann herauskam, der mich beinahe anrempelte, obwohl ich zurücktrat. Er trug überraschenderweise weder Hut noch Mantel und hatte ein Tablett unter dem Arm. Die Laterne schien voll auf uns, während wir dort standen und einander anstarrten, und ich sah in seinen Augen den Ausdruck plötzlichen Erkennens und jäher Unruhe aufblitzen. Im selben Moment fiel mir ein, daß ich den Mann schon einmal gesehen hatte, diesen kleinen, dunkelhaarigen Mann mit einem runden und runzligen Gesicht wie – *wie ein alternder Cherub!*

Ich dachte blitzartig an Lord Henrys Worte. So hatte er den Mann geschildert, den wir beide in Torringtons gesehen hatten, den Mann, der behauptete, er schaue nach den Uhren. Nun stand eben dieser Mann im Eingang des Sanktuariums vor mir! Ich war zu erschrocken und verwirrt, um auch nur zu überlegen, wie dies möglich war, doch an dem beunruhigten Ausdruck des Mannes erkannte ich, daß irgend etwas nicht in Ordnung war, und ich sagte scharf: »Was tun Sie in Mrs. Galliards Haus? Ich habe Sie in Torringtons gesehen! Sie sagten, der Uhrmacher habe Sie geschickt, aber . . .«

Ehe ich weitersprechen konnte, schoß der Mann an mir vorbei und streifte mich so heftig, daß ich schwankte. Er lief über die Straße, ließ in seiner Hast das Tablett fallen und verschwand in einem dunklen Seitengang. Eisige Furcht kroch mein Rückgrat hinauf. Tief in meinem Innern wußte ich, daß der alternde Cherub nichts Gutes in Torringtons im Schilde geführt hatte. Ich war mir nun ganz sicher, daß er kein Uhrmacher war, und ich bekam Angst bei dem Gedanken, was er im Sanktuarium getan haben könnte, denn Anne Galliard war hier.

Die Haustür stand noch offen, und nach kurzem Zögern trat ich in die Diele, wobei ich das Telegramm, an das ich überhaupt nicht mehr dachte, krampfhaft festhielt. Zu meiner Rechten war eine geöffnete Tür, doch aus dem Raum dahinter drang kein Licht. Vor mir führte ein Flur zum rückwärtigen Teil des Hauses, und daneben war eine Treppe nach oben. Das andere Ende des Flurs lag im Dunkeln, doch oben an der Treppe sah ich einen schwachen Lichtschein.

Ich rief: »Mrs. Galliard . . .?« Aber meine Kehle war wie zugeschnürt, und meine Stimme war kaum zu hören. Nervös ging ich die Treppe hinauf, und als ich oben war, sah ich, daß der Lichtschein unter einer Tür rechts von mir hervordrang, die in ein Zimmer an der Rückseite des Hauses führen mußte, mit Blick auf den Fluß. Wieder zauderte ich. Dies war Anne Galliards Refugium. Sie konnte in Gebete vertieft sein, oder in eine Meditation. Aber, sagte ich mir, sie konnte auch verletzt am Boden liegen, denn ich hatte eben einen Mann vom Haus fortlaufen sehen, den ich im Verdacht hatte, ein Krimineller zu sein. Auf jeden Fall fiel mir ein, daß ich das Telegramm in der Hand hatte, so daß ich nun nicht einfach kehrtmachen konnte.

Mit angehaltenem Atem klopfte ich an. Erst herrschte Schweigen, dann hörte ich, wie sich etwas bewegte, und schließlich rief Anne Galliards Stimme: »Ja? Herein.«

Erleichterung durchströmte mich, als ich die Klinke nach unten drückte und die Tür öffnete, doch dann blieb ich wie vom Donner gerührt stehen. Vor mir lag ein großer, von Glaslampen hell beleuchteter Raum mit einem Feuer im Kamin, goldfarbenen Samtvorhängen, flauschigen Teppichen auf dem Boden. Er war möbliert mit zwei Stühlen mit lyraförmiger Lehne und einem ovalen Tisch aus Mahagoni, einer Frisierkommode und einem hohen Wandspiegel, einem Kleiderschrank, zwei samtbezogenen Sesseln und einem großen, mit weißer Seide bezogenen Polsterbett mit Draperien am Kopfende. Die Laken waren zerwühlt, die Decken achtlos zurückgeworfen.

Auf dem ovalen Tisch war eine Mahlzeit mit kaltem Braten

angerichtet, mit kostbarem Silber und einer offenen Flasche Weißwein in einem silbernen Untersatz. Auf den Lyrastühlen am Tisch saßen zwei Personen. Die eine war Anne Galliard, halb abgewandt von mir; ihr prachtvolles Haar hing offen über die Rüschen und Schleifen ihres pfirsichfarbenen Negligés. Die andere Person am Tisch war ein Mann, den ich schon einmal gesehen hatte. Er war in den Vierzigern, war stämmig gebaut, sah recht gut aus und trug einen langen dunkelroten Morgenmantel. Ich konnte mich nicht an seinen Namen erinnern, aber ich war ihm einige Wochen zuvor bei einem Besuch mit Anne Galliard vorgestellt worden, und ich wußte nur, daß er der Ehemann der Dame war, bei der wir damals zum Tee gewesen waren.

Er saß so, daß er mich schon in dem Augenblick sehen konnte, als ich die Tür öffnete, und er wirkte völlig erstarrt, wie er sein Weinglas erhoben hielt und mich entgeistert anstarrte. Anne Galliard sagte, während sie sich umdrehte: »Was ist denn, Cromer? Sie haben alles gebracht, was wir brauchen . . .«

Dann erblickte sie mich, und Totenstille folgte. Die indigoblauen Augen blinzelten nicht, und kein Muskel ihres wunderschönen Gesichts zuckte, aber etwas Eigenartiges und ziemlich Scheußliches geschah, während ich sie anstarrte. Es war, als ob der eigentliche Mensch, der gewöhnlich aus diesen Augen schaute, langsam entwich und nur eine Hülle oder Schote zurückließ, um dann durch etwas Fremdes, etwas Unbestimmtes, aber Niedriges und Bösartiges ersetzt zu werden, das mich am ganzen Leib erschauern ließ.

Die Lippen bewegten sich in dem leeren Gesicht, und die Stimme sagte ausdruckslos: »Hinaus! Hinaus mit Ihnen!«

Meine Wangen fühlten sich blutleer an, und ich war in einem solchen Zustand der Lähmung, daß ich mich lange nicht rühren konnte, sondern nur dastand und meinem keuchenden Atem lauschte. Das sonderbare Wesen mit Anne Galliards Gesicht und Körper sagte nichts mehr, sondern fuhr fort, mich mit jenem leeren, furchtbaren Blick zu fixieren. Ich trat einen

Schritt zurück, dann einen zögernden Schritt vor und streckte die Hand mit dem Telegramm aus.

Zähneklappernd sagte ich: »Ich wollte ... ich bin gekommen, um ... ein Telegramm zu bringen.« Weder sie noch der Mann rührten sich. Ich konnte das Telegramm nirgendwo hinlegen, und nichts hätte mich dazu bringen können, weiter in den Raum vorzudringen. Ich zwang mich, meinen Griff zu lockern, und ließ den gelbbraunen Umschlag zu Boden fallen. Dann drehte ich mich um und floh, schlug die Tür hinter mir zu und fiel beinahe hin, als ich die dunkle Treppe hinabstolperte.

Augenblicke später war ich draußen in der Nacht und hastete durch die fallenden Schneeflocken zu der Droschke, die ein kleines Stück weiter an der Straße wartete. Ich schüttelte mich vor Entsetzen und Abscheu und hörte in meinem Geist abermals die Worte, die ich in der Vergangenheit nie verstanden hatte: *Melanie ... Sturmschnell ... Ungeheuer und Göttin.*

Später erinnerte ich mich kaum noch an die Rückfahrt zum Stanford Square. Alles in mir war in Aufruhr, und so vieles lag jenseits meines Fassungsvermögens. Mir brauchte nicht gesagt zu werden, daß der Mann, den ich in dem Schlafzimmer gesehen hatte, nicht ihr erster Liebhaber war; vor ihm hatte es gewiß andere gegeben, denn Einrichtung und Ausstattung des Zimmers erzählten ihre eigene Geschichte. Ich wußte nun, daß Anne Melanie Galliard unter der Oberfläche vollkommen anders war als die Frau, die von allen, die mit ihr in Berührung kamen, geliebt und bewundert wurde. Es gab einige wenige, die hinter die Maske geschaut hatten. Die Männer, die jenen Raum im Sanktuarium betreten hatten, kannten die Wahrheit. Und ich vermutete, daß auch Caspar Galliard sie kannte.

Ich fragte mich, wie viele sie schon in jenem Boudoir mit Samtvorhängen und Seidentapeten empfangen haben mochte, und vor allem, wie sie es geschafft hatte, ihre Geheimnisse zu verbergen und jeden Klatsch zu vermeiden. Daß nicht der Hauch eines Skandals sie berührt hatte, war ganz erstaunlich.

Mir war bewußt, daß der kleine, dunkelhaarige Mann mit dem runden, runzligen Gesicht der Verwalter sein mußte, der in ihrer Abwesenheit nach dem Sanktuarium sah und sie bediente, wenn sie sich dort aufhielt. Sie hatte ihn als einen kleinen Mann bezeichnet, der auf der anderen Seite der Straße wohnte, als ehemaligen Einbrecher, der sich gebessert habe. Ich wußte nun, daß er Cromer hieß. Als wir uns an der Haustür begegnet waren, war er auf dem Rückweg, nachdem er das Essen serviert hatte, und als ich an die Schlafzimmertür klopfte, hatte Anne Galliard geglaubt, es sei Cromer, der aus irgendeinem Grund zurückgekehrt sei. Sie hatte ihn aufgefordert, hereinzukommen, und sie hatte ihn mit diesem Namen angeredet, bevor sie sah, daß ich in der Türöffnung stand.

Als die Droschke auf den Stanford Square rollte, war ich immer noch sehr aufgewühlt. Edge mußte nach mir Ausschau gehalten haben, denn, kaum war ich angelangt, öffnete er die Tür. »Ah, Sie sind zurück, Miss Jemimah«, sagte er, und Besorgnis verdrängte seine übliche gelassene Würde. »Ist alles in Ordnung? Mrs. Galliard war nicht ungehalten, daß Sie dorthin kamen?«

Ich hatte keine Ahnung, was geschehen würde, wenn Anne Galliard zum Stanford Square zurückkehrte, aber ich konnte Edge nicht sagen, was ich gesehen hatte. »Ich habe sie nicht gestört«, sagte ich. »Ich habe das Telegramm durch den Briefkastenschlitz gesteckt und geläutet.«

»Ich denke, das war das Beste, Miss«, sagte er und nahm meinen Mantel. »Ich hoffe nur, sie hat es auch bekommen.«

»Da bin ich mir sicher, Edge. Würden Sie bitte Mrs. Pentland sagen, sie möchte sich keine Mühe mit einem Dinner für mich machen? Ich habe nicht viel Appetit und möchte nur ein gekochtes Ei und ein wenig Brot und Butter, bitte auf einem Tablett in der Bibliothek. Ich muß dort einen Brief zu Ende schreiben.«

»Sehr wohl, Miss.«

Anderthalb Stunden später saß ich im Nähzimmer und versuchte, mich zu konzentrieren, als Edge mit einem Umschlag auf einem Tablett hereinkam. »Dies hat soeben ein Bote von Mrs. Galliard gebracht, Miss Jemimah«, sagte er. »Er brachte auch eine Nachricht für Mr. Galliard, die ich ihm bis zu seiner Rückkehr auf den Schreibtisch legen soll. Diese ist für Sie.«

Der Umschlag war mit Anne Galliards fester runder Handschrift adressiert, und ich versuchte, meine Angst zu verbergen, als ich ihn aufriß. Staunen stieg in mir auf, während ich las.

»Liebste Jemimah,
das Telegramm kam von meinem Vater und enthält die traurige Nachricht, daß meine liebe Mutter heute morgen plötzlich und unerwartet gestorben ist. Mein Vater wünscht außer mir und ihm selbst keine Trauergäste bei der Beerdigung, wovon ich auch Mr. Galliard in Kenntnis setze. Ich werde morgen mit dem Zehn-Uhr-fünfzehn-Zug nach Saxmundham fahren und Mittwoch nach der Bestattung zurückkommen. Lassen Sie Daisy bitte einen Koffer für mich packen, und sagen Sie Edge, er möge ihn mir morgen um zehn Uhr zur Liverpool Street Station bringen. Ich werde vom Sanktuarium direkt dorthin fahren.

Herzlichst,
Ihre
Anne Galliard.«

Als hätte ich nie auf der Schwelle jenes schwülen Boudoirs im Sanktuarium gestanden, um einen Blick auf jenes Liebesmahl zu werfen und hinter den indigoblauen Augen einen neuen Menschen zu sehen! Ich versuchte, mich so zu beherrschen, daß meine Verwirrung sich nicht in meinem Gesicht abzeichnete, als ich aufblickte und saqte: »Mrs. Galliards Mutter ist unerwartet gestorben, Edge.«

Er setzte eine feierliche Miene auf. »Oh, das tut mir aufrichtig leid, Miss. Enthält der Brief irgendwelche Anweisungen für mich?«

»Ja.«

Ich las ihm die zweite Hälfte des Briefes vor, und er sagte, er werde alle nötigen Vorbereitungen treffen. Als er gegangen war, sah ich wieder auf die Unterschrift: *Herzlichst, Ihre Anne Galliard.* Fast hätte ich mich gefragt, ob mein schreckliches Erlebnis im Sanktuarium am Ende nur ein Alptraum gewesen sei.

Ich schlief in dieser Nacht schlecht und hatte am nächsten Tag, einem Sonntag, Schwierigkeiten, irgend etwas Gescheites anzufangen. Caspar Galliard kehrte erst am Montagmittag von seinem Wochenende auf dem Land zurück. Edge übergab ihm sofort die Nachricht von seiner Frau. Er öffnete und las sie in der Halle, noch im Mantel, der mit einigen Schneeflokken bedeckt war, denn in der letzten Stunde hatte es abermals geschneit.

Ich war in die Halle gekommen, um ihn bei seiner Rückkehr zu begrüßen und zu fragen, ob ich etwas tun könne. Ich beobachtete ihn beim Lesen und sah, wie er die Lippen kurz zusammenpreßte. Langsam und geistesabwesend ließ er den Bogen sinken und wandte sich dann Edge zu, um sich beim Ausziehen des Mantels helfen zu lassen. »Wann ist das Telegramm gekommen, Jemimah?« fragte er mich.

»Am Samstagabend, kurz nach sechs Uhr, Mr. Galliard«, erwiderte ich.

»Während Mrs. Galliard im Sanktuarium war?«

»Ja.«

»Wie hat sie von dem Inhalt Kenntnis erhalten?«

Ich sagte nervös: »Ich dachte, ich dürfe es nicht öffnen, Mr. Galliard, aber ich konnte es auch nicht bis zu Ihrer Rückkehr liegen lassen. Deshalb habe ich es zum Sanktuarium gebracht.«

»Sie selber sind dorthin gefahren?«

»Ja, Mr. Galliard.«

Er stand unbeweglich da, und ich spürte, wie er sich eisern bemühte, nichts von dem zu offenbaren, was er dachte. Zuletzt sagte er: »Sie haben es Mrs. Galliard persönlich übergeben?«

Ich blickte nach unten, während ich mit einer Lüge antwortete: »Nein, ich wollte sie nicht stören. Deshalb habe ich es durch den Briefkastenschlitz gesteckt.«

Er holte tief Luft und sagte langsam: »Ich verstehe. Ja. Sehr gut. Vielen Dank, Jemimah.« Er schaute wieder auf den Bogen in seiner Hand. »Ich bedaure, nicht an der Beerdigung teilnehmen zu können, denn ich habe Mrs. Grant sehr geschätzt, aber ich muß mich natürlich nach dem Wunsch meines Schwiegervaters richten. Ich werde ihm sofort kondolieren.« Er wandte sich an Edge. »Schicken Sie bitte in zehn Minuten eines der Mädchen zu mir ins Arbeitszimmer, damit es den Brief zur Post bringt.«

»Sehr wohl, Sir.«

Ich sagte: »Werden Sie daheim lunchen, Mr. Galliard? Ich würde Mrs. Pentland gern Bescheid geben.«

Er fing an, den Kopf zu schütteln, schien es sich dann jedoch zu überlegen und sagte nach kurzem Zaudern: »Ja, ich werde zum Lunch hier sein.« Mir sank das Herz. Mir war unbehaglich, weil ich Caspar Galliard belogen hatte, und angesichts dessen, was ich nun von seiner Frau wußte, freute ich mich überhaupt nicht darauf, bei Tisch mit ihm zusammen zu sein.

Aber die Mahlzeit war nicht die Heimsuchung, die ich befürchtet hatte. Es war, als hätte Caspar Galliard beschlossen, sich nur leichthin zu unterhalten. Wir sprachen über die vielen Aufzeichnungen, die ich geordnet hatte, und über die Belegstellen, die ich für ein von ihm geplantes Buch über Interpretationsmethoden vorgeschichtlicher Funde herausgesucht und kopiert hatte.

Als Edge nach dem Dessert den Kaffee serviert und das Eßzimmer wieder verlassen hatte, sagte Caspar Galliard: »Jemimah, ich würde gern einen ausgiebigen Spaziergang machen, und ich wäre sehr dankbar, wenn Sie mir dabei Gesellschaft leisteten, falls es Ihnen nicht ungelegen kommt.«

Ich erschrak, sagte aber: »Oh, gewiß, Mr. Galliard. Sehr gern.«

»Im Park liegen ein paar Zentimeter Schnee. Haben Sie passendes Schuhzeug für das Wetter?«

»Ich habe feste Schnürstiefel und Galoschen«, sagte ich.

»Dann treffen wir uns in zwanzig Minuten in der Halle, wenn es Ihnen recht ist.«

»Ich werde pünktlich sein, Mr. Galliard.«

Als wir das Haus verließen, schneite es nicht mehr, und am blauen Himmel hingen einige feine Wölkchen, doch es war noch kalt, ohne ein Zeichen von Tauwetter in der Luft. Ich empfand die Kälte und die Bewegung als erfrischend und stärkend, als wir durch das große schmiedeeiserne Tor den Park betraten. Einige Kinder tollten herum und bauten einen Schneemann, aber es waren kaum Spaziergänger zu sehen.

Ich wartete, daß Mr. Galliard das Gespräch eröffnete, und bekam einen Schock, als er es endlich tat. »Ich möchte mit Ihnen über Ihren Besuch im Sanktuarium reden«, sagte er ohne Umschweife. »Das Thema eignet sich nicht dazu, im Haus erörtert zu werden, weil einer der Dienstboten etwas hören könnte.«

Bestürzt antwortete ich: »Oh, ich kann wirklich nicht mehr über den Besuch sagen, Mr. Galliard. Wie ich Ihnen schon sagte, ich habe das Telegramm einfach . . .«

»Ja«, unterbrach er mich unhöflich. »Wie Sie mir schon sagten, Jemimah. Aber Sie haben nicht die Wahrheit gesagt, und ich hoffe, Sie sind nicht ungehalten, wenn ich Ihnen das sage. Mir ist klar, daß Sie aus den besten Beweggründen handelten, aber ich bin ganz sicher, daß Sie nicht einfach zum Sanktuarium fuhren und das Telegramm durch den Briefkastenschlitz steckten. Ich bin sicher, daß Sie es meiner Frau persönlich übergeben haben.«

In dem schwachen Bemühen, meine Lüge zu bekräftigen, sagte ich mit gespielter Entrüstung: »Wie wollen Sie das wissen, Mr. Galliard? Sie waren nicht dort!«

Wir gingen einige Augenblicke weiter durch den weichen Schnee, ehe er gelassen sagte: »Ich hatte einmal eine Reisebegleiterin, der ich wichtige Papiere anvertraute, die sie einem gewissen Mann übergeben sollte. Trotz größter Gefahren und Strapazen und ungeachtet der Tatsache, daß sie die endgültige Übergabe einer anderen Person hätte anvertrauen können, als sie endlich alle Hindernisse bewältigt hatte, bestand meine Begleiterin hartnäckig darauf, das Versprechen zu halten, das sie mir gegeben hatte und legte diese Papiere persönlich in die Hand des Empfängers . . .«

Ich erinnerte mich an das Wachzelt vor Herat, an den Lieutenant, wie er die Hand ausstreckte und erklärte, er werde die Dokumente für mich zu Mr. Arthur Renwick bringen. Und ich erinnerte mich, daß ich abgelehnt hatte.

Caspar Galliard sagte gerade: ». . . und Sie ähneln dieser Reisegefährtin so sehr, daß ich vollkommen sicher bin, Sie haben es *nicht* riskiert, daß das Telegramm zu spät in die Hände meiner Frau gelangen könnte. Wenn Sie mir nicht erzählt hätten, Sie hätten es durch den Briefkastenschlitz geworfen, und wenn Sie dabei nicht so ein schuldbewußtes Gesicht gemacht hätten, dann hätte ich vielleicht gedacht, meine Frau hätte Ihnen die Tür aufgemacht und das Telegramm entgegengenommen, und Sie seien sofort wieder gegangen. Das wäre durchaus möglich gewesen. Aber Sie haben mir nicht die Wahrheit gesagt, und deshalb weiß ich, daß etwas anderes geschehen sein muß, etwas, was Sie mir auf jeden Fall verschweigen wollen. Ich möchte, daß Sie mir nun genau berichten, was im Sanktuarium geschehen ist, als Sie am Samstagabend dort waren.«

Ein kleiner, ärmlich gekleideter Junge kam uns entgegen, der einen anderen Jungen auf einem selbstgebastelten Schlitten zog, und ich war dankbar, daß ich einige Augenblicke hatte, in denen ich mich sammeln konnte, während ich darauf wartete, daß die außer Hörweite waren. Eines wußte ich, Leugnen war sinnlos, und so sagte ich endlich leise: »Fragen Sie mich bitte nicht, Mr. Galliard. Ich bin die bezahlte Gesellschafterin Ihrer Gattin, und es bringt mich in eine unmögliche Lage.«

»Ich bewundere Loyalität, Jemimah«, sagte er mit einer schroffen, etwas müden Stimme, »aber Sie brauchen nicht zu befürchten, daß Sie irgendwelche Geheimnisse preisgeben. Ich bin mir durchaus bewußt, für welche Zwecke meine Frau das Sanktuarium in Wahrheit benutzt. Sie empfängt dort ihre Liebhaber.«

Ich wandte den Kopf, um zu ihm aufzublicken, und sagte: »Dann wissen Sie es, Mr. Galliard?«

»Ich weiß es seit Jahren«, sagte er rauh. »Ich erfuhr es schon kurz nach unserer Hochzeit. Melanie sorgte dafür.«

»Sorgte dafür?« Ich war entsetzt. »Aber warum? Und warum haben Sie nicht . . . Nun ja, warum haben Sie nichts dagegen unternommen, Mr. Galliard? Oh, ich bitte um Verzeihung, es geht mich nichts an.«

»Es geht Sie sehr viel an«, unterbrach er mich und beschleunigte seine ohnehin schnellen Schritte. »Es ist höchste Zeit, daß die Wahrheit ans Licht kommt, denn sonst könnten Sie sehr wohl eines ihrer Opfer werden. Sie hat bereits den Anfang gemacht.«

Ich begriff nicht, was er meinte, oder ich hatte, genauer gesagt, nur eine verschwommene Vorstellung von dem Sinn seiner Worte. Trotz der Kälte glühte mein Körper von der Anstrengung, so schnell zu gehen, und trotz dieser Wärme wiederum kroch es mir eiskalt den Rücken hoch, als ich sagte: »Was meinen Sie damit, ich könnte eines ihrer Opfer werden, Mr. Galliard?«

Unsere Füße machten kein Geräusch im Schnee, und ich hörte, wie er leise seufzte. Dann antwortete er: »Was ich Ihnen jetzt erzähle, ist gewissermaßen ein Verrat an meiner Frau, und ich habe mich dessen noch nie schuldig gemacht. Aber es muß gesagt werden.« Er hielt einen Moment inne, als wähle er seine Worte, und fuhr dann fort. »Ich bitte Sie, nicht zu denken, daß ich übertreibe, wenn ich Ihnen sage, daß meine Frau ein Mensch ist, der zerstören muß. Ich fürchte, sie ist von Grund auf böse. Böse ist kein zu starkes Wort, fürchte ich, denn ihre Freuden haben eine beinahe teuflische Qualität.«

Ich erinnerte mich an den grauenvollen Moment im Boudoir des Sanktuariums, als ich plötzlich den Eindruck gehabt hatte, ein anderes Wesen starre mich aus Anne Galliards Augen an. Ihr Mann machte gerade eine kurze wegwerfende Geste und sagte: »Ich rede nicht von den Männern, die sie im Sanktuarium verführt: Das ist illoyal mir gegenüber und ein Verrat an ihrem Gelübde und ihrer Pflicht, aber es ist nicht eigentlich böse. Das Böse liegt in ihrer Absicht, die darin besteht, das Glück dieser Männer zu zerstören, *jedermanns* Glück zu zerstören.« Er drehte sich um und sah mich an, denn ich war einen Schritt zurückgefallen. »Das ist der einzige Sinn all ihres Handelns, Jemimah, andere ins Unglück zu stürzen. Ich glaube, Sie wissen, daß ich kein Mann bin, der Übertreibungen liebt, aber ich sage Ihnen jetzt, daß Melanie sich auf die gleiche Weise vom Schmerz und Unglück anderer nährt wie ein Vampir von fremdem Blut.«

Ich wollte protestieren, ihn anflehen, nicht solche wirren Anschuldigungen zu machen, aber tief in mir war die schreckliche Gewißheit, daß er keineswegs wirr sprach. Ich sagte ein wenig atemlos: »Könnten Sie bitte etwas langsamer gehen, Mr. Galliard? Ich habe Schwierigkeiten, mit Ihnen Schritt zu halten.«

Bei all dem Durcheinander, das in meinem Kopf herrschte, dachte ich daran, wie ich manchmal im knietiefen Schnee der Berge hinter Kassim zurückgefallen war und wie er sich umgedreht hatte, um mich ohne ein Wort weiterzuziehen. Jetzt sagte Caspar Galliard: »Oh, meine Liebe, es tut mir leid. Ich habe gar nicht gemerkt, daß ich so schnell gegangen bin. Würden Sie bitte meinen Arm nehmen?« Bei einer anderen Gelegenheit hätten mich die Anrede und die Vorstellung, seinen Arm zu nehmen, in großes Erstaunen versetzt, doch im Augenblick wichen diese Gedanken anderen Empfindungen. Während wir Arm in Arm langsamer weiterschritten, sagte er ernst: »Sie haben im Sanktuarium etwas sehr Beunruhigendes gesehen, nicht wahr?«

Ich hatte keinen Grund mehr, zu lügen oder stumm zu bleiben. Zögernd und bekümmert berichtete ich, was geschehen war, nachdem der Mann namens Cromer über die Straße geflohen war, als ich ihn erkannt hatte. Caspar Galliard nickte. »Ich denke, Charles Hutton ist der gegenwärtige Stammgast im Sanktuarium«, sagte er ohne Feindseligkeit. »Armer Teufel. Ich möchte wissen, welche Qualen sie für ihn ersonnen hat.«

Jetzt erinnerte ich mich an den Mann. Ich hatte Mrs. Hutton zweimal mit Anne Galliard besucht, und ihr Mann Charles war beide Male anwesend gewesen. Er war ein sehr angesehener Arzt aus der Harley Street, und Leibärzte der Königlichen Familie hatten ihn wiederholt zu Konsultationen hinzugezogen.

»Sie haben nur einen kleinen Teil von Melanies verborgenem Ich gesehen«, sagte Caspar Galliard mit beherrschter Stimme und schaute ziellos über die weiße Parklandschaft vor uns. »Ich muß deshalb versuchen, die abscheulichen Dinge zu rechtfertigen, die ich eben über sie gesagt habe, und dann können Sie selbst entscheiden, ob Sie meinen Worten Glauben schenken wollen oder nicht. Als erstes möchte ich Sie fragen, ob Sie sich an einen bestimmten Eindruck erinnern, den Sie von ihren Eltern, Mr. und Mrs. Grant, hatten, bei unserem Besuch im Dezember?«

»Nun . . . ja.« Ich überlegte kurz und fuhr dann fort: »In ihnen schien kein Leben zu sein. Nicht, weil sie krank wirkten, sondern als ob ihnen jemand alle Lebensgeister geraubt hätte. Sie waren wie Hülsen, innen leer. Es tut mir leid, wenn das unverschämt klingt, aber –«

»Nein, nein. Es ist eine zutreffende Beschreibung. Sie werden sich erinnern, daß sie eine ältere Tochter hatten, die schon mit siebzehn Jahren starb. Die furchtbare Wahrheit ist, daß sie sich das Leben nahm. Das war natürlich eine Quelle großen Kummers für die Eltern, aber ihr Kummer wurde noch verschlimmert durch die Annahme, daß sie von ihrer jüngeren Schwester in den Selbstmord getrieben worden war. Sie glauben, daß Anne Melanie ihr tausend subtile Qualen zugefügt hat.«

Ich zuckte vor Schreck zusammen und sagte: »Oh, bestimmt nicht! Das ist doch nicht möglich!«

Caspar Galliard zuckte mit den Schultern. »Ich kann Ihnen nur sagen, was Andrew Grant, ihr Vater, ein oder zwei Jahre nach unserer Hochzeit mir gegenüber in einem unbedachten Moment durchblicken ließ. Es war bei einem unserer seltenen

Besuche, und er hatte nach dem Dinner noch ein zweites Glas Portwein getrunken. Melanie und ihre Mutter hatten uns allein am Tisch gelassen, und er murmelte plötzlich, beinahe als ob er laut dächte: ›Lassen Sie nicht zu, daß sie Sie zerstört, Caspar. Sie hat die arme Emily in den Tod getrieben, und sie hat aus Mama und mir das Leben herausgesogen.‹ Dann schüttelte er den Kopf und sagte: ›Sie kann nichts dafür, müssen Sie wissen . . . Genausowenig, wie Luzifer etwas dafür kann, daß er ein gefallener Engel ist. Ihre Seele ist krank. Aber hüten Sie sich vor ihr, Caspar. Sie ist Sturmschnell.‹ «

Der Mann, dessen Arm ich hielt, blickte zu Boden. »Das war ein Hinweis auf die Antike, Jemimah. Sturmschnell war in der griechischen Mythologie eine der Harpyien, die –«

»Ich weiß, Mr. Galliard«, unterbrach ich. »Ich hörte den Namen einst geflüstert von einem Mann in Fieberphantasien, und ich habe ihn inzwischen in Ihrer Bibliothek nachgeschlagen.«

»Oh«, sagte er. »Nun ja, das ist jedenfalls der Name, den Andrew Grant seiner Tochter gab. Ich habe starke Zweifel, daß er sie in seinem Telegramm bat, zur Beerdigung ihrer Mutter zu kommen, wie sie behauptet hat, oder daß er von mir verlangte, nicht daran teilzunehmen. Höchstwahrscheinlich informierte er sie lediglich über den Tod ihrer Mutter, was er schließlich der guten Ordnung halber tun mußte. Aber wir werden sehen, was er auf meinen Brief antwortet.«

Wir waren seit Betreten des Parks zehn Minuten gegangen, und nun bogen wir ab, um kurz vor dem Zoologischen Garten den Broad Walk zu überqueren. »Ihre unglückliche Erfahrung mit Deenbur bedeutet, daß Sie keine unwissende, leicht verlegene Jungfrau mehr sind«, sagte Caspar Galliard. »Ich meine deshalb, daß ich kein Blatt vor den Mund zu nehmen brauche, und Ihnen sagen kann, daß meine Ehe mit Melanie nie vollzogen wurde.«

Ich schüttelte langsam den Kopf. »Ich bin nicht verlegen – aber ich bin erstaunt, Mr. Galliard.«

»Sie müssen wissen, daß ich die wahre Melanie erst nach der

Hochzeit kennenlernte. Ich war unsterblich in das wunderbare Geschöpf verliebt, für das ich sie hielt. Zuerst verweigerte sie mir unter mancherlei Vorwänden das eheliche Lager, täuschte dabei jedoch immer große Zuneigung vor. Ich zeigte Verständnis und beharrte nicht. Sie quält langsam, Jemimah, vielleicht weil es ihr auf diese Weise mehr Genuß bereitet. Dann dämmerte mir allmählich, daß sie mich nie zu sich lassen würde und daß ich ohnehin nicht der erste Mann sein würde, dem sie ihre Gunst gewährte . . .« Er lachte kurz und hart auf. »Ihre Gunst? Ich bezweifle, daß irgendein Mann Melanie auf diese Weise gekannt hat, ohne später hundertfach für die vermeintlichen Freuden zu büßen.«

Ich sagte schüchtern: »Aber ist es nicht ein Grund, die Ehe für nichtig zu erklären, wenn der Vollzug verweigert wird?«

Wir gingen ein kleines Stück weiter, ehe er sprach, und zuerst schien es, als beantworte er meine Frage nicht, als er sagte: »Ich bin der letzte Sproß einer Familie, die unserem Land mehrere Generationen lang treu gedient hat, Jemimah. Mein Vater und sein Vater waren Soldaten. Der Bruder meines Vaters kommandierte ein Kriegsschiff. Mein älterer Bruder war Oberleutnant zur See. Alle bis auf meinen Großvater sind im aktiven Dienst gefallen. Ich möchte den Namen, den sie trugen, nicht mit einer schmutzigen Geschichte besudeln, indem ich vor Gericht gehe und die Presse darüber schreiben lasse. Außerdem habe ich meiner Frau bei unserer Hochzeit ein Gelübde abgelegt, und ich werde mich bemühen, dieses Gelübde zu halten, bis der Tod uns scheidet. Was immer sie tun mag – es erlaubt mir nicht, mein Wort zu brechen.«

Ich dachte daran, daß Captain John Selby diesen Mann als jemanden charakterisiert hatte, der die Pflicht vor alles andere stellte, und sah, wie zutreffend diese Diagnose gewesen war. Caspar Galliard sagte trocken: »Außerdem könnte ich unmöglich beweisen, daß Melanie sich mir verweigert, wenn sie beschließen sollte, es zu bestreiten. Nicht daß ich das kleinste Verlangen nach ihr hätte. Allein der Gedanke daran stößt mich ab.«

Ich sagte: »Gibt es nichts, was Sie tun könnten . . . um sie zu zügeln, Mr. Galliard?«

»Nicht ohne einen ungeheuerlichen Skandal. Ich kann sie nicht bloßstellen, ohne Verachtung auf mich und Schande auf den Namen meiner Familie zu bringen. Ich kann sie nicht von der Welt fernhalten.« Er drückte zart meinen Arm. »Wie Sie wissen, bin ich oft lange fort von England und kann sie deshalb nicht fortwährend im Auge behalten.« Er verstummte eine kleine Weile, fuhr dann langsam fort: »Es ist so schwierig, Ihnen einen Eindruck davon zu geben, wie allmählich ein bestimmtes Verhaltensmuster entsteht, das man auf einmal nicht mehr ändern kann. Können Sie sich vorstellen, daß das Sanktuarium mein Hochzeitsgeschenk an sie war – auf ihren ausdrücklichen Wunsch? Ich dachte, es sei für den Zweck bestimmt, den sie den anderen einredet, doch schon wenige Monate nach der Hochzeit wußte ich, daß es in ihrem Leben Männer gegeben hatte, denn sie signalisierte es mir auf eine heimtückische Weise, und mit der Zeit erfuhr ich dann auch, wozu sie das Sanktuarium benutzte. Inzwischen war es kein großer Schock mehr für mich. Ich wußte bereits zu viel über die wahre Melanie, um durch irgendeine noch so niedrige Handlung von ihr überrascht zu werden.«

Ich sagte: »Wie hat sie es geschafft, die ganze Zeit einen Skandal zu vermeiden?«

»Das ist ihre verblüffende Kraft«, sagte er sehr gelassen, und ich entdeckte eine Spur von Scheu, vielleicht Furcht, in der Stimme eines Mannes, den ich als außerordentlich kühn kannte. »Sie wählt ihre Liebhaber, ihre Opfer mit großer Umsicht. Es sind immer angesehene Männer, die viel zu verlieren haben, immer verheiratete Männer und Väter, nie Junggesellen, immer Männer mit untadeligem Charakter, die sich vorher noch nie etwas derartiges zuschulden kommen ließen. Die Verführung ist langsam und sehr subtil. Sie werden allmählich angelockt, ihr Widerstand wird geschwächt, ohne daß sie sich dessen bewußt sind, bis die Zeit kommt, wenn sie ihre Beute werden, wenn sie ihnen das Sanktuarium öffnet, einen intimen

Treffpunkt, den sie ungesehen erreichen können. Der Mann, den Sie gesehen haben, dieser Cromer, bringt sie nach Anbruch der Dunkelheit mit dem Boot zu Stufen, die vom Flußufer zur Rückseite des Hauses führen. Er ist Melanies Sklave, zweifellos weil sie etwas gegen ihn in der Hand hat, das seinen bedingungslosen Gehorsam gewährleistet.«

Mir schoß eine Frage im Zusammenhang mit Cromer durch den Kopf, aber dies war nicht der Augenblick, sie zu stellen. Statt dessen sagte ich: »Sie haben ihre Liebhaber als Opfer bezeichnet, Mr. Galliard. Was meinen Sie damit?«

»Sie sind im Grunde gute und anständige Männer«, sagte er mit einer Spur von Bitterkeit. »Sie zerstört ihr Ehrgefühl, und dann verführt sie sie und läßt sie zuletzt fallen, mit geheuchelter Reue darüber, daß sie mich betrogen hat, und mit der ständig angedeuteten Drohung, alles zu erzählen, es mir zu gestehen, es ihren Frauen zu gestehen. Als die erfahrene Sadistin, die sie ist, variiert sie ihre Methoden zweifellos nach den jeweiligen Umständen und dem Wesen des Opfers, aber ich weiß, daß sie so manch einen Mann, manch einen meiner Bekannten wegen dieser Furcht vor Entdeckung und Ruin beinahe in den Wahnsinn getrieben hat, denn wie ich schon sagte, sucht sie sich nur Männer von Rang aus, für die es ein Ende ihrer gewohnten Existenz bedeuten würde, wenn die Wahrheit ans Licht käme.«

Nach einigen Augenblicken sagte ich nervös: »Darf ich Sie etwas fragen, was nach Skepsis klingt, Mr. Galliard, aber nicht so gemeint ist?«

»Fragen Sie, was Sie möchten, Jemimah.«

»Nun – wie können Sie *wissen*, daß sie diese Methode bei ihren Liebhabern anwendet? Ich kann mir nicht vorstellen, daß sie es Ihnen selbst erzählt hat.«

Als ich ihn ansah, entdeckte ich keinen Zorn in seinem Gesicht, nur Resignation. »Sie haben recht«, sagte er. »Melanie hat mir diese Dinge nie erzählt, aber ich weiß sie von einem ihrer Liebhaber, einem Architekten, der sie mir vor einigen Jahren berichtete. Dieser Mann fand im Sanktuarium durch einen

Zufall heraus, daß vor ihm ein anderer dagewesen war – ein großer Schock, denn sie sind alle so sehr in sie vernarrt, daß sie meinen, sie seien der erste und einzige. Zufällig war er mit diesem Vorgänger bekannt und wußte, daß der Betreffende einen Nervenzusammenbruch erlitten und einen erfolglosen Selbstmordversuch gemacht hatte. Dann kam die Zeit, da der Architekt selbst fallengelassen wurde, und Melanie hielt ihn Woche für Woche, Monat für Monat in der Furcht, sie würde das Verhältnis mir und seiner Frau offenbaren. Aus diesem Grund traf er die nötigen Vorbereitungen, um mit seiner Frau und seinen Kindern nach Kanada auszuwandern und dort ein neues Leben zu beginnen, und einen Tag, ehe sie sich einschifften, kam er zu mir und erzählte mir tief beschämt, was sich zugetragen hatte. So wußte ich endlich Bescheid über das, was ich bis dahin nur vermutet hatte.«

Wir schritten einige Minuten weiter, ohne zu sprechen, bogen in den Outer Circle ein, um am Grand Union Canal entlang zu gehen. »Die Dienstboten würden für sie durchs Feuer gehen«, sagte ich endlich.

»O ja, die Dienstboten macht sie nie zu ihren Opfern. Im Gegenteil, sie schafft es immer, ihre Zuneigung zu erringen. Aber Sie sind kein Dienstbote, Jemimah, und jetzt hat sie angefangen, ihre Schlinge um Sie zu legen.«

»Um *mich?*« Ich wandte den Kopf und sah ihn überrascht an.

»Gewiß. Die Einladung der angeblichen Lawleys von Witchwood Hall war der erste Schritt. Es muß weiß Gott ein schrecklicher Abend für Sie gewesen sein.«

»Ja«, sagte ich langsam, »das war es. Ich erwartete, daß Mrs. Galliard hinterher etwas zu mir sagte, mir erklären würde, warum sie es getan hatte, aber sie sagte kein Wort. Sie tat einfach so, als ob nichts geschehen wäre.«

Wieder lachte Caspar Galliard jenes kurze, freudlose Lachen. »Das gehört zu ihrer Methode«, sagte er. »Manchmal scheint es so unglaublich zu sein, daß man anfängt, an seinem eigenen Verstand zu zweifeln. Sie können sicher sein, daß sie nach ihrer Rückkehr aus Saxmundham nichts von dem Vorfall im Sanktuarium erwähnen wird. Wissen Sie, daß sie sich nie – niemals – mit mir gestritten hat? In den ersten Monaten unserer Ehe habe ich sie zur Rede gestellt, wenn ich entdeckte, daß sie etwas Unrechtes getan hatte, ich habe sie gescholten und mit Worten angegriffen, aber ohne Wirkung. Sie antwortet mit zärtlicher Geduld, sie lügt mit augenscheinlicher Zuneigung und hat so raffinierte Erklärungen parat, daß sie einen daran verzweifeln läßt, ihr vor Augen zu führen, wie verwerflich ihr Tun ist. Der Abend, an dem Sie mit den Lawleys an einem Tisch sitzen mußten, war für Sie die erste und nicht allzu schmerzliche Probe dessen, was sie mit Ihnen vorhat, und es wird mehr geben, Jemimah.«

Mein Kopf war so voll von all dem, was ich in den letzten zwanzig Minuten gehört hatte, daß es mir schwerfiel, zusammenhängend zu denken, doch ich wußte, daß ich in den tieferen Schichten meines Bewußtseins alles glaubte, was Caspar Galliard gesagt hatte. Mit diesem Glauben kam eine ganz bestimmte Furcht, die ich nun voll Unbehagen äußerte. »Ich mag gar nicht daran denken, daß Lord Henry womöglich eines ihrer Opfer werden könnte, Mr. Galliard. Wie Sie sicher wissen, betet er sie förmlich an.«

»Die meisten Männer tun das, Jemimah, und es würde ihr das größte Vergnügen bereiten, meinen besten Freund zu verführen, aber ich glaube, er ist außer Gefahr. Melanie durchschaut Männer ungewöhnlich gut, besonders ihre Schwächen, und das gibt ihr eine große Macht über sie. Aber ich denke, Henry ist eine Ausnahme. Er ist ungewöhnlich, weil er exzentrisch ist, und sie kann ihn nicht recht verstehen. Meiner Meinung nach hat sie Angst davor, ihre Macht an ihm auszuprobieren, denn ihr erstes Ziel besteht immer darin, das Ehrgefühl eines Mannes zu zerstören, und sie ist sich bewußt, daß bei ihm die sehr konkrete Möglichkeit besteht, hierbei zu versagen, und dann würde er ihr wahres Gesicht kennen. Außerdem ist er Junggeselle und hat in ihren Augen nichts zu verlieren als meine Freundschaft.«

»Ich bin sehr froh darüber«, sagte ich mit aufrichtiger Erleichterung. »Ich schätze Lord Henry sehr.« Wir gingen eine Weile schweigend weiter, und dann faßte ich einen Entschluß und begann, die Wahrheit über mein Fortgehen von Torringtons zu erzählen, über Lady Whitchurchs Verdächtigung, ich hätte ihr Medaillon gestohlen. Mein Begleiter lauschte aufmerksam und sah mich von Zeit zu Zeit verblüfft an. »Ich habe mich sogar gefragt, ob ich vielleicht im Schlaf herumgelaufen bin und ihr Medaillon genommen habe«, schloß ich, »aber jetzt glaube ich, daß Cromers Anwesenheit einige Tage zuvor irgend etwas damit zu tun gehabt haben muß. Das Dumme ist, daß ich mir nicht vorstellen kann, in welcher Weise.«

Nach einigen Augenblicken sagte Caspar Galliard leise: »Es ist sehr einfach, wenn man die wahre Melanie kennt. Sie wollte, daß Sie als ihre Gesellschafterin zu uns kommen, aber Henrys Mutter hat in Ihrem Namen recht unverblümt abgelehnt. Ich glaube beinahe, sie ist eine der wenigen Frauen, die den Verdacht hegen, daß Melanie nicht all das ist, was sie zu sein vorgibt. Aber wie dem auch sei, wenn Melanie etwas haben will, läßt sie sich nicht leicht davon abbringen und wird alles mögliche unternehmen, um es zu bekommen. Cromer ist ein Krimineller, und ob er sich inzwischen gebessert hat, weiß im Grunde kein Mensch. Mit Sicherheit hat er auf ihre Anweisung hin etwas unternommen, um Sie von Torringtons zu entfernen. Zu diesem Zweck mußte er das Haus erkunden, mußte feststellen, wer in welchem Zimmer wohnt und schläft, und herausfinden, wie er sich nachts am besten Einlaß verschaffen könnte, ohne Spuren zu hinterlassen. Deshalb kam er eines Tages und gab sich dreist als der Mann aus, den der Uhrmacher regelmäßig schickt, und konnte sich unter diesem Vorwand praktisch frei im Haus bewegen und sogar Ihr Zimmer betreten, um zur Durchführung des Plans, den er gefaßt hatte, eine Schleife von Ihrem Nachthemd abzuschneiden.«

»Oh!« rief ich aus, denn nun dämmerte mir alles. »Lady Whitchurch bewahrte das Medaillon auf ihrem Nachttisch auf, während sie schlief. Wenn Cromer also einige Nächte später tatsächlich einbrach, konnte er mich ganz leicht in Verdacht bringen, indem er das Medaillon in mein Zimmer brachte und die blaue Schleife in Lady Whitchurchs Zimmer zurückließ.«

Caspar Galliard nickte. »Ich habe das Strafregister des Mannes eingesehen«, sagte er. »Er ist seit sechs Jahren nicht mehr straffällig geworden, aber davor galt er bei der Polizei als ein geschickter Einbrecher und Fassadenkletterer, so daß er keine Schwierigkeiten gehabt haben dürfte, sich wie ein Gespenst von Raum zu Raum zu bewegen, ohne Sie oder Lady Whitchurch zu wecken.«

Eine unsägliche Erleichterung durchströmte mich. Endlich war das Geheimnis gelöst! Ich litt nicht unter einer geistigen Störung, die mich veranlassen konnte, ohne mein eigenes Wissen ein Verbrechen zu begehen. Doch wie schon vorher, wurde diese Regung schnell von neuerlichem Erstaunen verdrängt.

»Mr. Galliard«, sagte ich, »ich bin sicher, Sie haben recht mit Ihrer Überlegung, wie Cromer Lady Whitchurch zu der Annahme veranlassen konnte, mich für eine Diebin zu halten. Aber ich verstehe nicht, *warum* Ihre Frau sich auf dieses riskante Manöver einließ, um mich als Gesellschafterin zu gewinnen.«

Wir waren vom Kanal abgebogen und schritten auf das York-Tor zu, das zum Park hinausführte. Der Diskretion halber hätte ich meine Hand von Caspar Galliards Arm genommen, doch er hinderte mich daran, indem er sie mit dem Ellbogen an sich drückte. »Melanie wollte Sie bei uns haben, weil sie ein Instrument braucht, um mich zu quälen«, sagte er. »Das ist der Grund, weshalb ich Ihnen heute endlich reinen Wein eingeschenkt habe.«

Ich sagte: »Um Sie zu quälen? Aber wie denn, Mr. Galliard?«

»Es fällt mir nicht leicht, das zu erklären. Melanie hat seit langem vermutet, daß ich mich bei meinen Reisen ins Ausland nicht nur mit Forschungsarbeiten und Archäologie beschäftige. Nach der Rückkehr von meiner letzten Unternehmung erfuhr sie, daß ich verletzt war und eine Zeitlang im Krankenhaus gelegen hatte, aber die Art der Verletzung kannte sie nicht. Sie wußte noch etwas mehr, Jemimah, denn sie hat einen diabolischen Scharfblick. Sie wußte, daß ich etwas erlebt hatte, das eine tiefe Wirkung auf mich gehabt hatte, und das weckte ihre Neugier. Ich erzählte ihr, meine Verletzung sei von einem ganz ausgezeichneten Arzt behandelt worden, und beging den Fehler, den Namen John Selbys zu erwähnen, an den Sie sich zweifellos erinnern werden.«

Ich sagte: »Ja. Wir sind auf demselben Schiff nach England gereist, und er war sehr freundlich zu mir.«

»Er ist in der Tat ein guter Mann. Melanie schrieb ihm ohne mein Wissen einen Dankesbrief über das Kriegsministerium, der ihm an seine Privatanschrift nachgesandt wurde. Ich nehme an, sie hat einige scheinbar harmlose Fragen mit ihrem Dank verknüpft, denn er antwortete mit einem Brief, in dem er sich sehr anerkennend über die Rolle aussprach, die eine junge Frau namens Jemimah Lawley von Witchwood Hall bei meiner Rettung gespielt habe. Diesen Brief zeigte sie mir, aber ich bestätigte seinen Inhalt auf keine Weise und sagte nur irgend etwas Unverbindliches, wie es meine Pflicht von mir verlangt. Sie werden sicher Verständnis dafür haben.«

Mir fiel ein, was John Selby über die tapferen Männer gesagt hatte, die Caspar Galliards gefährlichen, einsamen und verachteten Beruf ausübten, und ich sagte: »Ja, ich verstehe es.«

»Alles andere ist nur Vermutung, aber ich bin sicher, daß Melanie beschloß, Sie zu suchen, und ich habe keinen Zweifel, daß sie damit in Witchwood Hall anfing, wo sie eine sehr interessante Situation vorgefunden haben dürfte. Einige Erkundigungen im Dorf dürften genügt haben, um herauszufinden, daß Sie vor vielen Wochen – denn ich bin natürlich erst viel später als Sie nach England zurückgekehrt – mit Lord Henry Boots weltberühmtem Kaspertheater weitergezogen waren. Sie hätte dann sofort gewußt, daß ich Henry telegraphisch beauftragt hatte, sich um Sie zu kümmern, und dann hätte sie nur noch jemanden in Granger beauftragen müssen, ihr Bescheid zu geben, sobald Henry Sie nach Torringtons brachte. In diesem Moment brauchte sie nur noch seine Mutter zum Tee besuchen und ihren ersten Versuch zu machen, Sie zum Stanford Square zu locken.«

Mir wurde bewußt, daß der Mann neben mir soeben zum erstenmal in unverhüllter Form zugegeben hatte, daß er Kassim war, mein Beschützer und Gefährte auf der langen, beschwerlichen Reise von Shul nach Herat, aber das spielte im Augenblick keine Rolle. Ich sagte: »Die schwere Verwundung und die Nähe des Todes waren natürlich ein Erlebnis, das eine tiefe Wirkung auf Sie gehabt haben muß, aber warum hätte das Mrs. Galliard veranlassen sollen, ein so großes Interesse an *mir* zu nehmen? Das begreife ich einfach nicht.«

Caspar Galliard sagte sanft: »Es war nicht die Verwundung oder die Nähe des Todes, was einen so bleibenden Eindruck auf mich machte. Sie waren es, Jemimah. Wie ich eben sagte, hat Melanie einen diabolischen Scharfblick, und ich habe das erste Wort mit Bedacht gewählt. Als ich heimkam, wußte sie, daß irgend etwas mich von Grund auf geändert hatte. Als sie John Selbys Brief las, wußte sie, daß Sie es gewesen waren, die eine so tiefe Wirkung auf mich ausgeübt hatte. Sie wußte, daß ich Sie liebe.«

15

Zwei oder drei Sekunden lang war ich nicht in der Lage, die Worte Caspar Galliards zu verstehen, denn ihre Bedeutung war unendlich weit von allem entfernt, was ich je über seine Gefühle für mich angenommen hatte. Dann kam ein Augenblick nackten Unglaubens, dem die alarmierende Gewißheit folgte, daß er mich unmöglich belügen konnte und die reine Wahrheit gesagt hatte.

Ich hätte verlegen sein können, ich hätte mich geschmeichelt fühlen können, doch alles, was ich spürte, war Bestürzung. »Oh, mein Gott«, sagte ich mit bebender Stimme, als ich meine Zunge endlich wieder gebrauchen konnte. »Was für eine schreckliche Situation für Sie, Mr. Galliard. Es tut mir so leid. Aber sind Sie wirklich sicher? Ist es nicht möglich, daß Sie gut von mir denken, weil wir Gefahren geteilt haben und weil ich Ihnen zuletzt helfen konnte?«

»Das ändert nichts, Jemimah«, sagte er mit bedächtigem Nachdruck. »Gewiß habe ich Sie auf jener Reise lieben gelernt, aber nur, weil ich dadurch die Möglichkeit hatte, Sie von Grund auf kennenzulernen. Ich habe mich nicht auf romantische Weise in Sie verliebt, wie ich und Hunderte von anderen sich in Melanie verliebt haben. Ich liebte Sie als das, was ich Tag für Tag in Ihnen sah, Ihren Mut, Ihre Entschlossenheit, Ihren Lebensgeist und die Art, wie nie ein Wort der Klage über Ihre Lippen kam und wie Sie statt dessen jede Aufgabe anpackten, die vor Ihnen lag. Aus dieser tiefen Liebe hätte sehr leicht ein Gefühl leidenschaftlicher Verliebtheit entstehen können, aber das konnte ich nicht zulassen, weil ich nicht frei bin. Es ist nicht richtig von mir, daß ich Ihnen all dies sage, aber es wäre noch schlimmer, wenn ich schwiege und zusähe, wie Sie sich mehr und mehr in das heimtückische Netz verfangen, das Melanie um Sie herum spinnt. Das kann ich nicht.«

Mein Rock war inzwischen am Saum naß und haftete bei jedem Schritt an meinen Knöcheln, aber ich achtete nicht darauf. »Wollen Sie sagen, daß Mrs. Galliard mich hierher geholt hat, um mir weh zu tun?« fragte ich.

»Ja. Weil sie *mir* damit weh tun kann. Ich bin ihr Hauptopfer, und sie hat es geschafft, uns zusammenzubringen, indem sie uns zu den Morgenspaziergängen ermutigte, indem sie Sie drängte, im Garten zu arbeiten, wo ich Sie fortwährend sehe, und indem sie vorschlug, Sie sollten mir bei meiner wissenschaftlichen Arbeit helfen. Sie kennt mich, Jemimah. Sie hat gewußt, daß mich all dies mit Schuldgefühlen und enttäuschten Erwartungen quälen würde. Jetzt hat sie angefangen, das Messer in mir zu drehen, indem sie Katz und Maus mit Ihnen spielt, wie bei der Einladung der beiden Betrüger von Witchwood Hall.«

Wir hatten den Park verlassen und warteten darauf, die Straße überqueren zu können. Einige Droschken kamen vorbei, doch von dort, wo wir standen, konnte ich nur wenige Passanten sehen, und sie waren alle außer Hörweite. Ich war immer noch perplex und merkte, wie ich nach Worten suchte, während ich zögernd sagte: »Ich fühle mich zutiefst geehrt, die Gefühle zu kennen, die Sie für mich hegen, Mr. Galliard. Ich . . . ich verstehe, warum Sie sich mir eben offenbart haben, aber ich denke, wir sollten nicht wieder darauf zu sprechen kommen. Sagen Sie mir bitte, wozu Sie mir jetzt raten. Sollte ich nicht sofort gehen, noch ehe Mrs. Galliard zurückkommt?«

»Gehen? Aber wohin?« Seine Stimme war so angestrengt, daß ich den Kopf wandte und aus den Augenwinkeln zu ihm aufblickte – sein Gesicht war beinahe grau von einem tiefen Gefühl, das ich nicht ergründen konnte. Furcht ist es bestimmt nicht, sagte ich mir. Ich hatte diesen Mann schon gefaßter als jetzt gesehen, damals, als er mit einem Geschoß im Rücken und einer ausgekugelten Schulter auf einem felsigen Abhang in Afghanistan lag.

»Wohin?« wiederholte er.

»Darüber habe ich noch nicht nachgedacht, Mr. Galliard, und es spielt auch keine Rolle, wohin ich gehe.« Das stimmte. Früher waren solche Dinge von größter Bedeutung gewesen, aber ich hatte so lange gelebt, ohne zu wissen, was am nächsten Tag geschehen würde, daß ich gelernt hatte, mir nicht sehr viel aus Ungewißheiten zu machen. Ich hatte kurz den seltsamen Gedanken, daß Lord Henry mich wahrscheinlich bei seiner nächsten Unternehmung mitnehmen würde, wenn ich ihn darum bäte.

Wir gingen schweigend weiter, dann sagte ich: »Sie haben vorhin von den Lawleys als Betrügern gesprochen. Glauben Sie, daß sie es sind?«

»Natürlich glaube ich das.« Er klang überrascht. »Sandru hat mir Ihre Geschichte erzählt. Warum sollte ich an seinen Worten zweifeln?«

»Das meine ich nicht«, sagte ich. »Ich war nicht mehr sicher, was ich selbst glauben sollte, und habe mich schon gefragt, ob ich an einem Wahn leide, wie alle außer Lord Henry zu denken scheinen. Immerhin ist es schwer vorstellbar, wie dieser Mann und diese junge Frau ihren Betrug so lange glaubhaft machen konnten.«

»Sie haben recht«, stimmte er zu, und in seiner Stimme war Zorn, gemischt mit bitterem Bedauern. »Aber sie haben es geschafft, und nur Sandru und ich können sie entlarven, denn wir allein wissen genau, wie und wann Jemimah Lawley als Gefangene von Kabul nach Shul gebracht wurde. Meine liebe Jemimah, ich würde meinen rechten Arm dafür hergeben, Ihnen zu helfen, aber ich darf nicht für Sie sprechen. Meine Pflicht meinem Land gegenüber läßt es nicht zu.«

Ich sagte: »Ja. Ich weiß.« Ich war überrascht, daß ich keinerlei Groll fühlte; es wäre natürlich genug gewesen, aber ich fühlte nur Mitleid für diesen seltsamen, gequälten Mann neben mir, dessen Stolz auf den Namen seiner Familie ihn zum Gefangenen einer Frau machte, die ihn immer wieder entehrt hatte, und dessen ausgeprägtes Pflichtgefühl ihm nicht erlaubte, einer Frau zu helfen, die er liebte – mir.

Manch einer hätte sich über ein solches Verhalten lustig machen können, aber nicht ich, die eine Welt ungezügelter Brutalität gekannt hatte. Ich respektierte und bewunderte Caspar Galliard als einen Mann von Prinzipien, selbst wenn seine Prinzipien mir schadeten, denn ich hatte keinen Moment lang vergessen, wie er Sandru unter Druck versprochen hatte, alles in seinen Kräften Stehende zu tun, um mich sicher durch Afghanistan nach Herat zu bringen. In der kalten und grausamen Welt der Spionage hätte ein anderer Mann dieses lästige Versprechen schnell gebrochen und mich einem sicheren Tod in den Bergen preisgegeben, nicht aber Caspar Galliard. Erst eine beinahe tödliche Kugel hatte ihm die Last abgenommen, und das erst kurz vor dem Ende unserer langen Reise.

Er sagte: »Sie haben jedes Recht, sehr zornig zu sein, Jemimah.«

Ich drückte seinen Arm und antwortete: »Ich bin es aber nicht, Mr. Galliard.« Dann nahm ich meine Hand fort, und nach einer kurzen Pause sagte ich: »Sie haben mir noch nicht gesagt, was ich Ihrer Meinung nach tun soll?«

Wir waren nun nur noch hundert Meter vom Stanford Square entfernt, und er sagte mit belegter Stimme: »Gehen Sie um Gottes Willen nicht fort, Jemimah. Ich mußte reden, um Sie vor den heimtückischen Spielen zu warnen, die Melanie ersinnen wird. So können Sie vielleicht einem Teil der Schmerzen aus dem Weg gehen, die sie Ihnen zuzufügen versuchen wird. Aber lassen Sie mich bitte noch nicht allein, denn ohne Ihre Anwesenheit und Unterstützung weiß ich nicht, wozu sie mich noch treiben wird.«

Ich sah ihn scharf an, dachte voll Besorgnis an den unheilschwangeren Traum, den ich über ihn gehabt hatte, und sagte dann: »So etwas dürfen Sie nicht denken, Mr. Galliard.«

»Ich kann nicht anders!« Er sprach zwischen zusammengebissenen Zähnen hindurch, und in seiner Stimme war Verzweiflung. »Ich fürchte mich vor mir selbst, Jemimah. Bitte bleiben Sie und helfen Sie mir, nur noch kurze Zeit, denn bald werde ich wieder in das Land müssen, wo ich Sie gefunden habe. Möglicherweise muß ich ganz plötzlich und ohne Warnung gehen, denn von dem Augenblick an, in dem man mich zum Dienst ruft, reise ich heimlich, unter einem anderen Namen. Und wenn ich gehe, müssen Sie auch gehen. Wenden Sie sich an Henry, wenn Sie Hilfe brauchen. Ich werde keine ruhige Minute haben, wenn ich in dem Wissen gehe, daß Sie mit Melanie allein sind. Sie weiß, daß ich Sie liebe, und ich habe Angst vor den bösen Schlichen, mit denen sie mir zusetzen will. Kann ich mich darauf verlassen, daß Sie tun werden, worum ich Sie bitte, Jemimah?«

Ich stellte mir vor, was Caspar Galliard bei seinen geheimen und gefährlichen Missionen widerfahren könnte, wenn seine Besorgnis um mich ihn ablenkte, und erschauerte innerlich.

»Ja, Mr. Galliard«, sagte ich. »Ich verspreche es.«

»Gott sei gedankt«, flüsterte er und hielt mir die schmiedeeiserne Pforte auf. Als wir die Eingangsstufen hinaufgingen, holte er tief Luft, sagte dann mit seiner normalen kühlen Stimme: »Ihr Rock ist naß, Jemimah. Vergessen Sie nicht, sich sofort umzuziehen.«

Anne Melanie Galliard kehrte zwei Tage später aus Saxmundham zurück, nachdem am selben Morgen ein Brief ihres Vaters an Caspar Galliard gekommen war, den er mir zeigte. Er lautete:

»Lieber Caspar,
vielen Dank für Ihren freundlichen Brief.
Um meiner lieben Frau willen habe ich fortgefahren, Annes Besuche zu empfangen, seitdem sie Sie geheiratet hat. Nun ist meine Frau von mir gegangen, und niemand kann mich daran hindern zu sagen, daß ich meine Tochter niemals wiedersehen möchte. Sie werden sicher wissen, warum, und Sie können für all das, was Sie getan haben, um meine Frau vor weiterem

Kummer zu bewahren, meines Respekts und meiner Dankbarkeit gewiß sein.

In meinem Telegramm bat ich Sie, an der Beerdigung teilzunehmen. Anne hat mir gesagt, Sie hätten abgelehnt, doch wie ich gleich annahm und wie Ihr Brief mir zeigte, war das eine Lüge.

Bei Ihrem Besuch im Dezember lernte ich die sympathische junge Dame, die jetzt Annes Gesellschafterin ist, sehr schätzen. Versuchen Sie bitte, sie vor Schaden oder Unglück zu bewahren, denn wie Ihnen sicher klar ist, befindet sie sich in einer Position, in der sie äußerst verwundbar ist.

Mit den freundlichsten Grüßen,

Andrew Grant.«

Wir waren im Arbeitszimmer, und ich spürte, wie blaß ich war, als ich nach der Lektüre des Briefes aufblickte. Caspar Galliard nahm ihn wieder an sich und sagte: »Ich habe Ihnen dies nur gezeigt, um Ihnen zu beweisen, daß ich Melanies wahres Wesen weder erfunden noch übertrieben habe. Dies sind die Worte ihres Vaters.« Langsam zerriß er den Brief in kleine Fetzen. »Nun zeigen Sie mir bitte die Belege für die Anwendung der stratigraphischen Methode bei der Datierung vorgeschichtlicher Funde, die Sie für mich gesammelt haben.«

Abgesehen von Caspar Galliards Bemerkung über den Brief fielen keine Worte mehr zwischen uns, die sich auf jene außergewöhnliche Stunde bezogen, in der wir allein durch den stillen Park gegangen waren. Wie er prophezeit hatte, behandelte seine Frau mich nach ihrer Rückkehr zum Stanford Square genauso warm und herzlich wie zuvor. Sie trug nun Trauer und strahlte etwas Verklärtes aus, das die Aura innerer Schönheit, die sie immer besessen hatte, noch zu verstärken schien. Mein Besuch im Sanktuarium wurde mit keinem Wort erwähnt, und ihr Verhalten war so überzeugend, daß ich leicht an meiner Erinnerung hätte zweifeln können, doch hatte ich nun keinen Grund mehr, mein Gedächtnis oder meine geistige Gesundheit in Frage zu stellen.

Ich wußte, daß ich Jemimah Lawley war; ich hatte gehört, wie Caspar Galliard die Wahrheit über seine Frau offenbarte; ich hatte den traurigen Brief ihres Vaters gelesen; und vor allem würde ich mich immer mit grausiger Klarheit an den Augenblick im Boudoir des Sanktuariums erinnern, in dem die dunkle Seele Anne Melanie Galliards mich unverhüllt aus jenen wunderschönen Augen angesehen und mein Blut vor Abscheu hatte erstarren lassen.

In den Tagen nach ihrer Rückkehr tat ich mein Bestes, um mich so zu benehmen wie sonst. Vielleicht war ich nicht sehr erfolgreich, denn ich konnte keinerlei schauspielerische Fähigkeit für mich in Anspruch nehmen, doch es spielte kaum eine Rolle, da Anne Galliard jetzt sowieso erwarten würde, daß ich mich in ihrem Haus nicht mehr wohl fühlte, und sich wahrscheinlich an meinem Unbehagen weidete.

Ich gewann allmählich die Überzeugung, daß meine Gegenwart in der Tat eine Hilfe für Caspar Galliard war. Nun, da er mir sein Herz geöffnet hatte, litt er nicht mehr unter den Stimmungsschwankungen, die ihn vorher veranlaßt hatten, in einer Minute liebenswürdig und zuvorkommend und in der nächsten verschlossen und unfreundlich zu sein. Seine Frau bemerkte es ebenfalls, denn ich entdeckte ein oder zweimal ein kurzes neugieriges Funkeln in ihren Augen, während sie ihn lächelnd betrachtete. Wenn ich morgens erwachte, warnte ich mich stumm, vor ihrem nächsten Versuch, mir weh zu tun, auf der Hut zu sein. Mir war klar, daß er wahrscheinlich ebenso unerwartet kommen würde wie der Besuch der falschen Lawleys und daß ich mich, da ich nicht hoffen konnte, ihre Ränke zu erraten, einfach gegen jedweden Schlag von ihrer Seite wappnen mußte.

Ich war nicht besonders furchtsam, zumal ich die tröstliche Gewißheit hatte, daß ich mich weitgehend von den meisten Engländerinnen meines Alters oder auch jeden Alters unterschied. Ich war eine Gefangene in Shul gewesen, und ich bezweifelte sehr, daß Anne Melanie Galliard mir einen Schrekken zufügen konnte, der jener Heimsuchung gleichkam.

Einige Tage nach ihrer Rückkehr stattete Lord Henry ihr einen Beileidsbesuch ab, doch aus Rücksicht auf ihre Gefühle blieb er nicht lange. Caspar Galliard und ich begleiteten ihn zur Tür, als er ging, und lauschten ernst, während er sagte, wie traurig dieser Todesfall für Anne sei, wie wundervoll sie sei und wie tapfer sie den schweren Verlust trage. Bei dem Gedanken, daß sich ein so freundlicher und anständiger Mann wie Henry solcherart täuschen lassen konnte, wurde mir das Herz schwer, und ich war sicher, daß Caspar Galliard ähnlich empfand, denn wir vermieden es beide sorgfältig, uns anzusehen, als die Tür ins Schloß gefallen war und wir wieder in den Salon gingen.

In jener Nacht träumte ich abermals von Sandru als jungem Mann im scharlachroten Soldatenrock. Ich war wie in dem früheren Traum Lalla aus Shul, seine Magd, aber ich diente ihm in einer sehr luxuriösen Umgebung, in dem getäfelten Speisezimmer eines schönen Hauses, wo er an einem Ende der Tafel saß und eine junge Frau am anderen. In meinem Traum schenkte ich Sandru Wein ein und trat dann an das Buffet, um zu warten, daß ich wieder gebraucht würde. Zu meinem Erstaunen stand dort Henry in der Livree eines Burschen.

Ich zischte ihn leise an: »Was um Himmels willen führen Sie im Schilde? Ein Puppenspieler kann kein Bursche sein! Gehen Sie bitte, ehe Sie mir Ärger bereiten!«

Henry lächelte mich an. »Aber ich wohne hier, Mim«, sagte er. »Ich wohne hier.«

Dann erwachte ich, auf einen Ellbogen gestützt, vor Schreck schwer atmend. Ich tastete nach den Streichhölzern und zündete die Kerze auf dem Nachttisch an. Die kleine Uhr auf der hohen, schmalen Kommode neben mir zeigte kurz vor sechs. Ich legte mich zurück, und mein Herz hämmerte immer noch von der Offenbarung, die der Traum mir gebracht hatte, denn mir war plötzlich ein Wissen zuteil geworden, das keine andere lebende Seele besaß, und in meinem Geist war nicht der Schatten eines Zweifels, daß es auf Tatsachen beruhte.

Während ich dort lag und an die vom Kerzenschein beleuchtete Decke meines Schlafzimmers im Hause Stanford Square zwölf schaute, wußte ich auf einmal, warum eine Frau in einem großen Haus namens Torringtons unter ihrem Kleid ein Medaillon mit zwei Miniaturporträts verbarg. Ich wußte, warum Lady Whitchurch das Medaillon wie einen Schatz hütete, obwohl ihr Mann sie vor Jahren wegen einer anderen Frau verlassen hatte. Ich wußte, warum sie wie eine Eremitin lebte und warum ihr Sohn Henry gesagt hatte, sie sei so oft reserviert und unfreundlich. Und ich wußte, warum ihr erstgeborener Sohn auf den Namen George getauft worden war.

Später, als ich meinen Morgenspaziergang machte und Caspar Galliard traf, war ich versucht, ihm meine außergewöhnliche Entdeckung mitzuteilen, doch ich hielt den Mund. Es war nicht mein Geheimnis, und deshalb stand es mir nicht zu, es preiszugeben. Außerdem hatten wir es seit dem Tag, an dem wir durch den Schnee gegangen waren und miteinander geredet hatten, sorgfältig vermieden, vertrauliche Dinge auszutauschen, welche die förmliche Beziehung zwischen dem Herrn des Hauses und der Gesellschafterin seiner Frau sprengen könnten.

Ich war nun sehr begierig, einen Besuch in Torringtons zu machen und mit Lady Whitchurch zu sprechen. Sie könnte sich weigern, mich zu empfangen, aber ich hielt das nicht für wahrscheinlich, da sie es nicht tun konnte, ohne Henry eine Erklärung abzugeben, und das würde einen Bruch zwischen ihnen herbeiführen. Ich wollte Anne Galliard nicht um einen freien Tag bitten, um nach Hampshire fahren zu können, denn falls sie vermutete, daß ich einen besonderen Grund für meinen Wunsch hätte, würde sie sehr wohl imstande sein, mich von meinem Vorhaben abzubringen, wenn auch mit ihrer üblichen herzlichen Maske.

Nach langem Überlegen beschloß ich, Geduld zu üben und auf eine Gelegenheit zu warten, die sich ganz bestimmt bald bieten würde. Sie bot sich in der Tat schon eine Woche später, als Anne Galliard beim Lunch mitteilte, sie werde den morgigen Tag im Sanktuarium verbringen, da sie das Bedürfnis verspüre, sich einen ganzen Tag von der Welt zurückzuziehen, um zu meditieren und zu beten. Nicht das geringste Zeichen, und sei es in den Tiefen ihrer Augen, wies darauf hin, daß sie sich daran erinnerte, wie genau ich inzwischen den wahren Zweck ihrer Aufenthalte im Sanktuarium kannte.

Ich versuchte, eine ausdruckslose Miene zu machen, während ich eine Antwort murmelte. Caspar Galliard sagte nichts. Ich vermied es, ihn anzublicken, aber ich konnte mir vorstellen, konnte beinahe fühlen, welchen Kummer ihm die Worte seiner Frau bereiten mußten. Sie trug ein schwarzes Kleid mit einer Trauerbrosche an der Brust und hatte mit ihrer ernsten und zugleich verklärten Schönheit beinahe etwas von einem Engel. Ich erschauerte innerlich, denn ich spürte, daß ihr Betrug weit über Heuchelei hinausging; er war blasphemisch, und ich hatte das grausige Gefühl, tatsächlich mit einem Ungeheuer in der Hülle einer Göttin am Tisch zu sitzen.

Einem Plan folgend, den ich gefaßt hatte, sagte ich einige Minuten später: »Als Lord Henry neulich hier war, bat er mich, einmal nach Torringtons zu kommen und seine Mutter zu besuchen. Ich nehme an, morgen wäre eine gute Gelegenheit dazu, wenn Sie im Sanktuarium sein werden und mich nicht benötigen, aber . . . Nun, Lady Whitchurch macht es ihren Gästen manchmal nicht sehr leicht. Vielleicht sollte ich noch ein paar Wochen damit warten.«

»Oh, Jemimah, nein, das wäre unhöflich. Fahren Sie doch morgen!« sagte Anne Galliard mit einem freundlichen Lächeln. »Ich weiß, Lady Whitchurch wirkt recht kalt, aber das ist nur die Oberfläche. Darunter ist sie eine sehr liebenswerte Frau. Richten Sie ihr bitte meine besten Grüße aus.«

Ich sage kläglich: »Sehr wohl, Mrs. Galliard«, und versuchte, so auszusehen, als gäbe ich mir Mühe, nicht unglücklich zu wirken. Ich hatte richtig vermutet. Anne Galliard mußte annehmen, ich fürchtete eine Begegnung mit Lady Whitchurch. Deshalb bereitete es ihr ein perverses Vergnügen, mich in einer peinlichen Situation zu wissen, die der nichtsahnende Henry herbeigeführt haben würde.

Am Nachmittag bat ich Henry in einem Brief, ob er die Freundlichkeit haben würde, mich in Granger am Bahnhof abzuholen und dort mit mir den Lunch zu nehmen, sagte aber auch, es seiner Mutter gegenüber aus einem bestimmten Grund nicht zu erwähnen. Am nächsten Morgen um neun Uhr fuhr Anne Galliard mit einer Droschke zum Sanktuarium. Um viertel nach neun kam ein Telegramm von Henry, in dem er mir mitteilte, er werde mich abholen. Einige Minuten später ging ich ins Arbeitszimmer und fragte Caspar Galliard, ob ich noch eine halbe Stunde mit ihm arbeiten solle, ehe ich gehen müsse, um den Zug nach Granger zu bekommen. Es waren einige Fußnoten für einen Aufsatz vorzubereiten, den er geschrieben hatte, und ich meinte, diese Arbeit in der Zeit, die mir noch blieb, erledigen zu können.

Er stand am Fenster und schaute in den Garten hinaus, als ich eintrat, und er schüttelte den Kopf. »Nein, heute nicht, Jemimah.«

»Der Verleger hat geschrieben, er hoffe, der Aufsatz werde morgen fertig sein, Mr. Galliard«, sagte ich dessenungeachtet.

»Unmöglich«, sagte Caspar Galliard, wandte sich um und sah mich an. Ich nahm in seiner Stimme etwas Angestrengtes wahr, beinahe etwas wie einen Riß, und sein Gesichtsausdruck brachte mich zurück zu jenen Augenblicken auf dem felsigen Hang in Afghanistan, in denen er mit seinem schußbereiten Dschasail auf der Erde gehockt und mit grimmiger Geduld auf den Feind gewartet hatte, der ihn töten wollte.

»Ich möchte, daß Sie es Henry erzählen«, sagte er abrupt. »Erzählen Sie ihm die Wahrheit über Melanie.«

Ich merkte, wie sich meine Augen vor Schreck weiteten. »Über Ihre Frau?« stammelte ich. »Oh, das kann ich nicht, Mr. Galliard. Und er würde mir ohnehin nicht glauben.«

»Liegt Ihnen etwas an Henry?«

»Ja, natürlich. Er war ein wunderbarer Freund und Beschützer.«

»Dann tun Sie es um seinetwillen. Erzählen Sie ihm alles über Melanie.«

»Um seinetwillen?« Ich merkte, wie ich vor Bestürzung die Hände rang. »Ich verstehe nicht, was Sie meinen.«

»Ich kann es nicht erklären«, sagte er ruhig. »Haben Sie Vertrauen zu mir, Jemimah?«

»Ja.« Die Antwort kam mechanisch. »Ja. Ich kann nicht anders, als Ihnen zu vertrauen, Mr. Galliard, aber . . .«

»Dann tun Sie, was ich gesagt habe, für einen Freund und einen guten Menschen.«

Ich stand da und starrte ihn dümmlich an, versuchte, einen Ausweg zu finden, und wußte, daß es keinen gab. Zuletzt flüsterte ich: »Ich werde nie imstande sein, ihn dazu zu bringen, daß er mir glaubt. Sie ist sein alles.«

»Erzählen Sie ihm, was Sie mit Ihren eigenen Augen gesehen haben. Sie sind der eine Mensch, dem er glauben wird. Versprechen Sie es, Jemimah.«

Langsam, krank am Herzen, neigte ich zustimmend den Kopf. Ich stand bereits genug Ängste wegen meines Besuchs in Torringtons aus, und diese neue Angst brachte das Faß beinahe zum Überlaufen, doch es war mir unmöglich abzulehnen. Er sagte: »Danke, meine Liebe«, und kam mit ausgestreckter Hand auf mich zu. Ich zögerte, nahm sie dann. Er beugte sich darüber, streifte die Finger kaum mit den Lippen und sagte: »Ich bin Ihnen sehr dankbar.«

Er wandte sich zum Fenster zurück und schaute, die Hände hinter dem Rücken verschränkt, wieder hinaus. »Sie sollten sich jetzt beeilen, Jemimah. Auf Wiedersehen.«

»Auf Wiedersehen, Mr. Galliard. Ich denke, ich werde gegen sieben Uhr zurück sein, rechtzeitig zum Dinner.«

»Sehr gut.«

Ich wartete noch einen Augenblick, doch als er nichts mehr sagte und sich nicht umdrehte, ging ich leise hinaus und zog die Tür hinter mir ins Schloß.

Als der Zug wenige Minuten nach zwölf in den Bahnhof von Granger einfuhr, wartete Lord Henry auf dem Perron und begrüßte mich mit einem Lächeln, einer Umarmung und einem

Kuß auf beide Wangen. »Mein Gott, wie gut es tut, Sie wiederzusehen, Mim«, sagte er, meinen Arm unter seinen schiebend, als wir den Bahnsteig entlanggingen. »Das Leben hier hat jedes Selbstvertrauen aus mir gesogen, seit Sie gegangen sind. Alles ist unerträglich formell, kein Mensch lacht über meine Späße, und unzählige hoffnungsvolle Mütter werfen mir wieder ihre treulosen Töchter in die Arme. Ich kann noch so oft beteuern, daß ich ihrer unwürdig sei, sie glauben es einfach nicht!«

Bei anderer Gelegenheit hätte ich gelacht und mich, wieder in seiner Gesellschaft, unbefangen und ganz sicher gefühlt, doch nun war ich angesichts der mir bevorstehenden Unterredung verkrampft. Vor dem Bahnhof wartete eine Droschke, und während Henry mir hineinhalf, sagte er: »Ich habe keine der Kutschen von Torringtons genommen, weil Sie in Ihrem Brief sagten, ich solle den Besuch nicht erwähnen. Warum diese Geheimniskrämerei, Mim, und warum sind Sie so nervös? Es sieht Ihnen nicht ähnlich.«

Ich sagte: »Du meine Güte. Man merkt es also? Es tut mir leid, aber ich habe Ihnen so vieles zu erzählen, und das meiste davon werden Sie nicht hören wollen, aber ich habe es Mr. Galliard versprochen.«

Er lehnte sich zurück und wandte sich zur Seite, um mich neugierig anzusehen. »Mein Gott, das klingt ernst«, sagte er. »Aber verlieren Sie nicht die Fassung. Versuchen Sie einfach, sich zu lockern, und wenn wir erst einmal gemütlich sitzen, können Sie sich alles von der Seele reden.«

Ich seufzte und sagte: »Nun, Gott sei Dank, daß Sie es sind. Ich weiß kaum wo ich anfangen soll. Ich habe Ihnen zwei Dinge zu sagen, Henry, und eines davon ist furchtbar, und dann gibt es noch etwas ganz anderes, das ich Ihrer Mutter erzählen muß.« Ich schaute aus dem Droschkenfenster. »Haben Sie etwas für den Lunch im Auge? Oh, ich wünschte, es wäre schon Sommer, damit wir am Fluß picknicken und ganz ungestört sein könnten.«

Henry kratzte sich zweifelnd am Kinn. »Ich habe Jack Whittle vom White Hart gesagt, ich brächte eine Dame zum

Lunch mit. Ich könnte ihn natürlich in seinem Séparée servieren lassen, aber ich möchte Ihrem Ruf nicht schaden.«

»Oh, um Himmels willen«, sagte ich ungeduldig, »wir sind viele Wochen auf der Straße gewesen, nur wir beide. Was für einen Unterschied kann es da machen, wenn wir im Séparée essen?«

»Für mich keinen, mein Engel«, antwortete Henry. »Aber ich wäre ein miserabler Kavalier, wenn ich nicht an Sie dächte.«

»Nun, Sie haben an mich gedacht, vielen Dank, ich weiß es wirklich zu schätzen, aber lassen Sie uns bitte Jack Whittles Séparée nehmen.«

Das Séparée erwies sich als ein behaglicher kleiner Raum im ersten Stock eines Gasthofs zwischen Granger und dem nächsten Dorf. Der Wirt kannte Lord Henry offensichtlich gut, und ich hatte den Verdacht, daß er schon vorher mit Damen hierher gekommen sei, aber es gelang ihm, dem Gastgeber und seiner Frau ohne Worte klar zu machen, daß ich in eine andere Kategorie gehörte.

Im Kamin brannte ein Feuer, und als ich Hut und Mantel abgelegt hatte, wurde eine leichte, aber ausgezeichnete Mahlzeit aufgetragen. »Ich brenne darauf, diese furchtbare Sache zu hören, die Sie mir zu erzählen haben«, verkündete Henry, »aber ernste Angelegenheiten sind der Verdauung nicht förderlich, so daß wir vorher essen sollten. Trinken wir aber nur ein kleines Ale, damit wir einen klaren Kopf behalten. Dann wird Jacks bessere Hälfte uns eine große Kanne Kaffee auf einem Rechaud bringen und die Tür hinter sich schließen, während Sie mir Ihre Geschichte erzählen.«

Ich hatte wenig Appetit, bemühte mich aber, dem Essen Gerechtigkeit widerfahren zu lassen, während wir von belanglosen Dingen redeten. Dann kam der Augenblick, in dem wir uns mit unserem Kaffee an den Kamin setzten und Henry sagte: »Nun los, Mim. Erzählen Sie das Schlimme zuerst.«

Auf der Eisenbahnfahrt von London hatte ich alle meine Gedanken darauf gerichtet, wie ich das, was gesagt werden mußte, am besten sagen könnte, und ich war zu dem Ergebnis gekommen, am besten würde es sein, alles in der Reihenfolge zu berichten, in der ich es entdeckt hatte. »Es betrifft Mrs. Galliard«, sagte ich. »Ich habe Mr. Galliard versprechen müssen, daß ich es Ihnen erzähle, und ich möchte, daß Sie sich auf einen großen Schock gefaßt machen, Henry.«

Ich begann meinen Bericht mit dem Eintreffen des Telegramms, das alles ins Rollen gebracht hatte. Henry machte ein verblüfftes Gesicht, als ich schilderte, wie ich an der Haustür des Sanktuariums dem Mann begegnet war, den er als alternden Cherub beschrieben hatte. Als ich dann zu dem Augenblick kam, in dem ich die Szene betrachtet hatte, die sich mir im Boudoir bot, drohten mir die Worte in der Kehle stecken zu bleiben, und während ich sprach, sah ich, daß alle Farbe aus seinem Gesicht wich. Er setzte mit zitternder Hand seine Kaffeetasse ab und sagte: »Nein, Mim, nein. Das kann nicht sein, da muß ein Mißverständnis vorliegen . . .«

Ich unterbrach ihn in großer Erregung. »Lassen Sie mich um Gottes willen ausreden, ohne etwas zu sagen, sonst werde ich nie bis zum Ende kommen, Henry. Was Sie dann glauben werden, ist Ihre Sache, aber lassen Sie mich das Versprechen halten, das ich Caspar Galliard gegeben habe.«

Er stand auf und schritt, sich mit einer Hand über die Lippen fahrend, durch den Raum. »Meintewegen, Mim«, murmelte er. »Erzählen Sie weiter.«

Ich berichtete, was ich im Boudoir gesehen hatte, und versuchte zu schildern, was in mir vorgegangen war, als ich den untrüglichen Eindruck gehabt hatte, ein fremdes Wesen starre mich aus Anne Melanie Galliards wunderschönen Augen an. Anschließend erzählte ich so gut, wie ich mich erinnern konnte, was Caspar Galliard mir gesagt hatte, als wir allein durch den verschneiten Park gegangen waren, über seine nicht vollzogene Ehe, den Selbstmord, den die Schwester seiner Frau mit siebzehn Jahren begangen hatte, über Anne Galliards Vater, der sie als Sturmschnell bezeichnet habe, als eine Harpyie. Ich erzählte, daß Caspar sie sogar in seinen Fieberphantasien in Afghanistan Sturmschnell und Ungeheuer genannt habe. Ich erzählte von dem traurigen Brief, den ihr Vater, Andrew Grant, Caspar Galliard nach der Bestattung geschrieben hatte, und ich berichtete, wie Caspar Galliard mir an eben diesem Morgen das Versprechen abgenommen habe, all dies seinem Freund, Lord Henry, zu erzählen, obwohl ich nicht wisse, warum.

Während ich sprach, lief Henry manchmal im Zimmer auf und ab, um dann wieder regungslos dazustehen und mich mit Augen zu betrachten, die plötzlich tief in seinen Kopf gesunken zu sein schienen. Er schenkte sich Kaffee nach, trank ihn in einem Zug aus, saß einige Sekunden da und fing wieder an, auf und ab zu laufen. Als alles gesagt war, war meine Kehle wie ausgedörrt und meine Stimme tonlos wie vor Erschöpfung. »Ich weiß, daß Sie Anne Galliard anbeten, und ich erwarte nicht, daß Sie mir glauben, Henry. Ich kann Ihnen nur sagen, daß ich all das, was ich erzählt habe, mit meinen eigenen Augen sah oder in meinem Herzen spürte, und es ist die reine Wahrheit. Den Rest habe ich von Caspar Galliard erfahren, und ich kann nicht anders, als ihm zu glauben.«

Lord Henry schritt zum Tisch, setzte sich, stützte die Ellbogen auf und vergrub das Gesicht in den Händen. Ich sagte nichts; ich fühlte nur Dankbarkeit dafür, daß der schlimmste Teil dieses Tages nun hinter mir lag. Minuten vergingen, dann seufzte Henry, hob den Kopf, verschränkte die Arme und sah mich mit einem zaghaften Lächeln an.

»Ich habe versucht, Ihnen zu glauben, Mim«, sagte er mit müder Stimme. »Ich habe Anne seit Jahren angebetet, und ich habe mir eben gesagt, wenn ich mich so schrecklich in ihr täuschen konnte, könnte ich mich ebenso gut in Ihnen täuschen. Ich meine, wenn wir Caspar Galliard einmal beiseite lassen ... Warum sollte ich glauben, daß sich unter Anne Galliards innerer und äußerer Schönheit ein grausames Ungeheuer verbirgt, wo doch alles dafür zu sprechen scheint, daß *sie* diejenige ist, die sie zu sein scheint, während *Sie* möglicherweise ein grausames und böses Geschöpf sind, das sie verleumdet ...«

Er schüttelte den Kopf, hob seine Schulter und machte, immer noch mit dem Versuch zu lächeln, eine unbestimmte Geste. »Aber es ist zwecklos. Ich kenne Anne Galliard nur oberflächlich und habe immer nur rein gesellschaftlich mit ihr verkehrt. Sie aber kenne ich von Grund auf, Mim. Wir haben in größter Nähe zusammen gelebt, und das einzige, was wir nicht miteinander teilten, war das Bett. Ich weiß auch, wie sehr Paloma Sie mochte, und dieses Mädchen hatte einen untrüglichen Instinkt, Gott segne sie. Ich habe neben Ihnen in der Kasperbude gehockt, während wir zusammen die Puppen handhabten, und ich habe gesehen, wie Sie aus jeder Schwierigkeit das Beste machten.«

Wieder schüttelte er den Kopf. »Ich *kenne* Sie, Mim, und deshalb muß ich Ihnen glauben, ob ich will oder nicht. Verdammt. Und dazu kommt noch all das, was Caspar sagt, und jetzt sehe ich langsam den Grund für die außerordentliche Veränderung, die seit seiner Hochzeit mit ihm vorgegangen ist. Großer Gott, es ist kein Wunder, daß Ihr Freund John Selby das Gefühl hatte, Caspar sei jemand, der sich insgeheim den Tod wünscht.« Henry lachte ein bebendes, unfrohes Lachen. »Ich könnte weinen für ihn. Ich könnte weinen für mich selbst, für die Jahre, in denen ich einen Dämon angebetet habe. Was für ein Narr ich war. Ich nehme an, ich bin der geborene Clown, aber selbst ein Clown empfindet Schmerz. Ein wunderschöner Traum ist zu einem scheußlichen Alptraum geworden, und mir ist das Herz gebrochen, Mim. Bei Gott, mir ist das Herz gebrochen.«

Ich stand auf und trat neben ihn, legte ihm die Arme um den Hals und beugte mich ein wenig nach unten, um seinen Kopf an meine Schulter zu drücken. »Sie waren kein Narr, Henry, und Sie sind nicht der geborene Clown«, flüsterte ich. »Sie sind ein guter und ehrenwerter Mensch, und es tut mir entsetzlich leid, daß ich es war, die Ihnen so weh tat, denn ich schulde Ihnen mehr, als ich jemals zurückzahlen kann.«

Ich küßte ihn leicht auf die Schläfe, um dann, voll Staunen über das, was ich da getan hatte, aber ohne es im geringsten zu bedauern, zu meinem Sessel am Kamin zu gehen. »Danke, Mim«, sagte er langsam und starrte auf die Tischplatte hinunter. Dann sah er auf und schenkte mir ein Lächeln, das beinahe wieder sein altes Lächeln war. »Möchten Sie noch etwas Kaffee?«

»Ja, bitte, Henry. Mein Mund ist ganz ausgetrocknet.«

Er schenkte mir eine neue Tasse ein, brachte sie mir und blieb, neugierig auf mich hinunter schauend, vor mir stehen. »Sie sagten, Sie hätten mir zwei Dinge zu berichten. Ich hoffe, das zweite ist nicht mit dem ersten zu vergleichen.«

»O nein«, sagte ich erleichtert. »Es ist recht belanglos, und läßt sich mit wenigen Worten sagen.« Ich hielt inne, um kurz nachzudenken, und fuhr dann fort: »Aber Sie könnten zornig werden. Versprechen Sie mir also, nichts zu sagen, ehe ich ausgeredet habe.«

»Zornig?« Er machte ein überraschtes Gesicht. »In Ordnung, ich werde schweigen.«

»Nun . . . ich muß Ihnen den wahren Grund sagen, weshalb ich Torringtons verlassen habe. Es war, weil Ihre Mutter glaubte, ich hätte ein Medaillon von ihr gestohlen.«

»Was?«

»Henry, bitte!« Er stand auf und fing an, mit zusammengepreßten Lippen um den Tisch zu marschieren. Ich erzählte, wie ich das Medaillon auf der Kommode an meinem Bett gefunden hatte und wie Lady Whitchurch mir vorgeworfen hatte, ich hätte es gestohlen, weil sie in ihrem Schlafzimmer eine Schleife von meinem Nachthemd entdeckt hatte. »Ich konnte nicht einmal Einwände erheben«, sagte ich, »denn ich dachte, ich hätte es vielleicht ohne mein Wissen getan. Es war unmöglich für mich, länger zu bleiben, aber ich wußte, daß Sie eine Szene machen würden, wenn Sie es erführen, und Ihre Mutter schlug vor, ich solle zu Anne Galliard gehen, die gesagt hatte, sie brauche eine Gesellschafterin. Als ich dann diesen Cromer, Ihren alternden Cherub, im Sanktuarium gesehen hatte, war ich sicher, daß er etwas damit zu tun gehabt haben muß, aber erst Caspar Galliard hat sofort erraten, wie und warum . . .«

Ich verstummte und hielt mir erschrocken die Hand vor den Mund. Lord Henry hielt in seinen heftigen Schritten inne, um mich anzustarren, und als ich lediglich zurückstarrte, ohne zu sprechen, sagte er: »Fahren Sie bitte fort. Sie können nicht mittendrin aufhören. Cromer sah sich offensichtlich gründlich im Haus um, als er vorgegeben hatte, er komme vom Uhrmacher, und später brach er in Torringtons ein und tat etwas, wofür man Ihnen die Schuld geben würde. Aber *warum*? Wenn Caspar den Grund erraten hat, sagen Sie ihn mir bitte.«

Ich preßte die Hände an die Wangen und stammelte. »Ich bin so töricht. Mir ist erst jetzt klar geworden, daß ich den Grund würde erklären müssen, und das bedeutet, daß ich ein Vertrauen mißbrauche. Ich glaube es wenigstens, obwohl er nicht ausdrücklich gesagt hat, ich dürfe es nicht erzählen.«

Henry fuhr sich mit der Hand durch die Haare und sagte mit einer seiner augenrollenden Grimassen: »Gott steh uns allen bei, Mim, *wer* hat nicht ausdrücklich gesagt, daß Sie *was* nicht erzählen dürften? Und warum hat Cromer das getan, was er getan hat?«

Ich sagte widerstrebend, seinem Blick ausweichend: »Anne Galliard hat Cromer dazu veranlaßt, damit ich gezwungen sein würde, Torringtons zu verlassen und ihre Gesellschafterin zu werden. Ich weiß, es klingt närrisch, aber sie glaubte . . . das heißt, sie wußte, daß ihr Mann mich liebt, und sie brauchte mich als ein Mittel, um ihn quälen zu können, denn sie wußte, daß er sich wie ein Ehrenmann benehmen würde. Ich glaube, ich habe Ihnen das vorhin nicht richtig erklärt, als ich Ihnen von ihr erzählte, nicht wahr?«

»Sie haben es mit keinem Wort erklärt«, sagte er sachlich und ließ sich in den Sessel mir gegenüber sinken. »Woher hat Anne gewußt, daß Caspar verliebt in Sie war? Er ist nicht gerade der Mann, der sein Herz auf der Zunge trägt.«

»Ich weiß. Aber bei seiner Rückkehr aus dem Ausland hat sie bemerkt, daß irgend etwas einen großen Eindruck auf ihn gemacht haben mußte, und dann hat sie über Captain Selby herausbekommen, daß ich eine Rolle dabei gespielt hatte, ihn in Sicherheit zu bringen, nachdem er verwundet worden war. Sie ist sehr scharfsinnig – Caspar Galliard sagte, sie habe einen diabolischen Scharfblick –, und sie war ganz sicher, daß er die junge Frau, die ihm geholfen hatte, lieben gelernt hatte.« Ich sah auf und begegnete Henrys Blick. »Ich nehme an, es kommt Ihnen närrisch vor, aber Caspar Galliard glaubt wirklich, daß er mich liebt.«

»Es kommt mir alles andere als närrisch vor«, sagte Henry, mich mit einem verzweifelten Ausdruck im Gesicht musternd. »Mein Gott, Mim, Sie schaffen es unweigerlich, mich zu entwaffnen. Ich wollte gerade noch sehr böse auf Sie sein, aber dann sind Sie meinem Zorn zuvorgekommen, indem Sie mich mit etwas anderem abgelenkt haben. Wenn ich mir vorstelle . . . Wenn ich mir vorstelle, daß Caspars Frau tatsächlich den Plan faßte, Sie als ein Mittel, ihn zu quälen, zum Stanford Square zu holen . . .«Er verstummte schaudernd. »Ja . . . das ist die Tat einer Harpyie.«

Ich sagte: »Warum wollten Sie böse auf mich sein?«

Er schlug auf die Sessellehne und sah mich finster an. »Müssen Sie das noch fragen? Verdammt, Mim, wie können Sie mich so schlecht behandeln? Wie konnten Sie zulassen, auf diese Weise von Torringtons fortgejagt zu werden, ohne mir zu sagen, daß man Sie zu Unrecht beschuldigte?«

»Ich war nicht sicher, Henry«, sagte ich geduldig. »Ich war damals nicht einmal meiner eigenen Identität sicher, und ich hatte solche Angst, daß ich angefangen hätte, böse Dinge zu tun, ohne zu wissen, was ich getan hatte. Deshalb wählte ich einfach den Ausweg, den ich für den besten hielt und der den geringsten Ärger bereitete. Geben Sie sich keine Mühe, mich böse anzusehen, Sie haben einfach nicht das richtige Gesicht dafür, Sie wirken nur komisch.«

Er lehnte sich zurück und lachte. »Oh, Mim, Sie haben mir wirklich gefehlt. Hören Sie zu, ich habe gedacht, es würde ein Heidenspaß sein, im Sommer nach Amerika zu gehen und den Mississippi hinunterzufahren, von Minneapolis bis nach New Orleans. Das sind fast die ganzen zweitausend Meilen, die er lang ist. Warum kommen Sie nicht mit, Mim?« Er schlug sich auf die Knie. »Wir könnten das Kaspertheater mitnehmen.«

Ich lachte selbst, als ich sagte: »Oh, hören Sie auf, solchen Unsinn zu reden.«

»Ich würde Sie sogar auf den Plakaten nennen. *Lord Henry Boots und Miss Jemimah Lawleys weltberühmtes Kasper . . .*«

»Henry!«

»Na gut, ich hör' ja schon auf«, sagte er begütigend. »Aber es ist mein Ernst, Mim.« Er holte seine Uhr heraus und warf einen Blick darauf. »Sie sagten, Sie wollten heute nachmittag meine Mutter besuchen. Geht es um den alternden Cherub und das Medaillon?«

»Teilweise«, sagte ich, »aber es gibt noch etwas Wichtigeres. Ich habe ganz zufällig entdeckt . . . nun, ich habe ein Geheimnis von ihr entdeckt, und durch einen sonderbaren Zufall weiß ich etwas, das sie sicher sehr interessieren wird, aber ich kann Ihnen nichts darüber sagen, weil es nicht mein Geheimnis ist.«

Er nickte langsam, und sein ausdrucksvolles Gesicht zeigte resignierte Belustigung. »Sehr mysteriös«, bemerkte er. »Eines kann ich Ihnen versichern, Mim. Wenn Sie einen Besuch machen, gibt es garantiert keine seichte Konversation über das Wetter.«

16

Ich war nicht imstande, Henry daran zu hindern, daß er bei meinem Eintreffen in Torringtons alles in die Hand nahm. Er gestattete Jackson nicht, mich zu melden, sondern marschierte mit mir am Arm schnurstracks in den Salon. Lady Whitchurch blickte von einem Buch auf, das sie gelesen hatte, und ich sah ihr überraschtes Entsetzen bei meinem Anblick, aber ihr Sohn redete, ehe sie ein Wort vorbringen konnte, und sagte mit freundlicher aber sehr fester Stimme: »Guten Tag, Mama. Ich weiß jetzt genau, warum Jemimah dieses Haus verlassen hat, und ich weiß auch ohne die Spur eines Zweifels, daß sie zu Unrecht beschuldigt wurde, wie du sicher wirst zugeben müssen, wenn du dir angehört hast, was ich zu sagen habe. Sie ist jedoch *nicht* gekommen, um ihre Unschuld zu beteuern, sondern um dir etwas zu berichten, das ihrer Meinung nach sehr wichtig für dich ist. Wenn du dich weigerst, dir anzuhören, was wir zu sagen haben, werde ich dieses Haus mit großem Bedauern auf der Stelle verlassen, und ich werde nie wieder zurückkehren.«

Lady Whitchurch musterte ihn einige Augenblicke schweigend, ehe sie ihren Blick auf mich richtete. Ich konnte in ihrem Gesicht nichts lesen, aber dann legte sie ihr Buch zur Seite und sagte: »Meinetwegen, Henry. Ihr könnt euch setzen.«

»Danke, Mama«, sagte er höflich. Er sorgte dafür, daß ich bequem saß, zog einen Stuhl für sich heran und fuhr sehr bestimmt fort: »Um zu verstehen, was ich dir nun erzählen werde, wird es notwendig sein, daß du dich mit der erstaunlichen Tatsache abfindest, daß Anne Galliard nicht diejenige ist, die sie zu sein scheint.«

Seine Mutter atmete hörbar durch die Nase ein. »*Mich* erstaunt das nicht«, sagte sie kalt. »Wie allerdings jeder auf eine Frau mit einem so häßlichen Herzen hereinfallen kann, ist mir unbegreiflich. Es wäre völlig sinnlos gewesen, wenn ich dir gesagt hätte, sie sei gefährlich; deshalb bin ich froh, daß du es selbst festgestellt hast.«

Sowohl Henry als auch ich erschraken. Er sah mich einen Moment mit offenem Mund an; dann riß er sich zusammen und redete weiter. »Die Wahrheit ist, daß Anne Galliard aus sehr niedrigen Beweggründen entschlossen war, Jemimah bei sich im Haus zu haben, Mama, aber ihre Motive gehen uns nichts an.«

»Um ihren Mann zu plagen, vermute ich«, sagte Lady Whitchurch trocken. »Ist er vielleicht in Jemimah verliebt?«

Henry holte scharf Luft und sagte rauh: »Das geht uns nichts an, Mama, und ich wäre dir sehr verbunden, wenn du mich nicht wieder unterbrächest. Was uns etwas angeht, ist die Tatsache, daß Anne Galliard Jemimah mit folgender üblen List hier fortholte. Sie schickte einen von ihr bezahlten Mann her, um eine Tat auszuführen, die dich glauben machen sollte, Jemimah sei eine Diebin.«

Lady Whitchurchs Haltung änderte sich, und sie sah mich scharf an. »Was für einen Mann?« fragte sie.

Henry antwortete für mich. »Der Mann, der behauptete, er komme von Wilkinson und wolle nach den Uhren sehen, Mama. Der kleine dunkelhaarige Mann mit dem runden Gesicht wie ein alternder Cherub. Erinnerst du dich jetzt?«

Fast eine Minute lang herrschte Schweigen. Lady Whitchurch sah vor sich hin, und ich konnte beinahe ihren Gedanken folgen. »Ja«, sagte sie endlich sehr leise, und dann schaute sie mich an. »Ich bitte Sie sehr aufrichtig um Verzeihung, Jemimah. Ich will nicht sagen, daß ich töricht war, denn die Sache war so raffiniert eingefädelt, daß sie wohl jeden getäuscht haben würde. Aber ich mache mir die größten Vorwürfe, daß ich meiner Vernunft folgte und nicht meinem Gefühl.«

Sie sah Henry an, und in ihren Augen flammte Zorn. »Es

war eine kriminelle Handlung. Kann es bewiesen werden? Ich meine nicht mir gegenüber, sondern ob es vor einem Gericht bewiesen werden kann. Ich werde *nicht* zulassen, daß diese Frau ungestraft . . .«

»Warte, Mama, warte«, unterbrach Henry sanft. »Wir müssen an Caspar denken, und die Angelegenheit hat einige Aspekte, die du noch nicht kennst.«

»Was für Aspekte?«

Ich sprach zum erstenmal. »Ich habe etwas entdeckt, das meiner Meinung nach von großer Wichtigkeit für Sie ist, Lady Whitchurch. Wenn Henry uns allein lassen wird, werde ich es Ihnen gern erzählen.«

Sie musterte mich mit einem perplexen, beinahe mißtrauischen Blick und antwortete dann mit einem kurzen Nicken: »Meinetwegen.«

Henry war schon aufgestanden. Er lächelte mir zu, ging an mir vorbei zur Tür und verließ den Raum. Ich konnte einen Moment lang meine Zunge nicht bewegen, dann atmete ich tief ein und sagte: »Als ich das Medaillon auf der Kommode neben meinem Bett gefunden hatte, betrachtete ich die beiden Miniaturen darin sehr genau, Lady Whitchurch. Ich erkannte Sie in der jungen Frau, und ich dachte, der junge Mann müsse Ihr Gatte sein, aber jetzt bin ich ganz sicher, daß er es nicht war.«

Sie schaute auf ihre Hände hinunter und sagte: »Was veranlaßt Sie zu dieser Annahme?«

»Ich habe den Mann wiedererkannt, Lady Whitchurch. Oh, nicht gleich damals, sondern erst viel später, nachdem ich zweimal einen merkwürdigen Traum über ihn gehabt hatte. Das zweite Mal war vor wenigen Tagen, und der Schock des plötzlichen Erkennens schreckte mich aus dem Schlaf . . .«

Lady Whitchurch unterbrach mich mit einer erregten Geste. »Unmöglich«, sagte sie scharf. »Es ist vollkommen unmöglich, daß Sie den jungen Mann erkannt haben. Er starb viele Jahre, bevor Sie geboren wurden.«

Ich sagte: »Verzeihen Sie, Lady Whitchurch, aber Sie irren

sich. Sein Name ist Georgios Alexandrou, und er war früher einmal Captain und Bataillonsarzt im Vierundvierzigsten Infanterieregiment. Ich habe das letzte Mal im Frühling mit ihm gesprochen, in der Nacht, in der ich aus Shul floh.«

Lady Whitchurch schwankte auf ihrem Stuhl, die Augen halb geschlossen, das Gesicht schneeweiß und eingefallen. Ich sprang auf und hielt sie, da ich fürchtete, sie könnte fallen. Doch nach einem Augenblick sagte sie mit überraschend fester Stimme: »Danke, Jemimah, danke. Geben Sie mir nur einen Moment, damit ich mich fassen kann, Kind.« Sie griff nach meiner Hand, und ich stand da und hielt die ihre, streichelte sie sanft und beobachtete, wie langsam wieder Farbe in ihre Wangen zurückkehrte, während sie tief atmete.

Endlich nickte sie, gab mir ein Zeichen, wieder Platz zu nehmen, und blickte mich dann fragend an, während sie sagte: »Angeblich ist er 1842 beim Rückzug aus Kabul im Gefecht gefallen.«

Ich sagte: »Er wurde gefangengenommen, aber man schonte sein Leben, weil er einen schwerverletzten Afghanen vor dem Tod bewahrt hatte. Zuletzt wurde er nach Kafiristan gebracht, in das kleine Königreich Shul, wo er seitdem immer gewesen ist. Ich war über ein Jahr lang seine Dienerin . . .«

Nun erzählte ich Lady Whitchurch alles, was ich über Sandru und sein Leben als Arzt in Shul wußte. Es war ein Bericht, der beinahe eine halbe Stunde erforderte, und sie unterbrach mich nicht ein einziges Mal. Sie saß kerzengerade, beherrscht, die Hände fest in ihrem Schoß verschränkt, und schloß nur von Zeit zu Zeit die Augen und wischte die Tränen, die ihr über die Wangen liefen, mit einem Spitzentüchlein fort.

Als ich endlich verstummte, sagte sie eine Weile nichts. Dann seufzte sie schwer und flüsterte: »Wir liebten einander so sehr, mein Georgios und ich, aber er war Ausländer und besaß kein Vermögen, und meine Familie wollte nichts davon wissen, daß ich ihn heiratete. Ich wäre mit ihm davongelaufen, aber Georgios ließ es nicht zu. Er war Soldat und sollte über kurz oder lang nach Übersee gehen . . .«

Sie tupfte sich mit dem Taschentuch die Augen und holte tief und bebend Luft. »In all diesen Jahren habe ich nicht aufgehört, ihn zu lieben. Als es hieß, er sei gefallen, war es mir gleichgültig, was aus mir wurde. Meine Eltern arrangierten eine Ehe. Ich wurde eine pflichtbewußte Gattin, aber keine liebende. Weder mein Mann noch ich waren glücklich. Die Schuld lag weitgehend bei mir, denn ich habe Georgios immer in meinem Herzen getragen.« Sie schüttelte langsam den Kopf, und ihre Augen waren voll Schmerz. »Und nun erfahre ich, daß er nicht gefallen ist. Oh, es war alles vergebens, mein ganzes Leben war vergebens. Jetzt bin ich alt, und er ist noch älter, ein Gefangener, der unter den primitivsten Umständen in einem barbarischen Land lebt. Oh, mein armer Georgios. Wie ging es ihm, als Sie ihn verließen, Jemimah?«

Ich sagte: »Für einen beinahe Siebzigjährigen war er bei ausgezeichnete Gesundheit, Lady Whitchurch. Er machte mich zu seiner Krankenschwester, und wir hatten jeden Morgen Sprechstunde und machten nachmittags Patientenbesuche. Er war noch sehr kräftig und leistete großartige Arbeit, denn er ist ein guter Arzt, aber . . .«

Ich hielt inne und hätte vieles dafür gegeben, hätte ich das letzte Wort ungesagt machen können. Lady Whitchurch bohrte: »Aber was, Kind? Was?«

Ich schüttelte voll Zorn über meine eigene Dummheit den Kopf. »Es ist nicht von Belang.«

Sie sagte sanft: »Sie haben kein Talent, die Wahrheit zu verbergen, meine Liebe. Sagen Sie mir um der Barmherzigkeit willen, was Sie sagen wollten. Ich bin mir bewußt, daß Sie etwas zurückhalten, was mich bekümmern wird, aber ich wüßte trotzdem lieber, was es ist.«

Ich merkte, daß meine Augen plötzlich feucht waren, als ich sagte: »Ich mache mir Sorgen, was in einigen Jahren sein wird, wenn Sandru nicht mehr imstande ist, zu arbeiten. Er hat keine Familie, die sich um ihm kümmert, und weder Deenbur, der Pascha, noch die Deschtaju, die Priester, werden Rücksicht auf ihn nehmen, wenn er ihnen nicht mehr nützlich ist.«

Lady Whitchurch senkte den Kopf und saß still da. »Oh, lieber Gott«, flüsterte sie dann. »Mein armer Georgios, mein armer Liebling.«

Ich sagte besorgt: »Es tut mir so leid. Vielleicht hätte ich heute nicht hierherkommen sollen, vielleicht hätte ich nicht sprechen sollen.«

»O nein!« Lady Whitchurchs Kopf hob sich. »Wie betrübt ich auch sein mag, ich werde immer tief in Ihrer Schuld stehen für das, was Sie mir berichtet haben.« Sie hielt inne, als sei ihr etwas eingefallen. »Sie *sind* natürlich Jemimah Lawley! All das, was ich eben gehört hatte, kann nicht das Produkt eines Wahns sein.«

Ich sagte: »Ja, ich habe jetzt keinerlei Zweifel mehr daran.«

»Dann sind die Leute in Witchwood Hall Kriminelle, die sich Ihre Stellung erschlichen haben, Jemimah?«

»Ja, aber ich fürchte, es ist unwahrscheinlich, daß ich das jemals beweisen kann. Sie haben sich zu fest eingenistet.«

»Empört Sie das nicht?«

»Ich zwinge mich, nicht zu oft darüber nachzudenken, Lady Whitchurch. Ich werde tun, was ich kann, wenn ich Gelegenheit dazu habe, aber Sandru hat mich gelehrt, daß es unklug wäre, meine Lebenskraft in Bitterkeit und Groll zu verschwenden.«

Sie starrte in die Flammen der Scheite in dem großen Kamin. »Sandur . . .« murmelte sie, als probierte sie den Namen auf der Zunge aus. »Ich wünschte, die Zeit hätte gereicht, um mich ebensoviel zu lehren.«

Ein langes Schweigen trat ein, doch es war, als hielten wir stummen Austausch miteinander. Endlich blickte sie hoch und richtete sich kerzengerade auf. »Ich wäre jetzt gern allein, Kind«, sagte sie gelassen. »Ich muß über vieles nachdenken. Es tut mir unendlich leid, Sie so falsch eingeschätzt und so grausam behandelt zu haben, und ich kann nur hoffen, daß Sie mir vergeben werden. Es würde mich sehr freuen, wenn Sie nach Torringtons zurückkehrten.«

Ich sagte: »Vielen Dank. Ich würde es gern tun, sobald Caspar Galliard wieder fortgeht, aber bis dahin muß ich am Stanford Square bleiben. Er hat mich darum gebeten. Er sagt, er brauche mich dort sehr.«

Sie nickte. »Das kann ich verstehen, meine Liebe. Kommen Sie also, sobald Sie frei sind. Und jetzt gehen Sie bitte und suchen Sie meinen Sohn und erzählen Sie ihm alles, was zwischen uns gesagt worden ist. Ich möchte, daß er es erfährt.« Sie streckte die Arme aus. »Gott segne Sie, Kind. Kommen Sie, geben Sie mir einen Kuß, wenn Sie möchten.«

Ich fand Henry im Billardzimmer, wo er zerstreut übte, und wir setzten uns auf die Eichenbank, ehe ich ihm von dem Medaillon mit den beiden Miniaturporträts erzählte. Es dauerte nicht sehr lange, denn Sandrus Geschichte kannte Henry bereits. Als ich innehielt, sah er mich staunend an, und sagte dann verwundert: »Das war es also, was Mamas Leben so verdunkelt hat. Es ist schrecklich traurig, Mim. Ich meine, es ist traurig, daß sie ihren Kummer all diese Jahre nährte und nicht versuchte, ihn zu verarbeiten. Sie haben weiß Gott genug gelitten, aber Sie lassen nicht zu, daß Kummer ihr Leben beherrscht.«

Ich schüttelte den Kopf. »Nein, aber ich hatte auch einen großen Vorteil, Henry. So seltsam es scheinen mag, es war ein Segen für mich, daß ich gezwungen war, mich mit Angst und Leid abzufinden. Sonst wäre ich schon lange tot.«

»Ein Segen?« wiederholte er, und dann lachte er und tätschelte meine Hand. »Kommen Sie, ich sage einen Shilling für hundert Punkte!« Er stand auf und ging zum Ständer, um den kurzen Billardstock herauszunehmen, den ich immer benutzte, aber ich folgte nicht gleich. Ich saß mit den Händen im Schoß da, starrte auf die grüne Platte und konnte nicht fassen, was mein Geist mir eben in den wenigen Sekunden, die Henry gebraucht hatte, um seine letzten beiläufigen Worte zu sprechen, ohne jede Warnung offenbart hatte.

Die Offenbarung war vollkommen unerwartet, äußerst beunruhigend und ganz absurd, aber in diesen wenigen Sekunden wurde mir klar, daß ich Lord Henry Boot nicht einfach

Sympathie und Zuneigung entgegenbrachte. Ich verspürte plötzlich den Wunsch, daß er mich hielt, mich küßte, mich lieb hatte ... Wenn der Wunsch, ihn meinerseits lieb zu haben, mich ihm frohen Herzens zu schenken und mein Leben mit ihm zu verbringen ... wenn all dies nicht weniger war als Liebe, dann liebte ich diesen drolligen, exzentrischen und unverbesserlichen Menschen.

Es war eine verblüffende Entdeckung, und einen Moment lang wurde ich von Panik ergriffen. Ich fürchtete, er könne das, was ich in meinem Herzen fühlte, in meinen Augen lesen, ehe er die rote Elfenbeinkugel zurechtlegte, damit wir anfangen konnten zu spielen.

Ich verlor die Partie, aber sie gab mir Zeit, etwas von der natürlichen Unbefangenheit zurückzugewinnen, die ich in Henrys Gegenwart immer gezeigt hatte. Als das Spiel zu Ende war, lud er mich zu einem leichten Imbiß mit Tee ein, doch ich lehnte ab. Ich sagte, ich wollte nicht zu spät zum Stanford Square zurückkehren, was der Wahrheit entsprach. Henry erhob keine Einwände, sondern brachte mich, wie schon einmal Monate zuvor, mit einer Kutsche zum Bahnhof und begleitete mich zum Zug, wo er mich wieder zum Abschied auf die Wange küßte und sich nie hätte träumen lassen, wie dieser Kuß meinen Puls rasen ließ.

Ich war erschöpfter denn je zuvor, seit ich Caspar Galliard nach einer Reise von einem halben tausend Meilen bewußtlos nach Herat gebracht hatte. Die schwere Prüfung, Henry die Wahrheit über Anne Melanie Galliard zu erzählen, um dann seiner Mutter gegenüberzutreten und noch einmal die Geschichte Sandrus zu erzählen, war anstrengend genug gewesen, doch zu all dem war noch der Schock gekommen, von einem Moment zum andern von einer so tiefen Liebe ergriffen worden zu sein, daß ich mir nur sein liebes, freundliches, drolliges Gesicht vorzustellen brauchte, um mein Herz hämmern zu lassen, als wäre ich eben einen steilen Hügel hinaufgelaufen.

»Du versuchst besser, dich wieder in die Hand zu bekommen, Jemimah Lawley«, sagte ich mir streng, als der Zug durch Hampshire ratterte. »Er mag dich, aber er ist nicht in dich verliebt und wird es nie sein, und wenn du zeigst, was du fühlst, könnte er denken, du habest beschlossen, dir einen reichen jungen Lord zu angeln. Du meine Güte . . . Wenn Caspar fortgeht, würde ich Henry so gern auf seiner lustigen Reise den Mississippi hinunter begleiten, aber ich wage es nicht, ich wage es einfach nicht. Ich könnte niemals verbergen, was ich fühle, wenn wir Tag um Tag so nahe beieinander wären.«

Als ich das Haus am Stanford Square betrat, stellte ich erleichtert fest, daß Caspar Galliard noch nicht zurück war. Laut Edge hatte er das Haus um zwölf Uhr verlassen, ohne zu sagen, wann er zurückzukommen gedenke.

»Ich bin recht müde, Edge«, sagte ich, »und ich brauche heute kein Dinner. Würden Sie mir bitte etwas Brot und Butter und eine Kanne Tee in mein Zimmer bringen lassen?«

»Gewiß, Miss Jemimah.«

»Und würden Sie Mr. Galliard vielleicht bitten, freundlichst entschuldigen zu wollen, daß ich ihm beim Dinner keine Gesellschaft leiste? Ich werde heute abend nicht mehr herunterkommen, es sei denn, er braucht mich, oder Mrs. Galliard kehrt früher als gewöhnlich zurück und möchte mich sehen.«

»Sehr wohl, Miss.«

Um neun lag ich im Bett und las ein Kapitel aus Mr. Charles Dickens' Roman *Unser gemeinsamer Freund*, doch wieder und wieder ertappte ich mich dabei, daß meine Gedanken zu den Tagen zurückwanderten, die ich mit Henry von einem Dorf zum nächsten gezogen war, daß ich Augenblicke wiedererlebte, die mir nun teuer waren, kleine und unbedeutende Momente, in denen er gelacht oder eine Puppe fallen gelassen und geflucht oder den Narren gespielt oder Begeisterung über eine von mir gekochte Mahlzeit ausgedrückt hatte. Ich dachte sogar ohne Eifersucht an jene Auseinandersetzung mit Paloma, als er vor ihrem Zorn geflohen war, um dann, nachdem er ihr einen Blumenkranz gewunden hatte, Hand in Hand mit ihr zurückzukommen.

Ich zwang mich zu lesen, obwohl ich sehr wenig aufnahm, und gegen zehn Uhr waren meine Augen so müde, daß es mir leicht fiel einzuschlafen. Am nächsten Morgen erfuhr ich im Anschluß an meinen gewohnten Spaziergang vor dem Frühstück von Edge, daß weder Mr. noch Mrs. Galliard gestern abend zurückgekehrt seien. »Kein Grund zur Sorge, Miss«, sagte er und beobachtete Daisy, die Warmhalteschüsseln auf dem Buffet arrangierte. »Der Herr muß manchmal unerwartet in vertraulichen geschäftlichen Dingen fort.«

Ich setzte mich an den Tisch und sagte: »Ja, aber Mrs. Galliard wollte gestern abend aus dem Sanktuarium zurückkommen. Soweit ich verstanden habe, wollte sie dort nur tagsüber bleiben.«

»Ja Miss, aber ich nehme an, sie hat es sich anders überlegt. Es wäre nicht das erste Mal.«

»Ich verstehe. Nun, vielen Dank, Edge, das dürfte im Augenblick alles sein.«

Ich hatte kaum zu Ende gefrühstückt, als er wieder hereinkam, ohne den Versuch zu machen, seine Nervosität zu verbergen. »Zwei Polizisten sind da, Miss«, sagte er mit gedämpfter Stimme. »Das heißt, sie sagen, sie seien von der Polizei, und sie haben Ausweise, die sie mir gezeigt haben, aber sind in Zivil. Sie sagen, sie seien Detektive von dieser kürzlich gebildeten Kriminalabteilung.«

Erschrocken sagte ich: »Warum sind sie hier?«

»Nun, sie haben nach Mr. Galliard gefragt, und als ich ihnen sagte, er sei nicht zu Haus, haben sie nach einem Mitglied der Familie gefragt. Ich habe gesagt, Mrs. Galliard sei fort, und dann haben sie nach dem ranghöchsten Mitglied des Personals gefragt, und das sind doch Sie, Miss.«

Ich gab mir Mühe, gelassen zu klingen, als ich sagte: »Gut, Edge. Führen Sie sie in den Salon, ich werde sofort dort sein.«

»Danke, Miss.«

Ich trank meinen Kaffee aus, tupfte mir den Mund mit der Serviette ab, warf einen Blick in den Spiegel, um mich zu vergewissern, daß meine Frisur in Ordnung war, und ging dann in den Salon. Zwei Männer standen wartend da, ein vierschrötiger mit einem kantigen Gesicht und einem struppigen Schnauzbart, der andere jünger und schlanker, glattrasiert, mit aschblondem Haar.

»Sergeant Perry, Miss«, sagte der ältere Mann und hielt mir eine Karte zur Begutachtung hin. »Abteilung zur Untersuchung von Strafsachen. Hier ist mein Ausweis, und das ist mein Mitarbeiter und Assistent, Detective Constable Wooderson.«

Ich sagte: »Guten Morgen, meine Herren. Ich bin Jemimah Lawley, die Gesellschafterin von Mrs. Galliard. Möchten Sie nicht Platz nehmen?«

»Danke, Miss.« Sie setzten sich ziemlich linkisch auf den vorderen Rand der Stühle. Der jüngere Mann holte einen Notizblock und einen Bleistift aus der Tasche, und Sergeant Perry sagte: »Wie wir hören, ist Mr. Caspar Galliard nicht zu Haus. Können Sie sagen, wann er zuletzt hier gewesen ist, Miss?«

Ich sagte: »Ich habe ihn gestern morgen gegen halb zehn zuletzt gesehen. Soweit ich vom Butler weiß, hat er das Haus später am Vormittag verlassen und ist noch nicht zurückgekommen. Wir waren nicht beunruhigt, weil er manchmal in geschäftlichen Angelegenheiten plötzlich abberufen wird, aber jetzt bin ich doch sehr besorgt. Was führt Sie hierher, Sergeant? Ist etwas passiert? Ein Unfall?«

»Davon möchte ich lieber erst sprechen, wenn ich Ihnen noch einige weitere Fragen gestellt habe, Miss«, sagte der Sergeant. »Haben Sie Mrs. Galliard gestern gesehen?«

»Ich sah sie wie gewöhnlich beim Frühstück. Um neun Uhr fuhr sie zu einem kleinen Haus in Southwark, das ihr gehört.«

»Handelt es sich um das sogenannte Sanktuarium, Miss?«

»Ja.«

»Und seither haben Sie weder Mr. noch Mrs. Galliard gesehen?«

»So ist es.« Ich fieberte vor Besorgnis, endlich zu erfahren, was hinter all dem steckte, doch Segeant Perry war offensichtlich ein umständlicher Mann, der sich nicht drängen ließ.

»Waren Sie gestern den ganzen Tag zu Hause, Miss?«

»Nein, ich ging gegen zehn Uhr und fuhr mit dem Zug nach Granger in Hampshire. Ich bin gegen sieben zurückgekommen.«

Sergeant Perry sog Luft durch die Nase ein und nickte, seinen Mitarbeiter kurz anblickend, mit bedächtigem Ernst. »Kann irgend jemand bestätigen, daß Sie den Tag in Hampshire verbrachten, Miss?«

Ich wurde zornig und starrte ihn an. »Sie können sich bei Ihrer Erlaucht, der Marchioness von Whitchurch, sowie bei ihrem Sohn, Lord Henry Boot, erkundigen, wenn Sie es wünschen, Sergeant.«

Er schluckte und fuhr sich mit dem Daumen am Innenrand seines Hemdkragens entlang. »Hm, sehr wohl, Miss.«

Ich beschloß, meinen Vorteil zu nutzen, und sagte: »Ich denke, es ist langsam an der Zeit, mir den Grund Ihrer Nachforschungen zu sagen. Mr. und Mrs. Galliard werden ihn sicher erfahren wollen, wenn ich sie nach ihrer Rückkehr von Ihrem Besuch informiere.«

Der Sergeant schaute auf seine Stiefel hinunter und drehte seinen Hut in den Händen. »Ich habe Ihnen leider eine betrübliche Mitteilung zu machen, Miss«, sagte er feierlich. »Was Mr. Galliard betrifft, weiß ich nichts, aber Mrs. Galliard wird nicht zurückkehren. Sie ist gestern abend in dem Haus, das hier Sanktuarium genannt wird, ermordet worden.«

Ich griff nach den Lehnen meines Armstuhls. *»Ermordet?«* flüsterte ich endlich und erinnerte mich in demselben Moment an die Anspannung in Caspar Galliards Augen, als ich ihn zuletzt gesehen hatte.

»Ich fürchte, daran ist nicht zu zweifeln, Miss«, sagte der Sergeant. »Sie wurde durch zwei heftige Schläge mit einem stumpfen Gegenstand auf den Kopf getötet, und besagter Gegenstand ist am Tatort nirgends zu finden und dürfte inzwischen irgendwo tief im Schlamm der Themse liegen. Möchten Sie, daß ich den Butler hole, Miss? Mir ist klar, daß dies äußerst unangenehm für Sie sein muß.«

»Nein. Nein, danke, Sergeant.« Ich setzte mich kerzengerade auf. »Ich bin in Krankenpflege ausgebildet und habe mit sehr häßlichen Verletzungen zu tun gehabt. Ich verspreche Ihnen, daß ich nicht hysterisch werde oder in Ohnmacht falle.«

»Sehr gut, das ist eine große Hilfe, Miss.« Sergeant Perry nickte zustimmend. »Ich bin befugt, Ihnen zu sagen, daß die Leiche heute früh von einem gewissen Alfred Cromer entdeckt wurde, der offenbar der Hausbesorger ist, obwohl wir ihn als einen Mann mit einem umfangreichen Strafregister kennen.« Sergeant Perry hielt inne und strich seinen Schnauzbart. »Es gibt, was dieses sogenannte Sanktuarium betrifft, gewisse Aspekte, die wir höchst sonderbar finden. Einige Anzeichen sprechen dafür, daß es zu unmoralischen Zwecken benutzt worden sein könnte. Wie wir inzwischen festgestellt haben, kommen dieser Cromer und seine Ehefrau nicht als Täter in Frage. Der Polizeiarzt sagt, daß Mrs. Galliard nicht später als gestern abend um neun Uhr getötet wurde. Er kann das anhand des Zustands der Toten feststellen. Zufällig haben einige Personen aus dem Haus gegenüber um sieben Uhr gesehen, daß Mrs. Galliard an der Haustür mit Cromer redete. Deshalb muß die Tat zwischen sieben und neun verübt worden sein. Dieselben Personen sagen, Cromer habe sich vom Haus entfernt und seine Frau abgeholt, und dann seien die beiden die Straße hinaufgegangen und hätten einen Pub betreten, wo sie sich nach Aussage des Wirts und verschiedener anderer bis zur Polizeistunde um elf Uhr aufhielten.«

Er stand auf. »Nun, jedenfalls vielen Dank für Ihre Hilfe, Miss. Ich denke, wir müssen Sie nicht länger belästigen.«

Sein Mitarbeiter stand auf, und ich erhob mich gleichzeitig. »Dann haben Sie im Augenblick keinen Anhaltspunkt, wer der Täter sein könnte?« sagte ich.

Der Sergeant musterte seinen Hut und wischte mit dem Ärmel ein Staubkörnchen davon ab. »Nein, Miss«, stimmte er zu. »Doch in Anbetracht der höchst merkwürdigen Umstände, die wir im Sanktuarium beobachteten, sind wir sehr begierig, uns mit Mr. Caspar Galliard zu unterhalten.«

Sobald ich Edge die bloßen Fakten mitgeteilt und ihn gebeten hatte, das übrige Personal davon in Kenntnis zu setzen, ging ich zum Postamt und gab ein Telegramm an Lord Henry auf. Es erreichte ihn eine gute Stunde später, und bereits vor ein Uhr war er am Stanford Square.

»Mein Gott«, sagte er, als er neben mir auf dem Chesterfield-Sofa saß und meine eiskalten Hände hielt, »glauben Sie, die Polizei denkt, Caspar hätte es getan? «

Ich nickte und biß die Zähne aufeinander, damit sie nicht klapperten.

Er sagte: »Und *Sie* glauben es auch?«

»Es . . . es ist möglich. Er hat mir gesagt, er habe Angst vor sich selbst. Angst vor dem, was er tun könnte. Ich weiß, er ist hart wie Stahl, aber an irgendeinem Punkt bricht alles, und es war so furchtbar, wie sie morgens, in Trauer gekleidet zum Sanktuarium fuhr – wir wußten beide ganz genau, was sie dort vorhatte. Es könnte der Tropfen gewesen sein, der das Faß zum Überlaufen brachte. Glauben *Sie,* er hätte es tun können?«

Henry seufzte und nickte dann langsam. »Sein Beruf hat von ihm verlangt, daß er gelegentlich tötete«, sagte er widerstrebend, »und sie hat ihn weiß Gott genug herausgefordert. Ich will Ihnen etwas sagen, Mim. Gestern im White Hart gab es einen Augenblick, in dem ich mich damit abfinden mußte, daß Anne Galliard, die ich immer bewundert und angebetet hatte, zutiefst verderbt ist, eine grausame und unbarmherzige Frau, die zerstören will. In jenem Moment kam ich mir so betrogen vor, so verraten und hintergangen, daß ich nicht wußte, was zu tun ich imstande gewesen wäre, wäre sie in der Nähe gewesen.«

Ich flüsterte: »Und Caspar Galliard hat es all diese Jahre ertragen.«

»Noch eines«, sagte Henry düster. »Wenn ich auch nur einen Funken Menschenkenntnis besitze, ist er inzwischen außer Landes. Er wird jedoch unter einem anderen Namen reisen und alles tun, damit man ihn nicht erkennt, genau wie er es in

Ausübung seines Berufs tut. Niemand wird ihn als Caspar Galliard erkennen. Sie werden ihn nie erwischen, Mim.«

»Aber wenn er einfach verschwindet . . . wenn er für immer verschwindet, bedeutet das, daß er alles aufgibt.«

»Vielleicht findet er, das sei ein geringer Preis«, sagte Henry nachdenklich.

»Ein Preis wofür?« Ich zuckte vor Schreck zusammen, als mir eine neue Erkenntnis dämmerte. »Gott im Himmel, könnte er das Furchtbare getan haben, um *mich* zu schützen?«

Henry drückte meine Hände. »Ich weiß nicht, Mim«, sagte er. »Ich weiß es einfach nicht. Er liebt Sie, er hat Angst, und er ist ein Mann der Tat. Seien Sie jetzt aber nicht so töricht, sich auch nur den kleinsten Vorwurf zu machen. Seien wir praktisch. Haben Sie schon etwas unternommen, um Annes Vater Bescheid zu geben?«

Ich zog meine Hände fort, trat zum Kamin und versuchte, mich zusammenzureißen und ruhig zu denken. »Zuerst wollte ich ihm ein Telegramm schicken«, sagte ich, »aber jede Art, es zu formulieren, wäre grausam gewesen, und deshalb habe ich Sergeant Perry schriftlich gebeten, sich mit der Polizei in Saxmundham in Verbindung zu setzen, damit sie einen Beamten zu Mr. Grant schickt, um ihn zu informieren. Er hat geantwortet, er werde es veranlassen.«

»Braves Mädchen. Was sind nun Ihre Pläne?«

»Ich habe hier im Haus nichts zu sagen, Henry. Ich habe Mr. Galliards Anwälten eine Nachricht nach Lincoln's Inn geschickt, und der Seniorpartner ist um elf Uhr hier vorbeigekommen. Mr. Galliard hat ihn wohl befugt, in seiner Abwesenheit alle seine Rechtsgeschäfte wahrzunehmen; deshalb wird er sich um das Haus und das Personal kümmern. Er hat gefragt, ob ich noch eine Weile bleiben wolle, aber ich habe nein gesagt. Ich bin mir nicht sicher, daß Caspar Galliard wirklich zurückkehren wird, und es gibt hier für mich nichts mehr zu tun.«

»Sie haben in den letzten Stunden allerlei geleistet, mein kleines Reh mit den wehen Augen«, sagte Henry. »Wann können Sie nach Torringtons kommen?«

Ich zögerte. »Geht das auch? Ich möchte auf keinen Fall, daß Sie sich in irgendeiner Weise verpflichtet fühlen.«

»Ich werde nichts anderes zulassen«, antwortete er einfach. »Wann können Sie kommen?«

»In zwei Tagen, denke ich. Dann habe ich genug Zeit, um Mr. Galliards Notizen und Manuskripte zu ordnen, für den Fall . . . Nun, ich weiß nicht, warum, aber ich habe das Gefühl, ich sollte es tun. In dieser Zeit kann Mrs. Galliards Vater auch von Suffolk herkommen – falls er sich dazu entscheiden sollte.«

Henry nickte. »Machen wir es so. Ich wohne in meinem Club und komme täglich vorbei, falls Sie jemanden brauchen, der Ihnen hilft, vor allem mit der Polizei, mit den Anwälten, Reportern und anderen aufdringlichen Zeitgenossen.«

Ich lächelte und sagte: »Gott segne Sie, Lord Henry Boot.«

In den nächsten beiden Tagen waren die Zeitungen voll von dem grausamen Mord an einer, wie es hieß, bekannten Schönheit der Gesellschaft und brachten dunkle Andeutungen auf »überraschende Entdeckungen« im Sanktuarium, doch die Hinweise auf Caspar Galliards Abwesenheit waren überaus zurückhaltend formuliert.

Dankbar fuhr ich mit Henry nach Torringtons und wurde von seiner Mutter herzlich begrüßt. »Ich denke, es ist das beste, wenn wir über diesen schrecklichen Mord weder sprechen noch spekulieren«, sagte sie am Abend beim Dinner. »Wenn die Polizei etwas Wichtiges herausfindet, werden wir es erfahren, und wenn nicht, wird die Sache in der Schwebe bleiben. Was mich betrifft, so habe ich ein paar dringende Angelegenheiten zu erledigen und werde deshalb ein paar Tage in London verbringen. Es ist gut möglich, Henry, überrascht zu sein, ohne die Augen so zu rollen, daß man das Weiße darin sieht.«

»Ich neige nun einmal zu übertriebener Mimik, Mama«, sagte Henry. »Darf ich fragen, warum du London nach so vielen Jahren wieder aufsuchst und wo du abzusteigen gedenkst?«

»Nein, das darfst du nicht«, erwiderte Lady Whitchurch liebenswürdig. »Ich werde es dir mitteilen, wenn ich es für angebracht halte. Die zweite Frage kann ich dir allerdings beantworten – ich habe meine Cousine Matilda gebeten, mich aufzunehmen.«

»Mamas Cousine Matilda«, sagte Henry, »ist die Herzogin von Selbrook, deren bescheidene Londoner Stadtwohnung einen guten Teil von Belgravia einnimmt. Ich habe gehört, sie bringen einem dort ein ausgiebiges Frühstück ans Bett, Mama.«

Lady Whitchurch krauste die Stirn. »Ich hätte beinahe über deine Bemerkung gelacht«, sagte sie. »Ich hoffe nur, deine unverbesserliche Vulgarität fängt nicht an, auf mich abzufärben.«

In den folgenden Tagen fühlte ich mich wie auf einer Schaukel von Emotionen. Jeden Morgen suchte ich angstvoll in der *Times* nach einer Meldung, daß die Polizei Caspar Galliard gefunden und festgenommen habe. Ich betete auch für die Seele Anne Melanie Galliards, kam mir jedoch wie eine Heuchlerin vor. Ich wußte, daß ich es nur in der Hoffnung tat, es könnte meinen Gebeten für Caspar mehr Nachdruck verleihen.

In anderen Augenblicken war ich einfach froh und glücklich, in der Gesellschaft des vertrauten Freundes und Gefährten zu sein, den ich immer liebenswert gefunden hatte und in den ich mich nun verliebt wußte. Ich bemühte mich, meine Gefühle mit keinem Wort oder Blick, mit keiner Berührung zu verraten, und ich fand dies nicht allzu schwierig, weil wir immer sehr freundschaftlich miteinander umgegangen waren.

Überraschenderweise bereitete mir das Wissen, daß zwischen uns nicht mehr sein konnte, als bereits war, nur einen kleinen schmerzhaften Stich. Henry mochte mich sehr, aber er war nicht in mich verliebt, und selbst wenn er es gewesen wäre – es hätte keinen Sinn gehabt. Ich war keine keusche englische Maid, würdig, den Sohn eines Marquis zu heiraten; ich war ein unglückliches Geschöpf, besudelt und geschändet von einem barbarischen Pascha in einem primitiven Land.

Mir kam der Gedanke, daß Henry froh sein könnte, mich für eine Weile zu seiner Geliebten zu machen, und es hätte mir sehr gefallen, diese Rolle zu übernehmen, denn etwas anderes hatte ich nicht zu geben, aber ich schob die Vorstellung schnell beiseite. Seine Bettgenossin zu werden, würde sich unweigerlich auf unsere Freundschaft auswirken, und es würde ein Zustand sein, der nicht lange dauern konnte. Für mich war es besser, wenn ich das festhielt, was ich hatte. Vielleicht war es auch für ihn besser.

Lady Whitchurch kehrte sechs Tage später mit dem Mittagszug zurück und wirkte energischer und wacher, als ich sie je gesehen hatte. Am Nachmittag ließ sie uns beide in den Salon kommen und gab Jackson Anweisung, uns nicht zu stören.

»Ich hoffe, du hast uns etwas Aufregendes zu berichten, Mama«, sagte Henry, sich in seinem Sessel zurücklehnend und die Beine von sich streckend. »Vielleicht hat deine Cousine Matilda, die mich früher einen unerträglich frechen kleinen Jungen nannte, einen Flug mit einem Heißluftballon gemacht . . .« Er richtete sich auf und schlug sich mit der Faust aufs Knie. »Mim! Das wäre eine Idee! Vielleicht lieber Gas als heiße Luft, aber bis jetzt hat noch niemand den Rekord überboten, den diese Burschen vor fünfzig Jahren aufgestellt haben. Fast fünfhundert Meilen ohne Zwischenlandung von London bis irgendwo in Deutschland . . .«

Lady Whitchurch unterbrach. »Ich habe einen nützlicheren Vorschlag zu machen, Henry, wenn du die Güte haben würdest, mir zuzuhören. Ich glaube nicht, daß du das Unternehmen, das ich im Sinn habe, langweilig finden wirst.«

Er blinzelte erstaunt. »Dann erzähl um Gottes willen, Mama.«

Lady Whitchurch schaute mich an. »Zum erstenmal seit vielen Jahren hat mein Leben einen Sinn, Jemimah, und Sie sind diejenige, die ihm diesen Sinn gegeben hat. Ich bin fest entschlossen, Georgios Alexandrou – oder Sandru, wie Sie ihn nennen – aus Shul herauszuholen und sicher nach England zu bringen.«

Ich brachte kein Wort hervor und mußte mich zwingen, nicht zu Henry hinüberzublicken. Wenn ich es getan hätte, würde meine Miene gefragt haben, ob seine Mutter von allen guten Geistern verlassen sei. Sie fuhr mit kaum merklich bebender Stimme fort: »Ich mache mir keine Illusionen. Ich weiß, daß Georgios inzwischen ein alter Mann ist und wahrscheinlich ganz anders als der junge Mann, den ich kannte und liebte. Aber er ist der Mann, den ich in meinem Herzen immer geliebt habe, und wenn es menschenmöglich ist, werde ich *nicht* zulassen, daß er arm und gedemütigt, unerwünscht und ungeliebt unter Barbaren stirbt, die ihn fast sein Leben lang versklavt haben. Wenn meine Liebe für ihn irgend etwas bedeutet, dann werde ich frohen Herzens alles tun, um ihm seine letzten Jahre so angenehm wie möglich zu machen.«

Als sie aufgehört hatte zu reden, herrschte lange Sekunden Schweigen. Henry sah mich an, als wollte er mich bitten, als erste zu reden, doch ich sagte mit den Augen nein. Ich konnte dieses Vorhaben nur für Wahnsinn halten. Henry sah seine Mutter an und sagte: »Mama, ich liebe und respektiere dich mehr denn je für das, was du eben gesagt hast. Es ist . . . es ist wirklich ein wunderbarer Entschluß, aber, liebe Mama, es ist *nicht* menschenmöglich. Mim weiß das besser als jeder andere, und sie wird es dir bestätigen.«

Ich sagte voll Unbehagen: »Er hat recht, Lady Whitchurch. Ich hatte Sandrus Hilfe, um aus Shul zu fliehen, und ich machte die Reise über verschneite Berge und durch sengendheiße Ebenen mit . . . mit einem Mann namens Kassim, der die Sprache beherrschte und mit dem Land und den Bräuchen vertraut war. Trotzdem schafften wir es nur um Haaresbreite. Bitte, glauben Sie mir, ich würde alles darum geben, Sandru in die Zivilisation zurückzuholen, denn ich verdanke ihm mein Leben, aber es ist wahrhaftig unmöglich.«

Henry sagte: »Du hast vorhin gesagt, es sei ein Unternehmen für mich, und ich würde es gern tun, wenn ich nur einen Funken Hoffnung auf Erfolg sähe, Mama. Es stimmt, daß ich in fernen Ländern gereist bin, aber ich kenne Afghanistan nicht, und ich bezweifle, daß ich Shul jemals lebend erreichen würde. Und außerdem, wer sollte mich führen? Wer würde mit Sandru reden und versuchen, ihn zum Gehen zu bewegen? O nein – sieh bitte nicht Jemimah an! So etwas kannst du unmöglich von ihr verlangen!«

»Von jungen Frauen, die mir lieb und wert sind, pflege ich nicht zu verlangen, daß sie ihr Leben für mich aufs Spiel setzen mögen, mein Sohn«, antwortete Lady Whitchurch. »Glaubst du vielleicht, ich hätte meine Zeit verplempert?«

Henry machte ein verblüfftes Gesicht. »Ich habe keine Ahnung, was du in London getan hast, aber ich sehe nicht, wie du das Unmögliche möglich gemacht haben könntest.«

»Dann werde ich es dir sagen, Henry. Ich hatte mehrere Unterredungen mit Hugh Childers und gewissen Militärs, denen er mich empfahl.«

»Childers? Er ist der Bursche, den Gladstone zum Kriegsminister ernannt hat, nicht wahr?«

»Ja, und ein alter Freund von mir.«

Henry sagte langsam: »Mama, was hast du ausgeheckt?«

»Ich habe meine Beziehungen spielen lassen, Henry. Ich habe Hugh Childers die Angelegenheit geschildert und ihm gesagt, es sei eine Schande, daß die Regierung Ihrer Majestät sich nicht um die Befreiung eines tapferen Soldaten gekümmert habe, der seit beinahe vierzig Jahren Kriegsgefangener sei. Zuerst meinte er, er könne nicht helfen, aber dann kam er darauf sich zu fragen, wie die britische Öffentlichkeit wohl reagieren werde, falls einmal die Geschichte, die Jemimah zu erzählen habe, in der *Morning Post* erscheinen sollte.«

Henry sagte: »Er kam darauf?«

»Ja, nachdem ich ihm mitgeteilt hatte, ich hätte mehr als genug Einfluß auf den Herausgeber dieses Blattes.«

Henry lächelte seine Mutter an. Sie erwiderte das Lächeln, und ich spürte, wie mich eine merkwürdige Erregung überkam. Lady Whitchurch sagte: »Dann hat Hugh Childers seine Militärberater konsultiert. Es wäre natürlich eine großartige Sache für das Ansehen der Army, wenn sie einen Soldaten zurückholte, der seit der Katastrophe von Kabul im Jahre 1842 für tot gehalten wurde. Sie würden es auch begrüßen, die britische Flagge als Warnung für die Russen in der Wildnis von Kafiristan zu zeigen.«

Ich sah hinunter auf meine Hände, die so fest geballt waren, daß sich die Fingernägel ins Fleisch gruben. Ein Wunder schien in der Luft zu liegen, aber ich wagte noch nicht, zuviel zu glauben oder zu hoffen. Henry sagte: »Gott steh uns bei, du hast jetzt also die Army auf deiner Seite, Mama?«

»Ich glaube, die Militärbehörden sehen ein, daß es klug wäre, meinen Vorschlag wohlwollend zu prüfen«, sagte sie mit unverbindlicher Stimme. »Vor dem Frühling kann natürlich nichts unternommen werden, weil die Pässe noch unwegsam sind, aber ein gewisser Generalleutnant Hardiman in Whitehall würde sich sehr gern mit Jemimah über das Gebiet und die Reiserouten nach Shul unterhalten, um sich Informationen aus anderen Quellen bestätigen zu lassen.«

»Glauben sie jetzt, daß Mim Jemimah Lawley ist?«

Lady Whitchurch schürzte die Lippen. »Im Augenblick interessiert sie das nicht. Sie interessieren sich einfach für die Tatsache, daß sie aus Shul geflohen ist, nachdem sie dort lange Zeit mit Captain Georgios Alexandrou vom Vierundvierzigsten Infanterieregiment verbracht hat.«

Ich sagte: »Henry, es spielt keine Rolle, was sie über meine Herkunft denken. Es kommt jetzt nur darauf an, den armen Sandru zu holen. Lady Whitchurch, was schlagen Sie vor?«

»Sie werden eine Kompanie leichter Infanterie auf der Karawanenroute nach Kafiristan entsenden«, antwortete sie. »Offenbar herrscht im Moment Friede in Afghanistan, so daß die Truppe höchstens dann und wann von ein paar pathanischen Heckenschützen angegriffen werden kann. Wie ich höre, sind die Transportmethoden in den letzten ein oder zwei Jahren erheblich verbessert worden, und die britische Einheit wird eine Artillerieabteilung dabei haben, falls in Shul selbst ein koordinierter Angriff drohen sollte.«

Ich sagte: »Deenbur wird nicht gegen eine solche Truppe kämpfen, Lady Whitchurch. Die Paschas von Kafiristan greifen nur an, wenn sie sich ihres Sieges sicher sind.«

»Sehr vernünftig«, sagte Lady Whitchurch. »Der General wird Sie auch zu diesem Aspekt befragen, aber der Erfolg der

Expedition hängt davon ab, daß die Soldaten dieses Gebiet in der Wildnis des Hindukusch finden und imstande sind, Captain Georgios Alexandrou ausfindig zu machen.«

Ich sagte schnell: »Sie müssen sehr vorsichtig sein. Shul ist ein kleines Königreich mit sehr unregelmäßigen Grenzen, und die Hauptstadt heißt Kuttar. Wenn sie Einheimische fragen, wird sich die Neuigkeit wie der Blitz verbreiten, und wenn bekannt wird, daß sie Sandru suchen, könnte es durchaus sein, daß man ihn versteckt oder tötet, ehe er gefunden wird.«

Henry sagte ruhig: »Das ist also das Unternehmen, das dir vorschwebt, Mama.« Er sah mich an. »Es kann nur dann klappen, wenn Sie uns auf dem letzten Abschnitt der Reise führen, Mim. Sie könnten die Soldaten auf dem kürzesten Weg nach Kuttar und dann zu Sandru bringen, und Sie allein könnten mit ihm sprechen und ihn beruhigen, und . . .« Er warf einen Blick auf seine Mutter. »Und ihm sagen, wer Sie geschickt hat, um ihn zu holen. Ich werde bei Ihnen sein, Mim, aber würden Sie es über sich bringen, noch einmal dorthin zu gehen?«

Ich rechnete damit, die Klammer eisiger Furcht um mein Herz zu spüren, während seine letzten Worte noch in der Luft in hingen, denn selbst mit dreihundert und mehr Soldaten zu meinem Schutz blieb Shul für mich ein Land der Schmach, des Elends und des Schreckens. Doch seltsamerweise fühlte ich keine Furcht. Ich war froh zu wissen, daß ich England bald eine Zeitlang verlassen würde. Es würde mich ablenken von der Erinnerung an Caspar Galliard, der mich liebte, und an Anne Galliard . . . Sturmschnell, Verschlingerin menschlicher Beute, die nun in ihrem Sarg lag. Und ich hatte keine Angst, weil der Mann, den ich liebte, der Mann mit der lustigen schiefen Nase und dem zärtlichen Herzen und den unerhört bizarren Ideen bei mir sein würde.

Ich sah Lady Whitchurch an und lächelte. »Ich sehne mich danach, zu gehen und Sandru zu holen«, sagte ich. »Danke, daß Sie es möglich machen.«

17

Zwei Wochen später, nachdem wir in London einen ganzen Tag gebraucht hatten, um geeignete Kleidung und Gepäck für unsere Expedition in Auftrag zu geben, schifften wir uns in Southampton ein. Ich erklärte Henry, ich wolle mir nach der Ankunft in Indien einheimische Kleider beschaffen, um diese vor Peschawar an zu tragen.

Eingedenk dessen, daß Sandru über die Dummheit gestaunt hatte, britische Soldaten in Uniformen zu stecken, die ganz und gar ungeeignet für das Land waren, hatte ich mir fest vorgenommen, die Beschwernis britischer Kleider, Röcke, Strümpfe und Unterröcke zu vermeiden. In den heißen Ebenen würde ich ein loses Gewand tragen, in den kalten Bergen Schaffelle, und es machte mir nichts aus, daß letztere vielleicht nach kurzer Zeit riechen würden. Das war ich gewohnt.

Die Fahrt nach Gibraltar und durch das Mittelmeer verlief ohne besondere Ereignisse. Ich betrachtete das als einen Segen. In der jüngsten Zeit hatte es in meinem Leben mehr als genug Ereignisse gegeben, und ich war froh, mich in der kleinen isolierten Welt des Schiffes zu befinden, wo nichts von der Außenwelt eindringen und stören konnte. Die *Windermere* war ein neues Dampfschiff, gut ausgestattet und mit schnellen Maschinen. Wir reisten erster Klasse und speisten, zweifellos weil Henry ein Lord war, am Kapitänstisch. Um Neugier und Vermutungen zuvorzukommen, ließ Henry verlauten, daß ich sein Mündel sei, das verwaiste Kind von Freunden seiner Familie.

Auf der Überfahrt lernte ich ihn noch tiefer lieben, denn ich sah, wie er seine natürliche Freundlichkeit allen zuwandte. Daran war nichts Gravitätisches. Er war immer der unbeschwerte, auf sein Glück vertrauende Mann, den ich als umherziehenden Puppenspieler kennengelernt hatte, ein Mann, dessen Fröhlichkeit ansteckend wirkte und der mit den Matrosen, die das Deck scheuerten, ebenso unbefangen plauderte wie mit den Damen und Herren am Kapitänstisch.

Wir waren beide Frühaufsteher und gingen morgens an Deck spazieren, ehe die meisten anderen wach waren, aber wir redeten nie über die Dinge, die wir in England hinter uns gelassen hatten, oder über die Abenteuer, die uns in den nächsten Wochen bevorstehen mochten. Wir spielten Decksspiele, Dame, Schach, und Henry brachte mir in Gesellschaft zweier zuvorkommender Herren von unserem Tisch das Whistspiel bei und zeigte nie eine Spur von Ärger, wenn wir aufgrund meiner Schnitzer eine Partie um die andere verloren, sondern schmunzelte nur und erklärte mir geduldig, wie ich aus dem Spielverlauf folgern könne, wo sich eine bestimmte Karte befinde.

Ich beklagte nicht, daß er nicht in mich verliebt war. Ich hatte in einer harten Schule gelernt, für gute Gesundheit und kleine Glücksfälle dankbar zu sein. Meine Gesundheit war ausgezeichnet, und die Gewißheit, Henrys Zuneigung zu besitzen, war in der Tat ein Glücksfall; ich hätte Angst gehabt, mir mehr zu wünschen.

Nach dreizehn Tagen erreichten wir Port Said, und dort erwartete Henry ein Telegramm aus England. Ich stand neben ihm an der Reling, als er es öffnete, und schaute auf die geschäftige Pier, während neue Vorräte an Bord gebracht und einige Passagiere ausgeschifft wurden. »Zweifellos von Mama«, sagte Henry, »die mich zu Leistungen jenseits meiner schwachen Kräfte anspornt, zum Beispiel, mich wie ein Gentleman zu benehmen oder . . .«

Er verstummte und holte schnell Luft, und ich drehte mich zu ihm und sah ihn an, während er regungslos da stand und die Nachricht auf dem gelbbraunen Papier las und vor Freude große Augen machte. »Mein Gott, Mim, eine tolle Neuigkeit! *Er war es nicht!*«

Ich starrte ihn an. »Wer? Wer war was nicht?«

»Caspar!« Er gab mir das Telegramm. Ich las:

CHARLES HUTTON NACH VERHAFTUNG WEGEN MORDES AN ANNE GALLIARD VOLL GESTÄNDIG. LIEBE GRÜSSE EUCH BEIDEN. ICH BETE FÜR DEN ERFOLG EURES UNTERNEHMENS, ELIZABETH WHITCHURCH.

Mein Herz klopfte vor Erleichterung und Freude, und dann fühlte ich einen Stich des Mitleids für den Mann, den ich mit Anne Galliard in ihrem Boudoir im Sanktuarium gesehen hatte. In ihm hatte sie ein letztes Opfer gefunden.

»Hutton?« sagte Henry verwundert. »Der Gesellschaftslöwe? Der Modearzt?«

»Ja.« Ich gab ihm das Telegramm zurück. »Er war der Mann, den ich bei ihr gesehen habe. Ich habe Ihnen nicht gesagt, wie er hieß. Ich nehme an, er war außer sich vor Sorge, weil ich ihn gesehen hatte. Ihr hat es sicher Vergnügen bereitet, weil sie wußte, daß ich nie darüber sprechen würde, aber sie ließ ihn bestimmt in seiner Angst und ging darin vielleicht zu weit. Ich erinnere mich, daß Caspar ihn einen armen Teufel nannte und sich fragte, welche Qualen sie wohl für ihn planen mochte . . . Aber zuletzt hat sie wohl einen Fehler gemacht.«

»Warum ist Caspar dann bloß verschwunden?« fragte Henry langsam. »Und wo beim Himmel mag er jetzt sein?«

»Ich denke, er ist dort, wohin seine Vorgesetzten ihn geschickt haben«, antwortete ich. »Vielleicht ist er schon auf dem Weg nach Herat, um Weisungen von Mr. Arthur Renwick entgegenzunehmen.«

»Völlig übergeschnappt«, sagte Henry mit einem Seufzer. »Er tut es nicht für Geld, und ich bezweifle sogar, daß unsere knauserige Regierung ihm auch nur einen Penny bezahlt, aber warum zum Teufel riskiert er fortwährend Kopf und Kragen?«

Ich sagte: »Weil er es für seine Pflicht hält.«

Henry nickte und lächelte trocken. »Ich weiß, Mim. Es war nur eine rhetorische Frage.«

Vierzehn Tage später gingen wir in Karatschi von Bord, und dort wurde ich wieder mit einer Lektion konfrontiert, die ich schon als Kind gelernt hatte – daß die Armee so schwerfällig arbeitet, wie eine Schildkröte kriecht. Von hier an lag die Sorge um unsere Beförderung und Unterbringung in den Händen des Militärs, und so bedurfte es zehn Tage des Wartens und so manch eines falschen Alarms, bis wir mit der Eisenbahn nach Peschawar fuhren. Dort waren wir zu Gast in dem behaglichen Bungalow eines Major White von der Veterinärtruppe der Army und seiner Gattin und warteten fünf Tage auf das Eintreffen einer Kompanie der Highland Light Infantry, die uns nach Shul eskortieren sollte.

Am zweiten Tag saß ich auf der Veranda und spielte mit Henry gerade eine Partie Dame, als Mrs. White zu uns trat und sagte, ein Herr sei gekommen, um mich in einer offiziellen Angelegenheit zu sprechen, ein Mr. Arthur Renwick. Ich versuchte, keine Überraschung zu zeigen, dankte ihr, bat Henry, mich zu begleiten, und ging durch den Bungalow ins Wohnzimmer.

Der kleine Mann mit den hellen Eichhörnchenaugen erhob sich, um mich mit einer Verbeugung zu begrüßen. »Guten Morgen, Miss Lawley.«

»Guten Morgen, Mr. Renwick. Sind Sie auch sicher, daß Sie mich mit meinem richtigen Namen anreden?«

Er wehrte den Hieb mit einem Schulterzucken ab. »Das ist eine Sache, die mich nichts angeht, Madam, aber man hat mich über den Grund Ihres Aufenthalts hier informiert, und ich bin gekommen, um Ihnen einige Fragen zu stellen.« Er warf einen Blick auf Lord Henry. »Unter vier Augen, wenn Sie die Freundlichkeit haben würden.«

Henry sagte gleichmütig: »Miss Lawley wird nicht die Freundlichkeit haben, Mr. Renwick. Alles, was Sie mit ihr gemeinsam haben, ist die Bekanntschaft eines Mannes, den wir, wenn es nach Ihnen ginge, Kassim nennen würden. Nun, nennen wir ihn ruhig Kassim. Ich bin seit meiner Jugendzeit mit ihm befreundet und weiß, womit er sich in Wahrheit beschäftigt. Sie können Ihre Fragen also in meiner Anwesenheit stellen oder aber gar nicht. Ob Miss Lawley sie beantworten wird, steht natürlich auf einem anderen Blatt.«

Arthur Renwick sah mich ruhig an und sagte: »Ich habe durchaus Verständnis dafür, daß Sie mir übelnehmen, Ihnen nicht beim Nachweis Ihrer Herkunft geholfen zu haben, Miss Lawley, aber meine übergeordneten Pflichten hinderten mich daran. Ich bin mit Lord Henrys Anwesenheit einverstanden, und ich wäre Ihnen sehr dankbar, wenn Sie helfen könnten.«

Henry zog eine Augenbraue hoch und sagte: »Mim?«

Ich nickte und ging zu einem Stuhl. »Nehmen Sie bitte Platz, Mr. Renwick. Ich erinnere mich sehr lebhaft, wie beschämt ich war, als Captain John Selby mich darauf hinwies, wie überaus wichtig die Arbeit von Männern wie Kassim ist. Ich bin mir bewußt, daß Ihre Arbeit sehr wichtig ist, da Sie Meldungen von solchen Männern entgegennehmen, und ich weiß, daß Sie die Sorge um sie vor das Wohlergehen eines einzelnen stellen müssen.«

Mr. Renwick sah auf den Tropenhelm in seiner Hand hinunter. »Ich kann Ihnen versichern, daß ich diese Sorge vor mein eigenes Leben und Wohlergehen stelle, Miss Lawley.«

»Ich zweifle nicht daran, Mr. Renwick«, sagte ich. »Stellen Sie bitte Ihre Fragen.«

»Sie sind recht einfach, Miss Lawley. Wir wissen, daß Kassims Frau am dreizehnten Februar auf brutale Weise ermordet wurde und daß der Mörder inzwischen verhaftet worden ist. Wir wissen, daß Kassim am Tage des Mords aus London verschwand. Wissen Sie, was er tut? Können Sie mir helfen, Verbindung zu ihm aufzunehmen?«

Ich starrte ihn überrascht an. »Ich dachte, er sei schon auf Ihren Befehl in Afghanistan, Mr. Renwick. Ich habe geglaubt, er mache seine gewohnte jährliche Reise von Herat nach Badaghschan, dann hinunter durch den Hindukusch nach Kafiristan und auf der ost-westlichen Route zurück nach Herat.«

Mr. Renwick schüttelte den Kopf. »Wir haben keine Spur von ihm«, sagte er. »Kassim will offensichtlich nicht gefunden werden, und er hat langjährige Erfahrung, so unentdeckt zu reisen wie ein Geist, wenn er es wünscht. Er kann irgendwo zwischen Khartum und Kalkutta sein, oder auch genau vor unserer Nase.« Er stand schulterzuckend auf. »Nun, dann muß ich eben das Beste aus den Hilfsmitteln machen, die mir sonst zur Verfügung stehen. Ich werde Sie nicht wieder behelligen.«

Ich stand auf und gab ihm die Hand. »Es tut mir leid, daß ich Ihnen nicht helfen konnte, Mr. Renwick. Aber ich möchte ganz ehrlich sein . . . Wenn ich der Meinung wäre, es sei gegen Kassims ausdrücklichen Wunsch, würde ich es nicht tun.«

Er lächelte. »Ich weiß, Miss Lawley. Deshalb habe ich diese Möglichkeit nicht erwähnt, ehe ich sicher war, daß Sie mir nicht helfen können. Vielen Dank, daß Sie mir Ihre Zeit geopfert haben, und ich wünsche Ihnen einen guten Tag. Guten Tag, Lord Henry.«

Als er gegangen war, sah ich Henry an und sagte: »Wo beim Himmel kann Caspar sein?«

»Keine Ahnung, Mim. Es sieht so aus, als sei er einfach irgendwo untergetaucht, vielleicht in einer Hütte im schottischen Hochland, aber ich weiß absolut nicht, warum. Wenn er irgendwo in der Wildnis ist, wo es keine Zeitungen gibt, weiß er vielleicht noch nicht mal, daß Anne tot ist.«

»Du meine Güte, daran hatte ich gar nicht gedacht.« Ich nahm Henrys Arm, als wir wieder zur Veranda gingen. »Wir können nur hoffen, daß er gesund und wohlbehalten ist, wo er auch sein mag.«

»Sie haben recht, Mim.«

Drei Tage später verließen wir Peschawar mit einer Kompanie der Highland Light Infantry, einer Artillerieabteilung und drei Männern vom Sanitätskorps der Army, die notfalls medizinische Hilfe leisten würden. Ich dachte wehmütig, wie wenig sich seit Sandrus Tagen geändert hatte. Im Sanitätskorps gab es keine regulären Offiziere, und es war immer noch den einzelnen Regimentern überlassen, qualifizierte Ärzte zu verpflichten. Auf diese Weise waren Sandru und, vierzig Jahre später, auch John Selby zum Militär gekommen.

Die Truppe stand unter dem Kommando eines gewissen Colonel Rafford, und der Troß, den sie mit sich führte, war über eine Meile lang. Ich hatte beschlossen, zu reiten, statt fortwährend in einem der Wagen durchgeschüttelt zu werden, und Henry hatte mir ein gutes Pferd beschafft. Wir ritten zusammen zwischen der Haupttruppe und der Vorhut und vermieden so einen großen Teil der von der Kolonne aufgewirbelten Staubwolke.

Colonel Rafford schien ein energischer und tüchtiger Soldat zu sein, hatte aber sichtlich keine Zeit für mich oder Henry – oder für andere Zivilisten. Er hatte strikten Befehl von seinem Oberkommandierenden, sich von mir führen zu lassen, sobald wir Territorium erreichten, das ich wiedererkannte, und meinem Rat zu folgen, was Sandrus unbeschadete Flucht aus Kuttar betraf. Lord Henrys Bemerkung, wie erstaunlich es sei, daß ein hoher Offizier der britischen Streitkräfte die Einsicht besitze, eine so vernünftige Order zu erteilen, trug nicht unbedingt dazu bei, ihn in Colonel Raffords Ansehen steigen zu lassen.

Unsere Route sollte uns über den Khaiber-Paß nach Dschälalabad führen, wo wir die Straße nach Kabul verlassen und den Karawanenweg nehmen würden, der uns in nördlicher Richtung nach Kafiristan bringen würde. Der Plan sah vor, daß wir bis Dschälalabad täglich fünfzehn Meilen zurücklegen würden, so daß wir in vier Tagen dort eintreffen müßten, um dann auf dem schwierigen, stetig in die Berge ansteigenden Pfad acht Meilen am Tag zu reiten. Diese Strecke war kürzer als der Weg über Kabul, so daß wir, wenn alles gut ging, in weiteren acht Tagen die Grenze von Shul erreichen würden.

Einer der Gepäckwagen, auf dem tagsüber Zelte befördert wurden, bot mir abends, nachdem er entladen worden war, eine Schlafstätte. »Genau wie damals, als Sie noch eine weltberühmte Puppenspielerin waren, Mim«, sagte Lord Henry. Er hatte ein kleines Zelt für sich allein, und da es nicht in Frage kam, daß eine Frau in dem großen Zelt aß, das als Offiziersmesse diente, brachte man uns Rationen für zwei, die ich auf einem offenen Feuer heiß machte, fast wie in den langen Wochen ein Jahr zuvor, als ich für Kassim und mich gekocht hatte.

Schon im Vorgebirge war es heiß, und ich wußte, daß der Schnee, der die hohen Gipfel bedeckte, inzwischen schmelzen würde. Ich ritt, wie ich mit Kassim geritten war, still und in mich gekehrt, kaum berührt von Empfindungen wie Hitze oder Durst oder Müdigkeit. Ich dachte, ich müsse Henry erklären, daß ich nicht etwa aus Ärger oder Mißgelauntheit so wortkarg war, aber ich stellte fest, daß sich eine solche Erklärung erübrigte. Nach dem ersten Tag sagte er: »Sie haben recht, Mim. Es hält die Kehle frei von Staub, die Muskeln frei von Erschöpfung und läßt den Tag schnell verstreichen. Reden kann man abends.«

Dies war eigenartig, denn ich hatte noch kein Wort zu ihm gesagt, aber er begriff offenbar auch ohne Worte. »Ich habe es mir angewöhnt, als ich mit Kassim reiste«, sagte ich. »Außer daß wir nicht einmal redeten, wenn die Tagesstrecke zurückgelegt war.«

Wenn die Soldaten das Lager für die Nacht aufgeschlagen hatten, wurden wir oft von einigen der jüngeren Offiziere besucht, die miteinander wetteiferten, mich zu beeindrucken. »Mein Gott, Mim«, sagte Henry. »Sie sind wahrlich die Göttin vom Khaiber-Paß. Sie könnten die Wahl unter den Sprößlingen einiger der besten Familien Großbritanniens treffen.«

Ich mußte lächeln. »Ich bin nicht geschmeichelt und lasse mich nicht täuschen, Henry«, sagte ich. »Wenn man zufällig die einzige weiße Frau im Umkreis von zweihundert Meilen ist, wird man in den Augen der Männer mit jedem Schritt schöner und begehrenswerter. Aber wenn die Herren wüßten, daß ich fast ein Jahr lang von einem barbarischen Bergpascha mißbraucht wurde, würden sie uns nicht wieder besuchen.«

Er nahm die Schale mit dem Ziegenstew, die ich ihm reichte, und sagte: »Kassim denkt nicht so.«

»Kassim ist anders«, sagte ich.

Wir gebrauchten immer diesen Namen, wenn wir von ihm sprachen. Der Himmel allein wußte, wo er war, aber wir vergaßen keinen Augenblick lang, daß er einen Beruf ausübte, bei dem sein Leben von Geheimhaltung abhing, und wir bemühten uns, sein Inkognito zu wahren.

Am zweiten Tag nach Dschälalabad wurde die Vorhut kurz vor Mittag von den Bergen aus unter Beschuß gekommen. Es fiel nicht mehr als ein halbes Dutzend Schüsse aus Dschasails, die von pathanischen Stammesangehörigen getragen wurden, und unser einziger Verwundeter war ein Soldat, der einen Streifschuß am Oberschenkel davongetragen hatte. Ich erbot mich, die Wunde zu versorgen, doch Colonel Rafford erwiderte barsch, das militärische Personal werde sich darum kümmern. Eine Patrouille wurde in die Berge geschickt, um die Angreifer unschädlich zu machen, kehrte jedoch eine Stunde später unverrichteterdinge zurück.

Am Abend besuchte uns der Adjutant, als wir nach dem Dinner vor meinem Wagen saßen. »Der Kommandeur läßt seine besten Empfehlungen übermitteln, Miss Lawley«, sagte er mit einem starken schottischen Akzent, »und ich soll ausrichten, daß er zwar mit gelegentlichen Wiederholungen eines Zwischenfalls wie heute rechnet, aber keinen regelrechten Angriff auf die Kolonne erwartet. Ein paar Ziegenhirten haben einfach eine Truppe Rotröcke gesehen und einige Schüsse abgegeben. Wie Sie sicher wissen, leben hier verschiedene Stämme, die jeweils in Sippen unterteilt sind und die meiste Zeit miteinander in Fehde liegen. Sie werden höchstens dann ein bißchen gefährlicher, wenn sie sich zusammentun.«

Ich lächelte den jungen Mann an und sagte: »Danken Sie Colonel Rafford bitte für seine beruhigenden Worte, Captain Howard. Darf ich Ihnen einen Becher Kaffee anbieten?«

Er zögerte und zupfte sein langes Kinn. »Sehr freundlich von Ihnen, Ma'am, aber ich gehe jetzt besser zurück.«

Henry lächelte breit und sagte: »Hat Rafford Sie wirklich beauftragt, das auszurichten, Captain?«

Der junge Schotte zupfte noch heftiger an seinem Kinn und schaute unbehaglich drein. »Ein Adjutant hat die Pflicht, die Wünsche seines kommandierenden Offiziers vorwegzunehmen, Lord Henry«, sagte er schließlich, »und sie so auszuführen, als hätte er sie geäußert.«

Ich unterdrückte ein Lächeln und sagte: »Sehr rücksichtsvoll von Ihnen, Captain Howard, und wir wissen es sehr zu schätzen.«

»Stets zu Ihren Diensten, Ma'am.« Er salutierte und marschierte zu den anderen zurück.

Am vierten Tage fielen wieder einige Schüsse aus einem Hinterhalt höher oben in den Bergen, diesmal auf die eigentliche Truppe. Das einzige Opfer war ein Maultier. Erneut wurde eine Patrouille entsandt, um den Heckenschützen eine Lektion zu erteilen, aber die Stammesleute waren unauffindbar in den Bergen. Wir kletterten nun stetig höher, und der Pfad wurde schmaler und schwieriger. An einem Tag acht Meilen zurückzulegen, war harte Arbeit, denn wenn ein Wagenrad in einer Felsspalte steckenblieb, mußte der Wagen oft vollständig entladen werden, ehe die Leute ihn herausziehen oder anheben konnten.

Das Terrain ähnelte nun dem, das ich von den letzten Tagen meiner Verschleppung nach Shul kannte. Wenn ich an die alptraumhafte Reise dachte, die ich nach dem Massaker von Kabul mit meinen hinduistischen Häschern gemacht hatte, wurde ich manchmal von Furcht und Beklommenheit überwältigt.

Dabei genoß ich doch den Schutz von dreihundert gut bewaffneten und disziplinierten Soldaten! Aber meine Furcht war zu tief eingewurzelt, um sich mit logischen Argumenten vertreiben zu lassen. Wenn ich mir bewußt machte, daß ich nur noch wenige Tagesmärsche vor Kuttar entfernt war, wo ich so vieles von Deenburs Händen erduldet hatte und wo ich, so Gott wollte, Sandru wiedersehen würde, der mir den Verstand und das Leben gerettet hatte, dann schwankte ich zwischen Widerwillen und freudiger Erwartung.

Als Henry und ich am Nachmittag des fünften Tages um eine Wegbiegung ritten, sahen wir, daß die Vorhut ungefähr zweihundert Meter weiter zum Halt gekommen war. Es waren keine Schüsse gefallen, und die Felswände, die zu beiden Seiten aufragten, waren zu steil, um Pathanen zu verbergen, doch Henry und ich zügelten unsere Tiere, denn wir hatten Befehl, wenigstens diese Entfernung von der Vorhut einzuhalten.

Einen Augenblick später sahen wir, daß einige Rotröcke zur Seite traten. Der Lieutenant, der die Vorhut kommandierte, kam langsam zu uns zurückgeritten. Er wurde begleitet von zwei Einheimischen auf gedrungenen afghanischen Ponys. Einer der Männer saß stark vornübergebeugt im Sattel. Er trug einen Hut mit einer nach unten gebogenen Krempe und eine Lederjacke über einem wollenen Gewand. Der andere war groß und langbeinig, trug einen schenkellangen Mantel und eine Ledermütze und hatte ein Dschasail auf dem Rücken hängen.

Henry sagte: »Zur Abwechslung endlich einmal Eingeborene, die uns freundlich gesonnen sind. Sie sind unsere Dolmetscherin, Mim, vielleicht können Sie ein wenig mit ihnen plaudern.«

Ich starrte den beiden Gestalten entgegen, und als sie näher kamen, fühlte ich, wie mein Herz vor Schreck und Erregung zu hämmern begann. Lange wagte ich nicht zu glauben, was meine Augen und meine Erinnerung mir sagten, aber dann, als die Reiter nur noch fünfzig Schritte entfernt waren, wußte ich die Wahrheit.

»Wir werden keinen Dolmetscher brauchen«, sagte ich mit einer Stimme, die ich kaum wiedererkannte. »Es sind Kassim ... *und Sandru!*«

Ich rutschte aus dem Sattel und lief mit ausgebreiteten Armen los. Mein Gewand hatte eine Kapuze, die ich zum Schutz gegen die Sonne trug, und während ich lief, rutschte sie mir vom Kopf. Ohne sein Pony auch nur zu zügeln, schwang Caspar Galliard sich aus dem Sattel, und seine leuchtend blauen Augen starrten ungläubig, als er mir entgegenkam. Dann lag ich in seinen Armen, und er drückte mich an sich und flüsterte wieder und wieder meinen Namen, und ich weinte Tränen der Freude, ihn unbeschadet wiederzusehen, zusammen mit Sandru, meinem früheren Herrn, den zu finden ich Tausende Meilen weit gereist war.

»Warten Sie ... warten Sie, Kassim«, keuchte ich endlich und lehnte mich zurück, um in sein ausgezehrtes braunes Gesicht zu sehen. »Wir glaubten ... Oh, ich weiß nicht mehr, was wir glaubten, aber jedenfalls nicht, daß Sie hierher gereist seien, um Sandru zu holen! Oh, bitte, ich muß ihn begrüßen.«

Er gab mich mit einem Lächeln frei, und ich drehte mich um und sah Sandru vor mir stehen. Er sah älter aus, kraftlos und zerbrechlich, aber seine Augen waren hellwach, als er beide Hände ausstreckte und sagte: »Ist das wirklich meine Lalla?«

»O ja, Herr, *ja!*« Ich merkte, daß ich die Handflächen zusammenlegte und mich verneigte, wie in den Tagen, in denen ich seine Dienerin gewesen war, und ich lachte halb, obwohl ich noch vor Freude weinte. »Ja, es ist Lalla, und ich bin zurückgekommen, um Euch zu holen, Herr. Oh, Gott sei gedankt, daß Sie gesund und wohlbehalten sind.« Ich ergriff seine Hände und küßte ihn dann auf die Wange wie in der Nacht meiner Flucht.

Einen Moment später nahm er den Kopf zurück und musterte mich mit gespieltem Zorn, als er sagte: »Was ist in Sie gefahren, Mädchen? Sie schicken Kassim, um mich aus Shul herauszuholen, und kommen dann selbst mit einer halben Armee, um genau das gleiche zu tun!«

Immer noch seine Hände haltend, schüttelte ich den Kopf. »Ich habe ihn nicht geschickt, Herr. Ich weiß nicht, warum Kassim gekommen ist, ich weiß nur, daß ich für eine Dame kam, die ... Nein, warten Sie, ich zeige sie Ihnen.« Ich knöpfte die gut verschlossene Tasche in meinem Gewand auf und holte einen kleinen Beutel aus weichem Leder heraus. Die Lasche öffnend, ließ ich das Medaillon in meine Hand gleiten, öffnete es behutsam und hielt es so, daß Sandru die Miniaturen sehen konnte. »Das ist die Dame«, sagte ich. »Sie heißt Elizabeth Whitchurch, und sie sehnt sich danach, daß Sie endlich zu ihr kommen.«

Seine Hände bebten so heftig, daß er Mühe hatte, das Medaillon an sich zu nehmen. Er stand nur da und betrachtete die Porträts, während ihm Tränen über die Wangen liefen. Ich wandte mich ab, um ihn allein zu lassen, und sah, daß Kassim mit Lord Henry sprach. Beide lächelten und plauderten angeregt.

Der Lieutenant, der die Vorhut kommandierte, lächelte nicht, sondern zupfte voll Unbehagen an seinem Schnurrbart und räusperte sich laut. »Miss Lawley, meine Herren«, sagte er. »Ich muß sie alle bitten, mich sofort zum Kommandeur der Truppe zu begleiten. Es scheint, als müsse ich Colonel Rafford melden, daß sich die Expedition erübrigt hat, da ihr Ziel bereits erreicht worden ist.« Er fuhr mit dem Finger seinen Kragen entlang und blickte unglücklich drein. »Ich fürchte, Colonel Rafford wird sich darüber nicht sehr freuen.«

Zwei Stunden später kampierten wir eine Meile vor dem Punkt, wo wir Kassim und Sandru getroffen hatten, an einer Stelle, wo die Felswände sanfte Hänge wurden und der Pfad sich zu einem flachen Tal weitete, das den Zelten der Kompanie genügend Platz bot.

Ich saß neben Sandru auf einer Strohmatte, und wir lehnten uns beide an ein Rad meines Wagens. Eine seiner Hände ruhte in meiner, und in der anderen hielt er das aufgeklappte Medaillon und betrachtete es mit nicht nachlassendem Staunen.

Colonel Rafford hatte sich in der Tat nicht sehr gefreut, als er feststellen mußte, daß seine Leute keine Mission mehr zu erfüllen hatten und daß alle ihre Mühen vergebens waren. Er hatte in Kafiristan einmarschieren wollen, um die britische Macht zu demonstrieren. Kassim wehrte sich nachdrücklich gegen das Vorhaben und sagte, es werde nur die Russen veranlassen, eine ähnliche Expedition zu entsenden, und Unruhe in dem ganzen Gebiet schaffen. Er und Lord Henry waren im Zelt des Kommandeurs, seit wir das Lager aufgeschlagen hatten, und ich vermutete, daß dort eine erbitterte Auseinandersetzung stattfand. Ich machte mir keine großen Sorgen um das Ergebnis, denn ich wußte, daß wir vier, was immer Colonel Rafford entscheiden mochte, nun zurückreiten würden. Wir würden ohne militärischen Geleitschutz anders reisen, als Einheimische verkleidet; aber wir würden viel schneller vorankommen und in Kassims Obhut ebenso sicher sein wie unter den Soldaten.

Ich hatte inzwischen Sandrus Geschichte gehört, und wieder dankte ich Gott, daß er Shul verlassen hatte, denn seine dortige Stellung hatte sich im letzten Jahr drastisch geändert. Deenbur hatte ihm die Schuld an meiner Flucht gegeben.

»Ein paar Tage später gelang es Deenbur, einen neuen Handel mit Akbah dem Wahnsinnigen zu schließen, um das besagte Mädchen aus Lohstan zu bekommen, das er zur Frau nehmen wollte«, hatte Sandru mir erzählt, während ich eine Schale Suppe für ihn wärmte, nachdem das Lager aufgeschlagen worden war. Er vertrieb mit seinem Schlapphut die Fliegen und lächelte mich verschmitzt an. »Sie wurde natürlich ebensowenig schwanger wie Sie und die anderen, weil die Schuld bei ihm liegt. Ein Deschtaju, der neidisch auf mich war, flüsterte Deenbur ein, ich hätte ihn mit einem Zauber belegt, damit er keine Kinder zeugen könne. Ich nehme nicht an, daß Deenbur es glaubte, aber es gab ihm die Möglichkeit, seinen Zorn an mir auszulassen. Ich hatte Glück, daß er mir nicht den Kopf abhacken ließ, aber er ließ mich auspeitschen und von einem Vollmond zum nächsten einsperren, um, wie er sagte, die bösen Geister aus mir auszutreiben.«

Mir wurde übel vor Mitgefühl und Zorn, und ich bat Sandru, einen Blick auf seinen Rücken werfen zu dürfen, wo ich zu meiner Erleichterung keine Narben fand. Die Auspeitschung, versicherte er mir, sei eher zum Schein erfolgt, vielleicht weil brutale Schläge ihn getötet hätten, und Deenbur sei nicht geneigt gewesen, gänzlich auf seine Dienste zu verzichten. Aber das Ereignis habe seinem Ansehen in Shul geschadet. Ein großer Teil seines Erfolgs hatte in dem Vertrauen gewurzelt, das die Leute in seine heilenden Kräfte gesetzt hatten. Ein Arzt, der beim Pascha in Ungnade gefallen war, flößte nicht mehr viel Vertrauen ein.

»Außerdem hatte ich keine zuverlässige Krankenschwester«, sagte er wehmütig. »Erst da wurde mir bewußt, wie sehr ich mich auf Sie verlassen hatte, Lalla.« Er aß ein paar Löffel Suppe und schaute nachdenklich in das kleine Feuer, das ich entzündet hatte. »Meine Zukunft war sehr düster, und ich bekam es langsam mit der Angst. Sie wissen ja, was ein alter Mann ohne Familie in Shul zu erwarten hat, wenn er zu nichts mehr nütze ist.«

Ich wußte es in der Tat, und es hatte mir in den letzten Monaten oft den größten Kummer bereitet. Sandru schmunzelte und gestikulierte mit seinem Löffel. »Aber dann geschah das Wunder. Mit der Schneeschmelze kam Kassim und sagte, er werde mich, ob ich es wolle oder nicht, nach England zurückbringen, damit ich Miss Jemimah Lawley identifizieren könne, deren Namen und Geburtsrecht eine Betrügerin erschlichen habe. Er sagte, nur so könne er seine Schuld bei Lalla von Shul begleichen, die ihm das Leben gerettet habe.«

Das also war die Lösung des Rätsels, warum Caspar Galliard so unvermittelt aus England verschwunden war. Er hatte sich wieder in Kassim verwandelt, um die barbarischen Königreiche Kafiristans zu bereisen, nicht für Mr. Arthur Renwick und seine Vorgesetzten in Whitehall diesmal, sondern für mich, Jemimah Lawley, die einst Lalla von Shul gewesen war.

Sandrus Geschichte war schnell erzählt, doch meine dauerte länger, denn ich hatte mehr zu berichten, und er duldete nicht, daß ich eine Einzelheit ausließ. Die Augen in seinem runzligen braunen Gesicht funkelten vor Anteilnahme und waren voll Lachen, als ich von meiner Zeit bei Henrys Kaspertheater erzählte.

Er drängte mich nicht, zu dem Punkt zu kommen, an dem ich ihn in meinem Traum als den jungen Mann erkannt hatte, dessen Bildnis in einem Medaillon steckte, das die Frau trug, die er vierzig Jahre vorher geliebt hatte, die Frau, die durch eine Vernunftehe Lady Whitchurch geworden war, doch als ich ihm erzählte, wie ich ihr mitgeteilt hatte, er sei nicht im Kampf gefallen, sondern lebe noch in dem fernen Land, aus dem ich geflohen sei, als ich von ihrer Reaktion berichtete und davon, daß sie in all den Jahren nicht aufgehört hatte, ihn zu lieben, liefen ihm wieder Tränen die Wangen hinunter, und er flehte mich an, diesen Teil der Geschichte noch einmal zu erzählen.

Nun saßen wir am Wagen und warteten darauf, daß Kassim und Lord Henry zurückkamen. Sandru betrachtete die Bilder im Medaillon, und ich wahrte Schweigen, um nicht die Gefühle zu stören, die von ihm Besitz genommen hatten. Endlich sagte er verwundert: »Sie glauben, Elizabeth wird mich bei sich aufnehmen? Einen nutzlosen alten Mann wie mich?«

»Ich weiß es, Herr. Wenn Sie Euch lieben und umsorgen kann, wird sie das Glück spüren, das ihr immer gefehlt hat.«

Er drückte meine Hand. »Sagen Sie jetzt Sandru zu mir, Kind. Wir sind Gott sei Dank nicht mehr Herr und Magd, und falls ich jemals unfreundlich zu Ihnen war, können Sie mir hoffentlich vergeben.«

Ich liebte Sandru, und jetzt kniete ich mich hin und nahm ihn in die Arme und sagte ohne Worte all das, was in meinem Herzen war. Er tätschelte meinen Arm und flüsterte: »Danke, Lalla, meine liebe Lalla.«

Ich setzte mich wieder neben ihn, und er sagte unvermittelt: »Ich glaube, es gibt einige Schwierigkeiten, die Sie lösen müssen, denn wie ich sehe, haben Sie Ihr Herz an Elizabeths Sohn Lord Henry verloren, nicht wahr?«

Ich zuckte erschrocken zusammen. »Oh, Sandru. Ist es so deutlich zu sehen?«

Seine Wangen warfen tausend Fältchen, als er lächelte. »Nur für mich, und nur dann, wenn Sie von der Zeit erzählen, die Sie mit ihm auf der Straße und in Torringtons verbracht haben. Dann ist es in Ihren Augen. Aber ihm werden Sie diese Geschichte nicht erzählen, und deshalb brauchen Sie keine Angst zu haben, daß er Ihr Geheimnis erfährt, obwohl ich keinen Grund sehe, es zu verbergen.«

Ich seufzte erleichtert und sagte: »Wir sind gute Freunde, aber er ist nicht in mich verliebt, und wenn er die Wahrheit vermutete, würde es ihm peinlich sein. Es könnte unsere Freundschaft zerstören.«

»Wissen Sie genau, daß er nicht in Sie verliebt ist?«

»O ja. Wenn er es wäre, würde ich es merken. Außerdem ist eine Verbindung unmöglich. Henry ist Lord, sein Bruder ist

Earl und sein Vater Marquis. Er könnte niemals ein Mädchen heiraten, dessen Körper monatelang von einem Wilden wie Deenbur gebraucht wurde.«

Sandru nickte. »Sie sehen die Dinge sehr realistisch, Lalla.«

Ich lächelte traurig. »Wenn ich nicht in Shul gelernt hätte, die Dinge so zu sehen, wie sie sind, hätte ich niemals überlebt. Ihnen muß es genauso gegangen sein, Sandru.«

»Nun . . . ich nehme an, wir tun das, was wir müssen.« Er schaute auf das geöffnete Medaillon in seiner Hand.

Wenige Minuten später sahen wir, wie Kassim und Henry sich einen Weg zwischen den vielen Zelten hindurch suchten, die das kleine Tal nun zur Hälfte einnahmen. Henry lächelte. Das Gesicht seines Begleiters – ich bemühte mich immer noch, ihn sogar in Gedanken Kassim zu nennen – zeigte so wenig Ausdruck wie gewöhnlich, aber ich sah ihm eine tiefe innere Veränderung an.

Als die beiden Männer uns erreicht hatten, holte ich Messer und Gabeln, emaillierte Teller und Becher aus unserem Gepäck. »Mim, mein verwahrloster braungebrannter Engel«, sagte Henry. »Haben Sie genug Essen für zwei halb verhungerte Burschen? Ah, ich sehe einen Willkommensschmaus auf dem Feuer. Ich wette, eine köstliche Speise aus Nachtigallenzungen.«

Ich sagte: »Es ist Ziegenstew, Henry, und dazu gibt es einen Fladen ungesäuertes Brot. Sandru und ich haben schon gegessen. Wenn Sie also bitte Platz nehmen wollen. Ich habe Lieutenant McDougal, dem Messeoffizier, eine Flasche Rotwein abgeschwatzt, so daß Sie zur Feier des Tages einen Trinkspruch ausbringen können.«

Lord Henry öffnete den Mund, breitete die Arme aus, warf den Kopf zurück und drehte die Augen gen Himmel. »Gott steh uns bei, hat sie dich damals auch so versorgt, Kassim?« fragte er.

Kassims warmer Blick ruhte auf mir. »Sie hat mich gut versorgt«, sagte er.

Sie setzten sich mit gekreuzten Beinen auf Strohmatten, und

ich brachte ihnen Wasser und Handtücher, damit sie sich die Hände waschen konnten, servierte jedem von ihnen einen Teller mit Stew und schenkte vier Gläser Wein ein. Lieutenant McDougal hatte mir die Gläser erst geborgt, nachdem ich schamlos mit ihm geflirtet hatte, aber ich schämte mich dessen nicht im geringsten.

Wir tranken auf Sandru, auf einander und, da Henry darauf bestand, auf alle Puppenspieler zu Lande und zu Wasser. Als die beiden Männer dann zu essen begannen, sagte Henry: »Eines muß man dem alten Rafford lassen, Grips hat er. Er war sehr dickköpfig und offensichtlich voll Abscheu und Verachtung für alle, die Kassims Beruf haben, aber zuletzt sah er ein, daß unsere Argumente die einzig richtigen waren. Die ganze Truppe wird morgen den Rückmarsch antreten.«

»Ich habe zugestimmt, bei ihnen zu bleiben«, sagte Kassim. »Da Sandrus Rettung der Hauptzweck der Mission war, würde es Rafford zu einem Narren stempeln, wenn wir vor ihnen zurückkehrten, und das möchte ich nicht. Es gibt hier schon mehr als genug Probleme, und Streitigkeiten zwischen Militärs und Zivilisten machen alles nur noch schlimmer.«

Ich saß da und schaute in das verglimmende Feuer. Ich spürte, daß sein Blick auf mich gerichtet war, und nach einer Weile sah ich auf und sagte: »Hat Henry . . . hat Henry Ihnen erzählt, was mit Ihrer Frau geschehen ist?«

Er nickte. »Ja, er hat mir einige Einzelheiten berichtet, denn daß sie ermordet wurde, hatte ich schon erfahren, bevor ich nach Afghanistan ging.«

Ich starrte ihn an. »Sie haben es gewußt?«

»Es ist nichts Geheimnisvolles dabei, Lalla.« Es war seltsam, wie leicht ihm der alte Name über die Lippen kam. »Ich bin in Indien nicht unter meinem wahren Namen gereist und habe auch die offiziellen Routen gemieden. Als ich Vorbereitungen traf, aus Peschawar aufzubrechen, verbrachte ich einige Tage im Haus eines indischen Freundes in einem Vorort der Stadt. Er arbeitet bei der Zivilverwaltung, und durch ihn erfuhr ich, daß Scotland Yard telegraphisch gebeten hatte, mich festzuhalten, um mich über den Tod meiner Frau befragen zu können, falls ich nach Indien einreisen sollte. Da niemand wußte, daß ich schon eingereist war, bin ich auch nicht festgehalten worden.«

Sandru sagte: »Das haben Sie mir nicht erzählt, mein Freund.«

Kassim zuckte mit den Schultern. »Wozu auch?« Er sah mich an, und sein Mund verzog sich wie in einem plötzlichen Schmerz. »Ich wußte, daß es einer ihrer Liebhaber gewesen sein mußte, wahrscheinlich Charles Hutton, und Henry sagte, daß er tatsächlich derjenige war, der sie umbrachte. Sie muß ihn zu sehr gequält haben, den armen Teufel. Merkwürdig ... Denn sie war in solchen Dingen immer sehr schlau.«

Ich sagte verlegen: »Ich ... ich weiß nicht recht, was ich sagen soll.«

Kassim sagte ruhig: »Ich empfinde keinen Kummer, und ich kann nicht um sie trauern. Als ich damals den Entschluß faßte, Sandru aus Shul zu holen, wußte ich, daß das Risiko groß war und daß ich womöglich nicht zurückkehren würde. Deshalb bat ich Sie, Henry die Wahrheit über Melanie zu erzählen. Ich wußte, daß er in sie verliebt war wie so viele andere Männer, und ich wußte, daß er eine Herausforderung für sie war. Ich fürchtete, im Fall meines Todes könnte sie ihn zu ihrem Mann und Opfer machen, wie seinerzeit mich, und das durfte ich nicht zulassen.« Er schüttelte langsam den Kopf. »Ich kann keinen Kummer vortäuschen, den ich nicht empfinde. Ich kann aufrichtig sagen, daß ich niemals ihren Tod gewünscht habe, aber ich wäre ein Heuchler, wenn ich leugnete, daß ich jetzt erleichtert bin und mich befreit fühle von unaufhörlichen Erniedrigungen und Qualen. Gott möge mir verzeihen, aber ich bin ein anderer Mensch.« Er sah mich wieder an, und seine blauen Augen lächelten plötzlich. »Und wenn ich das nächste Mal den Namen und die Rolle Kassims ablege, werde ich mich noch mehr verwandeln, Lalla.«

Lord Henry griff nach der Flasche. »Trinken wir darauf«, sagte er aufgekratzt.

Die Dämmerung brach an, als die beiden Männer ihr Dinner mit Ziegenkäse und Brotfladen beendeten. Kassim erhob sich und sagte: »Ich würde gern mit Lalla reden. Werden die Herren mich entschuldigen, wenn wir beide einen kleinen Spaziergang machen?«

Sandrus Antwort war ein leises Schnarchen. Henry sagte: »Ich trinke derweil die Flasche aus, es ist noch ein Glas darin.«

Mir war unbehaglich zumute, als ich mit Kassim zum Rand des Lagers schritt. Ich wußte, daß mir eine peinliche Situation bevorstand, obwohl ich mir noch nicht vorstellen konnte, wie sie aussehen würde. Es war unmöglich, daß er mich um meine Hand bat, denn kein Mann würde haben wollen, was eine Kreatur wie Deenbur übriggelassen hatte. Und es war unwahrscheinlich, daß er mich als Geliebte wollte, denn das hätte auch seinen sehr strengen Ehrbegriffen widersprochen.

Wir gingen die Postenlinie entlang, wo alle fünfzig Meter ein Soldat stand, und dann ließen wir sie hinter uns, um außer Hörweite zu gelangen. Kassim hielt meinen Arm, und ich spürte, wie er mit sich rang, endlich zu sprechen. Um das Schweigen zu brechen sagte ich: »Ich bin Ihnen zutiefst dankbar dafür, daß Sie Sandru sicher aus Shul herausgeholt haben. Verzeihen Sie mir, bitte, daß ich Sie wieder Kassim nannte. Ich hielt es für angebracht, solange Sie Ihre gegenwärtige Rolle spielen.«

»Ja, selbstverständlich.« Meine Worte schienen seine Zunge gelöst zu haben. Seine Hand legte sich fester um meinen Arm, als er sagte: »Ich nenne Sie jetzt Lalla, weil es Lalla von Shul war, in die ich mich verliebt habe. Unter anderen Umständen wäre es sehr unschicklich, zu sagen, was ich nun sagen werde, da meine Frau vor nur wenigen Wochen umgebracht wurde, aber Sie werden es verstehen. Ich könnte vielleicht Mitleid empfinden, weil sie auf so schreckliche Art sterben mußte, und ich werde den äußeren Anschein wahren und die Trauerzeit einhalten, aber ich kann nur dankbar sein, daß ich frei bin.«

Wir passierten einen dreißig Meter entfernten Posten, und ich bemühte mich, leise zu sprechen, als ich sagte: »Ja, ich verstehe es. Sie brauchen es nicht näher zu erklären.«

Er blieb stehen und drehte mich so, daß ich ihn im Dunkeln ansah. »Ich möchte, daß Sie meine Frau werden, Lalla«, sagte er sanft. »Ich weiß, ich muß eine Weile warten, und ich sage es jetzt nur deshalb, weil ich Angst habe, daß ich Sie verlieren könnte, wenn ich das Ende der Trauerzeit abwarte.«

Ich sagte erschrocken: »Oh, aber Sie können mich nicht heiraten wollen! Sie wissen, daß ich fast ein Jahr lang Deenbur gehörte.«

»Das ist vorbei, Lalla. Es bedeutet nichts, außer vielleicht, daß es auch mit dazu beigetragen hat, Sie zu der Frau zu machen, die ich bewundere, respektiere und liebe.« Er nahm meine Hände. »Ich habe einen ehrenwerten Namen, Lalla. Sie werden ihm noch mehr Ehre bringen, wenn Sie ihn als den Ihren akzeptieren. Sie haben mich nur als kalten und strengen Mann gekannt, aber das ist nicht meine wahre Natur. Ich habe so viel an Zuneigung und Liebe zu geben, und ich möchte Ihnen nie auch nur den kleinsten Kummer bereiten.«

Ich sah, wie er im Halbdunkel lächelte. »Kassim wird bald aufhören zu existieren, und ich werde auch nicht mehr in die anderen Rollen schlüpfen, die ich für Arthur Renwick und seine Leute gespielt habe. Sie brauchen keine Angst zu haben, daß ich Ihnen Anlaß geben werde, um meine Sicherheit zu fürchten. Möchten Sie meine Frau werden, Lalla? Möchten Sie?«

18

Ich wandte mich ab, um weiterzugehen, nahm seinen Arm und bat: »Sagen Sie bitte fürs erste nichts mehr, Kassim.«

Viele Gedanken schossen mir durch den Kopf. Der Mann, den ich liebte, war Henry, doch selbst wenn er in mich verliebt gewesen wäre – er hätte nie um meine Hand anhalten können. Ich war dankbar genug, daß Henry mich schätzte und mein Freund war. Die Tatsache, daß Caspar Galliard, ein britischer Gentleman, mich trotz meiner Vergangenheit heiraten wollte, machte mich sprachlos, und ich war überzeugt, daß er in dieser Beziehung einzigartig war. Es schien eine Ironie des Schicksals, daß ich den Mann neben mir zwar schätzte und achtete, aber nicht in ihn verliebt war.

Ich konnte mir noch nicht vorstellen, wie mein Leben aussehen würde, wenn ich nach England zurückkehrte. Vielleicht würde ich wieder in Witchwood Hall leben, wenn Sandrus Aussage genügend Gewicht hatte, aber ich hatte meine Zweifel. Und wie dem auch sein mochte, ich hatte keine Lust, den Rest meiner Tage als einsame Jungfer zu verbringen, ob reich oder arm, und ich fühlte in meinem Herzen, daß ich Caspar Galliard mit meiner Freundschaft und Zuneigung glücklich machen könnte.

Aber ... aber ... Oh, wie sehr ich mich danach sehnte, mit Henry zusammen zu sein, ob zweitausend Meilen auf dem Mississippi oder, wenn er seine letzte verrückte Idee ausführte, in einem Heißluftballon, um einen neuen Rekord aufzustellen; irgendwo mit ihm zusammen und ihm all das zu sein, was er wollte.

War mein Sehnen egoistisch? Töricht? Oder nur skandalös?

In diesem Augenblick konnte ich Caspar Galliard das Jawort geben, oder ich konnte es ablehnen, ihn zu heiraten, oder ich konnte sagen, daß ich nach der Rückkehr in England entscheiden würde. Ich wußte, daß ich mich zu der dritten Möglichkeit nicht überwinden konnte. Zu zaudern und ihn mit unverbindlichen Worten hinzuhalten, wäre unfreundlich und unfair gewesen. Und wenn ich ablehnte? Würde er sich erneut in die Aktivitäten seines wahren Berufes stürzen und wieder der abweisende, reservierte Mann werden, als den ich ihn kennengelernt hatte, ein Mann, der fortwährend sein Leben aufs Spiel setzte und nichts dagegen hatte, es zu verlieren?

Ihm das Jawort zu geben, war die freundlichste und insofern leichteste Entscheidung. Und vielleicht was mich selbst betraf, die beste und vernünftigste.

Aber . . . aber . . .

Irgend etwas zerrte heftig an der Schulter der Schaffelljacke, die ich wegen der abendlichen Frische angezogen hatte, und im gleichen Moment hörte ich den peitschenden Ton der Kugel, die mich streifte, und den fernen Knall eines Dschasail. Wir gingen über eine sanfte Anhöhe, im Schein der Laternen und Lagerfeuer der Soldaten, und unsere Silhouetten boten ein ideales Ziel für einen Schützen, der von den Bergen herabschaute – nein, nicht nur für einen, denn auf den ersten Schuß folgten augenblicklich weitere.

Kassims Arm legte sich eisern um meine Hüfte. Er riß mich herum, um mich mit seinem Körper zu decken, und zog mich gleichzeitig zu Boden. Während er das tat, kam eine Salve von drei Schüssen, die so kurz hintereinander fielen, daß sie fast wie ein einziger klangen. Ich spürte, wie Kassims Körper unnatürlich zuckte, während wir stürzten, und seinen Lippen entrang sich ein keuchendes Röcheln.

Im nächsten Augenblick ertönten aus dem Lager die verschiedensten Geräusche. Posten schossen in die Luft, ein Horn wurde geblasen, Befehle gerufen. Ich lag benommen da, halb unter Kassim begraben, und dann hörte ich ihn mit bebender Stimme flüstern: »Lalla, Sie sind nicht getroffen?«

»Nein.« Ich hatte Mühe zu atmen unter seiner Last, und zitterte vor Furcht und Schrecken. Keuchend sagte ich: »Oh, Kassim, sind Sie . . .?«

»Wie damals«, murmelte er rauh und gab einen Ton von sich, der ein Lachen sein sollte. »Sobald ich den Rücken wende . . .«

Seine Stimme versagte, und sein Körper wurde schlaff. Gegen die in mir aufsteigende Angst kämpfend, schob ich ihn behutsam zur Seite und kniete mich hin. Dann hielt ich mir die Hände trichterförmig vor den Mund, um mir in dem Getöse, das aus dem Lager drang, Gehör zu verschaffen, und schrie so laut ich konnte um Hilfe.

Man hatte im Sanitätszelt mehrere Petroleumlampen aufgehängt, damit es hell genug war. Der ranghöchste Sanitäter, ein Corporal, versorgte einen Herd, auf dem Wasser in einem Eimer aus Eisen kochte. Kassim lag, immer noch bewußtlos, mit entblößtem Oberkörper und dem Gesicht nach unten auf einer Strohschütte, die man auf eine breite, auf primitiven Böcken ruhende Platte gelegt hatte. Sandru tupfte Blut aus einer der beiden Schußwunden in seinem Rücken. Ich hielt mich mit einer Schale Desinfektionsmittel und frischer Watte bereit und versuchte zu verhindern, daß meine Zähne klapperten.

Theoretisch war Captain Georgios Alexandrou vom 44. Infanterieregiment immer noch im Besitz seines königlichen Offizierspatents, und niemand hatte etwas dagegen eingewendet, daß er die Verantwortung für den verwundeten Kassim übernahm. Die Männer vom Sanitätskorps waren froh, sie los zu sein, denn sie hatten nur geringe medizinische Fertigkeiten.

Lord Henry stand mit verschränkten Armen und leicht nach vorn geneigtem Kopf an der Zeltwand und schaute mit düsterem Blick zu. Sandru gestikulierte. Ich gab ihm einen frischen Wattebausch. Noch eine Geste, und ich faltete den Verband, den ich vorbereitet hatte, auseinander und legte ihm auf die Wunde, wo Sandru ihn mit Heftpflasterstreifen befestigte.

Seufzend richtete er sich auf und fing an, sich die Hände in einer Schüssel mit heißem Seifenwasser auf einem anderen Tisch zu waschen. »Eine der Kugeln muß einen Nervenstrang getroffen haben, sonst wäre er nicht so lange bewußtlos«, sagte er. »Von dem Blutverlust allein kann es nicht kommen. Ich wünschte, es gäbe mehr äußere Blutungen.«

Henry sagte: »Mehr?«

Sandru nickte. »Er blutet innerlich, und das kann ich nicht verhindern.«

Ich wusch mir ebenfalls die Hände und bemühte mich, meine Stimme nicht beben zu lassen, als ich sagte: »Werden Sie versuchen, die Kugeln zu entfernen, Doktor? Wenn sie in ihm bleiben, wird er sterben.«

»Es tut mir leid, Kind«, sagte Sandru dumpf. »Gott allein weiß, wo die Kugeln stecken. Sie sind von Knochen abgelenkt worden, und er würde unter meinem Messer sterben, ehe ich sie fände.«

Henry trat einen Schritt vor. »Was werden Sie also tun, Sandru?« fragte er knapp und ruhig.

Wohl wissend, daß mir klar war, was er antworten mußte, sah Sandru mich an. »Ich kann nichts tun«, sagte er tonlos. »Selbst der beste aller Chirurgen wäre unter den besten Umständen ebenso hilflos. Das Medikament, das ich ihm gegeben habe, wird ihm Schmerzen ersparen, wenn er zu sich kommt, aber Kassim stirbt, und ich denke, das Ende wird vor dem Morgengrauen kommen.«

Ich wollte weinen, allein sein und weinen, doch jetzt war ich wieder Sandrus Krankenschwester. Der Corporal sagte: »Sir, benötigen Sie uns noch?«

Sandru schüttelte den Kopf. »Erst wieder, wenn es zu Ende ist. Sie können wegtreten.«

Während ich mir die Hände trocknete, bewegte sich Kassim und murmelte etwas. Ich war sofort neben ihm und bückte mich, um sein Gesicht besser zu sehen. Ein Auge war halb geöffnet, und ich sah Erkennen darin aufblitzen. »Lalla«, sagte er undeutlich, aber eindringlich, »wer hat geschossen . . .«

Ich legte ihm die Hand auf die Stirn und sagte, in seinen Gedanken lesend: »Es war kein Russe. Sie brauchen sich nicht zu sorgen, Kassim. Es waren nur einige Pathanen, die auf das erstbeste Ziel im Lager geschossen haben. Unsere Männer haben einen von ihnen getötet, als sie das Feuer erwiderten.«

»Oh.« Sein Auge schloß sich kurz, um sich dann wieder zu öffnen, und ein schwacher Funken von Heiterkeit glomm darin auf. »Tut mir leid, daß Sie . . . daß Sie immer wieder das gleiche mit mir erleben.«

Ich lächelte gezwungen und sagte: »Die Wunde ist diesmal nicht so schlimm, und Sie haben einen richtigen Arzt, der sich um Sie kümmert.«

»Gut . . . Drehen Sie mich bitte um, auf den Rücken, Lalla. Ich kann Sie nicht richtig sehen.«

Ich blickte zu Sandru hinüber, der hinter ihm stand. Sandru nickte. Lord Henry trat vor, und beide Männer halfen mir, Kassim auf den Rücken zu drehen. Er schien sich ihrer Gegenwart kaum bewußt zu sein und hielt den Blick fest auf mich gerichtet. Einige Sekunden lag er leise keuchend da, dann kniff er die Augen zusammen und murmelte: »Licht . . . zu hell.«

Sandru und Henry gingen durch das Zelt und löschten alle Lampen bis auf eine, deren Schein kaum den Tisch erreichte, auf dem Kassim lag. Ich hielt seine Hand, und Henry brachte mir leise einen Stuhl, damit ich mich setzen konnte. Kassim schloß eine Weile die Augen, sein Atem ging rasselnd, seine Hand klammerte sich schwach um die meine, und dann sagte er: »Sie . . . haben noch nicht geantwortet, Lalla.«

Ich dachte, er rede unzusammenhängend, und sagte: »Oh, das tut mir leid. Worauf habe ich nicht geantwortet?«

Er schlug die Augen auf. »Die Frage . . . die wichtige Frage.« Seine Stimme war undeutlich, doch ich konnte die Worte verstehen. »Ich habe Sie gefragt . . . ob Sie meine Frau werden wollen. Die wichtigste Frage . . . der Welt.«

Ich holte tief Luft und versuchte, jedes einzelne Wort selber zu glauben, als ich langsam sagte: »Ich möchte sehr gern Ihre Frau werden, liebster Kassim. Ich habe es vorher nicht zugeben können, aber ich liebe Sie von ganzem Herzen. Ich spürte es irgendwann auf der langen Reise, die wir zusammen gemacht haben . . .«

Ich fuhr fort zu sprechen, bemüht, meine Stimme leise und tröstend, zärtlich und beruhigend klingen zu lassen. Ich hielt seine Hand, streichelte seine Stirn, sagte, was mir gerade einfiel, um meinen Lügen den Anschein von Wahrheit zu geben, und war unendlich dankbar, daß mir die Worte so überzeugend von den Lippen kamen, als würden sie mir eingegeben. »Es war, bevor du verwundet wurdest, liebster Kassim. Auf einmal wurde mir klar, daß ich dich liebte. Vielleicht war es, als ich mir beim Wasserholen den Knöchel verstauchte und du ihn verbunden hast. Erinnerst du dich? In all den Tagen danach fiel es mir schwer, meine Gefühle zu verbergen. Ich tat oft, als sei ich zornig oder verstimmt, damit du nicht die Wahrheit merktest, mein Liebling. Ja, Kassim, ich möchte deine Frau werden, und wir werden uns immer lieb haben . . .«

Seine Augen hatten sich wieder geschlossen. Er atmete langsam und tiefer, aber ich sprach weiter, ließ die Worte einfach aus mir heraus wie ein gesprochenes Wiegenlied, damit mein sterbender Freund ruhiger schlafen konnte. Irgendwann trat Sandru aus dem Schatten hinter der Lampe, die noch brannte, zog kurz ein Lid Kassims hoch und sagte: »Er schläft, Lalla. Sie können sich jetzt ausruhen, Kind.«

Ich befeuchtete meine pergamentenen Lippen und blickte auf. »Ist es vorbei, Doktor?«

»Noch nicht, aber er schläft, und Sie haben ihm Frieden und Glück geschenkt für seine letzten Augenblicke auf dieser Welt. Für Sie gibt es jetzt nichts mehr zu tun.«

Ich schüttelte den Kopf. »Ich werde bis zuletzt bei ihm bleiben und seine Hand halten.«

»Wie Sie wünschen, Lalla.«

Selbst bei dem trüben Licht konnte ich die Müdigkeit in seinen Augen sehen, und ich sagte: »Ihre Arbeit als Arzt ist getan, Sandru. Es war ein schwerer Tag für Sie. Gehen Sie jetzt bitte, und schlafen Sie ein paar Stunden, damit Sie Kräfte sammeln für morgen.«

Er zögerte, und Henrys Stimme sagte aus dem Dunkel: »Ich werde bei ihr bleiben, Sandru.«

In der Zeit, die nun folgte, wechselten Henry und ich kein Wort. Er blieb irgendwo hinter dem Schein der Lampe im Schatten, ließ mich mit Kassim allein. Mein Geist war wie ausgeleert. Und ich hatte keine Ahnung, wie viele Stunden vergangen waren, als sich die Hand, die ich hielt, einen Moment lang schwach um die meine klammerte und dann erschlaffte.

Ich fühlte, wie Sandru es getan haben würde, am Handgelenk und am Hals den Puls, aber es war keiner da. Und als ich Kassim meinen kleinen Taschenspiegel an den Mund hielt, beschlug er nicht. Ich beugte mich hinunter, um seine Wange zu küssen, und zog behutsam eine Wolldecke über sein Gesicht.

Henry stand neben mir und sagte leise: »Ist er gegangen, Mim?«

»Ja.« Ich kniete am Tisch und sagte ein stummes, stockendes Gebet. Als ich mich aufgerichtet hatte, sagte ich: »Ich muß die Sanitäter holen, damit sie einen Sarg vorbereiten und ihn hineinlegen. Wir müssen ihn morgen mitnehmen.«

Ich hörte, wie Henry den Atem anhielt. Dann legte er den Arm um meine Schultern und sagte ruhig: »Das und alles andere überlassen Sie bitte mir, und jetzt werde ich Sie zu Ihrem Wagen bringen. Keine Widerworte, Mim.«

Ich hatte keine Kraft mehr, um mich zu wehren. Wir verließen das Zelt und gingen langsam zu meinem Wagen. Auf halbem Weg blieb ich stehen, wandte mich Henry zu und weinte an seiner Brust, während er mich hielt. Dann gingen wir weiter.

»Meine arme Mim«, sagte er traurig. »Arme kleine Mim.«

Auf dem Rückweg machten wir Gewaltmärsche und waren schon sieben Tage später in Peschawar. In Begleitung Lord Henrys brachte ich einige Aufzeichnungen, die ich in Kassims Mantel versteckt gefunden hatte, zu Mr. Arthur Renwick und berichtete, was sich zugetragen hatte.

»Dann sind Sie also zum zweiten- und letztenmal Kassims

treue Botin, Miss Lawley«, sagte er, lehnte sich hinter seinem Schreibtisch zurück und sah mich mit seinen kleinen hellen Augen an. »Ich bin Ihnen sehr dankbar, und ich bedaure seinen Tod zutiefst. Ich kann Ihnen versichern, daß es ein großer Verlust für unser Land ist. Darf ich fragen, welche Vorbereitungen für die Bestattung getroffen worden sind?«

Lord Henry beugte sich vor. »Da gibt es eine kleine Meinungsverschiedenheit zwischen uns und Colonel Rafford«, sagte er. »Wie ich mit Sicherheit weiß, bekleidete Caspar Galliard den Rang eines Captains bei den Gardegrenadieren und müßte deshalb mit allen militärischen Ehren auf dem hiesigen Soldatenfriedhof beigesetzt werden, aber Rafford will nichts davon wissen. Das ist eine Beleidigung meines Freundes, und ich gedenke, Rafford zu fordern . . .«

Ich zuckte zusammen und sagte: »Nein, Henry! *Nein!*«

Mr. Arthur Renwick hob die Hand und zeigte seine kleinen weißen Zähne. »Überlassen Sie Colonel Rafford ruhig mir«, sagte er. »Captain Galliard wurde vor ungefähr sechs Jahren auf unbestimmte Zeit für den Dienst freigestellt, den ich vertrete. Er hat ein Recht auf militärische Ehren und wird sie bekommen. Meiner Ansicht nach hätte er selbst dann ein Recht darauf, wenn er keinen militärischen Rang bekleidet hätte. Es macht mich krank, wenn ich daran denke, welche Strapazen und Gefahren die Männer von seinem Dienst ertragen und wie sie häufig allein sterben, um von den Soldaten und Zivilisten, denen sie oft genug das Leben retten, mit Verachtung gestraft zu werden. Ich bin Colonel Rafford gegenüber weisungsbefugt, und Sie können versichert sein, daß Caspar Galliard das Begräbnis bekommen wird, das ihm gebührt.«

Ich sagte: »Vielen Dank, Mr. Renwick. Nur noch eines. Captain Georgios Alexandrou ist immer noch im Besitz des königlichen Patents. Wir möchten gern, daß er als der Soldat zurückkehrt, der England vor so vielen Jahren verlassen hat. Können Sie vielleicht veranlassen, daß eine Uniform für ihn angefertigt wird?«

Mr. Arthur Renwick trommelte mit den Fingern auf die

Schreibtischplatte und schaute ins Leere. »Lassen Sie mir seine Maße zukommen, und ich werde sie einem Uniformschneider in Karatschi telegraphieren lassen«, sagte er. »Wenn Sie dort ankommen, wird eine geeignete Ausstattung fertig sein, und vielleicht wird man auch rechtzeitig die Streifen der Royal Berkshires sticken können.«

Ich stand auf und sagte: »Sie sind sehr freundlich, Mr. Renwick. Ich bitte um Verzeihung, daß ich damals in Herat so unhöflich zu Ihnen war.«

Er lächelte, doch seine hellen Augen blickten einen Moment lang düster, bedauernd. »Ich bin oft gezwungen, rücksichtslos zu sein, Miss Lawley«, sagte er. »Es ist eine große Erleichterung, einmal aus der Rolle fallen zu können, und sei es nur kurz.«

Caspar Galliard wurde am nächsten Morgen mit allen militärischen Ehren auf dem Soldatenfriedhof beigesetzt. Am selben Tag ging an Lady Whitchurch ein Telegramm ab, das ihr mitteilte, Sandru sei wohlbehalten mit uns in Peschawar. Drei Tage später waren wir in Karatschi, und binnen einer Stunde nach unserer Ankunft kam ein Uniformschneider in das Hotel, wo wir wohnten, während wir auf das Schiff warteten. Er brachte eine normale Uniform und eine Ausgehuniform für Sandru sowie eine komplette Garderobe westlicher Kleidungsstücke, darunter zwei schlichte Anzüge. Die Anzüge und Uniformen brauchten nur noch einmal anprobiert zu werden und waren nach weiteren vierundzwanzig Stunden fertig.

Es war dasselbe Hotel, in dem Henry und ich zu Beginn unserer Expedition abgestiegen waren, und vier Tage nach unserer Rückkehr mit Sandru kam ein dicker Brief aus England, der einen Monat vorher aufgegeben und in Lady Whitchurchs Hand an mich adressiert war. Ich las ihn mit wachsendem Erstaunen, las die Zeitungsausschnitte, die ihn begleiteten, ging dann durch den Flur zu Sandrus Zimmer und klopfte. Er und Henry saßen auf der Veranda und spielten eine Partie Schach, und mit seinem weißen Hemd und seinen weißen Flanellhosen sah Sandru für mich jünger und fast fremd aus. Henry holte mir einen Korbsessel und schenkte mir ein Glas kühle Limonade ein. Ich hätte am liebsten jede seiner Bewegungen beobachtet, zwang mich jedoch zu einem angeregten Gespräch mit Sandru, bis er wieder Platz genommen hatte, und dann zeigte ich den Brief.

»Er ist von Lady Whitchurch«, sagte ich. »Soll ich ihn vorlesen oder nur erzählen, was darinsteht?«

»Erzählen Sie es, Lalla«, sagte Sandru, sich behaglich zurücklehnend und die Augen schließend. »Ich höre so gern Ihre Stimme, Kind.« Er nannte mich immer noch Lalla, wie Henry mich immer noch Mim nannte.

Ich blickte zu Henry. »Nun, Ihre Mutter hatte offenbar schon bei meinem ersten Aufenthalt in Torringtons beschlossen, Erkundigungen über die Leute in Witchwood Hall einzuziehen, obwohl es damals unmöglich schien, daß sie Betrüger sein könnten. Sie besorgte sich von einem Gesellschaftsmagazin Photographien von ihnen und schickte sie Ihrem Bruder George in die Kapprovinz. In ihrem Brief bat sie ihn, alle verfügbaren Unterlagen über Arthur Lawley, das schwarze Schaf der Familie, das nach Südafrika gegangen war, und seinen Sohn James Lawley einzuziehen, von dessen Existenz die Angehörigen in England nichts wußten.«

Sandru murmelte: »Sagten Sie, Bruder George?«

Ich lächelte. »Ja, Sandru. Henrys Mutter nannte ihren Erstgeborenen nach Ihnen.«

»Meine liebe Elizabeth.« Er rieb sich mit Zeigefinger und Daumen die Augen. »Verzeihen Sie, Lalla. Fahren Sie fort.«

Ich sagte: »George beauftragte einen guten Anwalt, und nach einiger Zeit stellte man fest, daß Arthur Lawley in der Tat geheiratet hatte und daß aus dieser Ehe ein Kind hervorgegangen war, ein Sohn namens James. Arthur und seine Frau starben an Alkoholvergiftung, und James später auch.«

Henry sagte: »Dann ist nicht nur das Mädchen eine Schwindlerin? Ich dachte, James Lawley hätte es vielleicht angeheuert.«

Ich schüttelte den Kopf und sah wieder auf den Brief. »Ihr

Bruder George bekam über die Polizei von Kapstadt eine ganze Menge heraus. Der wahre Name des Mannes auf dem Photo ist nicht bekannt, weil er zu verschiedenen Zeiten verschiedene Namen benutzt hat, aber er ist ein professioneller Betrüger. Man kennt ihn, weil er eine Diamantenmine in Kimberley verkauft hat, die ihm gar nicht gehörte, und eine Menge Land in Natal, das ebenfalls nicht sein Eigentum war. In dem englischen Zeitungsartikel wird er als gerissener Betrüger bezeichnet.«

»Gott steh uns bei«, sagte Henry. »Sie meinen, es hat schon in England in den Zeitungen gestanden?«

»Ja. Ihre Mutter machte alle Einzelheiten der Geschichte publik, sobald George ihr geantwortet hatte, und sie hat Zeitungsausschnitte für uns beigelegt.«

»Aber wer ist das Mädchen? Und wie haben sie die ganze Sache ausgeheckt?«

Ich nahm einen Ausschnitt aus der *Times.* »Laut Informationen der Polizei von Kapstadt hat das Mädchen gemeinsame Sache mit dem falschen James Lawley gemacht. Man hält sie für seine Frau oder Geliebte, und sie ist älter, als sie aussieht. Sie sind beide aus Witchwood Hall verschwunden, kurz bevor die Polizei von Surrey eintraf, um sie zu verhören, und haben vermutlich das Land verlassen. In den Artikeln steht, der Gauner müsse den wahren James Lawley irgendwann kennengelernt haben. Dabei hörte er sicher etwas von seiner Geschichte und sah eine Möglichkeit zu einer lukrativen Hochstapelei, als er las, daß mein Vater ein wohlhabender geadelter Mann war, der in Afghanistan für die Regierung arbeitete. Vielleicht wollte er sich als James Lawley ausgeben, der inzwischen verstorben war. Die Polizei der Kapprovinz weiß jedenfalls, daß er und das Mädchen Kapstadt in jenem Jahr unter dem Namen Lawley verließen und nach Bombay fuhren. Er hätte also kurz vor dem Massaker von Kabul in Indien sein können.«

Henry zupfte an seiner schiefen Nase, und ich blickte fort, damit er nicht sah, wie sehr ich mir wünschte, ihn zu umarmen und zu küssen. Ich war dankbar, daß es nun keinen langen

Kampf geben würde, um nachzuweisen, wer ich war, wenn wir erst wieder in England sein würden. Aber das Wissen, daß ich nun eine reiche junge Frau mit einem Namen und einem schönen Besitz war, ließ mich fast kalt.

Ich blickte wieder auf den Zeitungsausschnitt und las vor:

»›Wie wir annehmen dürfen, faßte der Betrüger, als die Nachricht vom Tode Sir George und Lady Lawleys und ihrer Tochter beim Massaker von Kabul in Indien eintraf, einen neuen Plan, den er in die Tat umsetzte, sobald bekannt geworden war, daß die britischen Truppen die afghanische Hauptstadt wieder in ihrer Gewalt hatten.

Indem sie unter falschem Namen reisten und einige wenige Eingeborene bestachen, dürfte es ihnen nicht weiter schwergefallen sein, eine Folge von Ereignissen zu schaffen, die dazu führte, daß ›Mr. James Lawley‹, ein Vetter von Sir George, in Kabul eintraf, um Erkundigungen über seine Verwandten einzuziehen, und daß ›Miss Jemimah Lawley‹ einige Tage später von Einheimischen, die sie angeblich vor dem Gemetzel bewahrt hatten, in die Stadt gebracht wurde.

Auf diese Weise gelang dem Betrüger mit den vielen Namen und seiner Komplizin ein Schwindel, der weit größer war, als sie jemals zu hoffen gewagt haben dürften, als sie begannen, ihr kriminelles Vorhaben auszuführen. Statt Sir George vielleicht unter diesem oder jenem Vorwand um eine größere Summe zu erleichtern, konnten sie das gesamte Vermögen und alle Ländereien der Lawleys in ihren Besitz bringen.‹«

Ich sah auf und sagte: »Es steht noch eine Menge darin, aber nichts von Belang. Ich werde den Brief und die Ausschnitte hierlassen, damit Sie alles in Ruhe lesen können.«

Henry beugte sich vor, um meine Hand zu berühren. »Meinen Glückwunsch, Mim. Ich bin so froh für Sie.«

Ich wünschte, er würde seine Hand auf meiner lassen, aber sie war eine Sekunde später wieder fort. »Ich muß Ihrer Mutter ein Telegramm schicken und mich bedanken«, sagte ich. »Ich bin ihr unendlich dankbar.«

»Braves Kind. Ja, tun Sie das.« Henry lehnte sich zurück

und lächelte. »Ich muß sagen, wenn Mama sich etwas in den Kop setzt, läßt sie nicht leicht locker.«

»Das stimmt«, sagte Sandru leise. »Das stimmt in der Tat, denn sonst wäre ich jetzt nicht hier.« Er sah mich mit einem schalkhaften Lächeln an. »Und Sie brauchen meine Aussage nun nicht mehr, Lalla. Ich bin nur noch ein alter Mann, der zu nichts mehr nütze ist.«

Ich schüttelte den Kopf und stand auf, um ihm einen Arm um die Schultern zu legen und meine Wange an seine zu drükken. »Die Dame in dem Medaillon braucht Sie«, sagte ich. »Ihre Elizabeth braucht Sie.«

19

Entsetzt über mich selbst und beschämt holte ich an einem milden Spätnachmittag im August einen Atlas aus der Bibliothek, gab Hardwick, dem Butler, Anweisungen für das Dinner, schritt dann über den großen Rasen von Witchwood Hall zu dem von einer Mauer umgebenen, hinter einem kleinen Gesträuch befindlichen Blumengarten, um mich in einen Liegestuhl in der Nähe des Erkers zu legen.

Einige Wochen waren vergangen, seit der Dampfer mich von Karatschi zum Royal Albert Dock gebracht hatte. Dort hatte ich mit Lord Henry an der Reling gestanden und zugeschaut, wie Sandru, sehr aufrecht in seiner schmucken Uniform, das Fallreep hinunterging. Lady Whitchurch wartete am Kai, und wir beobachteten, wie sie einander an den Händen faßten, sich zärtlich umarmten, dann wieder Hand in Hand da standen und sich in die Augen blickten.

Mehr hatte ich nicht gesehen. Tränen umflorten meinen Blick, und später hatte ich kaum Zeit gehabt, Lady Whitchurch zu begrüßen und mich von ihr und Henry und Sandru zu verabschieden, denn am Kai waren zwei sehr ernste und besorgte Herren, Mr. Wingate und Mr. Stroud, die beiden Seniorpartner der Anwaltskanzlei Cossey und Wingate, auf mich zugetreten. Dies war die Kanzlei, die sich von dem falschen James Lawley und der falschen Jemimah Lawley hatte täuschen lassen, und wie Henry breit lächelnd prophezeit hatte, zitterten sie vor Angst, ich könnte juristische Schritte gegen sie einleiten.

Ich hatte keine solche Absicht und wollte so wenig Aufsehen wie möglich, aber es waren viele juristische und häusliche Angelegenheiten zu regeln, und in den nächsten zwei oder drei Wochen schwirrte mir der Kopf von all dem, was zu tun ich genötigt war. Zu meiner Erleichterung war all das endlich vorbei gewesen. Ich hatte mich wieder eingewöhnt in dem Heim, das ich geerbt hatte, und die guten Leute von Oakhurst überschlugen sich mit Lobeshymnen auf die neue Herrin von Witchwood Hall und erzählen einander und mir, sie hätten bald den Verdacht gehabt, daß mit den ruchlosen Geschöpfen, die so lange meinen Platz eingenommen hätten, etwas nicht in Ordnung sei. An diesem Tag hatte ich Besuch von der Frau und der Tochter des Vikars bekommen, tags zuvor waren Dr. Ingram und Frau bei mir gewesen und an anderen Tagen verschiedene Gutsbesitzer aus der Umgebung.

Ich war, wie gesagt, entsetzt und beschämt, und das nun schon seit geraumer Zeit, da ich todunglücklich war, obwohl ich wieder in meine Geburtsrechte eingesetzt war, obwohl ich über mein Vermögen verfügen konnte, obwohl ich in Komfort und Luxus lebte. Da lag ich nun mit dem aufgeklappten Atlas auf den Knien auf dem Liegestuhl und sagte mir, ich müsse mich damit abfinden, daß ich nie dem Mann gehören würde, den ich liebte, und auch nie einem anderen Mann – es sei denn, ich verbarg, was mir in Shul angetan worden war, und eben dies würde ich nicht tun. Gewiß, sagte ich mir dann, verglichen mit den Heimsuchungen und Ängsten jener der Gefangenschaft hatte ich keinerlei Grund, unglücklich zu sein.

Plötzlich fuhr ich hoch, denn die Stille des Gartens wurde unterbrochen von einer hohen, piepsenden Stimme, die ich nur zu gut kannte.

»Judy«, rief sie ein bißchen zaghaft. »Ju-u-u-d-y.«

Mein Herz quoll über vor Freude, und ich schaute nach rechts. Dort, genau über der niedrigen Mauer, stand die kleine Gestalt mit der roten Zipfelmütze und der Hakennase, mit einem dicken Knüppel in den Armen. Ich lachte und sagte: »Guten Tag, Kaspar. Wie geht es dir heute?«

»Sehr gut, danke, Judy.«

»Und wie geht es meinen Freunden in Torringstons?«

»Oh, auch gut. Du solltest Henrys Mutter und Sandru sehen! Sie weichen einander nicht von der Seite. Es ist sehr rührend. Ich könnte es keine Minute lang aushalten.«

»Schäm dich, Kasper!«

Die Puppe knallte den Knüppel auf die Mauer und sagte: »Nun, lassen wir sie gewähren. Ich möchte mit dir reden, Judy. Ich meine, ernsthaft reden.«

»Oh? Das sieht dir gar nicht ähnlich, Kasper. Ist etwas passiert?«

»Eigentlich nicht. Die Sache ist folgende, Judy. Ein Freund von mir wüßte gern, ob du glaubst, du könntest dich mit dem Zweitbesten zufriedengeben. Er ist sich bewußt, daß Caspar die große Liebe deines Lebens war, und erwartet nicht, ihn ersetzen zu können, aber . . .«

»Nein, warten Sie!« sagte ich scharf. »Caspar war nicht die große Liebe meines Lebens. Wie kommen Sie darauf?«

»Was?« Neben der Puppe schoß Lord Henry Boots Kopf hoch, die Augen weit aufgerissen, die Brauen fast bis zur Krempe des vertrauten alten eingeknickten Zylinders hochgezogen. Hastig holte er den Piepser aus dem Mund. »Sie waren *nicht* verliebt in Caspar?« sagte er ungläubig. »Aber ich habe nie im mindesten daran gezweifelt. Schließlich war er in Sie verliebt, und *er* war ein Mann, der wie geschaffen für Sie schien. Und dann all die Dinge, die Sie in jener Nacht sagten, nachdem er verwundet worden war, daß Sie ihn liebten und seine Frau werden wollten. Ich habe es selbst gehört . . .« Seine Stimme verklang.

»Henry, er lag im Sterben!« sagte ich, klappte den Atlas zu und legte ihn neben mich ins Gras. »Caspar war ein guter, tapferer, ehrenwerter Mann, und ich bin stolz darauf, daß er mich liebte, aber ich war nie in ihn verliebt. Ich habe ihm in den letzten Minuten, die er bei Bewußtsein war, viele Lügen erzählt, weil ich hoffte, er würde dann leichter sterben, und ich schäme mich dessen nicht. Ich schuldete Caspar mehr als das, und ich würde es ohne Überlegen wieder tun. Aber . . . Was meinten Sie, als Sie sagten, Ihr Freund wolle wissen, ob ich mich mit dem Zweitbesten zufriedengeben könnte? Welcher Freund ist das überhaupt?«

Henry kletterte über die Mauer, ließ Caspar darauf sitzen, und als er neben mir landete, sah ich, daß er den alten Gehrock und die abgewetzten Hosen trug, die er in seinen Puppenspielertagen angehabt hatte. »Ich meinte mich selbst, Mim«, sagte er ein bißchen verwirrt, den Hut abnehmend und auf die Erde werfend. »Sie müssen es doch erraten haben? Ich bin der Freund und der Zweitbeste.«

Ein langes, langes Schweigen trat ein, während wir einander nur ansahen. Die Kirchturmuhr im Dorf schlug die Viertelstunde, und dieser eine in der Luft bebende Klang markierte für mich einen Moment, in dem mein Leben neu begann. Wenn Henry mich haben wollte, war alles andere gleichgültig. Ich wußte nicht, ob ich lachen oder weinen sollte.

»Nein, Sie sind nicht der Zweitbeste«, sagte ich endlich und ergriff seine Hände und zog ihn neben mich ins Gras, auf die Knie, nahm dann sein Gesicht zwischen meine Hände. »Achtung, Henry Boot, gut aufpassen. Was ich nun sagen werde, ist ganz und gar unschicklich für eine ehrbare Jungfrau, aber wie Sie sehr wohl wissen, bin ich weder das eine noch das andere. Die Wahrheit ist, daß ich Sie beinahe von Anfang an als einen lieben Freund geschätzt habe, aber ich bin auch in Sie verliebt, und das ist mir an dem Tag, als ich nach Torringtons kam, um Ihrer Mutter von Sandru zu erzählen, urplötzlich klar geworden. Es war in dem Augenblick, in dem Sie mir im Billardzimmer die Hand tätschelten.«

»Im *Billard*...«

Ich faßte nach seinem Kinn und schüttelte seinen Kopf ein wenig hin und her. »Starren Sie mich nicht so an, und sagen Sie noch nichts. Die einzige Frau, in die Sie jemals ernsthaft verliebt gewesen sind, war Anne Melanie Galliard, aber sie war mit Caspar verheiratet und Gott sei Dank unerreichbar für Sie. Und dann waren Sie, sicher weniger ernsthaft, in Paloma verliebt, und ich zweifle nicht, daß es vor ihr noch diese oder jene andere gab. Nun, ich habe keine Familie und brauche nur an mich zu denken, und ich möchte Ihnen einfach sagen, daß ich zur Verfügung stehe, wenn Sie mich haben wollen, mein lieber Henry. Wenn nicht, reden Sie bitte nicht lange um den heißen Brei, dafür sind wir viel zu gute Freunde. Ich werde nicht verletzt sein . . .«

»Mim!« platzte er entrüstet los. »Oh, Mim, das ist ein schrecklich unanständiges Angebot!«

Ich lächelte und strich ihm die zerzausten Haare aus der Stirn. »Es ist das einzige Angebot, das ich machen kann, Henry. Warum sind Sie darüber so aufgebracht?«

»Warum? Weil ich Sie liebe und hierhergekommen bin, um Sie zu bitten, mich zu heiraten, darum!«

»Mich zu heiraten?« Ich runzelte die Stirn. »Seien Sie kein Narr, Henry. Ich weiß, daß Caspar mich heiraten wollte, aber das war etwas anderes. Sie sind ein Lord aus sehr vornehmer Familie. Ich dagegen Ware aus zweiter Hand. Sie können mich unmöglich heiraten.«

Er faßte mich an den Handgelenken, nahm meine Hände von seinem Gesicht und hielt mein Gesicht ganz fest, während er sagte: »Und jetzt hören Sie zur Abwechslung einmal *mir* zu, Jemimah Lawley. Es war einmal eine Frau, in die ich verliebt zu sein glaubte, aber sie spielte nur mit mir – Anne Galliard. Ich war damals mehr als ein Narr, und das ist lange vorbei. Noch närrischer ist Ihr Wahn, Sie dürften wegen der Geschehnisse in Shul nie vor den Altar treten. Das ist *Unfug.*«

»Aber . . .«

Er schüttelte meinen Kopf hin und her, um mich zum Schweigen zu bringen, wie ich ihn verher zum Schweigen gebracht hatte. »Passen Sie auf, Mim! Ich bin verblüfft zu hören, daß Sie einen komischen Kauz wie mich lieben, und ich kann es noch gar nicht richtig fassen, aber ich würde am liebsten tanzen und singen und . . . Häuser umstürzen. Ich glaube nicht, daß es einen bestimmten Augenblick gab, in dem mir klar wurde, daß ich Sie liebe. Ich nehme an, es kam allmählich, in diesen letzten Wochen in Torringtons ohne Sie. Ich stehe morgens auf, und der Tag ist leer, weil Sie nicht da sind. Ich bin ruhelos, weil niemand da ist, mit dem ich so reden kann wie mit Ihnen. Niemand lacht mit mir wie Sie, niemand macht mich glücklich und zufrieden wie Sie. Ohne Sie hat mein Leben keinen Sinn, weil ich keinen Menschen habe, mit dem ich den Tag teilen kann, wie Sie und ich so viele Tage miteinander geteilt haben. Sie haben mich für alles andere verdorben, Mim. Ich möchte, daß Sie meine Frau werden und immer bei mir sind, und ich verspreche Ihnen, daß ich seßhaft werde und aufhöre, mich auf verrückte Abenteuer einzulassen. Ich werde ein guter Ehemann sein – und Vater, hoffe ich, und würden Sie nun bitte, bitte ohne weitere Einwände sagen, daß Sie meine Frau werden wollen?«

Ich konnte keine Worte finden, um ihm zu sagen, was für ein Glücksgefühl in mir aufstieg, und statt einer Antwort zog ich ihn an mich und küßte ihn lange und liebevoll auf die Lippen, wurde schwach vor Freude, als wir aufstanden und er mich in die Arme nahm und mir ganz nahe war. Endlich flüsterte ich, den Kopf an seiner Brust: »Werde bitte nicht allzu seßhaft, Liebling. Als ich klein war, hätte ich so gern einen netten lustigen Vater gehabt, der verrückte Dinge tut und mich zum Lachen bringt. Bleib bitte immer du selbst, Henry.«

»Du bitte auch, Mim. O Gott, ich liebe dich so schrecklich.«

Ich küßte ihn wieder, löste mich dann widerwillig aus seinen Armen, um den Atlas aufzuheben, während Henry den Kasper von der Mauer holte, auf der er lag. Als er wieder zu mir trat, sagte ich. »Wissen Sie, was ich gern machen würde, Mylord?«

Er lächelte breit, kniff einen Moment nachdenklich die Augen zusammen, schüttelte dann den Kopf. »Verraten Sie es mir bitte, Miss Lawley.«

»Nun, ich habe mir in den letzten Wochen vorgestellt, du seist womöglich schon in Amerika und auf dem Mississippi, und ich habe fortwährend über dem Atlas gebrütet, damit ich im Geiste bei dir sein konnte, denn das war das Beste, was ich erhoffen konnte. Aber jetzt ist es anders. Wenn du mich wirklich haben möchtest, Henry – nein, sieh mich bitte nicht so böse an, ich nehme es zurück. *Da* du mich wirklich haben möchtest, liebster Henry, wünsche ich mir eine stille Hochzeit in Torringtons. Nicht hier. Witchwood Hall sagt meinem Herzen nichts. Und für die Flitterwochen wünsche ich mir, daß wir nach Minneapolis fahren und den Mississippi hinuntersegeln, bis zum Golf von Mexiko. Nicht mit einer Prunkbarke, sondern ganz bescheiden, nur wir beide, als ob wir wieder von Dorf zu Dorf zögen. Ich weiß nicht, ob es in Amerika Kaspertheater gibt, aber wir könnten die Bude und die Puppen mitnehmen und sehen, was die Leute dort davon halten. Würde dir das gefallen?«

Er hob seinen Zylinder hoch, warf ihn in die Luft, fing ihn auf, placierte ihn schwungvoll auf seinem Kopf, stemmte die Hände in die Hüften und sah mich mit warmen, liebevollen Augen an. »Mim, du bist ein außergewöhnlich fabelhaftes Mädchen«, sagte er.

»Ich habe nur außergewöhnliches Glück gehabt«, antwortete ich und nahm seinen Arm. »Alle bösen Dinge, die ich erlebt habe, vereinigten sich zu guter Letzt, um mir ein neues Leben zu schenken ... ein Leben, das ich mir sonst nie hätte träumen lassen können, und ich bin unendlich dankbar. Komm, gehen wir ins Haus.«

»In Ordnung. Und was ist nach den Flitterwochen, Mim?«

»Nun ... sie werden recht lange dauern. Sollen wir nicht besser warten, bis wir in New Orleans sind, ehe wir beschließen, wo wir leben und unsere Familie haben wollen?«

Er nickte heftig. »Das ist eine großartige Idee. Ich mag die Art, wie du absolut verrückt und gleichzeitig vernünftig bist. Ich brauche dich so sehr, Mim. Wann können wir heiraten?«

»Sobald du alle Vorbereitungen getroffen hast.«

»Eine ausgezeichnete Antwort. Warum wollen wir eigentlich ins Haus gehen? Ich bin nicht für einen Besuch gekleidet.«

Ich sagte: »Ich würde dir sehr gern etwas für heute abend vorschlagen, wenn du nichts dagegen hast.«

Arm in Arm gingen wir über den großen Rasen. Ich scherte mich keinen Deut darum, was die Dienstboten oder irgend jemand anders denken mochten. Henry warf mir Seitenblicke zu. »Was für ein Vorschlag ist es, Mim? Denk daran, daß ich nun ein respektabler verlobter Gentleman bin.«

Ich lachte und legte den Kopf an seine Schulter. »Nein, ich werde das Angebot von vorhin nicht wiederholen. Ich werde die Sachen anziehen, die ich getragen habe, als wir auf der Straße waren, damit wir besser zueinander passen. Du mußt wissen, daß ich sie noch habe. Dann würde ich gern mit dir zum King's Head in Little Farrington fahren, damit wir dort schmausen können wie damals mit Paloma, an dem Tag, als wir uns kennenlernten.«

Sein Arm legte sich fester um mich. »Ich würde nichts lieber tun. Und diesmal brauchst du mich nicht erst davor zu bewahren, an einem Piepser zu ersticken.«

Ich lächelte und sagte: »Seit ich gemerkt habe, daß ich dich liebe, habe ich oft an die ersten Worte gedacht, die du zu mir sagtest.«

»Ach? Was um Himmels willen habe ich denn gesagt?«

»Du sagtest: ›Gott steh uns bei, ich dachte schon, bald gäb's auf der Welt einen Kasper weniger.‹ Es war nicht gerade sehr romantisch, Henry.«

Er lachte und gab mir einen Kuß auf die Wange. »Ich werde es wiedergutmachen«, sagte er. »Von jetzt an werde ich es wiedergutmachen, Liebling.«

Ich ging wie auf Wolken. Die sinkende Sonne in meinem Rücken war noch warm, der Arm um mich war stark, die Zukunft unbekannt, doch voller Verheißungen, und während wir weitergingen, durchströmte mich ein Gefühl der Dankbarkeit und Erfüllung, das sich nicht in Worte fassen ließ.